OLAV NJØLSTAD

Die Oslo-Connection

Buch

In den 50er Jahren bemüht sich der junge Staat Israel verbotenerweise und mit Hilfe extra angeworbener skandinavischer Atomforscher um eigene Atombomben. Tatsächlich wird dem Land ein Waffenprogramm zugespielt, das es klammheimlich an die Russen weiterleitet. Diese sollen es in dem Glauben testen, es sei sowjetischen Ursprungs. Der Plan funktioniert: Im Grenzgebiet zwischen Russland und Norwegen wird ein Atomtest durchgeführt. Unbemerkt hält sich zu dieser Zeit jedoch ein norwegischer Fischkutter in dem Gebiet auf, dessen Mannschaft dem radioaktiven Niederschlag schutzlos ausgeliefert ist. Die gesamte Besatzung stirbt innerhalb kurzer Zeit an einem rätselhaften Krebsleiden. Die Ärztin Ulla Abildsø, Tochter des Kapitäns, macht sich zwanzig Jahre später auf die Suche nach einer Erklärung für die seltsamen Krankheitsfälle.

Währenddessen plant man in Israel, dem Palästinenserpräsidenten Mustafa anlässlich eines offiziellen Besuches in Oslo waffenfähiges Plutonium unterzuschieben, um ihn international zu diskreditieren. Mit dieser heiklen Aufgabe betraut werden die in den 50er Jahren angeworbenen skandinavischen Forscher. Doch als sich zwei weigern, wird einer von ihnen, Enok Paulsen, kurz darauf ermordet aufgefunden. Fieberhaft versucht die norwegische Polizei, den Mord an Paulsen aufzuklären, zumal so kurz vor dem Besuch Mustafas jede Störung der öffentlichen Ordnung als Gefährdung des ohnehin heiklen Staatsaktes empfunden wird ...

Autor

Olav Njølstad wurde 1957 geboren. Er ist Chef der Forschungsabteilung des Nobelinstitutes in Oslo. »Die Oslo-Connection« ist sein erster Roman und wurde in seinem Heimatland von Presse und Publikum enthusiastisch gefeiert.

Olav Njølstad

Die Oslo-Connection

Roman

Aus dem Norwegischen
von Günther Frauenlob
und Maike Dörries

GOLDMANN

Die Originalausgabe erschien 2003 unter dem Titel
»Mannen med Oksehjertet« bei Gyldendal Norsk Forlag.

Umwelthinweis:
Alle bedruckten Materialien dieses Taschenbuches
sind chlorfrei und umweltschonend.

1. Auflage
Deutsche Erstausgabe Juli 2005

Umschlaggestaltung: Design Team München
Umschlagfoto: W. Huber
Satz: Buch-Werkstatt GmbH, Bad Aibling
Druck und Einband: GGP Media GmbH, Pößneck
Titelnummer: 45925
AL · Herstellung: Augustin Wiesbeck
Made in Germany
ISBN 3 442 45925 7

www.goldmann-verlag.de

Für Vater

TEIL I

Freitag, 13. Februar – Donnerstag, 19. Februar

JERUSALEM, SØRØYA, OSLO, INGØY, KJELLER

1

Weiß, weiß, alles ist weiß: die Decke, die Wände, das Bettzeug, die Lilien auf dem Nachttischchen – weiß, alles weiß, wie Leinen, wie Schnee, wie die unberührte Brust unter der Bluse einer Pfarrerstochter. Ein mildes, fernes Weiß, das alles umfängt und in allem ist: Im Raum (welchem Raum?), auf den Möbeln (nicht meinen!), im Duft der Lilien (welche umsichtigen Hände mögen sie dort platziert haben?). Es liegt etwas Schläfriges in all dieser Farblosigkeit: Der Blick findet nichts, an dem er haften bleiben könnte, die Gedanken verblassen, ehe sie zu Ende gedacht sind. Plötzlich weiß ich: In solchen Räumen besiegen die Mumien die Zeit.

Ein Schrei! Zehntausend Meilen entfernt schreit jemand. Ein geprügelter Hund. Oder ein Mensch. Eine kurze Sekunde lang wünsche ich mir, es wäre Katarina. Aber Katarina schreit nie. Jedenfalls nicht in meiner Nähe. Selbst die Orgasmen sind ohne jeden Laut. Deshalb nenne ich sie im Stillen Wandjina, nach den australischen Höhlenmalereien von der Göttin ohne Mund. Aber was habe ich dann gehört? Mein eigenes Todesröcheln?

Die Frau am Fuß des Bettes steht reglos da, ehe sie sich langsam nach vorne beugt und mir mit ihrer schmächtigen Glashand über die Wange streicht. In der nächsten Sekunde ist sie verschwunden, um eine Minute, eine Stunde, ein Lichtjahr später, wieder auf der entgegengesetzten Seite des Bettes aufzutauchen. Auch dieses Mal nicht, um etwas zu sagen. Ihr Blick sucht nie den meinen. Ihre Hände sind immer irgendwo anders. Als sie sich umdreht, spüre ich einen stechenden Schmerz im Schenkel – oder ist das der Oberarm? Mein Gott, ich weiß nicht einmal mehr, was bei meinem Körper oben oder unten ist! Und nach dem Schmerz das wohlige Prickeln. Warme Winde in der Seele – warme Winde, weiße Segel.

Stille. Nirgendwo die vertrauten Laute geliebter Stimmen. Doch irgendwo in der Lautlosigkeit – und jetzt erlaube ich mir eine gewisse Feierlichkeit – harrt auch die Wahrheit über Katarina und mich selbst, die Ballade über die tausend verpassten Möglichkeiten für ein Leben ohne Lügen. Wie ich es begrüßen würde, wenn mir nur einfiele, wann Katarina und ich das letzte Mal ehrlich zueinander waren; wie sich das angefühlt hat? Was auf dem Spiel stand? Aber ich komme nicht darauf. Stattdessen versinke ich wieder in meinem eigenen Atem, meinen eigenen tiefen Atemzügen, die den Gezeiten folgen und alles an sich saugen, das mich umgibt: die Stille, die Schmerzen, den Sternenstaub. Halb betäubt sehe ich nackte, langbeinige Menschen durch den Raum tanzen, erst in der nächsten Umgebung – dicht über dem Bett –, dann im fernen, unendlichen Raum zwischen Fixsternen und Kometen. Matisse, denke ich träge, schon wieder Matisse. Es fehlen bloß eine Vase mit gelbem Geißblatt und ein roter Holzstuhl …

Wer sind die alle? Was wollen sie? Die hagere, hoch gewachsene Gestalt, die sich über das Bett beugt und mich mit nervöser Neugier anstarrt, als sei ich ein bislang unbekanntes Milzbrandbakterium: Was will er? Was sagt er zu seinem murmelnden Gefolge? Ich höre Stimmen, aber keine Worte. Nur ein fernes, unverständliches Summen; Gesang in einer ausgestorbenen Tonart, Hieroglyphen aus einer verlorenen Zeit oder … Dann, ja: Gelächter! Dann sind es definitiv lebende Menschen. Weiß gekleidet. Äther und Bandagen. Pfleger, vermutlich! Ärzte!

2

Der kleine Junge starrte in die weißen Schaumwirbel unter dem hölzernen Anleger. Er suchte nach seinem Fahrtenmesser. Er hatte es mit hinunter genommen, um seinen Namen in einen der Holzpfosten zu schnitzen, und jetzt war es verschwunden. Wie konnte er sich nur so dumm anstellen!

Er ärgerte sich darüber, dass er sich von seinem großen Bruder hatte verleiten lassen. Er hatte tags zuvor gesehen, wie Arnfinn seinen Namen in einen Kiefernstamm geritzt hatte, und wollte auch so was machen.

Nur dass er sich einen Pfosten am Anleger ausgesucht hatte und keinen Baum im Wald.

So blieb ihm das Gelächter seines Bruders erspart, wenn er seinen Namen falsch schrieb.

Buchstabieren fiel ihm so schwer. Er hieß Gerhard, und dieser Name erschien ihm ganz besonders tückisch. Manchmal war er sich sicher, dass man den Namen mit Doppel»r« schrieb, und dann vergaß er meistens das »h«: Gerrard. Dann lachten sich Arnfinn und seine Freunde immer halb kaputt. Und wenn er einmal an das »h« dachte, schlich es sich an die falsche Stelle. Manchmal schrieb er dann Gherard. Wie bei Ghepard? Oder noch schlimmer: Gerahrd. Das Lachen seines Bruders, als dieser einmal sein Aufsatzheft gefunden hatte, auf das er Gerahrd geschrieben hatte, dröhnte noch immer in seinen Ohren. »Hallo Gerahhhrd!«, hatte sein Bruder ihn am nächsten Morgen beim Frühstück begrüßt. »Gut geschlafen, Gerahhhrd?«

Deshalb war der Pfosten unten am Anleger der sicherste Ort. Das heißt, wenn er nicht so nass und glitschig gewesen wäre! Er war gerade bis zum schwierigen »h« gekommen, das dieses Mal am richtigen Platz war (der vierte Buchstabe, nicht vergessen!), als ihm das Messer aus den Fingern rutschte und mit einem idiotischen *Plopp* im Wasser verschwand.

Das Wasser war kalt und klar wie Glas, doch der Tang und der weiße Schaum an den Ufersteinen erschwerten es, bis auf den Grund zu gucken, obwohl Neumond und Niedrigwasser war. Wenn er das Messer entdeckte, würde es ihm bestimmt gelingen, es wieder herauszufischen.

Aber was war *das*?

Direkt unter dem Schaum lag etwas Großes, Dunkles im Wasser, das sich auf und ab bewegte. Ein erwachsener Mann mit rotbraunem Bart und kreideweißen Händen. Er trug eine Schwimmweste und große graue Wollsocken an den Füßen, er litt also keine Not. Seine Augen waren weit geöffnet und starrten Gerhard voller Ernst an. Fast als hätte er Mitleid, fand er. Und er trug ein Halsband, wie ein Hund. Vielleicht hatte er ja das Messer gesehen?

»Hallo«, sagte Gerhard. »Wer bist'n du?«

Es kam keine Antwort.

»Hast du mein Fahrtenmesser gesehen? Der Griff war aus Wurzelholz und …«

Gerhard biss sich auf die Unterlippe. Die gleichen langsamen Manöver im Gehirn, die dafür verantwortlich waren, dass er als Zehnjähriger noch immer Schwierigkeiten hatte, seinen Namen zu buchstabieren, sagten ihm jetzt, dass er den Mann in Ruhe lassen und niemandem etwas sagen sollte. Sonst würden sie gleich fragen, was er auf dem Anleger zu suchen gehabt hatte, und dann müsste er es sagen, dass er das Messer verschlampt hatte. Vater würde bestimmt böse werden und fluchen und schimpfen und sagen, dass nur ein Idiot einem solchen Schussel wie ihm so ein Messer schenken konnte. Mutter würde protestieren, und schon hätten sie wieder den dicksten Streit, und Arnfinn würde ihn mit seinen dunklen Samojedenaugen anklagend ansehen und sagen: »Du Arsch! Immer machst du alles kaputt!« Ja, er wusste genau, was geschehen würde. Die Sonntagsstimmung wäre bereits vor dem Frühstück hinüber.

»Tschüs«, sagte Gerhard und nickte dem Mann im Wasser zu. Und dann fügte er hinzu, obwohl er längst wusste, dass der Mann tot war: »Du, du hättest ins tiefere Wasser schwimmen sollen.«

Sie hatten gerade den Frühstückstisch gedeckt und warteten darauf, dass Mutter mit der Kaffeekanne aus der Küche kam, als Vater sagte:

»Was hast du unten am Anleger gemacht, Gerhard? Du weißt, ich will nicht, dass du dich da unten allein rumtreibst, besonders nicht jetzt, wo das Wasser so kalt ist.«

»Äh, ich war nur ganz kurz da unten.«

»Aber du sollst da nicht hin.«

»Äh, ich weiß, Vater, hatt ich vergessen.«

»Du hättest ins Wasser fallen können, und dann wäre niemand dort gewesen, um dir zu helfen.«

»Doch, da war jemand.«

Die kleine Falte zwischen seinen Augenbrauen verriet, dass er dieses Mal entschlossen war, sich zu verteidigen.

»Widersprich mir nicht, bitte. Ich habe dich durch das Fenster gesehen. Du warst mutterseelenallein. Und länger als nur einen kurzen Moment.«

»Ich war nicht allein, Vater.«

»Red keinen Unsinn.«

Mutter kam herein.

»Was ist jetzt schon wieder los?«

»Gerhards Fantasien«, sagte Vater kurz. »Ich habe ihn daran erinnert, dass er nicht allein unten zum Anleger gehen soll, und er hat mir geantwortet, dass er nicht allein gewesen wäre. Dabei haben wir deutlich gesehen, dass da außer ihm niemand war.«

»Das stimmt, Gerhard«, sagte die Mutter mild. »Wir haben am Fenster gestanden.«

»Da war aber trotzdem ein Mann«, wiederholte er hartnäckig. »Nur dass ihr ihn nicht sehen konntet.«

Der Vater seufzte laut, wie er es immer tat, wenn er langsam die Geduld verlor. Arnfinn kicherte erwartungsvoll am Kopfende des Tisches. Nur Mutter war unverändert ruhig. Sie lächelte, als sie die Vanillesoße in die Schale goss. Sie dachte sicher, dass es irgendwie auch schön war, einen mit Fantasie in der Familie zu haben.

»Was für ein Mann? Erzähl doch, Gerhard.«

»Na, der im Wasser.«

Es wurde vollkommen still am Tisch.

»Mein Gott«, sagte Vater schließlich. »Willst du damit sagen, dass da wirklich ein Mann im Wasser lag?«

Gerhard nickte eifrig. Endlich glaubten sie ihm. Und keiner dachte mehr daran, nach seinem Messer zu fragen.

»Ja, so ein alter mit weißen Händen. Und mit einem Bart.«

»Und das sagst du uns erst jetzt? Das ist nicht klug, Gerhard. Warum hast du nicht um Hilfe gerufen?«

Sein Vater nahm sich nicht die Zeit, die Antwort abzuwarten. Er war längst vom Stuhl aufgesprungen und nach draußen gerannt – mit Arnfinn im Schlepptau.

Gerhard blickte unglücklich zu seiner Mutter.

»Der war doch erwachsen. Und Erwachsene können doch schwimmen und auf sich selbst aufpassen, oder?«

»Ja, doch«, sagte Mutter. »Aber nicht, wenn sie im Winter ins Wasser fallen. Wir sind hier in der Finnmark, weißt du. Nicht auf den Kanarischen Inseln.«

Sie stand am Fenster und sah ihrem Ehemann nach, der mit langen Schritten zum Anleger hinunterlief. Ein Blick ins Wasser reichte. Er richtete sich auf und rief seinem ältesten Sohn etwas zu. Der Junge machte kehrt und rannte, so schnell ihn seine dünnen Beine durch den Schnee trugen, zurück zum Haus.

Sie verstand.

Sie mussten die Polizei anrufen. Und dann sollte sie sich wohl warme Sachen anziehen und nach unten gehen, um den Unglücklichen an Land zu ziehen.

»Du, Mama«, rief Gerhard ihr nach. »Darf ich aufstehen?«

3

»Fechten ist ein fantastischer Sport«, erklärte der Außenminister, während der dunkelblaue Quattro aus dem Stadtzentrum in Richtung Bygdøy rauschte. Es war ein schöner Wintertag: Die Sonne strahlte auf dick verschneite Hausdächer, Bäume und Wiesenflächen herab. Mitten auf dem vereisten Frognerkil räumten ein paar Jugendliche eine Eishockeyfläche frei, und über die Promenade zwischen Fjord und Autobahn schob sich ein Strom zufriedener Spaziergänger.

Aber jetzt ging es also ums Fechten!

»Es gibt drei Wettkampfformen beim Fechtsport«, dozierte Fridtjof Bremer in seiner leicht pompösen Art, »Säbel, Degen und Florett. Hier in Norwegen kämpfen wir nur mit dem Degen, leider. Eine Stichwaffe. Ich habe in meiner Jugend ein wenig Florett gefochten, als ich in Paris Wirtschaft studiert habe. Eine anspruchsvolle Waffe. Was für ein Gefühl, wenn man sie zu meistern versteht! Aber auch der Degen ist gut. Fechten Sie, Hartmann?«

Polizeikommissar Jørgen Hartmann vom Polizeilichen Sicherheitsdienst, PST, antwortete höflich, dass er das nicht tat. Abgesehen von einer missglückten Boxkarriere in seiner Jugend und dem obligatorischen beruflichen Selbstverteidigungstraining, hatte er wenig Erfahrung mit Kampfsport. Er ritt im Sommer ein bisschen draußen in der Natur und spielte hin und wieder mit einem seiner Kollegen Tennis, doch dessen Returns waren genauso schwach wie seine. Und er hatte sich einmal im Bogenschießen versucht. Aber Degen, nein. Leider, sollte er vermutlich sagen?

»Sie haben ja keine Ahnung, was Sie verpassen. Die ganze Zeit über volle Konzentration. Erst ein paar kleine, abwartende Bewegungen, während man den Gegner beobachtet und seine Angriffe pariert. Dann ein kleiner Scheinangriff. Und schließlich: Attacke!« Bremer warf sich nach vorne, aber der Gurt katapultierte ihn wieder zurück in den Sitz. »Habt ihr das gesehen, ein echter Siegesstoß!« Er lächelte aufgedreht. »Ein Siegesstoß«, wiederholte er, »setzt perfekte Balance, blitzschnelle Auffassungsgabe und den gnadenlosen Willen zum Angriff voraus. Verstehen Sie das Bild, Hartmann? Das ist Sicherheitspolitik, verkleidet als sportliche Ertüchtigung!«

Hartmann murmelte eine undeutliche Antwort. Er war nicht wirklich am Fechten interessiert, und seine Gedanken kreisten schon seit Minuten um etwas anderes. Er hatte wieder von Rita geträumt. Sie war jetzt seit mehr als neun Jahren tot, doch er kämpfte noch immer darum, sie endlich zu vergessen. Jedes Mal, wenn er zu glauben begann, dass er es geschafft hatte, tauchte sie wieder in seinen Träumen auf. Es konnten helle, muntere Träume sein, reine Erotik, oder wie in dieser Nacht, eine einfache Fabel mit blauen, traurigen, sehnsüchtigen Untertönen. Der Effekt war immer der gleiche. Er wachte zwischen drei und vier Uhr mit klammen Händen auf und konnte nicht wieder einschlafen. Meistens endete es damit, dass er aufstand, sich den gestreiften Morgenmantel überwarf, sich ein Glas Scottish Pride eingoss und sich in den Sessel vor dem Fenster fallen ließ. Dort konnte er stundenlang sitzen, ohne das Licht oder das Radio einzuschalten, während er resigniert in die Winternacht starrte und darauf wartete, dass der Rest der Stadt endlich erwachte.

Bremer redete unverdrossen weiter.

»Ich war gestern Abend in der Oper, Hartmann, und habe dem Gekraxel der norwegischen Pantoffeltenöre zum hohen C beigewohnt. Mein lieber Gott! Jede Arie klang wie eine Studie über Höhenangst, ein unabsichtliches *Vertigo* aus Tönen! Und für diese Amateure bauen wir ein neues Opernhaus für 7 Milliarden Kronen!«

Hartmann teilte Bremers Vorliebe für die Oper ganz und gar nicht (er hatte eher einen Hang zu Fred Astaire, Gene Hackman und den französischen Filmen der sechziger Jahre) und versuchte, sich stattdessen auf die Arbeit dieses Vormittags zu konzentrieren: die Sicherheit des Außenministers zu gewährleisten. In gewisser Weise eine absurde Situation. Hartmann verfolgte Bremers Karriere seit fünfundzwanzig Jahren aus nächster Nähe mit, seit der junge Radikale nach ein paar Steinwürfen vor der amerikanischen Botschaft im Drammensveien zum ersten Mal ins Visier des Sicherheitsdienstes geraten war. Während der christlich motivierte Sozialist Bremer gegen die amerikanische Bombardierung Nord-Vietnams protestierte, lautete der erste Überwachungsauftrag des Sozialdemokraten Hartmann, der gerade zum Kommissar des Überwachungsdienstes ernannt worden war, genau diesen Menschen unter Aufsicht zu halten. Jetzt waren die Rollen in vielerlei Hinsicht vertauscht: Bremer war der Anführer einer sehr amerikafreundlichen Auslandspolitik, während Hartmann mit den Jahren immer kritischer über das eigensinnige Auftreten der Amerikaner bei internationalen Konflikten dachte. Was das Steinewerfen anging, so war die längst in Vergessenheit geratene Episode wieder aufgetaucht, als Bremer zum Außenminister ernannt wurde. Die Zeitung Dagbladet hatte ein Foto des jungen Bremer abgedruckt, mit einem Pflasterstein in der Hand und kriegerischem Gesichtsausdruck. »Ja doch, den habe ich auf dem Bürgersteig gefunden, aber ich habe ihn nicht geworfen!«, sagte Bremer in einem Kommentar, der viele Journalisten an Bill Clintons legendäre Marihuana-Leugnung denken ließ: »Geraucht ja, aber nie inhaliert.«

Oper, Fechten. Bremers Freizeitinteressen waren eigentlich eine Farce, dachte Hartmann. Sie alle hatten ihre Wurzeln in einer vergangenen Zeit, in der sich sowohl die ethischen als auch die ästhetischen Ideale von denen der Jetztzeit unterschieden. Er hatte den alten Berufsdemonstranten unter Verdacht, diese Hobbys adoptiert zu haben, um sich in Kreisen Respekt zu verschaffen, zu denen er sonst nur mit Mühe Zugang gefunden hätte. Die weitsichtige Investierung eines jungen Radikalen für eine in ferner Zukunft liegende Gunst der Konservativen.

Natürlich hatte nichts von alledem zur Folge, dass Hartmann seinen Auftrag auf die leichte Schulter nahm. Sollte eine bedrohliche Situation entstehen, oblag es seiner Verantwortung, den Außenminister in Sicherheit zu bringen oder im schlimmsten Fall gegen einen eventuellen Attentäter zu verteidigen. Nach den Drohungen von Al-Qaida gegen Norwegen und dem Terroranschlag auf den unter norwegischer Flagge fahrenden Supertanker im persischen Golf wollte man kein Risiko eingehen.

Dabei war es in diesem Augenblick eigentlich Hartmann selbst, der Unterstützung gebraucht hätte – gegen den Schlaf. Er unterdrückte ein Gähnen und ärgerte sich, dass er sich vor Jahren hatte überreden lassen, an einem Grundkurs für Personenschutz teilzunehmen. Normalerweise arbeitete er in der Abteilung für Terrorabwehr des Sicherheitsdienstes, wo er die Verantwortung für die Abwehr von Terrordrohungen islamischer Extremisten hatte. Doch er musste ein wenig hinzuverdienen, um die Raten für sein Auto zu bezahlen – es war nicht gerade billig, in einem nagelneuen Range Rover herumzufahren –, und die Überstunden im Personenschutz hatten sich als eine Abkürzung zu schnell verdientem Geld erwiesen. Als Teil einer größeren Umstrukturierung des Sicherheitsdienstes im Jahr 2002 wurde der Personenschutz an die jeweiligen Polizeidienststellen übergeben. Hartmann hatte damals gefürchtet, dies würde das Ende seiner angenehmen Extraeinnahmen bedeuten, doch glücklicherweise wurde nach einer Weile beschlossen, dass Regierungschef und Außenminister weiterhin das Recht haben sollten, sich zusätzlich von den besonders ausgebildeten Spezialisten des PST schützen zu lassen. Seit dieses Spezialarrangement eingeführt worden war, hatte Bremer immer häufiger darum gebeten, dass der PST ihm dafür einen ganz bestimmten Beamten abstellte. Dieser Beamte war, paradoxerweise, sein früherer Schatten Jørgen Hartmann.

Sie hatten das Wikingschiffmuseum passiert und bogen vor dem Bygdøyhaus ein, einem großen, etwas verblichenen Steinhaus in der Huk Aveny 45, in dem der Bygdøy Fechtclub beheimatet war. Obwohl sie früh dran waren, standen bereits zahlreiche Autos vor dem Zaun der benachbarten Tennisanlage. Ein paar Mercedes, ein BMW, zwei teure Geländewagen amerikanischen Fabrikats. Fechten war vielleicht ein altmodischer, einfacher Sport, doch diejenigen, die ihn ausübten, schienen noch immer dem Geldadel der Gesellschaft anzugehören. Es war sicher kein Zufall, dass der wichtigste Fechtclub des Landes gerade hier auf Bygdøy lag. Ohne Zweifel der Postbezirk des ganzen Landes mit den meisten registrierten Millionären.

Hartmann war nicht wohl in seiner Haut. Seine Vorstellung von Sport war untrennbar mit den einfachen Trainingsverhältnissen der fünfziger Jahre im Boxclub der Arbeiterjugend verbunden, und er war der Ansicht, dass sich der Außenminister des Landes in einer Umgebung wie dieser nicht wohl fühlen sollte.

Aber was dem einen recht ist, ist dem anderen billig. Bremer war kein Snob und bestand darauf, seine Tasche mit den Sportsachen selber zu tragen. Der Degen war nicht dabei. Der wurde im Clubhaus aufbewahrt, erklärte er, eingeschlossen in einem Schrank mit einem speziellen Schlüssel. Hartmann folgte ihm zögernd in die Garderobe. Es missfiel ihm aufs Äußerste, wenn sein Personenschutzauftrag es notwendig machte, in die Privatsphäre anderer Menschen einzudringen. Manchmal hatte er seine »Objekte« sogar bis auf die Toilette begleiten müssen. Er erinnerte sich noch, wie peinlich es gewesen war, als er einen finnischen Staatsminister begleitet hatte, der extreme Schwierigkeiten beim Wasserlassen hatte. Minuten waren vergangen, ohne dass er das geringste Geräusch vernommen hatte, und schließlich hatte Hartmann all seinen Mut zusammengenommen und gefragt, ob alles in Ordnung sei. »Was glauben denn Sie, Sie Idiot?«, hatte der Staatsminister gedonnert. »Ich würde wohl kaum hier im Scheißhaus stehen und Luft pissen, wenn ich nicht ein Scheißproblem hätte!«

Sie waren in den Männerumkleideraum gekommen.

Einen Augenblick lang dachte Hartmann, Bremer geniere sich, weil er mit dabei war. Statt sich Mantel und Jacke auszuziehen, blieb er nämlich vor einem Garderobenschrank stehen und wartete. Die Sekunden vergingen. Nach einem Blick auf die Uhr sagte er erklärend:

»Wir sind ein bisschen früh.«

Im gleichen Moment hörten sie draußen ein Auto halten, dann das Klacken einer ins Schloss fallenden Tür.

»Da haben wir ihn«, sagte Bremer, begann aber noch immer nicht, sich umzuziehen.

Ein paar Sekunden später flog die Tür auf, und herein stürmte ein Mann, den Hartmann sofort erkannte. Das war Bremer! Oder etwas genauer: ein Mann, der Bremer beim ersten Hinsehen zum Verwechseln ähnlich sah, der aber trotzdem nicht Bremer war. Die Haare waren dunkler und die Nase kräftiger. Der Gang eine Spur geschmeidiger. Die Kerbe im Kinn nicht ganz so tief. Aber ansonsten war das meiste wie bei Bremer: die buschigen Augenbrauen, die klaren blauen Augen, das spitze Kinn und die vollen, fast femininen Lippen.

»Mein kleiner Bruder Christopher«, sagte Bremer mit einem Lächeln. Ganz offensichtlich genoss er den überraschten Gesichtsausdruck des erfahrenen Polizisten. Doch Hartmanns

Überraschung war einstudiert: Es musste mehr als zwanzig Jahre her sein, dass er unfreiwillig Bekanntschaft mit dem Zwillingsbruder gemacht hatte, nachdem er einen ganzen langen Abend im Club 7 damit vergeudet hatte, die falsche Person zu observieren. »Chris war so liebenswürdig, mir anzubieten, heute Vormittag für mich den Degen zu führen.«

Der Bruder nickte und nahm Bremers Sporttasche. Ohne ein Wort zog er sich aus und streifte sich den Fechtanzug seines Bruders über. Als er fertig war, waren die beiden Männer beinahe identisch, und das bisschen, was es noch an Unterschieden gab, würde garantiert verschwinden, sobald erst die Netzmaske aufgesetzt worden war.

Bremer nickte seinem Bruder anerkennend zu.

»Eigentlich schade, dass du nicht ich bist! Wenn du ein bisschen gebildeter wärst, könnte ich dich als Stand-in für meinen nächsten Staatsbesuch in Libyen nutzen!«

»Du hast ihn doch eingeweiht?«, fragte der Bruder. »Schließlich ist es nicht er, den du mit diesem Possenspiel in die Irre führen willst.«

»Nicht in erster Linie, nein.« Bremer zwinkerte ihm zu. »Aber wer kann schon der Verlockung widerstehen, Isachsen einen Streich zu spielen?«

Der Bruder zuckte resignierend mit den Schultern und murmelte, dass das mal wieder typisch sei. Dann zog er sich die Netzmaske halb vor das Gesicht und ging zur Tür.

»Ich mache nur Witze«, rief ihm Bremer nach. »Natürlich weiß Isachsen, dass du nicht ich bist. Aber er weiß auch, dass er das nicht zeigen darf. Du solltest es ihm so leicht wie möglich machen!«

Der Bruder streckte den Daumen siegessicher nach oben und verschwand in den Trainingsraum, in dem Isachsen, ein früherer NATO-Botschafter mit reichlich Erfahrung, Staatsgeheimnisse zu bewahren, ungeduldig darauf wartete, die unerwartete Ehre zu haben, seinen Degen gegen den Doppelgänger des Außenministers zu erheben.

»Und somit wären wir wieder allein«, sagte Bremer und

wandte sich Hartmann zu. »Kommen Sie, ich habe eine wichtige Verabredung hier im Haus. Im Sitzungszimmer im Obergeschoss. Unsere ausländischen Freunde warten schon seit Stunden; sie sind gestern Abend in Arlanda gelandet und haben die ganze Nacht im Auto gesessen.« Er warf einen Blick auf seine Armbanduhr. »Wir haben das Gebäude für eine knappe Stunde für uns, es gilt also, keine Zeit zu verlieren. Sie müssen heute Vormittag noch nach Jerusalem zurück. Über Stockholm, Wien und Zypern. Aber in Oslo waren sie an diesem Wochenende nicht, nur, damit Sie mich richtig verstehen.«

Hartmann zuckte gleichgültig mit den Schultern.

»Wie Sie wünschen«, sagte er. »Und egal, was die Zeitungen schreiben, Sie haben an diesem schönen Vormittag nichts anderes getan, als mit Ihrem alten Freund Guttorm Isachsen im Bygdøyer Fechtclub zu trainieren!«

4

Sie fand Fliegen wunderbar. Nicht, weil es ihr das Gefühl gab, frei wie ein Vogel zu sein. Sie war kein freier Vogel. Aber während eines Fluges waren *alle* an ihren Sitzen festgeschnallt, und für das Erlebnis spielte es keine Rolle, ob man ein künstliches Bein hatte oder nicht. Und dann war da natürlich noch die Sache mit den Engeln, ihr neuestes Steckenpferd: Engel waren weder an Zeit noch Raum gebunden und bewegten sich frei in der Ewigkeit. Das würde auch ihr gefallen, dachte sie – und amüsierte sich im Stillen über einen Satz ihres neu entdeckten Helden Thomas von Aquin: *»In uns findet sich nicht nur die Lust, die wir mit den Tieren gemein haben, sondern auch die Lust, die wir mit den Engeln gemein haben.«* Das Vergnügen am Fliegen gehörte offensichtlich zur letzteren Kategorie.

Weit unter ihr erstreckte sich der Küstenstreifen der Finnmark mit seinen weißen Bergen und tiefblauen Fjorden. Sie wandte das Gesicht der niedrig stehenden Sonne zu, die knapp über die Berggipfel reichte. Man musste das gute Wetter nutzen, solange es währte. Der Wetterbericht hatte für den Süden kräftige Schneefälle vorhergesagt.

Sie war mit gemischten Gefühlen auf dem Weg nach Oslo, um für ihre Doktorarbeit zu recherchieren. Einerseits genoss sie den seltenen Luxus, dem alltäglichen Trott der Landarztpraxis zu entkommen, ohne an etwas anderes als sich selbst denken zu müssen. Sie konnte sich nicht erinnern, wann dies das letzte Mal der Fall gewesen war. Andererseits graute ihr davor, fremde Leute und Einrichtungen aufsuchen zu müssen, die ihr wenig Vertrauen einflößten: Bürokraten, Physiker, Offiziere. Sie rechnete mit dem einen oder anderen ungemütlichen Zusammenstoß, weil sie in einer Angelegenheit Auskünfte von ihnen haben wollte, an die unter Garantie keiner von ihnen gern erinnert wurde. Es ging um den viel zu frühen Tod ihres Vaters und zweier naher Verwandter Ende der Siebziger. Damals war sie knapp sechs Jahre alt gewesen.

Wie viel Zeit sie schon investiert hatte, um diesem Mysterium auf den Grund zu gehen! Die drei Männer waren im Laufe von nur anderthalb Jahren aus dem Leben gerissen worden. Zuerst Onkel Sverre, der Bruder ihrer Mutter, mit gerade mal 40 Jahren, kurz darauf sein drei Jahre jüngerer Bruder Trond, und am Ende Ståle, ihr Vater, der damals ein paar Jahre älter als Trond war. Die Diagnose hatte für alle drei gleich gelautet: Krebs. Niemand aus der Familie hatte herauszufinden versucht, an welcher Art von Krebs sie gestorben waren. Wahrscheinlich, weil sie zu dem Zeitpunkt schon nicht mehr am selben Ort wohnten. Onkel Sverre hatte ein Mädchen aus Sunnmøre geheiratet und war nach Ålesund gezogen. Sein jüngerer Bruder Trond hatte in Amerika sein Glück gesucht und war als Kapitän eines Garnelentrawlers zu Geld gekommen. Nur ihr Vater war in Bakfjordeid geblieben. Zum Zeitpunkt ihres Todes waren die drei in alle Winde verstreut, und wahrscheinlich war die Diagnose Krebs an sich schon so erschütternd, dass keiner aus dem engeren Familienkreis darauf kam, nachzufragen und Details in Erfahrung zu bringen, geschweige denn, über mögliche Ursachen zu spekulieren.

Erst viele Jahre später, als sie in Zusammenhang mit ihrer Doktorarbeit das Datenmaterial des Krebsregisters durchging – speziell von Krebserkrankungen bei Männern, die nach dem Krieg in der Finnmark geboren und aufgewachsen waren –, wurde ihr bewusst, dass ihr Vater und die beiden Onkel nicht nur ungefähr zum gleichen Zeitpunkt gestorben, sondern darüber hinaus auch noch von exakt der gleichen Krebsart befallen worden waren: Schilddrüsenkrebs, der auf andere lebenswichtige Organe übergegriffen hatte.

Ihrem ersten Impuls folgend, suchte sie Rolv Bremnes auf, pensionierter Distriktsarzt in Bakfjordeid, der die beiden Brüder ihre gesamte Jugend hindurch behandelt hatte, und der am Ende auch die Krankheit bei ihrem Vater festgestellt hatte. Bremnes war inzwischen ein rotwangiger Mann mit leicht getrübtem Blick, der gern einen über den Durst trank. Aber an seinem Gedächtnis war nichts auszusetzen. Er war aufrichtig erstaunt, als sie ihm ihre Vermutung mitteilte. Das sei ihm vollkommen neu, sagte er, und fügte amüsiert hinzu, dass er sich allerdings auch nie die Mühe gemacht habe, sich über den Gesundheitszustand der Weggezogenen auf dem Laufenden zu halten, geschweige denn, woran sie gestorben waren. Er räumte allerdings ein, dass es in diesem Fall durchaus interessant wäre, auf eine entsprechende Statistik zurückgreifen zu können. Auf ihre Frage, ob er zwischen den drei Todesfällen einen Zusammenhang sehe, antwortete er, dass alle drei dem gleichen Laster gefrönt hätten: dem Kautabak.

Sie hatte nur schwerlich ernst bleiben können, als er das sagte. Der alte, angetrunkene Mann konnte einem Leid tun. Das war die typische Diagnose nach jahrelanger, beruflicher Isolation und ebenso langer, nicht hundertprozentiger Kompensation durch den Genuss von Gin Tonic. Aber in einem Punkt war sie geneigt, ihm zuzustimmen: Es musste einen Zusammenhang geben. Eine gemeinsame Ursache. Etwas, das sie gegessen oder eingenommen hatten oder dem sie alle drei ausgesetzt waren, während die übrigen Bewohner des Bezirks davon verschont geblieben waren. Die Tatsache, dass niemand sonst in dem Bezirk erkrankt war, legte nahe, dass die Erklärung wohl kaum in dem radioaktiven Fallout der Atombombentests in den 60er und 70er Jahren zu finden war. Andererseits war es schlicht und ergreifend unwahrscheinlich, dass drei Männer gleichen Alters, die gemeinsam in einer kleinen Küstengemeinde in Ost-Finnmark aufgewachsen waren, rein zufällig von der gleichen, tödlichen Krankheit befallen worden und im Laufe von knapp achtzehn Monaten dahingerafft worden waren. Ende der 70er Jahre wurden landesweit pro Jahr weniger als 50 Fälle von Schilddrüsenkrebs bei Männern registriert, warum ausgerechnet diese Ballung in ihrem engsten Familienkreis? Sie hatte sich vorgenommen, die Antwort zu finden, und sie hatte ihre Vermutungen, wo es zu suchen galt. Darum auch der Ausflug nach Oslo und der damit verbundene Besuch im FFI, dem Militärischen Forschungsinstitut in Kjeller. Sie machte sich keine Illusionen, mit offenen Armen empfangen zu werden. Aber irgendwo musste sie schließlich anfangen, wenn sie die vielen losen Fäden bis zum Ende verfolgen wollte.

Nach Oslo wartete noch eine andere, längere Reise, auf die sie sich schon lange freute: Sie wollte nach Moskau.

Sie öffnete die Aktentasche und nahm das Antragsformular für das Visum der russischen Botschaft heraus. Es war gestern mit der Post gekommen, und sie wollte es während ihres Aufenthaltes in Oslo abgeben. In dem Begleitschreiben stand, dass der Antrag bei persönlichem Erscheinen zügiger bearbeitet werden könne.

Da sie ein systematischer Mensch war, füllte sie die Spalten der Reihe nach aus, von der ersten Zeile bis zur Unterschrift auf der untersten Linie. Den Ordnungssinn hatte sie von ihrer Mutter geerbt. Ihr Vater, den sie über alles auf der Welt geliebt hatte, war ein begnadeter Chaot gewesen.

Sie füllte die erste Zeile aus.

Present citizenship: Norwegian.

Surname: Abildsø. Das war der Name der kleinen Insel in Nordland, wo die Familie ihres Vaters gelebt hatte, bevor der Urgroßvater im ausgehenden 19. Jahrhundert weiter in den

Norden gezogen war, nach Ingøy in West-Finnmark, um in der Walfangindustrie in Mafjord zu arbeiten. Sie war stolz auf ihren Nachnamen. Daran änderte auch die Tatsache nichts, dass jemand ihn gestohlen und eine U-Bahn-Station in Oslo danach benannt hatte.

First name: Ulla.

If changed, your surname, name (names) and patronymic before the change: Leerstelle. Es hatte sich noch keine Gelegenheit ergeben, ihren Nachnamen zu wechseln.

Nachdem sie die Kästchen für Geburtsjahr und Geschlecht ausgefüllt hatte, wurde sie aufgefordert, den Zweck ihrer Reise nach Russland darzulegen. Sie dachte an die Warnung in der linken oberen Ecke, dass falsche Angaben ein Einreiseverbot oder die Ausweisung von russischem Territorium zur Folge haben könnten. Das kleine freie Kästchen hinter der Frage ließ keine längeren Ausführungen zu. Ein Wort musste reichen: »Business«, schrieb sie. Sollte sie an der Passkontrolle gefragt werden, würde sie erklären, dass sie zu einem Kongress über gesundheitliche und genetische Auswirkungen radioaktiver Strahlung eingeladen war. Sie war Ärztin und hatte mehrere Jahre über die medizinischen Langzeitwirkungen der Atombombentests in den 60er und 70er Jahren für die Bevölkerung in Nord-Norwegen geforscht, speziell bei den Rentiersamen.

Sie faltete das Antragsformular vorsichtig zusammen und schob es mit drei Passfotos und einer Kopie des Einladungsbriefes der russischen Wissenschaftsakademie in einen braunen Umschlag. Die Einladung war vom Akademiemitglied Dr. Svetlana Jegorova unterzeichnet, einer herausragenden Radiologin mit dem Ansatz eines Oberlippenbartes. Ulla hatte sie vor ein paar Jahren bei einer Konferenz in Boston kennen gelernt. Dr. Jegorova hatte jüngst eine Studie über die Bewohner Majaks durchgeführt, eines kleinen Ortes in Nord-Russland, wo seit Mitte der 50er Jahre Plutonium für die sowjetische Kernwaffenindustrie produziert wurde und wo es mehrere größere Strahlenunfälle gegeben hatte. Die beiden Frauen hatten statistische und medizinische Daten ausgetauscht und im vergangenen Jahr in regelmäßigem Kontakt gestanden. Ulla war gespannt, zu welchen Ergebnissen Jegorova gekommen war.

Aber bis zur Moskaureise waren es noch drei Wochen. Jetzt wollte sie nach Oslo, um in alten Unterlagen zu wühlen – voller Lügen, befürchtete sie – und einige Schlüsselfiguren zu interviewen, solange sie noch lebten. Zeitzeugen, sozusagen. In ihren Albträumen starben sie an Altersschwäche, Langeweile oder Furcht um den eigenen Ruf, bevor Ulla die wichtigen Informationen aus ihnen herausquetschen konnte.

Das Flugzeug neigte sich zur Seite. Unter ihr zeigte sich die karge Küstenlandschaft in sonnenvergoldeter Pracht. Zwischen den Inseln waren Fischkutter auf dem Weg zu oder von den Fischgründen auf dem offenen Meer. An einigen Stellen mussten sie die großen, kreisförmig angelegten Fischfarmen umfahren, die wie gigantische Handschellen vor den Fjordmündungen lagen.

Sie wusste, dass das Leben dort unten auf dem Boden längst nicht so idyllisch war, wie die wunderschöne Landschaft es einem vorgaukelte. Dort unten gab es Grenzen und Sperren, die aus der Luft nicht zu sehen waren.

Allein der Gedanke daran stimmte sie traurig.

Ihre eigene Kindheit war von einem mentalen Hochspannungszaun zerschnitten gewesen, den niemand sehen konnte, der einen aber umhaute, sobald man ihn berührte. Anfang der siebziger Jahre brach in der kleinen Gemeinde Bakfjordeid in Ost-Finnmark, wo sie aufgewachsen war, ein unversöhnlicher Streit zwischen den so genannten »Freunden«, konservativen Læstadianern, und einer Gruppe Abtrünniger, den »Tabernaklern«, aus. In dem vorrangig religiösen Streit schwangen deutlich politische Untertöne mit: Die Læstadianer unterstützten die Arbeiterbewegung, die Tabernakler die Christliche Volkspartei. Der endgültige Bruch kam mit dem Abtreibungsgesetz und der Emanzipationsbewegung. Die Tabernakler weigerten sich, mit einer Partei zusammenzuarbeiten, die straffreie Abtreibung und Geschlechterquotenregelung in ihrem Programm hatte, weil sie sich damit gegen Gottes Willen auflehnte. Ihr Vater wiederum und mit ihm seine Glaubensgenossen bei den »Freunden« warfen den Tabernaklern vor, von Solidarität mit den Schwachen zu reden, zugleich aber aus Prinzip jede unglückliche Frau zu verdammen, die sich nicht in der Lage sah, ein Kind in die Welt zu setzen.

Es waren Fragen wie diese, die die vormals zusammengeschweißten Læstadianergemeinden in Nord- und Ost-Finnmark spalteten. In Ullas Familie waren die Grenzpfeiler mitten ins Ehebett der Eltern geschlagen worden; ihre Mutter und ihr Vater standen in dem Streit auf verschiedenen Seiten. Erstaunlicherweise war ihre Mutter die konservative Verteidigerin der existierenden Ordnung. Für sie war Abtreibung eine Todsünde und die Frauenbewegung ein Missverständnis. In ihren Augen bedeutete Freiheit, die Möglichkeiten zu ergreifen und die Pflichten zu erfüllen, die einem in der von Gott gegebenen, sozial-religiösen Hierarchie zugeteilt worden waren.

In den Jahren vor Ullas Geburt hatten ihre Eltern sich mehr und mehr auseinander gelebt. Der kritische Punkt war erreicht, als ihr Vater 1973 für die Arbeiterpartei kandidierte, die im gleichen Jahr beschlossen hatte, das freie Recht auf Abtreibung in ihr Programm aufzunehmen. Wenige Monate nach der Parlamentswahl war ihre Mutter schwanger geworden, und ihre Eltern hatten einen letzten, tapferen Versuch unternommen, wieder zueinander zu finden. Es musste für beide eine schreckliche Zeit gewesen sein. Denn ihrer großen Liebe zum Trotz, die sie füreinander empfanden, war ihre Beziehung zwischen den stummen Anklagen und misstrauischen Fragen erdrückt worden.

Das Flugzeug beschrieb einen Bogen nach Osten. Die märchenhafte Schönheit der Küstenlandschaft traf sie wie ein Schlag ins Gesicht. Der Anblick war so harmonisch und friedlich, dass sie sich auf die Unterlippe beißen musste, um sich zu vergewissern, dass es wahr war.

Und dann wurde ihr klar: Es war *nicht* wahr. Die Wirklichkeit war eine andere. Die Naturidylle machte es einem schwer, die unversöhnlichen religiösen, sozialen und persönlichen Widersprüche zu erkennen, die das Leben in den vielen kleinen Insel- und Küstenorten prägten, die sie gerade überflog. Aber das bedeutete nicht, dass es sie nicht gab. Es war ein wenig wie beim radioaktiven Fallout nach Atomtests, auf dessen Erforschung sie so viel Zeit und Kraft verwendet hatte. Der war auch nicht mit dem bloßen Auge zu erkennen, weder aus der Luft noch vom Boden aus. Aber für all die, die an Orten lebten, wo die Wind- und Wetterverhältnisse ungünstig gewesen waren, konnte das unsichtbare, geruchs- und geschmacksfreie Gift, das keine Schmerzen verursachte, äußerst tragische Konsequenzen haben.

Ohne die zerstörerische Kraft der Religion auf die Liebe, dachte sie, hätten ihre Eltern nie aufgehört, einander zu lieben. Und ohne die zerstörerische Kraft der Radioaktivität auf alles organische Leben wäre ihr Vater vielleicht noch am Leben.

Sie wurde von der Stewardess aus ihren finsteren Gedanken gerissen, die lächelnd fragte, ob sie Tee oder Kaffee haben wolle.

»Keins von beiden, danke«, antwortete sie. »Ich trinke vor dem Abend nie etwas Warmes. Aber wäre es möglich, dass Sie mir vielleicht ein Glas Rotwein zum Frühstück bringen?«

Die Stewardess zögerte gerade lange genug, dass Ulla erklärend hinzufügen konnte:

»Ich versuche nur, mich an eine der weisesten Empfehlungen des heiligen Thomas von Aquin zu halten: ›Wenn einer vorsätzlich so große Enthaltsamkeit vom Weine übt, gegen seine Natur, dann kann er nicht frei von Sünde sein!‹«

Die Stewardess lächelte und versprach, ihr eine Viertelliterflasche Casillero de Diablo zu bringen.

5

Der Polizist ist in Ordnung, dachte Gerhard, auch wenn er keine Uniform trägt und eher wie ein wohlgenährter Bäcker aussieht. Er hatte alle möglichen Dinge gefragt, aber manches hatte ihn gar nicht interessiert. Zum Beispiel das mit dem Messer. Nicht eine Frage zu dem Messer hatte er gestellt, obwohl er mehrere Stunden da gewesen war, um sie auszufragen. Erst den Vater. Dann die Mutter. Dann Gerhard. Das muss man sich mal vorstellen. Sie waren zu ihm gekommen, bevor sie zu seinem großen Bruder Arnfinn gegangen waren. Und mit Arnfinn, dem Armen, haben sie sich höchstens ein paar Minuten abgegeben.

Sie, das waren der Polizeibeamte und sein Assistent. Und der Distriktsarzt, Doktor Frihagen. Der Polizist hieß Moe, Svein Moe. Er arbeitete schon ewig in diesem Bezirk, alle Kinder kannten ihn und wussten seinen Namen. Aber der Assistent war neu. Er hieß Karlsen, oder so ähnlich. Gerhard konnte sich nicht erinnern, ihn schon mal gesehen zu haben. Er war jung, auf alle Fälle jünger als Vater, hatte aber bereits eine Glatze. Und einen Bart hatte er auch nicht. Er war nicht sehr gesprächig und hatte Gerhard nur eine Frage gestellt:

»Hast du keinen Schreck gekriegt, als du ihn gefunden hast?«

»Einen Schreck?« Gerhard war sich nicht ganz sicher, ob er verstand, wie die Frage gemeint war. »'n bisschen vielleicht. Aber der hat ja nichts gesagt.«

»Ich dachte eher, weil du ihn vielleicht kanntest?«

Gerhard schüttelte den Kopf.

»Nö, darum nich.«

Aber was ihm Angst gemacht hatte, wollte er nicht sagen: dass der Mann womöglich noch lebte und seinem Vater erzählen könnte, wie schlampig Gerhard mit dem Messer umgegangen war.

»Schon gut«, sagte der Assistent. »Wir können uns ja ein andermal weiter unterhalten.«

Dazu hatte Gerhard keine Lust, aber das sagte er nicht laut. Er nickte nur, und damit war das Gespräch beendet.

Da war der Polizist schon netter, obwohl der schrecklich neugierig war. Er wollte genau wissen, wie der Mann im Wasser gelegen hatte, als Gerhard ihn fand. Und dann wollte er noch wissen, was nach Gerhards Meinung geschehen war, und darauf antwortete Gerhard wahrheitsgemäß, dass er es nicht wüsste.

»Aber was glaubst du?«, bohrte der Polizist nach. »Dass er am Ruder eingeschlafen und über Bord gegangen ist?«

Nein, das glaubte er nicht.

»Warum nicht?«, fragte der Polizist.

»Die Augen«, erklärte Gerhard. »Die war'n so groß und ängstlich. Ich glaub, der hatte dolle Angst.«

In dem Augenblick hatte Doktor Frihagen gerufen, Moe solle zum Ende kommen, es handele sich ganz sicher nicht um einen Unfall.

»Der Mann wurde erschossen, zum Teufel«, triumphierte er. »Das Projektil ist hier eingedrungen!« Er zeigte auf einen Fleck am Haaransatz im Nacken. »Verflucht, der hatte noch nicht mal Zeit zum Erfrieren, bevor er tot war!«

»Kannst du einigermaßen sicher sagen, wann das war?«

Nein, über den genauen Todeszeitpunkt wollte der Doktor nicht spekulieren. Wenn das Wasser so kalt war wie jetzt, schritt die Verwesung nur langsam voran. Der Tote konnte einen Tag im Wasser gelegen haben, vielleicht auch zwei. Oder nur ein paar Stunden.

»Er muss obduziert werden, ehe wir etwas Genaueres sagen können.«

Der Polizist nickte. Aber dann wollte er erst einmal etwas anderes wissen. »Was meinst du, Doktor, wurde der Schuss aus nächster Nähe abgegeben oder von weiter weg? Gibt es Hinweise auf einen Kampf?«

Auch dazu wollte der Distriktsarzt noch nichts Endgültiges sagen. Die Haut war über dem einen Wangenknochen zwar etwas dunkler, und das *könnte* durchaus von einem Schlag herrühren. Es konnte sich aber auch um eine natürliche Hautveränderung handeln. Andererseits gab es bei einem plötzlichen Temperaturabfall selten nennenswerte Blutergüsse.

»Wir werden den Rettungshubschrauber anfordern müssen«, sagte Frihagen entschieden. »Diesen Burschen muss sich der Gerichtsmediziner vornehmen.«

»Ist das wirklich nötig? Wozu braucht ein Toter einen Rettungshubschrauber?«

»Ich dachte da eher an was anderes«, sagte der Distriktsarzt. »Vernichtung von Beweismaterial. Bei Raumtemperatur dauert es nicht lange, bis die Verwesung einsetzt.«

»Dann sollten wir ihn vielleicht besser in den Schuppen legen. Da ist es kalt und trocken.«

Sie waren sich einig, dass das wohl die beste Lösung wäre. Niemand wusste, wie lange es dauern würde, bis der Helikopter vor Ort war. Er kam den weiten Weg aus Alta. Die eigentliche Flugstrecke betrug eine halbe Stunde, aber sie mussten damit rechnen, dass gerade kein freier Helikopter aufzutreiben war. Der Polizist rief seinen Assistenten zu sich, der in der Küche mit Gerhards Eltern sprach. Nachdem die drei Männer eine Weile konferiert hatten, riefen sie den Vater zu sich.

»Vier Männer sind besser als drei«, erklärte der Polizist.

Sie bückten sich und wollten den Toten gerade hochheben, als der Assistent sagte:

»Sollten wir nicht vorher noch seine Kleider durchsuchen? Ich mein ja nur, um nicht zu riskieren, dass beim Transport was rausfällt und verschwindet.«

Moe bekam einen scharfen Zug um den Mund. Seine Augenbrauen schoben sich über der Nasenwurzel aufeinander zu. In seinem Versteck im Sessel kam es Gerhard so vor, als wäre der Polizist sauer, als er antwortete.

»Und was, bitte schön, soll er in der Tasche haben?«

Dennoch gab Moe mit einem Nicken das Zeichen, den Toten wieder auf den Boden zu legen. Er begann mit der Leibesvisitation der Leiche. Kleidungsstück für Kleidungsstück, Tasche für Tasche. Eine Weile sah es so aus, als würde er Recht behalten. Die Taschen des Mannes gaben nicht viel her, und das wenige, was er bei sich trug, war weder besonders außergewöhnlich noch sonderlich geeignet, Licht in die Sache zu bringen: ein gelbes Plastikfeuerzeug, ein Päckchen Teddy ohne Filter, ein Schlüsselring mit zwei Schlüsseln, ein paar zusammengeklebte Lutschbonbons, ein Zahnstocher aus weißem Kunststoff.

»Keine Brieftasche?«, fragte der Assistent.

Der Polizist schüttelte den Kopf.

»Nein, wozu braucht man auf dem Meer eine Brieftasche?«

»Die meisten Fischer haben ja wohl irgendeine Plastikkarte bei sich, wenn sie unterwegs sind. Davon kann man ausgehen. Die Leute müssen sich doch ausweisen, falls irgendwas passiert.«

»Die ist dann wohl im Boot.«

Der Polizist legte die Gegenstände in einen Gefrierbeutel, den Gerhards Vater aus der Küche geholt hatte. Er schob den Beutel in die Außentasche der Steppjacke und bückte sich, um die Plane wieder hochzuheben, als der Assistent ihn ein zweites Mal zurückhielt.

»Sie haben die Brusttasche vergessen, Chef«, sagte er. »Sieht aus, als wäre da noch was drin, wenn Sie mich fragen.«

Er hatte Recht. In der Brusttasche steckte etwas.

Gerhard konnte sehen, dass der Polizist bis an die Ohren rot wurde, aber er wusste nicht, ob aus Verlegenheit oder Wut. Jedenfalls zog er den Reißverschluss der Brusttasche auf und nahm eine runde Metalldose heraus, ein bisschen größer als die für Schuhcreme. Er klopfte mit den Knöcheln darauf, als wollte er den anderen zeigen, wie solide sie war.

»Stahl«, sagte er. »Oder Blei. Schwer jedenfalls. Fühlt mal ...«

Er gab die Dose weiter – nicht an seinen Assistenten, sondern an Doktor Frihagen.

»Sieh doch bitte mal nach, was drin ist. Karlsen ist so gespannt, dass er kaum still stehen kann.«

»Bestimmt nur eine Prise Kautabak«, sagte der Assistent. Er war plötzlich gar nicht mehr so an der Sache interessiert. Wahrscheinlich hatte er was anderes erwartet. Eine Brieftasche oder einen Flachmann. Oder vielleicht ein Messer.

Die Dose hatte einen Schraubdeckel, der sich problemlos öffnen ließ, ohne dass Frihagen sich anstrengen brauchte.

»Was ist denn das?«, rief er überrascht und hielt die Dose so, dass die anderen es auch sehen konnten. »Rauschgift?«

Der Polizist schnappte blitzschnell zu und hielt den kleinen durchsichtigen Plastikbeutel gegen das Licht. Von Gerhards Aussichtsposten sah es aus, als enthielte der Plastikbeutel winzige, silbrig glänzende Schmucksteine.

»Was meinst du, Doktor?«, fragte Moe, offenbar im Unklaren darüber, worum es sich handeln könnte.

Frihagen rieb den Beutel vorsichtig zwischen den Fingern.

»Jedenfalls kein organisches oder pflanzliches Material, so viel ist sicher. Eher ein Metall, würde ich sagen. Hart wie Flint.«

»Darf ich auch mal«, sagte der Assistent. »Mir geht da grad was durch den Kopf.«

Der Polizist nickte gemessen, als Zeichen, dass Karlsen den Beutel auch mal anfassen durfte. Gnädigerweise.

»Verflixt«, platzte Karlsen aufgeregt heraus. »Fällt Ihnen was auf? Die sind warm!«

Das mussten die anderen natürlich sofort nachprüfen.

»Eigenartig«, sagte Moe. »Ich glaube fast, Sie haben Recht.« Er blickte verwirrt zum Doktor. »Was bedeutet das?«

»Das bedeutet, dass wir sofort Hammerfest anrufen müssen«, erklärte Frihagen. Nach der großen Umstrukturierung 2002 war der Polizeipräsident von Hammerfest der offizielle Repräsentant des polizeilichen Sicherheitsdienstes in West-Finnmark. »Einverstanden, Karlsen?«

Der Assistent nickte ernst.

»Wenn ich das, was ich im letzten Jahr im Kurs zur Proliferation gelernt habe, nicht falsch verstanden habe, enthält dieser Beutel einen der begehrtesten Giftstoffe, die wir kennen. Im Gegensatz zur allgemein verbreiteten Meinung ist es nicht gefährlich, mit dem Stoff in Berührung zu kommen. Schlucken ist sehr viel gefährlicher. Aber der wahnsinnige Marktwert dieses Stoffes hat nichts damit zu tun, dass es sich um Gift handelt.«

»Sondern?« Moe kam offensichtlich nicht ganz mit.

Sein Assistent klopfte ihm auf die Schulter.

»Gut, dass Sie die Kleider untersucht haben, Chef. Das hätte einen schönen Eindruck gemacht, wenn wir den Kerl mit der Brusttasche voll Plutonium zur Obduktion geschickt hätten!«

6

Plötzlich war alle Welt gekommen und hatte nach ihm gesehen. Katarina – das war keine Überraschung, nach all der Zeit, die sie neben ihm im Flugzeug aus Oslo gesessen und seine Hand gehalten hatte, bis er in den Operationssaal geschoben worden war. Aber die anderen! Mein Gott, was sie nicht alles unternommen hatten, um ihm eine Freude zu machen! Sie waren alle gekommen: Carl-Christian, ihr Ältester. Alex, also Alexander Bonnevie, der schwedische Zauberer und Forscherkollege, der ihn schon sein ganzes Leben begleitete. Borgar, Fürst von Kretsen. Einar Westerlund, sein bester Freund seit der Schulzeit. Und natürlich Professor Yaacov Adler, die Antwort des Nahen Ostens auf Dr. Barnard; eine ganze Gruppe von Medizinstudenten, deren Anblick ihn nicht gar so erbaute – der Wissensdurst in ihren Augen verriet, dass sie ihm vielleicht nicht wirklich gute Besserung wünschten – sowie drei kastanienbraune Verlockungen in weißblauen Uniformen. Besonders die Brünette mit dem russischen Akzent – Naomi Hirsch stand auf dem Namensschild auf ihrer Brust – schien ein herzensguter Mensch zu sein, den man gern näher an sich heranließ. Doch allen voran: Dr. Abrasha Schwartz. Oder Abby, wie ihn Werner und die anderen Studienkollegen des Massachusetts Institute of Technology in Boston genannt hatten. Auch das lag schon ein ganzes Leben zurück. Doch Abby war und blieb derselbe. Und jetzt hatte er sein Leben gerettet. Genauer gesagt: dafür gesorgt, ihn hierher zu bringen, wo es Hilfe gab, damit er nicht zu Hause in der Warteschlange auf ein neues Herz sterben musste. Einen kurzen Moment lang hatte er Augenkontakt mit Abby, und dieser Blick hatte alle Worte überflüssig gemacht. Sie waren seit der Studienzeit befreundet, hatten große Dinge gemeinsam erreicht und kannten einander von Grund auf. Beide wussten, dass der Dienst des einen des anderen wert war, und dass wirkliche Freunde nie miteinander quitt waren, sondern sich gegenseitig lebenslange Dankbarkeit schuldeten.

Auf einmal begannen alle, durcheinander zu reden. Die einen auf Englisch, die anderen auf Norwegisch, und hinten an der Tür flüsterten die Studenten auf Hebräisch. Wenn er darauf vertrauen konnte, was die Menschen in seiner Gegenwart sagten, war er in verblüffend guter Form. Gesünder als ein gewöhnlicher Blinddarmpatient, meinte einer der Pfleger, während Carl-Christian wie gewöhnlich übertreiben musste und behauptete, er sähe jünger aus als auf seinem Hochzeitsfoto. Das war so albern, dass es ihn nicht einmal wütend stimmte. Die Fotografie stand in einem Silberrahmen zuhause in Frogner auf dem Kaminsims. Auf dem Foto war er dreiundzwanzig Jahre alt, sonnengebräunt und strotzend vor Kraft nach ein paar guten Jahren bei den Wettkampfruderern des MIT. Der Smoking saß perfekt und passte wie maßgeschneidert zu dem freimütigen Schnurrbart und dem blauschwarzen Bürstenschnitt. Wenn er nur einen Teil dieser draufgängerischen Vitalität bewahrt hätte, wäre er niemals hier gelandet – auf dem Rücken in einem Krankenbett in einem fremden Land mit dem Herz eines fremden Menschen in seiner Brust.

Katarina nickte zustimmend zu der absurden Übertreibung ihres Sohnes – auch wenn mit dicken Lettern auf ihrer Stirn zu lesen war, dass sein elender Zustand sie beunruhigte.

»Carl-Christian hat Recht«, stimmte sie ihm zu, »nur der Bart fehlt!«

Er erinnerte sie daran, dass es nicht gut war, zu lügen, insbesondere nicht vor Kranken und Alten. Katarinas Schultern sackten bei seinen Worten etwas nach unten, doch sein bester Freund, Einar Westerlund, der ewige Schlichter, war sogleich zur Stelle.

»Wenn es einen Ort gibt, an dem man lügen darf, Fritz, dann vor dem Krankenbett einer postoperativen Abteilung. Habe ich nicht Recht, Dr. Adler?«

Doktor Adler, der sonst immer so auf die Ehrlichkeit zwischen Arzt und Patient pochte, brachte es nicht übers Herz, ihm zu widersprechen. »Lassen wir es mal so stehen«, sagte er entwaffnend. »Bei kranken Menschen bewirkt eine fromme Lüge oft größere Wunder als ein ausgestelltes Rezept.«

Alle lachten, doch da schien Katarina auf einmal der Ansicht, die Stimmung sei zu gelöst. Schließlich befänden sie sich nicht auf der Entbindungsstation, sondern in einem Überwachungsraum der Herzchirurgie.

»Wir sollten ein wenig leiser sein«, sagte sie. »Das sollte doch eine Art Ruhezone sein.«

Obwohl er nicht verstand, was *das* jetzt damit zu tun hatte, widersprach ihr Werner nicht. Katarina hatte ihm damit den willkommenen Vorwand gegeben, dem allgemeinen Besuch ein Ende zu setzen. Die Narkose steckte ihm noch in den Gliedern, und er fühlte sich elend. Während des Gesprächs hatte er gespürt, wie wenig es brauchte, um ihm Gefühle zu entlocken; das Lachen saß locker, und seine Augen wurden feucht. Es gelang ihm gerade noch, die Tränen zurückzuhalten, als sich Katarina vor aller Augen auf seine Bettkante setzte, die Mundbinde nach unten streifte und ihm einen feuchten Kuss auf das Kinn gab (Mund und Lippen waren aufgrund der Infektionsgefahr tabu).

»Lieber Fritz, jetzt brauche ich mich nicht mehr zu fragen, ob dein Herz für mich schlägt«, sagte sie. Eine seltene Innerlichkeit war in ihrer Stimme, als sie das sagte. »Ich muss einfach nur meine Hand auf deine Brust legen – so –, und dann *spüre* ich, dass es stimmt!«

Doch, das alles war wirklich schön. Seine geliebte Katarina war eine Meisterin der Verstellung und der eingeübten Spontaneität. Nicht einmal an einem solchen Tag, an dem er auf dem Präsentierteller des Todes lag, gelang es ihr, sich von der Rolle der hingebungsvollen Ehefrau zu befreien. Sie beide waren unverbesserlich. Hätte sie nicht einfach ein paar mutige Tränen weinen können und sagen, was wahr war: dass sie sich freute, bald herausfinden zu können, wie weit ihn sein krankes Herz im Bett gehemmt hatte!

Es war im Übrigen ein ungewöhnlich großes Herz, hatte Doktor Adler gesagt. Eine der zahlreichen unerklärlichen Abnormitäten der Medizin – ein so genanntes Ochsenherz.

»Und draußen«, hörte er sich selbst fragen, wobei er unmerklich in Richtung Fenster nickte. »Hat das Morden ein Ende?«

Es wurde still um ihn herum. Durch die Stille drangen die fernen Geräusche der Stadt. Das Brummen von Motoren. Sirenen. Wütende Rufe. Eine plötzliche Gewehrsalve, die nicht beantwortet wurde.

»Oh, es geht noch immer weiter. Sieht ganz so aus, als verfolge die Roadmap für den Frieden ein ganz anderes Ziel: nämlich Israelis und Palästinenser noch mehr gegeneinander aufzuhetzen. Zwei neue Selbstmordaktionen allein am heutigen Tag«, sagte Adler. »Und heute Nacht werden wir das sicher mit Bombenangriffen auf ausgewählte palästinensische Ziele vergelten, um das Gleichgewicht wiederherzustellen. Das Ganze ist eine einzige Katastrophe.«

»Die bekommen, was sie verdienen«, sagte Abrasha Schwartz. »Wenn sie keinen Frieden wollen, dürfen sie sich nicht beschweren, wenn sie Krieg bekommen.«

»Die toten Kinder sind so schrecklich«, seufzte Katarina. »Aber wir wissen ja, wer der Schuldige ist. Wir wissen, wer es seit zehn Jahren in der Hand hat, einfach ›*Stopp*‹ zu sagen, ›*Werft nicht den ersten Stein, bleibt zu Hause*‹, es aber nie getan hat.« Sie drehte sich schnell zu Doktor Adler um. »Gott verbietet mir solche Worte, aber *ihn* hättet ihr erschießen sollen!«

Borgar Fürst breitete resigniert die Arme aus.

»Und Norwegen hat ihm den Friedensnobelpreis verliehen!«

»Erinnern Sie mich nicht daran«, sagte Katarina.

»Halten Sie mich da heraus, bitte«, sagte Adler plötzlich. »Ich habe den Oslo-Prozess unterstützt. Und ich glaube, Arafat wollte niemals, was jetzt passiert. Die Frage ist bloß, ob er noch Einfluss hat.«

Wieder waren draußen in weiter Ferne Gewehrsalven zu hören.

»Worin wir uns wohl alle einig sind«, sagte Schwartz, »ist, dass unser lieber Freund, Fritz Emil, Ruhe braucht. Verschonen wir ihn deshalb mit dieser Diskussion, die uns so oder so nicht weiterbringt. Im Übrigen bin ich sicher nicht der Einzige, der denkt, dass der Oslo-Prozess *nicht* gerade Norwegens wichtigster Beitrag zum Frieden im Nahen Osten war.«

Es entstand eine kleine Pause, doch dieses Mal waren weder Schüsse noch Schreie zu hören.

Alle warteten darauf, dass Werner etwas sagte, doch nachdem eine Minute vergangen war, ohne dass er die Augen geöffnet oder ein Wort gesagt hatte, erkannten sie, dass er schlief.

7

Doktor Frihagen war zu einem Krankenbesuch zu einer alten, allein stehenden Frau im Inselinneren gefahren, doch sowohl der Polizeibeamte als auch sein Assistent waren geblieben, um auf den Helikopter zu warten. Jetzt saßen sie in dem kleinen Wohnzimmer und genossen eine Tasse Kaffee und die Reste der vorjährigen Weihnachtsbäckerei, die die Mutter mit Gerhards Hilfe auf den Tisch gestellt hatte. Von den ursprünglich sieben Kekssorten waren nur noch die Sorten übrig, die Gerhard am wenigsten mochte, weshalb er durchtrieben grinste, als er sah, wie die Gäste zugriffen.

»Ist vielleicht eine Vermisstenmeldung bei uns eingegangen?«, fragte Moe. »Wenn der Mensch seit gestern oder vorgestern im Wasser gelegen hat, sollte man doch annehmen, dass er bald von jemandem vermisst wird.«

Nein, Karlsen konnte sich an keine Vermisstenmeldung erinnern, und eine rasche Nachfrage in der Nachbargemeinde ergab, dass er sich richtig erinnerte. Es waren keine neuen Vermisstenmeldungen registriert.

»Wenn er vermisst wird, dann in einem anderen Teil des Landes«, sagte er. »Falls er nicht bereits vor längerer Zeit verschwunden ist und sich versteckt gehalten hat, bis er ermordet wurde.«

»Morgen früh müssen wir das Register überprüfen«, sagte Moe. »Mit etwas Glück kriegen wir vorher noch eine Vermisstenmeldung rein. Wenn die Menschen über das Radio erfahren, dass ein Toter im Meer gelegen hat, werden sie sich wohl beeilen, uns mitzuteilen, wo und wann jemand nicht zum Essen gekommen ist.«

Sie schwiegen ein paar Minuten und knabberten Weihnachtsgebäck. Schließlich lehnte sich Moe zurück und wischte sich ein paar Krümel vom Schoß.

»Gab es nichts an dem Toten, das Sie merkwürdig fanden? Etwas, das Sie stutzig gemacht hat?«

Karlsen dachte lange nach. Nach der missglückten Durchsuchung der Leiche hatte er einen gewissen Vorteil gegenüber seinem Vorgesetzten, doch jetzt spürte er, dass dieses Gefühl nicht lange andauern würde.

»Nun, da war dieses Zeug in seiner Brusttasche ...«

»Natürlich. Ich meine, abgesehen von dem, worüber wir bereits gesprochen haben.«

»Nein, äh, was soll ich sagen ... er hätte vielleicht eine Mütze aufhaben sollen, bei der Kälte, die wir in den letzten Tagen hatten.«

Moe nickte langsam.

»Das kann man wohl sagen. Auf der anderen Seite gibt es eine ganze Menge Fischer, die nicht einmal bei Sturm eine Mütze aufsetzen. Aber wir wissen nicht, ob er die nicht einfach im Wasser verloren hat. Das wäre eigentlich logisch, wenn er sie nicht unter dem Kinn festgebunden hatte.«

»Nein, ansonsten ist mir nichts aufgefallen«, sagte Karlsen resigniert. »Wenn Frihagen nicht die Einschusswunde entdeckt hätte, hätte ich nichts Ungewöhnliches an ihm gefunden.«

Moe nahm einen tiefen Zug von seiner Zigarette, ehe er sie mit einer jähen, beinahe heftigen Bewegung in der Kaffeetasse ausdrückte. Er versuchte aufzuhören und hatte sich selbst versprochen, von jeder Zigarette, die er sich anzündete, nur zwei Züge zu nehmen. Auf diese Weise hoffte er, zu der Erkenntnis zu gelangen, dass das Rauchen wirklich sinnlos war. Wenn es ihm nicht gelang, aus Rücksicht auf seine eigene Gesundheit aufzuhören, gelang es ihm vielleicht mit Blick auf seine Finanzen.

»In dieser Hinsicht sind wir einer Meinung«, sagte er. »Aber da sich nun doch herausgestellt hat, dass der Mann ermordet worden ist, und überdies vielleicht in kriminelle Machenschaften verwickelt war, müssen wir neu ansetzen. Und dann erscheint mir die Sache mit den Stiefeln auch höchst seltsam.«

»Stiefel? Aber er hatte doch gar keine Stiefel ...«

»Eben deshalb.« Moe wedelte den Zigarettenrauch weg. »Ist nicht gerade das seltsam?«

Jetzt war es Karlsen, der nicht ganz mitkam.

»Tja«, versuchte er sich, »die hat der Arme wohl verloren. Auf die gleiche Weise wie die Mütze.«

Moe schüttelte den Kopf.

»Haben Sie jemals versucht, im Wasser kniehohe Stiefel auszuziehen? Dazu braucht man eine ganz bestimmte Technik und viel Kraft – die gehen nicht einfach so von selbst ab, wenn sie nicht mindestens ein paar Nummern zu groß sind. Und wenn man um sein Leben kämpft und genug damit zu tun hat, sich über Wasser zu halten, fängt man nicht ausgerechnet mit den Stiefeln an. Das kann ich Ihnen garantieren. Insbesondere, wenn einer ohnehin schon tot ist!«

Gegen das letzte Argument konnte Karlsen kaum etwas einwenden. Tote zogen sich im Wasser nicht die Stiefel aus, egal wie schnell sie untergingen.

»Aber ist es denn so sicher, dass er Stiefel anhatte, als er ins Wasser fiel?«

»Sie haben genau das Gleiche gesehen wie ich. Die Wollstrümpfe waren bis zu den Knien über die Hose gezogen. Wenn das nicht auf Stiefel hindeutet, dann weiß ich auch nicht.«

Karlsen sagte nichts.

»Der Punkt bei den Stiefeln ist natürlich«, fuhr Moe schließlich fort, »dass es so aussehen kann, als hätte er keine Stiefel getragen, als er ins Wasser stürzte. Und dann muss die Frage lauten: warum nicht?«

»Vielleicht lag er im Bett und hat geschlafen?«

»Möglich«, sagte der Polizist zustimmend. Er hatte sich eine neue Zigarette angezündet und inhalierte den ersten der beiden zulässigen Lungenzüge mit sichtbarem Genuss. »Aber es kann auch sein, dass ihm jemand bewusst die Stiefel *ausgezogen hat, ehe er ihn über Bord warf.*«

Karlsen sah seinen Chef neugierig an. Manchmal überraschte ihn Moe mit scharfsinnigen Beobachtungen oder, wie jetzt, mit unerwarteten Hypothesen. Moe war ein gerissener Fuchs, auch wenn er wie ein gutmütiger Teddybär aussah.

»Warum sollte das jemand tun?«

»Tja, das ist die Frage. Das macht auch nicht mehr Sinn, oder? Wenn nicht …« Er nahm einen neuerlichen Zug von der Zigarette und blieb still sitzen, während der Rauch durch die Atemwege glitt und die Kapillaren mit Nikotin erfüllte. Was ihm am Rauchen am besten gefiel, war das beinahe unmerkliche Erstickungsgefühl, das aufkam, wenn der Körper die verminderte Sauerstoffzufuhr realisierte. Das schärfte das Bewusstsein ein wenig, wie wenn man sich ein paar Sekunden zu lange unter Wasser aufgehalten hat und sich an die Oberfläche drängen muss, um Luft zu bekommen.

»Was?«

Die Neugier Karlsens kippte allmählich in Verärgerung um.

»Woran ich denke«, sagte Moe und atmete den Rauch durch die Nase aus, »ist, dass wir mit Hilfe der Stiefel vielleicht den Leichnam identifizieren können. Manche Menschen schreiben ja ihre Initialen in die Innenseite ihrer Stiefel, um Verwechslungen zu vermeiden, insbesondere, wenn man sich in einem Milieu bewegt, in dem viele das gleiche Schuhwerk tragen. Zum Beispiel an Bord größerer Fischtrawler.«

»Vielleicht waren sie auch Arbeitskollegen, und der Mann hatte sich die Stiefel von demjenigen geliehen, der ihn später umbrachte«, gab der Gehilfe zu bedenken. »Dann wären die Stiefel ja so etwas wie eine Visitenkarte.«

Moe meinte, dass sie damit sicherlich an einem wichtigen Punkt seien, die Erklärung könne so oder so sein, doch dass die Stiefel fehlten, sei bestimmt kein Zufall.

»Ich sollte das wohl in meinem Bericht erwähnen«, murmelte er. »Die Leute beim PST haben keine Erfahrung mit solchen Mordfällen.«

»Wird sich denn nicht die Kriminalpolizei darum kümmern? Mord fällt doch in deren Zuständigkeit?«

»Nicht so ein Mord, Karlsen. Wenn Sie Recht haben mit Ihrer Vermutung, was da in der Bleidose ist, wette ich darum, dass das ein Fall für den PST ist, in enger Zusammenarbeit mit der Polizeidienststelle in Hammerfest.« Er lachte trocken. »So bleiben die Ermittlungen in der Familie, wenn Sie verstehen, was ich meine.«

Karlsen verstand ihn ausgezeichnet. Er hatte erst kürzlich an einem dreitägigen Kurs der Polizeibehörde in Hammerfest teilgenommen, bei dem es gerade um die Art Kriminalität gegangen war, mit der sie es hier möglicherweise zu tun hatten: Schmuggel von spaltbarem Material aus Russland und anderen exsowjetischen Staaten.

»Es gibt im Grunde nur eine Sache, die ich nicht richtig verstehe«, sagte er. »Angenommen, er wurde in Zusammenhang mit einem Schmuggelgeschäft getötet: Warum hat man ihn dann mit dem Plutonium in der Brusttasche ins Wasser geworfen? Stellen Sie sich doch mal vor, was die paar Gramm wert sind, und was für eine hektische Polizeiaktion dieser Fund nach sich ziehen wird. Der Mörder hätte eigentlich gleich zwei Gründe gehabt, so etwas zu verhindern. Oder, um es anders auszudrücken: Warum zieht er ihm die Stiefel aus, kümmert sich aber nicht im Geringsten um das, was der Typ in seinen Taschen hat?«

»Gute Frage«, sagte Moe. »So gut, dass ich meine, wir sollten die Antwort dem PST überlassen. Aber vielleicht ist es ja auch ganz einfach. Vielleicht hatte der Mörder ja keinen Grund zu der Annahme, dass sein Opfer in der Brusttasche Plutonium spazieren führte. Vielleicht ist er aus ganz anderen Gründen erschossen worden.«

Er nahm den letzten erlaubten Zug an seiner Zigarette, die er auch dieses Mal mit demonstrativer Vehemenz in der Kaffeetasse ausdrückte. In der Stille, die folgte, hörte er den sich nähernden Helikopter.

Gerhard, der mucksmäuschenstill auf seinem Stuhl gesessen hatte, konnte sich nicht länger beherrschen, er sprang auf und rannte ans Fenster.

»Jetzt kommt er!«, rief er hingerissen und zeigte auf den leuchtenden Punkt über dem Dach der alten Volksschule ein paar hundert Meter weiter im Inselinneren. »Der landet mitten auf dem Schulhof!«

8

Nachdem Katarina und die anderen Besucher gegangen waren, durchlebte Fritz Emil Werner einen langen, quälenden Abend mit mahlenden Schmerzen in der Brust. Es brannte so, dass er schließlich davon überzeugt war, etwas könne nicht stimmen und die Schmerzen seien auf einen medizinischen Fehler zurückzuführen – Adler musste da drinnen irgendetwas vergessen haben, eine Schere oder ein Messer, das jetzt die Operation auf eigene Faust fortführte. Es waren grausame Momente, in denen er fühlte, wie das Gerät an seinem Herzmuskel feilte. Benommen starrte er auf die Klingelschnur, die auf der linken Seite des Bettes von der Decke herabhing, doch aus Angst davor, was die Schere anrichten konnte, wagte er es nicht, sich zu bewegen. Sein Rücken wurde nass, und gleich darauf begann er zu frieren; er spürte ein leichtes Zittern in einem Arm und dann im Oberschenkel auf der anderen Körperseite – mein Gott, kamen die denn nie, um nach so einem armen Teufel zu sehen?

Schließlich konnte er es nicht mehr aushalten. Vorsichtig hob er den Arm, wickelte die Schnur ein paar Mal um seinen Daumen und zog. Ein Höllenspektakel brach los: Kirchenglocken, Feueralarm, Intifada!

Als die Schwester endlich in der Tür erschien – ja, es war die Brünette mit dem Rehblick –, fühlte sich Werner bereits mürbe von all dem Lärm, außerdem schämte er sich fürchterlich über das, was er in Gang gesetzt hatte. Doch es gelang ihm schließlich, zu erzählen, dass auf dem Operationstisch ein schicksalhafter Fehler begangen worden sein musste. Er komme fast um vor Schmerzen, bestimmt habe er innere Blutungen und müsse sofort wieder operiert werden.

»Ich verblute«, flüsterte er. »Holen Sie Dr. Adler, ehe ich einen Schock bekomme!«

Sie starrte ihn ungläubig an.

»Sie wollen, dass ich Dr. Adler rufe?«, fragte sie und blinzelte. Jetzt wusste er plötzlich, was ihn an ihrem Blick so faszinierte: Sie hatte ein braunes und ein grünes Auge. »Sind Sie sicher, er hat Bereitschaft und schläft gerade …«

Werner versicherte ihr, dass es absolut nötig sei, schloss die Augen und verrichtete ein stilles Gebet. Die Schmerzen wollten nicht aufhören. Wenn es sich auch jetzt nicht mehr so anfühlte, als würde er zerschnitten und müsste verbluten: es war eher wie eine innere Verbrennung dritten Grades. Vor seinem inneren Auge sah er rot glühende Nervenstränge im verkohlten Muskelgewebe wie Glühwürmchen zusammenschrumpfen. Es fühlte sich an, als hätte jemand den Schneidbrenner voll aufgedreht und als leckten die Flammen an der Innenseite des linken Vorhofes entlang.

»Ihnen geht's nicht gut, Werner?«

Adler beugte sich über sein Bett und sah ihn mit schläfrigen Augen an. Er gähnte. Erst einmal, dann noch einmal. Mit dem dritten großen Gähnen blies er die Flamme des Schneidbrenners aus.

»Nein, mir geht's wirklich nicht gut«, jammerte Werner. »Aber vielleicht ist es jetzt schon wieder ein bisschen besser als eben.«

Adler nickte.

»Mein Freund, Sie haben eine kleine Entzündung in der Herzkammer. Das ist ganz normal. Kein Grund zur Sorge.« Er warf einen Blick auf seine Armbanduhr. »Ich sehe, es ist an der Zeit für ein paar Schmerzmittel.«

Er bat die Schwester, die Morphinspritze fertig zu machen, setzte sich breitbeinig auf einen Plastikhocker, der neben dem Bett stand, und schob sich zu ihm vor.

»Ich bleibe hier, bis Sie eingeschlafen sind«, sagte er. »Wenn Sie wollen, können wir reden. Wenn Sie lieber Stille wollen, kann ich aber auch gut schweigen.«

Werner spürte zu seiner Überraschung, dass er nichts mit Dr. Adler zu besprechen hatte. Dabei war dieser Doktor eigentlich ein Mensch, dem man gerne zuhörte. Geradeheraus, energisch, fast brutal in seiner Art, todkranken Menschen zu erzählen, wie schlecht es um sie stand. Aber Werner hatte nicht das Gefühl, dass ihn Adlers Wahrheitsdrang und seine Ermahnungen noch betrafen. Es gab wenig, was er noch nicht gehört hatte, dabei hatte Adler die Gabe, sich immer wieder neu und treffend auszudrücken, und es gab sicherlich viel zu lernen für jemanden, der sich noch immer mit Leib und Seele darauf konzentrieren sollte, zu überleben. Trotzdem langweilte ihn Adler.

»Sie glauben vielleicht, Ihre Probleme wären damit erledigt«, sagte Adler unaufgefordert. Er konnte vermutlich nie länger als ein paar Minuten schweigen. »In diesem Fall irren Sie sich. Ein kaputtes Herz rauszuschneiden, ist eine Sache. Das kann jeder Schlachtergeselle lernen. Aber ein neues Herz zu platzieren und es zum Schlagen zu bringen!« Er lachte sein kurzes, polterndes Lachen, das Werner von all den Besprechungen so vertraut war. »Was ich ihnen klar machen möchte«, fuhr Adler fort und nahm der Schwester die vorbereitete Spritze ab, »ist, dass jetzt die große Unsicherheit beginnt. Bis jetzt konnte die Sache durch menschliches Versagen oder technische Komplikationen schief gehen, doch solche Probleme sind eigentlich ungeheuer selten. Wir haben mit der Zeit reichlich Routine in diesen Operationen bekommen. Alle Apparaturen und alle Körperfunktionen werden fortlaufend überprüft und doppelt gecheckt. Ich pflege immer zu sagen, dass eine Herztransplantation genauso exakt geplant und überwacht wird wie ein Mondflug!«

Er begann eine längere statistische Berechnung über die Zukunftsaussichten von Menschen mit Herztransplantationen. Werner versuchte, nicht hinzuhören. Adler wurde es anscheinend nie leid, seine Patienten daran zu erinnern, wie risikoreich es war, eine Transplantation zu überleben.

»Ich habe inzwischen mehr als hundert solcher Operationen durchgeführt, und nur einmal habe ich einen Patienten auf dem Operationstisch verloren«, dozierte er. »Einmal, Werner! Für die ersten zwei Tage nach der Operation ist die Statistik mit einer Sterblichkeit gleich null noch besser. Aber dann, mit Beginn des dritten Tages, ist es bei einigen Patienten zu Komplikationen gekommen, weil sich das Immunsystem des Körpers schlichtweg geweigert hat, das neue Herz zu akzeptieren. Das nennen wir Abstoßung oder Rejektion. Wie wir schon besprochen haben, können wir heute mit Hilfe von Cyklosporin und anderen blutungshemmenden und immunsuppressiven Präparaten das Risiko einer Rejektion drastisch verringern. Doch selbst bei dieser Behandlungsmethode kommt es vor, dass Menschen einfach zusammenklappen und sterben. Es gibt mit anderen Worten keine Garantie dafür, dass sich Ihr Körper mit dem neuen Herzen abfinden wird.«

»Und für wie groß halten Sie meine Chancen im Moment?«, fragte Werner spitz. »Alles normal?«

»Bis jetzt, ja.«

Adler warf ihm einen unergründlichen Blick zu, hielt die Morphinspritze vor das Licht und drückte einen winzigen Tropfen aus der Spitze. Dann beugte er sich vor und stach zu.

Die Schmerzen im Oberschenkel verrieten Werner, dass Adler die Spritze nicht richtig platziert hatte. Der Doktor kniff die Lippen zusammen, stach erneut zu und lächelte ihn aufmunternd an.

»So, ja. Jetzt werden Sie sich bald besser fühlen.«

Er stand auf, warf die benutzte Spritze in einen gelben Abfalleimer und ging zum Elektrokardiograph. Wenn das neue Herz plötzlich Probleme machte, würde die Maschine das Personal mit einem durchdringenden Ton warnen.

»Bis jetzt sieht alles richtig gut aus«, versicherte ihm Adler, nachdem er ein paar Minuten lang die Herzstromdiagramme betrachtet hatte. »Sie haben ein starkes, williges Herz bekommen. Die inneren Blutungen sind schwach. Heute Abend oder morgen früh werden wir bereits die Brustdrainagen entfernen können. Vielleicht setzen wir dabei direkt den Herzschrittmacher ein. Mal sehen.«

Adler redete wieder drauflos. Das meiste kannte Werner von

früheren Terminen bereits auswendig. Er hatte sich längst damit abgefunden, dass der Kampf gegen die Abstoßung gleichzeitig die Anfälligkeit für andere Infektionen erhöhte. Selbst eine triviale Bakterien- oder Vireninfektion konnte bei einem Herzoperierten lebensbedrohende Konsequenzen haben.

»Was ich Ihnen zu sagen versuche«, fuhr Adler fort, »ist, dass Sie sich in den nächsten Tagen in einer Art existenziellen Grauzone bewegen. Vergleichbar mit einem HIV-Patienten ohne Aids.«

Werner lächelte angestrengt.

»Und wann etwa, glauben Sie, kann man mich wieder als gesund bezeichnen?«

Adler zögerte.

»Nun, das kommt auf Fortuna an und Ihre eigenen genetischen Grundlagen. Der eine Körper akzeptiert das eine Herz, der andere das andere.«

»Natürlich. Ich meinte, wenn alles gut läuft und es keine Komplikationen gibt ...«

Adler senkte seine Stimme.

»Unsere Jungs sind heute Nacht in Ramallah einmarschiert«, sagte er. »Gemäß den Zeitungen handelt es sich um eine begrenzte Reinigungsaktion, die gegen palästinensische Terroristen gerichtet ist. Die Einheiten sollen angeblich bis Ostern wieder abgezogen werden.« Er verzog sein Gesicht zu einem schiefen Lächeln. »Nun, ich gebe Ihnen mein Wort, dass wir Sie deutlich früher hier herausbringen.«

»Das ist ein seltsames Versprechen«, parierte Werner. »Bis Ostern sind es noch fünf Wochen. Wenn ich bis dahin nicht wieder fit bin, kann das nur bedeuten, dass ich das Zeitliche gesegnet habe.«

»Da haben Sie Recht.«

Werner lachte über den makabren Spaß, so gut es ging.

»Nur noch eine Kleinigkeit zum Schluss«, sagte er. »Sie dürfen mir darauf vielleicht keine Antwort geben, aber trotzdem: Woher kommt mein Herz? Ich fühle mich frisch wie ein Zwanzigjähriger!«

Alder kniff die Augen zusammen, so dass sie schmal wie Gedankenstriche wurden.

»Mein Freund, jetzt verstoßen Sie gegen alle Spielregeln.«

»Ich weiß, aber trotzdem.«

Adler ging zur Tür. Ohne sich umzusehen, sagte er:

»Glauben Sie mir, ich habe nicht die geringste Ahnung. Aber in der Regel stammen die transplantierten Organe von Menschen, die vor kurzem bei einem Unglück ums Leben gekommen sind. Meistens bei Verkehrsunfällen.«

»Ist das immer so?«

»Nicht immer. Aber meistens.«

»Aber es gibt auch andere Fälle?«

»Ja.«

»Soldaten?«

»Wir verlieren nicht so viele Soldaten, dass wir davon ausgehen sollten.«

Draußen vor den Fenstern ging es wieder los. Ein paar Straßenzüge entfernt schoss jemand mit einem Maschinengewehr.

»Nun«, sagte Werner. »An der Sache wird offensichtlich mit Nachdruck gearbeitet.«

9

Werner fror. Alles war still. Die Beleuchtung war gedimmt, um den kostbaren Schlaf der vielen, zum Teil schwer erschöpften Patienten auf der Postoperativen Abteilung nicht zu stören. Draußen hatten sich die Schießereien und der Lärm der Ausschreitungen beruhigt. Jerusalem schlief.

Es war erst vier Stunden her, dass er eingeschlafen war, und ungefähr genauso lange seit seiner letzten Morphinspritze. Eigentlich hätte er wie ein Stein schlafen und von der jungen Katarina träumen müssen.

Dennoch war Werner aufgewacht.

Nicht abrupt. Nicht, weil jemand seinen Namen gerufen oder ihn wachgerüttelt hatte.

Durch den Nebel des Morphiums ahnte er, dass jemand im Raum war. Ein Schatten in der Nähe des Bettes. Ein schwacher, fast unmerklicher Atemhauch, der nicht der seine war.

Als er vorsichtig die Augen öffnete, sah er zunächst nichts. Aber sobald er sich an das Licht gewöhnt hatte, entdeckte er sie: Naomi Hirsch, die attraktive Krankenschwester mit dem russischen oder slawischen Akzent. Sie stand am Fußende seines Bettes und sah ihn mit großen, neugierigen Augen an. Sie schien besorgt zu sein. Ihre Brüste wölbten sich unter der engen Uniform. In seiner Schläfrigkeit konnte er nicht erkennen, was in ihr vorging. Fast kam es ihm so vor, als funkelte das grüne Auge vor Hass, das braune aber vor Liebe.

Wäre sie nicht so atemberaubend schön, hätte er sich auf der Stelle zu erkennen gegeben und sie gefragt, was anstand.

Aber er sagte nichts.

Schloss stattdessen die Augen. Tat, als ob er schlief.

Sie blieb noch eine ganze Weile vor dem Bett stehen, bevor sie sich leise zurückzog. Den Raum verließ. Der Duft von weißen Lilien hing in der Luft.

Während er dalag und darauf wartete, wieder einzuschlafen, wurde irgendwo in den menschenleeren Straßen vor dem Krankenhausgelände das Feuer eröffnet. Er dachte daran, wie viel Blutvergießen er im Zusammenhang mit seinen halbjährlichen Untersuchungen bei Dr. Adler erlebt hatte. Man konnte fast meinen, dass jeder Arztbesuch – mit all den Röntgenaufnahmen, EKG-Untersuchungen und der Neueinstellung der Medikamente – mit einer neuen Umdrehung der Gewaltspirale zwischen Israel und seinen Feinden zusammenfiel. Katarina und Abrasha, die die ganze Zeit nicht von seiner Seite gewichen waren, hatten alles getan, um ihn von den beunruhigenden Eindrücken abzuschirmen, die einem aus allen Medien und aus Jerusalems Straßen entgegenströmten. Ihre rührende Fürsorge hatte ihn natürlich nicht davon abhalten können, zu beobachten und zu reflektieren. Eher im Gegenteil. Je mehr sie ihn mit der brutalen und beunruhigenden Wirklichkeit verschonten, die sie umgab, desto erpichter war er gewesen, den

Dingen auf den Grund zu gehen. Und je mehr sie ihm versicherten, es würde schon alles gut werden, und dass die Friedensgegner bald endgültig besiegt sein würden, desto stärker waren seine Zweifel geworden. Während der letzten Wochen vor der Operation hatte ihn immer wieder ein und derselbe Albtraum heimgesucht: Der gesamte Nahe Osten ertrank in einer Sintflut aus Blut. Stinkende Flüsse aus Schleim, Urin und Blut strömten durch die Straßen und rissen alles mit, was sich ihnen in den Weg stellte – tote Kinder, verstümmelte Körper, Tierkadaver, religiöse Schriften und Symbole. Überall stiegen die herzzerreißenden Schreie von Millionen von Arabern und Juden zum Himmel, die um ihr Leben liefen, in der Hoffnung, dem roten, reißenden Fluss zu entkommen …

Er schob die makabren Traumbilder beiseite.

Die Wirklichkeit vor dem Krankenhausgelände war schon erschreckend genug.

Das scharfe Knattern der Maschinengewehre schien gar nicht enden zu wollen. Nur einmal wurde es von einem Schrei und dem dumpfen Knall einer Handgranate übertönt. Er begann zu frieren. Ein vager Gedanke blitzte durch seinen Kopf: Sollte er tatsächlich gesund werden, wollte er in die Stadt gehen – in das wirkliche Jerusalem – und sich mit eigenen Augen ansehen, was dort vor sich ging. Es musste doch einen Grund für all die sinnlose Gewalt geben. Etwas, das er bisher nicht verstanden hatte.

»Sie schicken ihre eigenen Kinder auf die Straße, um den Märtyrertod zu sterben«, hatte Abby gesagt, als sie am Abend vor der Operation auf die Ausschreitungen zu sprechen gekommen waren. »Sie tun nichts, um sie zurückzuhalten. Und hinterher, wenn wir versuchen, die Gewalt in den Griff zu bekommen, beschimpfen sie uns als Kindermörder. Sie haben keinen Funken Scham im Leib!«

Vor zwei Tagen hatte er dem im Großen und Ganzen noch zugestimmt.

Aber nun wusste er nicht mehr so genau, was er eigentlich glaubte. Als er von seinem Bett die Schießerei und das Rufen hunderter mit Stöcken, Steinen und Steinschleudern bewaffneter Jugendlicher hörte, breitete sich die Unruhe in heißen Wellen in seinem Körper aus. Eine Unruhe, deren Ursache er nicht kannte. Nur, dass sie vom Herzen ausging. Von seinem jungen, starken Herzen …

10

Ulla Abildsøs Atem ging schwer, als die beiden uniformierten Wachmänner im Archiv anriefen und überprüften, ob sie tatsächlich erwartet wurde und willkommen war. Der Fußmarsch von knapp zweihundert Metern den Institutsweg hinauf durch den Schnee war anstrengend gewesen. Ihr war kalt, sie war außer Puste und außerdem wütend, weil die neue Prothese nicht so saß, wie sie sollte.

»Wenn Sie sich das bitte anstecken würden«, sagte der ältere der beiden Wachmänner und reichte ihr eine rote Plastikkarte, die man am Jackenkragen befestigen konnte. *Gast* stand darauf. Misstrauisch blickte sie auf das hohe Gittertor hinter der Wachstube und spürte nicht viel von Gastfreundlichkeit. Sie hätten lieber *Gefangener* darauf schreiben sollen, wäre ihr beinahe herausgerutscht. Aber sie schluckte es runter. Das Wappen über der Tür lud nicht gerade zu derartigen Scherzen ein: ein Schwert in einem rutherfordschen Atommodell. Das militärische Forschungsinstitut in Kjeller, unter Eingeweihten: das FFI.

Sie kämpfte mit der Ausweismarke. Als sie es endlich geschafft hatte und den Blick hob, schaute sie in zwei grinsende Gesichter, die sie offensichtlich schon eine ganze Weile bei ihren Bemühungen beobachtet hatten. Sie rümpfte die Nase. Gaffende Männer konnte sie auf den Tod nicht leiden. Sie hatte schon zu viele von ihnen erlebt. Dabei konnte sie nicht sagen, was ihr am meisten aufstieß: die bewundernden Blicke, mit denen sie ihr begegneten, wenn sie festgestellt hatten, wie schön sie war, oder die Enttäuschung, die sich auf ihren Gesichtern ausbreitete, wenn sie entdeckten, dass ihr ein Bein fehlte. Aber sie machte ihnen keinen Vorwurf. Sie war, wer sie war. *Jeder Mensch ist vollkommen, wenn er mit seiner Herkunft in Einklang steht*. Diese Herkunft verfolgte sie überall hin. Auch hierhin, in den Eingangsbereich des militärischen Forschungsinstituts.

»Folgen Sie mir bitte«, sagte der jüngere Wachmann. »Das Archiv ist im Verwaltungsgebäude. Das erste Haus auf der rechten Seite.«

Während sie versuchte, mit dem hochgeschossenen Rekruten Schritt zu halten, rekapitulierte sie das wenige, was sie über diesen Ort wusste. Das Militärische Forschungsinstitut war 1946 gegründet worden, unmittelbar nach dem Zweiten Weltkrieg, um zu gewährleisten, dass der Wiederaufbau des Militärwesens auf der Basis moderner Technologie stattfand, die Norwegens spezielle Topografie, das Klima und die Kampfvoraussetzungen berücksichtigte. Dank engagierter Mitarbeiter, guter politischer Kontakte und umfassender finanzieller und fachlicher Unterstützung durch britische und amerikanische Kooperationspartner, war das Institut inzwischen das größte technisch-wissenschaftliche Forschungszentrum des Landes mit mehr als 500 Angestellten. Bis vor wenigen Jahren war der entscheidende Teil der Aktivitäten in einen Mantel der Geheimhaltung gehüllt gewesen, aber nach dem Ende des Kalten Krieges war man dazu übergegangen, Historikern, Journalisten und anderen »ernsthaft Interessierten« die Türen zu den Archiven zu öffnen.

Diesem neuen Trend zu mehr Transparenz war es zu verdanken, dass sie sich überhaupt getraut hatte, einen Antrag auf Einsicht in historische Dokumente zu stellen, die ein wenig Licht in das bringen konnten, was sie als DIE SACHE bezeichnete: der rätselhafte Tod ihres Vaters und der Onkel vor nun fast fünfundzwanzig Jahren. Obwohl es schon so lange her war, war ihre Erinnerung an die drei nach wie vor lebendig, natürlich am stärksten an ihren Vater. Sie war fünf Jahre alt gewesen, als er starb. »Du bist mein gutes Mädchen«, hatte er an jenem Morgen zu ihr gesagt. »Und jetzt geh raus und spiel.

Aber vergiss nicht, was ich dir gesagt habe. Dass du das beste Mädchen hier im Norden bist.« Sie vergaß es nicht. Sie hatte es sich immer wieder vorgesagt, als sie zwischen den Hütten des Fischerdorfes herumhinkte, mit dem Schmetterlingsnetz, das er für sie gebastelt hatte, bevor die Krankheit ihn ans Bett fesselte. Als sie eine Stunde später zurückkam, um ihm den grünen Grashüpfer zu zeigen, den sie darin gefangen hatte, war er nicht mehr da.

»Das Archiv ist dahinter«, sagte der Wachmann und zeigte linker Hand auf eine blau gestrichene Tür. »Aber zuerst machen wir noch einen kleinen Abstecher.« Er öffnete eine Tür auf der anderen Seite der Halle. »Sie haben in fünf Minuten einen Termin bei dem Sicherheitsoffizier.«

Sie wusste nichts von diesem Termin, wurde aber belehrt, dass dies Teil der Standardprozedur war: Alle Besucher, die im Archiv des Instituts arbeiten wollten, mussten vorher zum Sicherheitsoffizier.

»Eine rein präventive Maßnahme«, fügte er beruhigend hinzu. Was vergebliche Liebesmüh war. Sie war nicht im Mindesten beruhigt. »So hoffen wir, Missbrauch und anderen nicht vorhersehbaren Verstößen gegen die Sicherheitsvorschriften entgegenzuwirken.«

Das Büro des Sicherheitsoffiziers sah aus wie jedes x-beliebige Büro: Sie suchte vergeblich nach dem Lügendetektor und der Folterbank. Der Sicherheitsoffizier Philip Halvorsen war ein rundlicher, gemütlicher Mann in den Fünfzigern, mit einem großen Muttermal auf der Stirn, einer komischen Warze auf der Nasenspitze und tiefen, vertikalen Furchen an den Ohrläppchen, die einigen Herzspezialisten als Hinweis auf eine besondere Disposition für Angina pectoris gedient hätten. In dem Fall sollte er sich vielleicht lieber nach einer anderen Arbeit umsehen. Die Verantwortung für die Sicherheit in einer Institution mit fünfhundert Angestellten und noch mehr Geheimnissen zu haben war ohne jeden Zweifel ein Garant für Herzbeschwerden.

Aber Halvorsen wirkte nicht die Spur gestresst.

»Ich will Sie nicht lange aufhalten«, sagte er. »Ich habe Ihren Antrag gelesen und weiß, dass er vom Direktor abgesegnet ist. Meine Aufgabe ist es, Ihnen die Spielregeln zu erläutern, mit denen wir in dieser Organisation operieren.« Er reichte ihr ein DIN A4-Blatt mit den Vorschriften auf der einen und ein paar leeren Feldern für persönliche Angaben auf der anderen Seite. »Wenn Sie so freundlich sein wollen, diese Informationen durchzulesen und unten zu unterschreiben, als Zeichen, dass Sie die Bedingungen akzeptieren, unter denen Sie hier arbeiten dürfen.«

Während sie las, saß der Sicherheitsoffizier ganz entspannt hinter seinem Schreibtisch und musterte sie ungeniert. Sie fragte sich, ob sein Glotzen Teil der Personenkontrolle war, aber darüber machte man hier wahrscheinlich keine Scherze. Stattdessen fragte sie ihn, ob häufig Verstöße gegen die Vorschriften vorkämen.

»Ich habe noch keinen Spion auf frischer Tat ertappt, falls Sie das meinen. Die meisten Unregelmäßigkeiten sind auf die Nachlässigkeit rechtschaffener Menschen zurückzuführen. Da lässt, nur zum Beispiel, einer die Tür zum Labor offen, wenn er abends geht. Oder jemand vergisst, Geheimakten in den Nachtsafe einzuschließen. Oder man sagt etwas Unpassendes am Telefon.«

Sie sah ihn erstaunt an.

»Heißt das, Sie hören die Telefongespräche Ihrer eigenen Mitarbeiter ab?«

»Aber natürlich.« Er lächelte sie entwaffnend an. »Und es ist noch nicht einmal ein Geheimnis, dass wir das tun.«

Sie fühlte sich unwohl und machte sich bereit zum Aufbruch.

»Öffnen Sie auch Briefe oder E-Mails?«

Er überhörte die Frage, aber seine Stimme war merklich schärfer, als er weitersprach.

»Nur noch eine kleine Ermahnung zum Schluss, Doktor Abildsø. Die Akten, die Sie bei uns einsehen wollen, sind vor einigen Jahren vom Direktor persönlich durchgesehen und zurückgestuft worden. Das heißt, dass sie nicht mehr als geheime Dokumente laufen. Aber wie in den meisten Archiven herrscht auch bei uns keine hundertprozentige Ordnung. Geheime Akten können versehentlich in Mappen mit zurückgestuften Dokumenten geraten. Und hast-du-nicht-gesehen füllen unsere am strengsten gehüteten militärischen Geheimnisse die Titelseite des Dagbladet!«

Sie hörte ihm aufmerksam zu, obwohl sie sich nicht angesprochen fühlte. Sie hatte nicht vor, sich widerrechtlich geheime Akten anzueignen. Jedenfalls nicht, solange sich nicht herausstellte, dass jemand versuchte, die Wahrheit über ihren Vater und die Onkel zu vertuschen. Vierzig Jahre alte Lügen fielen ja wohl kaum unter die Schweigepflicht.

»Und was ist die Moral?«

»Achten Sie darauf, was Sie tatsächlich ansehen dürfen. In Ihrem Fall, da Sie keine Form von Sicherheitszeugnis vorzuweisen haben, bedeutet das schlicht und ergreifend, dass Sie nur Dokumente einsehen dürfen, die mit diesem Stempel versehen sind.« Er zeigte ihr einen Vermerk mit einem signierten Stempel, dem zu entnehmen war, dass das Dokument zu einem bestimmten Datum zurückgestuft worden war. »Sollten Sie dennoch auf ein Dokument stoßen, das noch der Geheimhaltung unterliegt, muss ich Sie bitten, sofort den Archivleiter oder den Sicherheitsoffizier zu rufen. Und lassen Sie sich in keinem Fall dazu hinreißen, sich Notizen zu machen – wir machen regelmäßige Stichproben, bei denen wir gezielt nach den erwähnten Unregelmäßigkeiten suchen. Noch Fragen?«

Dem letzten Schwall an Ermahnungen hatte sie kaum noch zugehört, darum fiel ihr auch keine sinnvolle Frage ein. Sie kam aus einem streng religiösen Heim und hatte gelernt, dass es nicht erlaubt war, zu stehlen. Genauso wenig gehörten Missbrauch und Nachlässigkeit zu ihrem Sündenregister. Ihre Laster gingen mehr in Richtung fleischlicher Begierden und dem Bedürfnis nach einem Glas Rotwein vor dem Frühstück.

Halvorsen öffnete die Tür und wünschte ihr viel Erfolg bei der Arbeit. Es entging ihr nicht, dass er in der Tür stehen blieb und ihr bis ans Ende des Korridors mit dem Blick folgte.

Das Archiv war gemütlicher, als sie es sich vorgestellt hatte. Die blauen Türen und weißen Wände ließen sie an griechische Inseln denken und – eins führte zum anderen – an einen bildschönen und unendlich charmanten Griechen, den sie im Sommer 1991 auf Kreta hoch oben im Tal der Windmühlen einfach stehen lassen hatte. Ihr war bis heute nicht klar, wieso sie ihn auf diese erbärmliche Weise verlassen hatte, indem sie einfach in den nächsten Bus gestiegen war, ohne sich von ihm zu verabschieden. War es wegen der Prothese gewesen? Weil sie sich sein enttäuschtes Gesicht ersparen wollte, wenn er entdeckte, wie sie unter dem seidenen Rock aussah?

Sie begab sich eilig zurück in die Wirklichkeit. Die Tür des Archivs hatte sich kaum hinter ihr geschlossen, als ihr von der anderen Seite des Schalters eine spitze, übellaunige Stimme entgegenkläffte.

»Wir haben heute viel zu tun, es kann also eine Weile dauern, bis ich mich Ihnen widmen kann.«

Die Stimme gehörte zu einer übergewichtigen Frau mittleren Alters in einem viel zu eng sitzenden Baumwollkostüm, die hinter einem überfüllten Schreibtisch saß und durch dicke Glasbausteingläser auf einen riesigen Bildschirm starrte. Ohne den Blick von dem Bildschirm zu nehmen, fügte sie hinzu, wie schlecht es ihr passte, ausgerechnet jetzt Besuch zu bekommen.

»Ich werde natürlich alles tun, was in meiner Macht steht«, schwätzte sie weiter. »Aber erwarten Sie bloß nicht zu viel Service. Zu allem Überfluss bockt nun auch noch der Computer.« Sie erhob sich widerwillig von ihrem Stuhl, trat an den Schalter und streckte ihre klamme Hand aus.

»Laila Hansen«, sagte sie in resigniertem Tonfall. Wahrscheinlich hatte sie es so lange hinausgezögert, sich vorzustellen, in der Hoffnung, der ungebetene Gast würde es irgendwann aufgeben und sich verziehen. »Ich habe Ihren Brief gelesen. Ein recht umfassendes Thema, das. Was hoffen Sie hier eigentlich zu finden?«

Ulla antwortete wahrheitsgetreu, dass sie das nicht so genau wüsste. Aber um das herauszufinden, sei sie schließlich hier.

»Also gut«, seufzte Frau Hansen erschöpft und schob die Brille zurecht. »Dann schlage ich vor, dass Sie mit der Dokumentenreihe 136 beginnen. Dort bestehen die größten Chancen, etwas von Interesse zu finden.«

»Gern«, antwortete Ulla und spürte ein erwartungsvolles Kribbeln im Magen. Wie lange hatte sie auf diesen Moment gewartet! Das letzte Jahr hatte sie die wenige Fachliteratur, die es zu dem Thema gab, von vorn bis hinten durchkämmt, und war dabei immer wieder auf Fußnoten gestoßen, die auf zurückgestufte FFI-Dokumente mit der Archivnummer 136 verwiesen. Sie wusste, welches Thema sich laut Archivschlüssel hinter dieser Nummer verbarg: *Die Atombombe*.

11

Hartmann saß in einer dicken Qualmwolke, die Beine auf dem Schreibtisch, einen Becher extrastarken Pulverkaffee lässig auf der Stuhllehne platziert, und war in einen acht Seiten langen Geheimbericht über muslimische Selbstmordaktionen vertieft. Eigentlich hatte er seit ein paar Jahren standhaft durchgehalten, so gut wie nicht mehr zu rauchen, aber an diesem Tag bewilligte er sich eine Stunde Tabakamnestie und hatte die gebogene Falcon-Pfeife angezündet, die für alle Fälle in seiner Schreibtischschublade bereitlag. Er dachte am klarsten in Rauchschwaden, behauptete er, und jetzt musste er alles an Konzentration mobilisieren, was es zu mobilisieren gab. Als ein Zugeständnis an das Rauchverbot hatte er das Fenster gekippt.

Der chiffrierte Bericht war im Laufe der Nacht bei der Terrorabwehr eingetickert und kam von einem so genannten »kooperierenden Dienst«. Im PST-Jargon wurden damit die CIA, der britische Spionageabwehrdienst MI-6, der deutsche BND, die schwedische Säpo oder – wie in diesem Fall – der israelische Mossad bezeichnet. Dem Bericht zufolge gab es sichere Hinweise darauf, dass der World Islamic Jihad (WIJ), eine der fundamentalistischsten und antiwestlichsten muslimischen Terrorbewegungen, dabei war, in einem abgelegenen Gebirgspass in Usbekistan ein neues Hauptquartier einzurichten, nachdem die führende Gruppe mit dem berüchtigten Salem al-Salem an der Spitze ein halbes Jahr zuvor aus ihrem Versteck in den Bergen des Nachbarstaates Afghanistan vertrieben worden war. Damit war in den nächsten Monaten mit einem Rückgang der Selbstmordaktionen zu rechnen, da die Führungsspitze Zeit brauchte, sich zu installieren und ihre Tätigkeit in der neuen Umgebung zu organisieren. Aber die Erfahrungen aus früheren Umsiedelungsoperationen legten die reelle Befürchtung nahe, dass im Lauf der nächsten 4 bis 6 Monate mit einer massiven Eskalation der Terroranschläge zu rechnen war. *»Nicht zuletzt, um die eigene Stellung und Autorität nach innen zu festigen, lässt die Führungsspitze in solchen Situationen eine Reihe blutiger Anschläge ausführen, die keinem anderen Zweck zu dienen scheinen, als die Organisation noch bekannter und gefürchteter zu machen«*, hieß es in dem Bericht, der in der Schlussfolgerung mündete, dass die wahrscheinliche Zielgruppe für die voraussichtlich bevorstehende »Werbekampagne« amerikanische und britische Botschaften und Finanzinstitute in Nord-Afrika, dem Nahen Osten und Zentralasien waren. *»Aber«*, hieß es zum Schluss, *»es kann nicht ausgeschlossen werden, dass die Organisation, um besondere Aufmerksamkeit auf sich zu ziehen, versuchen wird, eine neue Schwelle zu überschreiten – entweder in Form bisher unbekannter Brutalität oder in Form neuer und Aufsehen erregender Terrorziele. Am 11. September 2001 wurde ein neuer Standard gesetzt, den alle Terroristenführer mit Ambition auf Osama bin Ladens Thron versuchen werden zu übertreffen. In diesem Zusammenhang scheint die Erwähnung angebracht, dass uns durch zuverlässige arabische Quellen hartnäckige Gerüchte über einen geplanten Anschlag auf die skandinavischen Länder zugetragen wurden. Schweden und Norwegen sind gefährdet, da sie seit Jahrzehnten eine aktive und in den Augen der Organisation extrem nachteilige Mittlerrolle im Konflikt zwischen den Palästinensern und Israel spielen. Dänemark war* *aktiv am Krieg gegen den Irak beteiligt. Daher legen wir unseren skandinavischen Kooperationspartnern ans Herz, in den folgenden vier bis sechs Monaten dieser Bedrohung besonderes Augenmerk zu schenken.«*

Hartmann richtete sich langsam im Stuhl auf und tippte ein paar kurze Notizen in den PC ein. Er war ein mittelgroßer, vierschrötiger Mann Anfang fünfzig mit dunklen, kurz geschnittenen Haaren, die an den Schläfen allmählich grau wurden. Er trug ein blaues Jeanshemd und einen Kordanzug mit Lederflicken an den Ellbogen. So gekleidet, sah er den alten Linksradikalen zum Verwechseln ähnlich, auf deren Überwachung er in den 70er Jahren so viel Zeit und Energie investiert hatte. Fehlte nur das Halstuch. Ab und zu ertappte er sich sogar dabei, dass er sich das eine oder andere ihrer Art zu denken angeeignet hatte. Ihre Kritik am Westen war auf weiten Strecken berechtigt, musste er sich im Stillen eingestehen, wenn sie nur mit der Wahl der Alternativen nicht so verdammt danebenlägen. Aber dieses Zugeständnis hielt er sorgsam unter Verschluss und sprach mit niemandem darüber. Wenn er abends von der Arbeit nach Hause kam, schenkte er sich einen kräftigen Drink ein und versuchte, alle Spuren seiner verspäteten Abweichung nach links aus seinem Hirn zu spülen.

Hartmann legte den Mossad-Bericht beiseite und warf einen Blick auf die Armbanduhr.

Fünf vor neun.

Das reichte, um die kurze Notiz auszudrucken, die er für die Morgensitzung bei der Terrorabwehr zusammengestellt hatte. Sein Vorgesetzter, Polizeihauptkommissar Ragnar Dahlbo, war vor ein paar Tagen in sein Büro gekommen und hatte ihn gebeten, einen Lagebericht für die heutige Sitzung vorzubereiten. Dahlbo, ein distinguiert aussehender Mann Anfang sechzig, war gerade von einer zweiwöchigen Dienstreise aus Washington zurück und wollte ganz offensichtlich kontrollieren, ob seine Mitarbeiter während seiner Abwesenheit nicht auf den Tischen getanzt hatten. Die Mitarbeiter respektierten und mochten ihn, aber er konnte grauenvoll launisch sein. Gerüchten zufolge hatte er Probleme mit der Magensäure und reagierte gereizt und mürrisch, sobald der Betriebsarzt ihm mal wieder vom Morgenkaffee und dem Whiskey Soda vorm Schlafengehen abgeraten hatte.

Als Hartmann wenige Minuten später das kleine Sitzungszimmer in der roten Zone betrat, in dem sie regelmäßig ihre morgendlichen Besprechungen abhielten, saß zu seiner Überraschung nicht Dahlbo am Kopfende des Tisches, sondern der neue Chef der Sicherheitsbehörde der Polizei, Mathias Martinsen, in eigener hoher Person – er maß einssiebenundneunzig ohne Schuhe. Seine Ernennung hatte in einer Nacht- und Nebelaktion nach einem peinlichen Abhörskandal stattgefunden; niemand wusste genau, der wievielte in Reihe. Er war dem erfahrenen Leiter der Abteilung »Liaison«, Polizeihauptkommissar Trym Aslaksen, an die Seite gestellt worden. Ansonsten saßen lauter bekannte Gesichter von der Terrorabwehr um den Tisch herum: ein Referent, drei Polizisten und Hauptkommissar Dahlbo.

Hartmann suchte sich einen freien Platz.

»Da sind Sie ja endlich«, sagte Dahlbo auf seine leicht zurechtweisende Art und trommelte ungeduldig mit dem Stumpf seines Zeigefingers auf die Tischplatte, sein Erkennungszeichen seit einem wilden Axtduell in jungen Jahren. »Sie verschwenden offenbar keine Zeit darauf, zu früh zu Sitzungen zu kommen. Ich weiß, dass ich mich wiederhole, aber selbst Pünktlichkeit kann übertrieben werden. Belassen wir's dabei.« Er nickte Martinsen zu. »Wie Sie sehen, haben wir Besuch vom Chef. Er wird uns den Grund selbst erläutern. Lassen Sie mich nur noch vorausschicken, dass die vorgesehene Tagesordnung aufgehoben ist. Es ist etwas Dringendes dazwischengekommen.«

Er nahm einen gierigen Schluck Pulverkaffee, was er augenblicklich bereute, und schob den Becher mit einer hastigen Bewegung von sich weg. Stattdessen griff er nach einer Schachtel *Link,* den säureneutralisierenden Pillen, die er lutschte, wenn sein Magen verrückt spielte.

»Chef?«

Martinsen kam direkt zur Sache.

»Gestern Nachmittag habe ich einen Anruf aus dem Außenministerium bekommen. Dabei habe ich erfahren, dass Außenminister Bremer am letzten Wochenende« – Martinsen blinzelte Hartmann unmerklich zu – »ein Treffen mit einem persönlichen Botschafter der palästinensischen Autonomiebehörde hatte. Der Botschafter hat einen Brief übergeben, der unter anderem die Bitte des neu gewählten Präsidenten der Palästinenser, Muhammad Mustafa, enthält, im Laufe des März oder April zu einem offiziellen Besuch eingeladen zu werden.«

»O nein, nicht schon wieder«, seufzte einer der Polizisten. »Warum wollen die alle ums Verrecken nach Norwegen? Arafat, Peres, Sharon, Abbas – und jetzt Mustafa!«

»Wenn wir das wüssten«, sagte Martinsen neutral. »Vielleicht verhält es sich ja eher so, dass jede norwegische Regierung auf derartige Besuche angewiesen ist, um ihre außenpolitische Relevanz unter Beweis zu stellen. Wie auch immer. Nachdem ich die Angelegenheit mit dem Ministerpräsidenten abgeklärt hatte, informierte Bremer den Botschafter, dass Mustafa in nächster Zeit eine Einladung zugehen wird.«

Martinsen machte eine Pause, in der er ein paar Schluck Kaffee runterzwang, um die Mitteilung wirken zu lassen.

»Nach unseren Informationen umfasst das Besuchsprogramm außer den politischen Gesprächen im Regierungsviertel noch eine Audienz im Schloss sowie einen Blitzbesuch im Nobel-Institut und einen festlichen Empfang in den Repräsentationsräumlichkeiten der Regierung im Parkvei. Das Datum steht fest, wird aber erst bekannt gegeben, wenn Mustafa im Flugzeug nach Oslo sitzt. In den Pressemitteilungen, die morgen rausgehen, wird deshalb auch nur stehen, dass der Präsident die Einladung dankend angenommen hat, dass der genaue Zeitpunkt des Besuchs aber erst später festgelegt wird.«

Für die Polizisten am Tisch war der Grund dieser Veranstaltung so offensichtlich, dass Martinsen sich gar nicht erst die Mühe machte, weiter ins Detail zu gehen. Ein Attentat in einem fremden Land erforderte sorgfältige Vorbereitungen. Es gab sicher genügend Menschen, die den palästinensischen Führer aus dem Weg haben wollten, und es gab keinen Grund, ihnen die Aufgabe zu erleichtern, indem man den exakten Zeitpunkt schon Wochen vorher bekannt gab. Oder wie Dahlbo zu sagen pflegte: *Wer die Zeit beherrscht, definiert das Geschehen.*

Martinsen warf einen gehetzten Blick auf die Uhr, bevor er einen maschinengeschriebenen Brief aus der Innentasche seines Blazers zog. Den Blick auf das Papier geheftet, fuhr er fort.

»Nur eins noch, ehe wir die Fragerunde einläuten. Nach Rücksprache mit den Unterabteilungsleitern habe ich entschieden, in Verbindung mit dem Staatsbesuch eine Arbeitsgruppe mit je einem Repräsentanten aus den betroffenen Abteilungen zusammenzustellen. Die Gruppe ist für den Einsatz zuständig und sorgt dafür, dass die Unterabteilungen Zugang zu allen relevanten Informationen haben. Geleitet wird die Gruppe von Polizeioberkommissar Malm von der Sicherheitsanalyse. Er erstattet mir täglich direkt Bericht. In Absprache mit Dahlbo und Aslaksen habe ich entschieden, dass Jørgen Hartmann die Terrorabwehr vertritt.«

Hartmann spürte zwölf Augenpaare auf sich gerichtet und bekam einen trockenen Mund. *Wieso ausgerechnet er?* Sollte der Abschnitt nicht besser von einem höheren Tier vertreten werden, um zu vermeiden, dass die anderen Abteilungen einen nicht überfuhren? Polizeioberkommissar Gustav Cornelius Malm aus der Abteilung Sicherheitsanalyse, zum Beispiel, war allgemein bekannt als paranoid und herrschsüchtig; eine extrem unangenehme pathologische Mischung. Wäre es nicht schlauer, wenn Dahlbo sich an ihm die Zähne ausbiss? Hartmann warf Dahlbo einen fragenden Blick zu, der ihm aufmunternd zunickte. Von seiner Seite war keine Hilfe zu erwarten. Nachdem sich der erste Schrecken gelegt hatte, ging ihm durch den Kopf, dass die Wahl im Grunde genommen gar nicht so unerwartet war. Bei der Terrorabwehr war er derjenige, der sich am besten im Nahen Osten auskannte – obwohl er ursprünglich Russland-Experte gewesen war und sich hauptsächlich damit beschäftigt hatte, sowjetische und später russische Spionage in Norwegen auszumachen. Aber nach dem Lund-Untersuchungsausschuss, dem Viksveen-Fall und dem 11. September war entschieden worden, dass seine Kompetenz auf diesem Feld nicht länger von Nutzen war. Vor einiger Zeit war Dahlbo unerwartet in seinem Büro aufgetaucht und hatte gesagt, dass er ihn gern für neue Aufgaben einsetzen würde. »Die Zeiten ändern sich, Hartmann«, sagte er. »Der Kalte Krieg ist vorbei. Unsere Ressourcen für die Jagd auf die Spione von gestern sind begrenzt. Es sind die islamischen Terrorgruppen, auf die wir uns jetzt konzentrieren müssen.« Natürlich hatte er nicht widersprechen können, und nachdem er einige Tage über die drei Alternativen nachgedacht hatte, die ihm angeboten worden waren – Umschulung zu anderen Aufgabenbereichen innerhalb der Abteilung Terrorabwehr, Versetzung zu einem Innen-Dienst in der Organisationsabteilung oder Versetzung an eine andere Polizeidienststelle außerhalb des PST –, entschied er sich zögernd für Ersteres. Wenig später wurde entschieden, dass er seine Arbeitszeit zwischen islamischem Terrorismus im Nahen Osten und dessen mögliche Verzweigungen nach Russland aufteilen sollte.

»Kommentare? – Wie steht es mit Ihnen, Hartmann?«

Martinsen sah ihn auffordernd an. Jetzt hieß es, sich nicht überfahren zu lassen. Hartmann räusperte sich.

»Der Besuch ist natürlich eine Traumchance für den World Islamic Jihad und Salem al-Salem«, sagte er. »Ein moderater palästinensischer Präsident ist ihnen ein Dorn im Auge. Genau wie Norwegen. Nicht nur aufgrund des Oslo-Prozesses, für den sie nur Verachtung übrig haben, sondern mindestens ebenso sehr wegen der Unterstützung des norwegischen Militärs im amerikanischen Kreuzzug gegen Afghanistan und wegen der Wiederbelebung eines prowestlichen Iraks. Wenn sie herausbekommen, wann der Besuch stattfindet, wäre das für sie die passende Gelegenheit, der Welt zu zeigen, dass wieder mit ihnen gerechnet werden muss.« Er gab eine kurze Zusammenfassung des geheimen Mossad-Berichts, wobei er besonders hervorhob, dass von israelischer Seite vor einem möglichen Anschlag auf Skandinavien gewarnt wurde.

Martinsen nickte anerkennend.

»Ausgezeichnet. Bleiben Sie dran an der Sache. Das scheint mir eine Warnung zu sein, die wir sehr ernst nehmen sollten. Sonst noch was?«

»Nur noch eins«, sagte Hartmann. »Ich möchte mich in dieser Angelegenheit persönlich um unsere Kontakte in Tel Aviv kümmern. Wir sind hundertprozentig abhängig von den Informationen, die wir von dort bekommen. Ich bin nicht bereit, die Verantwortung für eine derart wichtige Operation zu übernehmen, wenn ich mir nicht vollkommen sicher sein kann, die besten Verbindungen zu den Israelis zu haben.«

Alle Blicke wanderten zu Aslaksen, dem Chef der Abteilung »Liaison«, der normalerweise für sämtliche Verbindungen der operativen Aufklärung zum Mossad verantwortlich war. Es war allgemein bekannt, dass er nur äußerst widerwillig anderen Zutritt zu seinem Revier gewährte. Aber Aslaksen nickte zustimmend, als wäre das das Mindeste, und so beeilten sich Martinsen und Dahlbo, sich ihm anzuschließen. Die drei Männer in ihren Anzügen boten einen komischen Anblick, wie sie so um die Wette nickten.

»Natürlich sind Sie in diesem Fall Ihr eigener Verbindungs-Offizier«, sagte Dahlbo.

12

Frau Hansen hatte widerstrebend die Mappen der Archivserie 136 – Atombombe, 1955 – 1970 – herausgesucht, sowie einige wenige Mappen der Archivserie 611 – Wärmelehre. Alles in allem neunzehn Mappen, einige davon dick wie Bücher, andere nur dünne Hefter mit wenigen Blättern. Mit demonstrativ selbstaufopfernder Miene hatte sie die Unterlagen zu dem Platz getragen, den man Ulla zugewiesen hatte. Als Ulla sich anbot, ihr zu helfen, erntete sie einen gekränkten Blick.

»Meine Liebe«, sagte Frau Hansen, »ich habe nicht jeden Tag die Gelegenheit, etwas für unsere Behinderten zu tun.«

Ulla war es gewohnt, dass sich Menschen in ihrer Ausdrucksweise vergriffen oder ihr normales Verhalten ablegten, sobald sie die Prothese entdeckten, und ließ sich nicht verletzen. In gewisser Weise war es ihr lieber, wenn sie sich aus lauter Mitgefühl zu dummen Bemerkungen verstiegen, als einfach nur abweisend zu sein und keine Lust zu haben, ihr zu helfen. Mehr Sorgen bereitete ihr das Gefühl, dass Frau Hansen offensichtlich nicht daran dachte, sie in Ruhe arbeiten zu lassen. Der kleine Raum war gerade groß genug für einen kleinen Arbeitstisch, eine Schreibtischlampe und einen Stuhl. Fast wie eine Klosterzelle, dachte Ulla, und freute sich darauf, die Tür schließen zu können und mit den Dokumenten allein zu sein. Doch sie freute sich zu früh.

»Lassen Sie die Tür offen«, ermahnte sie Frau Hansen, als sie zurück in ihr eigenes Büro ging. »Sonst bekommen Sie Kopfschmerzen.«

Ulla hatte den schweren Verdacht, dass es nicht nur die Rücksicht auf ihr Wohlbefinden war, die Frau Hansen veranlasste, darauf zu bestehen, dass die Tür offen blieb. In regelmäßigen Abständen bemerkte sie dann auch, wie sich die Finger der Archivleiterin auf der Tastatur ausruhten, sie die Brille anhob und Ulla durch die offene Tür beäugte. Und es ärgerte sie, dass sie spürte, wie ihr dieser musternde Blick rote Flecken auf die Wangen trieb.

War Frau Hansen misstrauisch geworden, dass irgendetwas nicht so war, wie es sein sollte?

Nein, Ulla war sich sicher, dass das ständige Beobachten der Archivarin eher auf ihre Neugier denn auf Misstrauen zurückzuführen war. Die Begründung, die sie vor Monaten zusammengeschustert hatte, als sie um Einblick in das FFI-Archiv gebeten hatte, war umständlich genug formuliert gewesen, um wirklich Bestandteil eines Forschungsprojekts zu sein: *»Mit Bezug auf die zahlreichen Behauptungen in der Presse, die Atombombenversuche in den 50er und 60er Jahren des letzten Jahrhunderts hätten der nordnorwegischen und insbesondere der samischen Bevölkerung schwere gesundheitliche Schäden* *zugefügt, bitte ich um Einsicht in das Material des FFI-Archivs, mittels dessen diese Frage zu beantworten sein dürfte. Der die Arbeit betreuende Professor der Universität Tromsø kann bestätigen, dass diese Untersuchung Teil meiner Doktorarbeit im Bereich der Umweltmedizin ist, mit dem Titel:* ***Die Vidda als radiologisches Laboratorium: Rentiersamen und Atombombenversuche, 1955 – 1963.*** « Sie hatte den Titel mit Sorgfalt gewählt und besonders darauf geachtet, das politische Element darin so deutlich herauszuheben, dass die Leitung des FFI es für unklug erachten musste, ihr die Einsicht zu verwehren. Den eigentlichen Grund, weshalb sie diese Akten studieren wollte – der Tod ihres Vaters und ihrer Onkel – hatte sie lieber unerwähnt gelassen.

Die erste Stunde nutzte sie dafür, die Mappe 136 – Atombombe, 1946–1953 – durchzublättern. Darin stand etwas über die aufkeimende Atomenergiezusammenarbeit zwischen Schweden und Norwegen in den ersten Nachkriegsjahren, repräsentiert einerseits durch das FFI, andererseits durch das schwedische Schwesterinstitut, die Militärische Forschungsanstalt (FOA). Aus diesen Papieren ging deutlich hervor, dass die Militärforscher der beiden Länder der Meinung waren, dass die Atomenergie eine bleibende Technik sein würde und sie bald wissenschaftliche Programme starten sollten, um eigene Kernwaffen zu entwickeln.

Sie wurde von einer Art Wehmut erfüllt, als sie über die intensive Zusammenarbeit von Schweden und Norwegern in den ersten Nachkriegsjahren las. Wo war das Brudervolk heute? Was war aus dem Traum einer nordischen Gemeinschaft geworden? Sie war zu jung, um selbst für diese Ideale gekämpft zu haben, wusste aber, dass ihre Eltern so gedacht hatten und dass ein geeinter Norden in vielerlei Hinsicht ihr wichtigster Horizont gewesen war. Jetzt waren das die EU, die USA und »the global village«. Plötzlich sehnte sie sich zurück nach Bakfjordeid, zurück in ihre Kindheit in der kleinen Fischersiedlung dort oben im Norden, bevor ihr Vater krank wurde.

Nachdem sie sich ein kurzes Beinestrecken gegönnt hatte – Frau Hansen seufzte laut und warf ihr einen Blick zu, der zu sagen schien, dass man, wenn man als Krüppel auf die Welt gekommen war, sich wenigstens auch als solcher verhalten sollte –, war Ulla endlich bereit, sich der Sache zu widmen, wegen der sie gekommen war: die rosafarbenen Mappen mit den Dokumenten über den Anstieg des radioaktiven Fallouts über Norwegen in den Jahren 1955 – 63. Dieser Anstieg war eine Folge der sowjetischen und amerikanischen Atombombenversuche in der Atmosphäre, insbesondere der sowjetischen Sprengungen auf Nowaja Semlja.

Von ihrem Heimatdorf in der Ost-Finnmark waren es nur 800 Kilometer bis nach Nowaja Semlja, und sie war sich beinahe sicher, dass der Grund für den Tod ihres Vaters und ihrer Onkel innerhalb dieses geografischen Quadrats zu suchen war. Diese Gewissheit trug sie in sich, seit sie belauscht hatte, was ihr Vater ihrer Mutter, Tora, am Abend vor seinem Tod gesagt hatte, und worüber Mutter später nie wieder hatte sprechen wollen. Sie leugnete sogar, dass er es jemals gesagt habe.

»Das hast du dir sicher nur eingebildet«, hatte ihre Mutter gesagt, als ihr Ulla vor einigen Jahren erzählt hatte, was sie an diesem Abend gehört hatte. »Du sagst, du hättest auf der Bodentreppe gesessen. Aber was willst du denn von da gehört haben? Glaub mir, Papa war am Ende so schwach, dass selbst ich kaum hören konnte, was er sagte, und das, obwohl ich neben ihm auf der Bettkante gesessen und ihm die Wange gestreichelt habe.«

Aber sie *hatte* es gehört. Sollte ihre Mutter doch glauben, was sie wollte. Die Worte hatten sich in ihr Hirn geätzt, denn durch diese Worte war ihr klar geworden, dass ihr Vater sterben würde. Vorher pflegte ihre Mutter immer zu sagen »Lass uns damit warten, bis es Papa wieder besser geht«. Aber an diesem Abend war alles anders gewesen. Da hatte sie auf der Treppe gesessen und Mutter im Schlafzimmer weinen gehört, und zwischen den Schluchzern hatte sie sie sagen hören: »Ich bitte dich, Ståle, du darfst nicht sterben!« Sie war dort auf der obersten Treppenstufe beinahe erstarrt und hatte sich ans Geländer geklammert. Und dann hatte ihr Vater gesagt: »Weine nicht, Tora. Wir müssen jetzt endlich einen Strich ziehen unter all das, was wir nicht ändern können. Es wird Zeit, dass wir darüber sprechen, was geschehen soll, wenn ich einmal nicht mehr bin. Über dich. Und über die Kleine.«

Es war nicht dieser Teil des Gesprächs, den Mutter später leugnete. Es war das, was danach gekommen war. Gegen Ende. Nachdem sie über das Geld, die Rente, die Versicherungen und andere langweilige Sachen gesprochen hatten. Da, gerade als sie sich entschlossen hatte, wieder ins Bett zu gehen und zu schlafen, begannen sie zu streiten. Ulla war erschrocken gewesen, denn sie wurden nie laut, wenn sie miteinander sprachen. Warum also an diesem Abend? Am liebsten hätte sie geweint, so sehr schmerzte sie das alles. Doch stattdessen hatte sie gelauscht. Sie stritten über Vaters Krankheit. Mutter sagte, so etwas geschehe nicht rein zufällig. Das sei genauso wenig ein Zufall wie die Missbildung bei Ulla. Das sei beides das Werk des Herrn. Auf diese Weise zeigte Gott sein Missfallen an all jenen, die sein Wort nicht achteten.

»Nachdem du dich entschieden hast, trotz all des Teufelswerks den ›Freunden‹ die Treue zu halten, gab es nur noch Sorgen und Elend«, hatte Mutter gesagt. »Und ich muss jetzt die Zeche dafür zahlen. Mein Gott, was für ein Leben werde ich führen müssen!«

An dieser Stelle hatte Vater den Satz ausgesprochen, den Ulla niemals vergessen sollte. Sicher auch deshalb, weil sie nicht begreifen konnte, was er bedeutete. Doch in allererster Linie wohl, weil seine Stimme so stark und eindringlich geklungen hatte. Als wisse er, dass sie auf der anderen Seite der Wand auf der Treppe saß und lauschte. »Erzähl mir nichts vom Heidentum«, sagte er. »Meinst du, ich weiß nicht, was das ist? Ich kann dir sagen, Tora, ich habe gesehen, wie sich das Meer geteilt hat, und es war nicht Gottes Werk, was ich an diesem verfluchten Oktobertag im Jahr 1961 gesehen habe. Deshalb liege ich heute hier und schrumpfe zusammen. Also richte nicht Gott gegen mich, ja, und auch nicht gegen Ulla. Denn bei dem

Ganzen dreht es sich um den Wahnsinn auf dieser Erde und nicht um unseren Glauben oder Unglauben.«

Genau so hatte er seine Worte gewählt. Sie hatte sie sich während ihrer ganzen Kindheit immer und immer wieder vorgesprochen, denn sie hatte große Angst davor, zu vergessen, was sie für eine persönliche Botschaft an sich selbst hielt. Trotzdem leugnete ihre Mutter, dass der Vater so etwas gesagt hatte.

Alles ließ sich erklären, daran zweifelte sie nicht. Mutter hatte bestimmt ihre Gründe dafür, sich nicht zu erinnern. Aber sie selbst wollte und konnte das nicht vergessen, und die Zeit näherte sich, in der sie auch nicht mehr würde schweigen können.

Doch zuerst musste sie herausfinden, was ihr Vater damit meinte, dass »sich das Meer geteilt habe«. Kein gottesfürchtiger Mann würde einen solchen Ausdruck ohne Grund auf seinem Sterbebett sagen.

13

»Ich habe gute Neuigkeiten«, sagte Doktor Adler. »Alle Ergebnisse sind hervorragend. Ihr Körper scheint Ihr neues Herz zu mögen. Es gibt keine Anzeichen einer Abstoßung. Noch ein paar Tage, und ich kann ›Entwarnung‹ geben und Sie gesundschreiben!«

Werner richtete sich auf. Er war im Laufe des letzten Tages deutlich frischer geworden und sehr optimistisch.

»Und wann darf ich hoffen, entlassen zu werden? Ich sehne mich danach, etwas anderes zu sehen als nur weiße Wände.«

»Zuerst einmal sollten Sie sich darüber freuen, dass Sie nicht sehen, was da draußen vor sich geht«, sagte Adler kurz. »Wir leben in einer geisteskranken Welt, Werner. Ja, vielleicht nicht da, wo Sie leben. Aber hier. Es ist wie in einer Irrenanstalt!« Er seufzte resigniert. »Und das ist *mein* Land! *Mein* Volk!«

Werner musterte ihn.

»Meinen Sie, dass auch Israel einen Teil der Schuld an dem

Blutvergießen trägt? Dass doch nicht alles Arafats Schuld ist oder die seiner Nachfolger?«

»Ich weiß es nicht«, sagte Adler ernst. »Das ist alles so kompliziert. Ich bin nur ein kleiner Herzchirurg und verstehe nichts von Politik. Aber wann hat man zuletzt einen Krieg erlebt, an dem nur eine Partei schuld war?«

Er trat ans Fenster und sah hinaus.

»Zum Glück sieht man von hier nichts von den Kampfhandlungen. Aber wir hören, wie sie sich gegenseitig umbringen. Inzwischen ärgere ich mich darüber, dass ich nicht ausgereist bin. In die USA oder nach Europa, wo meine Vorfahren über Generationen gelebt haben. Bloß, wo soll ich hin? Alle Angehörigen, die überlebt haben, sind hier – der Rest ist im Holocaust verschwunden.« Er drehte sich rasch um, als wolle er die traurigen Gedanken verscheuchen. »Was haben Sie vor, nachdem ich Sie entlassen habe? Sie müssen ja noch ein paar Wochen im Land bleiben. Wir lassen Sie erst nach der 4-Wochen-Kontrolle nach Hause fahren.«

»An die Mittelmeerküste«, antwortete Werner begeistert. »In der Nähe von Ashdod ist ein Hotel für uns reserviert worden. Zwei Wochen, nur Katarina und ich. Das werden die längsten gemeinsamen Ferien, die wir jemals hatten! – All das hat Doktor Schwartz arrangiert.«

»Ja, in ihm haben Sie wirklich einen guten Freund. Das merkt man in vielerlei Hinsicht.«

Etwas im Tonfall des Doktors ließ Werner aufhorchen.

»Denken Sie an etwas Spezielles?«

Adler zögerte.

»Ich weiß nicht recht, was ich sagen soll. Aber hier im Krankenhaus haben wir zu spüren bekommen, dass Dr. Schwartz ein Mann ist, der Ihnen Gutes will. Und der gewohnt ist, zu bekommen, was er will.«

»Wollen Sie damit sagen, dass Abby zu viel Druck auf Sie ausgeübt hat?« Werner verdrehte die Augen, als wolle er unterstreichen, welch absurder Gedanke das war. »Ich bin doch sicherlich nicht der erste Ausländer, den Sie operiert haben?«

»Nein, ganz und gar nicht«, antwortete Adler. »Aber die anderen haben warten müssen, bis sie an der Reihe waren, wie meine eigenen Landsleute zum Beispiel. Normalerweise behandeln wir alle Menschen gleich.«

Werner war verlegen.

»Wollen Sie damit sagen, dass ich eine Sonderbehandlung bekommen habe? Dass Schwartz geholfen hat, mich nach vorne zu mogeln?«

Adler setzte sich auf die Bettkante.

»Nein, Sie haben niemandem den Platz weggenommen.« Er schwieg, während er durch das Stethoskop lauschte. »Man kann eher sagen, dass Ihnen jemand ein Extraherz beschafft hat. Auf diese Weise konnten Sie außer der Reihe einen Termin bekommen.«

»Ich glaube, ich verstehe Sie immer noch nicht richtig. Was meinen Sie damit, dass mir jemand ein Extraherz beschafft hat? Das hört sich seltsam an.«

Adler stand auf.

»Ihr Herzrhythmus ist stabil. Keine Anzeichen für irgendwelche Komplikationen.« Er ging zur Tür. »Ich meinte das ganz einfach so, wie ich es gesagt habe. Dass es einer der unabsichtlichen Nebenaspekte eines solchen Krieges ist, wenn man vermehrten Zugang zu vitalen menschlichen Organen hat. Von jungen, starken Männern. Soldaten werden erschossen – manche sterben auf der Stelle, andere werden lebensgefährlich verletzt. Die Letztgenannten können uns nutzen. Werden sie rechtzeitig ins Krankenhaus gebracht, können wir uns Nieren und Herzen sichern, ehe sie von uns gehen. So wird ihr viel zu früher Tod ein bisschen weniger sinnlos.«

Werner sagte nichts.

Adler drehte sich in der Tür um und sah ihn mit gerunzelten Brauen an.

»An dem Tag, an dem Sie operiert wurden, haben wir zwei junge Männer verloren. Sie wurden in den Kopf geschossen, als sie einen Schulbus verteidigten, der angegriffen wurde. Das nenne ich einen Heldentod.«

»Ich fühle mich nicht ganz wohl«, sagte Werner ernüchtert. »Sind Sie sicher, dass es noch nicht wieder an der Zeit für etwas Morphin ist?«

14

Ehrenvoller Auftrag. Unsicherer Ausgang. So fasste Jørgen Hartmann die Situation für sich selbst zusammen, als er nach einer halben Stunde Beratung mit Dahlbo und Aslaksen endlich die drei Etagen mit dem Fahrstuhl nach unten zu einem verspäteten Lunch fahren konnte. Jetzt galt es, loszulegen, genau und systematisch zu sein, jeden Stein umzudrehen, alle zu verdächtigen und nichts und niemanden außer Acht zu lassen. Wenn er sich an diese einfachen Lehrsätze erinnerte, konnte er auf Beförderung und neue Chancen in der Behörde hoffen. Vergaß er sie, war er fertig. Wenn Terroristen oder ein einfacher Verrückter im Laufe des halben Tages, an dem sich der Staatsgast in Oslo aufhielt, ein Attentat gegen Muhammad Mustafa verübten, wusste er bereits jetzt, wem die Schuld zugeschoben werden würde. Ein einfacher Kommissar war chancenlos, wenn die Polizeiräte die Jagd auf den Sündenbock weiter unten in der Hierarchie aufnahmen. Oder, wie Dahlbo sich ausgedrückt hatte: *Nicht nur die Revolution frisst ihre Kinder, Hartmann. Das gilt auch für die Kontraspionage!*

In der Kantine in der sechsten Etage waren weniger Menschen als sonst. Erst um Viertel vor eins hatten ihn die Chefs der Abteilungen Terrorabwehr und »Liaison« aus ihren Fängen gelassen, so dass die meisten Mitarbeiter aus der Tagesschicht bereits gegessen hatten. Er hielt nach bekannten Gesichtern Ausschau, während er mit der Frau an der Kasse ein Schwätzchen hielt und seinen Kaffee bezahlte. Ganz hinten im Raum sah er Eva Tamber von der Abteilung »Prolif« – oder Kontraproliferation, wie sie gemäß der neusprachlichen Rechtschreibung des PST hieß. Sie saß allein an einem Tisch und las Zeitung. Tamber war die Einzige von Hartmanns Kollegen, von der er nicht auf

Anhieb sagen konnte, ob er sie mochte oder nicht. Der Altersunterschied war das kleinste Problem, obwohl Tamber durchaus seine Tochter hätte sein können. Dass sie eine ungemein sportliche Frau war, störte ihn auch nicht. Aber trotzdem blieb er skeptisch. In manchen Fragen konnte sie sehr liberal, ja fast radikal sein – so in ihrer Ansicht über die Rauschmittelgesetzgebung, die Staatskirche oder sexuelle Minderheiten –, in anderen Gebieten war sie stockkonservativ. Einmal hatte sie sich selbst als BüBo beschrieben – bürgerliche Boheme. Diese Betitelung war dermaßen peinlich, dass sich Hartmann damals gezwungen gesehen hatte, ihr zu sagen, sie mache sich lächerlich, wenn sie sich so nenne, doch sie hatte bloß gelacht und geantwortet, damit könne sie leben. Sie sei halt eine BüBo.

»Wie geht's?«

Er zog den Bauch ein und schob sich schräg gegenüber der jüngeren und wohlproportionierten Kollegin auf den Stuhl.

»Oh, geht so«, antwortete sie. »Ich muss zum Zahnarzt, ein Backenzahn – und wie du weißt, hassen es kleine Mädchen, zum Zahnarzt zu gehen.«

Nachdem sie ein paar erinnerungswürdige Wurzelfüllungen aufgefrischt hatten, begannen sie, über die Arbeit zu sprechen. Hartmann erzählte leise über den Job, den er gerade bekommen hatte. Tamber sah ihn mit einer Mischung aus Neid und Schadenfreude an.

»Ich muss schon sagen, Jørgen! Dass sie dir die Verantwortung für Muhammad Abu Abdel Rahman al Husseini Mustafa übertragen haben!«

Hartmann sah sie verblüfft an.

»Du scheinst ja ein gutes Namensgedächtnis zu haben.«

»Meine koreanischen Gene«, hauchte sie geheimnisvoll. »Aber sag mal. Was hast du Schlimmes angestellt, dass du das verdient hast? Das ist eine einmalige Chance, baden zu gehen.«

Hartmann grinste schief.

»Das Gleiche hat Dahlbo auch gesagt, nur mit etwas anderen Worten. Er meinte, der Job böte ungeahnte Möglichkeiten für negative Beförderungen.«

»Und dein persönlicher Freund, Aslaksen?«

»Seltsamerweise war der ausgesprochen nett und positiv. Es stünde außer Frage, wie gut wir zusammenarbeiteten und dass er und die Abteilung ›Liaison‹ jederzeit zu meiner Verfügung stehen würden.«

»Der war sicher scheißfroh, dass er die Verantwortung an jemand anderen abschieben konnte. Ich hoffe für dich, dass es keine Probleme gibt.« Sie wischte sich ein Haar von der Schulter. »Gehe ich recht in der Annahme, dass ihr euch in diesem Fall am meisten vor der Hamas und den Selbstmordkommandos des Islamischen Djihad fürchtet?«

»Vor denen auch. Aber in erster Linie müssen wir uns wohl um die Überreste von al-Qaida und World Islamic Jihad kümmern. Das Netzwerk, das von dem zynischen Massenmörder Salem al-Salem geleitet wird, hat Verzweigungen in alle Länder.«

»Du meinst die verschreckten Terroristen, die sich neulich in einem Gebirgstal in Georgien niedergelassen haben?«

»Falsche Seite vom Kaspischen Meer, Eva. Du musst deine Geografiekenntnisse auffrischen. Die Rede ist von Usbekistan.«

»Danke für den Hinweis. Aber im Moment sollte ich meine Kenntnisse über die Finnmark und die Meeresgebiete dort im Norden auffrischen.«

Sie tippte viel sagend mit den Fingern auf ein Fax, das ordentlich neben ihrem Teller lag.

»Vom Polizeimeister in Hasvik auf Sørøya in West-Finnmark. Er teilt uns mit, dass er gerade eine Leiche zur Obduktion nach Oslo geschickt hat. Ein Mann, den sie heute Vormittag mit einer Schusswunde im Nacken aus dem Wasser gefischt haben.«

»Warum PST? War er ein Spion?«

»Spion? – Ha! – Wer kümmert sich denn noch darum, Spione zu erschießen? Nein, es sieht so aus, als wäre er in eine Schmuggelaktion von radioaktivem Material verwickelt gewesen. Jedenfalls laut dem Polizeimeister. Er hat in der Brusttasche des Toten etwas gefunden, das er für Plutonium hält. Die Götter mögen wissen, mit welcher Kompetenz der das festgestellt hat.«

»Hört sich seltsam an, wenn du mich fragst. Was habt ihr sonst noch?«

»Nicht viel. Der Polizeimeister ist schrecklich angetan davon, dass er in bloßen Socken im Meer lag, ohne dass ich allerdings richtig kapiere, wieso das so wichtig ist. Wir haben natürlich darum gebeten, ein Foto und die Fingerabdrücke zu bekommen, damit wir unsere eigenen Archive durchsuchen und Interpol einschalten können. Außerdem haben wir Kontakt zu den Experten vom Staatlichen Strahlenschutz aufgenommen, um festzustellen, ob es sich wirklich um Plutonium handelt. Wir rechnen damit, das im Laufe des morgigen Tages klären zu können. Dann bekommen wir auch den vorläufigen Obduktionsbericht. Mehr können wir kaum tun, bis wir etwas Handfestes haben.«

»Welche Szenarien kannst du dir vorstellen?«

»Nun, lass mich dir zwei Möglichkeiten skizzieren – nur als Illustration der Spannweite im hypothetischen Raum, wie Dahlbo sich ausdrücken würde. Es könnte sich erstens um eine russische Organisation handeln, vermutlich ehemalige Angestellte einer Aufbereitungsanlage für kernphysisches Material oder eines Waffenlaboratoriums mit einem gewissen Überschuss an kernphysischem Material. Kurz gesagt, ein paar Idioten, die auf die Idee gekommen sind, mit dem Verkauf des radioaktiven Materials an kapitalstarke Kunden im Westen das große Geld zu machen. Wir wissen, dass jedes Jahr in unserer nächsten Umgebung eine Menge solcher Transaktionen stattfinden, doch dabei dreht es sich in der Regel um sehr kleine Mengen, die von geringer militärischer Relevanz sind. Nicht selten handelt es sich dabei auch um Beryllium, das für Uran oder Plutonium ausgegeben wird – ein reichlich plumper Schwindel, der ausschließlich dazu geeignet ist, Menschen zu betrügen, die es verdient haben, betrogen zu werden. Ein Markt für Trottel, wenn du so willst.«

Hartmann holte seine Pfeife heraus, doch Tamber wehrte ab und machte ihn auf die Nichtraucherschilder aufmerksam. Die rasch aussterbende Rasse der Raucher war auf die Dachterrasse verbannt worden. Von dort hatte man einen prachtvollen Blick über den Oslofjord, doch bei minus zehn Grad und Schneetreiben half einem das wenig. Tamber hatte aber kein Mitgefühl für diejenigen, die über das neue Rauchergesetz jammerten. Sie empfand es als einen zivilisatorischen Fortschritt und neckte ihre älteren Kollegen ständig mit ihrer demonstrativen Abscheu für Nikotin.

»Und wie passen die Erkenntnisse, die wir bisher haben, dazu?«

»Nicht besonders. Abgesehen davon, dass wir eigentlich zu wenig wissen, um überhaupt eine begründete Meinung zu haben.«

»Und unbegründet?«

Tamber grinste listig.

»Meine unbegründete Meinung ist, dass wir es hier *nicht* mit irgendwelchen plumpen Amateuren zu tun haben. Erstens, weil es sich allem Anschein nach um echte Ware handelt. Kein radioaktives Beryllium oder anderer Quatsch, sondern ein Fünfsternecognac vom obersten Regalbrett. Plutonium. Der Traum aller Atombombenfreunde. Und weiter: Er wurde erschossen und mit der Ware ins Meer geworfen. Kostbares Futter für die Fische.«

»Ja und? Meinst du, dass sich Amateure nicht gegenseitig umbringen? Ich dachte, es wäre genau das, was die unteren Chargen der Russenmafia die ganze Zeit über treiben.«

»Doch, doch, schon. Du weißt sicher mehr über diese Dinge als ich. Aber Hehler – oder wenn du so willst, Dealer auf dem radioaktiven Schwarzmarkt – würden niemals einen Mann erschießen und über Bord werfen, wenn sie auch nur den Verdacht hätten, dass er ein paar Gramm Plutonium in der Tasche hat. In ihrer Welt dreht sich doch alles um diese kleinen Kategorien. Die zögern keine Sekunde, jemanden für ein paar Gramm Plutonium umzubringen, und sie würden niemals ein paar Gramm Plutonium über Bord werfen, bloß um eine lästige Leiche loszuwerden. Verstehst du?«

Hartmann nickte. Für Menschen, die mit dem illegalen Handel von Drogen, Waffen oder so genannten strategischen Waren zu tun hatten, waren Menschenleben immer weniger wert als die Ware, mit der sie handelten.

»Es bleibt uns also die andere Möglichkeit …«

Tamber warf rasch einen Blick zum Nachbartisch, um zu überprüfen, dass dort auch niemand lange Ohren bekam.

»Für mich riecht das Ganze nach einer größeren Sache«, sagte Tamber nach einer Weile. »Eine Sache, bei der es nicht auf ein paar Gramm mehr oder weniger ankommt, sondern in erster Linie darauf, Menschen aus dem Weg zu räumen, denen man nicht vertraut oder mit denen man den Gewinn nicht teilen will. Mit anderen Worten, das riecht nach Organisation und Professionalität. Vielleicht sogar aus stark nationalem Interesse.«

»Hast du jetzt nicht zu viel Fantasie? Ich meine, welcher Staat sollte das sein? Eins der Länder, die Präsident Bush auf der Achse des Bösen platziert hat?«

»Du weißt doch sicher, dass wir in den letzten Monaten eine Reihe von Warnungen unserer ausländischen Freunde bekommen haben, betreffs gewisser Aktivitäten im Nahen Osten. Sowohl Washington als auch Tel Aviv nutzten jede Gelegenheit, uns einzubläuen, welche Gefahr vom Iran ausgeht. Denn für den Iran, ein islamisches, aber nicht arabisches Land, ist es mit Sicherheit ebenso unakzeptabel, dass Pakistan im Besitz von Atomwaffen ist, wie die Tatsache, dass Israel die gleichen Waffen besitzt. Die ganze Welt wartet doch im Grunde nur darauf, dass die religiöse Führung im Iran an die Öffentlichkeit geht und ihre Verachtung für das Regime zum Ausdruck bringt, das den Atomwaffensperrvertrag akzeptiert. An dem Tag, an dem die Meldung über den ersten Atomwaffenversuch im Iran publiziert wird, werden die Menschen durch die Straßen Teherans tanzen – das wird ein Fest werden, wie es das Land noch nicht erlebt hat –, und wer sich an den Sturz des Schahs Ende der siebziger Jahre erinnert, wird wissen, wovon ich spreche.«

Hartmann war skeptisch. Einerseits dachte er, dass Tambers politische Meinung sie vor dreißig Jahren in vielerlei Hinsicht zu einem potenziellen Überwachungsobjekt gemacht hätte, wenn sie damals alt genug gewesen wäre, sich öffentlich dafür einzusetzen. Sie wäre bestimmt auf die Barrikaden geklettert und hätte gemeinsam mit dem werdenden Außenminister Fridtjof Bremer Steine geworfen.

»Willst du damit andeuten, dass die iranischen Mullahs mit Hilfe von russischem Plutonium eine Atombombe bauen wollen? Ich dachte, die Russen wären liebe Jungs geworden und hätten den USA versprochen, das iranische Atomenergieprogramm nicht zu unterstützen. Vor ein paar Jahren haben sie jedenfalls nachweislich einen lukrativen Reaktorhandel gestoppt.«

»Das stimmt, aber damit öffnete sich ein lukrativer Markt für professionelle Schmuggler. Das heißt, Menschen mit Insiderkenntnissen darüber, was sich die Iraner mit dem geplatzten Reaktorhandel beschaffen wollten, und die zusätzlich Zugang zu Uran oder Plutonium aus den russischen Überschusslagern haben. Menschen mit Risikokapital im Rücken und Einfluss in den obersten Kreisen. Mit anderen Worten: Was ich mir vorstelle, sind keine kleinen Hehler, die mit ein paar Gramm Plutonium dealen, sondern der Coup des Jahrzehnts. Etwas, das die Grundmauern des Pentagons erschüttern wird. Wenn wir einen Mann im Meer finden, in dessen Brusttasche zehn Gramm Plutonium stecken, heißt das bloß, dass zehn Gramm mehr oder weniger nichts für denjenigen bedeuten, der ihn getötet hat.«

»Und wer war der arme Kerl, der sein Leben für diesen Coup lassen musste? Der Beschreibung nach sah er nicht aus wie Ayatollah Khomeini.«

»Ich befürchte, dass wir auf Hilfe aus Moskau angewiesen sind, um ihn zu identifizieren.«

»Kriegen wir denn von da noch Unterstützung? Mein Eindruck ist, dass die russischen Polizeibehörden dem Westen gegenüber kein Stück weniger misstrauisch sind als früher.«

»In solchen Sachen nicht, Jørgen. Wenn es etwas gibt, was der Kreml wirklich fürchtet, dann eine iranische Atombombe. Nicht aus militärischen, sondern aus innenpolitischen Gründen. Das würde in den südlichen Teilstaaten nur den Anstoß zu einem weiteren islamistischen Aufbegehren geben, wenn nicht zu einer Revolte. Sie haben doch schon lange Angst davor, dass Teilstaaten wie Tschetschenien oder Dagestan sich von Russland lösen und gemeinsam mit anderen Staaten der Region eine antirussische islamische Föderation bilden.«

»Was man verstehen kann«, sagte Hartmann ehrlich. »Wenn wir an der Stelle der Russen wären, hätten wir sicher die gleichen Ängste. Stimmt doch, oder?«

Ehe Tamber antworten konnte, erblickten sie Malm, der mit einem überladenen Teller auf seinem Tablett auf sie zukam. Hartmann warf einen Blick auf seine Armbanduhr und begann hastig, sein Geschirr zusammenzustellen.

»Lass uns ein andermal weiterreden«, flüsterte Tamber. »Dieser Mann hat beim Weihnachtsfest an meinem Tisch gesessen, und damals habe ich beschlossen, ihn frühestens in einem Jahr wieder in meine Nähe zu lassen. Der verdirbt mir den Appetit, auch noch nach dem Essen!«

15

Ulla Abildsø las den Titel der alten Notiz noch ein weiteres Mal: *»Kernwaffenversuche auf Nowaja Semlja in der Zeit vom 30. September bis 25. Oktober 1958.«* Datiert vom 11. November selbigen Jahres. Der Bericht trug einen »Geheim«-Stempel, aber ein zweiter und weniger ins Auge fallender Stempel besagte, dass die Akte 1995 zurückgestuft worden war.

Genau so etwas war es, wonach sie suchte, auch wenn das Jahr nicht stimmte. Aber immerhin, es war eine mögliche Spur. Vor ihr lag der erste handfeste Beweis, dass es in diesem Archiv die Art von Informationen gab, die sie benötigte, um mit ihren Nachforschungen voranzukommen. Die Notiz trug keinen Absender, aber aus dem Inhalt folgerte sie, dass sie von Oberst Vilhelm Evang stammte, dem verdienstvollen, aber eigenwilligen damaligen Chef des militärischen Geheimdienstes.

Der Notiz zufolge hatten die Russen zwischen dem 20. September und dem 25. Oktober 1958 eine umfassende Militärübung im Bereich Nowaja Semlja angekündigt, bei der es zum Einsatz »verschiedener Typen moderner Waffen« kommen würde. Aus diesem Grund wurde für die Dauer der Übung eine detailliert umrissene Zone in der Barentssee und Karasee zum Sperrgebiet erklärt. Das Gebiet bildete ein sechseckiges Prisma um Nowaja Semlja und erstreckte sich vom 70° bis 77° nördlicher Breite und vom 42° bis 65° östlicher Länge. Die großräumige Sicherheitszone umfasste das Probefeld A im Westen der Insel und das Probefeld B auf der Ostseite.

Ulla staunte, wie gut der norwegische Nachrichtendienst über die *Art und Weise* der sowjetischen Atombombentests informiert war. Immerhin sollte es noch etliche Jahre dauern, ehe die ersten amerikanischen Erkundungssatelliten auf ihre Umlaufbahn geschickt wurden. Trotzdem konnte der Stabschef des Ermittlungsstabs des militärischen Nachrichtendienstes, kurz E-Stab, vermelden, dass seit Mitte September *»umfassende Erkundungsflüge über der Barentssee und dem Nordpolarmeer registriert wurden, sowie eine beträchtliche Steigerung der Transportflug-Aktivitäten am Flugplatz von Belushya (71°35'N 52°28'O) auf Nowaja Semlja. Darüber hinaus trafen auf dem strategischen Hauptstützpunkt Olenya SO südlich von Murmansk eine ansehnliche Anzahl mittelschwerer Düsenbomber vom Typ Bagder (Tu-16) und ein schwerer Turboprop-Bomber Typ Bear (Tu-95) ein.«*

Der Nachrichtendienst besaß ganz offensichtlich technische Hilfsmittel, mit denen er den militärischen Flugverkehr der Sowjets über große Distanzen verfolgen konnte. In dem Bericht hieß es weiter: *»Ab dem 11. September nahm der zuletzt in Olenya eingetroffene Flieger die charakteristischen Flüge zu den Testfeldern auf Nowaja Semlja wieder auf, die bereits bei früheren Versuchen registriert wurden. Auch dieses Mal wurden [...] eine Reihe Aufklärungsflüge vorgenommen, bevor die ersten Explosionen stattfanden. Darüber hinaus wurden während der eigentlichen Testphase einige ›dummy runs‹ durchge-*

führt.« Nach Angaben des E-Stabs waren sämtliche Bombenabwürfe in einer Höhe zwischen 10 000 und 12 000 Metern ausgeführt worden.

Die weiteren Details über die Flugoperationen stimmten mehr als nachdenklich.

Jeder Probesprengung ging ein Aufklärungsflug einer Bagder entlang der Strecke voraus, die ein paar Stunden später das tatsächliche Bombenflugzeug nehmen würde. Diese Information blieb Ulla besonders im Gedächtnis haften, weil das bedeutete, dass ein Fischerboot, das sich in der Sperrzone aufhielt, riskierte, von dem Aufklärungsflieger entdeckt zu werden. In einem solchen Fall hätten die Russen wahrscheinlich das Fahrzeug angefunkt und aufgefordert, das Testgebiet unverzüglich zu verlassen. Nicht zuletzt deswegen, weil um die Sperrzone herum etliche Hochgeschwindigkeitsmarinefahrzeuge der sowjetischen Flotte patrouillierten.

Wenn es 1958 so einfach war, dachte sie, kann es 1961 nicht viel schwieriger gewesen sein, als die Tests wieder aufgenommen worden waren. Aber das machte die Geschichte ihres Vaters noch rätselhafter.

Sie konnte ihn immer noch vor sich sehen, den stämmigen Mann mit den blauen Augen, den dichten Augenbrauen und dem dicken blonden Haar. Mit seinem hellen Typ hatte er sich massiv von den Bewohnern des kleinen Fischerortes im Tanafjord unterschieden, nicht zuletzt von der Familie ihrer Mutter, die ausnahmslos dunkle Haare und braune Augen hatten. Irgendwann einmal war samisches Blut in ihre Adern geraten; falls nicht stimmte, was ihre Mutter hartnäckig behauptete, dass die dunklen Züge nämlich von der Mannschaft eines portugiesischen Schoners stammten, der irgendwann im 19. Jahrhundert vor der Küste der Nordkinnhalbinsel gekentert war. Ulla jedenfalls hatte von beiden Elternteilen etwas geerbt: das dunkle Haar von ihrer Mutter, die großen blauen Augen von ihrem Vater. Sie war in allen Krippenspielen in der Vorschule die unangefochtene Jungfrau Maria gewesen, und als Jahre später ein hausierender finnischer Kunstmaler durch Bakfjordeid gekommen war, hatte er unbedingt sie porträtieren wollen. Das Bild mit dem Titel »Schwarzhaarige Blondine aus Finnmark« wurde später auf einer Sonderausstellung in Tampere für mehr als tausend Finnmark verkauft. Auf dem Gymnasium hatte sie nur mit Not verhindern können, zur Abi-Prinzessin gewählt zu werden. Sie hatte nie verstanden, wieso es so war, wie es war. Liebend gern hätte sie ein wenig durchschnittlicher ausgesehen, wenn sie dafür nicht verkrüppelt gewesen wäre. Aber es hatte ja doch keinen Sinn, sich zu beklagen. *Man kann die göttlichen Geheimnisse nicht erforschen, indem man versucht, sie zu begreifen.* Das fröhliche, kollernde Lachen, das die Räume erfüllte, wenn ihr Vater von einer Fahrt nach Hause kam, hatte sie leider nicht geerbt, sosehr sie es sich auch wünschte. Selbst nachdem er krank geworden war, hatte er noch so gelacht. »Wir leben nur einmal«, pflegte er zu seiner Frau zu sagen, die eher vorsichtig und sparsam war, »und das sollte man ordentlich auskosten!«

Er hatte sein Leben ausgekostet, so lange es währte.

Genau deshalb weigerte sie sich auch, zu glauben, dass ihr Vater wissentlich in die Sperrzone gefahren war. Er war ein erfahrener Seemann, der niemals so weit nach Osten gesegelt wäre, ohne vorher alle Eventualitäten abgeklärt zu haben. Zwar war er als sorgloser, verwegener Draufgänger bekannt, ein unbekümmerter Bursche, der ohne mit der Wimper zu zucken mit einem Rückwärtssalto von der Spitze des Schwenkkrans in der Bootswerft von Bakfjordeid sprang, doch er war nicht leichtsinnig. Er hatte Respekt vor dem Meer und vor den Kräften der Natur und forderte das Schicksal nicht heraus. Er liebte sein Leben und hatte keins zu verschenken. Außerdem hatte er Tora – und den Traum, eines Tages der Vater ihrer Kinder zu werden. Je mehr sie darüber nachdachte, desto überzeugter war sie, dass ihr Vater niemals diesen Kurs eingeschlagen hätte, wenn er von der sowjetischen Meldung gewusst hätte.

Es juckte ihr in den Fingern, die Mappe von 1961 rauszusuchen und nachzusehen, ob in jenem Jahr entsprechende Analysen zu den Atombombentests gemacht worden waren. Aber sie beherrschte sich.

»Nicht so ungeduldig«, ermahnte sie sich. »Eile mit Weile.«

So war sie: beharrlich und ausdauernd. Sie wusste nicht, ob sie jemals die Antwort auf das finden würde, was damals mit ihrem Vater und den Onkeln passiert war. Sie war sich noch nicht einmal sicher, ob sie überhaupt auf der richtigen Spur war. Aber eins wusste sie: Wenn sie keine Antwort fand, würde es nicht daran liegen, dass sie den Kopf verloren hatte, zu schnell vorgeprescht war oder etwas Wichtiges übersehen hatte. Es war jetzt fast fünfundzwanzig Jahre her, seit ihr Vater gestorben war, und das verhängnisvolle Unglück lag mehr als vierzig Jahre zurück. Sie hatte keine Eile, die Antwort zu finden, Hauptsache, sie fand sie am Ende. Sie hatte alle Zeit der Welt.

16

Wie ihr Kollege Jørgen Hartmann hatte die Polizeikommissarin Eva Tamber von der Kontraproliferation den Vormittag genutzt, um die Kontakte zu den kooperierenden Diensten herzustellen. Die Leitungen aus ihrem Büro liefen allerdings in andere geografische Richtungen. Zur IAEA, der Internationalen Atomenergie-Behörde in Wien, beispielsweise. Zur CIA und dem Departement of Energy in Washington. Zur Säpo nach Stockholm. Und nicht zuletzt: nach Moskau, genauer gesagt zum Föderalen Sicherheitsdienst FSB, dem Erben des einst so gefürchteten KGB.

Da sich neunzig Prozent aller geschmuggelten radioaktiven Substanzen in Europa nach Russland und in andere Staaten der ehemaligen Sowjetunion zurückverfolgen ließen, war der Kampf gegen den Schmuggel nutzlos ohne die Unterstützung des FSB. Anfangs war die Zusammenarbeit zwischen dem FSB und den westlichen Nachrichtendiensten eher lau gewesen. Im FSB befürchtete man lange, dass es sich bei der Kontraproliferation – will sagen, dem Kampf gegen die Verbreitung von Kernwaffen – nur um einen Stunt handelte, der inszeniert wurde, um Russland brisante Informationen über die Atomwaffenanlagen des Landes abzuluchsen. Im Kielwasser des 11. September 2001 und der dramatischen Geiselnahme in Moskau im Herbst 2002 hatte allerdings ein Stimmungswandel stattgefunden. Der Gedanke, welche Konsequenzen es für Russland haben könnte, wenn eine Gruppe Terroristen in den Besitz einer »schmutzigen« Atombombe käme, reichte aus, selbst die antiamerikanischsten FSB-Generäle davon zu überzeugen, dass Russland und der Westen in diesem Bereich ausnahmsweise einmal übereinstimmende Interessen verfolgten. Nicht einmal der Irak-Krieg hatte an dieser Erkenntnis etwas geändert.

Tamber hatte an diesem Vormittag zwei längere Telefongespräche mit Moskau geführt. Zuerst mit der Auslandsstelle der Sicherheitsatombehörde des FSB, um anzukündigen, dass aus Oslo in Kürze Foto und Fingerabdrücke des Ermordeten übermittelt würden, und dass sie um russische Unterstützung bei der Identifizierung des Toten baten.

Das zweite Telefonat führte sie mit der staatlich-russischen Nuklearaufsichtsbehörde Gosatomnadzor (GAN), und es galt dem schwarzen Bleibehälter, in dem der Ermordete das Plutonium aufbewahrt hatte. Den Behälter hatte Tamber vorher beim Staatlichen Strahlenschutz abgeholt. Obwohl die endgültigen Ergebnisse der Untersuchung noch nicht vorlagen, hatte einer der Laboranten – unter absolutem Zitierverbot – bestätigt, dass es sich um 20 Gramm Plutonium-239 handelte. Das hörte sich vielleicht wenig an, wenn man berücksichtigte, dass für die Herstellung einer Atombombe an die zehn bis fünfzehn Kilo des Stoffes gebraucht wurden, aber im Zusammenhang mit Schmuggel war es ein beträchtliches Quantum. Die Statistik zeigte, dass es sich bei so gut wie allen registrierten Schmuggelversuchen hoch angereicherter radioaktiver Substanzen um Partien unter zehn Gramm handelte. Selbst auf dem Weltmarkt waren die bekannten Schmuggelversuche von Plutonium in einer Menge von 20 Gramm und mehr an einer Hand abzuzählen.

In gleich lautenden Anfragen an die GAN und das Hauptbüro des FSB in Moskau bat Tamber um Mithilfe bei der Identifizierung des Bleibehälters. »Handelt es sich um Ausrüstung, die den russischen Behörden von früheren Schmuggelaktionen bekannt ist?«, fragte sie.

Tamber rechnete frühestens am nächsten Tag mit einer Rückmeldung der russischen Kooperationspartner. Sie wollte die Zwischenzeit nutzen, um zu untersuchen, ob in der letzten Woche ein verdächtiges Fahrzeug vor der Küste der Finnmark beobachtet worden war. Was leichter gesagt als getan war. Es gab mehrere hundert russische Fischerboote mit der Genehmigung, vor der norwegischen Küste zu fischen. Darüber hinaus hatte der Verkehr von Lastschiffen und Öltankern zugenommen. Zwischen vier- und fünftausend russische Fahrzeuge liefen jedes Jahr norwegische Häfen an. Außer ein paar größeren Heroinbeschlagnahmungen und einigen tragischen Fällen von Menschenhandel konnte nicht nachgewiesen werden, dass eins dieser Fahrzeuge in illegale Machenschaften verwickelt war.

Im PST war man nichtsdestoweniger davon überzeugt, dass sich in den Fischgründen Dinge abspielten, die nicht nur mit Fisch zu tun hatten. Der Fund eines toten Fischers mit einem Einschussloch im Nacken und einer Dose Plutonium in der Brusttasche bestätigte diesen Verdacht.

»Wenn wir eindeutige Beweise vorlegen könnten«, unterstrich Tamber beim morgendlichen Jour fixe im Prolif, »würde das unsere Position sowohl gegenüber den norwegischen Behörden als auch gegenüber unseren Kooperationspartnern in Russland stärken.« Sie skizzierte den Ablauf der Ereignisse, wie sie ihn vor sich sah: Der unbekannte Mann kommt in Begleitung einer unbekannten Anzahl Mithelfer in einem Fischerboot aus östlicher Richtung. An Bord befindet sich eine größere Partie Plutonium, die sie gegen Bezahlung an einen unbekannten Käufer übergeben sollen, an einem bestimmten Punkt im internationalen Gewässer vor der norwegischen Küste. Die beiden Boote treffen sich zur abgesprochenen Zeit am abgesprochenen Ort. Nachdem die Übergabe des Plutoniums stattgefunden hat, zieht der Käufer eine Pistole und erschießt einen der Schmuggler, vermutlich mit der Absicht, ein Exempel zu statuieren, um dem Rest der Bande zu zeigen, was sie erwartet, wenn sie nicht die Klappe halten. Der Tote wird über Bord geschmissen.

Es wäre übertrieben zu behaupten, dass Tambers Theorie allgemeine Zustimmung erntete. Ihr nächster Vorgesetzter, Svein Bøcker, schlug beispielsweise vor, dass es genauso gut ein Geldzwist gewesen sein könnte. Die Schmuggler hatten versucht, den Preis der Ware hochzutreiben, was der Käufer abgelehnt hatte, worauf eine Meuterei ausgebrochen war. Polizeikommissar »Sigge« (Sigurd) Olsen, ihr ständiger Mitarbeiter in der Abteilung, warnte seinerseits davor, als gegeben vorauszusetzen, dass der Mord in direkter Verbindung mit der kriminellen Tat stand. Es konnte genauso gut vorher oder hinterher passiert sein, im Zusammenhang mit einer internen Bandenabrechnung. Vielleicht war der Handel längst abgeschlossen und das Boot bereits auf dem Rückweg nach Murmansk, als einer der Schmuggler darauf kam, dass der Gewinn größer wäre, wenn man ihn weniger teilen musste.

»Das wäre zumindest eine logische Erklärung für die fehlenden Stiefel«, schob Tamber ein und erklärte den Kollegen, wie sehr die Tatsache, dass die Leiche keine Stiefel trug, die Polizei vor Ort beschäftigte. »Vielleicht lag er ja in seiner Koje und schlief, als die anderen kaltblütig entschieden, ihn loszuwerden. Bestimmt stellt sich am Ende raus, dass sie ihn im Schlaf hingerichtet und dann über Bord geworfen haben, ohne ihm vorher die Stiefel anzuziehen.«

Sie waren sich einig, dass an allen Theorien etwas dran war. Dann, nachmittags um kurz nach halb vier, erhielt Tamber einen Anruf, der ihre persönliche Theorie und die Hypothesen ihrer Kollegen zum Tathergang zum Platzen brachte. Petter Ofstad, einer der fähigsten Kriminaltechniker bei der Kripo, war am Apparat.

»Wir haben deinen Mann«, sagte er knapp. Ofstad war dafür bekannt, direkt zur Sache zu kommen.

»Wen?« Tamber fühlte sich überrumpelt. Sie war nicht verheiratet und hatte momentan keine feste Beziehung. »Von welchem Mann sprichst du?«

»Von dem toten Fischer. Wir wissen, wer er ist.«

»Ihr wisst, wer er ist?« Der Tonfall ihrer Stimme verriet, dass sie nicht nur überrascht, sondern fast ein bisschen entrüstet war. »Wieso wenden die Russen sich an euch, wenn sie wissen, dass ich …«

»Vergiss die Russen. Wir haben es selbst rausgefunden.«

»Und? Wer ist beziehungsweise war er?«

»Halt dich fest: ein pensionierter Fischer aus einem kleinen Fischerdorf auf Ingøy – einem der nördlichsten Landzipfel vor dem offenen Meer, nur ein paar Meilen vom Nordkap entfernt. Sein Name war Enok Paulsen.«

»Jetzt bin ich aber wirklich baff, Ofstad. Wie zum Teufel habt ihr ihn ausfindig gemacht? War er als vermisst gemeldet?«

»Fehlanzeige. Er lebte allein und wäre wahrscheinlich so schnell von niemandem vermisst worden. Aber wir hatten seine Fingerabdrücke in unserer Kartei. Er war vorbestraft.«

Tamber pfiff anerkennend.

»Ein alter Bekannter also?«

»Das kann man so nicht sagen. Paulsen hat nicht wirklich eine kriminelle Vergangenheit, soweit wir das beurteilen können. Er hat vor etlichen Jahren eine kürzere Gefängnisstrafe abgesessen, weil er sich geweigert hat, für den illegalen Import einer Partie Branntwein ein einfaches Bußgeld zu zahlen.«

»Alkoholschmuggel also. Eine nordnorwegische Volkskrankheit.«

»Na ja, die Aktenlage ist da ziemlich vage. Es scheint sich jedenfalls nicht um professionellen Schmuggel zu handeln. Die Ware war zum eigenen Verbrauch bestimmt. Außerdem beharrte Paulsen hartnäckig darauf, dass der Branntwein ein Geschenk war. Viel mehr war zu der Angelegenheit aber nicht aus ihm rauszukriegen. Als er sich dann auch noch weigerte, das Bußgeld zu zahlen, wurde er eingelocht.«

»Wann war das?«

»Anfang der Sechziger. Ein merkwürdiger Vorfall, wie gesagt – und der einzige Fleck in einer ansonsten absolut sauberen Akte.«

»Und dieser Mann wurde vor ein paar Tagen mit einer Kugel im Nacken hingerichtet und mit 20 Gramm Plutonium in der Brusttasche ins Meer geworfen. Was hat man von so was zu halten? Einmal Schmuggler, immer Schmuggler?«

»Das rauszufinden ist dein Job«, sagte Ofstad lachend. »Ich wollte dir die Arbeit nur ein wenig erleichtern und dir mitteilen, dass er Norweger ist. Viel Glück!«

Nachdem sie noch ein paar Minuten sitzen geblieben war und nachgedacht hatte, erhob sich Tamber von ihrem Schreibtisch und lief über den Korridor zu Polizeioberkommissar Bøckers Büro. Svein Bøcker war ein Chef vom alten Schlag; er konnte es nicht leiden, wegen jedem Firlefanz belämmert zu werden. Hatte man allerdings ein wichtiges Anliegen, war er sehr entgegenkommend. Tamber hatte keine Bedenken ob der Wichtigkeit der Störung.

»Also, Eva, ich sehe keine andere Möglichkeit, als dass du dich auf den Weg in den Norden machst«, sagte Bøcker, nachdem sie ihn in die neuesten Entwicklungen in dem Fall eingeweiht hatte. »Ich werde mich mit der örtlichen Polizeiwache in Verbindung setzen und sie vorwarnen, dass du kommst. Arbeite mit ihnen zusammen, so gut es geht. Aber lass dir auf keinen Fall von den Einheimischen auf der Nase rumtanzen. Die leben in ihrer eigenen Welt dort oben, weißt du, und ich befürchte, dass der Fall, an dem wir gerade dran sind, eine Nummer zu groß für sie ist.« Er grinste schief. »Du brauchst dem Sheriff ja nicht gerade auf die Nase zu binden, dass ich das gesagt habe!«

Zurück in ihrem Büro, gab es noch eine Kleinigkeit zu erledigen, ehe sie sich an die Vorbereitung der Finnmarkreise machen konnte. In ihrer Schublade lag ein unbeantworteter Brief, abgestempelt in Seoul, Süd-Korea, und unterzeichnet vom Legationsrat der norwegischen Botschaft. Sie schrieben: *»Sehr geehrte Eva Tamber. Es ist uns gelungen, die Frau ausfindig zu machen, die Sie suchen, Kyung-wha Lee. Sie lebt in der Hafenstadt Pusan, an der Südspitze der koreanischen Halbinsel, wo sie Musik und Tanz an einer städtischen Schule unterrichtet.*

Ich habe heute persönlich mit ihr telefoniert. Sie ist 59 Jah[illegible] alt, allein stehend, kinderlos. Als ich ihr von Ihnen erzählte, begann sie zu weinen. Sie sagte, alle Menschen in ihrem Land seien um die Wiedervereinigung ihrer Familien bemüht, damit sie ihre Verwandten aus Nordkorea vor ihrem Tod noch einmal sehen könnten. Aber sie habe keine Familie. Nur die unbekannte Tochter, die sie direkt nach der Geburt weggeben musste, weil sie allein war und niemanden hatte, mit dem sie die Last der Versorgung teilen konnte. Außerdem, hat sie mit tränenerstickter Stimme hinzugefügt, bedeutete damals ein uneheliches Kind eine große Schande. Sie beendete das Gespräch mit der dringenden Bitte, Sie zu bitten, ein paar Worte an sie zu schreiben und vielleicht ein Bild zu schicken. Sie will dafür beten, dass Sie eines Tages wieder zusammengeführt werden. Lassen Sie sich Zeit, die Sache in Ruhe zu überdenken, und treffen Sie eine eigene Entscheidung. Für den Fall, dass Sie zu dem Entschluss kommen, Kontakt aufnehmen zu wollen, lege ich Ihnen ihre Telefonnummer und Anschrift bei. Es ist mir immer eine große Freude, in solchen Angelegenheiten behilflich sein zu können. Mit freundlichen Grüßen …«

Eva Tamber faltete den Brief langsam zusammen und starrte gedankenverloren vor sich hin. Noch lange, nachdem sie den Umschlag wieder in die Schublade zurückgelegt hatte, spürte sie die Anspannung in ihrem Körper. Wie ihre Mutter wohl aussah? Ob sie sich ähnlich waren?

17

Nichts!

Ulla Abildsø schaute frustriert auf die Armbanduhr. Zehn vor vier. Nur noch vierzig Minuten, bis das Archiv geschlossen wurde. Und noch immer suchte sie vergeblich nach Dokumenten, die Licht auf das warfen, was im Herbst 1961 mit der Mannschaft auf dem Boot ihres Vaters geschehen war. Die Mappen der Archivserie 136 *»Die Atombombe«* und 611

»*Wärmelehre*« für das Jahr 1961 waren überraschend dünn, und das wenige, was darin stand, drehte sich im Großen und Ganzen um andere Dinge als die sowjetischen Probesprengungen auf Nowaja Semlja. Die einzige Ausnahme machten einige Berichte der Gesundheitsbehörde, die außerordentliche Einsätze in Finnmark ankündigten. Im schlimmsten Fall würde es zu einer teilweisen Evakuierung der Bevölkerung kommen. Dagegen gab es keinerlei Informationen über die eigentlichen Atomtests, über die in den Mappen von 1958 so viel gestanden hatte.

Sie hatte einen dicken Kopf, einen Bärenhunger – und sehnte sich verzweifelt nach einer Tasse Kaffee. Aber das musste verschoben werden. Jetzt galt es, die Zeit zu nutzen, die ihr noch blieb. Sie sah keine andere Möglichkeit, als die Archivleiterin um Hilfe zu bitten.

»Entschuldigen Sie …«

Frau Hansen riss den Blick missmutig vom PC-Bildschirm los. Sie ließ die Hände auf der Tastatur liegen, wie um klarzustellen, dass sie höchstens eine kurze Unterbrechung ihrer Schreibarbeit duldete.

»Bitte?«

Ulla erklärte ihr, dass in den Mappen von 1960 – 63 auffallend wenig Information über die Zusammenhänge zu finden war, die sie interessierten. Ob es eventuell sein könnte, dass jemand die entsprechenden Informationen aus den Mappen entfernt hatte?

Nein, das hielt Frau Hansen für ausgeschlossen. Über die Mappen wurde genauestens Protokoll geführt. Wenn etwas entfernt worden war, müsste das aus dem Protokoll hervorgehen.

»Meines Wissens ist noch nie etwas verschwunden.«

»Gibt es möglicherweise noch andere Archivserien oder Mappen?«

»Sie haben alles vorliegen, was relevant für Ihre Arbeit ist. Glauben Sie mir, ich kenne das Zentralarchiv wie meine Westentasche.«

»Hatten die einzelnen Abteilungen keine eigenen Archive?«

»Na ja ...« Frau Hansen zögerte mit der Antwort. »Da gäbe es noch das Fernarchiv der Physikalischen Abteilung. Ich kann nicht ausschließen, dass ...«

»Könnten wir vielleicht dorthin gehen und nachschauen?«, unterbrach Ulla sie. »Wenn's geht, jetzt gleich!«

Frau Hansen warf einen mürrischen Blick auf die Wanduhr und drehte sich mit einer Miene zu Ulla um, die keinen Zweifel daran ließ, was sie von dieser Idee um diese Uhrzeit hielt.

»Wenn Sie partout darauf bestehen. Aber es ist ein ganzes Stück zu gehen ...« Frau Hansen sah forschend auf Ullas Beine, als sie das sagte. »Wir müssen ins Nachbargebäude«, fuhr sie fort und klirrte mit dem Schlüsselbund. »Die älteren Dokumente sind in einem feuchten Kellergewölbe der Physikalischen Abteilung begraben.« Sie verzog das Gesicht zu einem säuerlichen Lächeln. »Die Akten bergen nicht nur alte Geheimnisse, sie setzen allmählich auch Schimmel an!«

Sie zogen ihre Mäntel an und begaben sich hinaus ins Schneegestöber. Das Gebäude der ehemaligen Physikabteilung lag ein paar hundert Meter weiter in dem abgesperrten Gelände: ein hellgelbes, zweistöckiges Steinhaus mit Satteldach und Mansardenfenstern auf dem Dachboden. Der Schnee fiel jetzt so dicht, dass ihre Spuren sofort zuschneiten, sobald sie den Fuß hoben.

Frau Hansen geleitete Ulla durch eine Reihe geschlossener Türen. Die letzte führte zu einer Kellertreppe. Sie gingen nach unten und passierten ein paar große Räume, die vom Boden bis zur Decke voller Regale standen. Ulla sah sich neugierig um. In den Regalen standen dicht an dicht schmale Pappschachteln und Kunststoffkassetten, alle mit römischen Ziffern, Datum und einem Buchstabencode beschriftet, den sie nicht deuten konnte.

»Niederschlagsproben«, sagte Frau Hansen beiläufig und strich im Vorbeigehen mit dem Zeigefinger über die Rücken der Kästen. »Hier sind sämtliche Niederschlagsproben gesammelt, die jemals von den Messstationen im ganzen Land ans FFI geschickt wurden. Mit Hilfe eines Prozesses, der ›Veraschung‹ genannt wird, konnte man die Niederschlagsproben einer spektografischen Analyse unterziehen und sie über lange Zeiträume aufbewahren. Ich glaube, wir haben alle Proben seit 1957 behalten. Wohl in der Hoffnung, dass eines schönen Tages jemand auftaucht, der sie noch einmal sehen will. Etliche der gefährlichsten Kernspaltprodukte haben ja eine Halbwertszeit von mehreren tausend Jahren. Noch ist es also nicht zu spät. Können Sie mir folgen?«

Ulla war sich nicht ganz sicher, ob sie das intellektuell oder physiologisch meinte, und gab eine ebenso zweideutige Antwort. Ihre Aufmerksamkeit war sowieso abgelenkt, als sie das Regal mit den Niederschlagsproben von 1961 entdeckte. Auf dem Rückweg wollte sie es sich näher ansehen.

Sie blieben vor einer massiven Eisentür stehen, die nebst einem großen kreisrunden, altmodischen Kombinationsschloss auch noch oben und unten durch Magnetschlösser gesichert war. Nachdem Frau Hansen die runde Drehscheibe ein paar Mal hin- und herbewegt hatte, stieß sie ein triumphierendes »Yes, baby!« aus und lehnte sich mit der Schulter gegen die schwere Tür. Als diese widerstrebend nachgab, rieselten große Splitter alter Farbe auf den Zementboden. Man hätte meinen können, die Tür wäre seit Jahren nicht mehr geöffnet worden.

Im gleichen Moment, als sie die Schwelle überschritt, stellte Ulla fest, dass Frau Hansen nicht übertrieben hatte. Die Vergangenheit hatte Schimmel angesetzt. So eine Schlamperei, dachte sie empört, als sie die klamme, muffige Kellerluft einatmete. Sie legte sich wie Raureif auf ihre Wimpern und machte es noch schwerer, sich in dem Licht der nackten Glühbirne unter der Decke zu orientieren.

»Du meine Güte«, platzte es aus ihr heraus. »Wie haben die Deutschen diesen Raum denn im Krieg genutzt? Als Folterkammer?«

Frau Hansen klirrte mit dem Schlüsselbund und gestand widerstrebend, dass sie das nicht wusste. Aber, beeilte sie sich hinzuzufügen, war es nicht kurios, dass ausgerechnet diejenigen, die sich am stärksten ins Zeug gelegt hatten, das FFI hier, in einem ehemaligen deutschen Militärlager zu etablieren, fast ausnahmslos im Kampf gegen die deutsche Besatzungsmacht in der ersten Reihe gestanden hatten?

Ulla gab keine Antwort. Nicht aus Desinteresse am Zweiten Weltkrieg, aber im Augenblick ging es ihr vor allen Dingen darum, herauszufinden, ob es hier Unterlagen gab, die eine Antwort darauf geben konnten, was ihrer Familie an jenem Oktobertag 1961 zugestoßen war. Ein rascher Blick auf den Archivschlüssel zeigte, dass es zumindest drei Archivserien von potenziellem Interesse gab, inklusive eines Arbeitsprotokolls 31.1/287 – *Schutz vor radioaktivem Niederschlag*. Sie suchten die Mappen zusammen und begaben sich zurück zum Zentralarchiv.

»Ich befürchte, Sie werden erst morgen weiterarbeiten können«, sagte Frau Hansen, als sie das Archiv betraten. »Ich schließe jetzt. Die nächsten Tage werden Sie ohne meine Hilfe zurechtkommen müssen. Ich nehme an einem Computerkurs teil.«

Ulla hörte nur mit halbem Ohr hin und nickte mechanisch.

»Ich werde versuchen, mich so gut es geht durchzuschlagen«, sagte sie trocken.

Nachdem sie ihre Zugangsmarke in der Wachstube abgegeben hatte, trat sie in den dunklen Februarnachmittag. Obwohl es den ganzen Tag geschneit hatte, war der Bürgersteig am Instituttvei nicht geräumt. Bei zwanzig Zentimeter Neuschnee brauchte sie zehn Minuten bis zur Bushaltestelle. An Tagen wie diesen kam ihr die angeborene Behinderung wie eine Strafe vor.

Während der Busfahrt nach Oslo versuchte sie, ihre Gedanken zu ordnen und die Bedeutung ihrer kleinen Entdeckung im Kellergewölbe unter dem Archiv der Physikalischen Abteilung einzuordnen. Im Regal mit den Niederschlagsproben von 1961 hatten die Schachteln in chronologischer Reihenfolge gestanden. Aber an einer Stelle der langen Reihe war eine Lücke gewesen, exakt so breit wie eine der grauen Pappschachteln, die sie einrahmten. Um Frau Hansens Aufmerksamkeit nicht auf sich zu ziehen, war sie nur so lange vor dem Regal stehen geblieben, wie sie brauchte, um sich zu bücken und die Schnürsenkel zuzubinden. Aber die zehn Sekunden hatten gereicht, um zu sehen, dass die Leerstelle sich zwischen zwei Kassetten befand, von denen die eine mit *Freitag, 20. Oktober* datiert war und die andere mit *Freitag, 10. November 1961*. Ein rascher Blick auf die angrenzenden Regale bestätigte ihr, dass die Proben regelmäßig am zehnten, zwanzigsten und letzten Tag eines Monats abgegeben worden waren. Wenn dort tatsächlich eine Schachtel fehlte, war anzunehmen, dass es sich um Proben von dem dazwischen liegenden Abgabetermin handelte, das heißt, von Dienstag, dem 31. Oktober 1961. Wer hätte eine Veranlassung, den Karton mit den Proben zu entfernen? Noch dazu, wo er sich auf bewachtem Gelände befand, in einem verschlossenen Keller?

Ulla sah sich nervös im Bus um. Sie hatten gerade in Olavsgård gehalten, wo etliche Leute eingestiegen waren. Aus unerfindlichen Gründen hatte sie plötzlich das Gefühl, dass ein Fahrgast zu viel in dem Bus war. Jemand, der nicht dorthin gehörte. Ein lächerlicher Gedanke, keine Frage, aber das unangenehme Gefühl ließ sie bis ins Zentrum nicht mehr los.

18

Werner starrte an die Decke. Am vergangenen Tag hatte er eine immer stärker werdende Unruhe verspürt, insbesondere dann, wenn die Wirkung des Morphins nachließ und die Operationswunde zu schmerzen begann. Es war ein guter Schmerz, fand er. Er erinnerte ihn daran, was für ein Glück er gehabt hatte. Das Ochsenherz war herausgeschnitten worden. Der Gedanke an den Tod, mit dem er in den letzten Jahren gezwungenermaßen ein beinahe intimes Verhältnis gehabt hatte, ließ sich seither endlich auf Distanz halten. Er ging auf die siebzig zu; daran änderte sich leider nichts. In vier Monaten war seine berufliche Karriere definitiv zu Ende. Doch das Alter war eine Sache, Körper und Seele eine andere. Mit dem mutigen, jungen Herz in seiner Brust fühlte er sich seltsam stark. Wüsste er nicht, dass es unmöglich war, hätte er dafür wetten können, dass ihn die Operation auch geistig verjüngt hatte. Auf unerklärliche Weise fühlte er, dass ihn die Schreie und Rufe der jungen Männer auf der Straße – in einer Sprache, die er nicht verstand – etwas angingen und seine Seele berührten. Was trieb sie nur an? Warum waren sie so willig, die Übermacht herauszufordern? Zuzuschlagen, statt die andere Wange hinzuhalten? Zu töten, ohne um Vergebung zu bitten?

In drei Tagen wollte er an die Mittelmeerküste fahren, um wieder zu Kräften zu kommen.

Nur er und Katarina.

Drei Tage. Die Schleuse zwischen Leben und Tod. Wenn es ihm gelang, lebendig durch die nächsten Tage zu kommen, war die Gefahr einer Abstoßung so gut wie vorüber. Dann lag das Alter wie eine endlos grüne Wiese vor ihm, auf der wunderbare Dinge geschehen konnten. Wie ein Kind freute er sich darauf, auf diese Wiese zu laufen und sie gemeinsam mit Katarina zu erforschen. Ab jetzt würde alles anders werden. Sie würden keine Geheimnisse mehr voreinander haben. Sie würden offen sein für die Welt und für einander. Und das Beste von allem: Sie würden mit der Zeit auch wieder zu dem intimen Umgang miteinander zurückfinden, den ihnen sein krankes Herz geraubt hatte!

Oder war der Glaube daran, dass alles anders werden könnte, dass es einen neuen Frühling für Katarina und ihn geben könne, nur eine Illusion? Er hatte Angst, dass es so war.

Die Katarina, die er 1958 in Boston getroffen und mit der er sich ein halbes Jahr später vermählt hatte, war sie nicht eine andere Frau als die, mit der er jetzt nach Ashdod fahren würde? Damals war sie voller Tatendrang und Optimismus gewesen. Obwohl sie eine fleißige Studentin war, strahlte sie eine Wärme und Lebenslust aus, die es zu einem Fest machte, in ihrer Nähe zu sein, vom morgendlichen Aufstehen bei Sonnenaufgang (eine gemeinsame Angewohnheit seit dem Leben im Kibbuz), bis sie um Mitternacht ins Bett fielen – um dann den Schlaf mit heißer Liebe zu verjagen. In den vertraulichen Gesprächen danach erschien sie reflektiert und nachdenklich, ganz ohne die Vorurteile und festgefahrenen Ansichten, die sie heute prägten. Und während sie früher voller Wärme über die internationale Solidarität und die religiöse Toleranz gesprochen hatte, war sie jetzt wie versteinert in ihrem Hass gegen die arabischen Länder und deren Bewohner und Anführer. Er musste es einfach einsehen: Die Katarina, in die er sich während des Laubhütten-Festes der jüdischen Studenten am MIT Hals über Kopf verliebt hatte, gab es nicht mehr.

Wenn es denn nicht noch eine letzte Chance gab; eine Art Schocktherapie, die ihr die Augen öffnete und ihr wenigstens einen Teil ihrer früheren Weitsicht zurückgab? Was würde geschehen, wenn sie beide auf die andere Seite gingen und sich ein Bild davon zu machen versuchten, wie es war, dort zu leben? Gaza war kaum hundert Kilometer von Ashdod entfernt, wo sie seine Rekonvaleszenzzeit verbringen wollten. Also nach norwegischem Verständnis keine wirkliche Entfernung. Doch im Nahen Osten machten diese Kilometer den Unterschied aus zwischen Reich und Arm, Gut und Böse, Hoffnung und Hoffnungslosigkeit. Er hoffte, dass Katarina ihm erklären konnte, warum die Grenze genau dort verlief.

19

Sie liebte Hotels. Oder genauer gesagt: Sie liebte es, im Hotel zu wohnen, und was sie anging, brauchte es weder Badewanne, *ball room,* noch eine Küche, die in Lifestylemagazinen angepriesen wurde. Für sie zählte, dass sie Gast sein durfte und umsorgte wurde, ohne dass das irgendwelche gesellschaftlichen Pflichten mit sich führte. Solange sie ihre Rechnung bezahlte und zur verabredeten Zeit auscheckte, hatte niemand das Recht, mehr von ihr zu verlangen.

Dieses Mal hatte sie auf einen Tipp von einem Kollegen gehört und ein Zimmer im Hotel Grüner reserviert, einem billigen, einfachen Hotel am östlichen Rand der Stadtzentrums mit Blick auf den Fluss Akerselva. Nachdem sie sich bei einer Portion Spaghetti Bolognese und einem Glas Rotwein im Pastarestaurant an der Ecke entspannt hatte, war sie mit dem Fahrstuhl in die vierte Etage hinaufgefahren, in der ihr spartanisches Zimmer lag, bereit für eine neue Arbeitseinheit. Sie, die noch immer nach dem Mann ihres Lebens suchte, hätte vermutlich eher die Gelegenheit nutzen und sich ins berüchtigte Osloer Nachtleben stürzen sollen. Doch sie erklärte ihrem blassen Spiegelbild, dass das auf ein anderes Mal verschoben werden musste. Sie war nicht in die Stadt gekommen, um sich zu amüsieren. *Einen Engel hält nichts zurück. Auf was er sich auch zubewegt, gut oder schlecht, er bewegt sich mit seiner ganzen Kraft darauf zu.*

Als sie aus dem Aufzug trat, warf sie einen Blick auf ihre Armbanduhr. Halb acht.

Sie trat auf den Flur und spürte wieder den leichten Schmerz in der Hüfte, der sich gerne dann meldete, wenn sie müde war und ihre Muskulatur und Körperbewegungen nicht mehr perfekt auf ihre Prothese abstimmen konnte.

Der Raum war noch genauso unordentlich, wie sie ihn am Morgen verlassen hatte. Im Hotel Grüner schien das Zimmermädchen anscheinend erst zu kommen, wenn man ausgecheckt hatte. Die Regelung gab dem Satz in der Werbebroschüre einen ganz neuen Sinn »Es ist das Bestreben des Hotels, eine entspannte Atmosphäre zu schaffen, in der die Gäste ihre Ruhe haben und sich wie zu Hause fühlen können«.

Sie nahm ein Dokument vom Nachttischchen, das sie bisher nur kurz überflogen hatte. Es war ein Referat, das bei einer Konferenz des damaligen Staatsrats für Strahlenhygiene im Dezember 1958 gehalten worden war. Unter Sonstiges wurde über ein streng geheimes Beinahe-Unglück in Verbindung mit den sowjetischen Atomtests auf Nowaja Semlja wenige Monate zuvor berichtet. Es ging um ein meeresbiologisches Forschungsschiff, die »G.O.Sars«, die sich in die Sicherheitszone westlich des Probefeldes A von Nowaja Semlja verirrt hatte. Während einem der Atomtests hatte sich das Schiff weniger als 50 Seemeilen vom Explosionspunkt entfernt befunden. Die Besatzung hatte den Lichtblitz beobachtet, sonst aber nichts Außergewöhnliches bemerkt. Ohne dass die Mannschaft es bemerkte, war das Schiff im Laufe der nächsten Stunde einer beträchtlichen Menge von radioaktivem Fallout ausgesetzt gewesen.

Ulla hatte früher schon einmal etwas über die Episode gelesen, und im Grunde war dieses Ereignis der Auslöser für ihre Vermutung, dass ihr Vater und ihre Onkel in eine ähnliche Situation geraten sein konnten. Jetzt brannte sie darauf, nachzulesen, was in den heruntergestuften Dokumenten des Staatlichen Strahlenschutzes darüber stand. Vielleicht entdeckte sie ja etwas, das den Historikern vor ihr nicht aufgefallen war?

Aber zuallererst wollte sie ihre Mutter anrufen. Obwohl sie in der gleichen Gemeinde wohnten, vergingen manchmal Wochen, ohne dass sie miteinander sprachen. Doch wenn sie auf Reisen war, rief sie immer zu Hause an. Ihre Mutter wäre tödlich beleidigt, wenn sie im Nachhinein erführe, dass Ulla im Süden war, ohne ein Lebenszeichen von sich zu geben.

Sie legte sich aufs Bett und wählte die Nummer ihrer Mutter.

Es dauerte wie gewöhnlich eine Weile, bis sie sich meldete. Das war ihre Art, ihrer Tochter zu zeigen, dass sie bloß nicht glauben sollte, sie säße am Telefon und warte auf ihren Anruf.

»Ja?«

»Ich bin's. Ulla.«

»Ah.«

»Ich bin in Oslo. Ich wollte nur mal hören, wie es dir geht.«

»Ach, du weißt ja, wie es so geht. Es bleibt immer so viel liegen. Gerade war ich in der Scheune, um Holz zu holen. Es ist hier oben so kalt, du wirst es nicht glauben.«

»Du hast Holz gehackt? Mein Gott, kannst du nicht Kai bitten, das zu tun?«

»Kai? Wann hätte der mir denn mal geholfen? Der interessiert sich doch nur für seine Totoscheine. Was für eine Verkommenheit. Ich kann nicht verstehen, warum die Christliche Volkspartei diesem Unwesen kein Ende macht.«

»So, so. Aber der Gewinn ist doch für einen guten Zweck. Sport, Forschung …«

»Forschung«, wiederholte ihre Mutter kalt; es war fast so, als hätte sie den Nordwind am Telefon. »Was sollen wir mit einer Wissenschaft, die die grundlegendste aller Wahrheiten leugnet: dass Gott die Welt, die Menschen und alles andere erschaffen hat.«

Ulla antwortete nicht. Sie wartete einfach die nächsten Argumente ab: wie sinnlos es sei, Medizin zu studieren, wenn man nicht begriff, dass Gott mit allem einen Plan verfolgte und dass es nicht Sein Wille sei, dass der Mensch sein ganzes Leben gesund war. Gute Gesundheit brachte einen nicht ins Himmelreich.

»Papa hatte ein Logbuch«, sagte sie kurz. »Es liegt im Gästezimmer in der oberen Schublade der Kommode – wenn du es nicht weggenommen hast.«

»Denkst du, ich hätte die Sachen von Ståle weggetan.«

»Nein, natürlich nicht, Mutter. Ich wollte mir nur sicher sein, dass wir von der gleichen Kommode sprechen.«

»Ich hab doch nur diese eine Kommode, Ulla.«

Sie hörte die Anklage: Du weißt nicht mal mehr, welche Möbel deine Mutter im Haus hat.

»Ich frage mich, ob du wohl so nett sein könntest, das Logbuch zu holen. Es gibt eine Sache, die ich gerne überprüfen würde.«

»Was denn? Da steht doch nichts drin, das du gebrauchen könntest. Nur Uhrzeiten, Positionen und Fangmengen.« Sie seufzte laut. »Nein, wofür um alles in der Welt soll das jetzt wieder gut sein, Ulla?«

Sie erklärte, dass sie ein paar Daten kontrollieren müsse, die in Verbindung mit einer Forschungsarbeit stünden, an der sie arbeitete. Es würde nicht mehr als fünf Minuten dauern. Garantiert.

Mutter leierte irgendetwas und legte den Hörer beiseite. Ulla konnte hören, wie sie mit schnellen Schritten durch den schmalen Flur zum Gästezimmer ging. Es dauerte nur wenige Sekunden, bis sie zurück war.

»Da bin ich wieder«, sagte sie außer Atem. »Jetzt musst du mir sagen, was ich aufschlagen soll.«

»Schön.« Es kam nicht oft vor, dass sie so gut mitarbeitete. »Ich möchte, dass du mir alle Positionen und Uhrzeiten vorliest, die Vater in der Zeit vom zweiten bis zum vierten Oktober 1961 im Logbuch aufgeführt hat. Ich weiß, dass sie da drinstehen. Ich habe sie mir vor längerer Zeit auf einem Zettel notiert. Ich hab den Zettel hier vor mir, aber dummerweise habe ich damals einen Bleistift benutzt, so dass ich einige Zahlen nur noch schwer entziffern kann. Ich muss mich nur vergewissern, dass alle Zahlen richtig sind. Das ist furchtbar wichtig, verstehst du?«

Mutter seufzte tief.

»Nichts von dem, das du machst, ist furchtbar wichtig.«

Eine alte Diskussion, aber an diesem Abend wollte sie den Fehdehandschuh nicht aufnehmen.

»Es geht nicht um mich, Mutter. Es geht um Vater. Darum, was mit ihm und deinen Brüdern draußen auf dem Meer geschehen ist. Ich glaube, ich bin kurz davor, die Frage zu beantworten. Wenn ich nach Hause komme, wirst du alles erfahren.«

Ihre Mutter unterbrach sie. Ihre Stimme klang hart und unversöhnlich.

»Da ist überhaupt nichts passiert, Ulla. Wie oft muss ich dir das noch sagen? Ich versteh einfach nicht, wo du diese fixe Idee herhast? Aber eins sollst du wissen: Man muss den Toten Respekt erweisen, Ulla. Ich will nichts damit zu tun haben, dass du Ståle in deine Wissenschaft mit hineinziehst. Du solltest dich schämen. Verstehst du, was ich dir zu sagen versuche? Genug ist genug!«

Sie legte auf.

Ulla dachte eine Minute nach. Sie holte sich ein Glas kaltes Wasser aus dem Bad, biss sich auf die Unterlippe und wog das

Für und Wider ab. Dann rief sie noch einmal an. Ihre Mutter war sofort am Apparat.

»Ich meine, was ich sage, Ulla«, sagte sie, ohne die Bestätigung abzuwarten, dass wirklich wieder Ulla am Telefon war. »Du musst Ståle in Frieden ruhen lassen.«

»Aber ich finde keinen Frieden, Mutter. Hat das keine Bedeutung? Vergiss nicht, dass ich auf der Treppe gesessen und alles belauscht habe ...«

Die Mutter schnaubte verächtlich.

»Du warst fünf Jahre alt, Mädchen. Was bildest du dir eigentlich ein?«

»Ich kann jedes Wort wiedergeben. Er hat gesagt ...«

»Ich weiß, was er gesagt hat.«

Ulla zögerte. Sie wusste nicht, ob ihre Mutter ihr gerade ein wichtiges Geständnis gemacht hatte oder ob sie aufs Neue ihre alte Starrköpfigkeit zur Schau stellte.

»Umso besser, dann wissen wir es beide.«

»Er war krank. Er wusste, dass es zu Ende ging. Ich glaube, was er gesagt hat, hat er gesagt, um der Wahrheit nicht ins Auge blicken zu müssen.«

Da war es, also doch.

Ulla spürte einen Kloß im Hals, den sie seit langem nicht gespürt hatte. Den Gebetshauskloß. Den Kloß, den sie in den letzten Jahren von Vaters Leben so oft gespürt hatte. Immer dann, wenn sie sich sonntags dem Gebetshaus näherten und die Ältesten der Gemeinde wortlos an ihnen vorübergingen.

»Welche Wahrheit?«

»Dass er es sich mit Gott verscherzt hatte. Dass er sein Leben verspielt hatte. Und unser Leben, Ulla, vergiss das nicht. Er hat Gott so lange provoziert, bis er ihn von uns genommen hat.«

»Aber Mutter, du glaubst doch wohl nicht ...«

Es war still am anderen Ende. Sie hörte lediglich den Atem ihrer Mutter. Ein rascher, ungleichmäßiger Atem, wie von einem gefangenen Tier.

»Nun«, fuhr sie fort, um die Stille zu durchbrechen, »in so

einem Fall spielt es doch keine Rolle, wenn du mir die Zahlen vorliest. Wäre es Gott nicht recht, hätte er wohl dafür gesorgt, dass du nicht so gut auf das Buch aufpasst.«

Es schien so, als fände ihre Mutter Trost in dieser Schlussfolgerung. Auf jeden Fall begann sie langsam, die Daten, Uhrzeiten und geografischen Positionen durchzugeben. Sie las mit leiser, monotoner Stimme, flüsterte fast, als hoffte sie, dass Gott auf diese Weise nicht mitbekam, was vor sich ging. Als sie fertig war, sagte sie unvermittelt:

»Das werde ich dir nie vergeben.«

Ulla wollte wissen, was sie damit meinte, doch sie erhielt keine Antwort. Es war deutlich zu spüren, dass ihrer Mutter das Gespräch missfiel und dass sie es am liebsten schnell hinter sich bringen wollte. Vielleicht hoffte sie, das Ganze sei nur ein schlechter Traum, aus dem sie nur dann erwachte, wenn sie den Hörer auf die Gabel legte. Ulla sah keinen Grund, sie länger als nötig zu quälen.

»Ich danke dir«, sagte sie aufrichtig. »Du warst mir eine große Hilfe.«

Ihre Mutter fuhr ihr brüsk ins Wort.

»Wenn ich wirklich eine Hilfe wäre, würdest du mich nicht so unter Druck setzen.«

Plötzlich spürte sie eine ungeheure Wut auf ihre Mutter. Warum war sie so negativ bei allem, was sie tat und verkörperte?

»Mama«, hörte sie sich selbst sagen, »ich glaube, du hast mich nie wirklich geliebt, jedenfalls nicht so, wie du Papa oder Kai geliebt hast. Ich weiß nicht recht, wie ich es sagen soll, aber ich habe immer gefühlt, dass du dich meinetwegen geschämt hast, dass du dich geschämt hast, ein behindertes Kind auf die Welt gebracht zu haben. Oder war es bloß … Ekel?«

Sie wusste, dass sie aufhören sollte, konnte ihre Bitterkeit aber nicht mehr im Zaum halten. Es war so, als läge eine giftige Schlange in ihrer Brust, die herausmusste, auch wenn sie der Mutter in den Hals beißen würde.

»Wenn es doch einen Gott gibt, gibt es eine Sache, für die ich ihm immer dankbar sein werde, Mama. Weißt du, was das ist?«

Es war totenstill am anderen Ende. Doch in sich hörte sie das Zischen der Schlange.

»Ja, dass ich dein Gesicht nicht sehen musste, als ich in deine Arme gelegt wurde und du mich stillen solltest!«

Sie erwartete lauten Protest ihrer Mutter, dass sie eine schlechte Tochter sei, oder bestenfalls: schuldbewusstes Schluchzen. Aber es war noch immer still. Dann waren plötzlich einige scharfe Laute zu hören, wie wenn man unachtsam an einige Tasten des Telefons kam, dann war ihre Mutter wieder zu hören. Ihre Stimme klang seltsam beherrscht:

»Ich habe das Letzte, was du gesagt hast, nicht richtig mitbekommen, Ulla, da war so ein Knistern in der Verbindung. War es was Wichtiges?«

Sie fühlte sich leer und schmutzig.

»Ja, eigentlich war es das.«

Plötzlich begannen ihre Finger zu zittern.

»Ich habe nur gesagt, wie gern ich dich habe, Mutter. Pass auf dich auf. Wir sehen uns dann in einer Woche.«

20

Nein, es wäre keine gute Idee, nach Gaza zu fahren, meinte Abrasha Schwartz. Es wäre dort nicht sicher, und außerdem gäbe es dort nichts zu sehen. Das alles würde ihn nur deprimieren. Und wofür sollte das gut sein? Er legte seinen Arm um Katarinas Hüften. Sie standen beide vor seinem Bett und lächelten ihn an:

»Ich verspreche dir, Fritz, du wirst in Ashdod nichts vermissen. Das ist ein erstklassiges Hotel. Von der Terrasse aus hast du einen Blick über den Strand und das Meer. Und wenn du Durst hast oder einen anderen Wunsch, brauchst du nur mit den Fingern zu schnippen, und wir kommen. Wir versprechen dir, dich von morgens bis abends so richtig zu verwöhnen!«

»Wir?« Werner verstand nicht ganz. »Ich dachte, es wäre nur von Katarina und mir die Rede gewesen?«

Sie grinsten sich verschworen an. Wange an Wange. Als wären sie ein Gesicht. Ein Lächeln.

»Ich habe eine Überraschung für dich«, sagte Katarina. »Abrasha hat eingewilligt, mit uns zu kommen! Er kennt sich dort ja aus, und ihr versteht euch doch so gut! Ich dachte, es wäre dir recht, nicht nur mich zum Reden zu haben.« Sie warf lachend den Kopf zurück. »Und außerdem habe ich so die Möglichkeit, ein bisschen was auf eigene Faust zu machen. Bummeln gehen, und so etwas.«

»Nun, was sagst du, Fritz?« Abrasha beugte sich über das Bett. »Ich will mich auf keinen Fall aufdrängen. Aber wo wir schon davon sprechen: Wir können es uns da so richtig gemütlich machen, nicht wahr? Ich nehme natürlich das Schachbrett mit und ein gutes Buch, damit du auch mal Ruhe bekommst. Und wenn Dr. Adler damit einverstanden ist, nehme ich auch eine Flasche von diesem Champagner mit, du weißt schon.« Er zwinkerte ihm geheimnisvoll zu. »Doch, ich habe noch ein paar Flaschen, für Anlässe wie diesen.«

Werner sah sie an. Er freute sich darüber, sie bei sich zu haben und sie zusammen zu sehen. Seine Frau und sein bester Freund. Eine bessere Gesellschaft gab es auf der ganzen Welt nicht.

»Aber das ist doch großartig«, platzte er hervor und klatschte mit der Hand hingerissen auf das weiße, kühle Laken. »Auf was für Ideen ihr kommt, um mir eine Freude zu machen. Ich kann euch gar nicht sagen, wie gern ich euch habe, alle beide!« Seine Augen begannen zu glänzen. »Danke. Ich kann es kaum erwarten, hier wegzukommen.«

21

Sie spürte es sofort, als sie den Raum betrat: Es herrschte eine andere, leichtere Stimmung. Die Möbel waren die gleichen. Ebenso die Farben. Doch der Mann am Empfang war ein anderer. Er saß mit nach vorn gestreckten Beinen auf dem Rand seines Stuhles und wippte mit dem Oberkörper vor und zurück. Wahrscheinlich hatte ihm jemand ein Trainingsprogramm für seine Bauchmuskeln verordnet, das er sich nicht auszulassen traute, dachte sie. Ein älterer Herr mit einem kleinen, runden Körper, roten Hosenträgern, einem großen, eierförmigen Kopf und einem von Lachfalten durchzogenen Gesicht.

Jetzt erinnerte sie sich: Frau Hansen war auf einem Computerkurs.

»Guten Tag, Ulla Abildsø«, sagte der Mann feierlich. »Ich weiß, wer Sie sind. Ihre werte Freundin, Frau Hansen, hat mir eine Nachricht hinterlassen. Sie meinte, Sie seien sehr anspruchsvoll.«

Sie lächelte schief und streckte ihm die Hand entgegen.

»Ich glaube nicht, dass sie mich sonderlich mochte.«

»Laila mag niemanden, nicht einmal sich selbst.« Er fasste sich an den Mund. »Nein, jetzt habe ich etwas Böses gesagt. Frau Hansen ist ein bezaubernder Mensch, besonders aus einer gewissen Distanz.« Er drückte ihre Hand. »Hans Løvdal, Archivchef a. D.« Zufrieden zog er an seinen Hosenträgern. »Ich bin vor anderthalb Jahren in Rente gegangen, aber sie rufen mich immer an, wenn meine Nachfolgerin krank ist oder an einem Weiterbildungskurs teilnehmen will. Es ist schon komisch, aber ich habe mich nie so gefragt gefühlt wie seit meiner Pensionierung.«

Während er die Tür öffnete, die zum Allerheiligsten des Zentralarchivs führte, einem feuersicheren Gewölbe mit verschiebbaren Regalen voller Ordner und Archivkästen, erzählte er ihr, dass er mehr als dreißig Jahre lang im Archiv gearbeitet habe. Davor sei er in der Physikabteilung Laborant und Mädchen für alles gewesen. Jetzt las er viel über die römische Geschichte. Und über Bellman. Er wisse alles über Bellman! »Ulla, steh grade, halt den Takt, gib die Hand, sei nett!« Er lächelte hingerissen über sein eigenes Zitat. »Sie kennen doch die Epistel Nr. 9? Wer weiß, vielleicht haben Sie Ihren Namen ja nach Ulla Winblad?«

Sie antwortete nicht. Die Epistel, die ihr in ihrer Jugend laut vorgelesen worden waren, waren von einem ganz anderen Kaliber als jene, an die Hans Løvdal dachte. Sie war mit den Episteln aufgewachsen, die der angetrunkene Fredman, Bellmans Sprachrohr, immer parodierte. Aber es war sinnlos, jetzt mit ihm darüber zu sprechen.

Stattdessen fragte sie vorsichtig nach, mit welchen früheren Angestellten des FFI sie sprechen müsste, um mehr über den radioaktiven Fallout in den frühen 60er Jahren zu erfahren. Insbesondere interessiere sie, welche Forscher Zugang zu den Trockenproben des Fallouts hatten, die im Keller des Physikgebäudes aufbewahrt wurden.

»Die meisten von denen sind inzwischen gestorben«, antwortete er langsam.

Aber es müsse doch jemanden geben, der noch am Leben war? Sie hörte sich so flehend an, dass ihr beinahe selber flau wurde.

Nein, er glaubte nicht. Forschungschef Hvinden war tot, natürlich, und auch …

»Warten Sie!«, unterbrach er sich und schnippte mit den Fingern. »Natürlich, Fritz Emil Werner! Der lebt noch! Ich habe ihn bloß vergessen, weil er seit Beginn der 60er Jahre nicht mehr bei uns ist. Er hat damals aus Protest gekündigt, weil er der Meinung war, keine interessanten Arbeitsaufgaben mehr zu bekommen. Stattdessen hat er bei unseren Nachbarn, im Institut für Atomenergie, den reinsten Sahnejob bekommen.«

Løvdal machte mit dem Kopf eine Bewegung in Richtung Fenster. »Auf dem Heimweg können Sie ja einen Abstecher ins IFA machen, oder besser gesagt ins IFE, wie sich das Institut heute nennt, und nachfragen, ob er noch immer dort arbeitet.« Ein nachdenklicher Zug huschte über sein faltiges Gesicht. »Werner ist ein paar Jahre jünger als ich. Und ich bin uralt, wie Sie sehen; ich durfte arbeiten, bis ich siebzig wurde. Das heißt, dass er jetzt Ende sechzig sein muss. Wenn Sie Glück haben, ist er noch da.« Er wurde plötzlich ernst. »Aber er kann natürlich auch tot sein oder pensioniert. Ich habe seit Jahren nichts mehr von ihm gehört. Ich glaube, er hatte Herzprobleme.«

Sie erzählte ihm, dass sie tags zuvor im Keller des Physikgebäudes gewesen sei, wo die alten Falloutproben aufbewahrt wurden. Ganz zufällig habe sie dabei bemerkt, dass die Proben einer bestimmten 10-Tages-Periode im Jahr 1961 fehlten. Sie fragte ihn, ob er eine Ahnung habe, wo die sein könnten.

»Wir haben über diese Proben genau Buch geführt«, erklärte er. »Niemand durfte sie ohne Erlaubnis des Forschungschefs nutzen oder damit arbeiten, und selbst dann wurde das notiert. Wollen Sie, dass ich im Register nachsehe?«

Ihr Gesicht hellte sich auf. Das war genau das, was sie gehofft hatte! Sie gab die Datumsperiode der fehlenden Kassette an.

Während sie sprachen, hatte Løvdal die Archivmappen des physikalischen Fernarchivs herausgesucht. Gemeinsam trugen sie sie zu ihrem kleinen Arbeitsplatz.

»Ich sehe, Sie hinken«, sagte er neckend. »Wasser im Knie?«

»Prothese«, antwortete sie und lachte. »In unserem Fach sagt man allerdings nicht ›Wasser im Knie‹, wir sprechen von *hydrops genu*!«

Nachdem er ihr geholfen hatte, alles auf dem Schreibtisch zu platzieren, und ihr einen Kaffee gekocht hatte, zog sich Løvdal diskret zurück. Sie hörte ihn leise pfeifend im Gewölbe herumkramen, doch das störte sie nicht. In den nächsten Stunden arbeitete sie sich langsam, aber stetig durch die Mappen der Jahre 1959 und 1960. Sie enthielten wenig Interessantes, doch sie hatte Angst, etwas zu übersehen, und zwang sich selbst, jeden Bericht zu überprüfen. In der Regel handelte es sich um die Ergebnisse der unzähligen Messungen von Luft, Regen, Wasser und Schnee, die aus den Messstationen überall im Land sowie von den Meeresforschungsschiffen in den Keller des FFI übermittelt worden waren. Auch Proben von Fisch, Tang, Rentierfleisch und Milch wurden routinemäßig untersucht.

In einer der Mappen fand sie einen Brief an Forschungschef Hvinden vom 13. November 1958, der nur wenige Zeilen umfasste: *»Gemäß Absprache übersende ich zwei Trockenproben* *aus den Filtern der Klimaanlage an Bord eines unserer Forschungsschiffe. Ich hoffe, Sie können sie im Massenspektrometer untersuchen.«*

Das Ganze klang etwas kryptisch, aber sie war sich ziemlich sicher, worum es ging. Vergeblich durchsuchte sie die Archivmappe nach weiteren Informationen. Nach ein paar Stichproben in den anderen Mappen gab sie auf. Das heißt, sie winkte Løvdal zu sich.

»Ich kann die Fortsetzung nicht finden«, sagte sie und zeigte ihm den Brief. »Die Sache war damit doch wohl nicht zu Ende?«

Er breitete entschuldigend die Arme aus.

»Das ist alles, was wir haben. Sie wissen von der Sache?«

»*G.O.Sars,* nicht wahr?«

Er nickte ernst.

»Eine schreckliche Sache, wenn Sie mich fragen.« Er runzelte die Stirn. »Aber ich dachte, Sie interessieren sich für die Rentiersamen und nicht für ein paar unvorsichtige Forscher aus Bergen?«

Sie schluckte betroffen und räumte ein, dass es sich hier um zwei recht unterschiedliche Dinge handele. Doch auch wenn die G.O.Sars keinen direkten Bezug zu ihrem Forschungsprojekt habe, waren die Sachen in letzter Instanz doch miteinander verbunden. Sowohl das akute Problem des Forschungsschiffes als auch die langfristigen Probleme der Samen seien auf die Atomtests auf Nowaja Semlja zurückzuführen. Und in einer Doktorarbeit, in der sie umfassend auf die medizinischen Folgen der Atomtests eingehen wollte, würde es sich kaum vermeiden lassen, in einem kleinen Exkurs auch auf die Geschehnisse mit der G.O.Sars hinzuweisen.

»Sie kennen nicht zufällig noch andere Vorkommnisse dieser Art?«

Er schüttelte den Kopf.

»Aber wenn ich auf etwas stoße, werde ich Ihnen Bescheid geben.«

Sie lächelte freundlich und gab ihm durch ein Schulterzucken zu verstehen, dass sie sich nun weiter durch den Berg von Dokumenten kämpfen musste. Er ließ sich aber nicht so einfach abschütteln: »Ich habe einen Vorschlag«, sagte er. »Ich kenne jemanden, der an einigen Aktivitäten in diesem Zusammenhang beteiligt war. Ich habe nicht an ihn gedacht, weil er sich ziemlich früh in den E-Stab abgesetzt hat, wo er aber an dem gleichen Thema weiterarbeitete. Er ist inzwischen auch pensioniert. Muss so an die achtzig sein. Sein Körper ist hinfällig, aber im Kopf ist er noch klar. Er heißt Richard Klüger. Na ja. Ich dachte halt, dass ich ihn vielleicht anrufen und fragen soll, ob er bereit wäre, Sie zu treffen?«

»Ja, wenn Sie das machen würden ...« Sie kam auf einen Gedanken und fügte dann rasch hinzu: »Aber dann müsste es fast heute Abend passieren. Ich reise morgen wieder ab.«

Ihr war etwas flau dabei, so forsch vorzugehen, doch Løvdal lächelte nur und nahm es als ein Zeichen, dass sie es in dieser Welt zu etwas bringen wollte.

»Warten wir ab, was er sagt«, meinte er optimistisch und ging zur Tür. »Er liegt mit einem schlimmen Rücken im Bett. Ich kann mir nicht vorstellen, dass er viele Termine hat.«

Sie bedankte sich für die Hilfe und wandte sich wieder den rosafarbenen Mappen auf dem Schreibtisch zu. Mit den Dokumentationen über das Jahr 1960 war sie schnell fertig. Sie beinhalteten kaum etwas Interessantes. Doch im Jahr 1961 ging es wieder los. Im August des Jahres informierte Nikita Chruschtschow darüber, dass die Sowjetunion ihre kernphysischen Versuche in Kürze wieder aufnehmen würden. Laut Chruschtschow waren die sowjetischen Forscher jetzt in der Lage, Bomben mit beinahe unbegrenzter Sprengkraft zu konstruieren. Um das zu beweisen, wollten sie in Kürze eine »Superbombe« in der Stärke von 50 – 100 Megatonnen TNT zünden. Westliche Experten nahmen an, dass die angekündigte Riesenexplosion auf dem Versuchsfeld bei Nowaja Semlja stattfinden würde. Auf norwegischer Seite begann eine hektische Aktivität. Zeitweise überlegte man, ob Teile der Bevölkerung Finnmarks evakuiert werden müssten, doch schließlich sah man ein, dass vermutlich mehr Menschen – insbesondere Alte und Kranke – durch die Evakuierung umkommen würden als durch die Zunahme des radioaktiven Fallouts.

Ulla Abildsø war der Meinung, dass die Behörden die Sache alles in allem richtig gehandhabt hatten. In diesem speziellen Fall hatte man die Bevölkerung schnell informiert, nur in Bezug auf die Samen hatte man eine ganz andere Linie verfolgt. Die Dokumente ließen keinen Zweifel daran, dass sich die Behörden bereits zu einem frühen Zeitpunkt sicher waren, der radioaktive Fallout stelle ein großes gesundheitliches Risiko für die Samen dar. Doch die Samen selber wurden nie gewarnt. Selbst nachdem eindeutige Beweise dafür vorlagen, dass der Fallout das genetische Erbgut einiger Samen verändert hatte, blieben die Behörden passiv. Solche Lethargie hätte man sich keiner anderen Bevölkerungsgruppe gegenüber erlauben dürfen. Wäre man am westlichen Stadtrand von Oslo zu ähnlichen Messwerten gekommen, hätte es einen Aufschrei gegeben, der die ganze Welt erschüttert hätte. Doch die Samen hatten keine Lobby. Und waren sie nicht ohnehin recht seltsam? Vielleicht schadeten da ja ein paar kleine Chromosomenänderungen gar nicht?

Sie las und las und klebte auf alle Seiten, die kopiert werden sollten, kleine gelbe Post-it-Streifen.

Die Zeit verging wie im Flug.

Anderthalb Stunden vor Ende der Öffnungszeit fand sie endlich, was sie suchte.

Ein unscheinbares, kleines Dokument ohne Briefkopf, Adressat oder Absender und mit dem unmöglichsten aller möglichen Titel: *Notiz*.

Fast instinktiv wusste sie sofort, dass zwischen den nüchternen Ziffern der Uhrzeiten und geografischen Positionen der Schlüssel für das lag, was ihrem Vater und ihren Onkeln an diesem schicksalhaften Oktobermorgen des Jahres 1961, als »das Meer sich teilte«, zugestoßen war. Sicher nicht die endgültige, alles klärende Antwort, doch ein Hinweis, der an Deutlichkeit wohl von keinem norwegischen Archiv übertroffen werden würde. Hier waren alle Zeitpunkte und Koordinaten, die sie brauchte, um festzustellen, dass sich Vaters Kutter in der Nähe von einem der 25 Atombombentests befunden hatte, die die Sowjetunion in der entsprechenden Zeit auf Nowaja Semlja durchgeführt hatte.

Sie öffnete ihren Rucksack, um die Abschrift aus Vaters Logbuch herauszuholen, doch der handgeschriebene Zettel lag nicht dort. In der Aufregung über das Telefonat mit ihrer Mutter hatte sie den Zettel mit den Notizen einfach auf das Nachtschränkchen geschmissen und vergessen, ihn wieder in den Rucksack zu stecken. Wie dumm konnte man eigentlich sein?

Das Problem wurde auch nicht kleiner, als sie bemerkte, dass das Dokument als »geheim« eingestuft war. Der Sicherheitsoffizier hatte ihr mehr als deutlich gemacht, dass sie ausschließlich Einblick in zurückgestuftes Material nehmen durfte. Sollte sie dennoch auf geheimes Material stoßen, hatte sie sich sofort an den Archivchef oder den Sicherheitsoffizier zu wenden. Die Ermahnung des Sicherheitsoffiziers hatte sie nicht vergessen. *»Sie haben nicht das Recht, solche Dokumente zu lesen, sollten Sie es dennoch tun, begehen Sie eine Straftat, verstanden?«*

Ja, hatte sie geantwortet, verstanden. Mein Gott, was für eine feige, vorschnelle Antwort!

Sie schloss die Augen.

Jetzt galt es, klar zu denken.

Wie sie die Situation auffasste, gab es im Grunde nur zwei Möglichkeiten: Entweder musste sie den Inhalt auswendig lernen und dann nach Hause ins Hotel eilen, um alles aufzuschreiben, bevor sie es vergessen hatte. Diese Alternative kam aber nicht in Frage, wenn man berücksichtigte, was für ein elendes Zahlengedächtnis sie hatte und wie viele Daten, Uhrzeiten und geographische Positionen auf den zwei Seiten aufgelistet waren. Die andere Möglichkeit war die einfachere und weniger risikoreiche: Sie legte das Dokument einfach wieder zurück in die Mappe und hoffte darauf, dass es auch am nächsten Tag noch dort war. Doch was, wenn in der Zwischenzeit jemand den Fehler bemerkte und das Dokument entfernte?

Die Lösung lag auf der Hand: Sie musste sich das Dokument ausleihen.

Also nicht stehlen. Es nur über Nacht ausleihen, damit sie sämtliche Uhrzeiten und Positionen abgleichen konnte. Am nächsten Tag könnte sie das Dokument dann wieder ganz ruhig mit zurücknehmen, darum bitten, einen letzten Blick in die 1961er Mappe zu werfen, und das Blatt in einem unbeobachteten Augenblick wieder zurück in die Mappe legen.

Sie warf einen raschen Blick durch die Tür zum Nachbarraum. Løvdal hatte ihr den Rücken zugedreht und machte auf seinem Stuhl wieder Bauchmuskelübungen. Sein Nacken und seine Ohren waren bereits tief rot.

Es galt, jetzt oder nie.

Mit einer Geschmeidigkeit, die sie selbst überraschte, zog sie ihren Rock hoch und löste ihre Prothese. Diese bestand eigentlich nur aus zwei dünnen Metallröhren und sah im Grunde aus wie das Holzbein irgendeines alten Seeräubers. Doch damit die Prothese unter den Kleidern nicht zu stark auffiel, waren die Metallröhren mit Hilfe ausgefeilter Computertechnik von einer künstlichen Plastikhülle umgeben, die dem gesunden, linken Bein nachempfunden war, nur eben spiegelverkehrt.

Sie rollte das Dokument zusammen und schob es vorsichtig in den Hohlraum der Prothese. Sobald das Dokument »archiviert« war, richtete sie die Prothese wieder aus und schnallte sie fest.

Der Rest des Tages war das reinste Schauspiel.

Sie tat so, als ob sie las. Machte eifrig Notizen über nichts. Ließ sich neue Archivmappen kommen und versuchte, so gut es ging, konzentriert und zielbewusst auszusehen. Doch ihre Gedanken waren die ganze Zeit über an anderen Orten. Die Zeiger der Uhr an der Wand konnten nicht schnell genug auf die Vier rücken.

Als Løvdal schließlich in der Tür auftauchte und sagte, er müsse jetzt schließen, drückte sie ihr Bedauern darüber aus, diese hochinteressante Notiz über den Strontium-90-Gehalt in der Rentierflechte auf der Finnmarksvidda jetzt nicht zu Ende studieren zu können.

Sie fiel keine Sekunde aus der Rolle. Doch dass alles so problemlos ging, war sicher auch darauf zurückzuführen, dass Løvdal eine Überraschung für sie hatte, die sie rasch auf andere Gedanken brachte.

»Ich habe mit Richard Klüger gesprochen«, sagte er ihr, vor Stolz fast platzend. »Er möchte Sie gerne treffen. Soll ich ihn noch einmal anrufen und ihm mitteilen, dass Sie heute Abend um acht zu ihm nach Vindern kommen?«

»Super. Grüßen Sie ihn und sagen Sie ihm, dass ich mich freue!«

Sie ging zur Tür.

»Nur noch eine Sache«, rief Løvdal ihr nach. »Ich habe in der Physik angerufen und gebeten, die Kataloge über die Fall-out-Proben zu checken. Nach unseren Angaben müsste sich die Probe, die Sie angesprochen haben, noch in unserem Lager im Keller befinden.«

»Aber ich habe doch gesehen, dass sie nicht da war«, antwortete sie leicht resigniert. »Jedenfalls steht sie nicht an ihrem Platz.«

»Ich weiß«, sagte Løvdal und rang nach Atem. Er saß mit angehobenen Beinen da und war mitten in einer weiteren Reihe von Übungen. »Ich war drüben und hab nachgesehen, aber vergeblich. Ich werde morgen weitersuchen.«

Etwas in seiner Stimme verriet ihr, dass er nicht damit rechnete, sie zu finden.

22

Eva Tamber war aus der Kajüte an Deck gekommen, stützte sich mit den Händen an der Reling ab und sah an Land. Es war ein traumhafter Wintertag, sechs, sieben Minusgrade, wolkenloser Himmel und kaum Wind. Sie war gut gelaunt nach der schnellen und unkomplizierten Reise mit dem Linienflug nach

Alta und von dort weiter mit einer zweimotorigen Widerøe-Maschine nach Hammerfest. Die ganze Reise hatte nicht einmal drei Stunden gedauert. Jetzt, eine knappe Stunde nach ihrer Ankunft, waren sie und die Polizeibeamten bereits auf dem Weg nach Ingøy, dem letzten Landzipfel vorm offenen Meer, um das Heim von Enok Paulsen, dem ermordeten Robbenfänger, der ohne Stiefel zwischen ein paar Ufersteinen gefunden worden war, unter die Lupe zu nehmen. Ingøy gehörte zwar zum Polizeibezirk Havøysund, da Paulsen aber in Sørøya an Land getrieben worden war und bisher niemand wusste, wo er umgebracht wurde, beschloss man, die lokalen Ermittlungen von der Polizeikammer in Hasvik leiten zu lassen. Bei Bedarf konnte man immer noch die Polizei aus Havøysund hinzuziehen.

Sie hatte selten etwas so Schönes gesehen. Die schneebedeckten Inseln ragten aus dem schwarzen Wasser wie die scharfen Zähne im Maul eines Eisbären. Der Himmel war rußig grau. An manchen Stellen stürzten die nackten Felsen so steil ins Meer ab, dass der Schnee nicht liegen blieb. Einige Felsvorsprünge zierten Seevögel, die aufgeregt kreischten und aufflogen, als das Boot vorbeituckerte.

Tamber lächelte in sich hinein. An Tagen wie diesen wusste sie mit Sicherheit, dass sie Norwegerin war. In der Großstadt war sie sich da nicht immer so sicher. Dort war sie bestenfalls irgendwer von irgendwoher. Aber hier draußen auf dem offenen Meer, wo sich einem die strenge Schönheit der arktischen Natur darbot, ohne als Gegenleistung zu fordern, geliebt zu werden, fühlte sie sich merkwürdig heimisch. Vielleicht hatte es ja doch einen tieferen Sinn, dass sie hierher geraten war, auf die falsche Seite des Globus? Vielleicht würde sie sich auf den weiten, dampfenden Reisfeldern Koreas erst recht verloren fühlen?

Sie umrundeten eine Landzunge. Vor ihr öffnete sich ein schmaler Fjordarm mit ein paar verstreuten Schären und Holmen. Ganz am Ende, verborgen hinter einer schneebedeckten Baumgruppe, lag ein rot gestrichenes Haus mit Schieferdach und grünen Fensterläden. Ein idyllischer Platz, mit eigener

Fahnenstange und eigenem Bootsanleger. Die wenigen Häuser, die im näheren Umkreis zu sehen waren, wirkten leer und verlassen. Einige waren buchstäblich dabei, zu verfallen. Es war nicht viel, was an die guten alten Tage des Wohlstands erinnerte, als Ingøy noch wirtschaftliches Zentrum der Region war mit seinen Fischerdörfern, Garnsiedereien und eigenen Großkaufleuten. Vor siebenhundert Jahren war die inzwischen fast entvölkerte Insel die Hauptstadt der Finnmark!

»Mafjord«, sagte Polizeimeister Svein Moe, der Eva an Deck gefolgt war. Jetzt stand er neben ihr und zeigte mit einem kolossalen Lederfausthandschuh übers Wasser. »Vor weniger als hundert Jahren pulsierte hier noch das Leben: Fischerdörfer, Boote, Walfang. Da hinten auf der anderen Fjordseite sehen Sie die Überreste der letzten Walfangfabrik. Aber trotz der üppigsten Fischgründe des Landes direkt vor der eigenen Haustür können die Leute es sich nicht leisten, hier wohnen zu bleiben. Heutzutage wird der Fischfang mit Fabrikschiffen und Trawlern betrieben, während die Kutterfischer ums nackte Überleben kämpfen.«

»Ich habe in der Touristenbroschüre gelesen, dass Ingøy 330 Sturm- und Windtage im Jahr hat«, sagte Tamber, um das Gespräch in Gang zu halten. »Da ist es doch nicht verwunderlich, wenn die Leute wegziehen?«

Sie schwiegen und beobachteten einen Schwarm Kormorane, der auf der Jagd nach etwas Essbarem flach über die Wasserfläche strich. Der Polizeibeamte erzählte ihr, dass es auf der anderen Seite der Insel eine große Kormorankolonie gebe. Als der letzte Vogel hinter den Wellenkämmen verschwand, sagte Tamber ernst:

»Ich muss gestehen, dass mir in diesem Fall noch einiges unklar ist. Die schöne Umgebung macht es mir, wenn möglich, noch unbegreiflicher, dass dieser alte Einsiedler, der nichts anderes auf dem Gewissen hatte als ein vierzig Jahre altes Urteil wegen illegaler Einfuhr von Branntwein, in eine so ernste Sache wie Plutoniumschmuggel verstrickt gewesen sein soll. Wodka hätte ich ja noch verstanden!«

»Ich glaube auch nicht, dass er was damit zu tun hatte«, sagte Moe. »Vielleicht ist er zufällig draußen auf dem Meer auf den Schmuggler gestoßen und hat zwei und zwei zusammengerechnet. Vielleicht hat er sich an Bord geschlichen und etwas von der Ware eingesteckt, um sie als Beweis mit nach Hause zu nehmen. Und da haben sie ihn auf frischer Tat ertappt, liquidiert und ins Wasser geworfen, um alle Spuren zu verwischen.«

»Schon möglich. Aber ich verstehe nicht, wieso sie seine Taschen nicht vorher durchsucht haben.«

»Wahrscheinlich, weil alles schrecklich schnell gehen musste. Ich denk ja mal, dass Schmuggler, die um ein Haar aufgeflogen wären, es sehr eilig haben, zu verduften. Und wenn die Partie groß genug war, haben sie den Verlust der 20 Gramm in Paulsens Brusttasche sicher gar nicht bemerkt.«

Die starke Motorjacht, ein ausrangiertes Rettungsboot, das Moe speziell für diesen Anlass requiriert hatte, stampfte zielsicher durch die Wellen auf den Anlegesteg zu. Tamber hatte anfangs geglaubt, das Boot gehöre dem Polizeibeamten. Aber Moe hatte ihr mit einem Stoßseufzer erklärt, dass die Tage, an denen die Polizeibeamten an der Finnmarkküste mit einem eigenen Boot ausgerüstet waren, ferner Vergangenheit angehörten. Jetzt hatten sie gefälligst den Küstendampfer zu nehmen! Nur in ganz besonderen Fällen, wie diesem, durften sie ein eigenes Fahrzeug nutzen. Nein, von den Ölreichtümern war in seinem Etat nicht viel zu merken!

Als sie sich dem Ufer näherten, sahen sie, dass vor dem Anleger ein Mann stand und sie erwartete.

»Wer ist denn das?«, fragte Tamber überrascht. »Ich dachte, Paulsen hat allein gelebt. Haben Sie nicht vorhin gesagt, bis zum nächsten Nachbarn wären es zwei Kilometer?«

Der Polizeibeamte hatte ein großes Fernglas dabei und brauchte ein paar Sekunden, bevor er antwortete.

»Den hab ich hier noch nie gesehen«, sagte er felsenfest überzeugt und reichte das Fernglas an die Kollegin weiter. »Sieht aus wie 'n Südnorweger.«

Nachdem sie die Einstellung korrigiert hatte, konnte sie

deutlich einen älteren, großen Mann erkennen, der frierend auf der Stelle trat. Er trug eine dunkelblaue Kniebundhose, darüber einen grauen Anorak und eine klein karierte Wollmütze mit Ohrenklappen.

»Stimmt. Von denen begegnen mir jeden Sonntag zwischen Kikut und Frognersætra mindestens fünfzehn Exemplare.« Sie setzte das Fernglas ab. »Wahrscheinlich ein entfernter Verwandter, der in den Norden gereist ist, um sich und seiner Familie ein exotisches Feriendomizil zu sichern. Walsafari soll der letzte Schrei bei den Börsenfuzzis sein.«

»Diese verdammten Neureichen!«, knurrte Moe und spuckte einen Klumpen Kautabak über die Reling. Dann breitete er die Arme aus. »Aber was soll man machen? Die Alternative ist noch schlimmer. Entweder steht die Perle leer und verfällt – oder man wirft sie den Säuen vor, sprich: ein Deutscher kauft sie.«

Tamber fühlte sich immer extrem jung, wenn sie auf jemanden traf, der so emotionsgeladen über den Zweiten Weltkrieg sprach. Sie war nicht ganz sicher, ob Moe wirklich schon so alt war, dass er den Krieg am eigenen Leib miterlebt haben konnte, aber seinem Aussehen nach zu urteilen, war es durchaus möglich, dass er zumindest noch in der Besatzungszeit geboren worden war. Und nicht selten strahlten diese Menschen eine ganz besondere moralische Autorität aus, als wäre allein schon die Tatsache, unter fremder Herrschaft geboren zu sein, ein heroischer Widerstandstakt in sich, der jüngeren Menschen, besonders den weniger heldenhaften unter ihnen, Respekt abverlangte.

»Hören wir uns erst mal an, was er zu sagen hat«, sagte sie knapp. »Hoffentlich kann er ein wenig Licht in diese vertrackte Angelegenheit bringen. Wir können jede Art von Hilfe gebrauchen.«

Sie vertäuten das Boot neben Paulsens weißrot gestrichenem Kutter und kletterten an Land.

Außer einem kleinen Tourensack auf dem Rücken hatte der Mann kein Gepäck dabei.

»Guten Tag. Henrik Brantenborg«, stellte er sich vor. »Ich

kenne Enok Paulsen schon sehr lange und bin hierher gekommen, um den Nachlass zu verwalten. Er hatte, wie Ihnen sicher bekannt ist, keine Erben. Die Schwester, die ihn unter normalen Umständen beerbt hätte, ist letztes Jahr gestorben, ebenfalls kinderlos. Aber Enok hat ein Testament gemacht, aus dem hervorgeht, er möchte, dass ich die Wertsachen, die er hinterlassen hat, auf eine detailliert aufgeführte Weise verwalte und verteile. Sehen Sie …« Er schob die Hand in die Brusttasche seines Anoraks und zog einen gefalteten Umschlag heraus.

»Um den Papierkram kümmern wir uns später«, sagte der Polizeibeamte. »Das hat sicher alles seine Ordnung. Aber sagen Sie mir doch bitte, woher Sie Paulsen kannten? Nach allem, was wir bisher über ihn herausbekommen haben, hat er kaum jemals seinen Fuß über die Gemeindegrenze gesetzt.«

»Wir waren zusammen beim Militär und haben uns dort angefreundet. Danach haben wir den Kontakt gehalten, trotz der beträchtlichen Distanz, die sich im Laufe der Zeit ergab – und damit meine ich nicht nur die räumliche. Er war Fischer und Jäger. Ich glaube nicht, dass er jemals seinen Fuß in eine Großstadt gesetzt hat. Aber wir mochten uns und haben unsere Freundschaft mehr als fünfzig Jahre gepflegt. Wissen Sie übrigens, dass er eine einzigartige Sammlung ausgestopfter Tiere und Vögel hinterlässt? Laut Testament soll der größte Teil davon an Schulen in der Finnmark gehen, als Anschauungsmaterial für den Naturkundeunterricht. Es gibt auch ein paar richtig seltene Exemplare, unter anderem einen Seeadler und einen – ach nein, sehen Sie doch am besten selbst.«

»Sind Sie vielleicht Museumsmann?«, fragte Tamber.

»Nein, nicht direkt.« Er atmete tief ein, als genösse er die frische Meerluft. »Aber es gab eine Zeit, da war ich im Pelzhandel tätig. Hauptsächlich junge Seehunde. Traumhafte Sachen gab es da … Aber das ist Ewigkeiten her!«

Das Grundstück war gut in Schuss und außerordentlich gepflegt, wie häufig bei Menschen, die lange allein gelebt und ihre ganze Seele in die Instandhaltung von Dingen gelegt haben, statt mit anderen Menschen umzugehen.

Moe war als Erster bei der Tür. Sie war abgeschlossen.

»Und was machen wir jetzt?«, platzte er irritiert heraus.

»Aufschließen«, sagte Brantenborg mit einem charmanten Lächeln und zog einen Schlüssel aus der Hosentasche. »Ich habe mich von meinem letzten Besuch daran erinnert, dass Enok im Schuppen an einem Nagel hinter der Tür immer einen Schlüssel hängen hat.« Er zeigte mit einem Nicken zu dem kleinen Gebäude, an dem sie auf dem Weg vom Anleger zum Wohnhaus vorbeigekommen waren. Es war ebenfalls rot gestrichen, hatte aber Blechplatten auf dem Dach an Stelle von Schiefer. Zwischen den beiden Häusern auf dem Grundstück bestanden gewisse Klassenunterschiede. »Ich hatte ihn gerade geholt, als ich Sie kommen sah.«

Der Schlüssel passte. Sie traten ein.

Tamber sah sich neugierig um. Drinnen herrschte die gleiche Ordnung wie draußen. Weder die Einrichtung noch die Bilder an den Wänden waren in irgendeiner Weise auffällig. Schlichte, altmodische Möbel, die Paulsen vermutlich von seinen Eltern geerbt hatte. Der etwas schwerfällige Nostalgiestil unechten Mahagonis. In den Regalen standen Bücher über Walfang und Fischerei und mindestens ein laufender Meter alte Jahrgänge *Das Beste*, daneben ein paar Krimis neueren Datums. Ansonsten war es unmöglich, nicht sofort auf die zwei Gewehre aufmerksam zu werden, die als Wandschmuck über dem Sofa hingen: eine doppelläufige Schrotflinte und eine alte Seehund-Büchse. Aus dem Wohnzimmer kam man in die Küche und von dort aus in den Flur, von dem aus eine schmale Treppe ins Dachgeschoss führte, wo sie einen kurzen Blick ins Schlafzimmer warfen (nichts Bemerkenswertes), ins Bad (geradezu spartanisch) und in ein Gästezimmer, das ganz offenbar lange nicht benutzt worden war. In der Leselampe über dem Bett fehlte die Glühbirne.

»Ein eingefleischter Junggeselle in einem einsamen, stillen Haus«, bemerkte der Polizeibeamte. »Keine Spuren eines Kampfes oder von Gewaltanwendung. Wir müssen noch den Dachboden und den Keller inspizieren, aber es ist kaum anzunehmen, dass er dort umgebracht wurde. Bei einem Schuss in den Nacken muss es viel Blut gegeben haben, und hier sind weder Blutflecken noch Spuren eines Großreinemachens zu sehen.«

Er wandte sich an Brantenborg.

»Wissen Sie, was das für ein beißender Geruch ist? In der Stube hat es auch so gerochen.«

»Das sind die Vögel«, sagte Brantenborg. »Paulsen war neben vielem anderen auch ein angesehener Taxidermist. Oder Präparator, wenn Ihnen das lieber ist. Er hatte sich auf das Präparieren arktischer Säuger und Vögel spezialisiert. Bei dem Geruch, der Ihnen so unangenehm auffällt, handelt es sich um Phenolalkohol. Damit werden ausgestopfte Tiere von innen ausgepinselt, um sie vor Insekten und anderen Schädlingen zu schützen. Der Geruch kann sich über mehrere Jahre halten, wird aber mit der Zeit schwächer.« Er schnüffelte demonstrativ. »Im Moment riecht es aber tatsächlich ungewöhnlich stark.«

»Kann man daraus schließen, dass er vor nicht allzu langer Zeit ein paar neue Exemplare ausgestopft hat?«

Brantenborg nickte. »Mal sehen, was wir im Keller finden. Aber zuerst der Dachboden, nehme ich an?«

Moe hatte die Deckenluke geöffnet und zog gerade die Leiter herunter, die auf den Dachboden führte. Er stieg nach oben, erklärte die Untersuchung aber schnell für abgeschlossen, nachdem er ein paar Sekunden mit der Taschenlampe herumgefuchtelt hatte.

»Nichts zu sehen«, stellte er fest.

Sie gingen die schmale Treppe ins Erdgeschoss hinunter und über eine noch schmalere Treppe weiter in den Keller. Tatsächlich wurde der Geruch des Phenolalkohols stärker, je weiter sie nach unten kamen, aber er mischte sich noch mit anderen Gerüchen: Terpentin, Motoröl und – zu Tambers angenehmer Überraschung – dem Gärduft aus einem großen flaschengrünen Weinballon, der munter in einem dunklen Eckchen unter der Treppe vor sich hinblubberte. Sie liebte Glas und hatte als junge Frau den Traum gehabt, Glasbläserin zu werden. Dann hätte sie Weinballons wie diesen geblasen und sich auf die Suche nach einem forschen jungen Franzosen mit einem Händchen für Trauben gemacht.

Das war ein ordentlicher und gut sortierter Keller. Boden und Wände waren aus Gussbeton und offensichtlich jüngeren Datums als der Rest des Hauses. Es sah so aus, als hätte es ursprünglich nur den kleinen Vorratskeller unter der Küche gegeben, der erst später zu diesem großen Keller ausgebaut worden war. Alles war trocken und sauber, nirgendwo ein feuchter Fleck auf dem Boden oder Schimmel an den Wänden.

Die kleine Gesellschaft ging weiter zu einem kleinen Raum, der offenbar als Motorwerkstatt gedient hatte. Auf dem Boden standen Kisten mit Maschinenteilen in unterschiedlichen Größen und Formen, und auf einer Werkbank vor der hinteren Wand lag der Block eines 16-PS-Dieselmotors, der offenbar gerade überholt werden sollte. Eine Kiste mit Ersatzteilen zeugte von einer begonnenen oder geplanten Reparatur.

»Enok verstand was von Motoren«, erklärte Brantenborg. »Beim Militär hat er die Lastwagen repariert und auf dem Eismeer die Schiffsmotoren der Fangschiffe.«

»Sind Sie mal mit ihm auf Robbenfang gewesen?«, fragte Tamber neugierig.

»Nein.« Brantenborg lächelte verlegen. »Aber ein paar Touren habe ich schon mit ihm gemacht. Wie gesagt, das ist lange her.«

»Haben Sie selber geschossen?«

»Nein, ich habe die Felle verkauft, mehr nicht. An die großen Pelzhäuser in Paris und London.« Er grinste zufrieden. »Meist gelang es mir, den Bären zu verkaufen, ehe er geschossen war – zu erklecklichen Preisen!«

»Und als was arbeiten Sie jetzt?«, fragte der Polizeibeamte. »Als Kürschner?«

»Nein, die Pelze sind ein abgeschlossenes Kapitel. Jetzt mache ich in Mobiltelefonen und Telekommunikation. Ich betreibe eine kleine Firma, Wireless Systems A/S, von der ich, wenn ich ehrlich sein soll, hoffe, dass sie bald von einem größeren Unternehmen aufgekauft wird.«

»Noch nie davon gehört«, gab Tamber zu.

»Ich habe ja gesagt, dass die Firma klein ist.«

Sie befanden sich jetzt in einem schmalen Gang, von dem zwei Türen abgingen. Die eine führte zu einer Speisekammer mit tiefen Regalen an den Wänden, die mit Konserven, Marmeladengläsern, Saftflaschen und selbst gemachtem Wein gefüllt waren. Und wieder diese penible Ordnung. Etiketten auf jedem Glas und jeder Flasche. Alle mit detaillierter Inhaltsangabe und Datum: *Multebeergelee*, Granåsen 1998. *Stachelbeerwein*, eigene Beeren 1999, Alkoholgehalt 8%.

Die andere Tür führte sie in das Allerheiligste des Hauses: die Hobbywerkstatt, in der die Meeresvögel und Säuger ausgestopft wurden. Von der Wandfläche des sicherlich dreißig Quadratmeter großen Raumes war jeder Zentimeter genutzt. Das Ergebnis war ein Naturkundemuseum in Miniatur. Neben den Regalen mit den Seevögeln – Tordalke, Eiderenten, Möwen, Adler und Kormorane – gab es auch noch eine beeindruckende Sammlung von Meeressäugern: Meerotter, verschiedene Seehundarten, ein Walrossjunges. Und last, but not least, ein ausgewachsener Eisbär, der halb aufgerichtet auf einer Holzplatte im hinteren Teil des Raumes stand, eine Tatze zum Schlag erhoben.

»Seht euch das an!«, rief Moe begeistert, dem durch den Kopf schoss, dass der Fall womöglich noch ganz andere Seiten hatte. »Da wollen wir aber mal hoffen, dass er eine Abschussgenehmigung hatte. Ansonsten dürfte es schwierig werden, diesen einbalsamierten Burschen einfach weiterzuvererben.«

»Enok war Jäger, kein Wilddieb«, sagte Brantenborg streng. »Natürlich hatte er eine Abschussgenehmigung. Das war seine Lebensgrundlage!«

»Gehen wir mal davon aus, dass Sie Recht haben«, seufzte der Polizeibeamte. »Im Übrigen glaube ich nicht, dass ein großer Erbstreit zu erwarten ist. Die Leute werden kaum Schlange stehen, um sich einen ausgestopften Alk unter den Nagel zu reißen.«

»Aber vielleicht für einen wie diesen hier?«, sagte Tamber

und strich dem Eisbären über den Kopf. Danach drehte sie sich zu Brantenborg um. »Wissen Sie zufällig, wo er ihn geschossen hat?«

»Sie«, korrigierte Brantenborg. »Das ist ein Weibchen. Ansonsten ist die Antwort: nein. Er hat es mir sicher irgendwann mal erzählt, aber das sind Dinge, die ich schnell wieder vergesse. Auf Svalbard, vielleicht?«

»Sie haben gut reden. Aber Sie sind ja aus Oslo«, wandte der Polizeibeamte ein, nachdem Tamber etwas von Tierschutz gemurmelt hatte. »Bestimmt sind Sie auch für ganzjährige Schonfrist für Wölfe?«

Darauf antwortete sie nicht.

»Ach, Sie sind aus Oslo?«, fragte Brantenborg beiläufig. »Ihrem Dialekt nach hätte ich geschlossen, Sie kommen aus Trøndelag.«

Tamber bestätigte ihm, dass sie tatsächlich aus Trøndelag kam, inzwischen aber in der Hauptstadt lebte und arbeitete. Bei der Polizei.

»Und was macht die Polizei aus Oslo an diesem Fleckchen Erde? Haben Sie nicht genug mit dem Kampf gegen die Gewalt auf den Straßen zu tun?«

»Na ja, wie Sie vielleicht gehört haben, ist Ihr Freund nicht eines natürlichen Todes gestorben. Ich bin hier, um den Fall zu untersuchen.«

Brantenborg wandte sich an die beiden hiesigen Polizisten.

»Ihr müsst also das Kriminalamt zu Rate ziehen«, sagte er höhnisch, nahm eine Packung Lutschtabletten aus der Jackentasche und bot sie der Reihe nach an. »Na ja, jedenfalls kann man euch nicht vorwerfen, dass ihr die Sache auf die leichte Schulter nehmt.« Sein Blick verdunkelte sich. »Ich hätte nicht gedacht, dass ich so etwas mal erleben muss: Enok ermordet und die Polizei ohne jede Spur vom Täter. Haben Sie überhaupt eine Idee, wer es gewesen sein könnte?«

Moe schüttelte den Kopf.

»Nix. Wir wissen erst seit knapp neun Stunden, um wen es sich bei dem Toten überhaupt handelt. Und das rauszukriegen war alles andere als einfach. Glücklicherweise war er aktenkundig.«

»Aktenkundig?« Brantenborg war offensichtlich ehrlich überrascht. »In welcher Akte?«

»Im Kriminalregister. Er wurde wegen unerlaubter Einfuhr von Branntwein verhaftet und verurteilt. Es ging um acht Kisten schottischen Maltwhisky. Da er sich weigerte, die 500 Kronen Bußgeld zu zahlen, was damals eine Stange Geld war, ist er stattdessen 21 Tage ins Gefängnis gewandert.«

»Das ist mir ja völlig neu«, sagte Brantenborg aufrichtig entrüstet. »Und wann war das?«

»Im Frühjahr 1962. Lange vor meiner Dienstzeit. Und komischerweise gab es im Polizeiarchiv keine einzige Akte zu diesem Fall, als wir jetzt danach gesucht haben. Nur in Oslo gab es noch Unterlagen, inklusive seiner Fingerabdrücke von dem Tag, an dem er verhaftet wurde. Wir wussten zuerst gar nicht, worum es ging, als die Zentrale Kriminalbehörde uns informierte, sie hätten einen positiven Treffer bezüglich einer Person aus unserem Bezirk gelandet.«

»Das passt überhaupt nicht in mein Bild von ihm«, sagte Brantenborg. »Ich kannte ihn als durch und durch anständigen Kerl.«

»Sollten Sie sich dann nicht vielleicht die Frage stellen«, sagte Tamber ruhig, »wie gut Sie ihn eigentlich kannten? Ich meine, er wird erschossen, und dabei stellt sich heraus, dass er wegen eines geringfügigen Vergehens verurteilt wurde.«

»Da kann ich Ihnen nicht zustimmen«, sagte Brantenborg. »Ich bin hundertprozentig sicher, dass diese Schmugglerepisode eine ganz natürliche Erklärung hat.«

»In dem Fall hätte er doch wohl protestiert«, gab Tamber zu bedenken. »Wieso hat er keine Berufung gegen das Urteil eingelegt, wenn es so aus der Luft gegriffen war?«

Brantenborg schwieg.

Der Polizist, der in der Zwischenzeit das Haus nach eventuellen Spuren durchsucht hatte, teilte mit, dass er nichts Außergewöhnliches gefunden habe.

»Na, was hab ich gesagt«, fragte Brantenborg rhetorisch. »Enok ist das Opfer und nicht der Täter, und stellvertretend für alle, die ihn gekannt haben, vertrete ich die Meinung, dass es höchste Zeit ist, den Fall unter Berücksichtung dieser Tatsache endlich aufzuklären.«

Er ging auf die Tür zu.

»Ja, gehen wir«, sagte Moe. »Hier ist nichts mehr zu holen.«

»Nur noch eine Kleinigkeit, Moe.« Tamber stand an dem Tisch, auf dem die Präparierungen gemacht worden waren. Sie zeigte auf ein paar Flocken Polyetherschaum auf der Arbeitsplatte. »Vielleicht sollten wir eine Probe hiervon mitnehmen.«

»Wie Sie wollen«, sagte der Polizeibeamte ungeduldig. »Es soll uns ja niemand vorwerfen können, wir hätten etwas übersehen.«

Auf dem Weg zum Boot machte Tamber einen kurzen Abstecher zu dem Schuppen. Sie öffnete die Tür. Trat ein. Drehte den Lichtschalter, ohne Resultat. Die Glühbirne war kaputt. Aber es dauerte auch so nicht mehr als ein paar Sekunden, bis sie gefunden hatte, wonach sie suchte: nach dem Nagel neben dem Türrahmen. Auf den ersten Blick konnte sie nichts Außergewöhnliches sehen. Der verrostete Nagel ragte schief aus dem Holz und schien schon seit Ewigkeiten dort zu stecken. Aber bei genauerem Hinschauen fiel ihr auf, dass der Nagelkopf silbern schimmerte, als hätte vor kurzem jemand mit einem harten Gegenstand den Rost abgekratzt. Oder mit einem Hammer darauf geschlagen.

Sie ging nach draußen zu den anderen, die auf der Stelle traten, um sich warm zu halten.

»Ich muss noch mal ins Haus«, sagte sie. »Würden Sie bitte mitkommen, Moe?«

Der Polizeibeamte antwortete unlustig, dass er selbstverständlich mitkommen würde, wenn es nötig war. Es sollte hinterher niemand behaupten können, er hätte den Fall auf die leichte Schulter genommen.

»Warten Sie so lange hier«, rief Tamber Brantenborg zu. Und

als sie an dem andern Polizisten vorbeistrich, raunte sie ihm leise zu: »Bitte sorgen Sie dafür, dass wir nicht gestört werden.«

Sobald sie das Haus betreten hatten, verlangte Moe eine Erklärung. »Was soll das Ganze? Haben Sie im Schuppen was gefunden?«

Tamber erzählte ihm von ihrer Entdeckung.

»Und was soll uns das sagen?«, fragte Moe.

»Dass dort normalerweise kein Nagel ist. Ich tippe mal, Brantenborg hat ihn kurz vor unserer Ankunft dort eingeschlagen, um leichter erklären zu können, wieso er einen Schlüssel zum Haus hat. Wahrscheinlich hat er den nächstbesten verrosteten Nagel genommen, der dort herumlag, und ihn neben dem Türrahmen in die Wand geschlagen. Und was das Wohnhaus angeht: Ich könnte wetten, dass wir noch nicht den ganzen Keller gesehen haben. Es muss noch einen zusätzlichen Raum geben. Die Fläche innen stimmt nicht mit dem überein, was von außen zu sehen ist.«

»Aber wir waren doch überall«, protestierte Moe. »Wir haben doch hinter jede verflixte Tür geguckt!«

Tamber ließ sich nicht beirren.

»Es fehlen ungefähr zehn Quadratmeter, wenn nicht mehr.« Sie lief die Kellertreppe hinunter. »Das hier ist nicht Akte-X, Moe. Ich weigere mich zu glauben, dass sich der Raum in Luft aufgelöst hat.«

Tamber schritt jeden einzelnen Kellerraum ab, einen nach dem anderen. Als sie mit der Hobbywerkstatt fertig war, zeigte sie auf die Wand hinter dem Eisbären.

»Da drinnen!«, sagte sie mit unverhohlenem Triumph in der Stimme. »Jetzt müssen wir nur noch den Eingang finden.«

Sie brauchten exakt eine Viertelstunde – und wären wahrscheinlich bedeutend schneller ans Ziel gelangt, wenn der Eisbär nicht im Weg gestanden hätte. So vergingen einige Minuten, ehe sie entdeckten, dass die Platte, auf der er befestigt war, Rollen hatte, so dass sie sich mit einem Handgriff zur Seite schieben ließ. Unter der Platte war eine Luke in den Boden eingelassen. Als sie sie öffneten, stießen sie auf eine etwa 80 x 80

Zentimeter große Eisenplatte, die im Boden verankert war und sich keinen Millimeter bewegen ließ. Um die aufzukriegen, brauchten sie einen passenden Schlüssel und einen Türgriff.

»Augenblick«, sagte Tamber. »Ich bin gleich wieder zurück.«

Sie rannte die Treppe hoch und raus auf den Hofplatz. Die Rufe des frierenden Brantenborg beantwortete sie nur mit einem stummen Lächeln.

»Kann ich nicht wenigstens ins Wohnzimmer, um mich aufzuwärmen?«, sagte er eingeschnappt. »Was geht hier eigentlich vor?«

Es dauerte nicht lange, bis Tamber im Schuppen fand, wonach sie suchte: ein Brecheisen und einen Vorschlaghammer. Sie legte beides über die Schulter und ging zum Haus zurück. Beim Anblick der Werkzeuge geschah etwas mit Brantenborg. Er verzog den Mund und setzte sich in Bewegung. Moes Kollege konnte ihn nicht zurückhalten, Brantenborg wollte partout ins Haus!

»Bleiben Sie, wo Sie sind!«, kommandierte Tamber von der Tür aus. »Das ist nicht Ihre Angelegenheit.«

»O doch, ganz genau das ist es«, rief Brantenborg ihr zu. »Mehr, als Sie ahnen.«

»Ach ja?« Sie sah ihn forschend an. »Haben Sie uns vielleicht etwas verschwiegen?«

Brantenborg wandte trotzig den Blick ab. Aber dann kam doch eine Antwort: »Schon möglich.«

Tamber gab dem Polizisten ein Zeichen, ihnen nach drinnen zu folgen. Dann wandte sie sich an Brantenborg.

»Gut, dann kommen Sie eben auch mit. Aber denken Sie dran, im Haus hat die Polizei das Sagen.«

Sie gingen schweigend die Kellertreppe hinunter. Tamber zuerst, der Polizist als Letzter, und Brantenborg wie ein Strafgefangener zwischen ihnen. Als sie in den Hobbyraum kamen, seufzte Brantenborg entmutigt und sagte mit Grabesstimme:

»Das geht so nicht. Das kann ich nicht zulassen!«

»Du meine Güte«, platzte Moe heraus. »Was ist denn mit

unserem Südländer passiert? Ist er in der Zwischenzeit zum General befördert worden?«

»Nicht ganz«, sagte Brantenborg. »Weiter als bis zum Oberst werde ich es wohl nicht bringen. Aber das bin ich dafür auch schon seit bald zwanzig Jahren. Sie brauchen mich also nicht über meine Befugnisse aufzuklären.« Mit einer resignierten Grimasse zückte er einen norwegischen Militärausweis. »Um keine Missverständnisse aufkommen zu lassen: Ich arbeite beim Nachrichtendienst.«

Es wurde still im Raum. Alle sahen aus, als hätten sie plötzlich schrecklich intensiv nachzudenken. Brantenborg ergriff erneut das Wort.

»Die Luke ist verschlossen, damit kein Unbefugter sie öffnet. Was das betrifft, muss ich Ihnen leider mitteilen, dass Sie dieser Kategorie angehören. Es ist schon schlimm genug, dass Sie die Luke überhaupt entdeckt haben, aber weiter als bis hierher werden Sie nicht kommen. Mein Auftrag diesbezüglich ist unmissverständlich, und ich möchte Sie inständig bitten, meine Loyalität nicht auf die Probe zu stellen.« An dieser Stelle schob er eine kleine Pause ein, um sich die Schweißperlen von der Oberlippe zu tupfen, die sich dort gebildet hatten. »Keinem der hier Anwesenden wird ja wohl daran gelegen sein, einen neuen Meyer-Fall zu provozieren?«

Moe und Tamber tauschten viel sagende Blicke. Sie erinnerten sich nur zu gut an den peinlichen, ungefähr zehn Jahre zurückliegenden Zwischenfall, als die Kriminalpolizei das Haus eines norwegischen Schiffsreeders durchsuchte, der der illegalen Alkoholproduktion verdächtigt wurde. Bei der Hausdurchsuchung stießen sie auf ein geheimes Waffenlager, was zur Folge hatte, dass ein bis dahin unbekannter Tätigkeitsbereich des militärischen Geheimdienstes von Massenmedien und der Öffentlichkeit breitgetreten wurden.

»Ich dachte, *Stay Behind* wäre eingestellt worden«, sagte Tamber. »Erzählen Sie mir nicht, dass Sie für die arbeiten.«

»Nichts dergleichen. Ich bin ein ganz ordinärer Beamter des Geheimdienst-Stabes. Der Punkt ist, dass Paulsen einer von uns war. Er war für einen bestimmten Aufgabenbereich zuständig, in Friedens- wie in Kriegszeiten, und der Bunker unter diesem Kellerraum gehörte zu der Erfüllung dieser Aufgaben. Mehr kann ich dazu nicht sagen, und selbst das wenige, was Sie von mir erfahren haben, unterliegt selbstverständlich absoluter Schweigepflicht. Es geht hier um die Sicherheit des Landes.« Seine Oberlippe verzog sich zu einem siegessicheren Lächeln. »Verstanden?«

Moe nickte. Tamber konnte sich des Gefühls nicht erwehren, dass er es gewohnt war, sich nach solchen Befehlen zu richten.

»Und was machen wir jetzt?«, fragte Moe trocken.

»Als Erstes: die Kellerluke wieder zumachen und den Eisbären an seinen Platz zurückschieben. Danach: das Haus versiegeln und nach Hause fahren.«

»Sie meinen nicht im Ernst, dass wir die Untersuchung eines Mordfalles abbrechen sollen, weil das Opfer beim Geheimdienst beschäftigt war?« Tamber verdrehte die Augen. »Der Kalte Krieg ist vorbei, Kamerad. So läuft das nicht mehr.«

»Sie irren sich, das verlangen wir gar nicht von Ihnen. Wir haben selber nicht die blasseste Ahnung, wer Enok Paulsen umgebracht haben könnte, aber uns ist genau wie Ihnen an der Beantwortung gelegen. Es gibt allerdings zwei Dinge, um die ich Sie bitten möchte – nein, die ich von Ihnen fordere. Zum einen muss die Zusammenarbeit zwischen Paulsen und uns geheim bleiben. Wenn das auffliegt, wird das dramatische Folgen haben. Das Gleiche gilt für den Bunker. Dass Sie ihn entdeckt haben, heißt für uns, dass wir uns nach einer neuen Lösung umsehen und die Ausrüstung woanders unterbringen müssen. Außerdem müssen wir neue Leute ausbilden, die sie bedienen können. So etwas braucht Zeit. Bis dahin werden die Dinge weitergeführt werden wie gehabt. Vielleicht ›erbe‹ ich ja das Haus und entschließe mich, eine Weile hierher zu ziehen. So jedenfalls war unser ursprünglicher Plan, wenn diese Hausdurchsuchung anders gelaufen wäre.« Er warf Eva Tamber einen missbilligenden Blick zu. »Einer von Ihnen hat leider ein wenig zu viel Diensteifer an den Tag gelegt.«

»Erwarten Sie bloß nicht, dass ich mich bei Ihnen entschuldige«, sagte Tamber trotzig. »Ich werde tun, worum Sie mich gebeten haben, aber ich kann Ihnen jetzt schon versprechen, der PST wird eine formelle Bestätigung vom E-Stab verlangen, dass der Bunker kein Beweismaterial enthält, welches zur Aufklärung des Mordes an Enok Paulsen beitragen könnte. Wenn Sie uns keine solche Garantie geben können, wird der Justizminister eingeschaltet.«

Sie hob Brechstange und Hammer vom Boden auf, wog beides in der Hand und drückte dann dem Polizisten den Hammer in die Hand, ehe sie zur Tür ging.

23

Hartmann starrte aus dem Fenster und fragte sich, ob es nicht bald aufhören würde zu schneien. Das Schneegestöber dauerte jetzt schon zwei Tage und führte zu einem infernalischen Chaos draußen auf den Straßen. In den Nachmittagsnachrichten hatten sie über eine Massenkarambolage auf dem Drammensveien und den Totalausfall der Straßenbahnen aufgrund eingefrorener Oberleitungen berichtet. Der einzige Vorteil dieses verrückten Winterwetters war aus Hartmanns Sicht die abschreckende Wirkung auf Terroristen aus wärmeren Gegenden. Vermutlich wollte nicht einmal ein fanatischer Selbstmordattentäter seine letzten Stunden auf Erden unter derart ungastlichen Bedingungen verbringen! Es war der Nachmittag des 17. Februar, und Hartmann hatte gerade seinen ersten Statusrapport an Dahlbo abgeschlossen. Anderthalb Tage, nachdem er die Verantwortung für die Sicherheit beim Mustafa-Besuch übertragen bekommen hatte. Er war zu dem Fazit gekommen, dass sie mit der Arbeit begonnen hatten, aber auch nicht mehr. Die terrorvorbeugende Wirkung des Schneesturms hatte er nicht erwähnt.

Bis jetzt war alles glatter gelaufen, als er es erwartet hatte, und einige der Steine, die für das Bollwerk gebraucht wurden, das um den Staatsbesuch errichtet werden musste, fielen bereits auf ihre richtigen Plätze. Er hatte mit den Zuständigen der amerikanischen und israelischen Botschaften in Oslo gesprochen und mit den Kollegen der Terrorabwehr von Mossad, CIA und MI-6. Alle hatten sie ihre Hilfe zugesagt – gegen gewisse informative Gegenleistungen. So war es immer, wenn man die »Freunde« um Hilfe bat: Gab man ihnen viel, hatte man Anspruch auf Gegenleistungen. Gab man ihnen wenig, musste man froh sein, wenn man überhaupt etwas bekam. Oder wie Dahlbo sich auszudrücken pflegte: *Der Austausch sensitiver Ermittlungsergebnisse zwischen zusammenarbeitenden Diensten beweist, dass Naturalien auch heute noch ein durchaus übliches Zahlungsmittel sind.*

In allen drei Hauptquartieren mussten die Anfragen aus Oslo als Eilsache behandelt worden sein, denn vor ihm auf dem Schreibtisch lagen bereits die entsprechenden Antworten. Anscheinend wünschte sich nicht nur der PST, dass Mustafa heil wieder nach Hause kam.

Hartmann hatte überdies bemerkt, dass sich die drei Antworten in interessanten Details unterschieden. Im wichtigsten Punkt waren sich jedoch alle einig: Es gab wirklich ernst zu nehmende Hinweise auf eine reelle Bedrohung von Mustafas Sicherheit aus verschiedenen Richtungen, die meisten allerdings aus dem Nahen Osten. Die Hamas wollte ihn als Teil des andauernden Machtkampfes in Palästina nach der Ära Arafat aus dem Weg haben. Auch Syrien würde möglicherweise ein Attentat unterstützen, um ihn daran zu hindern, einen, wie man in Damaskus sagte, verräterischen Separatfrieden mit Israel anzustreben. Aus syrischer Sicht würde Mustafa durch ein solches Friedensabkommen in die gleiche Schublade passen wie seinerzeit nach dem Camp-David-Abkommen der ägyptische Präsident Anwar Saddat – und alle erinnerten sich, was mit ihm geschehen war.

In den Stellungnahmen war man sich überdies einig, dass die Terrordrohungen gegen Skandinavien und Norwegen nicht übermäßig groß waren. Gleichzeitig wurde von allen unterstrichen, dass in den Polizeikreisen der arabischen Welt das Gerücht kursierte, der Anführer des World Islamic Jihad, Salem al-Salem, solle die skandinavischen Länder als Ziel seiner nächsten großen Aktion auserkoren haben. Die drei westlichen Geheimdienste zweifelten derweil daran, dass Salem al-Salem die Kapazität hatte, so weit entfernt von seinem eigentlichen Kerngebiet zuzuschlagen. *»Ein Attentat gegen Mustafa in Oslo zu planen«*, schrieb der britische Geheimdienst in seiner Antwort, *»ist gleichzusetzen mit einem militärischen Angriff gegen einen Widersacher, der sich in höchster militärischer Bereitschaft befindet und damit alle taktischen und strategischen Vorteile auf seiner Seite hat. Das ist eine Arbeit für professionelle Organisationen mit unbegrenzten Ressourcen oder für Menschen mit außergewöhnlichen taktischen Begabungen, wie den Schakal oder den kürzlich verstorbenen Abu Nidal. Salem al-Salem ist vermutlich zu feige, sich einer derart großen Herausforderung zu stellen, und mit einiger Sicherheit zu unbegabt, sie zu meistern, wenn er denn wirklich verzweifelt genug sein sollte, es dennoch zu versuchen.«*

Nur in zwei Punkten gab es einen deutlichen Unterschied zwischen den drei Stellungnahmen. Der eine war: Der Mossad machte als einziger Geheimdienst darauf aufmerksam, man könne nicht ausschließen, dass in Mustafas eigenen Kreisen ein Attentat gegen ihn geplant war. Es gäbe eine Reihe Menschen, die bis vor kurzem zu den engsten Vertrauten des Palästinensers gehört hätten, dann aber peu à peu abserviert worden wären – oder sich selbst zurückgezogen hätten –, weil ihnen seine Kompromissbereitschaft gegenüber Israel missfiel.

Auch der MI-6 hatte einen eigenen Standpunkt. Sie wiesen darauf hin, dass es auf israelischer Seite viele gab, die Mustafa am liebsten aus dem Weg hätten. Einige, weil sie ihn für die Verbrechen an den Juden in den 80er und 90er Jahren hassten, an denen er, zumindest indirekt, beteiligt war. In den Augen dieser Israelis klebte so viel Blut an seinen Händen, dass sie niemals reingewaschen werden konnten, nicht einmal mit Gottes Hilfe, und kein Jude mit Selbstachtung konnte deshalb diesem

Mann die Hand reichen oder irgendeine Form von Kompromiss mit ihm schließen. *»Bei den Vorbereitungen des Staatsbesuches wäre es eine fatale Unterlassung, wenn man in Oslo glaubte, dass die fanatischen Israelis nach der Ermordung ihres eigenen Staatsminister Yitzak Rabin das Interesse daran verloren hätten oder außer Stande seien, einen moderaten palästinensischen Präsidenten wie Mustafa zu töten«*, hieß es in der britischen Stellungnahme.

Hartmann entschloss sich, keine Eventualität außer Acht zu lassen. Er wollte nicht einmal ausschließen, dass al-Salem irgendetwas Teuflisches ausbrütete, trotz des Schwierigkeitsgrades der Aufgabe – oder vielleicht gerade deswegen. Denn wenn es ihm in erster Linie darum ging, die Welt zu schocken oder sich selbst Respekt zu verschaffen, war das die optimale Gelegenheit.

Und dann gab es noch eine Sache, die keinem der drei ausländischen Geheimdienste eine Erwähnung wert gewesen war: die Gefahr eines *norwegischen* Attentats.

Hartmann sah aus seinem Bürofenster. Das Februardunkel senkte sich langsam über die Stadt, und mit einem Mal beunruhigte ihn der Gedanke, wie viele Menschen in den Mietshäusern, Wohnblocks, Reihenhäusern und Einfamilienhäusern in Oslo und Umgebung wohnten, deren Bewegungen und Gedanken er niemals würde kontrollieren können. Er zweifelte nicht einen Moment daran, dass es unter diesen Hunderttausenden von Menschen auch solche gab, die Mustafa wie die Pest hassten und in einem ganz bestimmten Augenblick etwas vollkommen Verzweifeltes tun konnten. Da halfen auch keine Grenzpolizei, kein Schengen-Abkommen und keine Tipps von ausländischen Partnern. Da half im Grunde nur eins: unerlaubte polizeiliche Überwachung.

Er nahm den Hörer ab und wählte die interne Nummer des Oberkommissars der Sicherheitsanalyse, Gustav Malm.

»Malm«, kam es leise am anderen Ende. »Das Display verrät mir, dass Sie das sind, Hartmann. Was kann ich für Sie tun, das Sie mir heute Mittag nicht beim Essen sagen konnten?«

»Ich brauche ein bisschen Extraunterstützung in Verbindung mit dem Staatsbesuch.«

»Ja?«

»Können Sie die Jungs von der Fahndung und vom Überwachungsdienst bitten, mir eine Liste all jener Personen und Gruppen zu erstellen, die bei uns registriert sind, weil sie einer extremen pro-palästinensischen Vereinigung angehören oder Drohungen gegen solche Organisationen gerichtet haben?«

»Sie wissen doch gut, dass wir wegen so etwas niemanden mehr registrieren.«

»Und Sie wissen, was auf dem Spiel steht.«

»Ich werde mir die Sache mal ansehen. Aber versprechen kann ich nichts.«

»Danke. Ich wusste, dass ich mit Ihnen rechnen kann.« Hartmann lächelte über seine eigene Frechheit. »Und noch was: Schicken Sie mir auch eine Liste aller Personen, die extreme Drohungen gegen norwegische Juden ausgesprochen haben.«

»Warum das denn? Ich dachte, Mustafa käme zu Besuch, und nicht sein israelischer Gegenpart?«

»Das stimmt auch. Aber ich habe erst kürzlich ein Neonaziflugblatt gesehen, auf dem Mustafa als ›Jüdische Hure‹ betitelt wurde. Ich will von diesen Leuten nicht überrascht werden.«

»Sie werden morgen im Laufe des Tages alles bekommen, was ich habe«, sagte Malm und legte auf.

Hartmann blieb mit dem Hörer in der Hand sitzen. Er war überzeugt davon, dass er irgendetwas Wichtiges zu fragen vergessen hatte.

24

Im Taxi nach Vindern versuchte Ulla Abildsø, ihre Gedanken für das Treffen mit Richard Klüger zu sortieren. Vor wenigen Stunden hatte sie im Hotel die Notizen hervorgeholt, die sie in der Prothese versteckt hatte, und mit den Angaben im Logbuch ihres Vaters verglichen. Es war ihr kalt den Rücken hinuntergelaufen, denn es hatte sich gezeigt, dass es für ein Datum, nämlich den 23. Oktober 1961, eine beinahe perfekte Übereinstimmung der Position des Bootes und des Detonationspunktes der sowjetischen Unterwassersprengung im Seegebiet südlich von Nowaja Semlja gab. Die Explosion fand um 11 Uhr 31 am Vormittag statt. Das Logbuch zeigte, dass sich das Boot noch eine halbe Stunde zuvor, also gegen elf Uhr, in diesem Seegebiet befunden hatte. Die nächste angegebene Position war bedeutend weiter westlich. Auch wenn das Bewegungsmuster des Bootes in den dazwischenliegenden etwa sechs Stunden unbekannt war, konnte es keinen Zweifel geben, dass sie sich in der Nähe des Versuchsfeldes befanden, als die Bombe explodierte. Dass es sich um eine Unterwassersprengung handelte, stimmte ja auch gut mit der Aussage ihres Vaters überein, »das Meer habe sich geteilt«. Und noch etwas anderes passte verblüffend gut zu gerade dieser Sprengung: Die Falloutproben des Zeitraums 20. – 31. Oktober 1961 waren spurlos verschwunden. Wenn Unterwassersprengungen einen Fallout im näheren Umfeld über norwegischem Territorium bewirkten, wären gerade diese Proben besonders aufschlussreich.

Die Notiz beinhaltete überdies eine Reihe ungeheuer interessanter Zusatzinformationen. In Verbindung mit dieser Sprengung konstatierte der E-Stab, dass es im Gegensatz zu den gewöhnlichen Schiffsbewegungen in der Versuchszeit bei dieser Sprengung eine Reihe ungewöhnlicher Manöver in einem abgegrenzten Bereich des Versuchsfeldes gegeben hatte. Drei nicht identifizierte sowjetische Schiffe hätten mehrmals rasch ihre Position gewechselt und damit kurze Meldungen und ungewöhnliche Kennworte an die Basis in Belushya gegeben. Laut E-Stab war es nicht auszuschließen, dass die Sprengung mit Hilfe einer Rakete ausgelöst worden war und dass die drei Schiffe diesbezügliche Spezialaufträge gehabt hatten. Sollte es so gewesen sein, wäre das der erste sowjetische Atomraketenversuch bei Nowaja Semlja gewesen, stand in der Notiz. Ulla begriff sofort, dass das eine Erklärung dafür sein konnte, warum sich das Boot ihres Vaters in der Gegend befunden haben konnte. Vielleicht hatte der E-Stab den Verdacht geschöpft, dass ein Atomraketentest bevorstand, und Vaters Kutter für einen gefährlichen Spionageauftrag von höchster Priorität genutzt?

Den Rest des Nachmittags hatte Ulla damit verbracht, etwas über Klüger rauszukriegen, und jetzt meinte sie, sich ein relativ klares Bild des Mannes machen zu können. Gemäß ihrem Kontakt, einem Journalisten der »Brennpunkt«-Redaktion des Senders NRK mit soliden Kenntnissen des Militärs, war Klüger einer der Vordenker und Köpfe der norwegischen Militärforschung und des technischen Nachrichtendienstes. Er kannte alle, die es innerhalb der europäischen und amerikanischen Fachwelt zu kennen gab, und genoss höchsten Respekt. Doch der durchtriebene Journalist hatte sie auch gewarnt:

»Der ist gerissen wie der Teufel persönlich. Und auch sonst haben die einiges gemeinsam ...«

»Das kann dann ja ein munterer Abend werden«, hatte sie geantwortet, doch jetzt, da das Taxi in die Einfahrt des herrschaftlichen Hauses im Charlotte Andersensvei einbog, fühlte sie sich nicht mehr so überlegen. Es war ein Haus, bei dessen Anblick es einem den Atem verschlug. Nicht sonderlich groß, aber von ausgesuchter Architektur. Vor dem Haus führte die mit Kies bedeckte Einfahrt um einen Springbrunnen herum, in dessen Mitte eine Dyre-Vaa-Skulptur stand. Eine breite Schiefertreppe führte zu einer schweren Eichentür mit einem Knauf und einem Klingelknopf aus blankem Messing. Die Klinke war aus einem alten Gewehrlauf geschmiedet. Die weiß gekalkten Außenwände wurden von wildem Wein überwuchert, der sich zwischen den hohen Fenstern hindurch bis zu einer prunkvollen grünlichen Kupferdachrinne schlängelte.

Sie klingelte. Nach einer Weile öffnete ihr eine etwa sechzigjährige Frau. Sie hatte eine Leinenschürze umgebunden und zeigte durch ihr Verhalten und ihr Aussehen deutlich, dass sie niemandem untergeordnet war, auch wenn sie der Dienerschaft angehörte.

»Dr. Klüger wartet in der Bibliothek«, sagte sie. »Ich soll Sie fragen, was Sie trinken möchten.«

Ulla bat um ein Mineralwasser. Die Frau nickte als Zeichen, dass sie das eine passende Wahl fand. Dann beschrieb sie ihr den Weg durch die Halle zur ersten Tür auf der linken Seite. Sie solle einfach eintreten, ohne zu klopfen.

Die Bibliothek war genau so, wie man sich eine private Bibliothek vorstellte, dachte Ulla. Mit Einbauregalen bis unter die Decke, ein paar tiefen roten Ledersesseln und einem hohen Schwedenofen mit einer gedämpften Flamme hinter der Glasscheibe. In einer Ecke auf der gegenüberliegenden Seite des Raumes saß – oder präziser: lag – Richard Klüger. Er war in einem Monstrum von Liegestuhl platziert worden; sein gewaltiger Körper – mager, aber beinahe zwei Meter lang – war in ganzer Länge ausgestreckt und mit Lederriemen festgespannt. Das Gesicht war gelblich blass. Die Adern an Händen und Hals traten blau hervor. Sie erinnerten an Regenwürmer auf nassem Asphalt.

»Keine Sorge, junge Dame«, sagte Klüger und winkte sie zu sich, »Sie sind nicht in der geschlossenen Abteilung der Psychiatrie gelandet. Ich will und kann keiner Fliege etwas zuleide tun. Die Riemen brauche ich wegen meines Rückens. Ich muss absolut ruhig liegen. Meine Wirbelsäule ist wie ein Stapel Jetons in einem französischen Casino. Sie müssen nur pusten, dann rutschen die Scheiben in alle Richtungen auseinander. Hat Sie Løvdal denn nicht über meinen – Zustand – informiert?«

Er streckte ihr eine knochige Hand entgegen. Sein Händedruck war überraschend kräftig.

»Er sagte, Sie hätten Rückenbeschwerden.«

»Richtig!« Klüger lächelte verständnisvoll. »Wissen Sie, was er über Sie gesagt hat?«

»Nein. Und ich weiß auch nicht, ob ich es wirklich wissen …«

»Dass Sie einen Hinkefuß haben.«

Sie lachte.

»Ich sehe, Sie haben Sinn für ein gutes Understatement«, sagte Klüger. »Aber nehmen Sie doch Platz.«

Sie machte es sich in dem Sessel bequem, der am nächsten

bei ihm stand, und in der folgenden halben Stunde redeten sie über dies und das. Das heißt über seine Zeit im FFI und über einige der sagenumwobenen Personen dort. Als sie ihn fragte, warum er Mitte der 60er Jahre aus dem FFI ausgeschieden war und stattdessen eine militärische Karriere angestrebt habe, wurde er ernst.

»Erlauben Sie mir, dass ich Sie in einem wichtigen Punkt korrigiere«, sagte er. »Ich habe keine militärische Karriere angestrebt, wenn Sie damit meinen, dass ich immer auf der Jagd nach Beförderungen und weiteren Streifen auf meiner Uniform war. Ich habe weiter Forschung betrieben und meinen Arbeitgeber nur gewechselt, weil ich beim E-Stab mehr Mittel für die Art von Untersuchungen hatte, die ich betreiben wollte, als irgendwo sonst.« Er sah an die Decke und schien zu träumen. »Die Amerikaner waren damals sehr generös.«

»Doch es war nicht nur eine Frage des Geldes«, fügte er hinzu. »Es waren ganz einfach spannende Aufgaben und die größere intellektuelle Herausforderung. Hinzu kam, dass man im E-Stab bei allem ein praktisches Ziel vor Augen hatte. Die Forschung war im wahrsten Sinnes des Wortes praxisorientiert.« Er lächelte flüchtig. »Für einen Erfinder wie mich war es in erster Linie wohl das, was den Job im Militär so interessant gemacht hat.«

Sie wollte wissen, ob er mehr darüber preisgeben dürfe, woran er gearbeitet hatte. Ob er darüber sprechen dürfe?

»Nun, vieles davon steht heute ja in den Geschichtsbüchern. Doch gerade meine Arbeit hat dort wenig Niederschlag gefunden. Die lag mehr in den Randbereichen der eigentlichen militärischen Tätigkeit.«

Sie hatte nicht die Zeit, um den heißen Brei herumzureden.

»Könnten Sie sich etwas konkreter ausdrücken?«

»Nur ein bisschen.«

Sie wurden von der Haushälterin unterbrochen, die mit den Erfrischungen kam. Obststückchen und Mineralwasser. Sobald sie den Raum verlassen hatte, sagte er:

»Ich hatte zwei Hauptaufgaben, um es allgemein auszudrücken. Die eine war es, die Grundlagen für eine effektive Überwachung der sowjetischen Atomtests in der Nähe des norwegischen Hoheitsgebietes zu schaffen. Hier hatte der E-Stab in Zusammenarbeit mit den amerikanischen und britischen Geheimdiensten bereits vor meiner Zeit gute Arbeit geleistet. Doch Mitte der sechziger Jahre gab es infolge des Teststopp-Abkommens neue Herausforderungen. Die Sowjetunion begann mit unterirdischen Sprengungen, und das machte es unvergleichlich schwieriger, die Art von Informationen zu beschaffen, die wir brauchten. In diesem Zusammenhang hatte ich einige originelle Ideen, die sich als recht hilfreich erwiesen haben.«

Er nahm sich ein Stück Mango, biss hinein und sprach dann kauend weiter.

»Sie sind sich doch im Klaren darüber, dass das gewaltige Interesse des E-Stabes an den Atomtests und dem radioaktiven Fallout nicht in erster Linie der Strahlengefahr und der Gesundheit der Bevölkerung galt? Diese Sorgen haben wir dem FFI und den Gesundheitsbehörden überlassen. Nein, wir haben uns damit beschäftigt, die Atomtests dahingehend auszunützen, uns so viele Informationen wie möglich über das sowjetische Atomwaffenprogramm zu sichern. Wie stark die Explosionen waren, wie die Waffen konstruiert waren und welche Materialien verwendet worden sind. Zusammen konnten uns diese Daten viel darüber verraten, wo die Sowjets im Wettrüsten mit den Amerikanern standen.« Er sah sie neckend an. »Sie sollten es nicht für abwegig halten, dass es den Amerikanern mit der Zeit mehr darum ging, zu lernen, als zu kontrollieren. So hatten die sowjetischen Forscher zum Beispiel einige elegante technische Lösungen für die Wasserstoffbombe. Aber ich langweile Sie, Dr. Abildsø! Deshalb sind Sie ja nicht gekommen.«

Nein, warum war sie eigentlich gekommen? Sie wusste, dass sie die Chance jetzt beim Schopf packen musste; er würde ihr kaum weitere Eröffnungen bieten. Und sie wusste, dass es zu eilen begann. Die Haushälterin hatte betont, dass Dr. Klüger früh zu Bett ging. Es war jetzt neun Uhr. Wenn sie ein gutes

Gewissen behalten wollte, konnte sie höchstens noch eine halbe Stunde bleiben.

»Ich habe ein kleines Problem …«, begann sie. Es fiel ihr nicht leicht, die richtigen Worte zu finden. Menschen wie Klüger hatten für gewöhnlich eine klare Meinung darüber, welche Fragen sie mit Rücksicht auf die Sicherheit des Landes beantworten konnten und welche nicht. Und da dies seinem eigenen Spezialgebiet so nahe lag, wenn es es nicht sogar berührte, musste sie besonders vorsichtig sein.

Sie bemerkte, dass er ungeduldig zu werden begann.

»Ja, also … Im Rahmen meiner Forschungsarbeiten habe ich herausgefunden, dass es möglich ist, dass ein norwegischer Robbenfangkutter bei einem Anlass, genauer gesagt im Oktober 1961, in das Sperrgebiet bei Nowaja Semlja geraten ist und so dem unmittelbaren Fallout eines Atomtests ausgesetzt war. Sie sind ohne Zweifel über die Sache informiert …«

Es entstand eine Pause. Sie war sich sicher, dass sein Atem schwerer ging.

»Sie verwechseln das nicht mit der *G.O.Sars?*«

»Nein«, sagte sie entschieden. »Die Episode mit der *G.O.Sars* war im Herbst 1958. Was ich meine, war drei Jahre später.«

Er schüttelte langsam den Kopf.

»Nein, dann weiß ich nicht, auf was Sie anspielen.«

Sie musste forscher zur Sache gehen. Wenn er etwas zurückhielt – wovon sie mehr und mehr überzeugt war –, musste sie ihn erkennen lassen, dass sie seine Lüge durchschaute.

»Ich bin im Besitz der Daten und Positionen des Schiffes und der Explosion«, sagte sie. »Es geht um den 23. Oktober 1961, um 11 Uhr 31 am Vormittag. Die Russen haben eine 4,8-kt-Wasserstoffbombe unmittelbar unter der Meeresoberfläche gezündet. Es muss ein beeindruckender Anblick gewesen sein. Das Meer hat sich geteilt …«

»Woher haben Sie das?«

Seine Stimme klang mit einem Mal schärfer. Sie fasste das als Kompliment auf. Sie war jetzt nicht mehr nur die junge Dame, die er hofieren wollte.

»Ich dachte, ein klein wenig mehr Dramatik würde Ihrem Gedächtnis auf die Sprünge helfen.«

»Halten Sie sich an die Fakten«, sagte er. »Sprechen Sie mit mir wie eine Wissenschaftlerin, nicht wie eine Märchentante.«

»Wie Sie wollen. Nach meinen Informationen befand sich das Schiff weniger als dreißig Seemeilen vom Explosionspunkt entfernt. Es herrschten nordöstliche Winde vor. Der Kutter muss an diesem Morgen eine solide Dusche abbekommen haben.«

»Und all das haben Sie herausgefunden«, sagte Klüger trocken. Sie wusste nicht, ob er beeindruckt oder sarkastisch war. »Darf ich fragen, wie?«

Da war sie. Die Frage, der sie so unbedingt aus dem Weg hatte gehen wollen.

»Auf diese Frage kann ich leider keine Antwort geben.« Sie klammerte sich an ihr Mineralwasserglas. »Noch nicht. Ich muss meine Quellen noch eine Weile schützen.«

»Nun dann«, sagte er. »Ich muss ehrlich sagen, dass Sie in meiner Achtung sinken. Sie reden wie eine Journalistin.«

»Bedeutet das, dass die Audienz vorüber ist?«

Er sah auf die Uhr.

»Nein, nein, wir haben noch ein paar Minuten. Was wollen Sie eigentlich mit dieser Räubergeschichte erreichen? Sie scheinen ja alles beisammenzuhaben. Wofür brauchen Sie meine Hilfe?«

»Es gibt drei Sachen«, sagte sie, »die ich nicht weiß. Erstens würde ich gerne wissen, warum der Kutter überhaupt da oben war. Ende Oktober hat der Seehundfang nicht gerade Hochsaison. Zweitens frage ich mich, warum der Kutter nicht verjagt worden ist. Die Russen müssen ihn doch entdeckt haben. Und drittens – ja, halten Sie sich ruhig fest, Dr. Klüger: Warum hat der E-Stab nicht eingegriffen und die Mannschaft gewarnt, ihnen mitgeteilt, dass sie sich in Lebensgefahr befanden? Dass sie die Gegend überwacht haben, halte ich für selbstverständlich.«

Er nippte an seinem leeren Glas und sah sie mit einem nachsichtigen Lächeln an:

»Was die erste Frage angeht, so kann ich Ihnen natürlich nicht weiterhelfen. Wenn sich dort oben wirklich ein norwegisches Boot befand, so ist mir das nicht bekannt gewesen. Und die Frage, was die da oben gemacht haben, kann wohl nur die Mannschaft beantworten. Da müssen Sie mit denen reden.«

Klüger schenkte sich Mineralwasser nach. Sie hatte das Gefühl, dass er nicht durstig war, sondern bloß Zeit schinden wollte.

»Dann zu der Frage, warum niemand das Boot vertrieben hat. Was die Russen wussten und dachten, müssen Sie Moskau fragen. Ich bin aber nicht überzeugt davon, dass sie wirklich in der Lage waren, ein derart kleines Fahrzeug zu orten. Was sagen Sie, wie groß war das Boot?«

»Das kommt darauf an, von welchem Jahr wir reden.« Sie erklärte, dass der Kutter eigentlich 56 Fuß maß, 1958 aber umgebaut und auf 64 Fuß Länge erweitert und überdies mit einem 80 PS starken »June Munktel«-Motor aus Jönköping in Schweden ausgestattet worden sei. Das war ihr Kindheitswissen. »Semidiesel, zwei Zylinder …«

»Nun, da sehen Sie's«, unterbrach er sie. »Würden die Russen ein solches Boot tatsächlich entdecken? Nach unserer Einschätzung hatten sie nicht die Technik dafür. Denken Sie daran, dass das viele Jahre vor dem ersten sowjetischen Spionagesatelliten war. In dieser Zeit gab es noch immer große weiße Flecken in der sowjetischen Radarüberwachung auf Kola und in der Barentssee. Wenn sich der Kutter, von dem Sie sprechen, in einem solchen Bereich aufhielt, gab es im Grunde nur zwei Möglichkeiten: Entweder mussten ihn die Russen mit mechanischen optischen Hilfsmitteln entdecken, vorzugsweise aus der Luft; bei wolkenverhangenem Himmel – und den gab es oft dort oben – war es pures Glück, wenn die Überwachungsflugzeuge etwas sahen. Oder sie mussten es über etwas entdecken, das wir Komint nennen, also das Abhören des Funkverkehrs. Die letztgenannte Methode nützte wenig, wenn das Funkgerät auf dem Boot ausgeschaltet war – und davon müssen wir wohl ausgehen. Wenn nicht, hätten sie ja die norwegischen und russischen Warnungen gehört, die im Vorfeld immer wieder ausgesprochen worden waren, und rechtzeitig kehrtgemacht.«

Er schien nicht mehr sagen zu wollen, so dass sie glaubte, ihn an die Frage erinnern zu müssen, die er noch nicht beantwortet hatte. Er zuckte mit den Schultern.

»Sie meinen uns? Warum wir nicht eingegriffen und gewarnt haben, wenn wir doch wussten, dass sich dort draußen ein norwegisches Fahrzeug befand?«

Sie nickte.

»Nun«, murmelte er amüsiert, »jetzt verlockt es mich, wie Sie zu sagen, dass ich meine Quellen schützen muss! Aber Spaß beiseite. Sie haben zu hohe Vorstellungen von unseren Fähigkeiten. Auch für uns war das 1961, vergessen Sie das nicht! Es gab keine Satellitendaten, auf die wir uns hätten stützen können. Und auch was das Radar angeht, waren wir, gelinde gesagt, noch keine Genies. Ich weiß nicht, wie Sie den Eindruck gewonnen haben, dass wir über alles Bescheid wussten, was vor sich ging, bis zu den Flügelschlägen der Möwen. In Wirklichkeit sah vieles ganz anders aus. Über einige wenige Sachen wussten wir ganz gut Bescheid, doch das war natürlich das Ergebnis davon, dass wir hier alle unsere Ressourcen einsetzten. Priorisierung nennt man das wohl. Das bedeutete aber zum Beispiel auch, dass wir nicht jedes kleine Fischerboot in der Barentssee überwachen konnten. Glauben Sie mir, es gab Hunderte davon! Und noch eine Sache: Hätten wir trotzdem ein solches Boot bemerkt, hätten wir kaum etwas tun können. Ich meine, auch wenn die Funkverbindung möglich gewesen wäre, hätten wir sie ganz sicher nicht angefunkt. Wir wussten schließlich, dass die Russen alles abhörten, und durften nicht das Risiko eingehen, uns bloßzustellen.«

»Wollen Sie sagen, dass man das Boot einfach seinem Schicksal überlassen hätte?«

»Ja«, sagte er ruhig. »Sind wir das nicht alle?«

Es lag ein leicht drohender Unterton in dieser Gegenfrage, die sie nicht richtig zu deuten wusste. Doch statt darüber nachzugrübeln, stellte sie ihre letzte Frage:

»Können Sie sich vorstellen, warum jemand eine Kassette mit radioaktiven Falloutproben aus dem Keller des Physiktrakts des FFI verschwinden lässt? Es handelt sich um die Proben eines bestimmten Zeitraums im Oktober 1961.«

»Nein«, antwortete er sofort und warf ihr einen herausfordernden Blick zu. »Da habe ich wirklich nicht die geringste Ahnung. Aber das liegt vierzig Jahre zurück, da geht immer mal etwas verloren.«

Ehe sie etwas erwidern konnte, fuhr Klüger fort:

»Aber ehe Sie gehen – und ich möchte Sie bitten, bald zu gehen –, hoffe ich, Ihnen noch eine letzte Frage stellen zu dürfen?«

Sie stand aus ihrem Sessel auf.

»Natürlich. Fragen Sie.«

»Ich verstehe nicht recht, warum Sie sich so für diesen kleinen – und wenn ich so sagen darf – aparten Vorfall interessieren. Das Thema Ihrer Doktorarbeit ist doch viel weiter gefasst und, meiner Einschätzung nach, auch viel interessanter – es geht doch um die langfristigen gesundheitlichen Auswirkungen der Strahlung, verursacht durch den troposphärischen Fallout. Ich glaube kaum, dass Ihre Jagd auf Informationen über diese unbedeutende Sache Ihr Wissen über Ihr eigentliches Thema erweitert. Und da stellt sich eine weitere Frage ganz von selbst: Warum vergeuden Sie Ihre Zeit und die Zeit der anderen mit so etwas?«

Das mit der »Zeit der anderen« merkte sie sich und reichte ihm die Hand.

»Ich werde Ihnen antworten, sobald meine Arbeit fertig ist«, sagte sie. »Bis dahin danke ich Ihnen erst einmal, dass Sie sich die Zeit genommen haben, mich zu empfangen. Es war sehr aufschlussreich.«

»Ich danke Ihnen«, sagte er freundlich, »und viel Glück mit Ihrer Forschung. Wenn Sie beherzigen, was ich über die Märchenerzähler gesagt habe, werden Sie es weit bringen!«

Ehe sie ging, bat sie darum, noch einmal die Toilette aufsuchen zu dürfen. Er antwortete, dass sie den Weg selbst finden müsse: In der Halle die zweite Tür auf der rechten Seite. Es hinge ein grünes Herz an der Tür, sie könne es nicht verfehlen. Sollte besetzt sein, dürfe sie es im Bad in der ersten Etage probieren. Auch dort hinge ein grünes Herz an der Tür.

Sie folgte den Anweisungen, doch als sie zur Tür mit dem Herz kam, drehte sie sich um und ging mit raschen Schritten die Treppe in den ersten Stock hinauf. Sie kam in einen Vorraum mit gelben Wänden, Grünpflanzen und tiefen Sesseln, der in einen mit Teppichen belegten Flur mündete, von dem aus rechts und links Türen abgingen. Sie versuchte es mit der erstbesten Tür. Ein Gästezimmer, das seit vielen Jahren nicht benutzt worden zu sein schien. Sie schloss die Tür vorsichtig und schlich zur nächsten Tür. Was genau sie suchte, wusste sie nicht. Nur dass sie hoffte, irgendetwas zu finden, was ihr Gefühl bestätigte, dass Klüger etwas zurückhielt. Dass er mehr wusste, als er sagen wollte. Sie hatte etwas in seinen Augen gesehen, als sie die Kassette mit den verschwundenen Proben erwähnte. Ein Zucken in seinen Pupillen, wie bei einem Schachspieler, der plötzlich bemerkt, dass sein Gegner eine Lücke in seiner Abwehr bemerkt hat. Sie öffnete die Tür. Dahinter war ein Arbeitszimmer mit einem beeindruckenden Schreibtisch und zahllosen Büchern und Aktenordnern. Doch keine Kunststoffkassette wie die, die im Keller des Physiktrakts fehlte. Sie wollte gerade die Tür schließen, als etwas auf dem Schreibtisch ihre Aufmerksamkeit einfing. Eine alte Schwarzweiß-Fotografie.

Ängstlich warf sie einen Blick auf die Treppe. Nein, es war niemand dort.

Sie schlich über die Schwelle und ging hinein.

Das Bild zeigte sieben junge, bärtige Männer, die sich die Arme um die Schultern gelegt hatten; eine zerzauste Truppe in Norwegerpullovern und Gummistiefeln. Einer der Männer trug einen Südwester auf dem Kopf, der in Anbetracht des guten Wetters wie ein Sonnenhut hochgeklappt war. Dieser Mann kam ihr seltsam bekannt vor, doch wollte ihr nicht einfallen, wer es war. Klüger war leicht zu erkennen. Er überragte die anderen um einen Kopf und schien den magischen Mittelpunkt der Gruppe auszumachen. Er war es, den die anderen ansahen. Sein Lächeln verriet, dass er gerade etwas Lustiges gesagt hatte, was die anderen zum Lachen gebracht hatte. Es konnte irgendeine Studentengruppe sein oder Arbeitskameraden Ende der fünfziger- oder Anfang der sechziger Jahre.

Doch die ausgelassene Stimmung des Bildes machte Ulla Abildsø misstrauisch.

Die sieben Männer standen auf einem Schiffsdeck, den Rücken an das Steuerhaus gelehnt. Die Sonne blendete, und einige Strahlen fielen auf das ovale Kupferschild links vom Fenster.

Syvstjerna stand dort mit zierlichen Buchstaben.

Sie hätte am liebsten geschrien, blieb aber wie angewurzelt stehen und starrte auf das Bild, während sich ihr Hals und ihre Brust zusammenzogen. Es fühlte sich an, als würde ihr Herz zerdrückt.

Die *Syvstjerna* war das Boot ihres Vaters gewesen.

25

Es war bereits Abend, als Eva Tamber von ihrer Stippvisite in der West-Finnmark zurückkam. Die 10. Etage des Präsidiums, auf der der PST untergebracht war, wirkte wie ausgestorben. Am liebsten wäre sie auch nach Hause gefahren und hätte sich ihren Skianzug geschnappt, um eine Runde auf der beleuchteten Loipe zu drehen. Aber die Pflicht rief. Ihr war klar, dass Polizeihauptkommissar Bøcker den Bericht ihrer Reise morgen früh auf seinem Schreibtisch haben wollte, wenn er zur Arbeit kam, und sie war ganz der Meinung, dass er ihn dort auch tatsächlich vorfinden sollte. Einige Punkte in diesem Fall mussten so schnell wie möglich untersucht werden.

Sie holte sich eine Flasche Cola light aus der Teeküche, warf den Computer an und legte los. Das Hauptaugenmerk des Berichtes lag auf drei Umständen, die allesamt weitere Nachforschungen von Seiten des PST erforderten. »Das Plutonium an sich verlangt schon, dass die Untersuchungen intensiviert werden«, konstatierte sie. Danach konnte der PST die Informationen, die die Kriminalpolizei über die Personalakte des Ermordeten ans Licht gebracht hatte, nicht mehr ignorieren. »Es kann als ungeheuer interessant betrachtet werden, dass sich hier eine Verbindung zwischen traditionellem Alkoholschmuggel und illegalem Handel mit Plutonium zu etablieren scheint«, schrieb Tamber. »Vielleicht erhalten wir endlich Aufschluss darüber, aus welchen Kreisen die Täter für diesen neuen Typ von Kriminalität rekrutiert werden.«

Und last, but not least musste der PST sich vergewissern, dass Paulsen nicht aufgrund seiner Arbeit für den militärischen Geheimdienst ermordet worden war. »Selbst wenn der E-Stab aus naheliegenden Gründen so wenig Aufhebens wie möglich um Paulsens Tod machen wollte und den Fall sicher am liebsten als ganz gewöhnliche Strafsache abhandeln würde, wäre es ein ernst zu nehmendes Versäumnis, nicht alle eventuellen Schnittstellen zwischen dem Mord und Paulsens spezieller Verbindung zu den Streitkräften abzuklopfen«, unterstrich Tamber und fügte hinzu: »Außerdem fand ich Oberstleutnant Brantenborgs Auftreten während der Hausdurchsuchung auf Ingøy nicht sehr vertrauenswürdig. Der Mann sah es offenbar als seine vorrangige Aufgabe an, die Aufklärung des Falles zu behindern. Die Frage ist nur, ob aufgrund durchdachter Instruktionen oder aus eigener, gedankenloser Initiative. Ich empfehle, die Chefetage dazu zu bewegen, ein Treffen mit dem Sicherheitsstab des Oberkommandos der Streitkräfte einzuberufen, um gemeinsam diese Seiten des Falles zu erörtern.«

Sie unterschrieb den Bericht und legte ihn in einen Umschlag für interne Post. Auf ihrer Armbanduhr war es halb zehn. Sie beschloss, noch bis zehn zu bleiben, so dass sie pünktlich zu den Nachrichten zu Hause wäre. Damit blieb ihr noch eine halbe Stunde, die Post durchzugehen. Sie ging davon aus, dass ein neuer Bericht von Malm gekommen war. Und dann war sie gespannt auf den Inhalt des verschlüsselten Faxes, das offensichtlich von ihrer Kontaktperson bei Gosatomnadzor (GAN) in Moskau stammte, Inspektor Boris Karabosjkin. Aber zuerst einmal wollte sie sich selbst ein wenig quälen, indem sie eine vertrauliche Personalakte durchging, die sie von der Abteilung Aufbau und Entwicklung zur Begutachtung bekommen hatte.

Es war fünf vor zehn, als sie endlich dazu kam, sich das Fax von Karabosjkin vorzunehmen. Es enthielt genau den Bescheid, den sie sich erhofft hatte. »Wir konnten den Bleibehälter identifizieren«, schrieb der russische Atomsicherheitsexperte. »Der Behälter ist vom gleichen Typ wie die Behälter, die unsere Kooperationspartner in Tbilisi vor einigen Jahren in Zusammenhang mit einem aufgeflogenen Schmuggelversuch von Iridium 92 beschlagnahmten. Die Nachforschungen führten uns zu einem größeren Einbruch und Diebstahl in einer ehemaligen Kernwaffenanlage in Alma-Ata 1992, in den ersten chaotischen Monaten nach dem Zusammenbruch der Sowjetunion. Aus der Anlage in Alma-Ata wurden damals 19 solcher Behälter entwendet. Dies ist der vierte Behälter, der bisher wieder aufgetaucht ist. Über die Herkunft der zwanzig Gramm Plutonium können wir aber leider nichts sagen, ohne die Partie einer gründlichen radiochemischen Analyse zu unterziehen.«

Eva Tamber setzte sich vor den Computerbildschirm, fuhr mit dem Suchpfeil zu dem Druckersymbol und machte einen Doppelklick mit der linken Maustaste. Der Laserdrucker schien während ihrer Abwesenheit einen entspannten Tag gehabt zu haben, da er sofort ansprang. Die eine Kopie heftete sie in einem roten Ringhefter mit anderen Nachforschungsdokumenten ab, den sie für sich selbst »Der Fall Ingøy« getauft hatte. Die zweite Kopie heftete sie an den Bericht, den sie eben für Bøcker geschrieben hatte. Oben in der rechten Ecke notierte sie in kleiner Schrift: »Svein – ich glaube, ich bin über etwas Großes gestolpert. Eva.«

Und noch einmal zog sie die Schreibtischschublade auf und nahm den Brief von der Botschaft in Seoul heraus. Allmählich drängte es mit der Entscheidung. Aber was sollte sie tun?

Wenn die Anstrengungen, ihre leibliche Mutter zu finden und Kontakt zu ihr aufzunehmen, scheiterten, wäre das die Niederlage ihres Lebens. Außerdem begann die ganze Sache allmählich, die Beziehung zu ihren Adoptiveltern zu belasten. Sie interpretierten das plötzliche Bedürfnis ihrer Tochter, ihre koreanischen Wurzeln aufzuspüren, als Zeichen dafür, dass ihre Liebe ihr nichts mehr wert war. Eva Tamber liebte ihre Adoptiveltern und wollte sie nicht verletzen. Aber gleichzeitig kam es ihr auch verkehrt vor, so zu tun, als würde ihre koreanische Herkunft nicht existieren.

Plötzlich merkte sie, dass sie weinte. Glücklicherweise lautlos. Aber ihre Augen liefen schier über. Mein Gott, als ob sie in den Wechseljahren wäre!

Sie trocknete sich die Tränen ab und blätterte ein paar Minuten planlos in den Gelben Seiten. Nach einer Weile wurde die Suche zielgerichteter. Ihr war etwas eingefallen. Auf Seite 533 unter dem Buchstaben W fand sie drei Firmennamen, die alle mit den gleichen zwei Vorsilben anfingen: *Wireless Future AS, Wireless Maingate AS* und zum Schluss Henrik Brantenborgs Firma, *Wireless Systems AS*.

Die Stimme auf dem Anrufbeantworter war unverkennbar die von Brantenborg. »Sie sind mit Wireless Systems AS verbunden. Wegen Umzugs ist das Büro vom 10. bis 17. Februar geschlossen. Für Warenbestellung und andere Anfragen erreichen Sie uns telefonisch unter …« Es folgte eine achtstellige Zahl, die, wie Tamber schnell feststellte, mit Brantenborgs privatem Mobiltelefon identisch war.

Sie nahm sich ihren Bericht noch einmal vor, öffnete den Umschlag und fügte ein handschriftliches P.S. hinzu. »Habe heute Abend Brantenborgs Firma angerufen. Dem Anrufbeantworter zufolge war er seit Montag nicht mehr in seinem Büro, also seit vier Tagen. Zufall?«

Nachdem sie den Umschlag in Bøckers Fach gelegt hatte, meldete sie sich ab und machte sich auf den Weg nach Hause.

26

»Ach, Sie sind's.«

Der stellvertretende Archivleiter Løvdal war an diesem Mittwochmorgen offensichtlich mit dem linken Fuß zuerst aufgestanden. Er stand mit dem Rücken zu ihr vor der Stahltür, die in das Gewölbe führte, und hatte scheinbar Probleme mit der Zahlenkombination. Jedenfalls war er so vertieft in die routinemäßige Operation, dass er nicht reagierte, als sie ihn begrüßte. Und als er schließlich fertig war und an den Schalter kam, luden weder Mimik noch Körpersprache zum Plaudern ein. Man konnte kaum glauben, dass dies der gleiche Mann war, der Ulla am Tag zuvor mit seinen halsbrecherischen Bauchmuskelübungen unterhalten hatte.

»Ging alles gut bei Klüger gestern Abend?«, fragte er pflichtschuldig, während er mit den Fingern auf den Schaltertisch trommelte. Er hatte kräftige, stark behaarte Handrücken und weckte in ihr die Assoziation an einen bestimmten Mann mit Pferdehuf.

Was sollte sie sagen?

Sie war immer noch leicht verwirrt nach der Entdeckung im Arbeitszimmer der oberen Etage. Die ersten Minuten waren besonders nervenaufreibend gewesen. Mucksmäuschenstill hatte sie hinter der angelehnten Tür gestanden und es kaum gewagt, sich zu rühren. Aber schließlich hatte sie sich zusammengerissen und getan, was sie von Anfang an vorgehabt hatte: Sie ging mit raschen Schritten zum Schreibtisch, nahm das Bild der unbekannten Männer an Bord der *Syvstjerna* und schob es unter die Jacke. Das Bild war gerade so groß, dass es sich bequem unter den Arm klemmen ließ. Danach ging sie ruhig die Treppe nach unten und in den kalten, frischen Februarabend hinaus, nur um festzustellen, dass mysteriöserweise ein Taxi in der Auffahrt stand und auf sie wartete …

»Alles gut gegangen«, sagte sie zu Løvdal. »Ein faszinierender Mensch! Lässt sich von einem Hexenschuss nicht kleinkriegen.«

Løvdal ging nicht auf ihr Angebot ein, den Understatement-Wettkampf von gestern wieder aufzunehmen. Er verzog nur missbilligend die Lippen.

»Dann werde ich wohl mal anfangen«, sagte sie unsicher. Jetzt würde er ja wohl hoffentlich bald normale Manieren zeigen und anfangen, ihr ein wenig Service zu bieten. »Ich habe noch etwa acht Mappen zu sichten. Plus den zurückgestuften Bericht über die Rentiersamen, den ich schon von zu Hause aus bestellt habe. Erinnern Sie sich?«

Endlich schaute er in ihre Richtung.

»Wir haben entschieden, es Ihnen etwas leichter zu machen. Sie kriegen heute einen freien Tag.«

»Wie soll ich das verstehen? Hält man sich hier draußen an Feiertage?«

»Nein, aber wir haben einen Entschluss gefasst, der es möglich macht, Ihren Besuch abzukürzen und gleichzeitig unsere Verpflichtungen Ihnen gegenüber einzuhalten. Sehen Sie«, er schlug mit der Handfläche auf einen Stapel Papiere auf dem Schreibtisch. »Ich persönlich habe Ihnen alles aus den acht Mappen kopiert, was in irgendeiner Beziehung mit Ihrem Forschungsthema steht. Den Bericht über die Samen natürlich auch – zwei sogar. Wir haben nämlich noch einen heimlichen Bericht gefunden, von dem Sie nichts wussten. Der Bericht wurde vor einer halben Stunde vom Direktor persönlich zurückgestuft. Ob Sie's glauben oder nicht, aber wir sind schon seit sechs Uhr heute Morgen auf den Beinen, um rechtzeitig fertig zu werden.«

Sie wurde immer verwirrter.

»Aber das macht doch überhaupt keinen Sinn«, stammelte sie. »Hab ich irgendwann um Sonderbehandlung gebeten?«

»Nein«, sagte er kühl. »Aber Sie bekommen eine.«

Er reichte ihr den Stapel Kopien.

»Es ist alles da«, fügte er hinzu. »Sogar die Kopien, die Sie vorgestern und gestern bestellt haben.«

»Also, wie gesagt, ich habe nicht … Aber trotzdem danke.«

»Ach, ehe ich es vergesse, Dr. Abildsø.« Etwas in seiner

Stimme, eine stumme Tristesse, ließ sie erahnen, was jetzt folgen würde. »Der Sicherheitsoffizier möchte Sie gerne sehen.«

»Der Sicherheitsoffizier? Ich verstehe nicht ... Na gut, meinetwegen!«

Sie sah ihn trotzig an.

Er sah betrübt in eine andere Richtung, als wollte er ihr vermitteln, dass diese Schlacht verloren war. Sie hatte es hier mit Kräften zu tun, die mächtiger waren als sie, siegesgewohnt.

Er sagte:

»Ich wünsche Ihnen viel Glück. Mit Ihrer Forschung – und überhaupt.«

»Sie sind ein netter Mensch, Løvdal«, war alles, was ihr dazu einfiel. »Vielleicht begegnen wir uns ja mal wieder, wenn Sie eine Vertretung übernehmen.«

»Das würde mich freuen. Aber ich zweifle daran.«

Sie steckte die Kopien in den Rucksack. Jetzt stand nur noch der Kanossagang ins Büro des Sicherheitsoffiziers aus.

Einen Augenblick überlegte sie, noch einen kurzen Umweg über die Toilette zu machen, um die Prothese abzunehmen und das vermaledeite Dokument im Klo runterzuspülen. Aber das wagte sie nicht. Wie unbeobachtet war man eigentlich an einem Ort wie diesem, selbst auf der Toilette? Wenn der militärische Sicherheitsdienst sogar die Telefonate seiner Angestellten abhörte, war ihm durchaus zuzutrauen, dass er auch ihre Toilettenbesuche filmte!

Sie schüttelte den Kopf, leicht enttäuscht über sich selbst. Sie wusste, dass es am klügsten wäre, auf direktem Weg ins Büro des Sicherheitsoffiziers zu gehen und ihre Sünden zu bekennen. Aber etwas Derartiges kam natürlich überhaupt nicht in Frage. Ihr war schmerzlich bewusst, dass sie der bevorstehenden Inquisition nur mit heiler Haut entkommen konnte, wenn sie alles leugnete. Kämpfte wie eine Löwin.

Sie klopfte an die Tür vom Büro des Sicherheitsoffiziers und trat ein, ohne die Antwort abzuwarten.

»Was für ein idiotischer Einfall ist das?«, fragte sie provozierend. Halvorsen sah erschrocken von seinem Schreibtisch auf.

Er kam nicht einmal dazu, ihr einen guten Morgen zu wünschen, ehe sie die nächste Salve abfeuerte.

»Ich nehme an, Sie sind dafür verantwortlich, dass ich meine Arbeit mittendrin abbrechen muss? Hallo, das ist hier keine Vergnügungsreise!«

»Nein, dessen sind wir uns sehr wohl bewusst«, antwortete er ruhig. »Hier geht es um etwas ganz anderes als eine Vergnügungsfahrt.«

»Sie schulden mir anstandshalber eine Erklärung. Und dem Forschungsrat ebenfalls, der dieses Projekt finanziert. Ganz zu schweigen von der Presse!«

»Ach, Sie gedenken, die Presse einzuschalten, Doktor Abildsø«, sagte er besänftigend. Er war irritierend professionell. Ließ sich nicht aus der Ruhe bringen. Er vermittelte die ganze Zeit den Eindruck, die Situation voll und ganz unter Kontrolle zu haben – und was noch provozierender war: die moralisch überlegene Position innezuhaben.

»Ich will Ihnen sagen, was ich weiß«, fuhr er fort. »Das ist nicht viel, aber uns reicht es. In diesem Haus heißt es nie: im Zweifel für den Angeklagten, wenn man das so sagen will. Es gibt keine Möglichkeit zum Einspruch. So sind die Spielregeln. Sie spielen unser Spiel und halten sich an die Regeln, oder Sie scheiden aus.«

Er erhob sich von seinem Stuhl und ging gemächlich zum Fenster. Dort blieb er stehen und sah in das dichte Schneetreiben, während er in dem gleichen ruhigen Tonfall fortfuhr:

»Sie wollen also wissen, was in uns gefahren ist?« Bei der folgenden Aufzählung nahm er die Finger zu Hilfe. »Erstens: Der Archivar hat gestern Nachmittag entdeckt, dass ein Geheimdokument abhanden gekommen ist, das versehentlich in einer der Mappen gelandet war, die Ihnen zur Durchsicht vorlagen. Niemand außer Ihnen hatte Zugang zu diesen Mappen, Sie werden sich also damit abfinden müssen, auf der Liste der Verdächtigen ganz oben zu stehen. Zweitens: Das Dokument enthielt Informationen, von denen wir meinen, dass sie im Hinblick auf die Sicherheit des Landes auch weiter geheim gehalten werden sollten – warum, beabsichtige ich Ihnen nicht zu sagen, aber die Begründung ist überzeugend. Drittens: Nach Auskunft von Richard Klüger, den Sie gestern Abend getroffen haben, haben Sie in Ihrem Gespräch brisante Informationen geäußert, die Sie nicht aus offiziellen Quellen haben können. Und viertens: Diese Informationen finden sich in dem vermissten Dokument – und, lassen Sie mich hinzufügen, mehr oder weniger nur dort.«

Er holte Luft, um die Prozedur abzuschließen.

»Wir sind uns zu 99 Prozent sicher, dass Sie die Notiz entwendet und in Ihren Besitz gebracht haben – möglicherweise, aber es bleibt reine Spekulation von unserer Seite, mit der Absicht, Profit daraus zu schlagen. Es gibt, wie Sie wissen, Zeitungsredaktionen, die bereit sind, Blutgeld zu zahlen für jede Information, die dazu beitragen könnte, den Ruf der Streitkräfte in den Dreck zu ziehen. Wie dem auch sei – genau betrachtet, da der Bericht für Ihr Forschungsprojekt über die Samen schließlich ohne Belang ist, und in Anbetracht der unverhältnismäßigen Belastung für uns und den übrigen Apparat, wenn wir den Vorfall zur Polizeisache machen –, wie gesagt, im Licht all dieser Tatsachen sind wir zu dem Entschluss gekommen, Sie gehen zu lassen. Im Gegensatz zu gewissen anderen Personen legen wir großen Wert darauf, unseren Verpflichtungen nachzukommen. Sie bekommen die Kopien der Dokumente, die Sie bestellt haben oder vermutlich noch bestellt hätten. Aber das war's auch. Wir verabschieden uns von Ihnen und bedauern, Sie hier nicht wieder begrüßen zu können, wenn Sie verstehen, was ich meine.«

Was sollte sie dazu sagen? Sie fühlte sich gedemütigt und getreten. Aber am schlimmsten war, zu wissen, dass es gerechtfertigt war.

»Das Ganze tut mir fürchterlich Leid«, sagte sie erschöpft. »Ich werde nicht versuchen, Sie davon zu überzeugen, dass Sie Unrecht haben. Sie haben offensichtlich einen Entschluss gefasst. Trotzdem ...« Sie fühlte sich schrecklich ungerecht behandelt, obwohl sie sich schuldig gemacht hatte. »Grüßen Sie den Direktor und richten Sie ihm aus, dass ich sehr gekränkt bin. Sagen Sie ihm das. Ich habe mich noch nie so schlecht behandelt gefühlt. Nicht einmal in der Grundschule, wenn die Klassenkameraden mir die Kleider ausgezogen haben, um zu sehen, wie ein echter Krüppel nackt aussieht.«

Es war hinterhältig, ihre bitterste Kindheitserinnerung heranzuziehen, aber sie konnte es sich nicht verkneifen. Schließlich hatte sie sich vorgenommen, zu kämpfen wie eine Löwin. Und außerdem: Sie kämpfte schließlich nicht nur um ihre eigene Ehre, sondern für die Wahrheit über den Tod ihres Vaters und der Onkel. Und zu diesem Zweck brauchte sie das Dokument. Nicht zuletzt die Entdeckung der Fotografie in Richard Klügers Arbeitszimmer am Abend zuvor hatte sie davon überzeugt, es nicht so schnell wieder aus den Händen zu geben. Da nahm sie es schon lieber hin, wie ein gewöhnlicher Dieb behandelt zu werden.

Der Sicherheitsoffizier nahm die letzte Spitze gelassen hin und ließ sich nicht provozieren.

»Wir hätten selbstverständlich auch eine Leibesvisitation durchführen können.« Er maß sie von Kopf bis Fuß mit dem Blick. »Ich denke, Sie sollten dankbar sein, dass wir diese Methoden nicht nötig haben. Obwohl wir in diesem Fall ein nicht unbedeutendes Risiko der Beweisverwischung eingehen.«

Er schickte ihr ein infames Lächeln hinterher.

Aber Ulla Abildsø nahm es nicht zur Kenntnis. Sie war bereits auf dem Weg durch die Tür.

27

Polizeihauptkommissar Bøcker hatte eine außerordentliche Sitzung in seinem Büro einberufen, um das weitere Vorgehen im Fall »Ingøy«, wie er inzwischen von allen genannt wurde, zu besprechen. Bøcker war es sogar gelungen, den Chef der Kontraproliferation, Polizeirat Truls Holm, zu überreden, persönlich zu erscheinen. Im Gegensatz zu seinen Kollegen

Dahlbo und Malm, Leiter der Abteilungen Terrorabwehr beziehungsweise Sicherheitsanalyse, war Holm selten an der operativen Arbeit beteiligt. Er war nur in Ausnahmefällen aus seinem Büro zu locken. Dafür war er ein Teufel am Telefon, und ihm eilte der Ruf voraus, ein selten kompetenter Analytiker zu sein, wenn nicht sogar der klügste Kopf vom PST.

Es dauerte nicht lange, bis Eva Tamber wieder einfiel, was, wie viele meinten, die eigentliche Ursache für Holms seltene Teilnahme an den internen Sitzungen war. Der Polizeirat stotterte. Dieses Phänomen war umso erstaunlicher, als er am Telefon oder unter vier Augen niemals stotterte. Nur wenn ihm vor Zuschauern widersprochen wurde, meldete sich das Sprachproblem. Man musste nicht Psychologie studiert haben, um zu verstehen, dass dieser begabte Mann von der tiefen Angst gequält wurde, vor den Augen anderer gedemütigt oder zurechtgewiesen zu werden. Gerüchte wussten von einem autoritären Vater zu erzählen, der alle vier Söhne zu Bettnässern gemacht hatte.

Diesmal war es Tamber, die das Stottern auslöste. Bøcker hatte gerade dargelegt, welche einleitenden Ermittlungsschritte in Gang gesetzt waren, und schloss seine Darstellung mit einer Auflistung, was alles dafür spräche, den Einsatz zu verstärken – im Übrigen die gleichen drei Punkte, auf die Tamber in ihrem Bericht hingewiesen hatte.

Polizeirat Holm konnte Bøckers Schlussfolgerungen nur teilweise zustimmen.

»Es ist in Ordnung, die Ermittlungen zu intensivieren«, sagte er ruhig. »Aber wir sollten es auch nicht übertreiben. Sie schlagen beispielsweise vor, die Ermittlungen auf Paulsens Verbindung zu den Streitkräften auszuweiten sowie die Überwachung von Oberstleutnant Brantenborg zu veranlassen.« Er holte tief Luft. »Also, Letzteres kommt auf keinen Fall in Frage. Ich sehe nicht einen Hinweis darauf, dass der E-Stab etwas mit dem Mord zu tun haben könnte. Dahingegen gibt es eine sichere *kriminelle* Verbindungslinie: Der Ermordete hatte eine Vergangenheit als Alkoholschmuggler. Wir müssen die gesamte Schmuggelszene dieses Landesteils unter die Lupe nehmen. Aber die Streitkräfte, und damit meine ich besonders den Geheimdienst, lassen wir bitte so lange wie möglich außen vor.«

»Hatten denn nicht fast alle großen Fälle von Alkohol- und Zigarettenschmuggel in Nord-Norwegen irgendeine Verbindung zu den Streitkräften?«, gab Tamber zu bedenken. »Wie können wir a priori ausschließen, dass die Verbindung, die wir suchen, sich nicht genau dort befindet?«

»D-d-das sollten S-sie b-besser z-z-zurücknehmen, T-t-tamber«, stotterte Holm, und dann folgten fünf leidvolle Minuten, in denen er sie auf die gleiche stotternde Weise in den elementaren juristischen Grundpfeilern belehrte. Bevor er einen derart drastischen Schritt wie die Ermittlung gegen einen öffentlichen Beamten auch nur in Erwägung zöge, müssten schon sehr viel stärkere Indizien kriminellen oder vorschriftswidrigen Verhaltens vorliegen. Soweit er es sehen konnte, lagen aber solche Indizien nicht vor. Die Beamte Tamber hatte sehr richtig einen Bericht geschrieben, in dem sie frei in eine bestimmte Richtung spekulierte, aber die Spekulationen wurden durch Fakten nicht gestützt. So, wie er die Sache sah, hatte Brantenborg in hundertprozentiger Übereinstimmung mit dem Regelwerk und dem Interesse der Streitkräfte gehandelt. Andeutungen, dass er mit Absicht die Ermittlungen zu behindern versucht hätte, waren so an den Haaren herbeigezogen, dass sie unter anderen Umständen ausreichend Grund für eine Beleidigungsklage wären. »Wa-wa-was meinen Sie w-wohl, w-w-was der K-k-kont-t-t-trollaus-s-schuss d-dazu s-s-sagen würde!«, schloss er – und deutete mit einer raschen Handbewegung an, dass darauf einige Köpfe rollen würden.

Tamber verkniff es sich, noch etwas zu sagen, und so verlief der Rest der Sitzung ohne weitere Ausfälle oder Angriffe von Holms Seite. Es schien fast so, als täte ihm der barsche Ton Leid, den er Tamber gegenüber an den Tag gelegt hatte, denn als die erste halbe Stunde vorbei war, lobte er sie für ihre Zusammenarbeit mit Gosatomnadzor (GAN).

»Ihre Initiative hat uns ein gutes Stück vorangebracht«, sagte er anerkennend. »Was wird der nächste Schritt sein?«

Sie zögerte. Aber da Holm diesmal eine Frage gestellt hatte, konnte er sich ja wohl schwerlich kritisiert fühlen, egal, was sie antwortete.

»Wir müssen das Plutonium untersuchen«, sagte sie. »Wenn wir herausfinden, woher es stammt, wird es auch einfacher, den Kreis der Schmuggler einzugrenzen. Im Augenblick können wir noch nicht einmal sagen, in welchem Erdteil wir mit der Suche beginnen sollen.«

»Sie haben doch wohl nicht vor, es an Karabosjkin zu schicken?«, fragte Sigurd Olsen kritisch. Er und Tamber blickten auf exakt die gleiche Dienstzeit als Beamte in der Abteilung Proliferation zurück. »Siggen«, wie er von den meisten genannt wurde, hatte null Vertrauen zu den russischen Behörden, die er als durchweg korrupt betrachtete. Und die GAN stellte, was das betraf, keine Ausnahme dar.

»Nein, da gibt es glücklicherweise eine bessere Lösung«, sagte Tamber. »Wir haben einen amerikanischen Kooperationspartner, der die Analyse schnell und zuverlässig für wenig Geld durchführen kann. Sie können beinahe jede Partie Plutonium-239 oder Uran-235 bis zu dem Reaktor oder der Wiederaufarbeitungsanlage zurückverfolgen, aus der sie stammen. Das ist übrigens einer der Gründe, warum die Amerikaner im Lauf der letzten zehn Jahre so viel spaltbares Material aus Russland und den anderen ehemaligen Sowjetstaaten gekauft haben: Sie haben eine Uran- und Plutoniumbank aufgebaut, die es ermöglicht, die chemische Signatur eines Fundes wie dem aus der Finnmark zu bestimmen. Die Atomenergiebehörde kann solche Analysen zwar auch durchführen, aber das dauert meist länger. In diesem Fall sollten wir also auf die amerikanische Unterstützung setzen.«

Holm nickte.

»Dann machen wir es also so«, sagte er und erhob sich. »Und jetzt entschuldigen Sie mich bitte, aber um vier Uhr habe ich eine Telefonkonferenz ...« Er warf einen Blick auf seinen Notizblock. »Eine Sache noch: Was ist mit dem Obduktionsbericht?«

Tamber teilte ihm mit, dass er eigentlich vor der Mittagspause hätte vorliegen sollen, dass aber vor einer guten halben Stunde ein Anruf aus der Gerichtsmedizin gekommen sei, der Bericht würde ein wenig später kommen. Offenbar waren in letzter Zeit viele der Angestellten krank gewesen.

»Und der Bericht der Ballistik?«, fragte Holm mit einem bekümmerten Blick auf die digitale Wanduhr. »Wann kriegen wir den?«

»Heute Abend. Oder spätestens morgen früh.«

»Gut, halten Sie mich bitte auf dem Laufenden.« Er verabschiedete sich mit einem kurzen Nicken. »Ich muss los.«

Die Anwesenden nickten verständnisvoll zurück. Kaum war der Polizeirat aus der Tür, war förmlich spürbar, wie sich die Stimmung am Tisch entspannte. Es war nicht so, dass die Mitarbeiter etwas gegen ihren Chef hatten; sie mochten ihn nur lieber auf Distanz.

»Kommen wir also zu einer ausführlichen Runde über alles, was wir bisher über Enok Paulsen wissen«, sagte Bøcker energisch, nachdem sie sich eine kurze Pause gegönnt hatten, um die Beine zu strecken und ein wenig frische Winterluft hereinzulassen. »Willst du anfangen, Eva?«

Eva faltete die Hände hinter dem Kopf und schloss die Augen, um sich besser konzentrieren zu können. Sie ließ sich nicht von den Kollegen ablenken, die die Gelegenheit zum Glotzen nutzten.

»Er war Pelztierjäger und Robbenfänger – sein ganzes Leben, daneben noch pensionierter Offizier für den Geheimdienst. Möglicherweise war sein Jägerdasein phasenweise nur ein Deckmantel für seine militärische Tätigkeit, aber das bezweifle ich eher. Aller Wahrscheinlichkeit nach wurde er für eine sehr einfache und routinemäßige Arbeit angeworben, die im Zusammenhang mit einer geheimen militärischen Anlage stand.« Sie schlug die Augen auf und nahm die Männer um den Tisch ins Visier. »Ihr seid besser informiert als ich, welche Anlagen der E-Stab da draußen am Meer errichtet haben könnte – ich selbst tippe ja, dass der geheime Kellerraum eine Abhöranlage verbirgt. Ist es nicht das, womit wir uns dort oben beschäftigen? Das Abhören russischer Atom-U-Boote?«

»Oder ein Kommunikationskabel des militärischen Unterwasser-Fernaufklärungswesens der Amerikaner«, schlug Olsen vor. »Oder noch exotischer: eine Abhörstation der norwegisch-amerikanischen Unterwasser-Fernaufklärung. Ihr kennt natürlich die Geschichte, wie die Amerikaner Ende der Siebziger sowjetische Kommunikationskabel in der Barentssee angezapft haben, sogar ein gehöriges Stück innerhalb der Zwölfmeilengrenze. Die Station auf Ingøy war wahrscheinlich die nächste Phase dieser Aktivität. Wann wurde der neue Keller übrigens eingerichtet?«

»Anfang der Achtziger«, informierte Bøcker, nachdem er in irgendwelchen Papieren geblättert hatte. »1983, um genau zu sein. Also in der angespannten Phase im Kielwasser der sowjetischen Invasion in Afghanistan und dem Wahlsieg Reagans in den USA. In dieser Zeit verabschiedete die amerikanische Marine ihre heiß diskutierte ›neue Marinestrategie‹, die darauf abzielte, die gefürchteten sowjetischen Atom-U-Boote abzufangen, solange sie sich noch in der Nähe ihrer Basisstationen auf Kola befanden. Die Meereszone vor Ingøy war von größter strategischer Bedeutung, für die USA wie für die Sowjetunion. Wenn ihr mich fragt, war es kein Zufall, dass die Ingøy-Station ausgerechnet zu dem Zeitpunkt eingerichtet wurde.« Bøcker schob die Notizen zur Seite. »Aber ich habe dich unterbrochen, Eva. Zurück zu Paulsen, sei so gut. Was wissen wir noch?«

Sie verschränkte wieder die Hände hinter dem Kopf und schloss die Augen. Versuchte, sich Paulsen vorzustellen, während sie sprach.

»Ein Eigenbrötler. Lebt allein. Keine Frau. Keine Kinder. Ein Ordnungs- und Routinemensch, der nur zwei Leidenschaften im Leben zu haben scheint: die Jagd und das Ausstopfen von Seevögeln. Bliebe noch zu erwähnen, dass er hin und wieder einem Drink oder einem Gläschen Rotwein am Abend nicht abgeneigt gewesen schien. Im Schuppen kam einiges an Flaschenpfand zusammen, und im Keller standen zwei große Weinballons.«

»Was für Freunde hatte er?«, unterbrach Olsen sie.

»Wie ich bereits sagte, er war ein Eigenbrötler. Fast schon ein Eremit. Aber einen Abend im Monat fuhr er auf die andere Seite der Insel, um mit drei älteren Fischern Bridge zu spielen. Ebenfalls unverheiratet, alle drei. Zwei Junggesellen und ein Witwer. Ich habe mit einem der Junggesellen am Telefon gesprochen, und der hat mir erzählt, dass Paulsen ein sehr geschickter Bridgespieler gewesen sei. Eigentlich viel zu gut für den Rest der Gruppe, wie er es ausdrückte. Aber das war vielleicht die einzige Möglichkeit sozialen Umgangs. Über diese Abende hinaus feierten sie auch Silvester zusammen.« Eva öffnete die Augen. »Das ist im Großen und Ganzen alles, was wir haben.«

»Nicht viel«, sagte Bøcker missmutig. »Auf mich macht er nicht gerade den Eindruck eines Menschen, der seine Nase in kriminelle Angelegenheiten wie die steckt, um die es hier geht. Was ist deiner Meinung nach vorgefallen?«

»Sigurd und ich haben diese Frage den ganzen Vormittag diskutiert«, antwortete Tamber. »Und wir haben nach gründlichem Abwägen zwei Alternativen herausgefiltert. In der ersten Geschichte ist Paulsen der Schurke – jedenfalls auf weiten Strecken. Wir stellen uns vor, dass er in Schwierigkeiten geraten ist, die ihn angreifbar für Drohungen und Erpressungen aus der kriminellen Szene machen. Wie auch immer es sich im Detail verhält, am Ende wird er in eine Schmuggelaffäre verstrickt, deren Ausmaß er wahrscheinlich nicht überblicken kann. In der verhängnisvollen letzten Sekunde entdeckt er, was da abläuft, und versucht mit einer ›Warenprobe‹ in der Brusttasche zu entkommen. Er wird erwischt und gnadenlos aus dem Weg geräumt. Hinterher wird er ins Meer geworfen.«

»Aber habt ihr bei dieser Version keine Probleme mit der Erklärung der fehlenden Stiefel?«, fragte Bøcker.

»Nein, sollten wir?«, übernahm Olsen das Wort. »Vielleicht

hat der Mörder bemerkt, dass Paulsen seinen Namen in die Stiefel geschrieben hat, und sie entsorgt, um die Identifizierung der Leiche zu erschweren. Oder möglicherweise waren die Stiefel so speziell, dass der Täter befürchtete, die Polizei könnte mit ihrer Hilfe problemlos den Besitzer ausfindig machen. Da gibt es viele Möglichkeiten. Unabhängig davon ist die Schlussfolgerung in allen Fällen die gleiche: Anstatt ihn mit einer Visitenkarte am Bein ins Meer zu werfen, zieht der Mörder ihm die Stiefel aus.«

»Aber wenn sie tatsächlich so vorsichtig waren, warum haben sie sich dann nicht die Zeit genommen, seine Taschen zu durchsuchen? Ich finde es nach wie vor unglaubwürdig, dass die Schurken ihm die Stiefel ausziehen, um ihn gleich danach mit dem Plutonium in der Brusttasche über Bord zu werfen.«

»Ich finde, wir legen zu viel Gewicht auf diese verdammten Stiefel«, sagte Olsen genervt. »Rationell oder nicht, du wirst schon sehen, dass er sie sich abgestrampelt hat.«

»Einverstanden«, sagte Polizeikommissar Roy Haukenes, der sich bisher noch nicht zu Wort gemeldet hatte. Er war der jüngste Mitarbeiter der Abteilung und ein zurückhaltender Junge vom Land. »Aber das würde einen anderen Verlauf der Ereignisse bedeuten.«

Die anderen sahen ihn interessiert an.

»Weiter!«, sagte Bøcker und nickte ihm aufmunternd zu.

»Also«, begann Haukenes. »Wir sind die ganze Zeit davon ausgegangen, dass er entweder tot oder zumindest tödlich verwundet war, als er ins Meer geworfen wurde. Aber da nur schwer vorstellbar ist, dass sich ein toter oder sterbender Mensch die Stiefel abstreift, haben wir die logische, wenn auch eventuell voreilige Schlussfolgerung gezogen, dass jemand ihm die Stiefel ausgezogen hat, bevor er über Bord geworfen wurde. Und wir haben viel Zeit darauf verwendet, zu erklären, was das bedeuten könnte. Aber wenn wir jetzt davon ausgehen, dass er nicht an Bord erschossen wurde?«

»Du meinst, dass er genauso gut im Wasser erschossen worden sein könnte?«, fragte Bøcker abwartend.

»Nicht genauso gut«, sagte Haukenes. »Ich denke, ich kann es wagen zu sagen: mit größter Sicherheit.« Und damit legte er den anderen seine revolutionär einfache Theorie dar. Paulsen wurde erschossen, als er um sein Leben schwimmend von dem Schmugglerschiff fliehen wollte. Er könnte zum Beispiel als Komplize an Bord gewesen sein. Oder um zu spionieren. Aber vielleicht auch aus völlig anderen Gründen. Irgendwann jedenfalls passierte etwas, das ihn mit 20 Gramm Plutonium in der Tasche über Bord springen ließ. »Für jemanden, der weiß, dass er schnell und weit schwimmen muss, wenn er eine Chance haben will, sein Leben zu retten, ist es selbstverständlich, sich als Erstes von seinen Stiefeln zu befreien«, erläuterte Haukenes engagiert. »Aber dann muss etwas schief gelaufen sein. Nach nur wenigen Schwimmzügen wird er entdeckt – und erschossen. Entweder weiß der Mörder nichts von dem Plutonium in der Brusttasche, oder er weiß es, ist sich aber im Klaren, dass er es nicht schaffen wird, den Toten aus dem Wasser zu fischen.«

Bøckers starre Gesichtszüge wichen einem zufriedenen Lächeln.

»Jesses«, sagte er knapp. »Du könntest Recht haben, verdammt noch mal.«

Tamber blinzelte Sigge Olsen viel sagend zu. Sie wusste aus Erfahrung, dass die Ermittlungen erst richtig in Gang kamen, wenn Bøcker zu fluchen begann. Trotzdem war es noch zu früh, um in optimistische Jubelstürme auszubrechen.

»Ich denke, wir werden uns vorerst mit der Feststellung begnügen müssen, dass das erste Szenario eine Reihe Fragen aufwirft, die wir, trotz Roys interessanter Hypothese, im Augenblick noch nicht vollständig beantworten können«, sagte sie langsam. »Sehen wir uns stattdessen das andere Szenario an, in dem Paulsen nicht als Schurke auftritt, sondern als Held und Opfer. Gehen wir mal davon aus, dass er auf der Jagd war, als er zufällig auf offener See Zeuge eines Zusammentreffens von zwei Schiffen wurde. Aus welchem Grund auch immer schöpft er Verdacht, dass dort etwas Gesetzwidriges vor sich geht. Er nimmt Kontakt zu den Booten auf – wenn er nicht wartet, bis sie sich getrennt haben, und sich auf eins der Boote konzentriert. Er gelangt an Bord und sichert sich eine Warenprobe. Bevor er sich in Sicherheit bringen kann, wird er entdeckt und auf die gleiche Weise liquidiert wie in der ersten Version.«

Bøcker schien nicht sonderlich beeindruckt.

»Damit habt ihr genau die gleichen Probleme wie vorher bei der Klärung der Frage, wieso er ohne Schuhwerk gefunden wurde.« Er seufzte. »Und außerdem: Wenn er mit einem eigenen Boot unterwegs war, wer hat dann das Boot zurück an Land gebracht? Das überzeugt mich alles nicht. Im Grunde genommen wissen wir nicht mehr, als wer das Opfer ist.«

Tambers Züge verfinsterten sich. Man konnte förmlich sehen, wie der Missmut in ihr wuchs. Plötzlich sprang sie von ihrem Stuhl hoch und lief zum Fenster. Draußen fiel der Schnee in dicken Flocken.

»Wir brauchen frische Luft«, sagte sie, riss das Fenster sperrangelweit auf und blieb ein paar Minuten in der Zugluft stehen, um ihre Lunge zu reinigen. Ihre Gedanken schossen davon. Zu der kleinen Tanzlehrerin in Pusan. Ob dort jetzt Sommer war?

»Eine Sache macht mir Kopfzerbrechen«, sagte Olsen, nachdem Tamber das Fenster geschlossen und sich wieder an den Tisch gesetzt hatte.

»Ja?« Bøckers Tonfall verriet, dass er nicht sehr hohe Erwartungen an das hatte, was jetzt kam.

»Das Problem ist, wir gehen die ganze Zeit davon aus, dass die Indizienkette in eine bestimmte Richtung weist«, tastete er sich vorsichtig vor. »Wir scheinen alle vorauszusetzen, dass Paulsen sich den Bleibehälter mit dem Plutonium ohne das Wissen und die Zustimmung der anderen angeeignet hat. Dass er, sozusagen, etwas von dem Diebesgut gestohlen hat. Aber was, wenn es genau umgekehrt gelaufen ist: Paulsen kam zu einem wartenden Schiff, wo er den Behälter entgegennahm, um ihn weiterzubefördern – an Land oder zu einem andern Schiff.«

»Du vertrittst also die Schurkenthese?«

»Nicht zwingend. Wir können die Möglichkeit wohl nicht ganz ausschließen, dass er im Auftrag des E-Stabs gehandelt hat. Dass es sich um eine verdeckte Geheimdienstoperation handelte. In einigen Kreisen der Streitkräfte besteht nach wie vor Bedarf an geringen Mengen spaltbaren Materials oder Kampfgas von der Art, auf die wir im Krieg gegen den Terror vorbereitet sein müssen.«

Bøcker schüttelte energisch den Kopf.

»Damit das klar ist. Die Streitkräfte haben andere und absolut legale Kanäle, um den Bedarf zu decken, den du gerade angesprochen hast. Willst du damit vielleicht andeuten, es steht so schlecht um die NATO, dass man die russische Mafia zu Rate ziehen muss?«

»Das scheint mir dann doch etwas weit hergeholt«, räumte Olsen ein.

»Weit hergeholt ist nur der Vorname«, sagte Bøcker. »Der Nachname ist Nonsens.«

»In einem Punkt könnte Sigurd aber Recht haben«, schob Tamber ein. »Es ist nicht sicher, dass es bei dem Schmuggel, so es sich denn um Schmuggel handelt, darum ging, die Waren weit zu transportieren. Es ist doch durchaus denkbar, dass die Waren für Norwegen bestimmt waren. Zunächst jedenfalls.«

Nachdem sie diskutiert hatten, welche norwegischen Kreise oder Gruppierungen möglicherweise an einer Partie Plutonium interessiert sein könnten, blieb eine Liste von vier, fünf Namen. Sie alle standen unter Verdacht, größere Mengen Waffen von den Streitkräften geklaut zu haben mit der Absicht, sie illegal zu exportieren. Es war nicht auszuschließen, dass eine dieser Gruppen auf der Rangleiter aufgestiegen war und sich nun zum Ziel gesetzt hatte, die Pariastaaten und Terroristen bei der Anschaffung spaltbaren Materials zu unterstützen.

»Ich für meinen Teil finde, dass wir nicht ganz von den Streitkräften absehen können«, sagte Tamber hartnäckig. »Paulsen hat trotz allem für sie gearbeitet – und eine andere Spur haben wir bisher noch nicht auftreiben können.«

Bøcker missfiel die Situation ganz offensichtlich, aber er war ein vernünftiger Mann, der seine eigenen Ansichten nicht zur Prestigefrage machte.

»All right«, sagte er widerstrebend. »Versuchen wir es mit einer möglichst offenen und breiten *Annäherung*. Tamber hakt bei den Streitkräften nach; Olsen bleibt an der zivilen Spur; Haukenes verfolgt seine Idee weiter, dass Paulsen auf der Flucht erschossen wurde. Ich selbst werde erste Schritte einleiten, mehr über Enok Paulsen herauszubekommen. Alles, was heute hier besprochen wurde, bleibt selbstredend unter uns. Aus Gründen, die jeder nachvollziehen kann, ziehe ich es bis auf weiteres vor, Holm aus der Sache rauszuhalten. Später, falls sich wider Erwarten zeigen sollte, dass Tambers Interesse für die Streitkräfte berechtigt war, werden wir dafür sorgen, Holm in dem, was wir ›eine ganz neue Entwicklung des Falles‹ nennen werden, auf den aktuellen Stand zu bringen.« Er musterte sie lächelnd der Reihe nach. »Alles klar?«

Olsen hatte gerade eine Art Zustimmung gegrunzt, als es kräftig an der Tür klopfte und eine Sekretärin mit einem Blatt Papier in der Hand eintrat.

»Von der Gerichtsmedizin«, sagte sie. »Das kam vor wenigen Minuten als Fax. Aus dem Begleitschreiben schließe ich, dass es eilt.«

Bøcker nickte und legte das Blatt vor sich auf den Tisch. Er überflog es schnell, ehe er es an Tamber weiterreichte. Sie brauchte nur ein paar Sekunden, um sich einen Überblick über den Inhalt zu verschaffen.

»Interessant«, sagte er. »Aber nicht ganz, wie wir gehofft haben, oder?«

»Nein«, sagte sie nachdenklich. »Schuss in den Nacken aus nächster Nähe. Damit erledigt sich schon mal Roys Theorie über den dramatischen Fluchtversuch. Kurzum: Zurück an den Start. Mit oder ohne Stiefel!«

28

Jørgen Hartmann hatte den ganzen Vormittag in Sitzungen mit den Polizeichefs der Bezirke Oslo und Romerike verbracht und besprochen, wer die Verantwortung für welche Aufgaben beim Mustafabesuch übernahm. Es war eine lange Liste geworden, und er spürte, wie seine Laune mit jedem Auftrag, den er auf die lokalen Polizeidienststellen abwälzen konnte, besser wurde. Des Weiteren hatten sie darüber beraten, wie die Orte, die Mustafa zu besuchen gewünscht hatte, am besten abzusichern waren. Neben dem Schloss und dem Büro des Staatsministers handelte es sich um das Nobelinstitut im Drammensveien (nicht so schwierig, seit die Fahrzeugkolonnen durch die Hofeinfahrt auf der rückwärtigen Seite des Gebäudes einfahren konnten), den Hauptsitz der Norsk Hydro am unteren Ende der Bygdøy alle (eine Herausforderung aufgrund des offenen Platzes und der vielen Fenster in den umliegenden Häusern), das Institut für Energietechnik in Kjeller (das Gelände war eingezäunt, aber der Umweltverband Bellona hatte mehrfach bewiesen, dass der Drahtzaun im besten Fall ein symbolisches Hindernis war), und zu guter Letzt, der Albtraum aller Albträume: ein Besuch im Freilufttheater von Grønland, wo ein inoffizieller Fechtwettkampf zwischen Norwegen und der noch nicht proklamierten Republik Palästina stattfinden sollte.

»Betreiben die da Wettkampffechten?«, fragte Polizeichef Bingen verwundert.

»Es gibt meines Wissens keine Traditionen dafür«, räumte Hartmann ein. »Aber Bremer hat vor ein paar Jahren über ein Entwicklungsprojekt reichlich Geld für ein Sportförderprogramm für Jugendliche im Westjordanland und im Gazastreifen bekommen. Es ist ihm gelungen, an den richtigen Fäden zu ziehen; einen Teil des Geldes konnte er direkt einem Fechtclub zugute kommen lassen. Gegen alle Widerstände ist das eine richtige Erfolgsgeschichte geworden. Dieser Länderkampf ist wohl als persönliche Geste von Mustafa an den Außenminister zu verstehen – wenn es nicht sogar Bremers eigene Idee war.« Hartmann unterließ es, den gelinde gesagt überraschten Beamten zu erzählen, dass Bremer erst neulich sein Fechttraining als Tarnung für eine heimliche Unterredung mit den Gefolgsleuten von Mustafa genutzt hatte. »Aber es ist eine wirklich blöde Idee«, fuhr er fort, »denn es zwingt uns, über den Akerselv in die stark muslimischen Stadtviertel zu gehen. Das Theater liegt auf einem alten, stillgelegten Fabrikgelände mit vielen, extrem unübersichtlichen Zugängen.«

»So schwarz müssen wir die Sache auch nicht sehen«, warf Bingen ein, ein fünfundfünfzigjähriger Poltergeist, der neben der Aufrüstung der Osloer Streifenpolizei auch für seine forschen Äußerungen über die verschiedensten Seiten der norwegischen Gesellschaft bekannt war. »Der Ort ist doch nur ein paar Straßenzüge von hier entfernt. Es ist ja wohl kaum verlockend, einen Terroranschlag direkt neben dem Polizeipräsidium zu verüben.«

Hartmann war sich nicht sicher, ob die Nähe zum Präsidium wirklich ein Plus in Sachen Sicherheit war. Er erinnerte die Bezirksleiter daran, dass Polizeidienststellen häufig das Ziel von Terroranschlägen waren. Nachdem sie die Sache ein paar Minuten lang diskutiert hatten, kamen sie trotzdem zu dem Schluss, dass man aus Sicht der Polizei nichts unternehmen würde, den ursprünglichen Plan zu ändern.

»Dann habe ich nur noch eine letzte Frage«, sagte Polizeichef Grane aus Lillestrøm. »Warum will Mustafa unbedingt ins Institut für Energietechnik?«

»Im Büro des Staatsministers haben sie sich die gleiche Frage gestellt«, erklärte Hartmann. »Im Außenministerium glaubt man, dass Mustafa drei wichtige Dinge erreichen will. Erstens: Prestige. Das IFE ist schon öfter von Staatsoberhäuptern kleinerer, eng in Verbindung mit Norwegen stehender Länder besucht worden. König Gustav IV. Adolf war da, desgleichen Königin Juliana und Präsident Urho Kekkonen. Indem er sie nachahmt, will Mustafa den Eindruck erwecken, Norwegen – das Heimatland des Friedensnobelpreises – stelle den zukünftigen palästinensischen Staat in eine Reihe mit friedlichen demokratischen Kleinstaaten wie Schweden, den Niederlanden oder Finnland. Zweitens kann Mustafa den Besuch als Anlass nehmen, sich als visionärer Staatsmann zu präsentieren. Er wird zeigen können, dass er jetzt, da sich sein Traum von einem eigenständigen palästinensischen Staat endlich zu erfüllen scheint, den Blick in die Zukunft und auf die enormen Herausforderungen richtet, die auf dem Weg zu einer lebensfähigen ökonomischen Gesellschaft gemeistert werden müssen. Das Land leidet unter chronischem Wassermangel und hat keine eigenen Energiequellen. Sowohl Öl als auch Energie müssen aus Nachbarländern importiert werden. Das schafft unglückliche Abhängigkeitsverhältnisse und raubt der Staatskasse Gelder, die sie sonst in die Modernisierung oder den Ausbau des Sozialstaates stecken könnte. In diesem Zusammenhang kommen Norwegen und das IFE ins Spiel. Norwegen hat heute den zweithöchsten Pro-Kopf-Energieverbrauch der Welt, es kann stolz sein auf einen gut ausgebauten Energiesektor. Anlässlich des Staatsbesuches soll eine norwegisch-palästinensische Absichtserklärung über eine energiepolitische Zusammenarbeit unterzeichnet werden. Das IFE spielt dabei eine Rolle, weil sie dort Programme ›Erneuerbare Energien für lokale Stromversorgungen‹ entwickelt haben, die auf Solarzellen und Wasserstoff basieren. Das Konzept ist noch in der Testphase, aber die Wissenschaftler glauben, dass sie einer Technologie auf der Spur sind, die innerhalb weniger Jahre die Energieversorgung revolutionieren könnte. Als Teil dieses Abkommens will sich das IFE mit Unterstützung der norwegischen Entwicklungshilfebehörde verpflichten, ein auf dieser Technologie basierendes Pilotprojekt im Westjordanland und in Gaza durchzuführen. Geplant ist, dass Mustafa das Abkommen nach einer Führung durch das Wasserstofflabor in Kjeller unterzeichnet.«

»Und drittens?«, fragte Grane ungeduldig. Er wollte zurück an den gedeckten Mittagstisch und schien sich nur bedingt für Hartmanns ausführliche Erklärungen zu interessieren.

»Propaganda. Im Außenministerium befürchtet man, dass

Mustafa versuchen wird, die Israelis an den Pranger zu stellen.«

»Das müssen Sie uns näher erklären«, sagte Bingen, ohne sich von Granes missbilligendem Blick beeinflussen zu lassen. »Wir haben ihn doch nicht hierher eingeladen, damit er schlecht über unsere israelischen Freunde redet!«

Hartmann meinte, Mustafa sei viel zu klug, um einen offiziellen Staatsbesuch in einem Land, das auch in Zukunft eine Vermittlerrolle im Nahen Osten spielen sollte, dazu zu missbrauchen. Außerdem gebe es durchaus raffiniertere Methoden.

»Zum Beispiel?«

»Die Geschichte.«

»Ach ja?«

Hartmann senkte seine Stimme als Zeichen, dass das, was er jetzt sagte, vertraulich war.

»Im Außenministerium rechnet man damit, dass Mustafa bei passender Gelegenheit auf den Kontrast anspielen wird, zwischen dem palästinensischen Wunsch einer Zusammenarbeit mit dem IFE einerseits, um aus Wasserstoff elektrische Energie zu machen – kann man sich etwas politisch Korrekteres vorstellen? –, und auf der anderen Seite auf Israels frühere, lichtscheue Kooperation mit dem gleichen Institut, bei der schweres Wasser für das israelische Atomwaffenprogramm erworben wurde.«

Bingen verdrehte die Augen.

»Verflucht frech!«

»Aber es war nicht das IFE, das das schwere Wasser verkauft hat«, wandte Grane ein. »Das war Norsk Hydro. Oder besser gesagt Noratom. Vielleicht sollte ihm das jemand sagen.«

»Es spielt natürlich keine Rolle, wie das wirklich vor sich gegangen ist«, seufzte Bingen. »Der Punkt ist, was die Menschen glauben. Und Tatsache ist doch, dass jeder in Norwegen, der ein bisschen über diesen unseligen Verkauf an Israel weiß, vollkommen davon überzeugt ist, dass der damalige Direktor des Instituts, Randers, dafür verantwortlich war. Manche Mythen lassen sich einfach nicht beerdigen.«

»Egal«, schloss Hartmann. »Der Besuch in Kjeller wird

Mustafa die einmalige Gelegenheit bieten, die Welt daran zu erinnern, dass man Energie für zivile und militärische Zwecke verwenden kann, und dass es im Nahen Osten nicht die Palästinenser sind, sondern die Israelis, die sich für letztere Variante stark gemacht haben.«

Ehe sie auseinander gingen, verabredeten sie eine weitere Sitzung in zwei Wochen in Bingens Büro, um sicherzugehen, dass alles, was getan werden konnte, auch getan wurde, und dass keine übereilten Maßnahmen getroffen wurden, um etwas zu erreichen, was doch nicht zu erreichen war. »Das nennt man Führung«, kicherte Bingen amüsiert. »Denk ein bisschen darüber nach, Hartmann, vielleicht wirst du dann auch mal Chef.«

Doch Hartmann hatte nicht die Zeit, an so etwas zu denken – und auch nicht, um sich über den herablassenden Ton in dem Scherz des Polizeichefs zu ärgern. Es waren noch ein paar dringende Sachen zu erledigen, ehe er für heute Schluss machen konnte. Er nickte den anderen Kollegen zu und hastete zurück in sein Büro in der zehnten Etage.

Als er aus dem Aufzug trat, begegnete er Malm.

»Ich hab den ganzen Vormittag nach Ihnen gesucht«, sagte der Oberkommissar anklagend. »Die Liste, um die Sie gebeten haben, ist fertig. Sie liegt auf Ihrem Schreibtisch.«

Hartmann konnte nicht antworten, ehe sich die Aufzugtüren hinter Malm schlossen, was ihm im Grunde aber auch ganz recht war. Seine Begeisterung für Malm hielt sich in Grenzen. Außerdem wurde er in seiner Nähe beständig daran erinnert, wie abhängig er von ihm war, weshalb er sich immer Mühe gab, seine Abneigung nicht zu deutlich zu zeigen. Nur Eva Tamber wusste, wie sehr er den imposanten Oberkommissar der Sicherheitsanalyse verabscheute.

Malms Professionalität wurde durch die Notiz bestätigt, die er auf seinem Schreibtisch vorfand: Sie war in dem charakteristischen Telegrammstil des Kommissars verfasst:

»Hartmann: anbei die Liste der Personen und Gruppen, die, den angegebenen Kriterien gemäß, eine Bedrohung für die Sicherheit von M. darstellen könnten. Niemand davon wird zurzeit aktiv überwacht. 1-3 sind schlafende Observationsfälle, 4 und 5 sind wegen eines Hinweises aufgeführt, den wir kürzlich in einem anderen Zusammenhang von der Säpo erhalten haben; 6 ist rein prophylaktisch aufgeführt (Menschen wie der stellen immer eine potenzielle Bedrohung dar), 7 ist eine mental instabile Person, die für die Dauer des Besuches »aufs Land« geschickt werden sollte. Geben Sie Bescheid, welche Maßnahmen Sie bei den anderen als angemessen empfinden. Malm.«

Hartmann blätterte zur nächsten Seite um. Fast immer wurde ihm etwas schlecht, wenn er solche Notizen las, und Malms Schreiben war keine Ausnahme. Bereits beim ersten Namen auf der Liste hatte er einen schlechten Geschmack im Mund:

»Jan-Kristian Mortensen, 52, Schauspieler und politischer Aktivist aus Bergen, wohnhaft in Oslo. Langjähriges Mitglied der Palästina-Front mit zahlreichen Aufenthalten im Nahen Osten, darunter in Syrien und im Libanon. Wurde mehrmals wegen Widerstands gegen die Staatsgewalt bei antiisraelischen Demonstrationen verhaftet. Wird verdächtigt, an mehreren Einbrüchen in militärische Waffenlager beteiligt gewesen zu sein. Wurde mehrmals verhört, musste aber immer aus Mangel an Beweisen auf freien Fuß gesetzt werden.«

Ein Riesen-Idiot, der die Gewalt verherrlichte, dachte Hartmann. Warum konnte der Intendant des Nationaltheaters seinen Blutdurst nicht mit ein paar passenden Rollen in Macbeth oder Henry V. stillen? Es war einfach verrückt, dass eine missglückte Schauspielkarriere einen ansonsten harmlosen Mann in die Fänge des Terrorismus trieb.

Der nächste Mann war für Hartmann eine Neuentdeckung. Er hätte gerne darauf verzichtet:

»Birger Kalleberg, 44, wohnhaft in Oslo, früherer Journalist verschiedener Männer- und Freizeitjournale. Davor Söldner bei der französischen Fremdenlegion. Arbeitet vermutlich als Geldeintreiber. Kalleberg hat für verschiedene Männermagazine verherrlichende Artikel über den Mossad geschrieben, das israelische Heer und die Siedler im Westjordanland. Ist nach dem Mord an Yitzhak Rabin in den Fokus des PST geraten, als er, seinen vollen Namen nennend, in der israelischen Botschaft angerufen und gesagt hat, dass Yigal Amir, der Mörder Rabins, für den Friedensnobelpreis nominiert werden sollte. Die Überwachung hat nichts Gesetzwidriges ergeben und wurde nach drei Monaten abgebrochen.«

Die dritte Person war weniger interessant, meinte Hartmann. Es handelte sich um einen 54 Jahre alten Agrarwissenschaftler, der die meiste Zeit seines Berufslebens als Landwirtschaftsexperte diverser UNO-Organisationen gearbeitet hatte, hauptsächlich in Nord-Afrika und im Nahen Osten. Er hieß Jens Pahlstrøm, war unverheiratet und vermutlich homosexuell. Man hatte vor Jahrzehnten wegen eines einmaligen, dafür aber höchst seltsamen Vorfalls eine Akte über ihn angelegt. Im Zusammenhang mit einem Mord in Lillehammer im Jahr 1974 war die Säpo in Stockholm in die Wohnung eines marokkanischen Einwanderers eingebrochen, den sie verdächtigten, der palästinensischen Terrororganisation Schwarzer September anzugehören. Ausgelöst wurde die Aktion durch Spekulationen der norwegischen und schwedischen Terrorabwehr, in Lillehammer könne es zu einer fatalen Verwechslung gekommen sein, und dass es dieser Mann gewesen war, den der Mossad habe beseitigen wollen, und nicht Achmed Bouchiki. Die Aktion war fehlgeschlagen. Die Hausdurchsuchung erbrachte nichts, was den Gedanken an eine Terrorverbindung rechtfertigte. Aber in einer Schublade mit Unterhosen fand man einen norwegischen Pass. Dieser Pass gehörte Jens Pahlstrøm. Die Polizei nahm den Pass mit, und als man Pahlstrøm ein paar Tage später in Tunis aufspürte, wo er an einem Projekt der Welternährungsorganisation FAO arbeitete, erklärte dieser, dass er nicht die Spur einer Idee habe, wie sein Pass nach Stockholm gelangt sein konnte; er habe noch nicht einmal bemerkt, dass er verschwunden sei. In den letzten Jahren sei er nur noch mit dem Ausweis der UNO gereist. Die Säpo entschloss sich daraufhin, den Marokkaner zu verhören, doch zu spät. Die Wohnung war leer und der Mann spurlos verschwunden. Auch danach hatte es keinen einzigen Hinweis mehr gegeben, der Pahlstrøm mit

Schwarzer September oder anderen palästinensischen Organisationen in Verbindung brachte.

Da gab es schon mehr Gründe, sich über die Personen 4 und 5 von Malms Liste Gedanken zu machen:

»Asgeir Graham und Pelle Kran, 24 und 31 Jahre, zurzeit wohnhaft in Göteborg, doch mit fester Adresse in Halden. Erklärte Neonazis. In den letzten Jahren immer wieder in fremdenfeindliche Aktionen in ganz Skandinavien verwickelt. Vermutlich waren sie die Hintermänner der Website ›www.SaubererNorden.com‹, auf der Listen geführt wurden über skandinavische Juden, Halbjuden und Judenmuslime, sowie der viel besungenen ›Weißen Fatwa‹, dem unumstößlichen arischen Todesurteil für alle Beschnittenen dieser Welt. Graham und Kran standen unter Verdacht, hinter der Entführung und Misshandlung eines bekannten schwedischen Rassismusgegners zu stehen. Beide sind vor kurzer Zeit nach Halden zurückgekehrt. Auf ihrer aktualisierten Homepage schüren sie den Hass gegen den israelischen Staatsminister, der nach ihren Worten eine perverse Befriedigung dabei empfinde, jüdisches Territorium an Mustafa abzutreten.«

Listenplatz Nummer 6 war für Lasse Grønn reserviert, einen alten Bekannten, der immer wieder auf solchen internen PST-Listen auftauchte: »49 Jahre, Anthropologe, angestellt am NTNU in Trondheim, früher Blauhelmsoldat im Libanon, aktiv in der kommunistischen Partei AKP-ml und in der Volksfront für die Befreiung Palästinas. Wurde Ende der 70er Jahre bei dem Versuch verhaftet, vier Kilo Plastiksprengstoff aus dem Libanon nach Frankfurt zu schmuggeln. Die Nachforschungen ergaben keine gesicherten Angaben, wofür dieser Sprengstoff verwendet werden sollte und welche Rolle Grønn dabei spielte. Die Sache wurde deshalb zu den Akten gelegt. *In späteren Jahren haben wir durch befreundete Geheimdienste Informationen erhalten, vermutlich aus den Stasi-Archiven, die darauf hindeuten, dass Grønn an den Vorbereitungen zu einem nie durchgeführten Terroranschlag auf das Frankfurter Büro der israelischen Fluglinie El-Al beteiligt war.* Es hat nie neue Ermittlungen im Fall Grønn gegeben. Er gilt heute als renommierter Universitätsdozent und als Naher-Osten-Experte.«

Hartmann spürte ein heftiges Unbehagen über diese neuerliche Bekanntschaft mit Lasse Grønn. Auf der einen Seite war er vollkommen überzeugt davon, dass Grønn schuldig war und für die Vorbereitung eines Terroranschlags hätte verurteilt werden müssen. Er hatte für diesen Mann wirklich nur Verachtung übrig. Doch auf der anderen Seite fragte er sich, ob Grønn wirklich noch eine Bedrohung darstellte? War es nicht eher wahrscheinlich, dass ihn seine palästinensischen Auftraggeber längst abgeschrieben hatten und ihn inzwischen als den aufgeblasenen Angeber einschätzten, der er war?

Malm schloss seine Liste mit einer Person, die kaum eine sonderliche Bedrohung für Mustafa ausmachen konnte, doch der infolge ihres generellen Verhaltens und Geisteszustandes ein passender Erholungs- und Rehabilitationsaufenthalt außerhalb der Hauptstadt verordnet werden sollte, solange der Staatsbesuch dauerte. Die Rede war von dem 32-jährigen Drogensüchtigen Jan-Pål Gundersen aus Stavanger, der bereits dreimal versucht hatte, sich anlässlich eines öffentlichen Ereignisses mit reichlich Medienpräsenz das Leben zu nehmen. »Wir können nicht ausschließen, dass der Mustafa-Besuch ihn zu einem weiteren, verzweifelten Selbstmordversuch inspiriert«, schloss Malm.

Hartmann machte ein paar kurze Notizen und griff zum Telefon. Als Malm sich meldete, kam er gleich zur Sache:

»Es geht um die sieben Namen. Ich habe folgenden Vorschlag: Gundersen wird aus der Stadt geschickt. Pahlstrøm und Grønn werden diskret daran erinnert, dass wir sie noch nicht vergessen haben. Die Übrigen, das heißt Mortensen, Kalleberg, Graham und Kran, werden rund um die Uhr überwacht.«

»Aber wir können nicht zum Gericht gehen und die Observierung beantragen, ohne vom Mustafabesuch zu sprechen, und der ist noch nicht öffentlich.«

»Das Gericht unterliegt der Schweigepflicht.«

»Ja, aber nach der Furre- und Viksveen-Sache gibt es keinen Richter mehr, der aufgrund einer so dünnen Indizienlage eine Observierung genehmigt.«

»Das glaube ich nicht.«

»Gut, gehen wir davon aus, dass wir das im Falle von Graham und Kran hinbekommen. Neonazis sind Freiwild. Außerdem haben wir da auch noch die schwedischen Berichte, auf die wir uns stützen können.«

»Und was braucht es in Sachen Mortensen und Kalleberg?«

»Etwas Handfesteres. Auch eine rein vorbeugende Aktion muss begründet werden. Ich sehe nichts, aber auch gar nichts, um das zu legitimieren.«

Hartmann spürte, dass ihm warm wurde. Malm war eigentlich bekannt dafür, dass er sich gerne über Vorschriften hinwegsetzte, wenn es seinen eigenen Ermittlungen diente.

»Okay, auf die beiden komme ich zurück.«

Er legte auf.

Die Verärgerung über Malm legte sich wie eine Klammer um seinen Kopf und ließ die Adern an seiner Schläfe anschwellen. Es würde der große Kopfschmerztag werden. Ehe er etwas dagegen tun konnte, musste er aber noch dringend Otto Storaas anrufen, einen Kameraden von der Polizeischule, der am Flughafen Gardermoen arbeitete. Es gehörte zu den Privilegien der Polizei, Einsicht in die Passagierlisten zu erbitten, die aus Rücksicht des Datenschutzes ansonsten geheim gehalten wurden. Jetzt erklärte er seinem alten Kollegen, dass es aufgrund einer aktuellen Ermittlung wichtig sei zu erfahren, wenn eine der folgenden sieben Personen einen Flug nach Oslo buchte, aus dem Ausland oder von einem anderen Flughafen im Inland – dann gab er ihm die Namen von Malms Liste. Storaas versprach ihm, jeden dieser Namen genauestens im Auge zu behalten.

»Ich gebe dir Bescheid, sobald ich etwas habe«, sagte er.

Hartmann hatte gerade zwei Kopfschmerztabletten genommen, als es an der Tür klopfte. Es war Hauptkommissar Aslaksen von der Abteilung Liaison:

»Ich habe Besuch für dich, Hartmann. Major Yaffa Cohen aus Tel Aviv.«

Hartmann war sich sofort darüber im Klaren, dass der unangemeldete Gast vom Mossad kam; sie musste eine von Aslaksens zahlreichen Bekannten aus dem israelischen Nachrichtendienst sein. Major Cohen war eine hübsche Frau Ende dreißig mit kurzen, glatten Haaren, schmalen Hüften und prallen Brüsten unter der Uniformbluse. Ihre Augen waren rund und schwarz wie Oliven. Einiges an ihr erinnerte ihn an Rita. Der Mund vielleicht. Aber am meisten wohl das tiefe Grübchen am Hals. Alle Bögen des Körpers schienen hier zusammenzulaufen, sich wie genetische Silberfäden zu verflechten und das Grübchen zum angeborenen Amulett zu machen.

Laut Aslaksens kurzer Einführung war Major Cohen nach Oslo entsandt worden, um bei der Planung des Mustafa-Besuches hilfreich zur Seite zu stehen. In Tel Aviv war man sich natürlich darüber bewusst, dass sie das eigentlich nichts anging, und dass es auf Seiten der Palästinenser Proteste geben würde, wenn sie erfuhren, dass Israel sich in dieser Sache engagierte. Aber es galt, realistisch zu sein.

Man musste der Tatsache ins Auge blicken, dass Mustafa über keinen Apparat verfügte, der seine Sicherheit außerhalb der palästinensischen Autonomiegebiete gewährleistete – wenn er denn da sicher war. Sein Leben lag in vielerlei Hinsicht in den Händen seiner früheren Feinde. Niemand war sich dessen bewusster als Mustafa selbst. Solange Israel und die westlichen Geheimdienste Diskretion wahrten und nicht an die große Glocke hängten, dass sie ihn schützten, würde er kaum etwas dagegen haben.

»Ich habe bereits mit Martinsen gesprochen«, informierte ihn Aslaksen. »Wir haben volle Rückendeckung von oben. Sie hat uns übrigens auch beim Sharon-Besuch geholfen.«

»Dann sollten wir gleich anfangen«, sagte Hartmann. Er lächelte Major Cohen freundlich zu und schlug vor, sich irgendwo einen Platz in einem stillen Restaurant zu suchen, um ungestört miteinander sprechen und die Zusammenarbeit bei einem Glas Bier besiegeln zu können. Der Arbeitstag sei ohnehin bald zu Ende.

Sie landeten schließlich in einem modernen Restaurant auf dem Kirkeristen. Hartmann wusste, dass dort so früh am Nachmittag kaum etwas los war. Dass es im letzten Jahr vor Ritas Tod auch ihr Stammlokal gewesen war, verdrängte er bewusst. Sie bestellten die Spezialität des Tages – ein ganz spezielles Fischgericht –, und während sie an ihrem alkoholfreien Bier nippten (Cohen war Abstinenzlerin), informierte er seinen weit gereisten Gast kurz über die Details des bevorstehenden Besuchs.

»Sie haben unsere Berichte offensichtlich sehr genau studiert«, sagte Yaffa Cohen schließlich. »Wie schätzen Sie selbst die Gefahr ein, dass jemand aus Mustafas eigenen Kreisen ihn töten will? Und wie wollen Sie das gegebenenfalls verhindern?«

»Wir stehen im offenen Dialog mit Mustafas eigenen Sicherheitskräften. Außerdem haben wir die technischen Möglichkeiten, uns schnell Übersicht zu verschaffen, wer von Mustafas Leuten eine Waffe trägt. Diese Informationen werden wir dann natürlich fortlaufend mit den Angaben abgleichen, die wir von seinem Sicherheitschef bekommen. Finden wir Diskrepanzen, werden wir umgehend dafür sorgen, dass die entsprechende Person oder die Personen verhört und entwaffnet werden.«

Im weiteren Verlauf des Gesprächs ging es um die technischen Voraussetzungen einer solchen Überwachung. Hartmann war beeindruckt angesichts Major Cohens breit gefächertem Wissen. Sie schien mit den meisten Techniken und Operationen vertraut zu sein. Er fragte sich, ob sie schon im Krieg gewesen war. Ob sie jemanden getötet oder verletzt hatte. Doch das waren Fragen, die man ausländischen Kollegen nicht eher stellte, als man den Nachweis erbracht hatte, auch eine ehrliche Antwort wert zu sein.

Sie waren mitten beim Dessert, als Cohen sich plötzlich über den Tisch zu Hartmann vorbeugte. Während sie mit dem gravierten Goldring an ihrem rechten Ringfinger spielte, einem

Dienstring, wie er annahm, sagte sie mit für die Leere des Restaurants auffällig gedämpfter Stimme:

»Eine Sache habe ich noch nicht erwähnt, doch Sie sollten das wissen. Der eigentliche Grund, weshalb ich bereits jetzt nach Oslo geschickt worden bin: Sagt Ihnen der Name Salem al-Salem etwas?«

Hartmann nickte. Doch er sah keinen Grund zu erwähnen, dass er das meiste, was er über den Anführer des WIJ wusste, vom Mossad hatte.

»Gut.« Sie nahm ein Papier aus ihrer Dokumentenmappe. »Lesen Sie das aufmerksam. Sie dürfen es nicht behalten.«

Es handelte sich um eine übersetzte Zusammenfassung eines *Daily Intelligence Estimate* vom Leiter des militärischen Sicherheitsdienstes an den Leiter der Terrorabwehr des Mossad, und damit den Vorgesetzten von Yaffa Cohen. Der Bericht war vor zwei Tagen, am 16. Februar, erstellt worden, und beinhaltete neue, alarmierende Informationen über al-Salem. »Unsere Quelle in Usbekistan«, begann der Bericht, »hat uns informiert, dass beim letzten Treffen der Exekutivgruppe des WIJ der Entschluss gefasst wurde, eine Gruppe von vier Agenten in ein Land Nord-Europas zu entsenden, um einen größeren Terroranschlag vorzubereiten. Die Gruppe hat Helfer vor Ort und braucht keine Waffen oder anderes Material mitzunehmen. Das Ziel des Anschlags steht noch nicht fest; die Idee ist, dass sich die Gruppe zuerst installiert und sich mit den lokalen Verhältnissen vertraut macht, um dann kurzfristig zuschlagen zu können, wenn ein geeignetes Ziel ausgemacht worden ist. Es gibt Gerüchte, dass bereits vor langer Zeit ein lokaler Staatsbürger angeworben werden konnte, der jetzt gute Dienste leisten kann. Das Einzige, was unser Informant über diese Person in Erfahrung bringen konnte, ist, dass er, oder sie, sich irgendwann einmal geweigert haben soll, einen höchst risikoreichen Auftrag auszuführen, und dass sein Leben deshalb in den Händen von al-Salem liegt. Der WIJ konnte seither fast alles von dieser Person verlangen. Aus Angst, verraten oder – noch schlimmer – liquidiert zu werden, soll diese Person alle

Befehle loyal befolgt haben. Wir müssen deshalb darum bitten, dass diese Erkenntnisse ohne Vorbehalt an unsere Zusammenarbeitspartner in Wien, London, Berlin, Brüssel, Den Haag, Luxemburg, Kopenhagen, Helsinki, Stockholm und Oslo weitergegeben werden, und dass auf der Basis weiterer Hinweise von anderen unabhängigen Quellen eine dringende Warnung insbesondere an die befreundeten Dienste in Skandinavien ausgesprochen wird. Nachdem dänische und norwegische Spezialkräfte sich am Kampf gegen al-Qaida beteiligt haben, fordern viele islamische Fanatiker Rache.«

Hartmann schob das Blatt nachdenklich zurück über den Tisch.

»Hat Aslaksen das gesehen?«

»Ja, der auch. Und davor Martinsen. Er war es, der mich gebeten hat, Ihnen das ebenfalls zu zeigen. Wenn ich es richtig verstanden habe, sind Sie von jetzt ab meine Kontaktperson?«

»Von jetzt ab? Hatten Sie in Bezug auf diese Sache früher schon zu anderen Kontakt?«

»Nein, nicht in dem Sinne. Keine *anderen.* Abgesehen von Aslaksen, meine ich. Und dann dieser gestrenge Tempelwächter der Sicherheitsanalyse, wie war doch sein Name … etwas mit M.«

»Malm.«

»Ja, genau. Können Sie mir über den etwas sagen?«

»Ein tüchtiger Mann«, sagte Hartmann neutral. »Aber auch verflucht eigensinnig.«

Er erzählte ein paar der Geschichten, die bei den Kollegen über Malms Eigensinn kursierten. Nach diesem Geläster, das Major Cohen mehr als erwartet zu amüsieren schien, fasste er einen raschen Entschluss: Er wollte seine neue Bekannte um Hilfe bitten.

»Major Cohen …?«

»Nennen Sie mich Yaffa«, unterbrach sie ihn. »Sind wir jetzt nicht Kollegen?«

»Gerne. Also, ich frage mich, ob du mir einen Gefallen tun

kannst. Es geht um unseren Freund Malm, den Tempelwächter, wie du ihn so treffend genannt hast. Es ist nicht immer leicht, mit ihm zu arbeiten.«

Und dann erzählte er ihr von den Schwierigkeiten, die aufgekommen waren, weil Malm sich weigerte, die Überwachung einiger Personen in Auftrag zu geben, die Hartmann während des Mustafa-Besuchs observiert haben wollte.

»Die beiden Personen, von denen die Rede ist, passen zu der Beschreibung des ›Nordeuropäers‹ in dem Bericht, den du mir gerade gezeigt hast. Ich will damit nicht sagen, dass es einer von den beiden ist. Doch ausgehend von dem wenigen, was wir wissen, können wir es auch nicht ausschließen. Für mich sind die neuen Erkenntnisse nur ein Indiz mehr, sie unbedingt überwachen zu lassen.«

Sie nickte, sagte aber, dass sie nicht verstehe, wie sie ihm helfen könne.

»Ganz einfach, indem du deine Vorgesetzten in Tel Aviv bittest, uns eine neue Version des Berichts zu schicken, den du mir gerade gezeigt hast, in dem alle Hauptstädte außerhalb Skandinaviens gestrichen sind und sich die spezifische Warnung ausschließlich auf Oslo richtet. Verstehst du? Damit hat Malm beim Untersuchungsrichter ein leichteres Spiel. Natürlich werden wir dem Richter zu verstehen geben, dass ihn persönlich die Schuld trifft, wenn Mustafa etwas zustoßen sollte.«

»Ich dachte, du solltest zum Sündenbock gemacht werden«, neckte ihn Major Cohen.

Hartmann lachte gekünstelt.

»Wo, zum Teufel, hast du das denn her?«

Sie wedelte entwaffnend mit der Hand.

»Ist mir so zugeflogen, ich mache nur Witze.«

Sie tranken aus, bedankten sich gegenseitig für den angenehmen Beginn einer hoffentlich engen und problemlosen Zusammenarbeit, und gingen auseinander. Major Cohen hatte einen Termin mit dem Militärattaché der amerikanischen Botschaft und hastete in Richtung Drammensveien davon. Hartmann überlegte erst, zurück ins Büro zu gehen, entschied sich an der

Straßenbahnhaltestelle Kirkeristen dann aber anders. Er musste der Arbeitssucht Grenzen setzen, also schlenderte er stattdessen in Richtung Youngstorget, wo er den zivilen Leihwagen geparkt hatte, über den er zurzeit verfügte – die operativen Diensteinheiten des PST wechselten ihre Autos so oft wie ihre uniformierten Kollegen die Hemden –, und fuhr in Richtung Grünerløkka. Er parkte in einer Seitenstraße etwas unterhalb von Birkelunden. Kurz vorm Park ging er in eine Bar, um dort das Bier zu genießen, das er sich aus Solidarität mit Cohen während des Essens verkniffen hatte.

Sah man von der kleinen Unstimmigkeit mit Malm ab, war er mit dem Verlauf des Tages sehr zufrieden. Die Israelis waren mit im Boot, das war das Wichtigste. Und das Beste von allem: Mit Major Cohens Hilfe glaubte er, ein Gegengewicht gegen Malms Verzögerungstaktik zu haben. Im Laufe von einem oder zwei Tagen hoffte er die Einwilligung in die Überwachung von Mortensen und Kalleberg zu bekommen.

Weiter kam er in seinen Gedanken nicht. Das Handy klingelte: Die drei ersten Takte von *Anything goes*. Zu seiner großen Überraschung war es Otto Storaas vom Flughafen Gardermoen.

»Ich bin es, Otto«, begann er. »Ich habe gerade einen Check der Namen durchgeführt, über die wir gesprochen haben. Zur Sicherheit habe ich auch gleich die Passagierlisten der letzten Woche überprüft. Natürlich ohne auch nur eine Ahnung zu haben, um was es eigentlich geht – aber du weißt ja, wie das ist.«

Hartmann wusste genau, wie das ist: *Die Neugier ist die Mutter jeder guten Ermittlung.*

»Und was hast du gefunden?«, fragte er gespannt. Es war klar, dass Otto einen Treffer gelandet hatte.

»Einer der sieben ist gestern in Gardermoen gelandet. Mit der Lufthansa-Maschine aus Frankfurt.«

Hartmann dachte unmittelbar an Lasse Grønn, der vor bald fünfundzwanzig Jahren mit vier Kilo Sprengstoff im Gepäck festgenommen worden war. War dieser alte Amateurterrorist also doch noch aktiv?

Seine Überraschung war umso größer, als sein alter Kollege fortfuhr:

»Business-Class, natürlich. Diese UN-Leute leisten sich das immer. Ist es ein Wunder, dass sich die Steuerzahler fragen, wo die Entwicklungshilfegelder bleiben?«

»Meinst du Pahlstrøm?«

»Vorname Jens. Ist am gleichen Tag mit einer anderen Lufthansa-Maschine von Kairo nach Frankfurt geflogen. Sonst noch etwas?«

Es gab unendlich viel, was er gerne noch gewusst hätte, doch er zweifelte daran, dass Otto der Mann war, der ihm da weiterhelfen konnte. Während er sich für die Hilfe bedankte, winkte er die Bedienung zu sich. Er hatte bereits eine vage Idee, wo er diese Hilfe vielleicht bekommen konnte. Doch das Ganze war dermaßen jenseits des Lehrbuchs, dass er noch ein Bier brauchte, um sich klar zu werden, ob das wirklich schlau war.

29

An diesem Abend verstieß Hartmann gleich gegen zwei grundlegende Richtlinien des PST. Zum einen übernahm er die Überwachung einer verdächtigen Person, ohne vorher die formelle Genehmigung seiner Vorgesetzten einzuholen. Und zum zweiten umging er die Fahndungsabteilung, bei der die formale und operative Verantwortung für sämtliche Observierungen des PST zusammenlief. Aber es war nicht nur ein bloßer Verstoß gegen die Regeln; es war auch insofern ungeschickt, als die persönliche Überwachung leicht seine eigenen Bewertungen und Einschätzungen beeinflussen konnte. Außerdem bestand ein gewisses Risiko, dass die Observierung durch seinen spontanen Entschluss aufflog. Man wusste schließlich aus Erfahrung: je engagierter ein Ermittler in einem Fall war, desto größer war die Gefahr, dass er bei der Überwachung unvorsichtig wurde. (Dahlbos erstes Observationsgesetz: *Je überzeugter man ist, dass jemand schuldig ist, desto angeratener ist es, der*

Fahndungsabteilung das Einkreisen zu überlassen.) Dementsprechend galt genauso: Je peripherer man mit einem Fall befasst war, desto diskreter und effektiver konnte man eine Überwachung durchführen. (Auch dafür hatte Dahlbo ein Gesetz: *Kein Fahnder sieht klarer als der, der nicht weiß, wonach er sucht.*)

Hartmann schob also beide Grundsätze beiseite.

Kurz nach sieben bestellte er das dritte Bier an diesem Abend – nicht so sehr, weil er durstig war, sondern um noch einen Blick auf die magere Kellnerin werfen zu können. Sie war nicht sonderlich hübsch, jedenfalls nicht im klassischen Sinne. Aber etwas an ihr – vielleicht die eng sitzende Lederhose, die Tätowierung auf der Schulter oder das Piercing in der Oberlippe – sprach ihn an und rief den Wunsch in ihm wach, zwanzig Jahre jünger zu sein. Er musste an Rita denken. Kurz vor ihrer Hochzeit hatte sie sich – zu seinem Entsetzen – eine Tätowierung auf die eine Hüfte machen lassen, direkt unter dem Hosenbund. Einen kleinen, rot-gelb-blauen Kolibri. Er erinnerte sich noch deutlich daran, wie lebendig der bunte Vogel auf der bleichen Haut ausgesehen hatte, als der Arzt das Laken zurückschlug, damit er ihre Leiche identifizieren konnte.

Er schloss die Augen, nahm einen großen Schluck und zwang sich, an etwas anderes zu denken. Nach weiteren zwei Schlucken stand sein Entschluss fest: Der Zweck heiligte die Mittel, auch wenn es darum ging, einen palästinensischen Präsidenten zu schützen, der Blut an den Händen hatte. Er rief in der Zentrale an und bat um Pahlstrøms Adresse.

Es stellte sich heraus, dass Jens Pahlstrøm beim Einwohnermeldeamt nicht unter festem Wohnsitz geführt war, sondern unter einer Übergangsadresse in der Schleppegrells gate in Grünerløkka, nur wenige Häuserblocks von der Bar entfernt, in der Hartmann gerade saß. Das war es, was letztendlich den Ausschlag gab. Obwohl ihm die Vernunft riet, bis zum nächsten Morgen zu warten, um Malm und Dahlbo über Pahlstrøms unerwartete Rückkehr zu informieren, entschied er, augenblicklich mit der Überwachung anzufangen.

Er legte zweihundert Kronen auf den Tresen und warf der Kellnerin einen letzten Blick zu, ehe er von seinem Barhocker rutschte und in den dunklen Februarabend hinaustrat. Nicht einmal fünf Minuten brauchte er, um Pahlstrøms Wohnblock ausfindig zu machen, obwohl er in dem Schneegestöber im ersten Anlauf am richtigen Aufgang vorbeilief. Pahlstrøms Name stand auf keinem der Klingelschilder. Einen kurzen Moment neigte Hartmann dazu, aufzugeben. Er trat ein paar Schritte zurück, drehte sich noch einmal um, legte den Kopf in den Nacken und stellte fest, dass alle Wohnungen, die von dem Treppenaufgang abgingen, erleuchtet waren. Also beschloss er, noch eine Weile zu bleiben. Die Chance, etwas herauszufinden, stand nicht schlecht. Entweder war Pahlstrøm zu Hause, überlegte er, und gerade auf dem Weg nach draußen, oder aber er war unterwegs und auf dem Weg nach Hause. Heutzutage ließ doch kaum noch jemand das Licht brennen, wenn er vorhatte, länger weg zu bleiben.

Ein Blick auf die Armbanduhr sagte ihm, dass es halb zehn war. Pahlstrøm war noch immer nicht aufgetaucht. Hartmann hatte in einem Fahrradunterstand am Ende der Toreinfahrt Schutz vor dem Wind gesucht. Trotzdem war ihm vom langen Rumstehen in der Kälte fürchterlich kalt. Zum zweiten Mal an diesem Abend war er knapp davor, das Ganze kurzerhand abzubrechen und nach Hause zu gehen, als er plötzlich Stimmen hörte. Unterdrücktes Kichern. Ein Pärchen, das aus der Stadt zurückkam. Es wurde still. Die Schritte verstummten. Der Mann redete flüsternd auf seine Begleiterin ein, ohne dass Hartmann mitbekam, was genau er sagte. Irgendwann unterbrach sie seinen Wortschwall. »Also gut, aber nur kurz.«

Erschrocken hörte Hartmann Schritte näher kommen. Er konnte gerade noch rechtzeitig hinter einem Herrenrad in die Hocke gehen, als die beiden in den Unterstand schlüpften. Es war stockdunkel, trotzdem sah er die beiden wie zwei schwarze Schatten vor dem dunklen Hintergrund. Die Schneeflocken auf ihren Kleidern wirkten fast phosphoreszierend.

Die nächsten zwanzig Minuten waren eine harte Prüfung für Hartmann. Das junge Pärchen erinnerte ihn schmerzlich daran, wie definitiv seine eigene Jugend vorbei war. Rita war seit neun Jahren und drei Monaten tot. Und seitdem hatte er höchstens mal Sex mit einer »Zufallsbekanntschaft« gehabt. Im Obduktionsbericht hatte gestanden, dass sie noch sein Sperma in sich hatte, als sie starb. So wie sie auch ihr ungeborenes Kind in sich trug. Es tat weh, die verdrängten Erinnerungen an Rita auf diese Weise wachgerufen zu bekommen – durch zwei glückliche Jugendliche, die das ganze Leben noch vor sich hatten. Sie schienen auf einer ihrer ersten Expeditionen ins Land der Erotik zu sein. Hartmann starrte zu Boden. Wagte kaum zu atmen. Aus Angst, etwas zu besudeln, das für die beiden ein schönes Winterabenteuer war.

Als die romantische Vorstellung sich ihrem natürlichen Höhepunkt näherte, schlug die Tür von Aufgang D auf. Hartmann zweifelte keine Sekunde: Das war Pahlstrøm! Etwas schwammiger als auf dem Bild in Malms Bericht, aber eindeutig Pahlstrøm. Er trug einen schwarzen Ledermantel, eine graue Persianermütze und einen roten Seidenschal. Hartmann ging davon aus, dass die geschmacklose Kombination mit Sorgfalt ausgesucht worden war; irgendwo in der Stadt wartete sicher ein Mensch auf exakt dieses Signalement.

Pahlstrøm sah sich weder nach links noch nach rechts um. Gleich darauf war er aus Hartmanns Blickfeld verschwunden.

Das junge Paar hatte eine beeindruckende Beherrschung an den Tag gelegt, seine Ekstase zu zügeln, solange Pahlstrøm sich in der Nähe befand, aber kaum war er weg, ging es richtig zur Sache. Hartmann fühlte sich schäbig. Einerseits wollte er ihnen wirklich nicht den Spaß verderben, aber andererseits war ihm peinlich bewusst, dass sich die Chance, Pahlstrøm noch einzuholen, mit jeder Sekunde verringerte, die er zögerte.

In dem Augenblick, als es so klang, als hätten beide die Ziellinie erreicht, sprang er aus seinem Versteck. Er war bereits aus dem Unterstand heraus, als die beiden begriffen, dass sie beobachtet worden waren.

»Verdammtes Spannerschwein!«, rief der Junge wütend hinter ihm her.

Hartmann huschte beschämt aus der Toreinfahrt. Bei dem Schneetreiben dauerte es ein paar Sekunden, ehe er Pahlstrøm entdeckte, der die Thorvald Meyers gate Richtung Olav Ryes plass hinunterlief. Hartmann folgte ihm zögernd. Wieder schoss ihm durch den Kopf, dass das, was er hier trieb, gegen jegliche Vorschriften war, und dass Malm ihm am nächsten Morgen die Hölle heiß machen würde, wenn er den Bericht zu lesen bekam. Andererseits war er noch gar nicht sicher, ob er überhaupt einen Bericht abfassen würde. Denn, wie Dahlbo zu sagen pflegte: *Zur Taktik der Ermittlung gehört es, zu beschließen, bestimmte Dinge für sich zu behalten.*

Pahlstrøm blieb an der Straßenbahnhaltestelle am unteren Ende der Nordre gate stehen. Einen Augenblick lang befürchtete Hartmann schon, Pahlstrøm habe vor, mit der Straßenbahn weiterzufahren, die nur noch wenige hundert Meter entfernt war. Aber wie sich zeigte, war er nur stehen geblieben, um sich eine Zigarette anzuzünden. Er ließ die Straßenbahn passieren, um anschließend die Straße und den dahinter liegenden Schous plass zu überqueren, vorbei an der Deichman'schen Bibliothek und weiter in Richtung Sofienbergpark. Hartmann hielt großzügig Abstand und pries das Schneetreiben, das es ihm ermöglichte, sich nahezu unsichtbar und lautlos durch die Nacht zu bewegen.

Nach fünf Minuten gemütlichem Schlendergang steigerte Pahlstrøm das Tempo und bog in die Conradis gate. Hartmann musste sich anstrengen, den Anschluss nicht zu verlieren. Sie kamen an einem heruntergekommenen Schönheitssalon vorbei, danach an einem Pornoshop mit Stahljalousien vor den Fenstern. Nach wenigen Metern schnaufte er wie ein Wal. Er ärgerte sich über seine saumäßige Kondition. Der Junge in dem Fahrradschuppen hatte ihn auf beklemmende Weise an das enge Zusammenspiel zwischen Kondition und Erotik erinnert. Ich muss wieder anfangen zu trainieren, dachte er.

Pahlstrøm hatte die Kreuzung Herslebs gate/Tøyengata erreicht, wo er rechts in Richtung Grønlandsleir abbog. Auf halber Höhe der leicht abschüssigen Straße bog er unerwartet auf eine schmale Steintreppe ab, die vor einer schockrosa Kellertür endete. Es gab nirgendwo ein Schild, das verriet, was sich dahinter befand.

Zum wiederholten Male war Hartmann drauf und dran, die Verfolgung aufzugeben. Zum Polizeihaus waren es zu Fuß weniger als zehn Minuten. Er konnte sich also nicht damit herausreden, dass es zu weit gewesen wäre, um einen Kollegen zu bitten, die Überwachung zu übernehmen.

Er bückte sich und befeuchtete die Hände im Schnee. Danach fuhr er sich mit den Fingern durchs Haar, um sich eine gelecktere Frisur zu verpassen. Die Durchsuchung seiner Jackentaschen brachte eine Dose Kautabak zum Vorschein. Er schob sich einen ordentlichen Klumpen unter die Oberlippe. Zusammen mit der neuen Frisur war er so hoffentlich ausreichend verkleidet. Ohne weiter nachzudenken, schob er die Tür des Kellerlokals auf und trat ein.

Zu Hartmanns Überraschung verbarg sich dahinter ein Schachclub. Oder genauer: ein Schachcafé. An einer Reihe Resopaltische saßen vielleicht zwanzig Schachspieler – sogar ein paar junge Mädchen, der Rest Männer; alle hochkonzentriert über die mehr oder weniger komplizierten Partien auf den Brettern gebeugt. Im hinteren Teil des Lokals gab es eine Kaffeebar, zwei PCs, über deren Bildschirme Chessmaster 8000 flimmerte, sowie eine kleine Sofagruppe für die, die auf einen frei werdenden Platz warteten. Hartmann schlenderte zur Bar. Er war positiv überrascht, wie viele junge Leute an einem Mittwochabend in die Stadt gingen, um Schach zu spielen. Aber im nächsten Augenblick stieg ihm der unverwechselbare Duft von Hasch in die Nase. Ein neuer Blick auf die Klientel vermittelte ihm eine etwas klarere Vorstellung, um was für eine Art Lokal es sich hier handelte: Die Gesichter erinnerten ihn fatal an Gegenüberstellungen im Drogendezernat der Kriminalpolizei. Glücklicherweise schien keiner ihn weiter zu beachten. Der abgetragene Dufflecoat schützte ihn vor misstrauischen

Blicken. Es war beinahe deprimierend, wie problemlos er sich in die Umgebung einfügte.

An der Theke angekommen, bestellte er einen Cappuccino.

»Mit oder ohne?«, wollte der Barmann wissen.

»Mit«, antwortete Hartmann, um zu zeigen, dass er sich hier heimisch fühlte. Der Barmann, ein teilnahmslos dreinblickender Mann in den Fünfzigern mit schulterlangem Haar und einem merkwürdigen Gelbstich in den Augen, verlangte »einen Hunni«. Hartmann wollte gerade ansetzen zu protestieren, entdeckte aber noch rechtzeitig den dunkelbraunen, einem Zuckerstück ähnlichen Klumpen auf der Untertasse. Sieh einer an, Trip inklusive. Ein exklusiver, mehrwertsteuerfreier Service.

Er nickte unauffällig und setzte sich auf den nächsten Hocker. Nachdem er kurz nachgedacht hatte, holte er seine Pfeife heraus, stopfte sie sorgsam und zündete sie an. Das war das erste Mal in seinem Leben, dass er gegen das Rauschmittelgesetz verstieß, aber das ließ sich jetzt nicht ändern. Wenn der Präsident der USA Marihuana rauchen konnte, ohne zu inhalieren, würde ein einfacher norwegischer Polizeibeamter das ja wohl auch schaffen.

Hartmann sah, dass Pahlstrøm auf einem freien Stuhl drei Tische entfernt Platz nahm. Sein dunkelhäutiges Gegenüber, vermutlich Nord-Afrikaner, wartete bereits hinter dem aufgebauten Schachbrett. Der rotweiße Norwegerpullover saß wie angegossen an seinem muskulösen Oberkörper. Die beiden Männer begrüßten sich mit Handschlag und stellten sich vor (also keine alten Bekannten), kontrollierten die Schachuhren und legten los. Der Afrikaner, der die weißen Figuren hatte, schob den Springer auf f3. Pahlstrøm antwortete, indem er seinen eigenen Springer auf f6 schob, worauf Weiß einen Bauern auf b3 zog. Eine ungewöhnliche Eröffnung: die Nimzowitsch-Larsen-Attacke.

Hartmann sog vorsichtig an seiner Pfeife. In jüngeren Jahren war er ein begeisterter Schachspieler gewesen. Er kannte nicht nur die bekanntesten Varianten wie Damengambit, englische Eröffnung oder sizilianische Verteidigung; er wagte sogar zu behaupten, dass er sich ein wenig mit der Psychologie des Spiels auskannte. Es beeindruckte ihn daher nicht wenig auf seinem rauchverschleierten Aussichtspunkt, dass die beiden Amateurspieler in rascher Folge eine peinlich genaue Reprise der ersten zwölf Züge des legendären Matchs von 1927 zwischen Nimzowitsch und Aljechin durchführten. Danach wich der Nordafrikaner plötzlich von der kurzen Rochade der Originalpartie ab, indem er seine Dame auf c2 zog. Pahlstrøm lehnte sich im Stuhl zurück, bevor er die überraschende Variante mit einem unüberlegten Zug des Läufers parierte. Hartmann registrierte, wie die beiden Spieler für den Bruchteil einer Sekunde die Blicke hoben und einander musterten; anerkennend, wie es Hartmann schien. Was ihm in Anbetracht von Pahlstrøms unlogischem Zug sehr merkwürdig vorkam. Aber am merkwürdigsten war das, was danach folgte: Nach den schnell ausgeführten und teilweise brillanten Eröffnungszügen verlief die Partie im Sand. Die Gegner gingen zu einem mittelmäßigen, um nicht zu sagen primitiven Spiel über, das bald nichts mehr mit der Originalpartie zu tun hatte. Hartmann hätte den plötzlichen Qualitätsabfall problemlos nachvollziehen können, wenn die beiden von irgendetwas abgelenkt gewesen wären. Hasch zum Beispiel. Aber das war nicht der Fall. Keiner der beiden rauchte. Die gedämpfte, sporadische Unterhaltung schien keinen der beiden sonderlich zu interessieren, eher im Gegenteil. Pahlstrøm führte immer wieder die Hand zum Mund, um ein Gähnen zu verbergen. Der Afrikaner starrte mit leerem Blick vor sich hin und machte ein paar unüberlegte Züge.

Je länger Hartmann sie beobachtete, desto überzeugter war er, dass es den Männern weder um das Spiel noch um den Gegner ging. Dennoch, Pahlstrøm hatte seine Wohnung um halb zehn verlassen, war in dichtem Schneetreiben durch zwei Stadtteile gelaufen und hatte sich ohne Zögern an den Tisch des Afrikaners gesetzt, der ihm offensichtlich den Platz freigehalten hatte. Vorausgesetzt, sie kannten sich tatsächlich nicht schon von früher, konnte das nur eins bedeuten: Das Treffen war arrangiert. Dass die beiden sich ausgerechnet hier trafen, war kein Zufall. Die Frage war nur, was sie zusammenführte. Die einfachste Erklärung wäre natürlich gewesen, dass sie zum Schachspielen hierher gekommen waren. Aber die Art und Weise, wie sich die Partie entwickelt hatte, verriet, dass ihnen jedes tiefere Verständnis – wie auch die Leidenschaft für das Spiel – fehlte. Keinen von beiden schien es zu interessieren, ob er gewann oder verlor.

Hartmann saugte an seiner Pfeife. Sog den Rauch tief in die Lungen, während er versuchte, seine Gedanken zu ordnen. Hatte in Malms Notiz nicht gestanden, dass Pahlstrøm homophile Neigungen hatte? Vielleicht hatte er ja auf eine Kontaktannonce geantwortet. Oder die beiden hatten sich über einen Chat kennen gelernt und sich in der Stadt verabredet. Das würde die auffällige Kleidung erklären: Pelzmütze, Seidenschal, Norwegerpullover. Und ebenso, warum ihre Unterhaltung so schleppend war. Nachdem sie sich über den sicheren Abstand des Brettes in Augenschein genommen hatten, waren sie zu dem Ergebnis gekommen, dass kein Interesse an einem näheren Kennenlernen bestand.

Ermittler Hartmann wollte nach Hause. Er fühlte sich elend. Wie der Müllmann der Überwachungsnation nach einem langen Arbeitstag. Es war ein beschissenes Gefühl, Leute zu bespitzeln, die nichts anderes auf dem Gewissen hatten, als dass sie etwas gegen ihre Einsamkeit unternahmen. Er war fast sicher, dass es wie ein übler Gestank an ihm haftete. Verstohlen sah er sich um, ob irgendjemand in dem Lokal so aussah, als hätte er den üblen Geruch ausgegrabener Geheimnisse und aufgedeckter Lügen bemerkt, die professionelle Spitzel überall mit sich rumschleppten. Aber es machte niemand den Eindruck, als ahne er, in welch unangenehmer Mission Hartmann unterwegs war.

Vielleicht wollte Hartmann sein schlechtes Gewissen zum Schweigen bringen, als er sich einen zweiten Cappuccino »avec« bestellte, wenn es nicht eher so war, dass der Lungenzug ihm Lust auf mehr gemacht hatte. Außerdem reizte Pahlstrøms linkisches Auftreten seine Neugier. Immerhin drehte es sich bei diesem Mann um einen weltgewandten Menschen, der schon seit Jahren bei der UNO angestellt war. Ein Globetrotter, der in den letzten zwanzig Jahren wahrscheinlich täglich neue Menschen kennen gelernt hatte, ein Routinier der Konversation also. Und nun saß er hier in diesem Schachcafé in Grønland und brach sich einen ab, das Gespräch mit einem schräg gekleideten Nordafrikaner in Gang zu halten.

Aber es war noch etwas anderes, das Hartmann immer stärker überzeugte, dass etwas nicht stimmte: Würde jemand, der auf eine Bekanntschaft oder Sex aus war, ein erstes Stelldichein in einem Schachclub planen? Wohl kaum. Erst als Pahlstrøm sich nach einem gänzlich misslungenen Turmopfer vorbeugte und die Uhren anhielt, als Zeichen, dass er aufgab, gingen Hartmann die Zusammenhänge auf. Hier ging es nicht um Geilheit oder Einsamkeit. Es ging noch nicht einmal um Schach. Die verzwickte und extrem seltene Eröffnung war offenkundig ein Erkennungszeichen, eine Art Kontrolle, ob der Gegenspieler tatsächlich der war, für den er sich ausgab. Die restliche Partie war nur ein Vorwand, der sichere Rahmen, in dem die Beteiligten unbemerkt ihre Transaktion durchziehen wollten. Umgeben von Menschen, die entweder völlig konzentriert auf die Spielfiguren auf den Brettern waren oder entsprechend stoned von der italienisch-marokkanischen Spezialität des Hauses, konnte der Auftrag ohne nennenswertes Risiko durchgeführt werden.

Während er an dem Cappuccino nippte, beobachtete Hartmann die beiden Männer über einen großen Reklamespiegel hinter der Theke. Sie waren aufgestanden und sahen aus, als wollten sie aufbrechen. Sie sagten nicht viel, was vor dem Hintergrund, dass sie den ganzen Abend nicht viel miteinander geredet hatten, nicht weiter verwunderte. Was dann folgte, ließ darauf schließen, dass sie nicht ganz ausschlossen, sich noch einmal zu begegnen: Der Afrikaner zog seine Brieftasche und reichte Pahlstrøm eine Visitenkarte. Pahlstrøm bedankte sich mit einem Lächeln und begann, seine Manteltaschen zu durchsuchen. Er legte diverse Gegenstände auf den Tisch. Von seinem Barhocker aus konnte Hartmann nur fünf Gegenstände mit hundertprozentiger Sicherheit identifizieren, aber das reichte ihm schon: eine Geldbörse, ein Kamm, einen Taschenkalender, eine Brieftasche und ein blauer UN-Pass. Endlich fand er auch eine Visitenkarte, die er dem Afrikaner gab. Einer von beiden hatte offenbar etwas Amüsantes gesagt, da beide gleichzeitig auf das Brett blickten und lachten. Danach warf Pahlstrøm einen Blick auf seine Armbanduhr, murmelte etwas von letztem Bus, raffte die Sachen auf dem Tisch zusammen und setzte sich in Bewegung.

Mit ihm zusammen brach ein ganzer Pulk anderer Spieler auf. Das Lokal füllte sich mit Lachen und freundschaftlichem Geplänkel. Beim Rausgehen wurden lauthals Verabredungen getroffen, sich nächste Woche zur gleichen Zeit wieder hier zu treffen.

Mitten in dem ganzen Trubel machte der Afrikaner ebenfalls Anstalten, zu gehen.

Hartmann war vermutlich der Einzige der Anwesenden, der mitbekam, wie der Afrikaner eine neue Identität annahm. Er schob den blauen UN-Ausweis in die Gesäßtasche, als wäre es das Selbstverständlichste von der Welt. Als er durch die Tür verschwand, blieb Hartmann sitzen und starrte nachdenklich vor sich hin.

»Na, Kumpel«, rief der Barmann mit den gelben Augen. »Noch einen Cappuccino, bevor wir schließen?«

30

Werner lief jetzt schon seit mehr als vierzig Minuten über die Flure, ohne müde oder kurzatmig zu werden. Der Gehstuhl war ausrangiert; er hatte nicht einmal einen Stock mitgenommen. Vor zwei Stunden war er bei Dr. Adler zu einem letzten Entlassungs-Check gewesen. Zu seiner unbeschreiblichen Erleichterung war alles in Ordnung. Die Proben zeigten keine Anzeichen einer Abstoßung oder anderer Komplikationen.

Nach den obligatorischen Ermahnungen hatte ihm Adler auf die Schulter geklopft und ihm eine gute Reise gewünscht.

»Wir sehen uns heute in zwei Wochen«, schloss er. »In der Zwischenzeit haben Sie meine strenge Order, das Leben zu genießen – das heißt: soweit sich dies ohne Alkohol, fettes Essen und lange Nächte machen lässt. Aber grüßen Sie Ihre hübsche Frau von mir und sagen Sie ihr, dass Liebe erlaubt ist!«

Bald würde sie kommen, um ihn abzuholen. Dann würden sie gemeinsam mit Abrasha nach Ashdod fahren. Zuvor wollten sie nur noch kurz in ein kleines Restaurant, um sich dort von den Freunden zu verabschieden, die noch nicht nach Hause gefahren waren: Borgar Fürst, Einar Westerlund und Alexander Bonnevie. Die drei fröhlichen Musketiere hatten gemeinsam mit zwei israelischen Kollegen ein paar Tage an Bord eines Tauchschiffes im Roten Meer verbracht und wollten am nächsten Morgen nach Skandinavien zurückkehren. Laut Katarina hatten sie sie jeden Tag angerufen, um sich zu erkundigen, wie es ihrem »Herzensfreund« ging, wie sie ihn jetzt voller Schalk nannten.

Katarina war pünktlich wie immer. Ihre deutsche Abstammung ließ sich nicht verleugnen. Selbst die emigrierten deutschen Juden unterlagen, wie Werner erfahren hatte, der deutschen Pünktlichkeit. Fünf Minuten vor vier kam sie mit laut klackernden Absätzen zielstrebig über den Krankenhausflur gelaufen. Sie war eleganter als jemals zuvor – etwas über einen Meter siebzig und noch immer mit dem Schwung im Rücken und den schmalen Hüften, der ihn schon vor fünfundvierzig Jahren in Boston fasziniert hatte. Ihre runden Brüste wippten noch immer in hypnotischem Gleichklang bei jedem ihrer raschen Schritte. Mit einem Anflug von Missmut dachte er, dass die zehn Jahre, die zwischen ihnen lagen, mit den Jahren immer deutlicher geworden waren. In der ersten Zeit in Boston war das kaum zu merken gewesen, doch vielleicht hatte das auch an seiner stürmischen Verliebtheit gelegen. Es war unmöglich gewesen, nicht auf die israelische Schönheit in der zweiten Reihe aufmerksam zu werden, während er sein Spezialthema unterrichtete: Plutoniumschemie. Sie stellte nicht nur aufgeweckte Fragen, sondern erwies sich anschließend auch – bei einem der fantastischen Zusammentreffen, die das Leben so magisch machten – als eine Schülerin seines alten Studienkameraden Abrasha Schwartz. Sechs Monate später hatten sie geheiratet. Abby wurde von Tel Aviv eingeflogen, um ihr Trauzeuge zu sein.

Das war, weiß Gott, lange her, und ein Großteil der alten Magie war verschwunden. Sie hatten sich voneinander entfernt, mit jedem Jahr. Doch er liebte sie noch immer und konnte sich ein Leben ohne sie nicht vorstellen.

»Du siehst fantastisch aus«, sagte Katarina und küsste ihn rasch auf die Wange. »Aber lass uns aufbrechen, die anderen warten!«

Nach einer schnellen Abschiedsrunde durch die Abteilung (er hielt vergeblich nach Naomi Hirsch Ausschau) sammelten sie sein weniges Gepäck zusammen und gingen zum Fahrstuhl. Auf dem Weg nach unten wurde er noch einmal von dem Gedanken überwältigt, dass er das Krankenhaus bereits nach einer Woche verlassen konnte. War das nicht wirklich ein Wunder? Er konnte Katarina an dieser Art von Ichbezogenheit kaum teilhaben lassen, doch wie so viele Male in der letzten Woche, so war er auch jetzt fast zu Tränen gerührt vor Dankbarkeit für alle, die zu seiner Heilung beigetragen hatten. Adler, natürlich; die vielen hilfsbereiten Pfleger und Schwestern (darunter besonders eine) sowie der gute alte Abby mit seinen unentbehrlichen Kontakten.

Draußen vor dem Krankenhaus wartete ein glänzend schwarzer Mercedes 600 S auf sie. In dem leicht beeinflussbaren Zustand, in dem er sich zurzeit befand, hatte dieses in die Jahre gekommene, aber noch immer ungeheuer exklusive Fahrzeug beinahe etwas Göttliches.

»Abrasha hat versprochen, einen Wagen mit Fahrer für uns bereitzustellen«, sagte Katarina mit einer Leichtigkeit, als sei ein Mercedes 600 S ein ganz alltäglicher Aspekt ihres Lebens. »Gepanzert, natürlich.«

Sie stiegen ein. Nach typischer Abby-Manier hatte er dafür gesorgt, dass auf dem Rücksitz eine Schale mit frischem Obst und Mineralwasser stand. Die Fürsorge wollte kein Ende nehmen.

»Wie soll ich ihm das alles nur danken«, murmelte Werner. »Ich verdanke ihm alles.«

Sie verließen das Krankenhausareal und fuhren Richtung Alt-Jerusalem. Es war bislang ein ruhiger Tag gewesen ohne Schusswechsel oder ernsthafte Tumulte auf den Straßen. Hier und da waren wütende Rufe von Jugendlichen zu hören; ein etwa zehnjähriger Junge zielte mit einer Steinschleuder auf sie, als sie bei Rot an einer Ampel hielten. Doch als er das Gummi losließ, kam kein Stein. Es war wohl nur seine Art, Menschen zu erschrecken.

»Dass in diesen kleinen Wesen so viel Hass steckt«, sagte Katarina und drückte seine Hand. »Was haben wir ihnen denn getan?«

»Sie wissen doch nicht, wer wir sind«, sagte er ausweichend.

»Nein, das ist ja gerade der Punkt. Ihnen ist eingebläut worden, alle zu hassen, die in gepanzerten Autos herumfahren. Alle, die möglicherweise die israelischen Behörden repräsentieren. Das kriegen sie mit der Muttermilch eingetrichtert.«

»Und du?«, fragte er langsam. »Verspürst du keinen Hass, wenn du sie siehst?«

Sie sah weg. Der Blick ihrer dunklen, fast schwarzen Augen glitt zur Seite. Er fand es plötzlich beinahe jämmerlich, wie sie sich hinter der schusssicheren Scheibe über die ungeladene Zwille aufregen konnte.

»Es gibt einen Unterschied zwischen Hass und dem Willen, mit gleich harten Bandagen für eine gute Sache zu kämpfen.«

»Auch wenn das bedeutet, mit scharfer Munition auf Frauen und Kinder zu schießen?«

»Das mit den Kindern ist Propaganda, Fritz. Die Jugendlichen werden von ihren Eltern auf die Straße geschickt. Die Mütter stacheln sie an zu kämpfen. Wenn du lernen willst, wie

Gewalt gesät wird, musst du nur hören, was die Palästinenserinnen singen, wenn sie ihre männlichen Kinder stillen.«

Er nickte langsam, doch im Grunde nur, um eine längere Diskussion zu vermeiden. Vor vierzig Jahren hatten sie die Sache noch gleich eingeschätzt. In seiner Jugend hatte er Israel bewundert und geliebt; er hatte sogar ein Jahr in einem Kibbuz gelebt. Als sie einander begegnet waren, war seine Meinung über die Araber vielleicht noch ablehnender gewesen als ihre. Seine entschiedene, nüchterne Einstellung war der Kern seiner Freundschaft zu Abby gewesen und später auch der Liebe zu Katarina. Doch in den letzten zwanzig Jahren war seine Einstellung zu dem Konflikt immer nuancierter geworden, was zu Hause in Romerike immer wieder zu heftigen Diskussionen bei Tisch geführt hatte. Nicht, dass er seine starke Loyalität zu Israel aufgeben würde. Das war für ihn eine Entscheidung fürs Leben. Doch es gelang ihm immer weniger, die Feinde Israels auch als seine Feinde anzuerkennen.

Sie hatten den alten Stadtkern erreicht und bogen in eine dunkle Gasse mit gelbbraunen Pflastersteinen, kleinen Souvenirläden und bezaubernden Restaurants.

»Hier ist es«, sagte Katarina. »Wir warten im Wagen, bis Abrasha uns holen kommt.« Sie hatten vor einem frei stehenden Haus mit vergitterten Fenstern gehalten. »Früher war hier eine kleinere Polizeistation«, fuhr sie fort. »Jetzt dient das Haus zu gesellschaftlichen Anlässen für Menschen, die die Atmosphäre des alten Jerusalem erleben wollen, aber gleichzeitig auch an ihre eigene und die Sicherheit ihrer Gäste denken müssen.«

Typisch Abby, einen solchen Ort auszusuchen, dachte Werner. Er liebte es, seine Gäste zu überraschen, wenn nicht sogar zu überrumpeln. Werner erinnerte sich noch immer daran, wie Abby ihn und ein paar MIT-Studenten einmal zum Essen eingeladen hatte – um einen alten Freund aus Princeton zu treffen, wie er sich ausgedrückt hatte. Als sie in das kleine Wohnzimmer geführt wurden, in dem ein festlich mit Kristallgläsern und silbernen Kerzenständern gedeckter Tisch wartete, saß bereits eine Person am Tisch. Trotz des flackernden Kerzenlichtes brauchten sie nur ein paar Sekunden, um zu erkennen, wer das war. Der kleine Körper und die widerspenstigen Haare waren unverkennbar. Einstein! – Es stellte sich heraus, dass Abby sein Student gewesen war und dass sie sich nicht aus den Augen verloren hatten (natürlich war es Abby, der dafür gesorgt hatte). Jetzt war der legendäre Nobelpreisträger jedenfalls in Boston, um an einer Konferenz in Harvard teilzunehmen, in der es um die Notwendigkeit der internationalen atomaren Abrüstung ging. Es wurde ein lebhafter Abend! Als Einstein hörte, dass Werner Norweger war, hatte er die Gesellschaft mit einer Anekdote über seine erste Begegnung mit Gunnar Randers im Sommer 1940 unterhalten. Randers, ein Stipendiat am Institut für Astrophysik an der Universität Chicago, war auf eigene Initiative zu Einsteins Haus in New Jersey gepilgert, um das Genie kennen zu lernen und gleichzeitig, in aller Bescheidenheit, auf seine eigenen Talente aufmerksam zu machen. Während dieser Audienz achtete Randers peinlich darauf, zu erwähnen, dass er erst kürzlich Einsteins Popularversion der Relativitätstheorie ins Norwegische übertragen hatte. »Sie hätten seinen Gesichtsausdruck sehen sollen«, sagte Einstein lachend, »als ich ihn voller Ernst gefragt habe, ob er den fatalen Rechenfehler auf Seite 3 bemerkt habe ...!«

Nach ein paar Minuten Warten tauchte Abrasha endlich auf und gab ihnen ein Zeichen, auszusteigen.

»Fritz! Katarina! Schön, euch zu sehen! Ist die Fahrt gut verlaufen? Keine Probleme mit dem Verkehr oder den jungen ...« – er zögerte – »wie soll ich sagen? Ja, Störenfrieden! Sie haben euch mit ihrem Geschrei und ihren geballten Fäusten hoffentlich keine Angst gemacht? Ist es nicht eine Schande, was man denen alles durchgehen lässt?«

Er reichte Werner seinen Arm und führte ihn die Steintreppe nach oben. »Aber lass uns jetzt nicht daran denken«, sagte er mit Nachdruck, während er die Tür öffnete und sie hineingeleitete. »Heute Abend wollen wir feiern!«

Sie wurden über einen schmalen Flur geführt, der in einen schwach erleuchteten Speisesaal im Inneren des Gebäudes führte. Der schwere Duft von Geräuchertem und Kräutern schlug ihnen entgegen, als sie über die Schwelle traten. Kaum war die Tür hinter ihnen geschlossen, setzten der Applaus und die Hurrarufe ein, die von einem kleinen, aber überreich gedeckten Tisch hinten im Raum kamen. Werner brauchte ein paar Sekunden, um zu erkennen, wen Abrasha eingeladen hatte. Außer Bonnevie, Westerlund und Fürst entdeckte er zu seiner Überraschung auch zwei Gesichter, die er seit bald vierzig Jahren nicht mehr gesehen hatte – sowie ein Gesicht, das ihm bekannt vorkam, das er jedoch nicht einordnen konnte. Er ging langsam auf sie zu. Diesen glücklichen Moment wollte er so lange wie möglich auskosten.

»Bob?«, sagte er, als er sich dem Tisch näherte. »Bist du das wirklich? Und ich glaube es nicht: Marcel?« Er wandte sich zu Abrasha um, der sich in seiner üblichen Bescheidenheit gemeinsam mit Katarina im Hintergrund hielt. »Ich werde nicht einmal versuchen, dir für das zu danken, was du hier wieder vollbracht hast, Abby«, sagte Werner gerührt. »Deine Generosität kennt wohl gar keine Grenzen!«

Abrasha schüttelte leicht den Kopf, als wolle er den Anwesenden andeuten, dass das alles nur Unsinn sei, den er nicht zu kommentieren gedächte. Dann nickte er in Richtung des sechsten, unbekannten Mannes am Tisch und sah Werner erwartungsvoll an:

»Erinnerst du dich an Oberst Okin? Als du ihn zuletzt gesehen hast, war er zwar nur Kapitän und trug dazu auch noch norwegische Wollunterwäsche, einen Norwegerpulli und eine Öljacke.« Er lachte. »Ich glaube, wir haben damals einen richtigen Harpunier aus ihm gemacht.«

»Amos!«, platzte Werner heraus, sichtlich überwältigt von der Freude des Widersehens. »Das gibt's doch nicht, ich hätte niemals gedacht, dich noch einmal zu sehen! Ich war sicher, du wärest tot!« Er runzelte die Stirn. »Ich meine wirklich, mir hätte jemand gesagt, du wärst 1973 auf den Golanhöhen erschossen worden.«

Oberst Okin lächelte ihm von der anderen Seite des Tisches

aus geheimnisvoll zu, sagte aber nichts. Er war schon immer ein wortkarger Mann gewesen.

»Nun, lass es uns so sagen, Fritz«, kam es munter von Abrasha. »Wir befinden uns in einer geografischen Gegend, in der die Kunst, von den Toten aufzuerstehen, eine gewisse Tradition hat.« Er machte sich von Katarina frei und trat an den Tisch. »Oberst Okin hatte während des Yom-Kippur-Krieges einen derart lebenswichtigen Auftrag, dass wir es für nötig erachteten, ihn als *missing in action* auszugeben.«

Mit dem höchst lebendigen Oberst Okin unter ihnen war es selbstverständlich, dass diese Äußerung Abbys Gelächter auslöste.

»Dann erlaube ich mir, ein Prosit auf uns alle auszusprechen«, sagte Oberst Okin. »Und ganz speziell auf dich, Fritz. Du bist ja auch in gewisser Weise wieder auferstanden, wie ich das verstanden habe.«

Das war ein Anlass, auf den alle anstoßen wollten.

Es wurde still, während sie am Champagner nippten. Erst einmal, dann noch einmal. Werner war der Erste, der es zu sagen wagte:

»Ich glaube wirklich, das ist unser Champagner, Jungs! Ein Veuve Cliquot, Jahrgang 1961!« Er sah Schwartz fragend an. »Abby, du willst uns doch wohl nicht hinters Licht führen?«

Die Antwort war klar. Ein Mann wie Abrasha Schwartz führte seine Freunde nicht an der Nase herum. Natürlich war das *ihr* Champagner!

»Das war die letzte Kiste, die ich noch hatte«, sagte er leichthin, als wäre es nichts, die letzte Kiste eines Champagners für tausend Kronen die Flasche zu leeren. »Wofür hat man sonst Freunde?«

Sie waren sich alle einig, dass er richtig gehandelt hatte, und dass man lange hätte suchen müssen, um einen besseren Anlass für diesen teuren Tropfen zu finden. Danach hatten es alle eilig, auf die anderen zu trinken.

»Auf Fritz!«, rief Katarina.

»Auf die *Operation Sundog*!«, sagte Westerlund, ohne sich

um Borgar Fürsts missbilligenden Blick von der anderen Seite des Tisches zu kümmern. Fürst war Nachrichtenoffizier der alten Schule und hatte niemals ein Geheimnis preisgegeben – nicht einmal, als ihn die Regierung seiner Schweigepflicht enthoben hatte, damit er frei vor der Lund-Kommission aussagen konnte. Er selbst hätte das Wort Sundog niemals in den Mund genommen, weder auf der Folterbank noch in einer vertraulichen Gesellschaft wie dieser. Man wusste nie, wer in den Ecken stand und lauschte. Er wollte ein ernstes Wort mit Westerlund reden, drang aber nicht durch die immer ausgelasseneren Trinksprüche.

»Auf Jerusalem«, rief plötzlich Oberst Okin.

»Auf Judäa und Galiläa«, stimmte Abrasha ein.

»Und Dr. Jakovlev nicht zu vergessen«, sagte Westerlund, der ein Tabu nach dem nächsten brach. »Ehre, wem Ehre gebührt!«

Es wurde still am Tisch; Worte waren überflüssig, wenn man erst den Namen von Juri Jakovlev ausgesprochen hatte. Doch alle hoben ihre Gläser und tranken aus.

Sowohl die Gäste als auch ihr Gastgeber waren überwältigt vom Wiedersehen und hingerissen von der einzigartigen Gelegenheit, alte Erinnerungen aufzufrischen. Das Lachen saß locker. Jetzt machten sie sogar Witze über Sachen, die damals vor mehr als vierzig Jahren leicht hätten schief gehen können. Sie neckten einander für kleinere Fehler, nur um sich im nächsten Augenblick wieder in wildeste Lobeshymnen zu versteigen. Die Welt hatte kaum ihresgleichen an List und Mut gesehen!

»Ich habe einen Gruß zu überbringen«, sagte Alex Bonnevie unvermittelt und schlug gegen sein Glas. Er schob den Stuhl zurück, stand auf und zog einen kleinen Briefumschlag aus seiner Jackentasche. »Ich habe hier ein Geschenk für euch von unserem alten Freund Richard Klüger, der leider bettlägerig ist und sein Haus nicht mehr verlassen kann, ganz zu schweigen davon, ins Ausland zu reisen.«

Mit einer eleganten, fast femininen Bewegung öffnete er den Umschlag mit dem Nagel des kleinen Fingers und fuhr fort:

»Wie ihr alle wisst, unterlag unsere Fahrt den strengsten Sicherheitsbestimmungen: absolutes Funkverbot, keine Lampen, keine Notizen über unsere Erlebnisse in Tagebüchern oder Ähnlichem. Und last but not least: keine Fotografien – und nach dem zu urteilen, was mir bekannt ist, haben wir uns daran auch gehalten. Mit einer Ausnahme – dieser!« Er hielt einen Stapel Fotografien in die Höhe. »Richard Klüger ist, wie ihr wisst, auch ausgebildeter Fotograf. Und so konnte er das Fotoverbot natürlich nicht zu hundert Prozent einhalten. Zu irgendeinem Zeitpunkt, ich meine, das wäre auf der Rückfahrt gewesen, überredete er den Kapitän, dieses Bild von uns zu machen. Er hat mich gebeten, diese Abzüge zu verteilen – einen für jeden.« Bonnevie ließ die Bilder herumgehen und hob sein Glas. »Na? Waren wir nicht makellose Jungs?«

Es kam keine Antwort.

In der gleichen Sekunde brach etwas durch die vergitterte Fensterscheibe. Glas splitterte, und von der Straße war ekstatischer Jubel zu hören, wie bei dem entscheidenden Tor im Fußball-WM-Finale.

Werner meinte erst, es handelte sich bloß um einen Stein, doch dann nahm er den Rauch wahr und spürte die Hitze der Flammen.

»Runter!«, schrie Oberst Okin. »Unter die Tische mit euch! Das Pack schmeißt Molotow-Cocktails!«

Niemand tat, was er sagte. Stattdessen blieben alle sitzen und sahen zu, wie die Flammen der selbst gebauten Benzinbombe langsam auf dem nackten Steinboden unter dem Fenster verloschen. Die Flasche war am Gitter zerbrochen und hatte dadurch ihre geplante Flugbahn in Richtung ihres Tisches glücklicherweise abgebrochen.

Abrasha hatte bereits das Handy am Ohr und leierte einige wütende hebräische Phrasen herunter. »Hilfe ist unterwegs«, berichtete er, nachdem er aufgelegt hatte. »Hoffen wir, dass wir den Pöbel so lange aufhalten können.«

Werner wollte etwas sagen, doch Katarina drückte sanft seinen Arm und bat ihn, sie zu umarmen. Tief in seinem Inneren wusste er, dass die Warnung, die er hatte aussprechen wollen, ohnehin überhört worden wäre. Marcel Durant, pensionierter Forschungschef des französischen Atomkommissariats, hatte plötzlich eine Videokamera in der Hand. Er lief zu dem zerbrochenen Fenster und filmte nach draußen, was die Jugendlichen auf der Straße mit einer Wahnsinnswut quittierten. Steine und Flüche hagelten auf sie ein. Durant, ein groß gewachsener, aristokratisch aussehender Mann mit vollem grauen Haar, filmte weiter.

»Alte Leute angreifen!«, rief er in gebrochenem Englisch. »Seid ihr auf so etwas stolz, wenn ihr euch auf dem Schulhof unterhaltet?«

Sie hörten, wie ein neuerlicher Steinhagel die Fenster in der Etage über ihnen zertrümmerte, so dass die Glasscherben klirrend auf den Gehsteig fielen. Plötzlich tauchte ein leicht bekleideter Junge mit einem Schal vor dem Gesicht an der Außenseite des vergitterten Fensters auf und zielte mit einer großen Schleuder auf Durant. »Tod über Israel!«, rief er mit dünner, kindlicher Stimme. »Es lebe Palästina!«

Dann war er weg.

Durant schrie auf und fasste sich ans Gesicht. Die Kamera fiel krachend zu Boden. Als er sich zu seinen Freunden umdrehte, sahen sie, dass er am linken Ohr blutete.

»Er hat mich getroffen!«, schrie er wütend. »Tut etwas!«

Ehe noch jemand etwas tun konnte, waren laute Motorengeräusche zu hören. Autos näherten sich mit hoher Geschwindigkeit. Die Rufe draußen auf der Straße verhallten so schnell, wie sie aufgekommen waren.

»Endlich«, sagte Abrasha. »Keinen Augenblick zu früh.«

Die Schießerei begann, noch ehe die Autos angehalten hatten. Vom Fenster aus konnten sie sehen, wie die Soldaten aus zwei verschiedenen Richtungen in die kleine Seitengasse stürmten und sie mit einem gepanzerten Fahrzeug absperrten. Einer der Wagen rammte einen Karren mit Souvenirs, und der entsetzte Verkäufer taumelte, die Hände vor dem Gesicht, davon und wagte es nicht, sich noch einmal umzusehen. Weiter unten in der Straße suchten die Jugendlichen, denen die Flucht nicht rechtzeitig gelungen war, in einer Cafébar Schutz. Der Besitzer rannte, die Hände über dem Kopf, auf die Straße. Er hatte Angst vor dem, was passieren konnte, und winkte den Soldaten abwehrend zu, als wolle er sie warnen, die Aktion abzubrechen. Doch sein ganzes Verhalten hatte etwas Halbherziges. Als einer der Soldaten ein paar Warnschüsse in die Luft abfeuerte, verlor der Mann den Mut und verschwand kopfüber im nächsten Hauseingang.

In der Zwischenzeit hatten sich die Soldaten der Cafébar genähert – langsam und methodisch, Schritt für Schritt, während sie sich abwechselnd Feuerschutz gaben und die umliegenden Fenster beobachteten. Nichts geschah. Bald waren sie an der Eingangstür. Einer der Soldaten rief durch die offene Tür etwas hinein und sah dann auf seine Armbanduhr. Als er nach drei Sekunden keine Antwort hatte, warf er eine Tränengasgranate durch die Tür, trat einen Schritt zurück und entsicherte seine Maschinenpistole.

Zuerst war alles vollkommen still. Die Soldaten standen mit gezogenen Waffen reglos da. Es war offensichtlich, dass sich die palästinensischen Jugendlichen so teuer wie möglich verkaufen wollten und dass jede Sekunde, die sie länger im Tränengas blieben, eine Art moralischer Sieg war. Es vergingen zehn Sekunden, zwanzig, dreißig – Werner hatte gerade bis vierzig gezählt, als es plötzlich vorbei war. Sie kamen alle auf einmal, sie taumelten wie angetrunkene Jugendliche auf ihrer ersten Mittelmeerreise nach rechts und links. Manche erbrachen sich, andere hielten sich den Bauch, die Nase oder die Augen. Als sie auf der Straße waren, packte der Soldat, der die Granate geworfen hatte, den Erstbesten und warf ihn zu Boden. Er drückte ihm den Stiefel ins Gesicht. Als er seinen Fuß für einen weiteren Tritt hob, gab er den anderen Soldaten ein Zeichen, seinem Vorbild zu folgen. Die vier vorderen stürzten auf die jungen Palästinenser zu, als das Unfassbare geschah: Die Straße explodierte.

Werner zuckte unwillkürlich zurück, als er den Lichtblitz

sah – vier oder fünf blauweiße Blitze in rascher Folge –, und er stand sicher neben dem Fenster, als eine knappe Sekunde später die Druckwelle kam. Es gab einen fürchterlichen Knall. Draußen auf der Straße waren Schreie und splitterndes Glas zu hören. Werner und die anderen der Gesellschaft gruppierten sich entsetzt vor dem Fenster, das in Richtung Straße führte. Den Anblick, der sich ihnen bot, würde er nie vergessen: Mindestens acht Leichen, bis zur Unkenntlichkeit verstümmelt, bildeten ein chaotisches Muster auf den Pflastersteinen. Unweit entfernt versuchte sich ein älterer Palästinenser kriechend in Sicherheit zu bringen, anscheinend ohne zu bemerken, dass einer seiner Füße abgerissen war. Obwohl sein Gesicht in die andere Richtung zeigte, erkannte Werner in ihm den Besitzer der Bar.

»Was für eine Bombe«, sagte Bob McDonald, der frühere Flugattaché der amerikanischen Botschaft in Oslo. »Ich dachte schon, das ganze Viertel würde in die Luft fliegen!«

»Das war keine Bombe«, sagte Abrasha voller Ernst. »Diese Verrückten müssen mit entsicherten Granaten in den Hosentaschen auf die Straße gelaufen sein. Glauben Sie mir, wir sind gerade Zeuge eines akribisch geplanten Selbstmordanschlags geworden. Die Granaten müssen vorher schon in der Bar abgestellt worden sein. All das andere – das Steinewerfen eingeschlossen – war ein Possenspiel, um die israelischen Soldaten in die Falle zu locken und zu töten. Diese Kerle haben keine Skrupel.«

Der junge Soldat, der sie vor wenigen Stunden ins Haus gelassen hatte, war unbemerkt in den Saal getreten.

»Wir würden Sie gern so rasch wie möglich hier wegbringen«, sagte er. »Heute Abend kann alles geschehen.«

Sie wurden auf einen Hinterhof geführt. Werner, Katarina und Abrasha nahmen rasch, aber herzlich von dem Rest der Gesellschaft Abschied. Das dramatische Ende des Abends hatte sie alle an die gespannte Atmosphäre in der Stadt erinnert, und daran, wie nah der Tod für alle Lebenden war.

Katarina zog ihn am Arm.

»Ich muss los«, sagte Werner erleichtert. »Wir müssen das Fest ein andermal fortsetzen!«

Er setzte sich auf den Vordersitz des wartenden Mercedes. Als die zwei Kleineren hatten Abrasha und Katarina bereits rücksichtsvoll hinten Platz genommen.

Der Fahrer gab Gas und fuhr schnell durch das Portal. Es war dunkel, doch hinter der provisorischen Polizeiabsperrung rund um die Bar konnten sie noch immer die zerfetzten Leichen sehen, die in einer makabren Reihe nebeneinander aufgereiht worden waren. Es herrschte eine blutige, kubistische Unordnung auf dem kleinen Platz, die Werner an Picassos Guernica denken ließ. Vielleicht versetzte ihm Katarinas nächste Äußerung deshalb einen solchen Stoß.

»Diese Jugendlichen sind nicht wie unsere Kinder«, seufzte sie. »Sie lieben die Zerstörung. Zu töten. Wenn solche Menschen sterben, kann man nicht weinen.«

»Aber sie nehmen unsere Kinder und Jugendlichen mit in den Tod«, sagte Abrasha bitter. »Das ist zum Verzweifeln. Selbst wenn wir bei unserer Vergeltung zehn der ihren für einen von uns töten, den einen von uns bekommen wir nicht wieder zurück. Diese Gewissheit raubt mir noch den Verstand.«

Werner wollte gerade einen bissigen Kommentar abgeben, als der Fahrer am Ende einer Gasse eine Vollbremsung machte, um zwei Soldaten vorbeizulassen. Zwischen sich trugen sie einen dünnen, schmächtigen Körper mit schlaffen, hängenden Armen. Es war der Junge, der Marcel Durant zuvor einen solchen Schrecken eingejagt hatte. Die Schleuder war verschwunden, und der Schal war ihm vom Gesicht gerutscht. Die wenigen Sekunden, die er im Licht der Scheinwerfer auftauchte, reichten Werner, um zu erkennen, dass der Junge tot war. Jemand hatte ihm den Schädel eingeschlagen, und die Art und Weise, wie dies getan worden war, ließ sich nicht verbergen.

»Du hast Recht, meine Liebe«, sagte Werner müde. »Jemand hier liebt wirklich die Zerstörung – der Zerstörung wegen.«

31

Für Jørgen Hartmann fing dieser Freitagmorgen wenig erhebend an. Als um halb sechs der Wecker klingelte, erwachte er mehr sitzend als liegend und mit voller Montur auf dem Sofa. Auf dem Tisch stand eine leere Flasche *Scottish Pride* und daneben ein ebenfalls leeres, einsames Glas mit fettigen Fingerabdrücken. Er hatte rasende Kopfschmerzen und einen brackigen Geschmack im Mund. Als er aufstehen wollte, um den Wecker auszustellen, schoss ihm ein lähmender Schmerz in den Rücken. Er war kein junger Mann mehr und konnte offenbar keine Nacht mehr in halb aufrechter Position auf dem Sofa verbringen, ohne dass seine Rückenmuskeln am nächsten Tag grausame Rache nahmen. Es war nur dem Klingeln des Weckers zu verdanken, das seine Kopfschmerzen noch unerträglicher machte als die Rückenschmerzen, dass er sich überhaupt aufraffte, aufzustehen.

Ganz allmählich stellte sich die Erinnerung an die letzten Stunden vor dem Einschlafen wieder ein.

Er war so etwa gegen ein Uhr aus dem Schachcafé in Tøyen nach Hause gekommen. Die Anspannung von Pahlstrøms Überwachung hatte ihm noch immer in den Knochen gesteckt, weshalb er beschloss, sich einen Drink zu genehmigen, bevor er ins Bett ging. Aber damit war es ihm genauso ergangen wie mit dem Vorsatz, das Gras nicht zu inhalieren, und ohne das neutralisierende Gegengift des Alkohols hätte er wahrscheinlich die ganze Nacht wach gelegen und die Ereignisse des Abends gewälzt. Dann begann er, einen Schlachtplan zu entwerfen, wie er Malm gegenübertreten wollte. Einerseits war er sicherer denn je, dass Pahlstrøm auf jeden Fall überwacht werden musste. Auf der anderen Seite waren die neuen Erkenntnisse in dem Fall, auf die sich der PST möglicherweise vor dem Untersuchungsgericht würde berufen müssen, auf unvorschriftsmäßige Weise erbracht worden. Im schlimmsten Fall würde der Richter den Antrag aus formellen Gründen abweisen.

Ungefähr an diesem Punkt hatte Rita – oder vielmehr die Sehnsucht nach ihr – ihn völlig unvermittelt daran erinnert, dass das Leben nicht nur aus Arbeit bestand. Während er sich zögernd das nächste Glas einschenkte, dachte er wehmütig an ihren letzten Abend. Sie waren im Konzerthaus gewesen und hatten sich ein avantgardistisches, dänisches Ensemble angehört, das mit einer Aufsehen erregenden Vertonung von »Don Quijote« auf Europatournee war. Danach hatten sie in Ritas Wohnung ein spätes Abendessen zubereitet – ein Fischgericht – und Mineralwasser dazu getrunken anstelle von Weißwein. Sie aus Rücksicht auf das Kind, er aus Solidarität mit ihr. Hinterher hatten sie Musik aufgelegt, die Sommerferien geplant (»In diesem Jahr hab ich wirklich keine Lust auf den Süden, Jørgen, nicht mit dem Bauch«) und zum x-ten Mal diskutiert, worüber sie sich nie einig zu werden schienen: Wie sie wohnen wollten, wenn sie zusammenzogen. Einige ihrer Freunde fanden es seltsam, dass sie geheiratet hatten, ohne zusammenzuleben, aber die Hochzeit war wegen der ungeplanten Schwangerschaft vorverlegt worden. Hartmann war ein leidenschaftlicher Stadtmensch und wäre am liebsten in Grünerløkka geblieben. St. Hanshaugen wäre gerade noch akzeptabel. Weiter westlich wurde es zu teuer. Aber Rita wollte raus aus der Stadt. (»Wegen des Kindes. Ich möchte nicht, dass mein Kind in diesem Verkehrsdschungel aufwächst!«) Sie hatte alle Wohnungsanzeigen der letzten Wochen gewälzt und meinte nun, endlich das Richtige gefunden zu haben: ein altes Sommerhaus in Drøbak mit Aussicht auf den Fjord. Sie wollte am nächsten Tag rausfahren, einem Samstag, und es sich ansehen. Nach den Aussagen des Maklers wäre es durchaus möglich, das Haus so auszubauen, dass es ganzjährig bewohnbar wäre, obwohl das natürlich einiges kosten würde. Aber Haus und Grundstück waren preiswert, und jetzt, mitten im Winter, war zu hoffen, dass nicht allzu viele Interessenten kamen, um es sich anzusehen. (»Das könnte ein echtes Schnäppchen sein! Bitte, Jørgen, lass uns wenigstens hinfahren und es uns angucken!«) Widerstrebend hatte er schließlich nachgegeben. Dann waren sie ins Bett gegangen, und sie war unwiderstehlich gewesen – wenn die zärtlichen Liebesbeweise, mit denen sie ihn überhäufte, auch sicher nicht ganz uneigennützig gewesen waren. Am nächsten Morgen war er außerplanmäßig wegen einer dringenden Angelegenheit ins Büro gerufen worden. Sie sprachen ab, dass sie schon mal mit dem Auto vorfahren sollte, um einen ersten Blick auf das Haus zu werfen. Er würde dann mit dem Bus nachkommen, wenn sie nach der ersten Besichtigung noch immer der Meinung war, dass sich der Aufwand lohnte. Sie sollte ihn im Büro anrufen. Eine Stunde später klingelte das Telefon in seinem Büro. Der Anrufer, ein Polizeibeamter aus Ås, sagte, vor etwa zwanzig Minuten sei eine junge Frau, von der sie annahmen, dass es sich um Rita Lundgaard handelte, unmittelbar nördlich von Vinterbro auf die Gegenfahrbahn der E6 geraten und dort mit einem Lastzug kollidiert. Sie sei auf der Stelle tot gewesen. Sobald Hartmann sich dazu in der Lage fühlte, wäre er ihm sehr dankbar, wenn er ins Reichskrankenhaus kommen könnte, um die Tote zu identifizieren …

Hartmann konnte nicht mehr sagen, wie lange er noch über der Flasche Whisky gesessen hatte, während er an den grauenvollen Anblick dachte, der ihn in der Leichenhalle des Pathologischen Instituts erwartet hatte. Rita war neben einem guten Dutzend anderer toter Menschen aufgebahrt. Sie lagen in einer langen Reihe unter weißen Laken auf Stahlbahren. Das, was ihn damals am meisten erschüttert hatte, war die Tatsache, dass sie so unversehrt aussah. Der Airbag schien tadellos funktioniert zu haben. Sie hatte nicht eine einzige Schramme. Trotzdem war sie tot. Nach der Obduktion erfuhr er, dass sie an dem Schock und an inneren Blutungen gestorben war. Das alles war so sinnlos. Wäre sie wenigstens verletzt gewesen, hätte er es wahrscheinlich begriffen. Aber die einzige äußerlich sichtbare Verletzung war ein roter, diagonal verlaufender Streifen über der Brust von dem Gurt. Als er die Leichenhalle verließ, war er in seinem tiefsten Innern nicht davon überzeugt gewesen, dass sie wirklich tot war. Erst jetzt, neun Jahre später, begann er allmählich, ihren Tod als unumstößliches Faktum zu akzeptieren.

Obwohl sein Rücken nach einer Viertelstunde unter der heißen Dusche schon weniger schmerzte, fühlte er sich immer noch wie durch die Mangel gedreht. Er nahm zwei Paracetamol gegen die Kopfschmerzen und zwei für den Rücken, ehe er ein Spiegelei, ein paar Brote und drei Tassen rabenschwarzen Kaffee hinunterzwang. Es war zwanzig vor sieben, als er sich auf den Weg machte.

Für die Fahrt ins Präsidium brauchte er zwanzig Minuten. Er grüßte Sandra Lassen, die an der Rezeption saß, mit einem müden Nicken. Sie hatte die Aufsicht über die Telefonzentrale und die Postfächer, seit der PST vom Zentrum zum Grønlandsleir umgezogen war, und wusste über alles Bescheid, selbst über Dinge, die eigentlich keiner wissen wollte. Sie teilte ihm mit, dass Major Cohen sich bereits nach ihm erkundigt habe. Da sie noch immer auf israelische Zeit eingerichtet war, hatte sie ihren Arbeitstag schon um fünf Uhr begonnen. Er nickte steif und nahm die Post mit.

In seinem Büro blätterte er schnell den Stapel Faxe und Hausmitteilungen durch. Mit größtem Interesse las er den alarmierenden Bericht, der frisch aus Tel Aviv eingetickert war. Er enthielt eine spezifische Warnung an Oslo und Kopenhagen, dass der befürchtete Terroranschlag, vor dem man schon am Tag zuvor gewarnt hatte, eine der beiden Städte zum Ziel haben könnte. Neue Erkenntnisse deuteten darauf hin, dass al-Salem einen Anschlag auf ein kleineres westeuropäisches Land plane, *»das in irgendeiner Form an den Kämpfen in Afghanistan oder im Irak beteiligt war«*.

Hartmann lächelte zufrieden. Zum ersten Mal an diesem Morgen gab es einen Grund zur Freude. Major Cohen war offensichtlich nicht nur in der Lage, Bestellungen entgegenzunehmen, sie verstand sich auch ausgezeichnet auf die Auslieferung der Ware. Mit diesem Dokument in der Hand bestand berechtigte Hoffnung, Malm doch noch von der Überwachungsnotwendigkeit der beiden Personen zu überzeugen, über die er am Tag zuvor so überraschend seine schützende Hand gehalten hatte: den Hamas-Sympathisanten Jan-Kristian Mortensen und den rabiaten Israel-Freund Birger Kalleberg.

Das zweite Schreiben, das sein Interesse weckte, war eine aktualisierte Analyse des britischen Geheimdienstes MI-6 über das wachsende Risiko von Selbstmordaktionen gegen westliche Ziele. Dem Bericht zufolge waren erste Anzeichen eines internen Konkurrenzkampfes zwischen verschiedenen terroristischen Gruppierungen zu erkennen. Die Anschläge auf das World Trade Center und das Pentagon vor ein paar Jahren hatten neue, erschreckende Standards gesetzt. Laut MI-6 bestand ein massives Risiko, dass sich weitere Terrororganisationen versucht – oder gezwungen – fühlten, ähnliche Gräueltaten durchzuführen. *»Nicht zuletzt das muss eine Herausforderung für den WIJ darstellen«*, fassten die Briten zusammen. *»Wie sonst soll Salem al-Salem seinen Anhängern beweisen, dass er der würdige Nachfolger bin Ladens als Terroristenkönig Nummer eins ist, wenn er nicht bald eine mindestens genauso spektakuläre und zerstörerische Aktion vorweisen kann?«* Der MI-6 schloss den Bericht mit einer nachdenklich stimmenden Betrachtung über das ewige Dilemma der Arbeit der Terrorabwehr: Je größer der Erfolg, desto größer das Risiko von neuen Aktionen. *»In gewisser Weise könnte man fast sagen, dass die Selbstmordaktionen eine Folge der erfolgreichen Zusammenarbeit westlicher Terrorabwehrdienste sind. Bei den umfassenden Sicherheitsmaßnahmen, die inzwischen so gut wie in der gesamten westlichen Welt in Kraft getreten sind, gibt es im Grunde genommen nur eine sichere Möglichkeit, groß angelegte Terroraktionen durchzuführen, und zwar durch Selbstmordaktionen mit Massenvernichtungswaffen.«* Hartmann entschied sich, den Bericht an die Mitglieder der Mustafa-Gruppe weiterzuleiten.

Danach machte er sich an den schwierigen Bericht für Malm.

Hartmann hatte es nicht mit dem Schreiben. Er war mehr der mündliche Typ. In Diskussionsrunden trat er mit ausgeprägtem Selbstbewusstsein auf. Aber sobald er seine Worte zu Papier bringen sollte, wo sie sozusagen auf ewig stehen blieben, wurde er unsicher.

Am Ende gelang es ihm aber doch, ein paar Zeilen zu schreiben, die er abgeben konnte, ohne sich dafür entschuldigen zu müssen. Nach einigem Wenn und Aber hatte er beschlossen, das Ganze annähernd so zu schildern, wie es sich abgespielt hatte: dass er völlig zufällig auf Jens Pahlstrøm gestoßen sei, den UNO-Agronom, und zwar in einem Zusammenhang, der Grund zu der Annahme gab, dass der Mann in irgendeine nicht ganz astreine Sache verwickelt sei. Den Schlusssatz fand Hartmann sogar richtig gelungen: *»Wenn Pahlstrøm nicht ab sofort observiert wird, bitte ich um Freistellung von allen Aufgabenbereichen, die mit den Sicherheitsvorkehrungen in Verbindung mit dem Mustafa-Besuch zu tun haben.«* Diese Drohung würde Malm hoffentlich etwas kooperationswilliger stimmen. Gab es etwas, das den besonnenen Oberkommissar in Panik versetzte, dann das, allein auf der Verantwortung sitzen zu bleiben, weil er es versäumt hatte, eine drastische, aber im Nachhinein wohl begründete Ermittlungsmaßnahme nicht rechtzeitig eingeleitet zu haben.

Sobald er den Bericht für Malm abgeschlossen hatte, rief er Major Cohen an und informierte sie über die neueste Entwicklung im Fall Pahlstrøm. Sie pfiff leise in den Hörer. Hartmann fragte sich, ob man das im Musikunterricht an der Mossad-Schule lernte.

»Was für ein Zufall, dass du ausgerechnet jetzt über ihn stolperst«, sagte sie. »Weißt du, vor ein paar Wochen hat einer unserer Agenten bei der Hamas eine Meldung aufgeschnappt, die wir bis jetzt nicht richtig zu deuten wussten. Nach Aussage des Agenten, einem Fernmeldeoffizier im Hamas-Hauptquartier, wurde neulich von dort aus eine E-Mail an einen hochrangigen Hamas-Vertreter in Bethlehem geschickt, in der stand: ›Blauweiß hat sich entschieden; will Rotgrün einnehmen‹. Ich muss gestehen, wir haben die Meldung so interpretiert, dass jemand in der Hamas den Eindruck hinterlassen wollte, Israel plane die entscheidende Abrechnung mit Palästina. Aber jetzt bietet sich plötzlich eine ganz neue Interpretationsmöglichkeit.«

»Die da wäre?«

Major Cohen sprach sehr viel fließender Englisch als er, so dass Hartmann nicht alles verstand, was sie sagte. Sie sprach schneller, als er denken konnte.

»Dass ›Blauweiß‹ nicht für Israel, sondern für die UNO steht. Beide Flaggen haben die gleiche Farbkombination. Ich will damit nicht andeuten, dass die UNO als Organisation die Absicht hat, einen Schlag gegen die Palästinenser auszuführen. Jeder Idiot weiß schließlich, dass die UNO im Großen und Ganzen die Interessen der Palästinenser stützt. In meiner Organisation sind wir deswegen davon ausgegangen, dass ›Blauweiß‹ das Codewort für Israel ist. Und weil das Codewort so leicht durchschaubar war, haben wir uns dazu verleiten lassen, die Meldung als bloße Provokation zu betrachten. Aber mal vorausgesetzt, ›Blauweiß‹ ist der Name eines Jihad- oder Hamas-Sympathisanten im UNO-Apparat? Und ›Rotgrün‹ ist nicht die Bezeichnung für das palästinensische Volk, sondern für einen ganz bestimmten Palästinenser, Mustafa beispielsweise, den palästinensische Extremisten aus dem Weg räumen wollen. So bekommt die Meldung eine völlig andere Bedeutung.«

Hartmann merkte, wie die Kopfschmerzen zurückkamen.

»Willst du damit andeuten, dass ›Blauweiß‹ Pahlstrøm sein soll?«

Sie zögerte ein paar Sekunden, ehe sie antwortete.

»Die Frage ist nicht, was du oder ich glauben, sondern dass wir es beide nicht wissen. Ich an deiner Stelle würde es nicht wagen, diese Möglichkeit außer Acht zu lassen. Du warst immerhin Zeuge, wie Pahlstrøm einem Nord-Afrikaner unter dubiosen Umständen seinen UNO-Ausweis hat zukommen lassen. Meiner Auffassung nach sieht das sehr nach Vorbereitungen für eine Terroraktion aus. Ein gültiger UNO-Ausweis ist wie ein Freifahrtschein in alle Länder der Welt. Du spazierst fast risikolos durch die Passkontrolle, ohne angehalten oder lästigen Fragen unterzogen zu werden. Gibt es für einen Killer oder Terroristen eine sicherere Art zu reisen?«

Hartmann hatte das Gefühl, ganz allmählich die Zusammenhänge zu begreifen. Da draußen gab es eine Bedrohung, die sehr ernst genommen werden musste, und möglicherweise kam sie aus einer ganz unerwarteten Ecke.

Er verabredete sich für später zum Lunch mit Major Cohen und legte auf. Jetzt musste er erst einmal seine Gedanken sortieren, ehe er zu Dahlbo und Malm ging, um Pahlstrøms Überwachung anzufordern. Wie viel von dem, was Cohen ihm gesagt hatte, sollte er weitergeben? Der Verdacht stand auf sehr wackeligen Beinen. Soweit er es beurteilen konnte, war Pahlstrøm möglicherweise ein Mittelsmann oder Organisator. Aber in dem Fall wäre er wohl kaum »Blauweiß«. Hinter ihm musste noch jemand stehen. Eine Person oder Gruppierung innerhalb des UNO-Systems, die sich dem Jihad oder der Hamas zur Verfügung stellten. Jemand in gehobener Position mit dem nötigen Einfluss, »Rotgrün« einzunehmen. Aber eine Terrorzelle innerhalb der Organisation, die dafür eingesetzt war, den Weltfrieden zu erhalten: War so etwas überhaupt denkbar? Er hörte jetzt schon Malms sarkastische Bemerkungen. Aber gleichzeitig wusste er auch, dass es nur eine einzige Antwort gab: Alles war denkbar, bis das Gegenteil bewiesen wurde. Und in seiner Situation konnte er es sich nicht leisten, jede noch so kleine Eventualität auszuschließen. Hatte er sich nicht selbst geschworen, jeden Stein umzudrehen?

32

Eva Tamber war von der Sekunde an hellwach, als sie die Augen aufschlug, aber sie blieb trotzdem noch im Bett liegen. Kurz vorm Aufwachen hatte sie einen sehr realistischen Traum gehabt, in dem sie Enok Paulsens Mörder über die Ufersteine von Ingøy jagte. Der Mörder, ein durchgedrehter Robbenjäger mit buschigem Bart, hatte Paulsen umgebracht, weil er befürchtete, als Wilddieb entlarvt zu werden. Im Traum hatte sie ihn aufgesucht, um ihn zu fragen, ob er etwas Außergewöhnliches beobachtet oder bemerkt hätte, aber der Irre hatte offenbar gedacht, sie wollte ihn festnehmen. In einem unaufmerksamen

Augenblick witterte er seine Chance und schubste sie vom Steg. Nachdem sie den schlimmsten Schrecken überwunden hatte – es war Winter und eiskalt im Wasser –, wurde ihr klar, dass sie so schnell wie möglich fliehen musste, und sie schwamm los. Aber da richtete der Robbenfänger plötzlich eine riesige Robbenbüchse auf sie. Sie war sicher, dass ihr letztes Stündlein geschlagen hatte, doch als ihr die ersten Kugeln um die Ohren pfiffen, packte jemand ihre Stiefel und zog sie nach unten. Das Merkwürdige war, dass sie unter Wasser atmen konnte. Und sie fror auch nicht mehr, es war fast sommerlich warm. Als sie sich umdrehte, um ihrem unbekannten Retter zu danken, sah sie, dass es eine Frau war. Sie hatte Ähnlichkeit mit ihrer Mutter, außer dass sie schräg stehende Augen hatte und schwarzes, nach hinten gestrichenes Haar. »Komm, mein Kind«, sagte sie und öffnete den tiefroten Kimono. »Komm, damit ich dich stillen kann.«

Dort war der Traum zu Ende.

Sie schlug nachdenklich die Bettdecke zurück und schwang die Beine über die Bettkante. Es wurde Zeit, dass sie in die Gänge kam.

Nach einem leichten Frühstück packte sie ihren Badeanzug und ein Handtuch ein und machte sich auf den Weg zum Tøyenbad, um ihre üblichen tausend Meter zu schwimmen. Das machte sie dreimal in der Woche. Daneben ging sie noch jeden Donnerstag zum Judotraining und versuchte, es so einzurichten, dass sie am Wochenende Zeit für eine lange Ski- oder Joggingtour hatte. Als i-Tüpfelchen des Ganzen gehörte sie auch noch zu den wenigen, die darauf achteten, ihre Schießfertigkeit durch regelmäßiges Training auf einem hohen Level zu halten, sowohl mit der Laserpistole als auch mit scharfer Munition in den Schießständen der Osloer Polizei. Als Anwärterin bei der Schutzpolizei hatte sie mit ansehen müssen, wie ein älterer Kollege angeschossen und zum Krüppel wurde, weil er nicht wusste, wie er die Waffe bedienen musste, die er zugeteilt bekommen hatte. Der Anblick des hilflosen Kollegen, der zuerst mit der Sicherung kämpfte und dann zweimal danebenschoss, während der Einbrecher eiskalt seine Magnum zog und ihn niedermähte, hatte sich in ihre Netzhaut eingebrannt. Damals hatte sie sich geschworen, sich niemals zu einer so leichten Zielscheibe zu machen. Sie wollte nicht nur diejenige sein, die zuerst schoss; sie wollte, verdammt noch mal, auch treffen, worauf sie zielte!

Während des Schwimmens versuchte sie, ihre Gedanken im Fall Ingøy zu ordnen. Aber sie wusste nicht, wo sie anfangen sollte. Die Fakten verschwammen zu einem einzigen, dickflüssigen Brei. Irgendwann war sie so erschöpft – weniger vom Schwimmen als von dem Versuch, den Rentnern auszuweichen, die nach und nach das Becken in Beschlag nahmen –, dass sie sich nicht mehr konzentrieren konnte.

Gegen neun Uhr kam sie im Präsidium an, nachdem sie die zwei Kilometer von Tøyen zu Fuß gegangen war. Zur Begrüßung hing ein Post-it-Zettel an ihrer Bürotür, dass sie Karlsen anrufen sollte. Dringend.

Während sie aufschloss, grub sie in ihrem Gedächtnis nach, wer Karlsen sein könnte. Auf Anhieb fiel ihr niemand mit dem Namen ein. Doch dann klingelte es: der Polizist von Sørøya.

Sie wählte die angegebene Nummer und kam beim ersten Versuch durch.

»Karlsen«, sagte er in seinem unverwechselbaren Finnmarkdialekt. »Womit kann ich dienen?«

Sie sagte ihren Namen und fragte, ob er Neuigkeiten für sie hätte, was er bestätigte.

»Zwei Dinge«, sagte er. »Zum einen haben wir das Boot untersucht.«

»Welches Boot?«

»Ach, 'schuldigung. Enok Paulsens Boot, natürlich. Das hätte ich natürlich gleich sagen sollen. Sie erinnern sich bestimmt, der weißrote Fischkutter an seinem Anlegesteg auf Ingøy. Ich glaube, wir haben sogar darüber gesprochen, wie eigenartig es ist, dass das Boot dort vertäut liegt, wenn Paulsen tatsächlich draußen vor dem Schärengürtel ganz zufällig einer Bande Schmuggler begegnet sein sollte. Weil er das Boot ja wohl kaum nach Ingøy zurückgefahren haben kann, nachdem er erschossen wurde, nicht wahr?«

Tamber stimmte ihm zu, dass das vertäute Boot den Verdacht nahe legte, dass Paulsen irgendwie aktiv in die Sache verwickelt sein musste.

»Und nun haben Sie Spuren gefunden, die in eine ganz andere Richtung weisen?«

»Ich weiß nicht. Die letzten Tage haben wir den Kutter auf den Kopf gestellt, ohne auch nur das kleinste bisschen zu finden.«

Plötzlich verstand sie, worauf er hinauswollte.

»Sie wollen sagen, der Kutter ist auffällig frei von Spuren?«

»Es macht den Eindruck, als wäre er wochenlang nicht mehr benutzt worden. Keine eingetrockneten Salzwasserreste auf Deck, keine Kaffeeflecken auf der Armatur, nichts. Keine Frage, Paulsen war ein ordnungsliebender Mensch, aber alles hat seine Grenzen. Er wird das Boot ja wohl kaum nach jeder Fahrt einer Grundreinigung unterzogen haben?«

»Grundreinigung? Sind Sie sicher?«

»Ja, ziemlich sicher. Jemand hat das Boot mit Schmierseife bearbeitet. Das riecht man, sobald man an Bord kommt.«

Eva Tamber wurde immer misstrauisch, wenn die Beweise zu eindeutig waren. Sie kultivierte den Zweifel.

»Und was sagt uns das?«, platzte sie heraus. »Das kann genauso gut Paulsen gewesen sein wie irgendjemand sonst.«

»Möglich. Da stimme ich Ihnen zu. Aber da wäre noch was: die Trosse. Das Boot war mit einem doppelten Halbstek am Pfahl festgebunden.«

Tamber war ziemlich unerfahren, was Knoten und Tauwerk anging.

»Ist was an dem Knoten auszusetzen?«, fragte sie.

Karlsen lachte.

»Sie werden keinen Fischer finden, der sein Boot mit einem doppelten Halbstek vertäut, jedenfalls nicht nördlich vom Polarkreis. Solche Pfadfinderknoten lösen sich beim kleinsten Sturm. Hier oben schwören wir auf den Pahlstek.«

Tamber erfasste blitzschnell, was das, was Karlsen gerade gesagt hatte, bedeutete. Sie machte sich ein paar kurze Notizen auf einem unlinierten Block. Sie hasste liniertes Papier. Und liebte Füllfederhalter. *Ist P auf seinem eigenen Boot umgebracht und ins Meer geworfen worden? Hat sein Mörder danach das Boot zurück nach Ingøy gebracht, es vertäut (amateurmäßig!), es gründlich gereinigt und ist dann verduftet?*

Bei Karlsens Ausführungen sah sie Oberstleutnant Brantenborg in der Kniebundhose und dem Anorak à la Winter-OL 1952 vor sich, wie er rank und selbstbewusst an der Kante des Anlegers gestanden hatte. Sie hatte das vage Gefühl, dass es etwas in diesem Erinnerungsbild gab, das sie bisher übersehen hatte – ein auf den ersten Blick unwesentliches Detail, das sich womöglich für die Ermittlungen als sehr wichtig erweisen mochte. Aber da ihr nichts einfiel, tat sie den Verdacht als unbewussten Wunsch ab, Brantenborg etwas anhängen zu wollen.

Nachdem sie Karlsen für sein gründliches Vorgehen bei der Untersuchung des Bootes gelobt hatte, leitete sie zum nächsten Punkt über.

»Sie meinten, Sie hätten zwei Dinge für uns. Ich nehme ja mal an, dass Sie das gereinigte Boot und den Knoten als einen Punkt zählen, oder?«

Karlsen antwortete nicht gleich. Durch die Ohrmuschel konnte sie hören, wie er damit beschäftigt war, Wasser in einen Kaffeefilter zu gießen.

»Also, wissen Sie, ich bin gestern mal nach Yttervik rausgefahren«, begann er. »Zu dem Platz, wo Paulsen gefunden wurde. Und da bin ich mit diesem kleinen Jungen ins Gespräch gekommen.«

Eva Tamber konnte sich auf die Schnelle nicht erinnern, etwas von einem kleinen Jungen gehört zu haben. In den Unterlagen von Polizeimeister Moe hatte nur gestanden, dass Paulsen in einer kleinen Bucht gefunden wurde, und dass das Ehepaar Hammer ihn an Land gezogen hatte.

»Was für ein Junge?«

Karlsen erklärte ihr geduldig, dass Paulsen von Gerd gefunden worden war, dem jüngsten Sohn der Hammers. Ein aufgeweckter, aber nicht sehr gesprächiger Junge.

»Und nun hat er es sich anders überlegt und Ihnen etwas erzählt, das er bei seinem ersten Gespräch mit Moe und Ihnen verschwiegen hat?«

»Na ja, es war eher so, dass ihm noch was eingefallen ist. Es fing damit an, dass ihm sein Messer ins Wasser gefallen war. Als er es wieder rausfischen wollte, hat er mit Schrecken festgestellt, dass da ein Mann im flachen Wasser lag.«

Sie konnte es regelrecht vor sich sehen, wie der kleine Junge den fremden Mann am liebsten gebeten hätte, sich ein Stück zur Seite zu bewegen, damit er an sein Messer rankam. Und dann der Schreck, als er feststellte, dass der Mann tot war.

»Als ich gestern noch mal dort war«, fuhr Karlsen fort, »kam der Junge gerade vom Steg, wo er noch mal nach dem Messer gesucht hatte. Heimlich, weil es ein besonders schönes Messer war, das er von seinem Vater zu Weihnachten bekommen hatte. Er hatte sich noch nicht getraut, ihm zu sagen, dass er es verloren hatte. Verstehen Sie, was ich meine?«

Ja, danke. Sie wusste alles über wohlmeinende Väter, die ihren Kindern erzählten, wie einzigartig ihre Geschenke waren – und für die es ein Ausdruck von Geringschätzung oder Undankbarkeit war, wenn diese Geschenke kaputt oder verloren gingen. Sie hatte mal einen alten Familienschmuck von ihrem Vater bekommen, und ihr Vater hatte ihr detailliert erzählt, dass dieses Familienerbstück über vier Generationen von Frau zu Frau vererbt worden war. Sie hatte verstanden, dass es etwas ganz Besonderes für ihn bedeutete, dass er es nun an seine Adoptivtochter weitergab. Die Perlenkette war sozusagen das Glied für die fehlende genetische Verbindung zu den Frauen seiner Familie. Zwei Wochen später hatte sie die Kette auf dem Abiball verloren. Oder genauer: während eines wilden Geschlechtsverkehrs bei dem späten »Nachspiel« nach dem viel zu gesitteten Fest. Der Vater hatte bis zum Ende der Sommerferien gebraucht, um ihr zu verzeihen.

»Und, hat er es gefunden?«, fragte sie. »Das Messer, meine ich?«

»Ja, zum Glück. Aber er hat noch etwas anderes gefunden. Ein Stimmgerät.«

»Was, bitte schön?« Tamber begann sich allmählich zu fragen, ob sie nicht zu viel kostbare Zeit auf diesen übereifrigen Polizisten hinterm Polarkreis vergeudete.

»Der Bruder, Arnfinn, spielt Gitarre und hat so ein kleines schwarzes Gerät mit Leuchtziffern und Zeigern, mit dem man die Gitarre stimmen kann. Das Ding heißt Stimmgerät. Ein praktisches Ding, wenn man nicht mit absolutem Gehör geboren ist. Als Gerhard das Messer aufhob, entdeckte er ein Gerät, das genau wie das Stimmgerät seines Bruders aussah. Aber es funktionierte nicht, deshalb hat er es mir gegeben.«

»Und plötzlich stimmt alles?«

Karlsen überhörte das Wortspiel.

»Es ist natürlich kein Stimmgerät«, sagte er ruhig. »Das ist ein Geigerzähler zum Messen niederfrequenter radioaktiver Strahlung – wenn Ihnen *das* was sagt.«

»Ich habe einen Kurs beim Strahlenschutz gemacht«, sagte sie trocken. »Niederfrequent bedeutet unter anderem, dass es zum Aufspüren der Strahlung von Plutonium geeignet ist.«

»Genau.«

»Norwegischen oder ausländischen Ursprungs?«

»Norwegisch. Ein NM20, Anfang der siebziger Jahre im FFI hergestellt. Nach heutigen Maßstäben ein monströses Gerät, aber schon damals so konzipiert, dass man es an einer Schnur um den Hals tragen konnte, ungefähr so wie einen alten Fotoapparat. In dem ersten Gespräch, das Moe und ich mit Gerhard geführt haben, hat er außerdem etwas gesagt, was erst jetzt Sinn macht. Als Moe ihn nämlich aufforderte, uns zu beschreiben, wie der Tote aussah, als er ihn fand, sagte er etwas, das wir damals seiner ausgeprägten Fantasie zugeschrieben haben: *Er lag mit dem Kopf unter Wasser, darum hab ich auch nicht gleich gesehen, dass er tot war. Das Halsband hab ich auch erst später gesehen.* Als wir die Leiche untersucht haben, war da keine Kette, geschweige denn ein Halsband. Wir waren uns deshalb einig, dass die Fantasie mit dem Jungen durchgegangen war. Aber inzwischen wissen wir es besser. Es deutet alles darauf hin, dass Paulsen zu dem Zeitpunkt, als Gerhard ihn gefunden hat, den Apparat noch um den Hals trug; er war nur zur Seite gerutscht und hing senkrecht unter dem Körper. Der Kopf muss von dem Gewicht des Apparates unter Wasser gehalten worden sein. Von vorne könnte der Riemen tatsächlich wie ein Halsband ausgesehen haben, genau, wie Gerhard es beschrieben hat.«

Tamber versuchte, die Bedeutung des Fundes einzuordnen, den der Junge gemacht hatte. Das Gerät war vermutlich abgeglitten, als der Tote an Land gezogen wurde. Aber was hatte es zu bedeuten, dass Paulsen mit einem solchen Gerät ausgerüstet war?

Ihr erster Gedanke war: Alles wies in die Richtung, dass Paulsen in die Sache verwickelt war. Vermutlich war es seine Aufgabe gewesen, die Echtheit des radioaktiven Materials zu prüfen, das übergeben werden sollte. Vor diesem Hintergrund schien es ihr nahe liegend, dass wenigstens ein Teil der Hintermänner aus Norwegen kam. Der im FFI hergestellte Geigerzähler war in dieser Hinsicht ein schwerwiegendes Indiz. Damit wäre es noch unüberlegter als vorher, eine Verbindung der Hintermänner zum Militär auszuschließen. Sie schnappte sich den Füllfederhalter und kritzelte in aller Eile auf den Notizblock: *1) P involviert, aber in welcher Weise? 2) Norwegische Hintermänner? Wenn ja: Wer steht wiederum hinter ihnen? 3) NM20: wie gewöhnlich außerhalb des Militärs?*

Sie schob den Notizblock zur Seite und lenkte das Gespräch mit Karlsen dem Ende zu. Nachdem sie ihm noch mal für seinen Einsatz gedankt hatte, bat sie ihn, noch zwei Aufträge auszuführen.

»Ich möchte, dass Sie noch einmal nach Ingøy fahren«, sagte sie energisch. »Aber diesmal auf die andere Seite der Insel. Dort suchen Sie bitte seine drei Bridgekameraden auf und fragen sie, ob sie etwas beobachtet haben, das Licht auf die Todesursache ihres Freundes werfen könnte. Aber denken Sie daran, dass wir bisher nur nach außen haben dringen lassen, dass im Meer eine Leiche gefunden wurde. Seine Freunde haben also keinen Grund zur Annahme, dass Paulsen etwas anderes als ein Unfall zugestoßen ist. Lassen Sie sie in dem Glauben und hören Sie ganz genau hin, ob sie irgendetwas sagen, das darauf schließen lässt, dass sie mehr wissen, als sie behaupten. Informieren Sie mich bitte umgehend, sobald es etwas Neues gibt.«

Er versprach ihr, noch vor dem Mittagessen loszufahren. Es sei kaum etwas los auf der Dienststelle, er könne dem Fall also höchste Priorität einräumen. Gab es sonst noch was, was er für sie tun konnte?

»Ja. Wenn Sie dann noch überprüfen könnten, ob auf Sørøya oder einer der Nachbarinseln Gummistiefel an Land getrieben wurden.«

Er brach in Lachen aus.

»Wissen Sie, was Sie da von mir verlangen? Sørøya ist die viertgrößte Insel des Landes, 816 Quadratkilometer, mit einer extrem gezackten Küstenlinie. Wenn ich sämtliche Bewohner der West-Finnmark rankarre, um eine Menschenkette zu bilden, könnte es klappen.«

Sie sah ein, dass der Vorschlag wenig durchdacht war.

»Mein Fehler«, sagte sie entschuldigend. »Bleibt mir, Sie zu bitten, mit der Befragung der Bridgekameraden besonders gründlich vorzugehen.«

Sie legten auf.

Nach einem Abstecher in die Küche, wo sie sich eine Tasse Kaffee holte, schaltete sie den Computer ein und machte sich an eine Notiz für Olsen und Bøcker, in der sie kurz die neuen Informationen aus der Polizeidienststelle auf Sørøya zusammenfasste. Im letzten Absatz formulierte sie ein paar Fragen, auf die sie sich ihrer Meinung nach bei der weiteren Arbeit konzentrieren sollten. Zuallererst mussten sie sich ein klareres Bild davon machen, was Paulsen in den letzten Tagen und Stunden vor seinem Tod gemacht hatte. Sie wussten verschwindend wenig. Der letzte, zuverlässige Zeuge hatte ihn vier Tage vor dem Fund seiner Leiche in Yttervik gesehen. Es handelte sich um den Kaufmann, der sich erinnerte, dass Paulsen das Finnmark-Dagblad und ein Glückslos gekauft hatte. Aber irgendjemand musste ihn danach doch noch lebend gesehen haben? Als Nächstes mussten in einer breit angelegten Untersuchung mögliche Hintermänner eingekreist werden. Welche Gruppierungen in Norwegen kamen in Frage, die sich für ein so suspektes und marginales Geschäft wie Plutoniumschmuggel interessierten? Stand noch die Untersuchung der Kugel aus, die man bei der Obduktion in Paulsens Körper gefunden hatte. Und last but not least mussten sie sich Klarheit darüber verschaffen, wer alles ein NM20 verwendete. Waren diese Instrumente militärischen Zwecken vorbehalten, oder gab es außerhalb des Militärs auch noch andere Nutzer? Gab es ein Register, in dem verzeichnet war, wann welche Produktionsnummern an wen verkauft worden waren?

Sie druckte die Notiz dreimal aus und wollte gerade aufbrechen, um sie in Olsens, Haukenes' und Bøckers Fächer zu legen, als das Telefon klingelte. Es war Geir Sulheim aus der Technischen Abteilung. Er hatte den Ruf des absoluten Waffenspezialisten, der darüber hinaus alles Wissenswerte über die elektronische Ausrüstung zur Personenüberwachung wusste – und eine ganze Menge, was Tamber lieber gar nicht wissen wollte. »Ich hab was für dich«, sagte er geheimnisvoll. »Kommst du kurz rüber?« Er hatte sein Büro in der grünen Zone eine Etage tiefer.

Sie sagte, es wäre ihr lieber, wenn sie es übers Telefon klären könnten.

»Wie du willst. Ich habe mir auf alle Fälle die Kugel genauer angesehen, die du uns geschickt hast. Keine einfache Sache, muss ich sagen. Wir mussten sie an die Experten des HVK weiterschicken.«

»An wen?«

»An das Waffentechnische Heereskorps.«

Tamber merkte, wie die Wut in ihr hochkochte. Hatte er etwa ihr wichtigstes Beweisstück ans Militär geschickt, ohne die Vorgesetzten des Geheimdienstes zu informieren? Hätte er nicht wenigstens vorher zum Kriminalamt gehen können?

»Ist das auf deinem Mist gewachsen?«, sagte sie spitz. »Stell dir mal vor, wir hätten zufällig jemanden vom Militär im Verdacht, mit der Sache zu tun zu haben?«

Er lachte unbekümmert.

»In dem Fall müsst ihr umdenken. Tut mir ja Leid, aber die Kugel ist nicht gerade verbreitet bei den Jungs vom Kommiss. Es handelt sich um russische Hochpräzisionsmunition der Marke Wolf, Kaliber 7,62 x 54 Millimeter, Typ Extra Match. Mit der Munition wurde 1996 russisches WM-Gold geholt. Ansonsten wird sie hauptsächlich von militärischen Scharfschützen verwendet, unter anderem in Tschetschenien. Wie diese Kugel in den Schädel eines norwegischen Fischers gelangt ist, geht über meine Vorstellungskraft. Aber das kannst du mir doch ganz bestimmt erklären, nicht wahr, Eva?«

Tamber überhörte die Einladung. Sie wusste aus Erfahrung, dass Sulheim schrecklich neugierig war, wenn er an Fällen arbeitete, deren Informationsfluss ansonsten an seinem Büro vorbeiging.

»Du weißt alles, was du wissen musst«, sagte sie kurz, obwohl ihr im Grunde genommen klar war, dass genau das nicht stimmte. Hätte er nämlich mehr gewusst, wäre ihnen der Fauxpas erspart geblieben, das Militär in die Ermittlungen einzubeziehen. »Schick mir einen Bericht, dann melde ich mich wieder bei dir, sobald ich ihn gelesen habe.«

Tamber blieb eine Weile auf ihrem Stuhl sitzen und schaute gedankenversunken aus dem Fenster. Es schneite noch immer. Sie hatte plötzlich den dringenden Wunsch, sich von diesem verzwickten Fall beurlauben zu lassen. Sie kam irgendwie nicht von der Stelle. Sie hatte das Gefühl, vor einem Puzzle zu sitzen, und ständig kamen Leute und legten neue Puzzleteile vor sie auf den Tisch. Und sie wusste noch nicht einmal, ob alle Teile zum selben Puzzle gehörten.

Sie entschied sich, zur Terrorabwehr rüberzugehen und mit Jørgen Hartmann zu sprechen. Sie hatte schon oft festgestellt, wie nützlich es sein konnte, komplizierte Sachverhalte mit einem Kollegen aus einer anderen Abteilung zu diskutieren, um eine neue Perspektive hineinzubringen oder sich mit unbequemen, aber berechtigten Einwänden konfrontiert zu sehen. Niemand erfüllte diese Rolle besser als Hartmann. Sie wusste, dass die Meinungen im Haus über ihn auseinander gingen. Viele schrieben ihn als verschlossenen und arroganten Sonderling ab. Sie selbst war auch nicht uneingeschränkt begeistert von ihm. Zwischendurch konnte er entsetzlich launisch sein. Aber solange die Chance bestand, dass er sie in ihren Ermittlungen voranbringen konnte, war sie bereit, das in Kauf zu nehmen.

Sie fand ihn in seinem Büro, vertieft in ein geheimes Dokument mit dem Logo eines kooperierenden, ausländischen Dienstes auf dem Deckblatt. Er lächelte sie freundlich an, als sie nach einem kurzen Klopfen den Kopf zur Tür reinsteckte. Ohne Umschweife erklärte sie, dass sie feststeckte und das Bedürfnis habe, ein wenig bei einer Tasse Kaffee mit ihm zu plaudern. Sie entschieden sich, in die Kantine zu gehen, dort konnte man um diese Tageszeit am ungestörtesten reden.

Nachdem er sich ihre Zusammenfassung des Falls angehört hatte, schwieg Hartmann eine Weile, in der er sich mit einem Zahnstocher zwischen den Zähnen herumstocherte. Sie hatte noch nicht einmal einen trockenen Keks gegessen, aber Hartmann – der wieder mit dem Rauchen aufgehört hatte – hatte sich die schlechte Angewohnheit zugelegt, jedes Mal mit dem Zahnstocher auf seine Zähne loszugehen, wenn er eigentlich nach der Pfeife oder den Zigaretten gegriffen hätte. Die Kollegen rissen bereits Witze hinter seinem Rücken: Benutzte er Zahnstocher mit oder ohne Filter?

»Möglicherweise ist es ein Fehler, sich zu sehr darauf zu versteifen, was Paulsen kurz vor seinem Tod gemacht hat«, sagte er schließlich. »Ich an deiner Stelle würde es anders angehen. Im Augenblick ist es wahrscheinlich wichtiger, sich Klarheit darüber zu verschaffen, was er hinterher gemacht hat.«

»Wie meinst du das? Nachdem er ermordet wurde, wird er wohl kaum noch was gemacht haben!«

»Na ja, aber er ist doch in dieser Bucht gefunden worden. Glaubst du, dass er dort ermordet wurde?«

»Nein, natürlich nicht.«

»Also muss er irgendwie dahin gekommen sein, oder?«

»Ja, sozusagen. Die Wellen haben ihn an Land gespült.«

»Jetzt bist du zu schnell. Vergiss nicht, die Wellen sind das Ergebnis des Zusammenspiels von der Topographie des Meeresbodens und den zu den jeweiligen Zeiten herrschenden Wind- und Strömungsverhältnissen. Das bedeutet, sobald ihr wisst, wie lange Paulsen tot war, als er gefunden wurde, könnt ihr ausrechnen, wo ungefähr das Verbrechen stattgefunden haben muss, wenn ihr euch die Daten der Wind- und Strömungsverhältnisse der aktuellen Meeresregion für diesen Tag holt.«

»Das heißt, du bist der Meinung, dass er direkt nach seiner Ermordung im Meer gelandet ist?«

»Ja. Aber soweit ich verstanden habe, ist das doch auch eure Arbeitshypothese, oder? Ich gehe also von den gleichen Grundlagen aus wie du; ich rolle den Faden nur vom anderen Ende auf. Der Vorteil meiner Methode ist ganz einfach: Während du von einer Reihe menschlicher Beobachtungen und technischer Funde abhängig bist, um eine Linie von Ingøy zu dem unbekannten Punkt ziehen zu können, an dem Paulsen ins Meer geworfen wurde, kann meine Linie anhand leicht zugänglicher meteorologischer und medizinischer Fakten nachvollzogen werden.«

Sie blickte ihn voller Bewunderung an.

»Woher nimmst du das alles?«

Er schob das Heft mit den Zahnstochern zurück in die Jackentasche.

»Ich weiß sehr wohl, dass einige Leute hier im Haus meinen, ich wäre in der Vergangenheit hängen geblieben. Vielleicht haben sie ja Recht. Aber dieses Wissen zum Beispiel habe ich aus den Tagen des Kalten Krieges. Damals haben wir enorme Ressourcen darauf verwendet, die Bewegungen der russischen

Hochseeflotte entlang der norwegischen Küste zu ermitteln, unter anderem, weil wir befürchteten, dass sie ihre Agenten und Spione an Land mit Ausrüstung versorgen könnten. Neben dem Abhören ihres Funkverkehrs benutzten wir Satellitenfotos und Wetterkarten, um die Transportzeiten zu verschiedenen geeigneten Übergabestellen an Land zu berechnen. Eine verdammte Fisselarbeit war das, bei der selten was rauskam. Aber auf alle Fälle haben wir gelernt, mit dem analytischen Werkzeug umzugehen.«

»Was du alles schon erlebt hast«, sagte sie ohne jeden Neid. »Du solltest deine Memoiren schreiben!«

»Nein, ich sollte mehr Weihnachtskarten schreiben«, sagte er und grinste. »Die unterliegen nicht der Schweigepflicht.«

Sie verließen die Kantine und gingen zurück in ihre jeweiligen Abteilungen.

Im Korridor vor ihrem Büro stieß Tamber mit Hauptkommissar Bøcker zusammen, der einen dicken Stapel Papiere unter dem Arm hatte.

»Ich bin auf dem Weg zu Holm«, sagte er im Vorbeilaufen. Der Tonfall in seiner Stimme ließ Tamber erahnen, dass er sich nicht darauf freute. »Danach habe ich hoffentlich noch Zeit für einen Abstecher zum militärischen Sicherheitsstab in Lutvann. Ich hab Ihren Bericht gelesen. Wir sind wohl gezwungen, den Fall noch mal von vorne aufzurollen. Sagen Sie Olsen und Haukenes Bescheid, wir treffen uns um zwei Uhr in meinem Büro.«

Während sie sich durch das Päckchen belegter Brote futterte – zu einem ordentlichen Mittagessen war vor dem Treffen mit Bøcker keine Zeit –, versuchte sie herauszufinden, wer Zugang zu einem NM20 haben könnte. Als Erstes erkundigte sie sich beim FFI, die mitteilten, dass in den Jahren 1966–70 fast zweitausend solcher Apparate für den Gebrauch beim Militär produziert worden waren. Die Geräte waren an verschiedene Truppenunterkünfte und Einrichtungen geschickt worden. Eine geringere Anzahl hatte das Bundesamt für Zivilschutz erhalten. Aber seitdem waren eine Reihe neue und verbesserte Modelle entwickelt worden, und wie der Forscher meinte, mit dem sie gesprochen hatte, könnte sie davon ausgehen, dass der NM20 beim Militär nicht mehr im Gebrauch sei. Ein Anruf beim militärischen Materialdienst brachte an den Tag, dass die Möglichkeit kaum auszuschließen war, dass man an einzelnen Stellen vergessen hatte, die ausgedienten Geräte wieder einzukassieren. Das eine oder andere Exemplar könnte also durchaus noch in der dunklen Ecke eines Lagers liegen, über das niemand mehr die Übersicht hatte. Genauso wenig gab es eine Garantie dafür, dass nicht einzelne Exemplare in privatem Besitz gelandet waren. Dass Angestellte beim Militär immer wieder ausrangierte Ausrüstung mit nach Hause nahmen, anstatt sie zu verschrotten, war ein offenes Geheimnis.

Tamber nahm die Information zur Kenntnis.

»Ich hoffe nur, dass das nicht auch für Flammenwerfer und Panzerwagen gilt«, sagte sie trocken.

33

Hier sollte er nicht begraben sein, dachte sie verbittert und ließ ihren Blick über den Friedhof schweifen. Dieser lag im Schatten des Stadtberges, umgeben von dichtem Fichtenwald und einer reichlich unattraktiven Bebauung. Die Deutschen hatten die Stadt bis auf die Grundmauern niedergebrannt, und beim Wiederaufbau nach dem Krieg standen ästhetische Gesichtspunkte bestenfalls an zweiter Stelle. Von dort, wo sie stand, das Gesicht zum Grab gewandt und die Stadt hinter sich, starrte sie direkt auf die Felsen des Berges, die so steil und glatt waren, dass sich dort nicht einmal ein Vogel niederlassen konnte.

Es wäre besser gewesen, wenn sie es so gemacht hätten, wie Vater es selbst gewollt hatte, wenn sie ihn in »geweihtem Boden im Westen« beerdigt und ihn zu seiner Familie nach Havøysund oder Ingøy zurückkehren lassen hätten. Die Friedhöfe dort hatte sie noch gut in Erinnerung. Beide lagen in offenem Gelände, einen Steinwurf vom Strand entfernt, mit freiem Blick über das Meer. Dort war nicht eine derart bedrückende Stimmung wie hier im Ort. Und auch nicht so viel schwerer Moorboden über dem Sarg.

Aber ihre Mutter hatte ihn nicht gehen lassen wollen.

Manchmal dachte sie, dass ihre Mutter das nicht so sehr aus Liebe zu ihrem Mann, sondern aus Hass auf seine Familie getan hatte, die ihn geformt und gelehrt hatte, die Gegenwart so sehr zu lieben, dass sie keine Chance hatte, seine Aufmerksamkeit auf die Sünden von gestern oder die Verdammnis in der Zukunft zu richten. Deshalb behielt sie ihn hier, im Kreise ihrer eigenen Familie, umgeben von Mutter, Großeltern und all ihren verstorbenen Tanten, Onkeln, Vettern und Cousinen. Sie würden auf ihn aufpassen, bis sie ihm folgte.

All das konnte sie in gewisser Hinsicht verstehen, sie konnte damit leben. Ihre Mutter war auch nur ein Mensch. Und in ihrem Innern dachte sie, dass sich ihr Vater vermutlich wenig darum scherte, wo er lag, wenn er es sich erst im Sarg bequem gemacht und sich an den Modergeruch gewöhnt hatte.

Doch eine Sache konnte sie ihrer Mutter nicht vergeben, und das war der Grabstein. Er war und blieb ein boshafter Fingerzeig auf einen, der sich nicht mehr wehren konnte. Das Schlimmste war, dass es so unnötig war. Ihre Mutter hätte einfach einen glatten Stein mit einer einfachen Inschrift wählen können: »Lebe wohl«, »Die guten Erinnerungen bleiben« oder »Von allen geliebt, von allen entbehrt«. Sie hätte ein weißes Holzkreuz auswählen können mit nur seinem Namen darauf. Ståle Abildsø. Plus Geburts- und Todesdatum. Viele ihrer Glaubensbrüder und -schwestern aus der Tabernakel-Bewegung zogen es ja so vor.

Doch nichts dergleichen hatte sie getan.

Sie hatte einen großen, runderneuerten schwarzen Mamorstein ausgewählt. »Segle dein Schiff in den Hafen des Herrn«, stand in weißer Blockschrift darauf. Und über der Schrift: das eingravierte Bild eines Schiffes, einer Sonne und eines leuchtenden Feuers.

Es war so, als hätte sie den Steinmetz gebeten, mit seiner Arbeit gerade die drei Fragen zu verleugnen, die sie sich hätte stellen müssen, wenn sie als wirklich Gläubige seriös daran interessiert gewesen wäre, den wahren Grund für den Tod ihres Ehemanns herauszufinden:

Wo war der Hafen des Herrn an diesem Oktobermorgen im Eismeer?

Welche Sonne leuchtete am kräftigsten am Himmel?

Wo war das Feuer, das verhindern sollte, dass das Schiff auf Abwege geriet?

Ulla schüttelte die bitteren Gedanken ab, hockte sich hin und legte die Fichtenzweige um den Grabstein. Dann zündete sie ein einfaches Teelicht an, das sie mit einem Wall aus Schnee gegen den Wind abschirmte.

34

Exakt um zwei Uhr drängten sie sich alle in das Büro von Hauptkommissar Bøcker. Zuerst bat er Tamber um den aktuellen Stand der Dinge, die kurz über die Resultate der Ermittlungen des letzten Tages berichtete. Besonderes Gewicht legte sie darauf, dass der Fund des Radiac-Geigerzählers den Verdacht erhärtete, es könnte eine Verbindung zum Militär oder dem Militär nahestehenden Personen geben.

»Nicht unbedingt«, gab Bøcker zu bedenken. »Ich glaube, ich kann diesbezüglich einen wichtigen Beitrag leisten.« Er informierte darüber, dass er am Vormittag eine Begegnung, um nicht zu sagen Konfrontation, mit Polizeirat Holm gehabt hatte. Nach einer hitzigen Diskussion, die gut eine halbe Stunde gedauert habe, sei es ihm schließlich gelungen, den Inspektor davon zu überzeugen, dass es unklug wäre, die so genannte Militärspur im Fall Ingøy nicht zu verfolgen. Holm habe widerwillig zugestimmt, eine Eilsitzung mit dem Sicherheitsstab des militärischen Oberkommandos einzuberufen. Bøcker, der sich bereits tags zuvor erlaubt hatte, die notwendigen Kontakte zu diesem Stab herzustellen, war direkt zum Militärdepot Lutvann gefahren, um mit Oberstleutnant Jahn vom Sicherheitsstab zu sprechen. Dieses Gespräch erwies sich als äußerst konstruktiv. Jahn hatte als Erster deutlich gemacht, dass Paulsen eine aus militärischer Sicht makellose Akte hatte. »Natürlich haben wir Kenntnis von der idiotischen Schmuggelepisode 1961«, erklärte er. »Aber der haben wir nicht weiter Beachtung geschenkt. Das war eine einmalige Sache. Paulsen hat uns im Übrigen eine sehr glaubhafte Erklärung abgegeben, wie es dazu gekommen ist. In den folgenden Jahren gab es nie irgendwelche Probleme mit ihm. Ganz im Gegenteil, er war ein verantwortungsvoller, gewissenhafter Mitarbeiter.«

Des Weiteren hatte sich herausgestellt, dass Paulsen 1993 aus dem aktiven Dienst ausgeschieden war. Nach den Worten des Oberstleutnants wurden die Installationen des E-Stabes auf Ingøy in dieser Zeit umgebaut. Die Anlage wurde digitalisiert und vollständig automatisiert. Ein fester Operator der Anlage war damit nicht mehr nötig. Paulsen, der sich ohnehin dem Pensionsalter näherte, bekam das Angebot, gegen eine etwas höhere Pension ein paar Jahre früher aus dem Dienst auszuscheiden, sich aber weiterhin nebenbei um die Anlage zu kümmern.

»Haben Sie erfahren, für was diese Anlage gut ist?«, fragte Olsen.

Bøcker schüttelte den Kopf, doch die Art, wie er dies tat – ein wenig zu ungestüm und energisch –, brachte die anderen dazu, sich ihren Teil zu denken: Bøcker war informiert worden, doch gleichzeitig hatte man ihm eine Schweigepflicht aus Rücksicht auf die Landessicherheit auferlegt. Das war die übliche Praxis. Oder wie Hauptkommissar Dahlbo von der Terrorabwehr zu sagen pflegte: *Effektive Geheimhaltung setzt immer eine gewisse, selektive Offenheit voraus.*

»Aber ich habe auch noch etwas anderes erfahren«, sagte Bøcker. »Als Antwort auf meine Frage bestätigte Oberstleutnant Jahn, dass der Operator der Anlage, wenn dies angezeigt war, Messungen der radioaktiven Strahlung im Bereich der Anlage vornehmen sollte. Ich habe ihn gefragt, ob der Operator zu diesem Zweck mit einem Messgerät des Typs NM20 ausgerüstet worden sein könnte. Diese Frage konnte er mir nicht beantworten, versprach mir aber, der Sache nachzugehen. Er meinte noch, dass dieses Messgerät zur Standardausrüstung einer Reihe von Anlagen in Nordnorwegen gehört habe, und dass die Antwort deshalb vermutlich ›ja‹ lautete.«

»In dem Fall«, schlussfolgerte Tamber, »kann Paulsen Zugang zu dem Messgerät gehabt haben, ohne dass andere militärische Einheiten involviert gewesen sein müssen. Er kann ganz einfach in den Geheimkeller gegangen sein und das Gerät geholt haben.«

»Damit wären wir wieder bei der Hypothese, dass es sich bei Paulsen um einen kriminellen Freigeist handelt«, sagte Haukenes. »Aber wenn ich mich recht erinnere, gehen wir eher davon aus, dass er Opfer irgendeiner Erpressung wurde. Dass er vielleicht aus Angst, seinen Job zu verlieren, in irgendeine Sache verwickelt wurde. Das hört sich allerdings jetzt, nachdem wir wissen, dass er seit mehr als zehn Jahren eine gute Pension bekam und sein Arbeitgeber überdies über die Schmuggelepisode informiert war, reichlich konstruiert an.«

»Vielleicht hat ihn sein Rentnerdasein gelangweilt«, schlug Sigge Olsen vor. »Vielleicht war der Schmuggel eine Art Kompensation für die verlorene Spannung nach seinem Ausscheiden aus dem E-Stab. Und außerdem haben wir bis jetzt auch noch das klassischste aller Verbrechermotive außer Acht gelassen: Geldgier. Tierpräparationen sind kein billiges Hobby.«

»Da irrst du dich«, sagte Haukenes entschieden. »Das heißt: Es war nicht gratis, hat ihn aber nicht viel gekostet.«

Die anderen sahen ihn fragend an.

»Ich bin die Papiere durchgegangen, die wir von Moe, dem Polizisten dort oben, bekommen haben«, erklärte er. »Nicht gerade eine spannende Lektüre. Aber sie barg eine Überraschung. Paulsen war, wie wir wissen, ein Mann der Ordnung, und es zeigte sich, dass er genau Buch geführt hat über alle Ausgaben und Einnahmen. Unter anderem findet sich dort eine genaue Auflistung aller verkauften Robbenfelle – mit Datum, Käufer und Preis. Desgleichen über die ausgestopften Tiere und Vögel. Daraus geht hervor, dass ihm sein Hobby einen schönen Nebenverdienst beschert hat. Allein im letzten Jahr hat er etwa 70 000 Kronen nur für das Ausstopfen von Seevögeln bekommen.«

»Wer in aller Welt ist denn bereit, solche Summen für ein paar stinkende Vogelbälger zu bezahlen?«, fragte Olsen verwundert.

»Ja, es gibt sie«, sagte Haukenes geheimnisvoll. »Die meisten Exponate gingen an Universitäten und Museen in der ganzen Welt. Inklusive Länder wie Nord-Korea, Syrien und Iran. Die letztgenannten Sendungen waren im Übrigen in einem eigenen Notizbuch ohne weitere Angaben verbucht. Ich dachte, ich sollte das vielleicht erwähnen.«

Es wurde still. Alle dachten über das nach, was gerade gesagt worden war. War es möglich, dass Haukenes über den Schlüssel zum Mysterium von Paulsens Tod gestolpert war? Waren da die Konturen eines gut organisierten Schmuggels zu erkennen, bei dem Paulsen die Rolle zukam, das radioaktive Material von einer russischen Kontaktperson entgegenzunehmen, um es dann über den Verkauf ausgestopfter Vögel weiter zu exportieren?

»Ausgezeichnet«, sagte Bøcker schließlich. »Dieser Spur folgst du weiter, Finn.« Er wandte sich an die anderen. »Was haben wir sonst noch?«

»Ich habe mit dem Rechtsmediziner gesprochen«, sagte Olsen. »Nach reichlichem Hin und Her ist er nun bereit, den Todeszeitpunkt anzugeben. Die Sache wurde natürlich dadurch erschwert, dass wir nicht mit Sicherheit sagen konnten, ob er seit seiner Ermordung im Wasser gelegen hat. Schließlich habe ich gesagt, dass wir davon wohl ausgehen können. Doch da tauchte ein neues Problem auf: Welche Wassertemperatur hatten wir? War sie stabil, oder hatte sie sich im Laufe der letzten Tage geändert? – Ich habe Kontakt mit dem Meteorologischen Institut aufgenommen und habe Hilfe bekommen, um eine verlässliche

Übersicht über die Luft- und Wassertemperaturen der entsprechenden Region in der Woche vor Paulsens Auffinden zu erstellen. Und jetzt liegt das Resultat vor.« Er wedelte zufrieden mit einem Fax vom Rechtsmedizinischen Institut. »Professor Calmeyer kommt zu dem Schluss, dass Paulsen 42 bis 48 Stunden vor seinem Auffinden ermordet worden sein muss. Wie ihr wisst, wurde die Leiche am Sonntag, dem 15. Februar gegen 14.00 Uhr aus dem Wasser gezogen. Das ergibt einen Tötungszeitpunkt zwischen 14.00 und 20.00 Uhr zwei Tage vorher. Also am Freitag, den 13. – für die Abergläubischen unter euch.«

Die anderen lächelten gezwungen und notierten sich das Ergebnis. Tamber, die das Gespräch mit Hartmann am gleichen Vormittag noch nicht ganz vergessen hatte, schlug vor, dass Olsen das Meteorologische Institut noch um Hilfe bitten sollte, zu berechnen, wie weit und aus welcher Richtung die Leiche eines 80 Kilo schweren Mannes in den Wellen getrieben sein konnte, um schließlich an der Nordspitze von Sørøya angespült zu werden.

»Ich habe heute Morgen mit Hartmann von der Terrorabwehr gesprochen«, fuhr sie fort. »Er hat mich auf eine Idee gebracht, und ich glaube, die Zeit ist jetzt reif, sie zu verfolgen. Ich schlage vor, dass sich Svein, oder wenn nötig Holm, mit der Bitte an den E-Stab wendet, uns dabei behilflich zu sein, ein Satellitenbild zu beschaffen, das den Schiffsverkehr im aktuellen Meeresgebiet zwischen 14.00 und 20.00 Uhr am Mordtag zeigt. Na ja, vielleicht zur Sicherheit auch ein paar Stunden mehr.«

»Ich glaube, die Sonne ist an diesem Tag gegen 15.00 Uhr untergegangen«, warf Haukenes ein. »Denk dran, wir befinden uns weit nördlich des Polarkreises.«

»Aber die Satelliten sehen die Schiffe doch trotzdem?«, fragte Tamber. »Jedenfalls, wenn die Schiffe nicht ohne Licht fahren.«

»Das Licht ist irrelevant«, korrigierte Bøcker. »Weil Motoren Wärme abgeben, können die Satelliten sie mit ihren Infrarotsensoren verfolgen.«

Sie beendeten die Besprechung, und die Kommissare hasteten zurück in ihre Büros. Alle drei wirkten zufrieden, als sie sich am Ende des Flures trennten. Es gab keinen Zweifel, dass Bewegung in die Sache gekommen war. Mit etwas Glück würden sie bereits am nächsten Tag erfahren, wo Paulsen ermordet worden war und welche Schiffe sich zur Tatzeit in der Nähe befunden hatten.

Zurück in ihrem Büro, bemerkte Eva Tamber eine Nachricht auf ihrem Anrufbeantworter. Sie sollte Karlsen unter einer bestimmten Handynummer anrufen. Er nahm das Gespräch sofort entgegen, nachdem sie die Nummer gewählt hatte:

»Sind Sie das, Tamber?«

»Sie haben mich gebeten, zurückzurufen.«

»Ja. Ich bin draußen auf Ingøy. Habe mit den drei Bridgekameraden gesprochen. Keiner von denen wusste viel zu sagen. Sie hatten von Paulsen seit gut eineinhalb Wochen nichts mehr gehört, seit dem letzten Bridgeabend. Ich glaube, die bringen uns nicht sonderlich weiter. Sie waren mehr interessiert daran, wer denn jetzt Paulsens Platz einnehmen sollte. Da gibt es divergierende Interessen.«

»Die Tour war also eine Pleite«, sagte Tamber enttäuscht.

»Nicht doch«, sagte Karlsen sofort. »Ich bin auf eine alte Frau gestoßen, die behauptete, Paulsen gut zu kennen, weil sie jeden zweiten Samstag sein Haus putzte. Sie scheint das schon seit mehr als zwanzig Jahren zu tun.«

»Deshalb war es bei ihm also so verflucht sauber. Der hatte eine Putzfrau!«

»Ja, sieht so aus. Doch langer Rede kurzer Sinn, sie hat behauptet, Paulsen am Nachmittag des 13. Februar noch gesehen zu haben, also zwei Tage, bevor wir ihn gefunden haben.«

»Ist sie ganz sicher, dass er es war?«

»Ja, sein Boot fuhr mit nordwestlichem Kurs aus dem Mafjord. Ihr Haus ist nur zehn Meter vom Ufer entfernt, und man kann von dort aus den Sund gut überblicken. Es war wunderbares Winterwetter. Kalt, aber klar. Die Sonne war gerade untergegangen, doch der Mond schien. Das Boot fuhr nur einen Steinwurf vom Ufer entfernt vorbei. Sie war draußen, um Holz zu holen, und hat Paulsen zugewinkt, als er vorbeigefahren ist.«

»Sie konnte ihn durch das Fenster des Steuerhäuschens erkennen? Das muss ja ein Mondlicht gewesen sein!«

»Nein, das war ja das Seltsame. Er hat ihr von Deck aus zugewinkt, denn er stand mittschiffs und hat die Handangeln vorbereitet.«

Tamber presste sich den Hörer fester ans Ohr. Es war jemand bei Paulsen auf dem Boot gewesen!

»Hat sie gesehen, wer am Steuer stand?«

»Nein, sie ging einfach davon aus, dass es einer der Kerle war, die manchmal mit zum Fischen rausfuhren.«

»Und was sind das für Kerle?«

»Die Bridgekameraden.«

Sie räusperte sich ungeduldig.

»Aber die behaupten doch, ihn nicht gesehen zu haben. Lügen sie?«

»Nein. Ich habe mich ein bisschen umgehört und weiß, dass sie an diesem Tag mit anderen Sachen beschäftigt waren. In der Stadt war eine Beerdigung. Ein alter Klassenkamerad hatte ein paar Tage zuvor einen Hirnschlag erlitten. Alle drei waren da und haben den Sarg getragen. Am Nachmittag gab es eine Totenfeier bei der Witwe. Es gibt mindestens fünfzehn Zeugen, die bis zum Schluss da waren.«

»Wir suchen also nach einer unbekannten Person, die normalerweise nicht mit auf dem Boot war.«

»Sieht so aus«, schloss Karlsen. »Moe und ich werden natürlich alles dransetzen, diese Person zu finden.«

Tamber legte auf. Sie blieb ein paar Sekunden sitzen und spiegelte sich in dem dunklen PC-Bildschirm. Schon wieder erwischte sie sich dabei, dass sie an Oberstleutnant Brantenborg dachte, daran, wie er dort auf Paulsens Steg im Wind stand und auf sie wartete. Sie nahm den Füller und schrieb sich selbst einen kleinen Erinnerungszettel: *morgen früh: Brantenborgs Reiseroute überprüfen! Ist er früher nach Ingøy gekommen, als wir angenommen haben?*

35

Nichts schien an diesem Tag so zu laufen, wie Hartmann sich das vorstellte. Nicht einmal die Verabredung zum Essen mit Major Cohen klappte. Und dieses Mal war es nicht seine Schuld. Ganz im Gegenteil, er hatte sich darauf gefreut, eine halbe Stunde mit ihr allein sein zu können, und gespürt, wie die Kopfschmerzen schon bei dem Gedanken daran nachließen.

Doch als er wie verabredet kurz nach halb zwölf in Cohens Büro kam, war dies leer. Er wartete ein paar Minuten, um ganz sicher zu sein. Dann ging er enttäuscht zurück in sein Büro und widmete sich in verschmähter Einsamkeit seinem Lunchpaket. Er rechnete damit, dass der attraktive israelische Besuch einen spannenderen Lunchpartner gefunden hatte, und wollte ihnen nicht in der Kantine begegnen.

Kaum war er im Büro zurück, klingelte das Telefon. Es war Malm.

»Ich habe Ihren Bericht gelesen«, sagte er kurz. »Wir müssen uns mal unterhalten.«

»Das ging aber schnell. Ich habe ihn erst vor einer halben Stunde in Ihr Fach gelegt.«

»Nun, ich habe nur zwei Minuten gebraucht, ihn zu lesen.«

Hartmann wusste nicht, was er sagen sollte. Die Art, wie Malm sich ausdrückte, weckte in ihm das Gefühl, sein Bericht hätte länger sein sollen. Auf jeden Fall gründlicher. Er überließ Malm das Reden.

»Dann sehen wir uns in einer Viertelstunde im Sitzungszimmer?«

»Wir?«

»Die Mustafa-Gruppe, Sie Hornochse. Warum sollte ich Sie sonst sehen wollen?«

Malm legte auf, ehe Hartmann antworten konnte, was ihm aber auch egal war. Die nächsten zehn Minuten verwendete er, um die Kopien von der letzten MI-6-Warnung über die Gefahr von Terroranschlägen mit Massenvernichtungswaffen zusammenzuheften. Fünf vor zwölf verließ er sein Büro, um dieses Mal nicht zu spät zu kommen. Doch als er die Tür des Sitzungszimmers öffnete, gab es nur noch einen freien Platz am Tisch.

»Hurra, da haben wir ja auch Hartmann«, sagte Malm vom Tischende. »Gut, gut, manche Dinge muss man im Leben einfach resignierend akzeptieren. Wie die Tatsache, dass die Erde um die Sonne kreist. Und Hartmann um sich selbst.«

Diejenigen, die Hartmann am nächsten saßen, verzogen die Münder zu einem verkrampften Grinsen.

Hartmann nickte ihnen kurz zu und nahm Platz. Soweit er sehen konnte, hatte Malm die ganze Gruppe zusammengetrommelt, inklusive Joakim Vats, den tüchtigen jungen Beamten von der Fahndung. Des Weiteren war Tore Lund anwesend, der persönliche Stellvertreter vom Chef der Fahndung, Martinsen. Lund war ein nüchterner, äußerst formeller Mann, der viele Jahre für das Büro der Reichsstaatsanwaltschaft gearbeitet hatte und der für seinen fehlenden Humor berüchtigt war.

In den nächsten 45 Minuten ließ sich Hartmann wieder einmal davon beeindrucken, wie professionell Malm Sitzungen leitete. Das musste man ihm lassen. Wenn er erst seine einleitenden Unverschämtheiten heruntergeleiert hatte, steuerte er die Diskussion mit straffen Zügeln, wobei er jedoch allen Zeit ließ, sich zu äußern, und keine vorschnellen Schlüsse in der einen oder anderen Richtung zog. Doch inwieweit es seine zivilisierten Züge waren oder seine berüchtigte Rücksichtslosigkeit, die ihn zum Oberkommissar hatten werden lassen, war eine andere, noch offene Frage.

Der erste Punkt auf der Tagesordnung war das Bedrohungsbild. Hier informierte Hartmann kurz über die wachsende Sorge westlicher Geheimdienste, dass al-Salem eine größere Aktion gegen Ziele in West-Europa vorbereitete. Er verwies auf die letzte Warnung des Mossad, nach der Dänemark und Norwegen als besonders aktuelle Aktionsziele eingestuft wurden, ehe er kurz auf die Pahlstrøm-Sache einging und den Inhalt der Notiz wiedergab, die er Malm am Vormittag geschickt hatte. Zu seiner Überraschung ergriff Malm direkt nach ihm das Wort:

»Ein paar Ergänzungen«, begann er. »Ich hatte heute das Vergnügen, mit Major Cohen den Lunch einzunehmen. Ich weiß nicht, ob schon jeder von Ihnen dazu gekommen ist, sie zu begrüßen. Eine interessante Person, nicht wahr, Jørgen?«

Hartmann nickte stumm.

Malm fuhr fort:

»Sie hat mir berichtet, der Mossad hege schon lange den Verdacht, dass es einen Terrorring innerhalb des UN-Systems gibt, der palästinensische und islamistische Terroranschläge unterstützt. Die Ermittlungsergebnisse zu Pahlstrøm könnten in dieses Bild passen – ich würde übrigens gern wissen, wie Sie das übersehen konnten, Jørgen? Nun, egal, ich habe also die Information von Major Cohen erhalten. Ausgehend von dem, was wir bis jetzt wissen, hat Untersuchungsrichter Rygg mit augenblicklicher Wirkung eine Rund-um-die-Uhr-Überwachung von Jens Pahlstrøm angeordnet. Ein Antrag, auch sein Telefon abzuhören, wird gerade im Untersuchungsgericht behandelt.« Er grinste. »Natürlich hören wir ihn schon seit ein paar Stunden ab.«

Hartmann nickte zufrieden. Trotz der kleinen Schramme durfte er das wohl als seinen Sieg feiern: Hartmann – Malm 1 – 0. Die Frage war nun, ob er Malm auch dazu brachte, die anderen vorgeschlagenen Maßnahmen umzusetzen. Das sollte sich als viel schwieriger herausstellen.

Was Graham und Pran anging, lief es noch gut. Hier konnte Lund erläutern, dass er auf Anregung Malms bereits die Order ausgegeben hatte, die Überwachung der beiden Neonazis zu intensivieren. Zu Hartmanns Verärgerung erwies es sich aber als vorläufig unmöglich, Malm oder Lund dazu zu überreden, die Überwachung des Schauspielers Mortensen und des Journalisten Kalleberg anzuordnen. Er erkannte schließlich auch, dass dies der eigentliche Grund für die Anwesenheit Lunds war: Er sollte Malm moralische und juristische Rückendeckung geben. Ihre Argumente waren gut. Sie wollten ihre Kompetenzen nicht überschreiten. Eine Überwachung in diesem Umfang beinhaltete immer eine Verletzung der Privatsphäre eines Menschen. Deshalb musste man hohe Ansprüche an die Beweisführung stellen, und alles, was man in diesem Fall hatte, waren nur ein paar generelle Warnungen aus Tel Aviv, verstärkt auf der Hut zu sein. Es gab nicht die Spur eines Beweises, dass Mortensen oder Kalleberg etwas mit der erhöhten Terrorgefahr zu tun hatten.

Hartmann war nicht grundsätzlich anderer Meinung, insbesondere nicht, was die Prinzipien anging, für die sie sich einsetzten, und unterließ daher jeden Protestversuch. Die Besprechung wurde mit einem raschen Durchgang der Maßnahmen abgeschlossen, die von den Polizeibehörden in Lillestrøm und Oslo vorbereitet wurden. Aus Oslo hieß es, dass die Pläne weitestgehend erfüllt seien, das einzige Sorgenkind sei nur noch die Sicherung der Fahrtroute der Autokolonne.

»Der Polizeichef fürchtet anscheinend, es könne ein Lee Harvey Oswald in dem einen oder anderen Lagergebäude hocken«, sagte Malm sarkastisch. »Wir können ihm noch so oft sagen, dass das heute nicht mehr so läuft, es nützt einfach nichts. Er sollte seine Leute lieber instruieren, nach einem einzelnen Motorradfahrer mit den Gepäcktaschen voller Dynamit Ausschau zu halten. Außerdem sollte er sich fragen, ob seine Streifenpolizisten mental wirklich darauf vorbereitet sind, so jemanden sofort abzuschießen, wenn er die Absperrungen durchbricht und auf den Konvoi zuhält.«

In Lillestrøm meinte man, das Ganze gut unter Kontrolle zu haben. Der Besuch im Institut für Energietechnik sei eine einfache Polizeiaufgabe, da das Areal bereits mit einem hohen Stacheldraht abgesperrt und alle relevanten Gebäude mit modernen Sicherungssystemen geschützt seien, um keinem Unberechtigten den Zugang zu gewähren.

»Ansonsten bitten die lokalen Polizeichefs nur um die Absegnung gewisser Geschenke, die überreicht werden sollen.« Malm blätterte durch seine Papiere, blinzelte über den Rand seiner Brille und las: »Das IFE plant die Übergabe eines radioaktiven Wikingerschiffes aus Zinn – anscheinend eine Tradition aus der Zeit von Direktor Randers, der vornehmen ausländischen Gästen gerne eine solche Rarität schenkte –, eines gerahmten Fotos von Mustafa und dem Institutsdirektor in der Reaktorhalle und dann noch, als Mahnung, dass jede gute Energiepolitik gleichzeitig auch Umweltpolitik ist: ein ausgestopfter Uhu.«

»Mein Gott, wer hatte denn diese seltsame Idee?«, fragte Joakim Vats. »Die Symbolik ist verdammt hanebüchen, wenn ihr mich fragt.«

»Natürlich ist sie das«, sagte Malm lachend. »Aber jemand hat herausgefunden, dass Mustafa eine besondere Vorliebe für Greifvögel hat – insbesondere Falken und Eulen. Vielleicht sieht er ja eine Ähnlichkeit mit sich selbst, als Jäger der Nacht, was weiß ich. Der Punkt ist wohl, dass einer der Forscher dort ein begeisterter Hobbyornithologe ist. Er soll neulich über ein Prachtexemplar dieser größten nordeuropäischen Eulenart gestolpert sein und hat es ausstopfen lassen. Eine diskrete Anfrage in Mustafas Sekretariat konnte im Übrigen bestätigen, dass ein solches Geschenk sehr gut ankommen würde. Ihr werdet schon sehen, in einem Monat thront ein norwegischer Uhu auf dem obersten Regalbrett im Arbeitszimmer des palästinensischen Präsidenten.«

Vats verdrehte die Augen. Er war als glühender Israelanhänger bekannt und fand das Geschenk höchst geschmacklos.

»Das Wikingerschiff macht mir mehr Sorgen«, sagte Lund. »Sie wollen doch nicht im Ernst sagen, dass es radioaktiv ist?«

»Das steht so in den Papieren, die ich bekommen habe«, antwortete Malm – wieder mit einer für ihn ungewöhnlichen Munterkeit in der Stimme. »Aber hier ist noch eine Fußnote – sieh mal an, der Polizeichef von Lillestrøm schreibt Briefe mit Fußnoten! –, dass das Wikingerschiff durch einen kurzen Aufenthalt in der Reaktorhalle aktiviert worden ist. Es handele sich um eine kaum messbare und garantiert ungefährliche Strahlendosis. Wohl in etwa die Strahlendosis, der wir täglich ausgesetzt sind, wenn wir auf das selbstleuchtende Zifferblatt einer Uhr oder eines Exit-Schildes schauen.«

Lund lächelte erleichtert.

»Nun, dann.«

Malm sah auf die Uhr und erklärte die Sitzung für beendet.

Die Kollegen standen auf und gingen in ihre Büros.

Im Flur stieß Hartmann auf Major Cohen. Sie lächelte begeistert und schien nicht die Spur eines schlechten Gewissens zu haben. Stattdessen sagte sie ihm, sie hätte ihn gesucht, weil sie ihn fragen wollte, ob sie abends nicht gemeinsam zum Essen gehen wollten. Der Lunch sei ja leider ins Wasser gefallen. Sie lächelte erneut, dieses Mal noch herzlicher.

»Ich wurde von Malm gekidnappt«, flüsterte sie. »Ein aufdringlicher Mann.«

Hartmann fühlte sich sofort besser, empfand aber gleichzeitig eine stille Freude, die Einladung zum Essen absagen zu müssen. Er sagte, was auch stimmte, dass er aus dienstlichen Gründen verhindert sei.

»Ich muss auf den Außenminister aufpassen«, fügte er mit deutlicher Indiskretion hinzu. »Er muss zu seinem wöchentlichen Fechttraining. Ist das nicht komisch: dass es bewaffnete Wachen braucht, um auf einen Mann mit Degen aufzupassen?«

»In meinem Land machen wir über so etwas keine Witze«, sagte sie einfach. »Wir vergessen niemals, dass Rabin, ein früherer General, erschossen wurde, nachdem er an der ersten Friedensdemonstration in der Geschichte Israels teilgenommen hatte. Aber wie ist es danach? Vielleicht können wir uns auf einen Drink im Plaza treffen? Die Leute prahlen so wegen der Aussicht ...«

Er schüttelte den Kopf.

»Nach dem Training muss der Außenminister zu einem Empfang in den Repräsentationsräumen der Regierung im Parkvei – dort, wo auch das Oslo-Abkommen unterzeichnet wurde. Doch dieses Mal geht es um eine Delegation aus Madagaskar, wo Norwegen zurzeit eine Rolle bei den Friedensverhandlungen spielt.«

Sie sah ihn ernst an.

»Ihr engagiert euch aber auch überall! Warum?«

Er zuckte mit den Schultern. Er selbst war auch der Meinung, dass die norwegische Friedensdiplomatie bisweilen etwas planlos wirkte.

»Du bist nicht die Einzige, die sich das fragt«, sagte er diplomatisch.

»Ich hoffe, du hältst mich über Pahlstrøm auf dem Laufenden«, sagte sie gedämpft. »Du weißt ja, warum.«

Er nickte, doch sie war bereits auf dem Weg zum Fahrstuhl.

Dann ging er in sein Büro und überprüfte seine E-Mails. Zu seiner Überraschung hatte er eine Mail von Paul Nordli erhalten, dem Redakteur für Internationale Politik bei der Zeitung Dagsavis; ein alter Zechkumpan, der immer gute Kontakte hatte, mit dem anderen Geschlecht ebenso wie mit den Geheimdiensten. Nach den obligatorischen freundschaftlichen Eröffnungen schrieb er: »Ich möchte dich wissen lassen, dass ich heute eine anonyme E-Mail mit folgendem, frei aus dem Englischen übersetzten Text erhalten habe: *Hallo! Dein alter Freund Mustafa hat nicht mehr lange zu leben. Wollen wir wetten? Gruß Robin.*«

Hartmann biss sich auf die Unterlippe. Robin? Welcher Robin? Vermutlich irgendein versoffener ausländischer Journalist, der Nordli aus seiner Zeit als Pressesprecher des norwegischen UNIFIL-Bataillons im Libanon kannte, und der jetzt Lust bekommen hatte, den Kontakt wieder aufzunehmen oder sich wichtig zu machen. Eine kranke Wette. Ein *practical joke*. Oder todernst? Hartmann war zu müde, um die verschiedenen Alternativen durchzugehen. Stattdessen leitete er die Mail an die anderen in der Mustafa-Gruppe weiter, sowie an Major Cohen und den PST-Chef Martinsen. Alles Weitere musste bis morgen warten.

Ein Blick auf die Uhr verriet ihm, dass er es noch nach Hause schaffen konnte, um sich umzuziehen, damit er auf dem Empfang im Parkvei ein wenig respektabler aussah. Doch dann musste er sich wirklich beeilen.

In der Ausgangstür begegnete er Eva Tamber, die mit einer

großen Tasche über der Schulter auf dem Weg ins Gebäude war. Sie lachte, als sie hörte, dass er mit dem Außenminister nach Bygdøy musste. Sie selbst wollte nach Russland. Im Fall Ingøy waren neue Aspekte aufgetaucht, die eine Reise nach Moskau notwendig machten. Sie fürchtete, in den nächsten Wochen könnten noch mehrere Reisen in den Osten nötig werden, worauf sie sich gar nicht freute.

»Moskau!«, sagte er neidisch. »Dorthin werde ich wohl nie mehr kommen. Wusstest du, dass ich in Russland *persona non grata* bin?«

»Ich weiß nur, dass wir unter dem gleichen Dach arbeiten«, erwiderte sie. »Und dass es sich ein bisschen zu oft so anfühlt, als lebten wir in unterschiedlichen Welten.«

TEIL II

Donnerstag, 5. März – Montag, 9. März

MOSKAU, ASHDOD, JERUSALEM, BETHLEHEM

36

Endlich war sie an der Reihe. Zielstrebig trat Ulla Abildsø auf das Podium in dem halb gefüllten Konferenzsaal. Laut Unterlagen nahmen mehr als zweihundert Forscher aus vierzehn Ländern teil, aber sie hatte das Gefühl, dass nach der Kaffeepause nicht einmal die Hälfte zurückgekommen war. Sie selbst hätte vermutlich auch überlegt, etwas anderes zu unternehmen, wäre sie nicht der nächste Punkt des Programms gewesen. Die Beiträge bisher waren langatmig und arm an Höhepunkten gewesen. Aber das konnte durchaus auch an ihr liegen, weil sie sich partout nicht auf das konzentrieren konnte, was am Rednerpult gesagt wurde. Sie hätte nicht kommen sollen, dachte sie, die an und für sich interessante wissenschaftliche Konferenz lenkte sie nur von ihrem Hauptanliegen ab, dem einzigen Unterfangen, das sie im Moment interessierte: die Jagd nach der Wahrheit über den Tod ihres Vaters und der beiden Onkel.

Wahrscheinlich hatte sie auch deswegen noch nicht viel von der russischen Gastfreundschaft gemerkt. Sie war tags zuvor in Moskau gelandet, voller Erwartungen auf die überwältigenden Eindrücke, die das neue Russland für sie parat hielte. Die Diktatur war abgeschafft, die Kultur war geblieben. Sie erinnerte sich vage an den orwellisch anmutenden Reisebericht eines norwegischen Studenten von einem Moskauaufenthalt Anfang der Sechziger, in dem ebendiese Zukunftsversion zum Ausdruck kam. Die Wirklichkeit holte sie dann aber bereits auf dem Flughafen ein. Der Zusammenbruch des Kommunismus hatte ganz offensichtlich nicht zu einer Beschneidung des Kontrollapparates der russischen Machthaber geführt. Das wurde ihr in der Passkontrolle deutlich demonstriert, wo ein bewaffneter Kerl mit schmaler Pinscher-Visage sie in erbärmlichem Englisch ins Kreuzverhör nahm, was denn eine norwegische Ärztin auf einer russischen Konferenz über radioaktive

Strahlung zu suchen hätte. Irgendwann hatte sie ihn angeblafft, dass sie sich weigere, noch mehr seiner sinnlosen Fragen zu beantworten. Wenn er die Befragung fortsetzen wolle, müsse er schon jemanden mit mehr Kompetenz und Autorität herzitieren. Darauf hatte er eilig den Stempel in ihren Pass geknallt und sie weiter gewinkt. Eine Weile gab sie sich der Hoffnung hin, das Schlimmste überstanden zu haben, und dass es nur besser werden konnte, wenn sie erst mal in ihrem Hotel war, in dem die Wissenschaftsakademie sie für die Dauer ihres Aufenthaltes untergebracht hatte. In der Sowjetzeit hatte die Akademie enormes Ansehen genossen. Ulla hatte sich ausgemalt, dass der soziale Status der Akademie und der materielle Standard des akademieeigenen Hotels Hand in Hand gingen. Das war ein Irrtum.

Das Hotelzimmer war spartanisch, aber gemütlich eingerichtet, mit Möbeln aus dem Ausverkauf des neu eröffneten IKEA vor den Toren Moskaus. Es dauerte allerdings nicht länger als ein paar Minuten, bis die ersten Mängel sichtbar wurden – oder besser: sich bemerkbar machten. Zuerst in Form von Geräuschen. Im Bad konnte sie hören, wie ihr Zimmernachbar sich rasierte, Bartstoppel für Bartstoppel, mit einer viel zu stumpfen Klinge, wobei er zu allem Überfluss noch ohrenbetäubend falsch sang. Ihr Nachbar auf der anderen Seite vertrieb sich mit der Fernbedienung seines Fernsehers die Zeit. Als Nächstes stellte sie bei der routinemäßigen Überprüfung, ob das Fenster als Fluchtweg genutzt werden konnte, fest (nicht umsonst war sie Ärztin), dass es sich nicht einmal öffnen ließ. Ihr erster Impuls war, bei der Rezeption anzurufen und sich ein anderes Zimmer geben zu lassen, aber im Grunde genommen war ihr klar, dass das zwecklos wäre. Ein wenig großzügiger betrachtet, konnte man sagen, dass das vernagelte Fenster und die fehlende Sicherheitskette an der Tür zum Korridor sich gegenseitig aufhoben.

Während der letzten Schritte zum Podium hinauf begann ihr Herz zu klopfen. Jetzt nur nicht nervös werden. Sie hatte exakt fünfzehn Minuten Redezeit zur Verfügung.

Nach der obligatorischen Danksagung an die russischen Gastgeber und Organisatoren der Konferenz begann sie ihre Ausführungen. Sie verfolgte mit ihrer Forschungsarbeit zwei Ziele, erklärte sie. Zum einen wollte sie klären, ob es in den 50er und 60er Jahren in der Finnmark Abweichungen in der Häufigkeit der Fälle von Schilddrüsenkrebs bei samischen Kindern und den übrigen Kindern der Bevölkerung gab. Als Zweites wollte sie untersuchen, ob geschlechtsreife Männer, die vor den ersten Atomversuchen in Nowaja Semlja 1955 geboren worden waren, häufiger Chromosomenveränderungen aufwiesen als geschlechtsreife Männer, die nach Eintritt des begrenzten Atomteststopp-Abkommens 1963 geboren worden waren. Das Ergebnis konnte möglicherweise die Hypothese eines Zusammenhangs zwischen Atomversuchen und der steigenden Häufigkeit von Chromosomenveränderungen bestätigen.

Sie bezog sich in ihrer Untersuchung auf Personen aus dem norwegischen Krebsregister, die in den Perioden 1948–1954, 1955–1963 und 1964–1970 in der Finnmark geboren worden waren, wobei die erste und letzte Gruppe als Kontrollgruppen fungierten. Jede Gruppe war in zwei Untergruppen aufgeteilt: Samen und Nicht-Samen. In gleicher Weise hatte sie unter Zuhilfenahme statistischer Auswahlmethoden eine repräsentative Auswahl noch lebender männlicher Personen in jeder der drei Altersgruppen getroffen. Letztere wurden einer DNA-Analyse von Sperma-, Blut- und Rückenmarkszellen unterzogen, mit der Absicht, einen eventuellen Anstieg fehlerhafter Abweichungen in der Anordnung der Chromosomen nachweisen zu können, so genannte Chromosomenaberrationen.

Während sie sich durch die Power-Point-Präsentation klickte, schweifte ihr Blick über die Zuhörer im Saal. Von feurigem Interesse konnte nicht die Rede sein. Einer der Teilnehmer schlief. Hier und da nickte ihr jemand zu, wie um zu sagen, dass es doch gar nicht so schlecht lief und dass sie auf ihrer Seite ständen. Aber die meisten Gesichter sahen ausdruckslos und gelangweilt aus. Ein bekannter Professor saß demonstrativ da und las. In der ersten Reihe glaubte sie sogar einen jungen Mann abwesend in einem Harley-Davidson-Prospekt blättern zu sehen. Aber dann sah sie, ein paar Reihen hinter den übrigen Teilnehmern, einen grauhaarigen Herren mit dicken Brillengläsern, der ihren Ausführungen mit großem Interesse zu folgen schien. Er machte sich eifrig Notizen auf einem Spiralblock, sobald sie ein neues Diagramm oder statistisches Zahlenmaterial zeigte.

Plötzlich begann sich eine munter zerstreute Unruhe im Saal auszubreiten. Die Zuhörer tauschten Blicke, stießen sich gegenseitig an, schüttelten ungläubig die Köpfe oder lachten verunsichert. Einige Gesichter zeigten Zeichen von Verärgerung. Aber die meisten lehnten sich einfach in ihren Stühlen zurück und lachten hemmungslos heraus.

Sie versuchte, es zu ignorieren, und begann mit der Zusammenfassung.

»Meine Untersuchungen haben ergeben«, sagte sie, »dass die Fälle von Schilddrüsenkrebs bei samischen Kindern, die zwischen 1955 und 1963 geboren wurden, im Vergleich zu anderen im gleichen Zeitraum und in der gleichen Region geborenen Kindern nicht-samischer Herkunft, minimal höher, aber nicht signifikant abweichend sind. Die Abweichung ist sehr gering und bewegt sich innerhalb des durchschnittlichen Fehlerrahmens. Das Ergebnis ist insofern erstaunlich, als samische Kinder sehr viel weniger Milch trinken als andere norwegische Kinder der gleichen Altersgruppe, und Milch gilt als eine der Hauptquellen für die Einnahme radioaktiven Jods nach atmosphärischen Atomversuchen. Logischerweise müsste daher die Häufigkeit von Schilddrüsenkrebs bei den samischen Kindern *geringer* und nicht *höher* sein. Da dies aber nicht der Fall ist, kann man davon ausgehen, dass die totale Strahlenbelastung bei ihnen größer sein muss. Mit anderen Worten: Diese Kinder waren einer stärkeren Belastung aus *anderen* Quellen ausgesetzt, *die den verminderten Milchkonsum noch überwog*.«

Ihr schlug Gelächter entgegen. Ulla sah sich verzweifelt zum Diskussionsleiter um, aber der lag selber gerade von einem Lachkrampf geschüttelt quer über dem Tisch. Als er ihren

Blick registrierte, richtete er sich schuldbewusst auf. Während er sich die Lachtränen aus den Augen wischte, ermahnte er die Zuhörer nicht sehr überzeugend zur Ruhe und sagte ein paar Worte auf Russisch, die dazu führten, dass die Teilnehmer sich alle gleichzeitig erwartungsvoll zu der Dolmetscherkabine im hinteren Teil des Saals umdrehten. Allmählich gingen Ulla die Zusammenhänge auf. Es vergingen einige Sekunden, ehe die Tür der Kabine sich öffnete und ein älterer Mann mit Stalinbart, aufgeknöpftem Hemd und Hängebauch heraustorkelte. Die graue Mähne war zerzaust. Der Kerl war so besoffen, dass er sich kaum auf den Beinen halten konnte.

Der Mann wurde unter Buhrufen und Pfiffen der Teilnehmer von zwei Aufsehern aus dem Saal geführt. An der Tür kam es zu einem kurzen, aber heftigen Handgemenge, als eine Flasche Wodka zu Boden ging und zersplitterte.

Der Diskussionsleiter ermahnte die Zuhörer erneut zur Ruhe, forderte den neuen Dolmetscher auf, in der Kabine Platz zu nehmen, und gab Ulla ein Zeichen, fortzufahren. Die ausdruckslosen Mienen, die ihr aus dem Saal entgegenblickten, erinnerten sie an einen Schwarm Ohrenquallen. Sie schluckte, sich allzu bewusst, dass diejenigen der Zuhörer, die kein Englisch verstanden, von ihrem bisherigen Vortrag kaum ein vernünftiges Wort mitbekommen haben dürften.

»Die Hypothese«, begann sie unsicher, »dass samische Kinder in der Finnmark einer höheren radioaktiven Belastung ausgesetzt waren, wird durch das Ergebnis des zweiten Teils der Untersuchung bestätigt. Dort lassen sich unter den geschlechtsreifen samischen Männern häufiger Chromosomenaberrationen nachweisen als bei der übrigen männlichen Bevölkerung im gleichen Gebiet. Die deutlichste Erhöhung unter den samischen Probanden ist in der Gruppe der Geburtsjahrgänge 1955–1963 zu erkennen. Das Resultat bestätigt frühere Hypothesen, dass die samische Bevölkerung in Folge der Atomversuche auf Nowaja Semlja in stärkerem Maße Strahlenbelastungen ausgesetzt war als andere Bevölkerungsgruppen, hauptsächlich wohl wegen des höheren Verzehrs von Rentierfleisch. Männer waren stärker betroffen als Frauen, weil sie mehr Fleisch aßen und mehr Zeit im Freien verbrachten. Für die Bevölkerung als Ganzes wurde errechnet, dass die Atomversuche in einer Periode von etwa vierzig Jahren nach 1955 zu etwa 500 zusätzlichen Fällen tödlicher Krebserkrankungen in Norwegen geführt haben.«

Sie war am Ende ihres Vortrags angelangt.

Mehr als ein paar vereinzelte Klatscher erntete sie nicht für ihre Ausführungen. Von dem einen oder anderen Zuhörer bekam sie mitfühlende oder anerkennende Blicke. Aber als der Diskussionsleiter, der sich von dem Auftritt des Dolmetschers noch nicht ganz erholt hatte, die Versammlung ermunterte, mit Fragen oder Kommentaren zu kommen, war die Reaktion mehr als mager. Etliche Zuhörer blickten zu Boden, um ihrem flehenden Blick auszuweichen, andere waren plötzlich eifrig damit beschäftigt, sich nachträglich Notizen zu machen. Da streifte ihr Blick den älteren Herren in der letzten Reihe. Er hatte seinen Stift weggelegt. Einen Augenblick sah es so aus, als wollte er sich zu Wort melden. Aber dann überlegte er es sich doch anders.

Ulla schloss die Augen. Sie hatte das Gefühl, auf ganzer Linie versagt zu haben. Es war eine Sache, dass der Löwenanteil ihres Vortrags von einem sturztrunkenen Dolmetscher zunichte gemacht worden war – Gott allein wusste, was die Leute bis dahin überhaupt mitbekommen hatten. Aber dass sie nicht schneller darauf gedrungen hatten, den Trunkenbold von seinem Platz zu entfernen, konnte nur heißen, dass es ihr nicht gelungen war, ihr Interesse zu wecken. Am meisten quälte sie in diesem Augenblick aber die Tatsache, dass der Wanduhr zufolge noch zwei Minuten ihrer Redezeit übrig waren. Sie hatte sich extra Mühe gegeben, ihre Präsentation so flott und knapp wie möglich zu halten, damit genügend Zeit für die anschließende Diskussion blieb. Das bereute sie nun. Es war erniedrigend, nicht in der Lage zu sein, eine Viertelstunde mit Inhalt zu füllen.

Um die Zeit rumzukriegen, begann sie fieberhaft, über die »Sache« zu reden.

»Bis hierher«, sagte sie, »ging es ausschließlich um die *indirekten* Auswirkungen der Atomversuche – Krebs und Chromosomenveränderungen bei Teilen der Bevölkerung, die dem radioaktiven, troposphärischen Fallout ausgesetzt waren. Aber es gibt auch ein paar Beispiele, dass Norweger dem lokalen Fallout von Atomversuchen auf Nowaja Semlja ausgesetzt waren. Ein Zwischenfall fand im November 1958 statt, als ein norwegisches Meeresforschungsschiff durch einen unglücklichen Zufall zu nahe an ein Versuchsfeld geriet. Niemand wurde ernsthaft verletzt, aber man kann davon ausgehen, dass die Behörden das wirkliche Geschehen verschleiert haben.«

Sie spürte, dass sie die Aufmerksamkeit der Zuhörer geweckt hatte. Zeitungen wurden beiseite gelegt, das Tuscheln verstummte. Die Leute, die eben noch in tiefen Schlaf versunken schienen, waren plötzlich hellwach.

»Der zweite Zwischenfall«, fuhr sie fort, ohne sich davon abhalten zu lassen, dass sie sich gerade auf gefährlich dünnes Eis begab, »trat im Oktober 1961 ein, mitten in einer der größten Atomversuchsreihen überhaupt. Am Morgen des 23. Oktober drang ein norwegischer Robbenkutter in sowjetisches Sperrgebiet ein und bewegte sich mit voller Maschinenkraft in Richtung auf ein Atomversuchsfeld im Westen Nowaja Semljas zu. Das sowjetische Militär hat sich entweder nicht um den norwegischen Kutter geschert oder war so mit anderen Dingen beschäftigt, dass es ihn nicht bemerkt hat. Morgens um 9 Uhr 31 lokaler Zeit detonierte in 3500 Meter Höhe und etwa 50 Seemeilen nordöstlich von dem Boot eine kernphysische Ladung von 12,5 Megatonnen. Zwei Stunden später, um 11 Uhr 31, gab es eine weitere Detonation, diesmal vermutlich von einer Rakete. Wo genau der norwegische Kutter sich zu dem Zeitpunkt befand, ist unsicher – dem Logbuch lässt sich nur entnehmen, dass er sich eine halbe Stunde zuvor in der Nähe des Detonationspunkts befunden hat. Die nächste Aufzeichnung folgt erst wieder sechs Stunden später. Da hatte das Fahrzeug das Sperrgebiet bereits wieder verlassen. Einiges deutet allerdings darauf hin, dass …«

Aus dem Augenwinkel registrierte sie, dass sich im hinteren Teil des Saals etwas tat. Der alte Herr hatte sich erhoben und wedelte mit den Armen, um ihre Aufmerksamkeit auf sich zu ziehen.

»Dr. Abildsø«, rief er mit heiserer Stimme. »Das kann ich so nicht stehen lassen. Ich kann nicht zulassen, dass Sie derart haarsträubende Lügen verbreiten!«

Ihr wurde schwindelig. Diese Präsentation entwickelte sich allmählich zum reinsten Albtraum. Lügen? Was wollte er damit sagen?

»Das müssten Sie etwas näher erläutern«, sagte sie förmlich. »Soweit ich weiß, ist alles, was ich bisher gesagt habe, hundertprozentig korrekt. Ich habe meine Informationen aus sehr zuverlässiger Quelle. Vom militärischen Geheimdienst in Norwegen.«

Der Alte schien nicht sonderlich beeindruckt.

»Dann ist er wohl nicht so kompetent, wie Sie glauben«, parierte er, während er sich durch die Stuhlreihe schob. »Oder Sie haben sich von ihnen hinters Licht führen lassen.«

Er hatte jetzt das Podium erreicht. Mit erhobenem Zeigefinger drehte er sich zu den gaffenden Konferenzteilnehmern im Saal um und rief entrüstet:

»Die Ärztin aus Norwegen lügt! Sie behauptet, dass im Herbst 1961 in der Barentssee eine sowjetische Atomrakete abgeschossen wurde. Aber das ist eine Lüge. Eine glatte Lüge. Dort wurden in dem Jahr keine Atomraketen abgeschossen. Das geschah erst ein Jahr später. Glauben Sie mir, ich weiß, wovon ich rede. Ich war selbst dabei. Die Rakete war mein Kind.«

Es wurde totenstill im Saal.

Der Diskussionsleiter lehnte sich seufzend im Stuhl zurück und murmelte ungeduldig:

»Bitte, Oberst, nicht schon wieder …!«

Ulla hätte gerne etwas entgegnet, aber ihr fiel keine passende Antwort ein. Es hätte sicher gereicht, den Kollegen zu erklären, dass selbst, wenn sie sich in Bezug auf die Rakete geirrt haben sollte, das nichts an dem Wahrheitsgehalt dessen änderte, was sie sonst gesagt hatte. Fakt war, dass an jenem Tag zwei Detonationen stattgefunden hatten und dass die Mannschaft an Bord des Kutters dem lokalen Fallout ausgesetzt gewesen war. Ob das auf eine Bombe oder Rakete zurückzuführen war, schien ihrer Meinung nach für die Sache vollkommen gleichgültig zu sein.

Natürlich wusste sie, dass es ganz so einfach nicht war. Sie war bei einer unrichtigen Behauptung ertappt worden. Das Vertrauen, das die Zuhörer bis dahin zu ihr gehabt haben mochten, war spätestens jetzt zerstört. Und darüber hinaus: Für ihre eigene Theorie, welche Rolle der E-Stab in der Sache gespielt hatte, waren die Vorwürfe des alten Mannes – wenn sie sich denn als stichfest erwiesen – absolut vernichtend. Sie bauten schließlich auf der Annahme auf, dass der E-Stab den Kutter in die Sperrzone geschickt hatte, um die Atomtests zu überwachen. Vor dem Hintergrund der neuen Informationen wirkte diese Annahme sehr unwahrscheinlich.

In Ermangelung einer Antwort blieb sie stehen und lächelte einfältig in den Saal, wie ein begriffsstutziges Kind, das seinen letzten Satz im Krippenspiel vergessen hatte. Sie empfand es als reinste Befreiung, als der Diskussionsleiter das Wort ergriff und erklärte, dass ihre Zeit um wäre. Das nächste Podiumsgespräch würde gleich anschließend folgen. »Aber zuerst noch einen kräftigen Applaus für Doktor Abildsø!« Er war offensichtlich empört über ihren Auftritt und winkte sie brüsk vom Podium.

Die Kaffeepause verbrachte sie alleine. Sie vermied es, den anderen in die Augen zu sehen, und versuchte die ganze Zeit, sich den Anschein zu geben, als steuere sie gerade auf eine der Gruppen zu, die am anderen Ende der Marmorhalle standen und sich rege unterhielten. Am Ende gab sie das Schauspielern auf. Sie suchte sich ein freies Sofa in einer verlassenen Ecke und setzte sich. Noch sechs Minuten bis zur nächsten Vortragsrunde. Das Thema der nächsten Stunde – *Die Behandlung von*

Strahlenschäden nach einem Reaktorunfall – fiel nicht in ihren Interessenbereich. Diesmal war sie an der Reihe, Zuflucht in einer Zeitung oder Motorradzeitschrift zu suchen.

Er setzte sich einfach neben sie, ohne zu fragen.

»Ich muss mit Ihnen reden«, sagte er. Er stellte sich nicht vor. Sagte nicht, was er wollte. Kein Friedensangebot. »Ich will wissen, wieso Sie solche Lügen auftischen. Ich dachte, das wäre eine wissenschaftliche Konferenz, aber was für eine Art Wissenschaft betreiben Sie eigentlich? Aus der Luft gegriffene Vermutungen. Mottenzerfressene Lügen. Ein Wiederbelebungsversuch des Kalten Krieges! Das nenne ich Wissenschaft!«

Sie hatte das dumpfe Gefühl, als wäre es der Mann an ihrer Seite, der im Kalten Krieg hängen geblieben war, aber das sagte sie nicht laut. Sie war noch immer zu erschüttert von ihrem eigenen Fiasko, um zum Gegenangriff auszuholen.

»Ich habe nicht gelogen«, sagte sie trotzig. »Ich habe nur gesagt, was ich bis jetzt für die Wahrheit hielt. Wieso sollte ich Ihnen glauben? Ich weiß ja noch nicht einmal, wer Sie sind. Aber gut, vielleicht bin ich ausgerechnet über den Punkt, mit dem Sie mich gepackt haben, mangelhaft informiert gewesen. Ich habe mich auf eine Notiz bezogen, die zu einem Bericht gehört, den ich leider nicht gelesen habe. Ich kann nicht ausschließen, dass ich den E-Stab in diesem Punkt missverstanden habe.«

»Der norwegische E-Stab«, schnaufte er. »Was für ein Zeuge soll das sein? Begreifen Sie denn nicht, dass der westliche Geheimdienst immer versucht hat, der Sowjetunion und jetzt Russland die Schuld in die Schuhe zu schieben. Es ist absolut unseriös, Ihre Hypothesen auf derart fadenscheinige Propaganda zu stützen. Ich wette, Sie unterstützen die amerikanischen Pläne für ein Raketenabwehrsystem!«

Endlich bot sich ihr eine Lücke zum Einhaken.

»Ich stimme für die Sozialisten«, sagte sie spitz. »Wir sind gegen das Raketenabwehrsystem. Sonst noch was?«

Es sah fast so aus, als schrumpfe er ein wenig. Er ließ die Arme auf die Oberschenkel sinken und biss sich auf die Unterlippe. Am anderen Ende der Halle drängten sich die ersten Leute vor der Tür zum Hörsaal. Ein Einpeitscher trieb die Nachzügler an.

»Was Sie nicht sagen«, meinte der Alte schließlich. »Na dann.«

Sie ergriff die Initiative.

»Mir liegt nichts daran, der Sowjetunion irgendwelche Schuld in die Schuhe zu schieben. Ich bin allerdings der Meinung, dass Ihre Staatsoberhäupter um einiges schlimmer waren als die Amerikaner, wenn es darum ging, die Interessen der Zivilbevölkerung in Bezug auf die Atomversuche zu ignorieren. Die Versuche von 1961 sind nur ein Beispiel von vielen. Aber was das konkrete Ereignis betrifft, von dem ich gesprochen habe, scheint es ziemlich klar zu sein, dass man den Sowjets keinen Vorwurf machen kann. Es war schließlich nicht ihre Schuld, dass jemand in die Sperrzone eingedrungen ist. Es ist der norwegische Geheimdienst, den ich im Verdacht habe, Entscheidungen gefällt zu haben, die drei jungen Männern einen viel zu frühen Tod beschert haben.«

»Das klingt, als würden Sie sie kennen.«

»Meinem Vater gehörte das Schiff. Und meine beiden Onkel waren auch dabei.«

Er seufzte.

»Das tut mir Leid«, sagte er nach einer Pause. »Ich habe Sie falsch eingeschätzt. Der Schnitzer mit der Rakete ist die ganze Aufregung wohl nicht wert. Es hat mich nur so unglaublich provoziert, mit anhören zu müssen, wie etwas, für das ich selber die Hauptverantwortung getragen habe, so viele Jahre später völlig zu Unrecht mit norwegischen Krebserkrankungen in Verbindung gebracht wird. Ich überlasse es Ihnen, ob Sie mir glauben wollen, aber wir haben außerordentlich großes Gewicht darauf gelegt, unsere Experimente so durchzuführen, dass niemand gefährdet wurde, weder unsere eigenen Soldaten und Wissenschaftler, noch die Zivilbevölkerung der angrenzenden Länder. Aus diesem Grund nehme ich an all diesen Konferenzen und Treffen teil – um gegen die Verfälschung der Geschichte anzugehen. Mein Name ist übrigens Grisjin. Oberst Vladimir Grisjin.«

»Freut mich, Oberst. Wie Sie in meinem Vortrag hören konnten, ist es Ihnen aber leider nicht gelungen, die Zivilbevölkerung im Nachbarland der Sowjetunion unverschont zu lassen. Nach norwegischen Untersuchungen haben die Atomversuche ungefähr fünfhundert zusätzliche Krebserkrankungen allein in unserem Land verursacht. Das ist eine enorme Zahl, wenn man das Individuum im Auge hat.«

»So habe ich das nicht gemeint. Für die *indirekten* Auswirkungen sind die Politiker verantwortlich. Die, die uns befohlen haben, die Experimente durchzuführen, um im Waffenwettlauf mithalten zu können. Ich war für die *direkten* Auswirkungen zuständig. Und ich habe meinen ganzen Stolz darangesetzt, dass wir, im Gegensatz zu den Amerikanern, unsere nuklearen Versuche durchführen konnten, ohne Menschenleben zu gefährden.«

Aus anderen Quellen wusste sie, dass sich diese Zielsetzung auf sowjetischer Seite nicht ganz so erfüllt hatte, aber sie ließ es auf sich beruhen. Es war durchaus möglich, dass Grisjin, was seine eigene Rolle anging, tatsächlich die Wahrheit sagte, und dass die Zwischenfälle, die ihr bekannt waren, Experimente betrafen, mit denen er persönlich nichts zu tun gehabt hatte. Stattdessen nutzte sie die Gelegenheit für eine Frage, die ihr schon lange am Herzen lag.

»Was wussten Sie eigentlich von den Maßnahmen, die von westlicher Seite zur Überwachung der Atomversuche auf Nowaja Semlja unternommen wurden?«

Zum ersten Mal im Verlauf ihrer Unterhaltung lächelte er.

»Einiges. Unsere Spionageabwehr hatte immer eine besondere Freude an diesen Tests, ganz einfach, weil sie eine willkommene Gelegenheit boten, der Führung im Kreml zu beweisen, wie effektiv sie arbeiten. Denken Sie an etwas Spezielles?«

Sie erzählte ihm von der *Syvstjerna* und ihrer Vermutung, dass der Kutter im Auftrag des Geheimdienstes unterwegs gewesen war. Wenn Moskau tatsächlich so gut informiert war, wie der Oberst behauptete, ließe sich vielleicht abklären, inwieweit man über den Kutter im Bild war und ob man ihn als Spionagefahrzeug angesehen hatte.

Grisjin nickte.

»Im Prinzip ist die Frage mit Ja zu beantworten. Aber an solche Information ist ungeheuer schwer ranzukommen, es sei denn, man hat persönliche Kontakte. Wollten Sie sonst noch etwas wissen?«

Der Bericht. Sie hätte gerne einen Kommentar von ihm zu dem Bericht des norwegischen E-Stabs, dass im Meerraum vor Nowaja Semlja offenbar der Abschuss einer nuklearen Rakete stattgefunden hatte. Sie konnte sich nicht vorstellen, dass es sich dabei um eine Fehlinformation von Seiten des E-Stabs handelte. Immerhin war es eine interne Notiz. Welches Interesse konnten sie haben, sich selbst zu betrügen?

»Da wäre noch eine andere Möglichkeit«, sagte Oberst Grisjin, nachdem er ein paar Sekunden über die Frage nachgedacht hatte. »Vielleicht haben sie das Ganze konstruiert, um den Amerikanern etwas anbieten zu können. Soweit ich informiert bin, herrschte unter den NATO-Ländern ein reger Handel mit geheimen Daten. Je mehr du anzubieten hast, desto mehr bekommst du zurück. Wenn die Norweger glaubhaft darlegen konnten, dass ihnen für den Herbst 1961 Beweise für einen Raketenabschuss bei Nowaja Semlja vorlagen, hätten sie damit einen Knüller gelandet, für den jeder alliierte Geheimdienst ein Vermögen bezahlt hätte.«

Sie dachte an Richard Klüger und an das, was er zu ihr gesagt hatte, und schüttelte energisch den Kopf. So lief das nicht, erklärte sie. Handel, das schon. Aber kein Bluff. Wenn die Kooperationspartner herausfanden, dass sie mit falschen Informationen abgespeist worden waren, was in einem Fall wie diesem sicher eingetreten wäre, hätte das nicht wieder gutzumachende Folgen für die Glaubwürdigkeit des norwegischen Geheimdienstes gehabt. Nein, je länger sie darüber nachdachte, desto überzeugter war sie, dass die Norweger tatsächlich überzeugt davon waren, auf Informationen zu sitzen, die bewiesen, dass in der Barentssee ein nuklearer Raketenabschuss unter sowjetischer Flagge stattgefunden hatte. Stellte sich die Frage, woher sie diese Informationen hatten.

»Oder um was für Informationen es ging?«, gab Grisjin zu bedenken. »Gründeten sie sich auf menschliche oder technische Daten? Sagt der Bericht dazu etwas?«

»Ich hatte, wie gesagt, keinen Zugang zu dem eigentlichen Bericht. Aber in der Notiz wurde behauptet, die Schlussfolgerungen gründeten sich hauptsächlich auf Elint- und Komint-Beobachtungen, also Ergebnisse des technischen Nachrichtendienstes. Tatsache ist jedenfalls, dass die sowjetischen Marinefahrzeuge in dem Gebiet eine Reihe merkwürdiger Manöver ausgeführt haben. Im E-Stab nahm man an, dass diese Manöver dazu dienten, Teile einer Rakete zu lokalisieren und zu bergen, die kurz zuvor ins Meer gefallen war.«

»Aber in dem Jahr hat kein Raketenabschuss stattgefunden. Sie irren sich.«

»Ich habe gehört, was Sie sagten. Aber was ist dann tatsächlich passiert?«

Er zuckte mit den Schultern.

»Wahrscheinlich eine Übung. Da liefen einige dubiose Sachen, im Osten wie im Westen.«

Die große Marmorhalle war inzwischen fast menschenleer. Die Podiumsdiskussion hatte begonnen. Ulla machte Anstalten, aufzubrechen. Ihr Pflichtbewusstsein forderte von ihr, an den Präsentationen der Kollegen teilzunehmen, obwohl sie das Gespräch mit Oberst Grisjin als weitaus reizvollere Alternative empfand. Als sie sich vom Sofa erhob, sagte er:

»Wie lange werden Sie in Moskau sein, Dr. Abildsø?«

Sie dachte laut: Die Konferenz ging bis morgen, also Donnerstag. Danach wollte sie sich einen Tag für Museen und den Kreml gönnen, und später am Abend – sie hatte sich extra schon eine Karte reserviert – *Schwanensee* im Bolschoitheater. Ihr Rückflug ging am folgenden Morgen, also Samstag.

»Das würde reichen«, sagte Grisjin. »Ich mache Ihnen einen Vorschlag. Es gibt da jemanden, von dem ich denke, dass Sie ihn unbedingt kennen lernen sollten. Seine Stellung erlaubt es ihm nicht, Sie in seinem Büro zu empfangen oder zum Abendessen einzuladen. Ich kann nicht einmal sagen, ob er in dieser Woche überhaupt in Moskau ist. Ebenso wenig, ob er Sie treffen will.« Er dachte ein paar Sekunden nach. »Wir machen Folgendes, wenn Sie mir erlauben, die Regie zu übernehmen: Freitagabend gehen Sie in die Tretjakow-Galerie, eines der brillantesten Kunstmuseen in Moskau. Das sollten Sie sich auf alle Fälle ansehen. Um exakt sechs Minuten vor halb sechs – merken Sie sich die Uhrzeit – stellen Sie sich vor ein Gemälde des russischen Naturalisten Ivan Aiwasowski, das ›Regenbogen‹ heißt. Sie tragen rote Kopfbekleidung. Sollte Sie innerhalb der nächsten fünf Minuten niemand ansprechen, gehen Sie weiter zum nächsten Bild und betrachten es eine Minute oder zwei. Danach steht Ihnen frei, das Museum zu verlassen, wenn Sie wollen. Der Mann, um den es geht, war dann entweder verhindert oder will Sie nicht treffen. Interessiert?«

Sie war nicht ganz sicher, ob es eine gute Idee war, aber sie ließ sich darauf ein.

»Abgemacht«, sagte sie knapp. »Aber jetzt muss ich los.« Sie streichelte ihm über die unrasierte Wange. »Es ist mir eine Freude, Sie kennen gelernt zu haben.«

Eilig ging sie über die Marmorfliesen davon. Ihre Schritte hallten in der nahezu menschenleeren Halle wider. Hier kommt der Krüppel, dachte sie heiter. One-two, one-two, eine Prothese und ein Schuh!

37

Fritz Emil Werner hatte das Haddasah-Hospital in Jerusalem nach einer letzten Untersuchung bei Dr. Adler gerade verlassen. Die Rekonvaleszenzzeit war vorüber; er war gesund. Ehe sie auseinander gegangen waren, hatte Dr. Adler ihm noch gesagt, dass sein altes Herz für immer in Alkohol aufbewahrt werden würde – hoffentlich zum Entsetzen und zur Erbauung der

Studenten. »Sie bekommen nicht jeden Tag ein Ochsenherz zu sehen.«

Trotz der spürbaren Erleichterung, wieder gesund zu sein, war Werner nicht fröhlich. Der Aufenthalt in Ashdod war ganz und gar nicht so verlaufen, wie er ihn sich vorgestellt hatte.

Die Probleme hatten bereits zwei Tage nach der Ankunft begonnen. Es gab irgendetwas zwischen Katarina und Abrasha (das vertrauliche Abby brachte er nicht mehr über die Lippen), das er nicht richtig fassen konnte. Sie waren die ganze Zeit über zu rücksichtsvoll, zu bemüht gewesen, ihm jeden Wunsch von den Lippen abzulesen. Und vor allem: auffällig daran interessiert, dass er allein zurechtkam. (»Mach doch einen Spaziergang, Fritz, wir warten hier auf dich, bis du wieder zurück bist.« Oder häufig auch: »Mach du es dir hier auf der Terrasse gemütlich. Es wäre zu anstrengend für dich, mit auf den Gemüsemarkt zu gehen.«) An einem späten Nachmittag, auf einem seiner Spaziergänge am Strand – Dr. Adler hatte darauf bestanden, dass er jeden Tag etwa fünf Kilometer in ruhigem Tempo zurücklegte –, hatte er sich auf einmal unglaublich stark gefühlt. Warum sollte er hier am Strand herumschleichen, dachte er, wenn Katarina zu Hause saß und darauf wartete, dass er wieder kräftig und ausdauernd genug war, um sie wie in alten Tagen zu lieben? Er machte kehrt und ging aufgeräumt zurück zum Hotel. Doch als er die Suite in der vierten Etage betrat, war Katarina nicht da. Ein schmerzhafter Verdacht keimte in ihm auf, und er ging schnell zu Abrashas Zimmer am anderen Ende des Flures. Er war sich sicher, Stimmen hinter der Tür zu hören, doch als er anklopfte, antwortete niemand. Er ging zurück in die Suite. Sie war noch immer leer. Dann fuhr er mit dem Fahrstuhl ins Erdgeschoss und fragte an der Rezeption, ob seine Frau nach draußen gegangen sei; er fürchte, sie könne ihren Schlüssel vergessen haben, erklärte er. Doch niemand hatte sie das Hotel verlassen sehen. Da entschloss er sich, wie üblich seinen Strandspaziergang zu machen.

Es war ein warmer Tag, das Thermometer kroch bis auf 15 Grad, so dass er schon bald seine Jacke ausziehen musste. Obwohl es noch zu früh zum Baden war, waren viele Menschen am Strand – ältere Menschen, die Spaziergänge machten, aber auch Mütter mit Kindern und Jugendliche, die die großen freien Flächen für Ballspiele nutzten. An einem Platz stand ein Mann Mitte vierzig und spielte mit seinem dreizehn oder vierzehn Jahre alten Sohn Strandtennis; keiner von beiden sagte etwas, sie schienen vollkommen konzentriert auf den Ball, der in einem wahnsinnigen Tempo über den Sand schoss. Er sah ihnen ein paar Minuten mit einer Art resigniertem Neid zu. Für ihn und Carl-Christian hatte es nie eine solche Art von Zweisamkeit gegeben. Sie hatten ihre Kräfte gemessen, das ja; das war wohl bei allen Vätern und Söhnen so. Doch nie hatten sie eine Art von Wettstreit gefunden, der beiden gefiel und an dem beide ihren Spaß hatten. Dafür waren sie wohl zu unterschiedlich. Doch wenn er jetzt die beiden Tennisspieler betrachtete und sah, wie der Sohn sein Äußerstes gab, um seinem Vater einen offenen Schlagabtausch zu bieten, und wie der Vater diese Herausforderung liebte und gleichzeitig so lange wie möglich die Oberhand zu behalten versuchte, erkannte er mit Wehmut, dass er etwas verpasst hatte. Diese beiden, glaubte er zu wissen, würden nicht so auseinander gleiten wie er und Carl-Christian. Noch in zwanzig Jahren würden sie bei Sonnenuntergang auf dem Strand Tennis spielen, nur mit vertauschten Rollen. Der Vater würde wie ein Besessener spielen, um zu zeigen, dass er noch nicht zum alten Eisen gehörte, und der Sohn würde sich ohne allzu große Schwierigkeiten verteidigen und das Gefühl genießen, die Kontrolle zu haben.

Zurück im Hotel, fand er Katarina mit einem Drink und einem guten Buch auf der Terrasse, sie beteuerte, dort die ganze Zeit gesessen und ihn beobachtet zu haben. Das sei das Schöne an dieser Terrasse; dass man in beide Richtungen über den Strand blicken konnte und dabei die ganze Zeit in der Sonne saß. Ob er sehen konnte, dass sie Farbe bekommen hätte?

Ja doch, sie war braun geworden, da gab es keinen Zweifel. Katarina wurde immer braun. Sie brauchte nur einen Blick auf die Sonne zu werfen, dann bekam sie Farbe auf den Wangen.

Doch jetzt lag eine intensive Röte unter der Bräune. Die unvergleichlichen Pigmente des Orgasmus, dachte er.

Er nahm sich einen Stuhl und mischte sich einen trockenen Martini. Doktor Adler würde das nicht gefallen, aber das musste jetzt sein. Er brauchte einen Drink, egal was die Wissenschaft davon hielt. Katarina beobachtete ihn mit einem unergründlichen Lächeln, als er das Glas an die Lippen hob. Sie sprachen über dies und das, Dinge, über die Ehepartner nach vierzig Jahren Zusammenleben sprachen. Anschließend gingen sie zum Essen, sahen eine Reportage auf CNN und gingen ins Bett. Alles war wie immer. Aber seit diesem Tag war er wachsam gewesen.

Die nächste Woche war normal verlaufen, ohne irgendwelche unerwarteten Zwischenfälle. Sie aßen gemeinsam, sonnten sich, lasen, machten Spaziergänge und gingen zum Einkaufen nach Ashdod. Meistens waren sie nur zu zweit, also Katarina und er selbst, aber manchmal – mindestens einmal pro Tag – bekamen sie Gesellschaft von Abrasha. Das Gespräch ging leicht wie immer. Sie spaßten und lachten, neckten und umarmten einander. Alles war genau so, wie es sein sollte, wenn die drei zusammen waren. So, wie es seit mehr als vierzig Jahren gewesen war.

Und genau das war es, was ihn quälte. Nichts war verändert. Das war doch die positive Seite des Ganzen. Aber wenn da trotzdem etwas zwischen Katarina und Abrasha war? Etwas, das es immer gegeben hatte? Von Anfang an, seit er sie im MIT getroffen und Abrasha in die USA eingeladen hatte, um ihr Trauzeuge zu sein. Oder reichte es noch länger zurück? Schließlich kannte Katarina Abrasha, seit sie bei ihm in Tel Aviv studiert hatte. Er wusste eigentlich wenig darüber, was für ein Verhältnis sie in dieser Zeit gehabt hatten. Die Beziehung zwischen Katarina und ihm war in den ersten Jahren so stürmisch und heiß gewesen, dass er sich nie irgendwelche Gedanken darüber gemacht hatte. Die Vergangenheit schien ihm irrelevant zu sein. Und Abrasha war sein bester Freund. Dass auch Katarina ihn kannte, erleichterte es nur, den Kontakt zu wahren, weil sie nie eifersüchtig auf die Freundschaft war und ihn mehr als gerne auf Konferenzen und Termine begleitete, wenn auch Abrasha dort war. Auf diesen Reisen war er der glücklichste Mann der Welt gewesen. Umgeben von guten Kollegen aus der ganzen Welt und in Begleitung seiner Frau und seines besten Freundes, war er dem Himmel so nah gewesen, wie ihm ein Mensch nur kommen konnte. Jetzt fragte er sich, während sich die Tränen hinter seiner Sonnenbrille hervorpressten, ob dieses Glück auf einer Lüge basiert hatte.

Je mehr er Katarina und Abrasha beobachtete, desto sicherer wurde er sich: Sie hielten etwas vor ihm geheim. Ein großes Geheimnis. Etwas, das tiefer ging als bloße Freundschaft. Er glaubte, eine Vertraulichkeit und gegenseitige Aufmerksamkeit beobachten zu können, die von ganz anderen Gefühlen zeugten. Und zum ersten Mal fiel ihm auf, wie oft sie sich berührten, sogar in seiner Nähe. Das war nichts Neues. Der physische Kontakt war immer der sichtbare Beweis der außerordentlichen Freundschaft von ihnen dreien gewesen. Wie oft waren sie Seite an Seite durch europäische und amerikanische Großstädte geschlendert, manchmal alle drei Arm in Arm, andere Male umschlossen von Abrashas starken Armen. Wie viele Schmal- und Videofilme hatten sie gebraucht, um all das zu verewigen? Doch jetzt brachte ihn diese physische Nähe, diese Selbstverständlichkeit der kleinen Berührungen, auf andere, erschreckende Gedanken. Waren es vielleicht nicht vierzig Jahre Freundschaft, die dadurch zum Ausdruck kamen, dass sie seinen Schlips zurechtzog oder ein Haar von seiner Schulter schnippte, sondern vier Jahrzehnte verbotener Liebe?

Nachdem er diese unmöglichen Gedanken erst gedacht hatte, verstand er nicht mehr, wie ihm das früher entgangen sein konnte. Der charmante, humorvolle, intelligente Abrasha, der nie die Richtige gefunden hatte, der sich aber zur Verwunderung aller mit der Rolle des ewigen Junggesellen zufrieden zu geben schien – er, der größte Frauenheld von ihnen allen! Doch warum sollte er heiraten, wenn er die Frau seines Lebens bereits gefunden hatte? Und Katarina? Wie war das mit Katarina? War es nicht auffällig, dass sie immer gerne auf Reisen ging, wenn Abrasha dabei war, es ansonsten aber so beschwerlich fand, ins Ausland zu reisen, dass sie am liebsten zu Hause blieb? Wenn man einmal von den jährlichen Reisen nach Israel absah, um die Familie zu besuchen, wie sie sagte. Er hatte sich nie darum gekümmert, welchen Anteil die Familie wirklich an diesen Reisen hatte. Und natürlich hatte er auch nicht untersucht, wo Abrasha sich in diesen Wochen aufhielt. Jetzt verlockte es ihn förmlich, eine Wette abzugeben.

Und schließlich, das Schmerzlichste von allem: der totale Mangel an Leidenschaft in ihrer Ehe. Das war, weiß Gott, nicht immer so gewesen. Ein paar, vielleicht drei Jahre lang, waren sie stürmisch ineinander verliebt gewesen und hatten jede freie Stunde miteinander verbracht, am liebsten im Bett. Doch irgendwann einmal – es gelang ihm nicht zu sagen, wann, nur dass es lange her war – war die Leidenschaft gestorben. Ihre Liebesakte wurden mechanische Übungen. Um nicht zu sagen Wiederholungsübungen. Sie hatten oft darüber gesprochen und waren beide zu dem Schluss gekommen, dass das wohl einfach so war; und dass es auf dieser Welt wohl nicht nur ihnen so erging; und vielleicht war das ja auch nicht so schlimm, solange sie sich liebten und es schön miteinander hatten; und mit den Kindern und allem war es schließlich auch nicht so leicht, die Kraft für Veränderungen aufzubringen. Später kamen das Haus und die Enkel und all die anderen Entschuldigungen. Das Leben floss vorbei. Aber sie hatten ja einander! Ein inhaltsreiches Leben! Freunde auf der ganzen Welt!

Was aber, wenn dieses Auseinandergleiten nicht unumgänglich gewesen wäre? Was, wenn Katarina es so gewollt hatte? Sie war trotz allem ein anständiger Mensch. Wie er sie kannte, war sie nicht in der Lage, ihre Leidenschaft zwischen zwei Männern aufzuteilen. Vielleicht musste sie ganz einfach die eine Beziehung auf Eis legen, um die Temperatur der anderen hochzuhalten? Die Beine im Ehebett in Frogner zusammenkneifen, um die Arme für Abrasha in Ashdod öffnen zu können?

Den endgültigen Beweis dafür, dass seine Annahme richtig

war, bekam er am Tag vor ihrer Abreise nach Jerusalem. Das Ereignis sollte ihm den Schock seines Lebens versetzen, doch nicht in erster Linie, weil Katarina ihn betrog.

Katarina und Abrasha hatten am Abend zuvor gesagt, dass sie Lust hätten, einen Ausflug nach Beersheba zu machen, in die alte jüdische Stadt, die der Legende nach vom jüdischen Stammvater Abraham vor vielen tausend Jahren gegründet worden war. Es würde eine heiße, anstrengende Tour werden, erklärten sie ihm in ihrer üblichen Fürsorge. Aber natürlich würden sie sich über alle Maßen freuen, wenn er sie trotzdem begleiten wollte! Er lehnte dankend ab. Begründete es mit seiner Müdigkeit und damit, dass er Kräfte sammeln müsse für die lange Fahrt nach Jerusalem am folgenden Tag. Bei der letzten, entscheidenden Untersuchung bei Dr. Adler wollte er nicht erschöpft sein. Sie verstanden. Ein ganzer Tag allein auf der Terrasse sei keine schlechte Alternative. Sollte es ihm an Lesestoff mangeln, könne ihm Abrasha ein gutes Buch vorschlagen: Avner Cohens *Israel and the Bomb.* Der Autor sei auf der Spur, fügte Abrasha viel sagend hinzu. Doch erst am Anfang.

Am nächsten Morgen ließ er ihnen ein paar Minuten Vorsprung, ehe er die Verfolgung aufnahm. Durch die Glastür der Lobby konnte er sie in ein Taxi steigen und davonfahren sehen. Er lief nach draußen, stieg in einen freien Wagen und amüsierte sich, den klassischen Satz aus so vielen Filmen sagen zu können: »Follow that car!« Er sagte es voller Ironie, um zu signalisieren, dass von einer richtigen Verfolgung natürlich nicht die Rede sein konnte. Doch um das Vertrauen des Fahrers zu gewinnen, entschloss er sich, es so zu sagen, wie es war: »Meine Frau ist da drin, mit einem anderen Mann. Ich glaube, sie betrügt mich.« Der Fahrer fluchte und schimpfte. Frauen könne man nie trauen, stellte er fest. Er selbst bete jeden Abend zu Gott, selbst nie diese Demütigung erfahren zu müssen. Doch sollte es geschehen, würde er nicht zögern, zurückzuschlagen. Ein Mann dürfe sich von einer untreuen Frau nicht kommandieren lassen. Die Wahrheit müsse auf den Tisch und dann eine passende Strafe, und es läge in der Sache der Natur, dass diese Strafe gnadenlos sein müsse.

Werner murmelte undeutlich, dass diese Worte von ihm selbst sein könnten. Auf Vorschlag des Fahrers setzte er eine amerikanische Baseballmütze auf, die zusammengefaltet im Handschuhfach lag. *Red Sox,* Boston. Der Fahrer hielt reichlich Abstand, so dass keine Gefahr bestand, dass Katarina ihn erkannte, wenn sie sich umdrehte. Doch zur Sicherheit zog er sich die Mütze tief in die Stirn. Es war fast kein Verkehr und freie Sicht über die ebene, gerade Straße.

»Die fahren nicht nach Beersheba«, sagte der Fahrer auf einmal. »Dann wären sie hier an der Kreuzung nach rechts abgebogen. Die fahren nach Nordwesten, Richtung Ramla.«

Nach einer Weile verließen sie die Fernstraße und bogen auf eine kurvige, zweispurige Straße ab, die zwischen kleinen Hügeln und Olivenhainen hindurch nach Ramla führte.

»Was wollen die hier?«, fragte der Fahrer. Als Werner keine Antwort gab, fuhr er fort: »Ramla ist übrigens ein nettes Städtchen. Einer der wenigen Orte in diesem Land, in dem es Juden und Palästinensern tatsächlich gelungen ist, seit 1948 friedlich zusammenzuleben. Hier gibt es eine uralte palästinensisch-arabische Bevölkerung: Händler, Handwerker und Bauern, die hier seit Hunderten von Jahren leben. Als 1948 der Krieg ausbrach, entschieden sich viele von ihnen, zu bleiben. Sie fühlten sich hier zu Hause und wussten, dass das Leben, das sie im Westjordanland erwartete, nicht so gut sein würde. Noch immer sind hier gut zehn Prozent der Bevölkerung palästinensisch-arabischer Herkunft. Im Großen und Ganzen ist es gut gegangen. Das Problem sind die Jungen. Sie verlieren die Selbstachtung, wenn sie Seite an Seite wohnen, ohne Angst vor dem Tod.«

Werner sagte, was auch stimmte: dass er auf beiden Seiten des Konflikts Unverstand sehe, doch dass die Schuld in erster Linie diejenigen treffe, die die größten Möglichkeiten hätten, die Situation zu verbessern. Und dann käme man nicht umhin – es war nicht leicht für ihn, das zu sagen –, dann käme man nicht umhin, zu sagen, dass Israel die Hauptverantwortung habe. Nicht für die historischen Gegensätze. Nicht für die Konflikte in Zusammenhang mit der israelischen Staatsgründung. Nicht für die Kriege 1967 und 1973. Diese Sachen betrafen alle Seiten gleichermaßen. Aber in den letzten zehn Jahren war es zu einer deutlichen Verschlechterung der Lage gekommen, und Israel hatte das alles nur allzu bereitwillig geschehen lassen.

Der Fahrer verhielt sich ruhig, doch Werner hatte das Gefühl, er verstand, dass man als Außenstehender einen solchen Eindruck bekommen musste.

Der Verkehr wurde dichter. Sie waren jetzt in der Stadt, und es war schwierig, das Taxi im Blick zu behalten – insbesondere nachdem sich ein alter Pick-up, voll gepackt mit Federvieh, zwischen sie schob und ihnen die Aussicht versperrte. Plötzlich fuhr das Taxi an den Straßenrand und blieb stehen. Werner bat den Fahrer, die erste Seitenstraße zu nehmen und ihn hinter der Straßenecke abzusetzen. Er bezahlte, was er schuldig war, plus zehn amerikanische Dollar, damit der Fahrer wartete, bis er zurückkam.

»Warten Sie zwanzig Minuten«, sagte er. »Wenn ich bis dahin nicht zurück bin, können Sie fahren.«

»Viel Glück«, sagte der Taxifahrer. »Versprechen Sie mir, dass Sie es ihr richtig geben!«

Er ging um den Häuserblock herum, um sich dem Taxi von hinten nähern zu können. Es stand noch an der gleichen Stelle. Abrasha saß auf dem Rücksitz. Aber Katarina war verschwunden. Werner näherte sich langsam. Er hatte die Baseballkappe behalten dürfen, fürchtete aber, dass ihn die norwegische Freizeitjacke auf dem nicht sonderlich bevölkerten Bürgersteig verriet. Auf der anderen Straßenseite gab es einen kleinen Kleiderladen. Er ließ es darauf ankommen und überquerte die Straße. Hinter der Tür erzählte er dem Besitzer, einem alten israelischen Araber mit grauen Bartstoppeln und kurz geschorenen Haaren, dass er auf der Suche nach einer typisch palästinensischen Jacke sei, die er mit nach Norwegen nehmen wolle, und als der Besitzer einen einfachen grauen Wollmantel vorschlug, sagte er sofort ja. Während der Ladenbesitzer die Quittung schrieb, zog er den Mantel an und bat um eine Plastiktüte, um darin seine alte Jacke zu verstauen. Die ganze Zeit über beobachtete er durch die großen Schaufenster das Taxi auf der Straße.

Als er sich wieder zur Kasse umwandte, starrte er direkt in das Gesicht einer jungen Frau, die ihn mit einem unergründlichen Blick anstarrte.

»Hier ist die Tasche, um die Sie gebeten haben«, sagte sie in überraschend gutem Englisch und reichte ihm eine weiße Plastiktüte ohne Reklame. »Auf Wiedersehen.«

Der Ladenbesitzer kam mit der Quittung und dem Wechselgeld.

»Meine Enkelin«, sagte er stolz. »Sie wohnt mit ihren Eltern und zwei Brüdern in Gaza. Wir sehen sie leider nicht so oft. Es ist wirklich nicht leicht, an den israelischen Wachposten vorbeizukommen, wenn sie uns besuchen will. Gestern haben sie sie vier Stunden ohne jeden Grund aufgehalten. Sie sagte, sie sei sich sicher, dass ihr heute Nachmittag auf dem Rückweg das Gleiche blühen werde. Das ist die israelische Vorgehensweise, um mich aus Ramla zu vertreiben. Sie wollen es mir auf diese Weise so schwer machen, den Kontakt zu meinen Kindern und Enkeln in Gaza aufrechtzuerhalten, dass ich schließlich nicht mehr hier wohnen will.« Der alte Mann warf seiner Enkelin einen liebevollen Blick zu. »Mein Traum aber ist es, dass es ihr eines Tages möglich sein wird, wieder hierher zu ziehen. Jemand muss schließlich nach mir das Geschäft übernehmen.«

»Vielleicht einer meiner Brüder«, sagte das Mädchen ausweichend. »Ich gehöre hier nicht her. Ich will an einen größeren Ort.«

Mit diesen Worten drehte sie sich um und verschwand hinter einem Vorhang, der das Geschäft von den Privaträumen des Inhabers abtrennte. Er sah ihr stolz nach:

»Ein kluges, pflichtbewusstes Mädchen. Ich habe immer daran geglaubt, dass sie es im Leben zu etwas bringen wird. Wenn sie nur die Chance bekommt, ihre Fähigkeiten zu entwickeln.«

Werner sagte, er sei sicher, dass sie diese Chance bekommen werde. Man könne spüren, dass sie wisse, was sie wolle.

Er wollte gerade gehen, als er Katarina mit einer braunen Einkaufstasche über den Bürgersteig schlendern sah. Oben aus der Papiertüte ragten zwei Baguettes und eine Flasche Mineralwasser. Sie war kaum zehn Meter entfernt, aber er war sich sicher, dass sie ihn durch die Scheibe nicht sehen konnte. Um die Neugier des Ladenbesitzers nicht zu wecken, tat er so, als studierte er ein paar bunte Hemden, die auf einem Kleiderständer gleich neben der Tür hingen. Katarina war vor einem Blumenladen stehen geblieben und mit dem Besitzer ins Gespräch gekommen; auch er ein älterer, arabisch aussehender Mann, der auf einem Stuhl auf dem Bürgersteig saß und Wasserpfeife rauchte, wenn er sich nicht gerade um einen Kunden kümmern musste. Jetzt wollte er sie sicher in den Laden locken, um ihr etwas zu zeigen. Katarina liebte Blumen und ließ sich gerne überreden.

Werner nutzte die Chance und verließ den Laden. Mit gesenktem Haupt, die Kappe tief in die Stirn gezogen, ging er zielstrebig über die Straße. Er bog links ab, fort vom Taxi, und ging weiter geradeaus. Nach zwanzig Metern blieb er vor einem Zeitschriftenständer stehen und kaufte sich eine englischsprachige israelische Zeitung, um dann kehrtzumachen und langsam wieder in Richtung Taxi zu gehen. Das ganze Manöver hatte weniger als eine Minute gedauert, und er hatte richtig kalkuliert: Das Taxi stand noch immer dort, Katarina war noch in der Blumenhandlung.

Es fehlte nicht viel, und er hätte sich verraten, denn kaum hatte er den Blick auf den Blumenladen gerichtet, ging die Tür auf und Katarina kam mit einem großen Strauß Lilien aus dem Laden. Sie lächelte dem Besitzer freundlich zu, der ihr die Tür aufhielt und sich zum Abschied verbeugte. Weiß Gott, was sie ihm gesagt hatte, um ihn so freundlich zu stimmen. Dass sie Norwegerin sei und Arafat vermisse?

Nachdem er sich vergewissert hatte, dass Katarina wirklich in Richtung Taxi ging, drehte er sich noch einmal um und rannte um den Häuserblock. Jetzt galt es, zurück zu seinem Taxi zu kommen, ehe Abrasha und Katarina weiterfuhren. Aber das Auto war verschwunden. Er sah auf die Uhr. Es waren siebzehn Minuten vergangen, seit er sich von dem Taxifahrer verabschiedet hatte. In diesem Land konnte man niemandem vertrauen. Natürlich hätte er dem Fahrer niemals im Voraus die zehn Dollar geben dürfen.

Werner hatte die Verfolgung bereits abgeschrieben, als er das Taxi mit Katarina und Abrasha auf dem Rücksitz um die Ecke biegen sah. Er drückte sich rasch an eine Hauswand, stellte die große Tüte vor seine Füße, um seine Schuhe zu verdecken, und faltete die Zeitung auseinander. Das Taxi rollte vorbei, fuhr noch etwa fünfzig Meter weiter und blieb stehen. Abrasha und Katarina stiegen aus. Sie ließ die Essenssachen im Auto liegen und trug bloß den Blumenstrauß und die kleine Krokodilledertasche, die er ihr vor ein paar Monaten nach einer längeren Exkursion in japanische und südkoreanische Kernkraftwerke geschenkt hatte. Er hatte ein Vermögen dafür bezahlt, und bei aller Eifersucht freute es ihn, dass sie die Tasche bei einer Gelegenheit wie dieser nutzte. Auf dem Weg zu einem besseren Essen – oder zu einem friedlichen Schäferstündchen in einem frisch gemachten Kingsize-Bett?

Sie und Abrasha hatten auf jeden Fall ein charmantes Hotel mit großen Zypressen im Hinterhof ausgesucht. Zu dem Hotel gehörte auch ein lauschiges Restaurant mit runden Marmortischchen und schwarzen, schmiedeeisernen Stühlen auf dem Bürgersteig. Abrasha schob dem Fahrer des Taxis ein Bündel Scheine zu, ehe er Katarina schnell folgte, die bereits die schmale Steintreppe emporstieg, die zum Eingang führte. Das Taxi fuhr auf die andere Straßenseite hinüber, wo ein freier Parkplatz war. Der Fahrer machte den Motor aus und stieg aus, um seine Beine auszustrecken. Er rief Katarina und Abrasha etwas zu, die oben auf der Treppe stehen blieben und sich mit einem frivolen Lächeln auf den Lippen umdrehten. Werner stand zu weit entfernt, um zu verstehen, was der Fahrer sagte, doch Katarinas Antwort traf ihn wie ein Pferdehuf im Magen:

»Nur keine Sorge, Joshua. Wir nehmen uns *immer* viel Zeit.«

Sie verschwanden durch die Türen, und der Fahrer wandte sich wieder seinem Wagen zu.

Werner hatte gesehen, was er sehen wollte. Er wartete eine Viertelstunde im Schatten, ehe er zurück zur Hauptstraße ging, um sich ein Taxi zu rufen. Zehn Minuten später bekam er eins. Er nahm auf dem Rücksitz Platz und bat den Fahrer, ihn in sein Hotel in Ashdod zu fahren. Der Fahrer nickte, schaltete aber das Taxameter aus.

»Einen Augenblick noch«, sagte er freundlich. »Ich habe keine Zigaretten mehr.«

Er verließ den Wagen, die Tür weit geöffnet. Auf der anderen Straßenseite war ein kleiner Lebensmittelladen, auf den er zusteuerte. Auf halbem Weg über die Straße blieb er stehen, um einen zur Hälfte besetzten Bus vorbeizulassen, der gerade von der Haltestelle losgefahren war.

In diesem Moment knallte es: eine gewaltige Explosion, die das Taxi seitlich auf den Bürgersteig drückte und die Heckscheibe pulverisierte. Werner warf sich auf den Sitz, er war sich sicher, dass eine Bombe im Kofferraum gewesen sein musste. Doch langsam begann er zu verstehen, dass der Knall von außen gekommen sein musste und dass ihm der Wagen vermutlich das Leben gerettet hatte. Der Knall hatte ein schrilles Pfeifen in einem Ohr hinterlassen, doch abgesehen davon schien er mit dem Schrecken davongekommen zu sein. Die Autotüren hatten sich verkeilt, doch nachdem er ein paar Glassplitter weggedrückt hatte, gelang es ihm, sich durch die zerbrochene Rückscheibe zu schieben. Zunächst konnte er nichts sehen. Überall waren Rauch, Putz und wirbelnder Staub.

Dann erblickte er den Bus. Er stand quer auf der Straße mit einem großen Loch in der Seite. Der vordere Teil stand in Flammen, und dicker gelbbrauner Rauch quoll aus den Scheiben. Zuerst konnte er keine Passagiere sehen oder hören, doch als er näher kam, sah er das Blut auf den Pflastersteinen, überall. Fünf Meter vom Bus entfernt stolperte er über die ersten abgerissenen Gliedmaßen – ob Arme oder Beine war unmöglich zu erkennen – und von dort bis zum Bus wurden es immer mehr: eine halbe Hand, ein Schuh mit einem Fuß darin, ein Hinterkopf mit langen, schwarzen Frauenhaaren. Als er das klaffende Loch in der Karosserie erreichte, konnte er nicht mehr und wandte sich ab. Direkt hinter der Öffnung lag die verbrannte Leiche einer Frau, die einen toten Säugling an sich drückte. Was ihn aber am meisten schockierte und ihn sich auf dem Bürgersteig zusammenkrümmen ließ, war das Blut. Das ganze Inventar des Busses war von Blut bedeckt. Vorn im Bus, wo die Hitzeentwicklung am stärksten gewesen war, lag es wie eine angetrocknete rotschwarze Schicht auf Wänden und Decke. Weiter hinten tropfte es noch.

Er lief zurück, weg vom Bus. Er musste weg. Er hielt diesen grausamen Anblick nicht aus, diesen quälenden Gestank von Blut. Doch ihm ging schnell auf, dass das nicht die ganze Zerstörung war. Das nette Bekleidungsgeschäft, in dem er eben gewesen war, gab es nicht mehr. Die ganze Fassade war wie weggeblasen. Desgleichen der Blumenladen auf der anderen Seite und das, was einmal eine Töpferei im anderen Nachbarhaus gewesen war. Alles war in tausend Stücke zerbombt. Stein war zu Staub geworden, Balken zu Splittern. Die Explosion musste mindestens zwanzig Menschenleben gefordert haben, schloss er, wenn er die vier leblosen Körper auf dem Bürgersteig zählte, plus die fünf, von denen er mit Sicherheit wusste, dass sie in den drei Geschäften arbeiteten, und davon ausging, dass etwa zwölf Menschen in dem ausgebrannten Bus waren.

Er begann, die Straße hinaufzugehen, weg vom Geschehen. Die ersten Polizei- und Feuerwehrautos rasten mit heulenden Sirenen vorbei, dicht gefolgt von den Ambulanzen. Und danach die Scharen von entsetzten und verängstigten, neugierigen Menschen, die bald erkennen würden, dass die Gewalt nun auch zu ihnen gekommen war. Sie waren lange verschont geblieben, doch jetzt war damit Schluss. In zehn Minuten würde der gesamte Stadtteil abgesperrt sein und die Razzien beginnen. Und wenn die Stunden vergingen, ohne dass es der Polizei oder den Spezialkräften gelang, jemanden zu verdächtigen oder festzunehmen, würden die Menschen auf den Straßen zu murren beginnen. Und die Furcht in den arabischen Vierteln würde wachsen. Auf beiden Seiten würden die jungen Menschen ihren Eltern erzählen, dass die Behörden nicht mehr in der Lage seien, ihre Bürger zu schützen. Dass es an der Zeit sei, das Gesetz in die eigenen Hände zu nehmen. Auge um Auge, Zahn um Zahn.

Er fühlte sich benebelt und verwirrt. Das Pfeifen in seinem Ohr wurde immer schlimmer. Wenn er die Augen schloss, sah er die abgerissenen Gliedmaßen vor sich und die leeren Bussitze voller Blut. Einige Sekunden lang war er nicht in der Lage, sich zu erinnern, was er in Ramla überhaupt wollte und warum er das Hotel in Ashdod verlassen hatte. Doch nachdem er sich wieder gesammelt hatte, fühlte er eine Wahnsinnswut, wenn er an das tote Baby und die zerfetzten Jugendlichen dachte. Und an den alten Kleiderhändler und seine Familie; und nicht zu vergessen, den Blumenhändler, der vielleicht noch immer auf seinem Hocker saß und Wasserpfeife rauchte, als es geschah. Und an den Töpfer und den Busfahrer. Sie alle waren einen sinnlosen Tod gestorben. Durch eine Untat, die niemals vergeben werden konnte, bloß verstanden.

Am Rand der Stadt hielt er ein Taxi an und ließ sich nach Hause fahren.

Statt passiv auf der Terrasse zu sitzen und auf Katarina zu warten, zog er sich seinen Trainingsanzug und die Joggingschuhe an und machte einen langen, schnellen Spaziergang am Strand. Nach etwa einem Kilometer gab er das Vorhaben aber wieder auf. Nicht, weil er zu erschöpft war, sondern aus Unsicherheit, wie viel er seinem Körper zumuten durfte. Er wollte mit Dr. Adler darüber sprechen. Bekam er grünes Licht, würde er das Walken an einem anderen Tag wieder aufnehmen. Vielleicht auch wieder das Joggen. Seit dem letzten Mal waren viele Jahre vergangen, und er hatte das Gefühl, mindestens zehntausend Kilometer aufholen zu müssen.

Auf dem Rückweg ging er bei einem Lebensmittelgeschäft

vorbei und kaufte sich etwas für das Abendessen. Als er zehn Minuten später die Tür seiner Hotelsuite öffnete, saß Katarina im Zimmer. Sie war außer sich vor Begeisterung über Beersheba. Dorthin *mussten* sie auch einmal fahren; und jetzt meinte sie nur ihn und sich. Sie meinte, sie hätten gar nicht mehr richtig Zeit füreinander.

Gibt es sonst etwas Neues, fragte er; sie sah schließlich CNN. Sie schüttelte den Kopf. Im Grunde nicht. Doch in einer der Städte weiter im Norden habe es eine grauenvolle Explosion gegeben. Vierzehn jüdische Businsassen, darunter mehrere Kinder, seien von einem palästinensischen Selbstmordattentäter in die Luft gesprengt worden. Auch ein paar arabische Zivilisten seien getötet worden. Er wisse ja, wie das sei. Die Palästinenser brachten sich gegenseitig um. Sie hätten kein Schamgefühl. Sie liebten die Zerstörung der Zerstörung wegen.

»Ich habe ein bisschen was fürs Abendessen besorgt«, sagte er beiläufig und stellte die braune Einkaufstasche auf den Tisch. Zwei frisch gebackene Baguettes und eine Flasche Mineralwasser ragten über den Rand. Einen kurzen Moment lang sah er die Furcht in ihren Augen. Die Pupillen zogen sich rasch zusammen. Die Nasenflügel vibrierten. Doch dann gewann die Kontrolle wieder die Oberhand. Er wusste, was sie dachte: ein Zufall, nichts sonst. Er weiß nichts. Mein Gott, wie sollte er denn etwas wissen?

»Ich nehme schnell eine Dusche«, sagte er. »Kümmerst du dich um das Essen, Liebling?«

38

Ulla war bereits um vier Uhr bei der Tretjakow-Galerie, anderthalb Stunden vor der verabredeten Zeit. Sie wusste, dass sich in dem vielfältigen Museum Saal an Saal mit tausenden von Bildern reihte, und wollte nicht riskieren, das Aiwasowski-Gemälde nicht rechtzeitig zu finden. Als sie die Kasse passiert hatte, war ihr klar, dass sie eine kluge Entscheidung getroffen hatte. Noch nie in ihrem Leben hatte sie so viel schöne Kunst unter einem Dach gesehen – den Louvre und das Museum of Modern Art mit eingeschlossen. Selbst nach dem langen Tag im Kreml, an dem sie sich abwechselnd faszinieren und abstoßen lassen hatte von Alexanderkirche, Rotem Platz und Leninmausoleum, war sie jetzt wieder offen für neue Eindrücke.

Es überraschte sie nicht, dass die alten Malereien mit religiösen Motiven sie am stärksten berührten. Besonders ein Gemälde aus dem 14. Jahrhundert, das direkt auf die gehobelten Bretter gemalt worden war, hatte es ihr angetan. Das Bild eines unbekannten Künstlers, das »Deesis: Der Erlöser, die Jungfrau und Johannes der Täufer« hieß, zeigte drei zutiefst fromme Gesichter, die dem Betrachter von dem kreideweißen Hintergrund regelrecht entgegenkamen. Das Negativ dieses Bildes kannte sie nur zu gut: der gleiche Gesichtsausdruck, nur schwermütiger, und mit pechschwarzem Hintergrund. In der Gemeinde Bakfjordeid, in der ihre Mutter lebte, gab es davon jede Menge.

Im nächsten Saal blieb sie lange vor einem Christusbild aus dem 15. Jahrhundert stehen, auch dieses auf grob gehobelte Holzbretter gemalt. Das Faszinierende an diesem Bild waren die Auflösungserscheinungen. Mehr als die Hälfte des Gemäldes war bereits verschwunden, und selbst die noch erhaltenen Flächen waren von einem Netz aus feinen Rissen durchzogen. Das Bild war mehr als 600 Jahre alt und würde die nächsten hundert Jahre sicherlich auch noch überstehen. Aber wie viel mehr des Gemäldes dürfte noch verschwinden, ehe es aufhörte, ein Gemälde zu sein? Sie fragte sich, ob das Bild wegen seiner künstlerischen Qualitäten dort hing oder als ein Symbol für die Vergänglichkeit des Lebens.

Kurz vor fünf hatte sie den Saal mit dem Aiwasowski-Gemälde gefunden. Aber sie blieb nicht stehen, sondern schlenderte scheinbar uninteressiert weiter in den angrenzenden Saal mit riesigen naturalistischen Ölgemälden, in dem unter anderem Wassili Surikows lebenspralle Darstellung der Eroberung Sibiriens durch den Kosakenführer Jermak Timofejewitsch hing; ein monumentales und unglaublich detailreiches Bild, mit dem sie sich gern den Rest des Abends beschäftigt hätte. Aber um Punkt sechs vor halb sechs war sie zurück vor Aiwasowskis »Regenbogen«. Sie fühlte mit der Hand, ob das rote Kopftuch richtig saß. Sie hatte im GUM, dem großen Kaufhaus in der Nähe des Kreml, seinerzeit privilegiertes Einkaufsparadies der kommunistischen Machtelite, ein Vermögen dafür bezahlt und dabei das unbestimmte Gefühl gehabt, eine Dummheit zu begehen. Aber es war ein wunderschönes Tuch.

Jetzt hieß es abwarten.

Auf den ersten Blick glaubte sie, sich im Bild geirrt zu haben, weil sie nirgendwo einen Regenbogen sehen konnte. Das Gemälde zeigte ein sinkendes Schiff im hoffnungslosen Kampf gegen die Wellen und den alles verschlingenden Sturm. Am Himmel wachte eine einsame Möwe über das dramatische Geschehen. Und da, kaum sichtbar, am linken Bildrand, entdeckte sie endlich den dünnen, durchsichtigen Regenbogen.

»Ein sehr interessantes Bild«, sagte eine tiefe, distinguierte Männerstimme direkt hinter ihr in reinstem BBC-Englisch. Der schwache Duft von Maltwhisky sagte ein Übriges. Sie drehte sich nicht um, studierte weiter Aiwasowskis Bild.

»Sehr interessant«, wiederholte der Unbekannte. »Und eine hochaktuelle Symbolik. Nicht immer sind es die dramatischen und ins Auge fallenden Ereignisse, die einem sagen, worum es geht. Liege ich falsch, oder hat es ein paar Sekunden gedauert, bis Sie den Regenbogen entdeckt haben?«

»Nein, Sie haben Recht. Ich bin in die Falle getappt und habe Offensichtliches mit Signifikantem verwechselt. Ein häufiger Fehlschluss bei uns Leuten aus dem Westen.«

»Auch hier durchaus verbreitet, Doktor. Aber hören Sie jetzt gut zu, denn in zwei Minuten werde ich weg sein.« Er schob sich näher an sie heran und senkte die Stimme. »Ich habe mit dem Oberst gesprochen. Nach Prüfung des Falls – keine schwere Aufgabe, da ich schon lange als Archivar in der Institution arbeite, von der wir reden – kann ich Ihnen folgende Auskünfte geben: Erstens: In unseren Archiven liegt keine Information über ein norwegisches Schiff mit dem Namen *Syvstjerna* vor. Zweitens: Der erste nukleare Atomversuch in nördlichen Gewässern in Form einer Rakete fand im Herbst 1962 statt, also ein Jahr später als Ihre norwegischen Quellen es angeben. Drittens: Am Morgen des 23. Oktober 1961 waren die Schiffe der sowjetischen Nordflotte im Küstengewässer südlich von Nowaja Semlja tatsächlich sehr aktiv. Es gab eilige Verlegungsmanöver. Das alles jedoch nicht mit der Absicht, eine Rakete aufzuspüren, die bei einem Probeabschuss ins Meer gefallen war, sondern einen unbekannten Eindringling. Ein Pilot hatte ein Objekt geortet, ein, wie er vermutete, unbekanntes Fahrzeug mitten im Sperrgebiet. Der nächste Atomversuch sollte in wenigen Stunden stattfinden. Auf Befehl aus Murmansk wurde eine Operation in Gang gesetzt, das Fahrzeug zu finden und zu vertreiben. Ohne Erfolg. Im Nachhinein wurde entschieden, dass der Pilot sich getäuscht hatte. Ein paar Tage zuvor hatte übrigens eine ähnliche Suche stattgefunden, ebenfalls ergebnislos. Sie werden Ihre eigenen Schlüsse daraus ziehen; ich kann Ihnen nur versichern, dass die Informationen zuverlässig sind.«

Ulla drehte den Kopf zur Seite, um sich für die Hilfe zu bedanken, aber der Unbekannte war bereits in dem Gewimmel aus Touristen, Kunststudenten und neugierigen Besuchern untergetaucht. Sie nahm das Kopftuch ab und mischte sich unter die Leute. In einer halben Stunde war sie mit ihrer Gastgeberin, Svetlana Jegorova, vorm Bolschoitheater verabredet.

Als sie die breite Treppe ins Erdgeschoss hinunterging, schoss ihr durch den Kopf, um wie viel unbegreiflicher die Sache nach den Auskünften des anonymen Freundes von Oberst Grisjin wurde. Wenn seine Informationen korrekt waren, konnte es damit als weitgehend bewiesen betrachtet werden, dass die *Syvstjerna* sich an jenem Morgen tatsächlich innerhalb der Sperrzone befunden hatte. Gleichzeitig deuteten die neuen Informationen darauf hin, dass der Kutter nicht im Auftrag des E-Stabs unterwegs gewesen war. Denn wenn dem so war, hätten die Vertreter des E-Stabs nicht die falsche Schlussfolgerung gezogen, dass die sowjetischen Fahrzeuge nach einer Rakete suchten. Im Gegenteil, die einzige logische Schlussfolgerung war, dass die *Syvstjerna* entdeckt worden war und die sowjetischen Marinefahrzeuge versucht hatten, den Kutter aufzubringen oder zu vertreiben. Wenn Grisjins Freund die Wahrheit nicht ein wenig geschönt hatte und es das eigentliche Ziel gewesen war, den Kutter zu versenken. Die Frage aber blieb: Was um alles in der Welt hatten ihr Vater und die beiden Onkel dort zu suchen gehabt?

39

Er war in Jerusalem. Mit gesundgeschriebenem Herzen und liebeskranker Seele. In diesem Augenblick stand er vor dem Hotel und hielt nach einem Taxi Ausschau.

Als Katarina und Abrasha ihn vor anderthalb Tagen ins Krankenhaus gefahren hatten, hatten sie ihm angeboten, ihn wieder abzuholen, sobald er entlassen würde. Danach könnten sie alle drei zurück nach Ashdod fahren und die letzte Genesungswoche vor der Heimreise nach Norwegen gemeinsam verbringen. Er hatte dankend abgelehnt und erklärt, er bräuchte ein paar Tage für sich allein in Jerusalem. Es gab so viele Sehenswürdigkeiten, die er noch nie gesehen hatte – die Klagemauer, das Damaskustor, Golgatha.

Katarina protestierte.

»Da ist es nicht sicher. Ich könnte den Gedanken nicht ertragen, dich allein in der Altstadt rumlaufen zu wissen. Es ist besser, wenn du mit uns kommst, Fritz. Jerusalem ist eine gefährliche Stadt.«

Darauf hatte er geantwortet, dass jeder Platz in diesem Land, an dem sich mehr als zwei Menschen befanden, gefährlich war. Sie sollte sich nur in Erinnerung rufen, was vor einer Woche in Ramla passiert war. Der Irrsinn konnte überall ausbrechen. Er hatte nicht vor, sich zu verkriechen.

Katarina protestierte erneut, aber diesmal schon schwächer.

Sie wussten beide, dass es beschlossene Sache war. Er versprach, sie jeden Tag aus dem Krankenhaus anzurufen und ihnen mitzuteilen, wann er abgeholt werden wollte.

»Abrasha und dir wird es gut tun, ein wenig Zeit für euch zu haben«, sagte er, als sie sich im Krankenhaus verabschiedeten. »In einer Woche fahren wir nach Hause, und dann wird es eine Weile dauern, bis du ihn wieder siehst.« Einen kurzen Moment sah es so aus, als wollte sie etwas sagen. Ihre Oberlippe zitterte. Die Augen füllten sich mit Tränen. Aber im nächsten Augenblick riss sie sich schon wieder zusammen. Lächelte tapfer und sagte:

»Wie du willst, Fritz.«

Seitdem hatte er ein paar Mal mit ihr telefoniert. Kurze, geschäftsmäßige Gespräche über das Wetter und die Ergebnisse der letzten medizinischen Untersuchungen. Bei seinem letzten Anruf vor weniger als einer Stunde hatte sie überschäumend gute Laune gehabt. Er hatte das unbestimmte Gefühl, dass Abrasha neben ihr saß und zuhörte. Und dass er etwas mit ihr tat, das sie glücklich machte.

Endlich sah er ein Taxi.

Er nannte den Namen des Restaurants, zu dem er wollte.

Der Fahrer musterte ihn argwöhnisch.

»Sie wissen doch, dass es ein paar wirklich gute jüdische Restaurants in der Stadt gibt«, sagte er. »Woher kommen Sie, Sir?«

»Aus Norwegen.«

»Ah, das Land, dem wir das Oslo-Abkommen zu verdanken haben. Halleluja. Ich befürchte, ihr habt meinem Volk damit großen Schaden zugefügt.«

»Sind Sie Jude?«

»Natürlich. Sehen Sie nicht, was ich auf dem Kopf trage?«

Werner entschuldigte sich. Er hatte die Kippah übersehen. Der junge Mann hatte so viele graue Strähnen, dass die Kappe kaum auffiel.

Sie einigten sich, dass der Fahrer ihn am Damaskustor absetzte. Von dort aus wollte Werner zu Fuß durch die Altstadt gehen. Das Restaurant lag im arabischen Viertel, ungefähr zehn Minuten vom Tor entfernt.

Der Fahrer gab Gas. Auf dem Weg durch die abendlich dunkle Stadt fiel Werner zum wiederholten Mal auf, wie düster das Leben im alten Jerusalem geworden war. Er sah nirgendwo ein Lachen oder auch nur Lächeln in den Gesichtern der Menschen. Die jungen Männer hatten viel zu wenige lebenslustige Frauen, um die sie wetteifern konnten. Sie hatten nur sich selbst und ihren Zorn. Ihre Gesichter waren finster und verschlossen. Wenn jemand die Jugendlichen dazu bringen könnte zu lachen und zu flirten, dachte er bedrückt, hätte er dafür den Friedensnobelpreis verdient.

Die politische Spannung hatte sich im Laufe der vergangenen Woche immer mehr aufgebaut. Der Terroranschlag in Ramla hatte heftige Reaktionen zur Folge gehabt und eine Reihe von Protestmärschen, Aktionen und Gegenaktionen ausgelöst. Vierzehn Menschen waren getötet worden, seit er in Jerusalem eingetroffen war. Die Sicherheitsvorkehrungen waren enorm, an jeder Straßenecke standen Sperren oder Militärpatrouillen. Von Mustafas Hauptquartier in Ramallah war ein Appell an alle Palästinenser ausgegangen, in dieser kritischen Phase für das palästinensische Volk Geduld und Verantwortung zu zeigen. Alle möglichen Gerüchte kursierten. Dass die Regierung plane, die palästinensischen Gebiete erneut unter irsraelische Militärverwaltung zu stellen; dass Mustafa in naher Zukunft die Errichtung eines selbstständigen palästinensischen Staates mit dem Alten Jerusalem als Hauptstadt ausrufen würde. Für diesen Fall befürchteten – oder hofften – viele, dass Israel dem neuen Staat den Krieg erklären und nach einem blutigen Feldzug dessen bedingungslose Kapitulation erzwingen würde. Damit wäre das Tauziehen um den Nahen Osten wieder dort, wo es begonnen hatte.

Mit solchen Gedanken und Szenarien im Kopf, bezahlte Werner den Taxifahrer und stürzte sich in das Menschengewühl hinter dem Damaskustor. Eine Weile ließ er sich einfach treiben und sog die Eindrücke der Basare, Cafébars und Souvenirbuden in sich auf. Er war ganz benommen von all den Geräuschen. Die arabischen und hebräischen Stimmen flossen ineinander und erzeugten einen schnarrenden, nervigen Ton, der ihn an eine ungestimmte Hardangerfidel erinnerte. Und auch die Düfte in den Gassen bargen eine Botschaft von Angst, Wut und Nerven, die zum Zerreißen angespannt waren: schwarze Oliven, Tabak, Schweiß, faulige Zähne und Palmwedel. Diese Mischung war es, die die Menschen dazu trieb, den Splitter im Auge des Bruders zu sehen, mit dem Schwert zu leben und den ersten Stein zu werfen.

In einer Sackgasse, die von einer schmalen Nebenstraße der Via Dolorosa abzweigte, fand er schließlich das Lokal, nach dem er gesucht hatte. Es hatte einen französisch angehauchten Namen, *Chez Ali*, und war, wie sich zeigte, nach dem ersten muslimischen Schwergewicht im Boxen benannt, Muhammed Ali. Die Wände waren mit Bildern von Alis Karriere geschmückt, jedes mit einem ausgesuchten Zitat des redegewandten Boxers versehen. Er ließ sich unter einem Bild von Ali in dem legendären Fünfzehnrundenkampf 1971 gegen Joe Frazier nieder.

Während er eine Tasse starken Kaffee genoss, bestellte er ein Mineralwasser und Kebab mit Olivensalat. Er war gespannt, ob sie tatsächlich auftauchen würde. Er zweifelte daran. Was wollte sie von ihm, einem alten Mann? Andererseits, die Initiative war von ihr ausgegangen. Als er an diesem Morgen zum Frühstück gegangen war, hatte ein zugeklebter Umschlag für ihn an der Rezeption gelegen. Als er die handschriftliche Notiz las, die darin lag, hatte er sich fast an seinem Frühstück verschluckt. *»Lieber Werner! Ich muss mit dir reden. Komm um 20 Uhr ins Chez Ali. Dort wartet eine Überraschung auf dich! Naomi Hirsch.«*

Jetzt war es fünf Minuten vor acht. Die Stiche der Narbe auf der Brust unter dem Hemd begannen zu jucken, aber er hatte strenge Order von Dr. Adler, die Wunde in Ruhe zu lassen. Er zwang sich, mit den Fingern den Takt der einschläfernden arabischen Hintergrundmusik zu trommeln, die aus der Bar im Nebenraum herüberdrang.

Der Kellner steuerte gerade mit dem Teller auf ihn zu, als die Eingangstür aufflog und drei palästinensische Jungen mit panischen Gesichtern hereinstürmten. Sie riefen dem Besitzer hinter der Kasse etwas zu, aber der hob die Arme in einer Geste über den Kopf, die direkt aus einem Lehrbuch für das Esperanto der Körpersprache entnommen sein konnte: »Zieht mich da nicht mit rein! Ich will damit nichts zu tun haben!«

Einen Augenblick standen die Jungen wie angewurzelt auf dem Fliesenboden. Draußen waren das Trampeln von Stiefeln auf Pflastersteinen zu hören, Hundegebell, laute Rufe. Die drei Jugendlichen wechselten Blicke und setzten sich eilig an den freien Tisch neben Werner. Einer von ihnen sah so aus, als wollte er etwas zu ihm sagen, aber die lauten, israelischen Stimmen vor der Tür hielten ihn davon ab. Ali starrte triumphierend von der Wand herunter. Aus der Bildunterschrift ging hervor, dass er nach verbüßter Suspendierung wegen seiner Kriegsdienstverweigerung gerade erst seine Boxlizenz wiederbekommen hatte.

Aus Gründen, die er selbst nicht verstand, winkte Werner den Kellner zu sich und bat ihn, den Jungen ein Glas Cola auf seine Rechnung zu bringen. »Und bitte so schnell wie möglich«, sagte er. »Es kann nicht schaden, wenn es so aussieht, als würden sie schon eine Weile hier sitzen.«

Aber es war zu spät.

In diesem Augenblick stürmten sieben israelische Soldaten mit kugelsicheren Westen und scharf geladenen Waffen das Restaurant. Auf jeden Tisch richtete sich eine Maschinenpistole, auf den Inhaber hinter der Kasse, auf den Kellner, der mit einem halb vollen Glas Cola hinter der Softdrinkmaschine stand.

Der befehlshabende Offizier brauchte exakt zwei Sekunden, um herauszufinden, an welchem Tisch die gesuchten Jugendlichen saßen. Die drei Jugendlichen hatten ihrerseits offensichtlich weniger als eine Sekunde gebraucht, um festzustellen, dass ihre einzige Fluchtchance in einem Überraschungsangriff lag. Ohne ein Wort zu wechseln, stürmten sie auf die bewachte Eingangstür zu. Die Tür war aus Glas, aber einer der Palästinenser wusste Rat. Als er Werners Tisch passierte, riss er den runden Marmortisch vom Boden hoch, hob ihn über den Kopf und schleuderte ihn mit aller Kraft nach vorn.

Die Marmorplatte krachte mit einem gewaltigen Knall durch die Glastür. In dem folgenden Chaos gelang es den beiden Kameraden, durch die zertrümmerte Tür zu entkommen. Der Werfer hatte nicht so viel Glück. Er geriet aus dem Gleichgewicht und stolperte direkt in die Arme eines israelischen Soldaten. Nachdem der befehlshabende Offizier dem von zwei Soldaten festgehaltenen Jungen Handschellen angelegt hatte, wurde dieser in aller Eile durch die zertrümmerte Glastür nach draußen geschubst. Er schimpfte lauthals über die grobe Behandlung, doch draußen verstummten die Proteste abrupt. Werner ahnte den Grund. Der Offizier befahl den restlichen Soldaten die Verfolgung der anderen beiden, die entwischt waren, und ging langsam auf die Tür zu. Ehe er das Lokal verließ, feuerte er eine Salve über den Kopf des Inhabers ab. Die Kugeln zerschmetterten nicht nur eine Reihe Wasserpfeifen auf dem Regal über der Cafébar, sondern katapultierten auch Muhammed Ali von den Wänden. Nur ein Bild hing noch, als die Schüsse verstummten. Es hing schief, nur wenige Meter von Werners Platz entfernt, mit einem Ali, dessen Hals grausam perforiert war.

Werner stand stumm da und beobachtete das Geschehen. Er war außer sich vor Wut. Nicht wissend, welchen Verbrechens sich die drei Jugendlichen schuldig gemacht hatten, erlebte er das Auftreten der israelischen Soldaten als eine einzige Provokation. Natürlich hatten die Palästinenser ihr eigenes Schicksal besiegelt, als sie versuchten, sich einen Fluchtweg durch die Glastür frei zu sprengen, und das, was danach geschehen war, entsprach der angespannten Situation. Nein, das, was ihn so wütend machte, war der Beginn. Drei Jugendliche stürmen in ein Lokal. Unbewaffnet. Auf der Flucht. Sie richten keinen Schaden an. Nehmen keine Geiseln. Bereiten, soweit er das sehen konnte, keinen Gegenschlag vor. Im Gegenteil. Sie setzen sich an einen Tisch und nehmen seine impulsive Einladung an, ihnen ein Glas Cola auszugeben. Dahingegen die Israelis:

schwer bewaffnet. Bereit zur Konfrontation. Nicht eine Geste, die signalisierte, dass sie versuchen wollten, die Verhaftung auf zivilisierte Weise durchzuführen.

Er wartete, bis die Militärfahrzeuge vor dem Restaurant abgefahren waren, und ließ zur Sicherheit noch weitere fünf Minuten verstreichen. Naomi war nicht aufgetaucht. Falls sie in der Nähe gewesen war, war sie sicher von der Schießerei vertrieben worden. Nein, er machte ihr keinen Vorwurf. Entschlossen stand er auf, legte einen amerikanischen Zehndollarschein auf den Teller, nickte dem Inhaber zu und ging.

Draußen herrschte noch immer reges Treiben. Als Nordländer würde er sich wohl nie an den Anblick der so spät noch geöffneten Läden gewöhnen oder an die Familien mit Kleinkindern, die bis nachts um die Cafétische saßen. Ziellos irrte er durch das dichte Gewirr aus Straßen und Gassen. Morgen würde er nach Ashdod fahren. Es gab keine Hoffnung für Jerusalem. Aus jedem Fenster blitzte der Hass, und hinter jeder Ecke lauerte der Tod. Er brauchte nur die Augen zu schließen, schon sah er reißende Flüsse aus Blut durch die Straßen strömen, und bleiche, verstümmelte Körper, die sich in Toreinfahrten und engen Passagen ineinander verhakten. Erst letzte Nacht hatte ihn wieder der grausame Albtraum heimgesucht, noch lebendiger als vorher. Es musste nichts bedeuten, aber er nahm es als ein Zeichen. Manchmal hatte er das Gefühl, die Zeit der Katastrophen wäre längst angebrochen, und er sei der Einzige, der das begriff.

Er war vollkommen überrascht, als die magere Gestalt plötzlich neben ihm auftauchte. Werner erkannte ihn sofort wieder. Es war der Kellner vom *Chez Ali.* Er war völlig außer Atem.

»Ich weiß, wer Sie sind«, sagte Werner ruhig. »Was wollen Sie von mir?«

»Nichts. Aber ich kenne ein paar Leute, die darauf brennen, Sie zu sehen. Sie wohnen nicht weit von hier.«

Werner hatte kein Bedürfnis, den Kellner näher kennen zu lernen, und noch weniger seine Freunde.

»Ich glaube nicht, dass Sie mit jemandem befreundet sind, den ich kennen lernen möchte«, sagte er ablehnend. »Sonst hätte ich das Restaurant nicht verlassen.«

Der Kellner lächelte nachsichtig. Er war bestimmt fünfzig Jahre jünger als Werner, wirkte aber sehr viel weiser.

»Es geht hier nicht um mich«, sagte er ruhig. »Ich werde Sie nicht länger als notwendig mit meiner Anwesenheit belästigen. Aber einer der Palästinenser, der entkommen ist, befindet sich in einer Wohnung hier in der Nähe. Er würde sich sehr gerne bei Ihnen für die Cola bedanken.«

»Soweit ich weiß, ist er nicht mehr in den Genuss gekommen, sie zu trinken.«

»Vergessen wir das Getränk. Aber Sie haben den ehrlichen Versuch unternommen, zu helfen. So etwas verlangt Respekt.«

Werner lief weiter in zügigem Tempo durch die Gassen. Er wollte sein Herz testen.

»Der Mut der Jungen hat mich dazu veranlasst.«

»Jetzt sprechen wir die gleiche Sprache.«

»Da wäre ich mir an Ihrer Stelle nicht so sicher.«

»Wollen Sie den Jungen sehen?«

Er dachte an Katarina und die Ereignisse in Ramla. Er dachte an seinen Albtraum. Das Blut in den Straßen. Die abgehackten Hände. Die kopflosen Leichen. Und er dachte an das Bild von Muhammed Ali mit zerschossenem Hals. Eine innere Stimme raunte ihm zu, dass er sein Geld, und sein Bett, viel zu lange mit nur einer Seite des Konflikts geteilt hatte.

»Ja«, sagte er langsam. »Ich denke, das ist eine gute Idee.«

Der magere Palästinenser gab ihm ein Zeichen, ihm zu folgen. Die nächsten fünf Minuten gingen sie in raschem Tempo durch die Gassen, vorbei an herumstreunenden Hunden, Katzen und kleinen Kindern, die höchstens fünf, sechs Jahre alt waren und ohne Aufsicht in der Dunkelheit herumliefen. Wo sind die Eltern, dachte Werner empört, ehe sich ihm die nächste Frage förmlich aufdrängte: Waren die Eltern überhaupt noch am Leben? Waren sie in der Lage, sich um ihre Kinder zu kümmern?

Der Palästinenser führte ihn durch einen schmalen Torgang in einen dunklen, verdreckten Hinterhof. Er ging zielstrebig auf die Eingangstür zu und drückte den zweiten Klingelknopf von oben. Die Namensschilder waren abgerissen, so dass es unmöglich war, herauszubekommen, wer wo lebte. Ein paar Sekunden später summte der Türöffner. Sie traten ein.

»Ich bin sicher, Sie werden ihn mögen«, sagte der Palästinenser, als sie die Treppe hinaufgingen. »Sie haben einen Freund fürs Leben gewonnen.«

Werner war schwindelig, seine Beine waren schwer. Jedes Mal, wenn er blinzelte, sah er Blutlachen auf dem Boden. Irgendetwas stimmte nicht. Irgendetwas war in den letzten Tagen mit ihm geschehen. Vielleicht waren das die Nachwirkungen der Operation. Oder die rejektionsvorbeugenden Medikamente, die er nicht vertrug. (Adler hatte ihm mitgeteilt, dass er sie bis zur nächsten Halbjahresuntersuchung nehmen müsse, danach nicht mehr.) Vielleicht war er es nach den vielen Jahren mit seinem Herzleiden auch einfach nicht mehr gewohnt, gesund zu sein. Jedenfalls erlebte er seine Umwelt plötzlich anders als vorher. Die Farben waren intensiver und die Pinselstriche breiter und verschwommener. Es war, als hätte er einen bisher unbekannten Flügel eines Kunstmuseums betreten, in dem die naturalistischen Motive des vorigen Saales noch einmal hingen, jetzt von Meistern der modernen Malerei gemalt. Von Velázquez zu Picasso in zwei Minuten.

Auf dem Treppenabsatz der vierten Etage blieben sie stehen. Der Palästinenser klopfte an die Tür, und sie wurde sofort geöffnet. Eine Frau um die vierzig, mit einem breiten Häkelschal über den Schultern und dicken Silberfäden in dem ansonsten pechschwarzen Haar, winkte sie herein. Sie sah ihn mit ihren großen schwarzen Augen eindringlich an.

»Ich Mira«, sagte sie. »Willkommen in meinem Haus.«

Er drückte ihre Hand. Die Haut war trocken und faltig, aber sie hatte einen festen Händedruck.

Sie führte ihn durch einen langen, engen Flur in eine ebenso enge, übermöblierte Stube. Da war ein Ecksofa mit fadenscheinigem Bezug und ein Sofatisch mit Keramikfliesen. Eine Fliese fehlte. Ansonsten gab es in dem Raum noch einen durchgesessenen Sessel und mehrere hohe Stehlampen mit Messingfuß. In dem Bücherregal stand nur ein einziges Buch: der Koran.

Der Junge wirkte auf dem großen Sofa noch magerer als neben seinen Freunden in dem Restaurant. Er hatte die Augen seiner Mutter. Sie waren schwarz und tief wie Ölbrunnen. Er schaute hoch.

»Hi, Mister. Ich wollte Ihnen für die Cola danken. Eine nett gemeinte Geste, auch wenn Sie sich die Mühe hätten sparen können. Die Israelis hätten das Restaurant so oder so in Schutt und Asche gelegt.« Er zeigte mit einem Nicken zu dem freien Sessel. »Setzen Sie sich doch.«

Werner blieb stehen. Er hatte nicht vor, länger als ein paar Minuten in der Wohnung zu bleiben. Der Schwindel hatte sich gelegt, aber ihm war trotzdem klar, dass dies kein sicherer Ort für einen Ausländer war. Für Palästinenser und Juden genauso wenig, was das betraf.

»Warum wollten Sie, dass ich komme?«, fragte er. »Doch wohl kaum, um mir für die Cola zu danken. So gut sind Ihre Manieren nun auch wieder nicht.«

Der Junge lächelte. Zu seinem Erstaunen sah Werner, dass er im Unterkiefer noch mehrere Milchzähne hatte. Selbst wenn man als Folge der Unterernährung von einer verzögerten physischen Entwicklung ausging, konnte der Junge unmöglich älter als vierzehn, höchstens fünfzehn sein. Dennoch war er ein professioneller Kämpfer.

»Wir wollen, dass Sie zu Hause erzählen, was Sie gesehen haben. Wir brauchen Augenzeugen aus der westlichen Welt. Das sind die Einzigen, denen man glaubt. Wo kommen Sie her?«

»Aus Norwegen.«

»Oh.« Er schien enttäuscht. »Wir haben gehofft, Sie wären Deutscher. Es wäre besser für uns, wenn Sie Deutscher wären.« Er erklärte, die Skandinavier hätten schon seit vielen Jahren begriffen, dass der Palästinakonflikt mehrere Seiten hatte, im Gegensatz zu den Deutschen. In Deutschland hatten die Leute solche Angst, als Antisemiten abgestempelt zu werden, dass sie sich nicht trauten, Stellung zu beziehen. Kritik an Israel wurde in weiten Kreisen als Form der Verleugnung des Holocaust betrachtet. »Aber wir sind auf die Deutschen angewiesen«, fügte er erklärend hinzu. »Wir sind auf alle angewiesen, die Geld haben. Ohne deren Hilfe wird es niemals ein selbstständiges Palästina geben.«

»Ich bin kein Journalist«, sagte Werner. »Ich schreibe auch keine Leserbriefe. Ich bin Wissenschaftler. Physiker. In politischer Hinsicht hat mein Wort kein Gewicht.«

»Sie irren sich. Leute wie Sie spielen oft eine wichtige Rolle. Weil Sie kein großes Interesse haben können, zu lügen.«

Werner hätte ihm gerne gesagt, dass er sich, was den Konflikt im Nahen Osten anging, vor vielen Jahren einen Maulkorb verordnet hatte. Zu diesen Fragen hatten er und seine engsten Freunde beschlossen, keine Meinung zu haben. Jedenfalls nicht öffentlich.

Er wechselte das Thema.

»Erzähl mir, warum die Israelis euch gejagt haben. Was habt ihr verbrochen?«

Der Junge zuckte mit den Schultern, als hätte der Teil der Geschichte keine Bedeutung.

»Das Gleiche wie immer: Wir haben Steine geworfen.«

Werner glaubte ihm nicht.

»So ein Aufstand wegen etwas ganz Alltäglichem?«

»Ob Sie's glauben oder nicht.« Er lächelte. »Aber Sie haben Recht. Es ist noch was anderes passiert.« Er erzählte, dass er und seine Freunde an einer friedlichen Demonstration vor dem roten Minarett teilgenommen hatten. Die Israelis hatten offensichtlich panische Angst vor Tumulten, da sie massenweise Soldaten rangekarrt hatten, die ungeduldig in ihren gepanzerten, einsatzbereiten Fahrzeugen warteten. Das Ganze sei extrem provozierend gewesen. Er gab zu, einer der Ersten gewesen zu sein, der einen Stein geworfen hatte. Zuerst haben sie mit kleinen Steinen auf die Panzer gezielt, weil sie fanden, dass die dort nichts verloren hatten. Dann war die Situation eskaliert.

Unglücklicherweise hatten einige der Soldaten die Fassung verloren und zwei palästinensische Jugendliche niedergeschossen. Einer war auf der Stelle tot, der andere blieb mit halb weggeschossenem Schädel auf der Straße liegen. Das Ganze wurde von einem ausländischen Fernsehteam gefilmt, und die Bilder gingen noch am gleichen Abend um die ganze Welt. Die israelischen Behörden hatten getobt und offensichtlich beschlossen, sich an denen zu rächen, die den Streit angefangen hatten. Offensichtlich waren sie der Meinung, dass die schuld dran waren, dass ihre Soldaten als Antwort auf die Steinwürfe scharf auf palästinensische Kinder schossen. »Die Fernsehbilder haben es ihnen verdammt leicht gemacht, uns zu identifizieren«, fügte er mit bittersüßem Lächeln hinzu.

»Und diese Wohnung: Wie kommt es, dass du dich hier sicher fühlst? Ich nehme an, es ist deine Mutter, der sie gehört?«

Er schüttelte den Kopf.

»Wir sind doch keine Amateure«, sagte er. »Aber nun kennen Sie meine Geschichte. Machen Sie damit, was Sie wollen. Mehr habe ich nicht zu sagen.«

Werner kam sich vor wie bei der Audienz eines Kinderkönigs. Aber er war nicht gekränkt. Er wollte nichts lieber, als so schnell wie möglich fort von hier. Die Geschichte des Jungen hatte ihn davon überzeugt, dass er so schnell wie eben möglich aus der Wohnung und dem Stadtteil verschwinden sollte.

Sie verabschiedeten sich. Die kleine Kinderhand verschwand fast in seiner.

Die Mutter kam aus der Küche und brachte Werner zur Tür. Sie sah ihn mit ernsten Augen an.

»Ein mutiger Junge«, flüsterte sie, als sie ihn rausließ. »Er erfüllt seine Mutter mit Stolz.«

Der Kellner aus dem *Chez Ali* saß auf der Treppe und wartete. Er hatte ein Handy in der Hand, das er schnell in die Jackentasche steckte, als er Werner sah.

»Und jetzt?«, fragte er.

»Ich muss weiter«, sagte Werner. »Eigentlich war ich heute Abend mit jemandem im Restaurant verabredet.«

»Ich weiß. Es war geplant, dass die drei Jungen Sie zu ihrem Haus begleiten sollten, aber dann sind sie unterwegs in irgendwelchen Ärger geraten – na, Sie haben ja selbst erlebt, was passiert ist. Aber wenn Sie mir noch ein Stück folgen ...«

Er wurde von einem leisen Piepsen des Handys unterbrochen. Der Palästinenser drückte das Nokia ans Ohr. Werner sah, wie sich seine Augen ängstlich weiteten, während er zuhörte.

»Ich muss weg«, sagte er und rannte los. »Die Israelis kommen!«

Werner wollte hinter ihm herlaufen, merkte aber schnell, dass er bei dem Tempo nicht mithalten konnte. Der Palästinenser nahm die Treppenstufen mit langen Sätzen, sprang fast von Absatz zu Absatz. Auf halbem Weg nach unten drehte er sich zu Werner um und rief:

»Sie nicht!«

Draußen waren bereits Kommandorufe und das Klappern von Stiefeln auf Pflastersteinen zu hören. Im nächsten Augenblick war der Hinterhof in grelles Licht getaucht. Offenbar hatten sie einen Scheinwerfer im Torgang aufgestellt, um zu vereiteln, dass jemand ungesehen aus dem Haus gelangen konnte. Werner blieb stehen. Er rief dem Palästinenser mit gedämpfter Stimme hinterher, dass die Israelis bereits im Hinterhof standen, aber seine Warnung kam zu spät. Er war schon zu weit unten, um ihn hören zu können. Werner wurde kalt, als er die Tür aufschlagen hörte. Eine Sekunde war alles still – diese Stille hätte ewig währen sollen, aber mehr als eine Sekunde war ihr nicht bewilligt. Es tat einen Knall. Der Schrei des Kellners sprach seine eigene Sprache. Die israelische Armee hatte wieder eine Schlacht gewonnen.

Werner blickte sich um. Er sah Blutlachen auf der Treppe, aber diesmal schien das Blut nach oben zu fließen. Er musste sich bücken und die Treppenstufe berühren, damit die schaurige optische Täuschung verschwand. Der Schwindel stellte sich wieder ein. Es hätte keinen Sinn zu versuchen, aus dem Gebäude herauszukommen. Er wollte sich auch nicht darauf verlassen, dass die Soldaten im Zweifel für den Angeklagten entschieden, wenn sie ihn auf der Treppe vor der Wohnung eines gesuchten palästinensischen Aktivisten erwischten. Er würde große Probleme bekommen zu erklären, was er dort zu suchen hatte, und Gott allein wusste, welche Methoden sie sich einfallen lassen würden, um die »Wahrheit« aus ihm herauszukriegen. In die Wohnung zurückzugehen war genauso undenkbar. Einen Augenblick wog er ab, ob er die Treppe nach oben laufen sollte, in der Hoffnung, einen Dachboden zu finden oder eine offene Dachluke. Aber er war nicht sicher, ob die Zeit dazu reichte. Im Erdgeschoss waren die ersten aufgeregten Stimmen zu hören. Der Kellner war offenbar hinter der Tür zusammengebrochen und versperrte den Eingang. Aber es würde höchstens ein paar Sekunden dauern, bis die Soldaten den Weg frei geräumt hatten.

Werner blieb unentschlossen auf dem Treppenabsatz stehen, er wusste nicht, was er tun sollte. Das Herz hämmerte in seiner Brust. Vor drei Wochen noch hätte eine derartige Belastung seinen sicheren Tod bedeutet, was ihm in diesem Moment als eine ziemlich ansprechende Lösung erschien.

Da sah er, wie sich die Wohnungstür in der dritten Etage einen Spaltbreit öffnete. Eine Frau beobachtete ihn durch den schmalen Schlitz. Die Situation erinnerte ihn an jemanden, aber er konnte nicht sagen, an wen. Das war auch nicht der passende Zeitpunkt für ein Bilderquiz. Er lief mit raschen Schritten auf die Tür zu, wobei er mit überdeutlichen Lippenbewegungen »H-E-L-P--M-E--P-L-E-A-S-E!« mimte. Es war seine letzte Hoffnung, dass die Frau hinter der Tür Englisch verstand und von den Lippen lesen konnte.

»Schnell«, flüsterte sie. »Ich habe dich schon erwartet!«

Er war viel zu ängstlich und verwirrt, um zu begreifen, was sie gesagt hatte.

Mit einer blitzschnellen Bewegung löste sie die Sicherheitskette – hatte er diese blutroten Nägel nicht schon mal irgendwo gesehen? – und ließ ihn eintreten. Dann schloss sie ebenso rasch die Tür, legte die Kette vor und löschte das Licht im Eingangsbereich.

»Komm«, sagte sie. »Wir müssen dir andere Kleider verpassen.«

Als sie sich umdrehte und vor ihm durch die verdunkelte Wohnung ging, fiel es ihm ein. Der Nagellack. Das grüne Auge, mit dem sie ihn durch den Türspalt gemustert hatte. (Es wunderte ihn, dass er es nicht spätestens in diesem Moment gespürt hatte; bereits da hätte er die Farbe ihres anderen Auges wissen müssen!) Der unverkennbare russische Akzent. Selbst ohne Schwesterntracht war jeder Irrtum ausgeschlossen. Es lag nicht nur an den dramatischen Umständen, dass er so unsagbar erleichtert und froh war, sie zu sehen. Er stellte fest, dass er sie vermisst hatte.

Die Frau, die barfuß vor ihm auf dem Küchenboden stand, war Naomi Hirsch.

40

Endlich hatte sie Russland von seiner besten Seite erlebt. Die Schwanensee-Aufführung des Bolschoiballetts war genauso prächtig und stilrein, wie es die Gerüchte besagt hatten. Und die Fähigkeiten der Tänzer und ihr humorvolles Zusammenspiel hatten der Vorstellung all das gegeben, was man sich an Charme und Lebendigkeit erhoffen konnte. Allein das Gebäude war ein Erlebnis an sich: Sie wusste nicht, ob sie jemals einen schöneren Saal gesehen hatte. Alles strahlte. Die vergoldeten Balkone. Die funkelnden Kronleuchter. Die Augen der festlich gekleideten, erwartungsvollen Besucher. Sie dachte, dass Engel, wenn es denn welche gab, in einer Umgebung wie dieser leben mussten. *Die Hierarchie der Engel erfüllt sich im unverfälschten, makellosen Licht.*

Der Abend war auch deshalb unvergesslich, weil sie eine überraschende und angenehme Bekanntschaft gemacht hatte. Der Zufall wollte es, dass sie neben einer gleichaltrigen Norwegerin saß, die ihre Eintrittskarte vermutlich über das gleiche Osloer Reisebüro bestellt hatte. Sie waren ins Gespräch gekommen, weil der Platz zwischen ihnen leer geblieben war: Professor Jegorova war nicht, wie abgesprochen, vor dem Haupteingang aufgetaucht, so dass Ulla schließlich ohne sie hineingehen musste (sie wurde den Verdacht nicht los, dass Jegorova sie nach dem peinlichen Auftritt mit Oberst Grisjin absichtlich versetzt hatte). Unmittelbar bevor sich der Vorhang zum ersten Akt hob, hatte sie sich zu der unbekannten Frau hinübergelehnt und ihr gesagt, dass sie sich gerne einen Platz weiter nach links setzen dürfte, wenn ihr der riesige Basketballspieler vor ihr die Sicht raubte: Der Platz sei frei. Sie nahm das Angebot augenblicklich an.

»Japanese?«, fragte Ulla, um einen Kontakt herzustellen.

»Nein, nein. Ich bin Norwegerin.«

Sie konnten sich noch kurz darüber amüsieren, wie klein die Welt war, ehe die Lichter gelöscht wurden und die Magie sie in ihren Bann zog. Für Ulla war das ein Stück der Ewigkeit: märchenhafter Tanz zu märchenhafter Musik in einer abenteuerlichen Fabel. *Je edler etwas ist, desto einfacher ist es.*

In der Pause tranken sie Champagner, aßen Konfekt und genossen das willkommene, aber illusorische Gefühl alter Freundschaft, das aufkommen kann, wenn man in einem fremden Land unerwartet eine gleichgesinnte Landsmännin trifft. Doch es war noch mehr: Sie mochten einander.

Ulla, die ziemlich überrascht darüber war, dass sie die physische Nähe zu ihrem Gegenüber im Gedränge an der Bar genoss, sagte:

»Warum Moskau? Das ist doch kein gewöhnliches Reiseziel, oder?«

Eva Tamber starrte auf etwas am Boden ihres Glases. Die Antwort kam langsam, als zöge sie jedes Wort einzeln aus einer Tombolatrommel:

»Ich bin Polizistin. Ich bin in Moskau, um in einem schwierigen Fall um Unterstützung zu bitten.«

»Kann man denn hier Hilfe bekommen?«, fragte Ulla lachend. »Dass sich die russische Polizei mit dem organisierten

Verbrechen auskennt, wissen alle. Aber dass sie die auch bekämpfen, ist mir neu.«

»Das habe ich auch nicht gesagt«, antwortete Tamber amüsiert und knüllte das Schokoladenpapier zusammen. »Aber wenn man total feststeckt, sollte man nichts unversucht lassen.«

»Du verrätst natürlich nicht, worum es geht?«, sagte Ulla hoffnungsvoll. »Ich hatte noch nie etwas mit der Kriminalpolizei zu tun. Du machst mich wahnsinnig neugierig.«

»Da gibt es leider nicht viel mehr zu sagen«, sagte Tamber ausweichend und nippte an ihrem Champagner. »Schweigepflicht, weißt du.«

»Das muss ein spannender Job sein«, fuhr Ulla fort und parkte ihr Glas auf einem der runden Tischchen. Um sie herum surrte es von russischen Stimmen. Es war kein bekanntes Gesicht zu sehen, sie konnten also frei sprechen. »Weißt du, in gewisser Weise fühle ich mich auch wie eine Kommissarin.«

»Ach ja? Ich dachte, du bist Ärztin.«

»Das stimmt schon. Aber die medizinische Forschung ist im Grunde genommen auch eine Art von Ermittlung. Wir haben es beide darauf abgesehen, etwas herauszubekommen – ein Geheimnis zu lösen, wenn du so willst. Und außerdem …«

»Ja?«

»Tja, ich weiß nicht recht, wie ich das sagen soll …« Irgendwo im Foyer ließ jemand sein Glas fallen. Sie nahm erneut Anlauf: »Ich glaube, ich bin auf der Spur eines Verbrechens.«

»Erzähl.«

Ulla lauschte vergeblich auf einen Anflug von Ironie in der Stimme der Polizistin. Sie entschloss sich deshalb, ihr eine Kurzversion der Sache zu geben – das kleine, historische Rätsel, an dem sie neben ihrer Doktorarbeit arbeitete. Sie erzählte von ihrem Vater und ihren beiden Onkeln, die an Krebs gestorben waren – einer nach dem anderen im Laufe von achtzehn Monaten.

Inmitten ihres eigenen Enthusiasmus' bemerkte sie, dass Tamber nur mit einem Ohr zuhörte. Etwas verlegen bat sie um Entschuldigung, so lange über etwas derart Privates gesprochen zu haben. Doch Tamber legte ihr eine Hand auf den Unterarm, drückte leicht zu und versicherte ihr, dass sie sich ganz bestimmt nicht langweilte.

»Mir ist nur gerade etwas eingefallen«, sagte sie. Mehr konnte sie nicht sagen, weil die Klingel den zweiten Akt einläutete. Rasch leerten sie ihre Gläser. »Sag mal«, fuhr sie fort und warf Ulla einen unergründlichen Blick zu, »dein Dialekt; du kommst doch nicht etwa aus der Gegend um Hammerfest?«

Ulla lachte amüsiert. Sie gingen langsam auf den Zugang zum linken Balkon zu. Das Parfüm der vielleicht doch etwas jüngeren Polizistin ließ sie unweigerlich den Kopf in ihre Richtung neigen. Einen kurzen Moment lang waren sie nur um Haaresbreite voneinander getrennt.

»Eigentlich nicht«, sagte sie. »Ich bin weiter im Osten aufgewachsen. Im Land der Læstadianer.« Sie verzog den Mund zu einem bitteren Lächeln, um zu zeigen, was sie davon hielt. »Aber interessant, dass du fragst. Wie du bestimmt gemerkt hast, verwende ich eigentlich keine reinen Dialektausdrücke mehr, die habe ich im Studium als Teil der Befreiung von meiner Mutter abgelegt. Aber lange davor hat man mich immer gehänselt, dass ich meinen Vater nachäffe. Dass ich mir seinen Dialekt angewöhnt hätte. Und er kam aus der Gegend, von der du sprichst, nur noch näher an der Küste. Aus der Gemeinde Måsøy, wenn dir das etwas sagt. Er ist auf Ingøy geboren, dann aber nach Havøysund gezogen, um auf die Volkshochschule zu gehen und einen Job zu suchen.«

Eva Tamber lächelte, als wäre das alles Schulstoff, den sie einmal auswendig gelernt hatte.

»Ich war noch vor zwei Wochen da oben am Meer«, sagte sie plötzlich. »In Verbindung mit einer Ermittlung. Viel mehr kann ich nicht sagen, aber es ging um einen Mann, der an der Nordwestspitze von Sørøya tot im Meer gefunden worden ist. Es stellte sich heraus, dass er aus der Gegend kam, von der du gesprochen hast. Von Ingøy.«

»Also wirklich«, platzte Ulla überrascht hervor. »Die Welt ist klein!«

Mehr konnte sie nicht sagen.

Sie waren bereits spät und mussten sich beeilen, ihre Plätze einzunehmen, ehe das Licht für den nächsten Akt gelöscht wurde.

Nach der Vorstellung gingen sie gemeinsam zur Metrohaltestelle. Beide fanden es schade, auseinander zu gehen, ohne sich vorher ein bisschen näher kennen gelernt zu haben. Gegenüber dem Metroeingang gingen sie in eine Bar mit leiser klassischer Musik und Bildern von russischen Ballettsternchen an der Wand. Sie setzten sich an einen Tisch am Fenster. Ulla konnte ihren Blick kaum von der hübschen, athletisch gebauten Polizistin losreißen. Wäre sie nicht mit einem verkrüppelten Bein geboren, würde sie gerne wie sie sein: trainiert, graziös, selbstbewusst. Tamber strahlte eine physische Sicherheit aus, die Ulla ihre eigene Behinderung beinahe vergessen ließ.

»Du hast einen Mann von Ingøy erwähnt, der ertrunken ist«, sagte Ulla und versteckte ihr künstliches Bein hinter dem gesunden. Sogar unter der Tischplatte fürchtete sie, es könnte auffallen. »Darf ich fragen, wie er hieß?«

»Er ist nicht ertrunken«, korrigierte Tamber. »Sein Name ist Paulsen. Mit Vornamen Enok. Sagt dir der Name etwas?«

»Du weißt ja, da draußen wohnen nicht so viele Leute«, sagte Ulla ausweichend.

»Bedeutet das, dass du ihn kanntest?«

Ulla zögerte. Es gefiel ihr irgendwie nicht, dass die Polizei in Vaters Umgangskreis herumschnüffelte und möglicherweise Stolperdrähte für sie spannte. Auf der anderen Seite brächte sie das vielleicht auf die Spur von Verbindungen, die sie auf eigene Faust nicht so schnell erkannt hätte.

»Er war ein Jugendfreund meines Vaters. Aber mein Vater starb, als ich noch ein kleines Mädchen war, und seither habe ich ihn nicht mehr gesehen. Paulsen, meine ich. Ich wusste nicht einmal, dass er bis vor kurzem noch gelebt hat. Was ist passiert?«

»Tja«, Tamber nippte an dem überteuerten französischen

Rotwein. »Wenn wir das wüssten. Ich kann nur sagen, dass er keines natürlichen Todes gestorben ist.«

»Wie traurig.«

Ulla schwieg. Einen Moment lang hatte sie das Gefühl, dass irgendetwas mit Paulsen war, das für Tambers und ihre eigenen Ermittlungen von Bedeutung sein konnte, doch sie kam nicht darauf, was.

»Kann ich dich um einen Gefallen bitten?«, fragte Tamber. »Ob du vielleicht eine Liste über diejenigen Menschen machen könntest, mit denen Paulsen in Kontakt stand – ja, ich meine, wenn du wieder in Norwegen bist – das wäre ganz klasse. Es sieht so aus, als würden wir die Antwort auf die Frage, warum er ermordet wurde, in seiner näheren Umgebung finden. In den letzten Jahren seines Lebens war er, unseren Ermittlungen zufolge, die meiste Zeit über allein. Wir müssen also vielleicht in der Vergangenheit suchen. Möglicherweise weit in der Vergangenheit.«

Sie versprach zu helfen, sagte aber gleich, dass diese Liste bestimmt nicht lang werden würde. Schließlich sei es zwanzig Jahre her, dass sie ihn zuletzt gesehen habe.

Tamber nickte verständnisvoll.

»Aber bitte versprich mir, dass du es versuchst«, sagte sie.

In den nächsten paar Stunden sprachen sie über Gott und die Welt und stellten immer mehr Gemeinsamkeiten fest. Unter anderem die Tatsache, zur Hälfte elternlos zu sein. Nachdem Ulla erzählt hatte, wie sie als kleines Mädchen ihren Vater verloren hatte und später immer das Gefühl hatte, dass ihr der genommen worden war, den sie am meisten liebte, begann Eva, von ihren liebenswerten, aber überbesorgten Adoptiveltern zu sprechen und ihrer schuldbeladenen Sehnsucht nach ihren unbekannten koreanischen Wurzeln. Sie erwähnte auch, erst kürzlich erfahren zu haben, dass ihre leibliche Mutter lebte und gerne Kontakt zu ihr aufnehmen würde.

»Wirst du sie besuchen?«, fragte Ulla.

»Ich weiß nicht. Innerlich habe ich wohl Angst zu erfahren, wie sie ist. Vielleicht erweist sich ja alles, was ich mir vorgestellt habe und wovon ich geträumt habe, als falsch. Wird mich das glücklicher machen?«

»Das erinnert mich an die Sache mit mir und Papa«, sagte Ulla nachdenklich. »Für mich ist er zu einer Art Held geworden. Sollte sich plötzlich herausstellen, dass er gar nicht tot ist, sondern nur mit einer Frau von einer Nachbarinsel abgehauen, weiß ich wirklich nicht, ob ich es wagen würde, ihn zu treffen. Die Enttäuschung könnte zu groß werden.«

Sie sprachen noch ein wenig darüber, wie aus Sehnsucht Illusionen geboren werden können, die dann wieder zu Verletzlichkeit, Angst und Rückzug führen.

»Aber du machst keinen sonderlich schüchternen Eindruck«, wandte Ulla ein. »Deine Adoptiveltern müssen gute Arbeit geleistet haben.«

»Sie haben mir auf jeden Fall niemals einen Grund gegeben, irgendetwas zu vermissen«, sagte Eva Tamber. Und dann wechselte sie das Thema, als wolle sie die Zweideutigkeit des gerade Gesagten überspielen.

»Ich kann einfach nicht vergessen, was du vorhin über deine Nachforschungen gesagt hast.« Sie hob ihr Glas. »Kennen wir uns nicht gut genug, um den Schleier ein wenig zu lüften?«

Doch, doch, Ulla war gerne dazu bereit. Sie lächelte:

»Solange es gegenseitig ist!«

Sie erzählte kurz von ihren Entdeckungen im FFI-Archiv, dem Besuch bei dem pensionierten Forschungschef Richard Klüger und ihrer Begegnung mit Oberst Grisjins anonymem Freund im Tretjakow-Museum früher am Tag. Sie schloss mit dem, was sie bereits in der Pause im Bolschoi-Theater gesagt hatte: Auf norwegischer oder sowjetischer Seite hätte man bemerken müssen, dass der Kutter in Sperrgebiet eingedrungen war. Warum hatte niemand eingegriffen, um sie zu hindern?

»Das macht mich so verdammt wütend«, sagte sie schließlich. »Aber vielleicht irre ich mich, vielleicht hat wirklich niemand bemerkt, dass sie dort waren. Es ist die Unsicherheit, die das Ganze so unerträglich macht.«

»Du wirst sehen, wir können uns gegenseitig helfen«, sagte

Eva Tamber nachdenklich, während sie an ihrem Wein nippte. »Hör mal, Ulla, es gefällt mir ganz und gar nicht, dass du in diesen Kreisen herumwühlst und provozierende Fragen über die Vergangenheit stellst. Man weiß nie, mit wem man es zu tun hat oder wem man damit auf die Füße tritt. Oder über welche Geheimnisse man womöglich stolpert.« Sie legte die Hand über das Glas, als Ulla ihr nachschenken wollte. »Verflucht, jetzt werde *ich* dir auch ein Geheimnis anvertrauen, und das ganz unaufgefordert.«

Und dann sagte sie es so, wie es war: Dass sie bei der Sicherheitspolizei arbeitete und an einem Fall dran war, in dem es vermutlich um den organisierten Schmuggel von radioaktivem Material aus Russland über norwegisches Territorium ging.

Ulla Abildsø runzelte die Stirn.

»Und Enok Paulsen soll da involviert sein?«

»Auf irgendeine Weise, ja.«

»Das hört sich merkwürdig an.«

»Nicht, wenn du die Beweise kennen würdest.«

»Aber du scheinst die Personen nicht zu kennen. Paulsen war kein Schurke.«

Wieder hatte sie dieses vage Gefühl, dass mit Paulsen irgendetwas war, doch sie konnte es noch immer nicht einordnen oder verstehen. Ihr Erinnerungsvermögen spielte ihr einen Streich.

»Ich bin gerne bereit, meine Meinung zu ändern«, sagte Eva Tamber. »Aber dafür musst du mir schon etwas Konkretes geben. Unsere Beweise in dieser Sache sind sehr konkret.« Nachdenklich starrte sie auf das gestickte Muster der Tischdecke. Es zeigte den Kreml mit seinen Türmchen, Kuppeln und Mauern. »Eine letzte Frage, Ulla: Paulsen hatte einen Kollegen in Oslo mit Namen Henrik Brantenborg. Kennst du ihn?«

»Ja, natürlich. Er war einer von Vaters besten Freunden. Ich habe ihn Onkel Henrik genannt, ein netter Kerl!« Sie trank aus. »Was hat er damit zu tun?«

»Nichts. Ich habe ihn einmal zufällig getroffen und dabei erfahren, dass er mit Paulsen beruflich zu tun hatte. Es ist immer gut, so etwas von einer dritten Person bestätigt zu bekommen. Kamen sie gut miteinander aus? Mochten sie sich?«

»Absolut.« Ulla musste bei dem Gedanken an den flapsigen Ton, den die drei Freunde immer anschlugen, lächeln. »Sie lachten jedenfalls viel, wenn sie zusammen waren.«

Eva Tamber nickte.

»Gut«, sagte sie bloß. Dann warf sie einen Blick auf die Uhr, sammelte ihre Sachen zusammen und stand vom Tisch auf. »Ich fürchte, ich muss jetzt gehen. Ich habe morgen früh ein Treffen mit einem Kollegen vom GAN, der staatlichen russischen Nuklearaufsichtsbehörde.«

Es war ein strahlender Winterabend: Vollmond und sternenklar. Ehe sie auseinander gingen, tauschten sie noch ihre Telefonnummern aus und verabredeten sich in Oslo auf ein Glas Wein, um weiter über Paulsen und das Leben auf Ingøy zu reden. Ulla hätte ihrer neuen Freundin gerne einen Kuss auf die Wange gegeben, um nicht zu sagen auf beide, wie es in Russland Brauch war, doch sie wusste, dass das missverstanden werden könnte, und ließ es sein. *Die Himmelskörper können sich auf den menschlichen Körper, die körperlichen Kräfte sowie andere körperliche Dinge auswirken.* Sie begnügte sich damit, ihr nachzuwinken, als sie mit der Rolltreppe nach unten fuhr. Eva Tamber lächelte, winkte aber nicht zurück.

Zehn Minuten später schlenderte Ulla Abildsø gemächlich über die Jakimanka, einen lärmenden Boulevard mit drei Spuren in jeder Richtung, der am Roten Platz vorbeiführte, und weiter zum Akademitsjeskaja-Hotel. Sie war gut gelaunt und glücklich nach dem einzigartigen Ballettabend und der Begegnung mit Eva Tamber.

Ein paar hundert Meter vor dem Präsidenthotel kam sie an einer rot-weiß bemalten Steinkirche vorbei, die versteckt hinter einem hohen Gitterzaun lag. Sie wäre sicher vorbeigegangen, hätte sie nicht den schönen Chorgesang gehört, der gerade in diesem Moment durch die halb geöffneten Türen schallte. Zwei alte Frauen verließen die Kirche, und die tiefen, melancholischen Basstöne begleiteten sie wie ein unsichtbarer Trauerflor über die Treppenstufen nach unten. Nachdem sie einem Bettler ein bisschen Kleingeld gegeben hatten, der ihnen am Fuß der Treppe sein Leid klagte, hasteten sie über den schneebedeckten Kiesweg weiter. Als sie an ihr vorbeigingen, roch Ulla einen Hauch von Weihrauch, der sie aus der Kirche begleitet haben musste. Ohne recht zu wissen, warum, entschloss sie sich, das Gittertor, das die beiden Matronen gerade vor ihr geschlossen hatten, wieder zu öffnen. Einmal vor vielen Jahren hatte sie den russischen Chor Bortnjanski Capella alte russische Sakralmusik singen hören – mächtige Messen und Choräle, geschrieben von Komponisten wie Titow, Bortnjanski, Tschaikowsky und Rachmaninow. Jetzt war sie neugierig, wie diese Gesangstradition im Alltag der kleinen Kirchen und Kapellen umgesetzt wurde, in denen die Lieder zum normalen Gottesdienst der einfachen Bürger gehörten und nicht extra für ein mondänes westliches Publikum aufgeführt wurden.

In der nächsten Stunde war sie im Himmelreich. Nachdem sie zuerst durch die reich ausgeschmückte Kirche geschlendert war und die Ikonen, Kandelaber und Räucherfässchen bewundert hatte – alles aus schimmerndem Silber, Gold und tiefen russischen Erdfarben –, blieb sie in einer schmalen Nische stehen, die zu einem eingezäunten Altar mit einer unbegreiflich schönen Ikone führte. Das Bild zeigte Christi Auferstehung. Der Erlöser leuchtete wie ein Fixstern. Die Menschen ringsherum hielten sich die Hände vor die Augen und warfen sich zu Boden. Das Erdreich riss auf. Ulla stand lange da und betrachtete die alte Malerei, während sie dem wundervollen Gesang des Chores lauschte, der aus einer anderen Nische in der Mitte des Kirchenschiffes schallte. Die Sänger standen verborgen hinter einem Vorhang; man sah nur ihre Füße. Obwohl sie gerne ihre Gesichter gesehen hätte, spürte sie doch, dass es ihr so leichter war, sich auf die Musik zu konzentrieren. Sie wiegte hin und her, in wechselnder Dynamik und Harmonie, wobei die Klangfarbe aber immer unergründlich und dunkel blieb. Ulla ertappte sich dabei, das Gebet ihrer Kindheit zu beten, an einen Gott, an den sie nicht mehr glaubte: Vater unser im Himmel, geheiligt werde dein Name, dein Reich …

In diesem Moment spürte sie es. Sie wurde beobachtet. Im Dunkel zwischen den Säulen vor der Mutter-Gottes-Ikone waren ein paar Augen aufgeblitzt. Sie trat einen Schritt vor und sah sich zwischen den Säulen um, doch es war niemand zu sehen. Nachdem sie noch ein paar Minuten dem Chor zugehört hatte, drehte sie sich um und verließ die Kirche mit raschen Schritten.

Draußen war es, wenn das überhaupt möglich war, noch dunkler geworden. Es waren auch viel weniger Menschen auf den Straßen. Obwohl sie nur zehn bis zwölf Minuten vom Hotel entfernt war, begann sie, schneller zu gehen. Sie war ein paar hundert Meter auf der Jakimanka gegangen, als sie auf eine kaum hörbare Veränderung der Geräusche aufmerksam wurde, die sie umgaben: schlurfende Schritte, die plötzlich nicht mehr dem Takt ihrer Schritte folgten. Sie warf einen Blick über die Schulter. Schnell genug, um einen Schatten zu sehen, der einen Häuserblock weiter unterhalb rasch hinter einer Hausecke verschwand. Ja, es stimmte tatsächlich, jemand beobachtete sie. Grisjin, dachte sie unruhig. Warum in aller Welt hatte sie sich einem verbissenen Altkommunisten wie ihm anvertraut? Es war gut möglich, dass er sofort zum FSB oder zum Geheimdienst gelaufen war und ihnen alles brühwarm erzählt hatte. Wenn er nicht ohnehin dort arbeitete!

Sie fasste blitzschnell einen Entschluss. Statt weiter die Straße hinaufzugehen, bog sie abrupt links ab und hinkte die Treppe zu einer der zahlreichen Fußgängerunterführungen hinunter, die unter dem Jakimanka-Boulevard hindurchführten. Dort unten, in dem schwach erhellten Tunnel – ein Eldorado für Dealer, Ganoven und Prostituierte –, stolperte sie beinahe über einen Mann, der in einem Rollstuhl hing. Er hatte eine Augenklappe über dem linken Auge, an der linken Hand fehlten ihm drei Finger, und beide Beine waren amputiert. Die sowjetische Kampfuniform wirkte viel zu groß, abgesehen davon, dass die Hosenbeine in strammen Knoten unmittelbar über den Knien endeten. Vor dem Rollstuhl lag ein Stahlhelm mit ein paar zusammengeknüllten Scheinen und kleinen Münzen. Neben dem Helm hatte der Mann ein Plakat platziert, auf dem auf Russisch und Englisch stand: *»Igor Danilovitsj, 46 Jahre, Afghanistanveteran. Blind. Fünf Kinder. Meine Frau hat Tuberkulose. Die Pension reicht nur knapp für Wasser und Brot. Helft mir!«*

Gerade war sie dabei, ihre Geldbörse zu zücken, als sie die gleichen, schlurfenden Schritte hörte wie kurz zuvor, nur dieses Mal viel näher. Im gleichen Moment glitt ein Mann lautlos aus den tiefen Schatten an der Tunnelwand. Aus den Augenwinkeln ahnte sie etwas Blankes in seiner Hand, doch noch ehe sie weglaufen konnte, wurde sie brutal an der Schulter gepackt. Die Prothese hielt der plötzlichen Gewichtsverschiebung nicht stand, und sie ging zu Boden. Panisch ließ sie den Riemen ihrer Tasche los, doch der war längst abgeschnitten. Jetzt beugte sich der Angreifer – ein junger, bärtiger Mann Mitte zwanzig – über sie und durchwühlte ihre Tasche. Sie hoffte inständig, dass er etwas von Interesse fand, damit sie ihn loswurde.

Der nackte Zementboden war eiskalt. Doch sie wagte es nicht, auch nur einen Muskel zu bewegen. Der Räuber leerte den Inhalt ihrer Tasche auf den Boden aus. Dann seufzte er unzufrieden, ehe er sich die Geldbörse schnappte und den Inhalt an sich nahm. Einen Augenblick blieb er stehen und sah sie mit abschätzigem Blick an. Vielleicht fragte er sich, ob sie Schmuck oder andere Wertsachen trug. Er trat einen Schritt auf sie zu, blieb dann aber stehen.

Etwas lenkte seine Aufmerksamkeit ab.

Jetzt hörte sie es auch: Schritte. Jemand kam von der Straße die Treppe hinunter. Der Räuber stand ein paar lange Sekunden da und lauschte, ehe er sich entschloss, abzuhauen, doch nicht ohne einen letzten Streich. Er hockte sich vor den Kriegsveteranen und nahm die zusammengeknüllten Scheine aus seinem Helm. Der blinde Bettler murmelte einen schwachen Protest, doch der Schurke hatte sich bereits erhoben. Ohne ein Wort trat er gegen den Helm, so dass die Münzen in alle Richtungen über den Zementboden davonrollten.

Dann schnappte er sich Ullas roten Pass und rannte weg.

41

Werner und Naomi Hirsch standen regungslos in dem winzigen Eingang und lauschten. Draußen im Treppenhaus hörten sie Menschen mit schweren Schritten vorbeilaufen. Angespannt lauschten sie, ob sich jemand für Naomis Wohnung interessierte, doch vorläufig hatten die Soldaten genug mit der Wohnung im vierten Stock zu tun. Der Lichtkegel des Scheinwerfers im Hinterhof glitt über die Außenwände und ließ das Küchenfenster aufleuchten. Naomi zitterte, doch Werner wagte es nicht, sie zu berühren. Alles war einfacher gewesen, als er noch Patient war und sie in ihrer blauweißen Uniform um ihn herumgeschwirrt war.

Ein lautes Knallen verriet, dass die Wohnung jetzt gestürmt wurde. Drei schwere Schusssalven ließen die Wände erzittern. Kommandorufe hallten durchs Treppenhaus. Dann wurde alles still. Die Sekunden vergingen. Plötzlich brach das Spektakel wieder los. Erst leichte Schritte direkt über ihren Köpfen, gefolgt von frenetischem Getrampel hierhin und dorthin, dann kurze Stille, gefolgt von einem einzelnen, dröhnenden Knall. Die darauf folgende Stille erfüllte Werner mit einer Angst, die ihn mit einer physischen Kraft überrumpelte, als hätte jemand ein eisernes Band um seinen Oberkörper geschlungen und zugezogen.

»Die töten den Jungen«, flüsterte er, als er wieder Luft bekam.

Naomi schüttelte entschieden den Kopf.

»Sicher nicht. Sie wagen es nicht mehr, Kinder zu töten, wenn sie keine Zeugen haben, die aussagen können, dass es im Kampf geschah und nicht die Folge einer Misshandlung war. Aber sie werden ihn schrecklich zurichten.«

Sie winkte ihn ins Bad. Dort herrschte ein gewaltiges Chaos. Mit einem durchtriebenen Lächeln nahm sie einen abgenutzten Morgenmantel von der Wand und reichte ihn Werner, als hätte sie diese Maskerade schon tausend Mal gemacht, nur in einem früheren Leben.

»Zieh den an«, sagte sie bloß. »Aber zieh erst deine Sachen aus, ich schau mal nach, ob ich eine Unterhose habe, die passt.«

Er wusste nicht recht, was er tun sollte.

»Stell dich nicht an«, sagte sie lächelnd. »Ich habe dich zwei Wochen lang gewaschen und versorgt. An dir ist nichts, was ich nicht schon längst gemessen und gewogen hätte.«

Er zog sich aus. Zum Glück hatte er die dicke norwegische Dovre-Unterwäsche zu Hause gelassen und hier vor Ort neue gekauft. Sie warf seine Sachen in einen halb vollen Wäschekorb. Ein paar Handtücher und etwas von ihrer Unterwäsche – es lag genug davon auf dem Badezimmerboden – gingen den gleichen Weg. Dann steckte sie ihre Hand in einen Plastikkübel mit frischer Wäsche und fischte eine Boxershorts mit Rennwagen darauf hervor. Doch damit nicht genug der Verwandlung. Er sollte auch die Identität wechseln.

»Von jetzt an bist du mein Vater. Wir wohnen hier zusammen. Du heißt Gregory, Gregory Hirsch. Du bist 1993 aus Riga nach Israel emigriert. In deinem Pass steht, dass du Jude bist – aber hoffentlich verlangt niemand, deinen Pass zu sehen. Falls doch, musst du einfach zu suchen beginnen. Etwas widerwillig. Dann öffnest du Schubladen und Schränke. Ich habe nichts zu verbergen, du kannst überall herumkramen. Aber das Reden überlässt du mir. Sollten die Soldaten trotzdem darauf bestehen, mit dir ein paar Worte zu wechseln, musst du ihnen auf Englisch antworten. Mit russischem Akzent. Schaffst du das?«

Er nickte. Solange niemand unter ihnen war, der Russisch konnte, würde es schon gehen.

»Und dein wirklicher Vater, wo ist der?«

»In Tel Aviv bei meinem Bruder«, flüsterte sie. »Aber frag nicht weiter, ich bin so nervös.«

Sie nahm ihn mit in die Küche und platzierte ihn an einem kleinen Melamintischchen. Ohne ein Wort versorgte sie ihn mit einer Tasse Kaffee und einem Kreuzworträtsel einer englischsprachigen israelischen Zeitung, *Jerusalem Post*. Dann nahm sie ein paar Bilder eines älteren grauhaarigen Mannes mit elegantem Spitzbart von der Wand, der Werner sogar ähnelte, und schob sie in eine Schublade mit Trockentüchern.

»So, Papa«, sagte sie mit diesem verschmitzten Lächeln, das ihn im Krankenhaus so fasziniert hatte, »jetzt hast du keinen Rivalen mehr.«

Aus dem Hinterhof waren laute Stimmen zu hören. Der Scheinwerfer war ausgeschaltet worden, doch das nächtliche Dunkel wurde durch das blinkende Blaulicht einer Ambulanz zerhackt, die durch das Tor dirigiert wurde. Zwei Träger mit gelben Signalwesten über den Uniformen verschwanden mit einer zusammenlegbaren Bahre im Hausflur. Einige Sekunden später hörten sie sie an der Wohnungstür vorbeilaufen. Naomi zog Werner hinter sich her in das dunkle Wohnzimmer. Der Raum wirkte größer als in der Wohnung darüber, doch das lag wohl daran, dass hier weniger Möbel waren. Sie stellten sich neben das Fenster und blickten wachsam in den Hinterhof hinunter.

Zwei Soldaten führten die Mutter des palästinensischen Jungen ab. Ihre Arme waren mit Handschellen auf dem Rücken gefesselt. Sie schien unverletzt zu sein. Eine Minute später kamen weitere Soldaten, die einen schweren, leblosen Körper zwischen sich trugen. Es war ein erwachsener, für einen Palästinenser sehr großer Mann. Werner hatte ihn zuvor noch nicht gesehen. Es mussten mehr Menschen in der Wohnung gewesen sein, als er angenommen hatte.

»Du hast gesagt, sie würden es nicht wagen, sie zu töten«, sagte er.

»Ich habe gesagt, dass sie es ohne Zeugen nicht wagen, Kinder zu töten«, berichtigte sie ihn. »Ein erwachsener Mann ohne eigene Familie und ohne festen Wohnsitz ist etwas ganz anderes. In den Morgennachrichten ist dann ohne Zweifel von einem gesuchten palästinensischen Terroristen die Rede.«

Er wollte sie fragen, wie sie so sicher sein konnte, wer er war, ließ es aber bleiben. Sie konnten später reden. Jetzt kamen überdies die Träger mit dem palästinensischen Jungen. Er lag reglos auf der Bahre, den Kopf zur Seite gedreht. Ein Arm hing herab. Der Junge sah erschreckend leblos aus. Es gab keinen Zweifel, dass die Soldaten genau das gemacht hatten, was Naomi vermutet hatte: sie hatten ihn schlimm zugerichtet.

In diesem Moment begannen die Geschehnisse, sich zu überschlagen, so dass Werner Schwierigkeiten hatte, alles mitzubekommen.

Zuerst begann die Mutter zu schreien.

»Sie ruft nach ihrem Sohn«, flüsterte Naomi. »Sie fragt, was sie mit ihm gemacht haben. Sie ruft: Hebe deinen Arm, wenn du mich hörst. Taher! Ich bin's, Mama.«

Mit viel gutem Willen konnte man eine Bewegung des linken Arms erkennen, der über den Rand der Bahre nach unten hing. Er hob ihn etwas an. Dann sackte er wieder nach unten und pendelte schwach von links nach rechts, als die Bahre in die Ambulanz gehoben wurde.

Als die Sanitäter die hintere Tür schlossen und ins Auto stiegen, geschah etwas mit der Mutter. Werner bemerkte es nicht gleich, denn er hatte seine ganze Aufmerksamkeit auf Taher gerichtet. Er spürte die Wut wie eine Springflut in sich anschwellen – eines Tages, wusste er, würde er sich irgendeine Ecke suchen und wie ein kleines Kind weinen.

»Die Mutter reißt sich los«, flüsterte Naomi und ergriff seinen Arm.

Auf wundersame Weise war es der Mutter gelungen, sich aus der Umklammerung der Soldaten zu befreien, und nun rannte sie mit kleinen Schritten hinter dem Krankenwagen her. Ihr Oberkörper schwankte bei jedem Schritt – es war schwer, mit auf dem Rücken gefesselten Händen zu laufen –, aber sie *wollte* es schaffen; ihre ganze, schmächtige Gestalt leuchtete vor Zorn und Trotz. Währenddessen rollte die Ambulanz auf die Torausfahrt zu. Der Fahrer, der das Ganze vermutlich im Rückspiegel verfolgte, bremste plötzlich. Die Mutter stieß gegen die hintere Tür und wurde zurückgeschleudert, konnte sich aber auf den Beinen halten und nahm die Verfolgung wieder auf. Die Soldaten blieben passiv und sahen zu – sie schienen sich zu amüsieren. Doch schließlich hatte der Offizier, der die Aktion leitete, genug. Er gab den Soldaten den Befehl, sie zurückzuholen. So weit kamen sie aber nicht. Die Mutter, die die Ambulanz jetzt zum zweiten Mal erreicht hatte, begann, mit der Stirn gegen die Wagentür zu schlagen, härter und härter. Plötzlich gab der Fahrer Gas. Sie verlor das Gleichgewicht und knallte mit dem Gesicht auf die Pflastersteine. Nachdem sie etwa eine halbe Minute mit den Beinen gezuckt hatte, blieb sie in einer makaber verrenkten Stellung liegen. Von der Straße hörten sie, wie die Ambulanz die Sirene einschaltete und davonfuhr.

Dann war alles still.

Die Mutter lag noch immer bewusstlos am Boden. Acht Soldaten und zwei Offiziere umringten sie. Einer der Offiziere beugte sich über sie und überprüfte, ob sie noch atmete, dann sah er nach oben und machte irgendeinen Witz, der die anderen grölen ließ. Das durfte nicht wahr sein, sie hatten gerade einen vermutlichen Terroristen erschossen, einen kleinen Jungen zusammengeschlagen und zugesehen, wie eine verzweifelte Mutter auf die Bordsteinkante stürzte – gab es einen besseren Zeitpunkt für einen kleinen Spaß?

Doch nicht alle schienen sich zu amüsieren. Einige der Soldaten machten entsetzte Gesichter und hoben warnend die Hände, als wollten sie sagen, lasst uns nicht zu weit gehen. Einer schlug sich verzweifelt mit der Hand gegen den Stahlhelm und stampfte mit dem Stiefel auf. Der Offizier stand auf und breitete beruhigend die Arme aus.

»Er sagt, sie sollten lernen, einen Spaß auch wie einen Spaß zu behandeln«, erklärte Naomi, die das Fenster einen Spaltbreit geöffnet hatte, um besser hören zu können. »Weiß Gott, was er gesagt hat. Manche Offiziere haben ein schrecklich grobes Mundwerk.«

Kurz darauf verschwand der jüngere Offizier mit sechs Soldaten. Sie kletterten in einen gepanzerten Mannschaftswagen und fuhren schnell durch das Portal davon.

»Ich glaube, die drei anderen warten auf die Ambulanz«, flüsterte Naomi. »Ich habe den einen sagen hören, dass noch jemand ins Hospital muss.«

Doch der ältere Offizier, ein vierschrötiger Mann Mitte vierzig, hatte andere Pläne. Zuerst schickte er den jüngsten der Soldaten auf die Straße, um Wache zu halten. Naomi, die bisher alle Befehle des Offiziers übersetzt hatte, schwieg plötzlich:

»Sie sperren den Hinterhof ab«, sagte sie. »Das gefällt mir gar nicht. Da stimmt was nicht, die haben was vor.«

Die zwei anderen waren jetzt mit der bewusstlosen Frau allein. Der Offizier sah sich um und blickte an der Hauswand empor, als wolle er überprüfen, ob in den Wohnungen jemand war. Werner und Naomi standen ganz still, sie blinzelten nicht einmal mit den Lidern und wagten es kaum zu atmen. Der Offizier entdeckte sie nicht. Doch etwas in der Wohnung schräg unter ihnen schien sein Interesse zu wecken; vielleicht brannte dort eine Lampe, oder er hatte Schatten hinter einer Gardine gesehen. Er trat einen Schritt zurück. Stellte sich auf Zehenspitzen. Blinzelte, doch schließlich schien er sich zu beruhigen und anzunehmen, dass alles in Ordnung war.

Er winkte den Soldaten zu sich, legte ihm seinen Arm kameradschaftlich über die Schultern, klopfte ihm auf den Rücken und flüsterte ihm etwas ins Ohr. Beide lachten, der Soldat etwas angestrengt. Der Offizier redete weiter. Schließlich nickte der Soldat. Gemeinsam gingen sie zu der Bewusstlosen, packten sie unter den Armen und zerrten sie in den Eingangsbereich des Mietshauses. Der Soldat grinste unsicher. Der Offizier neckte ihn. Lachte. Dann riss er die Tür zum Treppenhaus auf, stieß seinen Untergebenen mit sanfter Gewalt hinein, munterte ihn mit einem Zuruf auf und schloss die Tür. Er selbst stellte sich in die Mitte des Hinterhofs, schob eine Hand tief in seine Hosentasche und rauchte eine Zigarette.

Ihr Schrei kam vollkommen unerwartet. Ein langer schriller Schrei wie von einem anderen Planeten. Werner meinte, dass man ihn in der ganzen Stadt hören musste. Alle vergewaltigten Mütter der Erde schienen dieser hilflosen Frau ihren Atem zu leihen.

Der Offizier reagierte blitzartig. Er rannte über den Hofplatz zur Tür. Der Schrei verstummte. Der Offizier blieb stehen, wippte auf den Fußballen und lauschte. Dann machte er auf dem Absatz kehrt und ging zurück in die Mitte des Hofs. Die ganze Zeit über mit einer Kippe im Mund und einer sich leicht bewegenden Hand in der Hosentasche.

»Warum kommt der dritte nicht, um nachzusehen, was passiert ist?«, flüsterte Werner. »Der muss den Schrei doch auch gehört haben!«

»Er hat den Befehl bekommen, Wache zu halten«, sagte sie lakonisch. »In einem eventuellen Verfahren wird er natürlich schwören, nichts gehört zu haben, oder behaupten, er hätte es für eine Katze gehalten.«

»Was für Schweine«, flüsterte Werner. »Wir können das doch nicht vor unseren Augen geschehen lassen. Wir müssen etwas tun.«

Sie schüttelte entschieden den Kopf. Packte seinen Arm. Bohrte ihre Nägel durch den dünnen Stoff des Morgenmantels.

»Kommt nicht in Frage«, sagte sie entschlossen. »Geben wir uns jetzt zu erkennen, ist es aus mit uns.«

»Und wenn wir was in den Hinterhof schmeißen, damit er weiß, dass hier Menschen sind?«

»Bloß nicht«, warnte sie ihn. »Das führt dann nur zu einer kompletten Hausdurchsuchung und einer wahren Hölle für alle, die hier wohnen. Es ist so schon schlimm genug.«

Werner verstand nicht, was noch schlimmer sein konnte als die Tatsache, dass eine bewusstlose Frau weniger als einen Steinwurf entfernt misshandelt oder vergewaltigt wurde, ohne dass sie auch nur einen Finger krümmten. Aber Naomi schien sich ihrer Sache so sicher zu sein, dass er es nicht wagte, sich ihr zu widersetzen. In den zehn Minuten, in denen die Soldaten außer Sicht waren, konnte Werner seine Gefühle kaum mehr in Schach halten. Er weinte. Nicht bloß aus Verzweiflung über das, was man der Palästinenserin antat, sondern auch über die Scham, nichts tun zu können. Und inmitten all dieser Empfindungen spürte er plötzlich eine Wahnsinnswut auf Abrasha. Abgesehen davon, dass es ohne Zweifel eine gewisse äußere Ähnlichkeit zwischen Abrasha und dem etwas jüngeren Offizier im Tor gab, ging ihm auf, dass die beiden Israelis in einer Hinsicht aus dem gleichen Holz geschnitzt zu sein schienen: Beide schienen vollkommen ungerührt, anderen Schmerz zufügen zu können.

Naomi betrachtete ihn von der Seite. Sie fürchtete wohl, dass er plötzlich die Beherrschung verlieren und etwas Unüberlegtes tun könnte. Aber er weinte nicht, weil er im Begriff war, die Selbstbeherrschung zu verlieren. Er weinte, weil seine Selbstbeherrschung so stark war. Weil sie über viel zu viele Jahre so viel in seinem Leben gesteuert hatte. Jetzt erkannte er, wohin ihn das gebracht hatte.

Die Tür öffnete sich, und der Soldat kam heraus. Er spuckte aus und ging breitbeinig zum Offizier, wobei er den Reißverschluss seiner Hose hochzog. Beide hoben sie einen Arm und klatschten sich wie Fußballspieler nach einem standesgemäßen Heimsieg ab. Jetzt war der Offizier an der Reihe. Er ging rasch über den Innenhof und öffnete seine Hose, noch bevor er die Eingangstür erreichte.

Vier Minuten später war er wieder zurück. Draußen im Hof führten die Männer das gleiche Ritual durch wie beim ersten Mal: Handfläche auf Handfläche. Der Offizier fischte ein Päckchen Zigaretten aus seiner Innentasche, zündete sich eine Zigarette an und half seinem Untergebenen, den Staub von der Uniformjacke zu wischen. Dann schob er sich den Helm zurecht, der etwas verrutscht war, ging ein paar Schritte auf die Hofausfahrt zu, in der der jüngste Soldat Wache hielt, und rief ein einsilbiges Wort ins Dunkel. »Komm!«, übersetzte Naomi. Wenige Sekunden später kam er mit seinem automatischen Gewehr über der Schulter angerannt. Er sah die beiden anderen fragend an. Es war unbeschreiblich, wie heiter sie waren. Viel zu heiter, dachte Werner, als wagten sie es nicht, mit dem Lachen aufzuhören. Natürlich wussten beide, sie hatten sich an diesem Abend derart besudelt, dass sie nie wieder richtig rein werden würden. Vor Gott und voreinander würden sie immer Sünder sein. Schweine. Aber genau deshalb würden sie dieses Geheimnis auch liebevoll pflegen. Ihm die Ohren kraulen, wenn sie zu zweit waren. Es wieder und wieder entstauben. »Weißt du noch …« Doch das Geprahle würde sie niemals von der Schande befreien. Und wenn sie daheim mit ihren Frauen im Bett lagen, wie oft würden sie dann nicht in Gedanken ihre Untat wiederholen? Was würde zu guter Letzt noch von der Begierde übrig sein, die sie für ihre Geliebte verspürten?

Werner schüttelte im Schutz der Gardine verzweifelt den Kopf und beobachtete die drei Männer, die ins Treppenhaus gegangen waren, um die Palästinenserin zu holen. Sie war noch immer bewusstlos oder zu schwach und schockiert, um auf eigenen Beinen zu stehen. Die zwei Soldaten trugen den dünnen, schlaffen Körper zwischen sich zu einem israelischen Militärjeep. Der Rock hing schief auf ihren Hüften, und die Strumpfhose war bis auf ihre Knöchel runtergerutscht. Von dem Sturz auf die Bordsteinkante hatte sie Blut auf der Stirn, doch ansonsten schien sie – zumindest äußerlich – keine Verletzungen zu haben. Der Offizier hob die Abdeckplane von der Ladefläche, und die Soldaten legten sie darauf. Dann kletterten alle drei ins Auto und fuhren davon.

»Was meinst du«, fragte er müde. »Werden sie sie töten?«

Sie schüttelte den Kopf.

»Ist das noch nötig? Haben sie das nicht schon längst getan?«

Er musste ihr Recht gegen. Auf der anderen Seite war es ungeheuer wichtig, dass sie die Untat lebendig überstand. Schließlich befand sich ihr Sohn im Gewahrsam der Sicherheitskräfte.

Naomi nickte als Zeichen ihrer Zustimmung.

»Ich vermute, dass sie sie irgendwo in einen Graben schmeißen, ehe sie ins Hauptquartier fahren, und sie als vermisst melden. Ich habe von solchen Vorfällen gehört. Vergewaltigte und misshandelte Gefangene werden irgendwo abgeladen und dann als vermisst gemeldet. Die Sicherheitskräfte werden behaupten, die Person sei geflohen, und dass man sie nicht dafür verantwortlich machen könne, was diesem oder jenem auf der Flucht zugestoßen sei.«

Er sah sie musternd an:

»Du weißt eine ganze Menge über diese Dinge.«

»Im Krankenhaus sieht und hört man viel. Das meiste ist nicht gerade angenehm.«

»Aber der palästinensische Aktivist, der sich dort oben versteckt hielt.« Er nickte in Richtung Decke. »Woher kanntest du ihn?«

Sie zögerte. Ihr Mund öffnete sich. Sie befeuchtete ihre Lippen mit der Zungenspitze, brachte aber kein Wort heraus.

Sie sahen sich voller Ernst an. Er wusste, dass sie an einem Kreuzweg standen.

»Ich glaube, du hast mir etwas Wichtiges zu sagen«, sagte er, um ihr eine Brücke zu bauen.

»Ja«, seufzte sie. »Ich weiß nur nicht, wo ich anfangen soll.«

42

Die Stille in dem verdunkelten Wohnzimmer war kaum auszuhalten. Nicht, dass es keine Geräusche gegeben hätte. In dem Windzug vom Fenster raschelte die Zeitung, die aufgeschlagen auf dem Sofatisch lag. Der Wasserhahn in der Küche tropfte. Im Nachbarhof wurde ein Fenster geöffnet und entließ die Klänge von Strawinskys »Le sacre du printemps« – ein Strom hitziger Violinstimmen gegen das Donnergrollen von Bläsern und Schlaginstrumenten.

Dennoch empfand Werner die Stille als ohrenbetäubend, weil alle Geräusche, die eigentlich zu hören sein müssten, fehlten. Die Sirenen eines Krankenwagens, der mit quietschenden

Reifen mit der misshandelten Frau davonraste. Das Rauschen der Funksprechgeräte all der Polizisten, die den Tatort absperrten und nach Spuren suchten. Das Schnappen der Kameras und Blitze. Und nicht zuletzt die Rufe der Schaulustigen, die von der Straße herbeiströmten, um sich zu überzeugen, was an den Gerüchten dran war. Nur so konnte der politische Druck entstehen, der nötig wäre, die Täter vor Gericht zu bringen.

Aber all das fehlte. Die Stille presste sich auf seine Trommelfelle wie das Gewicht des Wassers in zehn Metern Tiefe.

Er sank entmutigt auf das Sofa. Naomi, die gerade gesagt hatte, dass sie etwas Wichtiges auf dem Herzen hätte, suchte noch immer nach dem richtigen Einstieg. Nach einigen Minuten absoluter Stille seufzte sie und begann zu klagen, dass die Welt so schlecht sei, so voll von bösen Menschen, die böse Dinge taten. Danach schwieg sie erneut.

Werner dachte an den Krieg. Den Krieg der Generation seiner Eltern. Er war gerade mal fünf Jahre alt gewesen, als er ausbrach; neun, als die Deutschen seinen Vater mitnahmen. Also vielleicht fünf, sechs Jahre jünger als der palästinensische Junge, der vorhin von ein paar israelischen Soldaten verprügelt worden war – ehe sie seine Mutter erniedrigt und geschändet hatten. Es schmerzte ihn, so zu denken, aber der Ring war kurz davor, sich zu schließen. Die Opfer wurden zu Tätern. Menschen, die in ihrer Kindheit miterlebt hatten, wie ihre Eltern ermordet oder in deutscher Gefangenschaft gefoltert wurden, ließen es heute zu, dass ihre eigenen Soldaten auf palästinensische Kinder schossen.

Das alles war meilenweit entfernt von dem, was er und seine engsten Freunde – Einar Westerlund, Alexander Bonnevie, Borgar Fürst und Richard Klüger – jemals für möglich gehalten hatten, als sie während einer unvergesslichen Rundreise durch Das Heilige Land über die Osterfeiertage des Jahres 1960 dem zustimmten, was Abrasha Schwartz einen »historischen Handschlag« für den Staat Israel nannte. Werner war damals Mitte zwanzig gewesen und frisch und glücklich verheiratet mit Katarina. Er liebte sie – aber fast genauso stark liebte er Israel.

Anfang der fünfziger Jahre hatte er, um die Wartezeit zwischen dem Gymnasium und der Militärzeit zu überbrücken, sechs Monate in einem jüdischen Kibbuz verbracht. Dort hatte er Abrasha kennen gelernt, der seine Eltern im Kibbuz besuchte, sobald sein Universitätsstudium in Tel Aviv es zuließ. Sie waren schnell unzertrennliche Freunde geworden. Bevor Werner nach Norwegen zurückgekehrt war, hatten sie sich das Versprechen gegeben, innerhalb von drei Jahren so hervorragende Examensergebnisse vorzulegen, dass sie die Chance hätten, gemeinsam Atomphysik am MIT in Boston zu studieren. Zutiefst überzeugt, dass Atomkraft die zukünftige Lösung aller Energieprobleme der Welt war, träumten sie davon, ihr Leben diesem neuen, spannenden Forschungsfeld zu weihen.

Naomi, die jetzt bereit war, zu reden, riss ihn aus seinen nostalgischen Erinnerungen.

»Ich bringe es nicht über mich, dich anzulügen«, begann sie. »Heute Abend haben wir etwas Erschütterndes zusammen erlebt. Wir haben das Böse in seiner ungehemmten Entfaltung gesehen. Für mich ist die Existenz des Teufels nichts Neues, aber nun hast auch du ihn gesehen. Darum dürfen wir keine Geheimnisse mehr voreinander haben. Nur im gemeinsamen Kampf gegen das Böse können wir weiterleben, ohne uns mitschuldig zu fühlen an dem, was geschehen ist.«

Sie sprach ruhig und beherrscht, aber mit einem so intensiven Ernst, der sich in sein Rückenmark bohrte wie eine umgekehrte Spinalanästhesie: Statt das zentrale Nervensystem zu betäuben, versetzte sie es in Hochspannung. Er konnte sich nicht erinnern, wann die Worte einer jungen Frau ihn das letzte Mal so berührt hatten. Ohne Frage, während seines Krankenhausaufenthaltes hatte Naomi eine fantastisch erquickende Wirkung auf ihn ausgeübt. Wenn sie kam, um ihm seine nächtliche Dosis Cyclosporin und Morphin zu verabreichen, hatte er jedes Mal scherzhaft gesagt, er würde ausgezeichnet ohne die Spritzen auskommen, wenn sie sich auf seine Bettkante setzte, bis er eingeschlafen war. Und sie hatte ihm jedes Mal geantwortet, dass sie das gerne tun würde, aber dass es wohl eher unwahrscheinlich war, dass er einschlafen könnte, wenn sie dort säße.

An diesem Abend war es kein Flirt, der sie verband. Es war auch nicht ihre Schönheit, die ihn beschäftigte. Sie sah ungepflegt aus. Ihre Augen waren matt. Die Kleider abgetragen. Das Haar in ihren Achselhöhlen glänzte vor Schweiß. Zwei tiefe Furchen, die ihm vorher nicht aufgefallen waren, zerschnitten ihr Gesicht von den Nasenflügeln bis zu den Mundwinkeln und ließen sie zehn Jahre älter aussehen, als sie war.

Trotzdem, oder vielleicht gerade deswegen, regte sich erst jetzt der ernst gemeinte Wunsch in ihm, sie näher kennen zu lernen. Oder suchte er nur einen Menschen, mit dem er seine maßlose Wut, die Trauer und die Scham teilen konnte? Er wusste es nicht. Er war diese Art von Gefühlen nicht gewohnt.

Jetzt gab es jedenfalls erst einmal ganz andere Dinge, über die er nachdenken musste.

»Ich möchte dir meine Lebensgeschichte erzählen«, sagte Naomi. »Danach kannst du selber entscheiden, ob du von dir erzählen willst. Lass mich mit dem Morgenmantel beginnen, den du trägst. Oder genauer: mit dem Mann, der ihn normalerweise trägt, meinem Vater, Gregory Hirsch. Ich habe vorhin schon kurz erwähnt, dass er dem Pass nach Jude ist. In meiner Kindheit und Jugend habe ich immer wieder erzählt bekommen, dass unsere Familie über mehrere Generationen der jüdischen Minderheit in Riga angehörte. Im Sommer 1941 floh Gregory nach Leningrad, nur wenige Wochen vor dem Angriff der Deutschen auf die Sowjetunion. Er kehrte erst 1949 zurück – nach dem vergeblichen Versuch, eine Ausreisegenehmigung für die Emigration in den neu gegründeten Staat Israel zu bekommen. In Riga lernte er Raisa kennen, die armenischer Abstammung war. Sie konvertierte zum Judentum, um Vater heiraten zu können. Sie blieben in Riga und bekamen zwei Söhne und später die Nachzüglerin Naomi, also mich. Wir gingen auf gewöhnliche Schulen und wurden nicht im jüdischen Glauben erzogen. Es lohnte sich nicht, und außerdem konnte es schnell gefährlich werden. Aber mein Vater hat immer von Israel geträumt, und 1993, zwei Jahre nach dem Zusammenbruch der Sowjetunion, bekam er endlich die Ausreiseerlaubnis. Meine Mutter war in der Zwischenzeit gestorben und meine beiden Brüder in die USA ausgewandert. Ich hatte keine bestimmten Pläne. Aber da ich mich nicht mit dem Gedanken abfinden konnte, Vater ganz sich selbst zu überlassen, entschloss ich mich, mit ihm zu gehen. Wir hatten himmelhohe Erwartungen. Für uns war Israel das Symbol all dessen, was uns im Kommunismus verwehrt gewesen war. Die ersten drei, vier Jahre lief es leidlich gut. Aber nach dem Mord an Rabin und dem wachsenden Zulauf zu den rechtsorientierten und orthodoxen Kräften in Israel begannen wir, uns nicht mehr wohl zu fühlen. Das war nicht die Gemeinschaft, nach der wir uns gesehnt hatten. Wo war die Toleranz? Die Nächstenliebe? Wo gab es Menschen, die für die Menschenrechte und soziale Gerechtigkeit kämpften? Überall um uns herum schienen genau die entgegengesetzten Werte im Vormarsch zu sein. Eines Tages dann, vor etwa anderthalb Jahren, vertraute mein Vater mir ein Geheimnis an, das er sein ganzes Leben mit sich herumgetragen hatte: Meine Familie war gar nicht so jüdisch, wie sie es mir immer wieder eingetrichtert hatten. Unsere Ahnen waren Palästinenser, die zu irgendeinem Zeitpunkt zum Judentum konvertiert waren – ob aus religiöser Überzeugung oder sozialen Ambitionen, war nicht ganz klar. Oberflächlich betrachtet waren wir also Juden genauso gut wie andere. Aber tief in unserem Herzen, wie Vater es ausdrückte, waren wir Palästinenser und Muslime. Vater hatte beim Einwohnermeldeamt in Riga nachgeforscht, und bei Ahnenforschungszentren in Tel Aviv und Washington, und konnte mir auf dem Stammbaum zeigen, dass ausschließlich unser Zweig der Familie einen jüdischen Namen trug. Es stellte sich sogar heraus, dass ich palästinensische Verwandte im Westjordanland und im Gazastreifen habe. Das war ein ziemlicher Schock. Ich wusste überhaupt nicht, was ich glauben oder wie ich mich verhalten sollte. Zuerst war ich rasend vor Wut. Wozu mich mit dieser unbequemen Wahrheit quälen? Aber am Ende versöhnte ich mich mit der Tatsache, dass ich jemand anders war, als ich bisher geglaubt hatte. Und von da an war alles sehr viel einfacher. Ich begriff allmählich und konnte akzeptieren, warum ich nie wirklich in Israel angekommen war. Außerdem wurde es einfacher, den Feind zu erkennen – und damit meine ich nicht meine persönlichen Feinde, solche habe ich nicht, sondern die Feinde des Friedens. Unter verdeckter palästinensischer Identität in der israelischen Gesellschaft zu leben, bescherte mir viele erschütternde Erlebnisse, aber auch einzigartige Möglichkeiten zur Klarsicht. Es gab Tage, da habe ich mich wie ein weißer Neger in Südafrika in der Apartheid gefühlt. Ich sah, wie sich der Rassismus direkt vor meinen Augen entfaltete, ohne selbst betroffen zu sein. Das war erschreckend und ungeheuer lehrreich zugleich. Aber gleichzeitig plagte mich mein Gewissen, weil ich es eigentlich nicht verdient hatte, verschont zu werden.«

Während sie noch erzählte, stand sie vom Sofa auf und zog ihn hinter sich her in die Küche. Sie nahm zwei Gläser und eine bereits geöffnete Flasche Rotwein aus dem Schrank.

»Das Gute daran, Jüdin zu sein«, sagte sie mit einem Lächeln, »ist, dass es nicht verboten ist, Wein zu trinken. Meine muslimischen Freunde, die wenigen, die ich habe, trinken auch, aber nur heimlich und mit großen Gewissensbissen. Es ist eine Schande, denn guter Wein und nette Gesellschaft sind zwei Seiten ein und derselben Medaille.«

Sie nippten an dem Wein, ohne anzustoßen. Es gab nichts zu feiern.

»Weiß Doktor Adler etwas davon?«, wollte Werner wissen.

»Nein, bist du wahnsinnig? Niemand im Krankenhaus darf etwas davon erfahren. Da würde es nicht lange dauern, bis ich arbeitslos bin. Das Krankenhaus ist Teil der Zivilverteidigung des Landes. Ergo ist dort kein Platz für Palästinenser.«

Es fiel ihm schwer, ihr zu glauben.

»Sonst weiß also niemand davon, außer deinem Vater und dir? Was für ein Leben ist das? Das muss doch schrecklich einsam sein?«

Er nippte an seinem Wein. Seine Augen füllten sich mit Tränen.

»Wie Recht du hast. Eine Zeit lang habe ich versucht, es geheim zu halten. Aber irgendwann konnte ich nicht mehr. Es wurde, wie du sehr richtig erkannt hast, zu einsam. Eines Tages nahm ich Kontakt zu einem Mann auf, den ich dabei beobachtet hatte, wie er auf der Straße unauffällig Flugblätter gegen die Besetzung vom Westjordanland verteilte. Ich folgte ihm und fand raus, wo er wohnte. Ein paar Tage später klopfte ich spät abends an seine Tür. Er machte auf und ließ mich rein. Außer ihm waren noch drei andere Personen in der Wohnung; eine Frau und zwei Männer. Ich erzählte ihnen meine Geschichte und sagte, dass ich gerne für die palästinensische Sache kämpfen würde. Sie stellten mir eine Reihe Fragen und wollten meine Meinung zu allen möglichen Dingen wissen: Mustafa, Hamas, bewaffneter Kampf. Ich sagte, dass ich gegen jede Art von Korruption und Terrorismus sei. Dass ich kein Leben zu verschenken hätte und nicht der Meinung war, das Recht zu haben, es anderen zu rauben. Sie antworteten mir, dass das auch ihre Ansicht wäre. Sie wären politisch, nicht militant. Wenn die Situation sich weiter verschlechterte, würden sie abwägen müssen, sich eine neue Strategie zu überlegen. Aber vorläufig seien sie gegen Gewalt. Was nicht bedeutete, dass sie sich nicht zur Wehr setzten, wenn sie israelischem Terror ausgesetzt wurden. Darauf antwortete ich, dass Selbstverteidigung etwas anderes wäre. Schließlich baten sie mich, zu gehen. Wir verabredeten, dass ich in fünf Tagen zur gleichen Zeit wiederkommen sollte, bis dahin wollten sie sich überlegen, wie sie mich einsetzen könnten.« Sie lächelte verlegen und schaute unter den Küchentisch. »Ist es in Ordnung, wenn ich meine Füße bei dir aufwärme? Ich friere so.«

Natürlich war das in Ordnung. Aber als ihre schmalen Füße sich auf seine schoben, waren sie in der Tat so eiskalt, dass er seine Füße automatisch zurückzog.

»Du brauchst etwas, das deinen Kreislauf in Gang bringt«, sagte er und schenkte ihr Wein nach. »Trink.«

Sie tat, was er sagte.

Der Rest der Geschichte war schnell erzählt. Als sie fünf Tage später wiederkam, erhielt sie zu ihrer Überraschung den Auftrag, genau so weiterzuleben wie bisher. Mit anderen Worten: Sie sollte an ihrer jüdischen Identität festhalten, ihre jüdischen Freundschaften pflegen, und vor allen Dingen: die Stelle im Haddasah-Hospital behalten. »Du kannst dort von speziellem Nutzen für uns sein«, erklärten sie. »Halt Augen und Ohren offen. Besonders, wenn Palästinenser eingeliefert werden, die laut Krankenakte bei einem Unfall verletzt wurden oder umgekommen sind. Darüber hinaus selbstverständlich alle, die als Folge der Intifada eingewiesen werden. Notier dir ihre Namen. Merk dir die Diagnosen und welche Behandlung sie bekommen. Versuch herauszufinden, ob diese Patienten von bestimmten Ärzten behandelt werden – und ob die Sterblichkeitsrate bei ihnen höher ist als bei anderen. Alle fünf Wochen erstattest du uns Bericht. Der Treffpunkt wird dir kurz vorher mitgeteilt. Von heute an wirst du diese Wohnung nicht mehr aufsuchen, genauso wenig wirst du zeigen, dass du uns kennst, wenn wir uns zufällig auf der Straße begegnen sollten. Wir sind keine Terroristen, wie du weißt, aber wir operieren, als wären wir welche.« Sie hatte erwidert, dass sie die Spielregeln verstanden hatte und akzeptierte. Danach hatten sie ihr Zeitpunkt und Ort mitgeteilt, an dem das erste Treffen mit ihrer festen Kontaktperson der Gruppe stattfinden sollte; dem Führungsoffizier, wie sie ihn scherzhaft nannten. In den zwei Jahren, die seitdem vergangen waren, hatte sie ihre geheimen Treffen mit besagter Person regelmäßig wahrgenommen. Das letzte Treffen lag erst vier Tage zurück. Es war ihr besonders im Gedächtnis geblieben, weil sie zum ersten Mal das Gefühl hatte, wirklich von Nutzen gewesen zu sein. Die Kontaktperson hatte nämlich gesagt, dass die Informationen, die sie ihr gerade gegeben hatte, wertvoll für alle wären, die für eine bessere Zukunft des palästinensischen Volkes kämpften.

»Und um welche Informationen ging es?«, fragte Werner – und bereute die Frage sofort. »Entschuldige bitte, das geht mich wirklich nichts an.«

Sie wandte den Blick ab. In ihren Mundwinkeln lauerte ein Lächeln.

»Sag das nicht«, sagte sie. »Das Unglaubliche ist, dass es in gewisser Weise um dich ging.«

Er verstand nicht ganz. Wollte sie sich wichtig machen? War das ein schlechter Scherz?

»Du machst Spaß«, sagte er und zog die Füße unter seinen Stuhl. »Ich nehme das als Hinweis, dass du lieber über etwas anderes reden möchtest.«

»Gute Idee«, antwortete sie. Ihre Füße folgten seinen. Sie waren längst nicht mehr so kalt wie vorhin. »Erzähl etwas von dir!«

Er zog die Schultern hoch. »Wenn du unbedingt willst …«

In der folgenden halben Stunde versuchte er, ihr einen kurzen Abriss seines Lebens zu geben. Einen Teil kannte sie bereits, aus den kurzen Gesprächen, die sie im Krankenhaus geführt hatten. Aber im Grunde genommen war es da um völlig andere Dinge gegangen: seinen Gesundheitszustand oder wo er am kitzeligsten war, wenn sie ihn wusch. Der Rahmen war plötzlich ein ganz anderer. Wo sie vorher versucht hatte, ihn vergessen zu lassen, wie krank er war, versuchte sie nun, die Erinnerungen in ihm wachzurufen an das Leben, das er geführt hatte, bevor er krank wurde. Er durfte entscheiden, womit er beginnen wollte.

Er erzählte vom Krieg – da seine ersten lebendigen Erinnerungen aus dieser Zeit stammten. Dann erzählte er vom Kibbuz, von seiner Freundschaft mit Abrasha, von der gemeinsamen Studienzeit am MIT, von Katarina und den Kindern, von den Auslandsreisen und den ereignisreichen Jahren am norwegischen Institut für Atomenergie. Er wollte gerade dazu übergehen, etwas detaillierter auf Katarina einzugehen – wie sehr er sie immer noch liebte und wie sehr es ihn schmerzte, dass sie sich offenbar endgültig auseinander gelebt hatten –, als Naomi ihn unterbrach.

»Hast du Atomphysiker gesagt?«

»Na ja, so was in der Art. Ich bin ausgebildeter Chemiker

mit einem Doktorgrad in Plutoniumschemie. Danach bekam ich das Angebot, mich weiter zum Reaktoringenieur ausbilden zu lassen. Die letzten zwanzig Jahre habe ich im Bereich Brennstoffaufbereitung geforscht. In einfachen Worten: Wie können in einem Kernkraftwerk auf effektivste Weise radioaktive Brennstoffe aufbereitet werden.«

»Dann kennst du dich doch sicher hervorragend mit Plutonium aus, oder?«

Doch, er glaubte, nach wie vor alles Wesentliche über Plutonium zu wissen.

Er konnte schlecht einschätzen, wie viel sie von dem verstand, was er ihr erzählte. Als sie schließlich das Wort ergriff, nachdem sie sich einen letzten Schluck Wein gegönnt hatte, wirkte sie im ersten Moment ein wenig verwirrt – bis er wie vom Donner gerührt einsehen musste, dass sie es wirklich ernst meinte.

»Das ist Schicksal, Fritz«, begann sie im Brustton der Überzeugung. »Oder Gottes Wille, wie du willst. Aber du wirst mich um nichts auf der Welt davon überzeugen können, dass dies nur ein Zufall ist. Niemals im Leben. Du kennst doch sicher den Ausdruck ›Bitte, so wird dir gegeben‹. Fast alle Propheten haben diesen Ausspruch im Mund geführt, auch Jesus und Mohammed. Aber wie oft passiert es, dass die Gebete der Menschen tatsächlich erhört werden? Überleg doch mal! Liege ich falsch, wenn ich sage, dass die Antwort *niemals* lautet? Und da trittst du in mein Leben, völlig unerwartet. Zuerst im Krankenhaus, damit ich mit dir in Kontakt kommen kann. Und als Nächstes stolperst du aus dem Treppenaufgang in meine Wohnung. Wir werden Zeugen eines grausigen Verbrechens. Wir kommen uns näher und erzählen uns unsere Geschichten. Und was erfahre ich dabei? Dass du Reaktoringenieur bist. Plutoniumsexperte.« Sie verdrehte die Augen. »Ich will, dass du einen meiner Freunde kennen lernst. Mein Gott, Fritz, du kannst uns in viel größerem Umfang helfen, als du ahnst!«

»Ich glaube, du missverstehst da etwas«, sagte er reserviert. »Und außerdem sollten meiner Meinung nach weder Krankenschwestern noch ihre Freunde irgendein Interesse an Plutonium haben. Hast du nicht gerade gesagt, ihr wäret keine Terroristen?«

Sie lächelte unsicher.

»Also gut«, seufzte sie. »Ich habe dir nicht alles erzählt. Im Laufe der Zeit bin ich in andere und größere Dinge hineingezogen worden. Mehr kann ich nicht verraten. Nur, dass es sich um eine geheime palästinensische Gruppierung handelt, die nach dem 11. September gegründet wurde, um auf den Tag vorbereitet zu sein, wenn Arafats Zeit abgelaufen ist. Wir befürchteten das Schlimmste und wollten so gut vorbereitet sein wie möglich. Israel wird garantiert versuchen, die Situation zu seinem Vorteil zu nutzen. Genau wie die korrupten Vertreter in Arafats Regime und seine radikalen und militanten Gegner. Um zu verhindern, dass destruktive Kräfte all das zerstören, was in fünfzig Jahren Kampf erreicht wurde, haben wir ein geheimes Schattenkabinett moderater Kräfte außerhalb der etablierten politischen Strukturen gebildet. Unser Vorbild ist die Jewish Agency, die geheime jüdische Kampforganisation, die gegründet wurde, um die Errichtung des Staates Israel 1948 vorzubereiten, mit dem einzigen Unterschied, dass unseren jungen Männern und Frauen kein Terroristenblut an den Händen klebt und dass sie durch keine festen Bande an eine äußere Macht, weder westlich noch arabisch, gebunden sind. Im Windschatten der Waffenruhe, die der Vorlage der ›Roadmap‹ für den Frieden folgte, konnten wir sogar einen moderaten Hamas-Kommandanten für den Posten des Verteidigungsministers rekrutieren. Aber der eigentliche Führer war und ist Muhammad Mustafa. Sobald er sagt, dass die Zeit reif ist, werden wir aus dem Schatten heraustreten. Und dann wird Palästina zum unabhängigen Staat erklärt.«

»Gehen wir einmal davon aus, dass du die Wahrheit sagst, und dieses Schattenkabinett tatsächlich existiert«, sagte Werner und rutschte unruhig auf seinem Stuhl hin und her. »Was geht mich das an?«

»Ich kann dir nur so viel sagen, dass ich bei unserem letzten

Treffen ein Gespräch meiner beiden Tischnachbarn mit angehört habe – dem designierten Verteidigungsminister und dem Mann, der nach schwierigen Verhandlungen mit der Hamas und dem Rest der Arafatanhänger in der PLO vor kurzem das Amt des Vorsitzenden der palästinensischen Autonomiebehörde übernommen hat: Muhammad Mustafa. Dabei kam unter anderem heraus, dass es für den Verteidigungssektor höchste Priorität hat, Kontakt zu einem erstklassigen Atomphysiker herzustellen. Unser Geheimdienst arbeitet auf Hochtouren, bisher allerdings noch ohne Erfolg. Und nun sitzt plötzlich ein Mann in meiner Küche und erzählt mir, er wäre Plutoniumexperte!«

Werner war gar nicht wohl in seiner Haut. Er wusste, dass er sie enttäuschen musste. Sie hätte ihn um alles bitten können, was auch immer, er hätte es sich zumindest durch den Kopf gehen lassen. Aber nicht das.

»Entweder hast du eine seltsame Art von Humor«, sagte er. »Oder du bist schlicht und einfach verrückt. Und deine Freunde ebenso. Ich kann einfach nicht glauben, dass du das ernst meinst.«

Sie griff nach seiner Hand.

»Du musst mir glauben. Jedes Wort ist wahr.«

Das war es, was Werner befürchtet hatte. Je länger er ihr zuhörte, desto klarer wurde ihm: Es war zumindest nicht auszuschließen, dass sie die Wahrheit sagte. In diesem Fall war es umso ratsamer, sich aus der Sache rauszuhalten. Das war, gelinde gesagt, ein *risky business*. Außerdem war er an ein altes Schweigeversprechen gebunden.

»Tut mir Leid«, sagte er. »Ich bin nicht der Mann, den ihr sucht.«

Er schob den Stuhl nach hinten und wollte aufstehen.

»Geh nicht«, sagte sie eilig. »Es gibt noch etwas, das ich dir erzählen muss: der Grund, wieso ich die Nachricht im Hotel für dich hinterlassen habe.«

»Noch mehr Halbwahrheiten?«

»Nein«, sagte sie. »Mit denen sind wir fertig. Wie du dich

vielleicht erinnerst, bin ich für meinen letzten Bericht aus dem Krankenhaus gelobt worden. Und ich habe ja schon angedeutet, dass er was mit dir zu tun hatte.« Sie griff nach dem Weinglas und stellte fest, dass es leer war. »Der Bericht bestätigte unsere Vermutungen.«

»Du sprichst in Rätseln, Naomi.«

»Ich weiß. Das ist der Wesenszug meiner Berichte. Und jetzt halt dich bitte fest, denn was jetzt kommt, wird dir gar nicht gefallen.«

Etwas mit Katarina, schoss es ihm durch den Kopf. Sie und Abrasha sind von jemandem aus dem Krankenhaus in einer intimen Situation gesehen worden. Aber er lag falsch.

»Ich spreche von deinem Herzen«, sagte sie. »Dem neuen. Soweit ich weiß, hat Adler dir erzählt, es stamme von einem israelischen Soldaten, der aus dem Hinterhalt erschossen wurde. Ein wahrer Held.«

Er bestätigte ihr, dass Doktor Adler ihm genau das in aller Vertraulichkeit erzählt hätte.

Ein trauriger Zug legte sich um ihren Mund.

»Ich befürchte, da haben wir schon wieder so eine Halbwahrheit. Dein Herz gehörte einem jungen Palästinenser, der auf dem Operationstisch starb, nachdem israelische Soldaten bei einer Demonstration auf ihn geschossen haben.«

»Aha.«

Werner wandte den Kopf zur Seite. War es das, was Adler als Notlüge bezeichnet hatte?

»Und da ist noch was«, sagte sie. »Die Auskünfte, für die meine Kontaktperson im Schattenkabinett mich so gelobt hat. Er meinte, diese Information sei das letzte fehlende Stück in einem großen Puzzle. Der Palästinenser wurde nämlich liquidiert. Wir wissen nicht genau, von wem, aber wir glauben, dass es Elitesoldaten der israelischen Armee waren, die diese Art von Spezialaufträgen für den Mossad ausführen – oder zumindest für einflussreiche Personen mit engen Verbindungen zum Mossad. Weiter glauben wir, dass die Liquidierung willkürlich war, in dem Sinne, dass es für die Auftraggeber keine Rolle spielte, wer das Opfer war, nur dass es ein junger, gesunder Mann ohne Herzfehler sein musste.«

»Und das Motiv?«

»Dass ein enger und treuer Israel-Freund seine verdiente Belohnung bekam: ein neues Herz.«

Werner wurde schwindelig. Hatte Abrasha einen Mord in Auftrag gegeben, um ihn an der Herzwarteschlange vorbeizulotsen?

»Mein Gott«, stammelte er und blinzelte hektisch mit den Augen, um die Blutflecken zu verscheuchen, die wieder auftauchten. »Das kann doch unmöglich stimmen.«

Sie sagte, dass sie sich hundertprozentig sicher sei.

»Und der junge Mann«, fragte er mit brüchiger Stimme, »was wisst ihr über ihn?«

»Er hieß Abdul. Wäre im April neunzehn geworden. In gewisser Weise kennst du ihn.«

»Ich kenne ihn? Wie das? Ich kenne keinen Abdul.«

»Nein. Aber du hast seine Mutter und seinen Bruder kennen gelernt. Abdul war Tahers großer Bruder.«

Tausend Gedanken schossen ihm gleichzeitig durch den Kopf. Er dachte daran, wie stark er sich gefühlt hatte, als er aus der Narkose erwacht war. Sein Herz hatte gleichmäßig und zuverlässig geschlagen wie der Kolben einer Lokomotive. Er hatte sich wieder jung gefühlt. Unverwundbar. Stark. Voller Lebensmut. Hatte der junge Palästinenser sich so gefühlt an dem Tag, als er getötet wurde? Vielleicht war er gerade auf dem Weg zu seiner Liebsten gewesen. Oder zu ein paar Freunden, die unten an der Ecke auf ihn warteten. Oder er hatte sich entschlossen, zum Damaskustor zu gehen, um mit Steinen auf die Wachposten zu werfen. Möglicherweise war er auf dem Weg in ein Café gewesen, um sich ein Fußballspiel anzusehen. Aber da stand der Scharfschütze in seinem Versteck und wartete. Der Finger am Abzug wusste, worum es ging: Das Opfer sollte verletzt werden, möglichst tödlich, aber so, dass er noch lebend im Krankenhaus ankam.

Naomi griff nach seiner Hand. Er glaubte fast, dass sie seine

Gedanken lesen konnte, weil sie sich plötzlich über den Tisch beugte und über seine Wange strich.

»Sie haben ihm in den Kopf geschossen«, sagte sie. »Er ist nicht mehr zu Bewusstsein gekommen.«

Immerhin. Aber sie haben ihm einfach den Lebensfaden abgeschnitten, ohne jede Erklärung. So wie ein Mensch eine Ameise zertrampelt. Tut mir Leid, Ameise, hab dich nicht gesehen. Tut uns Leid, Junge, wir brauchen dein Herz. Wen wunderte es da, dass der kleine Bruder Taher von da an bei jeder Straßenschlacht in der ersten Reihe mitkämpfte? Dass er seine ganze Ehre daransetzte, den ersten Stein zu werfen?

»Sag mir, was ich machen kann«, sagte Werner leise. Das Herz hämmerte in seiner Brust. »Ich werde es tun.«

43

In der letzten Nacht in Moskau träumte Ulla Abildsø von Eva Tamber, der gut aussehenden Polizistin, die sie am Abend zuvor im Bolschoitheater getroffen hatte. Sie trug das Kostüm der Odette aus dem *Schwanensee*. Sie selbst war Prinz Siegfried. Eva tanzte wie eine Göttin, sie flog regelrecht über die Bühne. Als sie, in Gestalt des Prinzen, die Schöne zu fangen versuchte, entkam ihr die verkleidete Polizistin immer wieder mit Luftsprüngen und eleganten Pirouetten. »Versuch es noch einmal!«, rief sie neckend. »Mit der Prothese kriegst du mich nie. Schüttele sie ab, damit das Tanzbein wachsen kann!«

Ulla wurde mit einem Ruck wach und hatte schlagartig das Gefühl, nicht allein im Zimmer zu sein. Sie war sicher, direkt neben dem Bett einen Menschen atmen zu hören. Eine halbe Minute lag sie stumm da und lauschte. Da hörte sie es wieder. Erregtes Stöhnen. Ein Glück, es war nicht in ihrem Zimmer. Auf der anderen Seite der Wand masturbierte jemand oder machte Liebe. Die Zimmer waren so hellhörig, dass sie sich wie die unfreiwillige Teilnehmerin bei einem Dreier vorkam. Sie zog die Decke über den Kopf und versuchte, wieder einzuschlafen. Was leichter gesagt als getan war. Nach einer Weile beruhigte sie sich etwas.

Erst jetzt dachte sie wieder an das schreckliche Erlebnis in der Fußgängerunterführung vor ein paar Stunden. Der Spuk hatte höchstens ein, zwei Minuten gedauert, aber die Angst, die sie dort empfunden hatte, wurde allein durch die Erinnerung wieder lebendig. Sie versuchte, ihre Gedanken auf das zu lenken, was anschließend passiert war, als der Räuber endlich das Weite gesucht hatte und sie am ganzen Leib zitternd von dem kalten Zementboden aufstehen und beginnen konnte, den verstreuten Inhalt ihrer Handtasche zusammenzusuchen: eine Touristenkarte, Schminkbeutel, eine abgerissene Kinokarte aus dem Saga, Schlüsselbund und – ironischerweise – eine Spraydose gegen Angreifer. Die Schritte, die den Dieb in die Flucht geschlagen hatten, kamen immer näher, aber sie konzentrierte sich nur auf ihre Sachen. Hier schien sich alles mögliche Gesindel rumzutreiben, sie wollte nicht noch mehr Aufmerksamkeit auf sich ziehen. Was natürlich schwer zu vermeiden war, da sie mit verrutschten Kleidern auf dem Boden kniete und Kleingeld vom Boden aufsammelte. Aber dieses Mal war ihre Angst unbegründet. Wie sich herausstellte, stammten die zielstrebigen Schritte von einem großen, elegant gekleideten Mann in den Fünfzigern mit grauen Strähnen in dem vollen, lockigen Haar. Ulla erkannte in ihm augenblicklich Professor Cees Loopstra aus Delft, einen der Diskussionsleiter der Konferenz. Zu Ullas Freude zeigte sich, dass der Professor, wie die meisten ausländischen Gäste, im Akademitsjeskaja logierte. Nachdem er ihr auf die Beine geholfen und sich versichert hatte, dass sie nicht verletzt war, wollte er genau wissen, was vorgefallen war. Zu ihrer eigenen Verblüffung schämte sie sich für das, was passiert war, und hätte am liebsten nicht weiter darüber gesprochen.

»Ich bin überfallen worden«, murmelte sie entschuldigend. »Da kam ein Mann aus dem Schatten da drüben gesprungen.« Sie sah zu dem Bettler. »Den hat er übrigens auch beklaut.«

Der Professor stieß eine saftige, englische Schimpftirade aus, als er sich bückte, um dem Kriegsveteranen seinen zerbeulten

Stahlhelm zurückzugeben. Aber statt sich zu bedanken, starrte der mit leerem Blick vor sich hin und sagte:

»No police, Mister. Please, no police!«

Der Professor erklärte ihm, dass sie die Straßenkriminalität nie in den Griff kriegen würden, wenn sie einen derart dreisten Überfall wie diesen nicht anzeigten. Der jungen Ausländerin seien Geld und Pass gestohlen worden. Aber der Kriegsveteran war auf diesem Ohr taub. Er hätte nichts von einem Überfall mitbekommen. Das Ganze sei nur ein Missgeschick gewesen. Ein junger Mann sei eilig vorbeigelaufen und in der Eile über den Helm gestolpert, der vor dem Rollstuhl auf dem Boden gelegen hatte. Im Fallen habe er die Ausländerin mitgerissen. Natürlich hätte er sich entschuldigen sollen, aber das sei doch noch lange kein Grund, gleich die Polizei zu rufen. Es gäbe nichts anzuzeigen.

»Er soll sich mal den Riemen meiner Handtasche angucken, sagte Ulla ungläubig. »Einfach durchgeschnitten. Wie will er das erklären, dass das kein Überfall war?«

Die beiden Männer wechselten ein paar russische Worte.

»Er sagt, dass er gerissen sein muss, als Sie gefallen sind. Das scheint ja ein ziemlich heftiger Sturz gewesen zu sein.«

Sie wollte gegen die dreiste, falsche Darstellung protestieren, aber Professor Loopstra schüttelte unauffällig den Kopf, um ihr zu signalisieren, dass es keinen Sinn hätte, sich aufzuregen.

»Gehen wir«, sagte er mit gedämpfter Stimme. »Wahrscheinlich hat er panische Angst, der Dieb könnte zurückkommen und sich an ihm rächen, wenn wir die Polizei holen. Oder er hat selber seine Finger im Spiel. Ich habe gehört, dass hier gern im Team operiert wird – als Bettler und Dieb –, wobei der Bettler dafür sorgt, die Aufmerksamkeit der Passanten auf sich zu ziehen, während der Dieb im Hintergrund wartet, um im richtigen Augenblick zuzuschlagen, heißt, wenn jemand arglos genug ist, stehen zu bleiben und seine Geldbörse zu zücken. Dann muss der Dieb natürlich auch noch den Bettler bestehlen, damit es glaubwürdiger aussieht.« Er nickte dem Kriegsveteran zu. »Wenn ich ehrlich sein soll, mich würde es nicht wundern, wenn unser Freund da drüben ein Hochstapler ist. Für einen, der in Afghanistan gekämpft hat, ist er erstaunlich jung.«

Ulla fand, dass sich das Ganze etwas zu perfekt anhörte, aber schließlich gab sie nach.

»Also gut, vergessen wir die Polizei«, sagte sie. »Die würden wahrscheinlich sowieso keinen Finger krumm machen. Und morgen früh bin ich schon wieder auf dem Weg nach Oslo. Und davon soll mich keine Aufklärung eines Überfalls abhalten.« Sie breitete die Arme aus. »Aber was mache ich mit dem Pass?«

Nach kurzer Beratschlagung kamen sie zu dem Ergebnis, dass es das Beste wäre, auf kürzestem Weg ins Hotel zu gehen. Von dort könnte sie bei der norwegischen Botschaft anrufen und, dachte Ulla im Stillen, bei Eva Tamber. Obwohl es schon sehr spät war, bestand wenigstens ein Funken Hoffnung, dass sie über ihre Kontakte zur russischen Polizei dazu beitragen konnte, dass die Angelegenheit mit Nachdruck behandelt wurde.

Die zwei Wissenschaftlerkollegen liefen los. Zuerst über den Roten Platz, wo etwa ein Dutzend Skinheads und ein paar Altkommunisten mit roten Fahnen in kleinen Grüppchen um das große Leninmonument herumstanden und Wodka tranken, danach durch die schmalen Nebenstraßen, die sie von Bolsjaja Poljanka zum Hotel der Wissenschaftsakademie führten. Im Dunkeln sah das Hotel gleich nicht mehr so heruntergekommen aus. Professor Loopstra bestand darauf, Ulla zu ihrer Tür zu begleiten. Einen Augenblick war sie versucht, ihn auf einen Cognac hereinzubitten; sie hatte noch eine ungeöffnete Halbliterflasche aus dem Tax-free-Shop in Gardermoen, und sie hätte zu gern gewusst, was er zu dem peinlichen Vorfall mit Oberst Grisjin während ihres Vortrages zu sagen hatte. Aber beim zweiten Nachdenken merkte sie, dass sie viel zu müde für Gesellschaft war und so schnell wie möglich ins Bett wollte. Sie bedankte sich herzlich für seine Hilfe und wünschte ihm eine gute Nacht.

Während der nächsten halben Stunde war sie damit beschäftigt, Eva Tamber und die Norwegische Botschaft zu erreichen. Beide sagten ihr jede Hilfe und Unterstützung zu, die sie sich nur wünschen konnte. In der Botschaft erfragten sie alle notwendigen Angaben zur Person und versprachen, ihr für den nächsten Morgen einen vorläufigen Pass auszuhändigen. Alles, was sie dazu tun musste, war, zur Botschaft zu kommen, ein Foto machen zu lassen und zu unterschreiben. Sprechzeit war ab neun Uhr null null. Eva Tamber versprach, die entsprechenden Instanzen beim FSB zu kontaktieren und für eine schnellstmögliche Bearbeitung von russischer Seite zu sorgen.

Es war halb fünf Uhr morgens, und die Stadt erwachte langsam zum Leben. Ulla war kurz davor, wieder einzuschlafen, als sie durch ein erneutes Geräusch aufschrak. Diesmal gab es keinen Zweifel: Da war jemand an ihrer Tür.

Blitzartig setzte sie sich im Bett auf, schnallte die Prothese an und griff nach der Nachttischlampe, dem einzigen Gegenstand im Zimmer, der sich zum Zuschlagen eignete. Da war es wieder: ein schwaches Scharren auf dem Boden vor der Tür. Ihre Hände zitterten. Sie hatte keine andere Wahl. Sie musste in der Rezeption anrufen und bitten, dass jemand kam.

Sie hatte den Hörer bereits in der Hand, als ihr klar wurde, dass es sich kaum um einen Einbruchsversuch handeln konnte. Es ging nicht darum, etwas zu stehlen, sondern ihr etwas zu geben: Da draußen schob jemand einen Briefumschlag unter ihrer Tür durch. Langsam und vorsichtig – der Unbekannte wollte sie offenbar nicht wecken. Als der Auftrag ausgeführt war, hörte sie, wie sich jemand aufrichtete und über den Gang verschwand. Einen Augenblick zog sie in Erwägung, die Tür zu öffnen und hinterher zu laufen, und sei es nur, um später eine Personenbeschreibung machen zu können. Aber dann ließ sie es bleiben. Womöglich war das Ganze eine Falle, um sie aus dem Zimmer zu locken.

Unschlüssig wartete sie ein paar Minuten, ehe sie aufstand

und den Umschlag holte. Auf der Vorderseite stand mit schwarzer Tinte und in verschlungenen Lettern ihr Name.

Sie setzte sich auf die Bettkante und entkorkte den Cognac. Der vollmundige Weinbrand tat gut. Danach fühlte sie sich stark genug, den Umschlag zu öffnen.

Der Inhalt bestand aus einem handschriftlichen Gruß von Oberst Grisjin und einem maschinengeschriebenen Bericht auf Russisch, der mit einer Reihe offizieller Stempel versehen war.

»Dr. Abildsø: Ich habe keine Gelegenheit mehr, Sie vor Ihrer Abreise zu sehen, darum dieser Expressbrief unter der Tür hindurch. (Ich hoffe, er erreicht Sie ohne Einmischung von Seiten des Personals an der Rezeption.) Beiliegend finden Sie die Kopie eines streng geheimen Dokumentes, das meine Version der Ereignisse vom 23. Oktober 1961 bestätigt. Die Notiz fasst die Auswertungen unserer Wissenschaftler von den beiden Versuchen zusammen, die an diesem Tag ausgeführt wurden. Wenn Sie das Dokument ins Norwegische übersetzen lassen, werden Sie sehen, dass es sich um zwei völlig verschiedene Hydrogenbomben handelte: eine extrem starke Bombe von 12,5 Megatonnen, detoniert in großer Höhe, und eine Minibombe von ›nur‹ 4,8 Kilotonnen TNT. Das erste Experiment gehörte zu einer Serie Sprengungen, die zum Ziel hatten, die optimalen Anwendungsbedingungen einer bereits fertig entwickelten Waffe zu bestimmen. Die kleine Bombe hingegen war eine vollkommen neue Konstruktion, entworfen von den Forschern am RI-1011, einem der zwei größten Kernwaffenlabors der früheren Sowjetunion. (Ich selbst arbeitete bei Arzamas-16, wo wir die Ehre hatten, die großen Bomben zu produzieren, die in jenem Jahr getestet wurden, inklusive der heftig umstrittenen Superbombe von 50 Megatonnen.) Soweit ich weiß, ging die Minibombe niemals in Produktion, obwohl der Test an und für sich erfolgreich war. Das Dokument erklärt, wieso. Seien Sie so nett und behandeln Sie diesen Brief mit der notwendigen Diskretion. Ihr ergebener G.« Auf dem unteren Rand des Blattes folgte noch ein P. S. in roter Schrift. *»Sollten Sie das Bedürfnis haben, sich erkenntlich zu zeigen: Meine*

Tochter Olga Maksimova lebt mit ihren drei kleinen Kindern in Murmansk. Ihr Mann kam beim ›Kursk-Unglück‹ ums Leben. Dort fehlt es an allem.«

Sie las den Brief noch einmal von vorn. Diesmal langsamer, um sich zu vergewissern, nichts Wichtiges übersehen zu haben. Dann stand sie auf, ging ins Bad und drehte den Wasserhahn auf. Erst danach riss sie den Umschlag und den Brief in hundert kleine Fetzen, die sie in die Kloschüssel warf. Sie wartete, bis die Papierfetzen zu Boden gesunken waren, dann zog sie an der Schnur. Oberst Grisjin konnte beruhigt sein. Es gab keinen Beweis mehr, dass er Kontakt zu ihr hatte.

Nun musste sie sich noch einen sicheren Platz überlegen, an dem sie das Dokument durch die Flugplatzkontrollen schmuggeln konnte. Voller Unbehagen dachte sie an die Vorwürfe des Sicherheitsoffiziers im FFI, ein vergleichbares Dokument aus dem Archiv des Instituts entwendet zu haben, und sie gab sich nicht der Illusion hin, dass die russischen Sicherheitsleute sie genauso behutsam behandeln würden, wenn sie auch nur den leisesten Verdacht hatten, dass sie ein Geheimdokument des russischen Militärs in ihrem Gepäck schmuggelte. Sie würde wohl auf den gleichen Trick zurückgreifen müssen wie beim letzten Mal. Für was hatte man sonst Prothesen?

44

Ulla Abildsø witterte bereits Probleme, als sie sich mit dem neu ausgestellten Pass in der Handtasche in der langen Schlange vor der Pass- und Gepäckkontrolle einreihte. Es schien überhaupt nicht vorwärts zu gehen. Ein Stück vor ihr war aufgeregtes Murmeln zu hören. Sie stellte sich auf die Zehenspitzen – nicht das Einfachste mit nur einem Bein – und blickte direkt in ein Gesicht, das sie lieber nicht wiedergesehen hätte, am allerwenigsten hier: der Passkontrolleur mit der Pinscher-Visage. Er stand in strammer Haltung neben der Zollschranke und musterte die Reihe ungeduldiger Passagiere. Ulla ließ sich wieder auf die Fußsohlen sinken. Hoffentlich erkannte er sie nicht.

Nach einem kurzen Blick auf die anderen Schlangen war klar, dass eine größere Aktion im Gange war. Vor jeder Schranke standen mehrere bewaffnete Grenzpolizisten und überwachten die Zollabfertigung. Hin und wieder lehnte sich einer von ihnen über die Schranke und flüsterte dem Kontrolleur was zu, der darauf sofort den nächsten Passagier für einen gründlichen Sicherheitscheck herauswinkte. Ein paar Plätze vor Ulla diskutierten zwei Deutsche angeregt über einen Beitrag, den sie morgens auf CNN gesehen hatten. Auf die dänische Botschaft war aus einem vorbeifahrenden Wagen eine Handgranate geworfen worden, und zwei dänische Touristen, die gerade auf dem Weg zum Haupteingang waren, um einen gestohlenen Pass zu melden, waren schwer verwundet worden. Die russischen Behörden hatten noch keine konkrete Meinung, wer hinter dem Anschlag stand, hatten aber zugesagt, alle auf russischem Boden befindlichen potenziellen dänischen Ziele für terroristische Anschläge unter erhöhten Schutz zu stellen. Mit wachsender Besorgnis sah Ulla, wie die Leute ihr Handgepäck ausleeren mussten, ehe es mit dem Metalldetektor untersucht wurde, und die Besitzer schlimmstenfalls zur kompletten Leibesvisitation in einen angrenzenden Raum beordert wurden.

Um nicht panisch zu werden, zwang sie sich, an die Dinge zu denken, die sie zu Hause erledigen wollte. Sie hatte sich vorgenommen, noch einmal nach Oslo zu fahren. Wenn sie mit ihren Nachforschungen vorankommen wollte, hatte es keinen Sinn, sich in Bakfjordeid zu verkriechen. Sie musste die Institutionen und Personen aufsuchen, die auf den Informationen saßen, die sie suchte, oder die zumindest wussten, wo sie zu finden waren.

Die Schlange schob sich im Zeitlupentempo vorwärts. Nach ungefähr zwanzig Minuten schien es plötzlich voranzugehen. In den anderen Schlangen ebenso. Man tauschte lächelnd Blicke.

Aber sie hatten sich zu früh gefreut.

Ihr war sofort klar, woran es lag, als sie sah, dass der Pinscher noch immer an seinem Platz stand. Es nützte nichts, seinem Blick ausweichen zu wollen; er hatte sie erkannt. Als sie die Schranke erreichte und ihren vorläufigen Pass vorzeigte, hörte sie, wie er dem Kontrolleur etwas zuflüsterte. Ulla war sofort klar, was das bedeutete. Ohne ihn eines Blickes zu würdigen, trat sie aus der Schlange.

Der Kontrolleur studierte ihre Reisedokumente ein, zwei und drei Mal. Aber statt zu fragen, wieso sie während ihres Aufenthaltes in Moskau einen neuen Pass hatte ausstellen lassen, machte er sich daran, den Inhalt ihres Trolleys zu untersuchen. Jedes Kleidungsstück wurde auseinander gefaltet und wieder zusammengelegt. Die Mappe mit den Konferenzunterlagen wurde geöffnet und geschüttelt. Ihre Toilettensachen wurden mit Falkenblick unter die Lupe genommen. Nachdem er auch die Innentaschen des Koffers einer Untersuchung unterzogen hatte, zog er den Reißverschluss wieder zu, lächelte entschuldigend und sagte, dass das so weit erledigt wäre. Jetzt wäre nur noch dieses Ding dran. Er wedelte mit dem Metalldetektor. Wenn sie sich bitte mit den Händen auf dem Tisch abstützen und die Füße etwas auseinander stellen würde.

Sie tat, was er verlangte, wohl wissend, was jetzt kommen würde. Es dauerte auch nicht lange, bis der Detektor wild zu piepsen anfing.

»Ich trage eine Prothese«, sagte sie. »Aluminium.«

Der Mann richtete sich auf und zeigte auf die Tür zum Untersuchungsraum. Eine breitbeinig dastehende Matrone lächelte erwartungsvoll von der offenen Tür zu ihr herüber.

Sie waren noch nicht ganz im Raum, da bekam Ulla schon den Befehl, sich auszuziehen und mit den Händen gegen die Wand zu stellen. Ja, auch die Unterhose.

»Butt out«, sagte die Polizistin in brüchigem Englisch und zog sich ein paar Gummihandschuhe über. »I will have to search your body wholes«, fuhr sie fort. »Please, don't resist.«

Ulla hörte, wie die Beamtin ihre Finger mit Fett einschmierte.

»Ich bin Ärztin in Norwegen«, sagte sie. »Ich weiß, wie so was gemacht wird.«

»Norway is Norway«, sagte die Beamtin und schob den Mittelfinger in Ullas Scheide. »Russia is Russia.«

Sie ließ sich viel Zeit, war aber nicht brutal. Als sie fertig war, fuhr sie schnell mit dem Finger unter der Nase entlang, wie um nach fremden Gerüchen zu schnuppern – Drogen, Plastiksprengstoff, Sperma.

»Good girl«, sagte sie und zog sich den Handschuh aus. »I really hate to do this, you know.«

Neuer Handschuh, mehr Fett.

»Bend forward, please.«

Nachdem die Beamtin festgestellt hatte, dass Ulla auch im Enddarm nichts versteckt hatte, befreite sie sich von den Handschuhen und wusch sich sicherheitshalber die Hände mit Desinfektionsseife. Ulla wollte sich anziehen, aber die Russin bat sie zu warten.

»Just a minute. I'll have to inspect your prothesis.«

Ulla biss sich auf die Unterlippe, tat aber, was von ihr verlangt wurde. Beugte sich langsam vor und schnallte die Prothese ab. Die Polizistin nahm sie mit einem entschuldigenden Gesichtsausdruck entgegen und schob die Hand in den Hohlraum.

»Nice hiding place«, sagte sie. »Thank heaven you're not in narcotics.«

Sie hatte es geschafft.

Ulla musste sich zusammenreißen, um ihre Erleichterung nicht laut herauszuschreien. Am liebsten wäre sie losgelaufen, nackt wie sie war. Aber sie zwang sich, in aller Ruhe die Prothese wieder anzulegen und sich anzuziehen, ohne sich von der Beamtin nervös machen zu lassen, die ungeduldig vor der Tür wartete, bereit, das nächste Opfer hereinzuwinken. Als sie schließlich fertig war, nickte sie ihr kurz, fast ein bisschen herablassend zu, und schob sich an ihr vorbei. Nach dieser erniedrigenden Behandlung durfte sie nicht zu freundlich sein.

Zurück an der Schranke, hielt sie Ausschau nach dem Pinscher, konnte ihn aber nirgends entdecken. Sie nahm ihren Trolley und den Mantel und hastete zu ihrem Gate. Noch zwanzig Minuten bis zum Abflug. Das Boarding war in vollem Gange. Zehn Meter vor dem Gate entdeckte sie ihn: die großen prüfenden Augen und das schmale Gesicht. Er schien auf jemanden zu warten. War ihm eingefallen, dass sie nicht alles untersucht hatten? Dass es sicher noch etwas zu finden gab, wenn sie nur gründlicher suchten? Die Prothese fühlte sich plötzlich wie mit Zement gefüllt an. Sie musste sich anstrengen, nicht auszurutschen oder das Gleichgewicht zu verlieren. Wieso glotzte der so?

»Dr. Abildsø?«, sagte er mit einer galanten Verbeugung. »Kann es sein, dass Sie das hier vergessen haben?«

Er hielt ihr eine Plastiktüte aus dem Tax-free-Shop hin, die das Übliche enthielt: eine Pralinenschachtel, ein paar Andenken und eine Flasche teuren Cognac.

Sie lächelte angestrengt. Bedankte sich für seine Mühe und fragte sich, wie lange sie diesen bösen, kalten Hundeblick wohl noch ertragen musste.

Wenn das Flugzeug erst in der Luft war, würde sie den Trolley öffnen und die Konferenzunterlagen herausnehmen. Nach langem Abwägen hatte sie sich schließlich entschieden, die Notiz von Oberst Grisjins anonymem Freund dort zu verstecken. Gott sei Dank hatte sie ihrem ersten Impuls widerstanden, den Trick mit der Prothese noch mal anzuwenden. Wenn das kein Grund zum Feiern war. Sie würde sich zwei kleine Flaschen Rotwein bestellen und den Rückflug nutzen, um ein wenig über Thomas von Aquins Worte zu philosophieren: *So denn Gott alles aus der Welt entfernt, was dem Menschen Gelegenheit gibt zu sündigen, so wäre die Welt unvollkommen.*

Das war im Grunde genommen das Einzige, was sie in ihrem Leben vermisste. Jemanden, mit dem sie sündigen konnte.

45

Naomi hatte ihm einen Kuss auf die Wange gegeben und ihn gebeten, im Hotel Menorah in der König-David-Straße wohnen zu bleiben. Wenn er dabei blieb, ihnen helfen zu wollen – und sie hatte darauf bestanden, dass er sich alles noch einmal gründlich durch den Kopf gehen ließ und sich lieber jetzt zurückzog als später –, wenn er also nach reiflicher Überlegung noch immer zur Verfügung stand, sollte er am nächsten Tag zwischen halb sechs und sechs Uhr abends ein Nicht-Stören-Schild an die Tür seines Hotelzimmers hängen. Dann sollte er sich im Zimmer ruhig verhalten, bis er von Naomis Freunden kontaktiert wurde.

Naomi hatte des Weiteren darauf bestanden, dass er sofort aufbrach. Jetzt, da er im Prinzip zugestimmt habe, ihnen zu assistieren, war es von größter Bedeutung, dass er nicht in ihrer Wohnung blieb. Die israelischen Soldaten konnten jederzeit zurückkommen und das ganze Haus durchsuchen. Es sei im Grunde seltsam, dass sie das nicht gleich getan hatten. Wenn auch die Vergewaltigung dafür sprach, dass mindestens einer der Offiziere versuchen würde, weitere Aktionen in diesem Viertel erst einmal zu verhindern.

Sie umarmten einander. Es war lange her, dass er zuletzt jemand anderen als Katarina umarmt hatte, und es gelang ihm nur mit Mühe, Naomi nicht auf den Mund zu küssen, als sie zu ihm aufblickte und sagte, er solle gut auf sich aufpassen, bis sie einander wiedersahen. Stattdessen fragte er, wann das sein würde. Sie wusste es nicht, versprach aber, dass sie sich wenigstens noch ein letztes Mal sehen würden, ehe er zurück nach Norwegen ging.

Nach einem unwilligen Lebewohl hastete er davon und war alsbald draußen auf der Straße. Nachdem er zu Fuß drei oder vier Wohnblocks passiert hatte, rief er sich ein Taxi und fuhr ins Hotel. Eine halbe Stunde später saß er mit einer Zeitung und einem Glas Wein an der Bar. Auf der dritten Seite fand er, wonach er suchte. Unter der Überschrift: »Hamas-Frau verübt Busattentat« konnte er lesen, dass eine dreiundzwanzigjährige Studentin aus Gaza verdächtigt wurde, die Bombe gezündet zu haben, die vierzehn jüdische Passagiere, einen Taxifahrer sowie acht arabischstämmige Israelis in der Einkaufsstraße von Ramla getötet hatte. Die Selbstmordattentäterin sei nach einem Verwandtenbesuch in Ramla auf dem Rückweg nach Gaza gewesen. Die Nachforschungen deuteten darauf hin, dass das Attentat eigentlich auf die Sicherheitskräfte am Grenzposten nach Gaza geplant gewesen und die Explosion versehentlich ausgelöst worden sei. Ein Augenzeuge habe beobachtet, dass sie gestolpert sei, als sie vor dem Geschäft ihres Vaters den Bus bestiegen habe. Das Bild der jungen Frau bestätigte Werners Verdacht: Die Selbstmordattentäterin war die Enkelin des palästinensischen Kleiderhändlers. Er erinnerte sich daran, was sie gesagt hatte, als ihr Großvater seine Hoffnung ausdrückte, dass sie eines Tages nach Ramla zurückkehren möge. »Ich will an einen größeren Ort.«

Der Barkeeper, der offensichtlich bemerkt hatte, was er las, kam zu ihm.

»Wie ich sehe, fangen sie jetzt sogar an, sich gegenseitig umzubringen«, sagte er zynisch. »Noch ein Glas, Sir?«

Werner schüttelte den Kopf und glitt vom Hocker. Er musste nachdenken und wollte einen möglichst klaren Kopf haben.

»Heute Abend nicht«, sagte er freundlich. »Nein, behalten Sie das Wechselgeld.«

Später am Abend unternahm er zwei Versuche, Katarina anzurufen, doch niemand nahm ab. Er legte sich aufs Bett und versuchte, sich ein Bild zu machen vom Ausmaß der Entscheidung, vor der er stand. Es war schwer, sich zu konzentrieren; die Gedanken schwirrten zwischen Ashdod, Jerusalem und Norwegen hin und her. Zu guter Letzt legte er sich nackt auf die Decke, drehte sich auf die Seite und schlief ein.

Am nächsten Morgen nahm er ein spätes »Continental«-Frühstück im Zimmer ein und versuchte noch einmal, Katarina zu erreichen. Das Telefon klingelte lange, doch es nahm wieder niemand ab. Einen Augenblick erwog er, die Nummer von Abrashas Zimmer zu wählen, aber er wollte nichts vorwegnehmen. Wenn die Wahrheit auf den Tisch sollte, dann musste sie die Initiative ergreifen.

Um halb zwölf fuhr er mit einem Taxi zum Damaskustor und ging von dort weiter durch den muslimischen und jüdischen Teil der Altstadt. Bereits im Krankenhaus hatte er sich entschlossen, nicht aus Jerusalem abzureisen, ohne die Klagemauer gesehen zu haben. Obwohl es noch früher Vormittag war, war er nicht allein. Seit Sonnenaufgang waren hier Menschen. Er setzte sich eine Kippah auf und suchte sich einen freien Platz an der Mauer. Während er dort stand und meditierte, erblickte er plötzlich einen zusammengefalteten Bittzettel am Boden. Er musste aus einer Spalte der Kalksteinmauer gefallen sein. Nach dem jüdischen Glauben liest Gott diese handgeschriebenen Bitten – die direkteste Kommunikation zwischen einem Gläubigen und dem Herrn. Werner verspürte dennoch keine Scham, den Zettel einfach in seine Tasche zu stecken. Gottes Augen würden die Botschaft wohl so oder so sehen. Danach machte er einen kurzen Ausflug auf den Tempelberg und in die Al-Aksa-Moschee. Der Schweiß rann. Er war unruhig, und es gelang ihm nicht, all die Schönheit zu genießen.

Zurück im Hotel, erreichte er endlich Katarina. Er versicherte ihr, dass alles in Ordnung sei; dass er seine Zeit mit Besichtigungen verbrachte und gerne noch ein paar Tage bleiben würde. Vermutlich würde er am Wochenende nach Ashdod kommen. Es würde ein Genuss sein, wieder am Strand spazieren gehen zu können. Katarina sagte, er müsse es selbst am besten wissen, doch er fehlte ihr und Abrasha. Es klang so überzeugend, dass er ihr für den Bruchteil einer Sekunde glaubte, was sie sagte. Doch dann erinnerte er sich an das, was sie dem Taxifahrer in Ramla von der obersten Stufe der Hoteltreppe aus zugerufen hatte, und die Illusion zerplatzte.

»Sehen wir mal, was wird«, schloss er. »Jetzt im Moment kann ich von Jerusalem nicht genug bekommen.«

»Und all das will Mustafa uns nehmen«, seufzte sie. »Ist das nicht schrecklich?«

Er murmelte eine feige, ausweichende Antwort und legte auf.

Es war zehn nach fünf. Er hatte noch genau zwanzig Minuten, um eine Entscheidung zu fällen.

Er dachte, es würde ihm schwer fallen, doch das tat es nicht. Die Würfel waren gefallen. Exakt um 17 Uhr 30 hängte er das Schild an die Außenseite seiner Tür. Einen Augenblick fragte er sich, ob er auf der Innenseite stehen bleiben und lauschen sollte, ließ diesen Gedanken dann aber rasch fallen. Stattdessen ging er ins Bad und nahm eine ausgiebige Dusche. Danach blieb er eine Weile vor dem Spiegel stehen und betrachtete sich selbst. Die große Operationsnarbe, die senkrecht über seinen Brustkorb verlief, war rot und recht auffällig. Eines Tages würde dort nur noch eine gezackte weiße Narbe sein, doch noch ahnte man, wie der ganze Brustkorb mit Macht geöffnet und aufgeklappt worden war, um das Herz für das Skalpell des Chirurgen freizulegen. Der Gedanke an die Operation erschreckte ihn noch immer. Wie fühlte es sich wohl an, einem Menschen das Herz aus der Brust zu schneiden?

Werner fuhr mit einer Fingerkuppe über die Operationswunde. Die Fäden waren gezogen worden, doch die kräftigen Metallklammern, die das zersägte Brustbein zusammenhielten, steckten noch in ihm. Vielleicht musste er sie für immer behalten. Wie lange es auch dauern mochte, nach Doktor Adlers Worten war es nun, statistisch gesehen, wahrscheinlicher, dass er eines Tages an Krebs, Grippe oder Alzheimer starb als an Herzversagen. Sein Herz war das mit Abstand gesündeste Organ. »Ich sage Ihnen ein langes, glückliches Leben voraus«, hatte Doktor Adler gesagt, bevor sie auseinander gegangen waren. »Das heißt: wenn Sie immer trockene Füße behalten.«

Das Telefon auf dem Nachttisch klingelte.

Er verknotete den Gürtel des Morgenmantels und griff zum Hörer. Die Uhr neben dem Telefon zeigte an, dass die verabredete Uhrzeit soeben verstrichen war.

»Zimmer 607.«

»Das Taxi, das Sie bestellt haben, kommt in fünfzehn Minuten«, sagte eine dunkle Frauenstimme. »Es wird Sie am Herodes-Tor aufnehmen.«

Werner kritzelte die Adresse auf die Rückseite der Frühstückskarte des Hotels.

»Und vergessen Sie nicht die Umhängetasche für Ihre Frau, sie liegt an der Rezeption.«

»Danke, dass Sie mich daran erinnern«, antwortete Werner ruhig. Er hatte keine Ahnung, wovon sie redete.

Er zog sich an, putzte sich rasch die Zähne und brach auf.

An der Rezeption wartete tatsächlich eine Tasche in Katarinas Namen auf ihn. Es war eine einfache, aber exklusive Umhängetasche aus weichem Kalbsleder. Er lächelte, als er sie sah. Sie traf hundert Prozent Katarinas Geschmack. Wer immer diese Menschen auch waren, sie hatten ihre Hausaufgaben gemacht.

Während des Spaziergangs zu der verabredeten Kreuzung versuchte Werner, die Tasche so zu tragen, dass sie den anderen Passanten nicht auffiel. Er war aber noch nicht weit gegangen, als ihm bewusst wurde, dass sich die Menschen nicht die Spur für seine Tasche interessierten. Ganz im Gegenteil, sie starrten irgendwie durch ihn hindurch. Sie bemerkten ihn nicht.

Er musste am Herodes-Tor kaum warten, bis ein Taxi vor ihm anhielt. Er stieg ein. Das Auto fuhr los. Der Fahrer lächelte ihn über den Rückspiegel freundlich an, sagte aber mehrere Minuten nichts.

»Wohin fahren wir?«, fragte Werner schließlich und stellte die Handtasche neben sich ab.

»Zur Geburtskirche nach Bethlehem. Dort verbringen Sie eine halbe Stunde, nicht mehr. Sie gehören zu den Touristen, die lieber auf eigene Faust losziehen, ohne Führer. Wenn Sie die Kirche anschließend durch den Haupteingang verlassen, gehen Sie nach links und folgen dem Weg über drei Kreuzungen. Unmittelbar hinter der dritten Kreuzung biegen Sie noch einmal nach links ab. Dort finden Sie ein Taxi wie dieses hier –

ein älterer Mercedes 280, schwarz. Der Fahrer sitzt auf dem Vordersitz und schläft mit einer Zeitung über dem Kopf. Sie blicken auf die Uhr, bleiben stehen und klopfen ans Fenster. Dann fragen Sie auf Englisch, ob er frei ist. Er fragt, wohin Sie wollen, und Sie antworten: ›Eigentlich nach Ashdod, aber ich muss erst noch ins Hotel. Das ist in Jerusalem.‹ Er nennt einen Preis, und Sie setzen sich auf die Rückbank. Dann wird er Sie dorthin bringen, wo Sie hinmöchten.«

»Wie ich sehe, überlasst ihr nichts dem Zufall«, sagte Werner. Der Fahrer antwortete nicht. Schweigend fuhren sie weiter.

Es war fünf nach acht, als Werner schließlich aus der Geburtskirche kam. Er war den Anweisungen aufs Genaueste gefolgt und sich deshalb sicher, dass ihn niemand beobachtet hatte. Am Altar in der Grotte, in der Jesus der Überlieferung nach geboren worden sein soll, zündete er eine Kerze an und bekreuzigte sich. Er blieb ein paar Minuten stehen und betrachtete den großen Silberstern, der in den Marmorboden eingelassen worden war, um den Ort zu markieren, an dem die Krippe gestanden haben soll. Aus irgendeinem Grund hatte er geglaubt, der Stern wäre zwölfzackig, und er musste mehrmals nachzählen, ehe er sich damit abfand, dass er vierzehn Zacken hatte. Das Seltsame war, dass ihm dieser Stern irgendwie bekannt vorkam, doch er wusste nicht, woher. Er nickte einem alten Priester freundlich zu, der ihn neugierig von der anderen Seite des Raumes ansah. Danach schlenderte er ruhig durch die Kirche. Am Ausgang ließ er ein paar Münzen in den Opferstock fallen.

Das Taxi stand genau dort, wo es stehen sollte. Werner klopfte vorsichtig an die Seitenscheibe. Der Fahrer wachte auf und ließ die Zeitung vom Gesicht gleiten. Es war ein ernst aussehender Mann Ende dreißig mit dichtem schwarzem Bart. Während er das Fenster herunterkurbelte, unterdrückte er ein Gähnen und sah wirklich so aus, als wäre er gerade aus einem viel zu kurzen Nickerchen gerissen worden.

Werner stellte die vereinbarte Frage, und der Fahrer antwortete:

»Wohin wollen Sie?«

»Eigentlich nach Ashdod«, sagte Werner langsam, während er versuchte, sich an die Fortsetzung zu erinnern. Es gelang ihm nur bedingt. »Aber ich muss erst noch ins Hotel in Jerusalem. Um mein Gepäck zu holen.«

»Wie Sie wollen«, sagte der Fahrer und nannte einen Preis. »Dann fahren wir.«

Sie bahnten sich rasch einen Weg durch die engen Gassen und waren alsbald auf der Autobahn in Richtung Jerusalem. Der Fahrer fuhr schnell und wechselte immer wieder die Fahrspur. Aus Angst, vom Straßenrand aus beschossen zu werden, vermutete Werner.

»Können Sie mir sagen, wohin wir fahren?«, fragte er nach einer Weile. »Oder kriege ich gleich eine Augenbinde, damit Sie mich an einen geheimen Ort bringen können?«

»Wir fahren eigentlich nirgendwo hin«, sagte der Fahrer. »Ich bin es, mit dem Sie reden sollen. So gesehen, sind Sie bereits am Ziel.«

»Und wer sind Sie?«

»Ein Freund von Naomi.«

»Ein Mitglied des Schattenkabinetts?«

»Das brauchen Sie nicht zu wissen.«

»Natürlich nicht. Und ich brauche Ihnen auch nicht zu helfen.«

»Das ist etwas anderes. Sie haben uns Ihr Wort gegeben. Wir haben Ihnen nie etwas versprochen.«

»Aber warum sollte ich Ihnen trauen? Oder mir Ihre Argumente anhören?«

»Sie hören so lange zu, wie Sie wollen. Alles basiert auf Freiwilligkeit.«

Der Fahrer wurde langsamer und fädelte sich hinter einem Trailer mit Gebrauchtwagen auf dem Anhänger ein. Er fürchtet sich nicht vor einem Attentat, sondern davor, abgehört zu werden, dachte Werner. Er versucht zu vermeiden, dass vor oder hinter uns die gleichen Autos bleiben.

»Ich habe mich darauf eingestellt, zu helfen«, sagte er langsam. »Wenn auch mit einem Vorbehalt: Was ihr von mir wollt, muss für mich moralisch vertretbar sein. Und es muss natürlich etwas sein, das wirklich in meiner Macht liegt.«

Der Fahrer nickte.

»Fair enough.«

Er machte ein paar schnelle Überholmanöver und fand dann eine größere Nische auf der rechten Spur.

»Wir dachten, Sie könnten für uns eine Art *Operation Sundog* durchführen«, sagte er schließlich. »Mit gewissen Modifikationen, natürlich. Wir müssen nichts ausprobieren, was bereits erfolgreich getestet worden ist.«

Werner war sprachlos. Das Hemd klebte sich an seine Brust. *Operation Sundog*. Wo in aller Welt hatten sie das aufgeschnappt? Das war doch nicht möglich! Nur eine Hand voll Menschen wussten, was sich hinter diesem Codewort verbarg. Dass jemand von ihnen diese Informationen preisgegeben hatte, betrachtete er als undenkbar. Ebenso undenkbar wie die Variante, dass es den Palästinensern gelungen sein sollte, die entsprechenden israelischen Institutionen zu infiltrieren – Verteidigungsministerium, Mossad und den Atomreaktor in Dimona. Und selbst wenn ihnen dies gelungen sein sollte, würde es ihnen wenig nützen, da es kaum Dokumente über die Operation gab. Das meiste hatte auf mündlichen Befehlen und Absprachen basiert. Was also war geschehen? Wo war das Leck? Und wie viel wusste Naomis anonymer Freund wirklich?

»Eine Zusammenarbeit dieser Art basiert auf absolutem Vertrauen«, sagte Werner und starrte aus dem Auto in die karge Landschaft.

»Natürlich. Was soll ich tun, um Ihnen zu zeigen, dass wir Ihnen vertrauen?«

»Sie können damit beginnen, dass Sie mir sagen, was Sie über meine Vergangenheit wissen. Da ich garantiert mehr darüber weiß als Sie, kann ich Ihren Informationsstand einschätzen. Und die Qualität Ihrer Informanten.«

Zum ersten Mal, seit sie aufgebrochen waren, lächelte der Fremde. Ein blendendes Lächeln mit makellosen Zähnen.

Werner dachte, dass dieser Palästinenser unmöglich in einem Flüchtlingslager im Westjordanland oder in Jordanien aufgewachsen sein konnte. Auch sein fast perfektes Englisch verriet einen anderen, privilegierteren Hintergrund. Er rechnete damit, dass er aus einer reichen arabischen Familie stammte, die große Sympathien für Palästina hegte. Davon gab es etliche in Saudi-Arabien, Oman, Jordanien und Ägypten.

»Was Sie wirklich wissen wollen«, sagte der Fahrer, »ist, woher wir von der *Operation Sundog* wissen.«

»Das wäre auf jeden Fall ein Anfang.«

»Gut, hier ist die Antwort. Einer unserer jungen, mutigen Anhänger verrichtet seinen Dienst bei den israelischen Sicherheitskräften. Fragen Sie mich nicht, wie wir ihn rekrutiert haben, das weiß ich nicht einmal selbst. Aber oft ist Geld im Spiel. Vor ein paar Wochen wurde er abends in ein Restaurant in Ost-Jerusalem gerufen, wo er eine geschlossene VIP-Gesellschaft bewachen sollte. Er konnte nicht umhin, einen der Gäste zu erkennen – Professor Abrasha Schwartz, der von vielen als die Schlüsselfigur des israelischen Atomwaffenprogramms angesehen wird, sieht man einmal von Ben Gurion, Levo Eschkol, Shimon Peres und dem verstorbenen Professor Bergmann ab. Nun, unser Mann begriff schnell, dass es sich bei der Versammlung um keine einfache Gesellschaft handelte, die sich zum Essen verabredet hatte, da viele der Gäste in gepanzerten Fahrzeugen kamen. Er stellte auch fest, dass viele von ihnen Ausländer waren – Amerikaner, Franzosen und Skandinavier. Er versuchte, sich die Namen zu merken, die während der Trinksprüche genannt wurden, und in diesem Zusammenhang tauchte dann auch dieses geheimnisvolle Codewort auf – *Operation Sundog*. Sie können sich sicher vorstellen, wie wir uns in den letzten Wochen abgemüht haben, herauszufinden, um was es bei dieser Operation ging. Ich muss eingestehen, ohne Erfolg.« Er verzog den Mund zu einem schiefen Lächeln und fuhr sich mit der Hand durch den Bart. »Ich muss zugeben, dass ich versucht habe, zu bluffen. Ich hatte die Hoffnung, dass Sie uns aus reiner Überraschung auf die richtige Fährte bringen könnten, da Sie ja glauben müssten, wir wüssten Bescheid.«

»Sie bluffen noch immer«, sagte Werner nachdenklich. »Sie sind viel zu klug, gleich mit Ihrem ganzen Wissen herauszuplatzen. Tut mir Leid, aber das habe ich mir nicht vorgestellt, als ich von Vertrauen gesprochen habe.«

Der Fahrer schaltete herunter und bog in eine enge Ausfahrt nach rechts ein. Die Schilder am Weg verrieten, dass sie auf dem Weg zu Rachels Grab waren. Obwohl er sein ganzes Leben mit einer Jüdin verheiratet gewesen war, war sich Werner nicht sicher, wer Rachel eigentlich war. Es schwebte ihm vor, dass sie etwas mit Jakob, Isaaks Sohn zu tun hatte, aber Genaues wusste er nicht.

»Sie sind genauso vorsichtig, wie wir das angenommen haben«, sagte der Fahrer und wechselte den Sender im Radio. »So gesehen haben Sie Recht, ich habe nicht alle Karten auf den Tisch gelegt. Das wäre ja noch schöner. Aber lassen Sie mich ein kleines Eingeständnis machen: Bis jetzt haben wir keine Anhaltspunkte, um was es bei der *Operation Sundog* ging. Andererseits sind wir aber weitergekommen, was die Gäste angeht, die an diesem besagten Essen in Jerusalem teilgenommen haben. Ich brauche Ihnen natürlich keine Details über die entsprechenden Teilnehmer zu nennen. Es erklärt sich wohl auch von selbst, welch nervöse Spannung aufkam, als mich Naomi vor ein paar Tagen aufsuchte und mir erzählte, sie hätte einen norwegischen Reaktoringenieur kennen gelernt, der möglicherweise bereit sei, uns zu helfen. Die erste Überprüfung Ihres Namens ergab, dass Sie auf der Gästeliste dieses Essens standen. Laut Sicherheitswache sprach überdies einiges dafür, dass dieses Essen zu Ihren Ehren stattfand. Unsere Neugier wuchs natürlich noch, als Naomi uns von den seltsamen Umständen der Herzoperation erzählte, der Sie sich vor wenigen Wochen unterzogen haben. Und als ob das noch nicht reichte: Als wir ihr die Fotografien der Gäste zeigten, die wir bislang identifizieren konnten, erkannte sie auf Anhieb zwei von ihnen – Ihre Frau Katarina und einen älteren Mann, der anscheinend oft in ihrer Begleitung war, wenn sie zu Besuch kam. Die Rede ist natürlich von Professor Schwartz. Da ist es klar, dass wir gerne wissen würden, was Sie zwei miteinander zu tun haben.«

Werner dachte eine ganze Weile nach. Dann sagte er:

»Nichts. Jetzt nicht mehr. Er hat mir meine Frau gestohlen, und ich habe nicht vor, ihn noch einmal wiederzusehen. Damit ist auch unsere gemeinsame Vergangenheit uninteressant. Wenn ich euch helfen soll, müsst ihr akzeptieren, dass ich mein Versprechen halte, über all das zu schweigen, woran ich früher beteiligt war. Es kann deshalb auch nicht von einer neuen *Operation Sundog* die Rede sein. Glauben Sie mir, die kann man nicht wiederholen.«

»Nun, wenn Sie das sagen.«

Es schien so, als fänden sie langsam zu einer Art *modus vivendi* für die weitere Zusammenarbeit: die Vergangenheit sollte in Ruhe gelassen und stattdessen nach vorne geschaut werden.

Sie näherten sich Rachels Grab. Noch immer war Werner nicht eingefallen, wer Rachel gewesen war oder warum die Juden sie so verehrten. Er konnte sich aber auch nicht aufraffen, den Fahrer zu fragen. Es kam ihm absurd vor, ihn nach einem jüdischen Heiligtum in einem von Palästinensern kontrollierten Gebiet zu fragen.

»Also, wie kann ich Sie unterstützen?«

»Mit einem kleinen, aber ungeheuer wichtigen Dienst.«

»Erzählen Sie.«

Der Verkehr wurde dichter. Der Fahrer drosselte das Tempo und suchte einen neuen Sender im Radio. Dieses Mal stellte er einen Kanal mit westlicher Popmusik ein. Als er das Gespräch fortsetzte, musste sich Werner anstrengen, um ihn verstehen zu können:

»Lassen Sie mich mit einer Einschätzung der politischen und militärischen Situation beginnen. Ob es uns gefällt oder nicht, es ist eine Tatsache, dass Israel uns vollkommen kontrolliert. Militärisch gesehen sind sie uns in jeder Hinsicht überlegen. Das Einzige, was wir tun können, ist, die empfindlichsten Teile der Zivilbevölkerung zu bedrohen oder zu töten – also Terror gegen Frauen, Kinder und Alte. Solange der Terror von Einzelpersonen und freiwilligen Kampforganisationen ausgeführt wurde, war es schwierig für Israel, diese Terroraktionen in vollem Umfang zu beantworten. Stattdessen haben sie selektive Vergeltungsschläge durchgeführt – zwar brutal, aber doch begrenzt. Die beiden einzigen Ausnahmen waren das, was 1982 im Libanon und im Westjordanland geschah, und in Gaza im März und April des Jahres 2002, beides unter Leitung von Sharon.«

Auch Werner erinnerte sich an die erschütternden Geschehnisse 1982, als Soldaten der libanesischen Phalangisten-Miliz – Israels militärische Unterstützung im besetzten Libanon – wie Todesengel durch die Flüchtlingslager in Sabra und Schatila zogen. Der Zufall hatte es so gewollt, dass sein Herzleiden sich damals zum ersten Mal gemeldet hatte. Er erinnerte sich an das schreckliche Erlebnis, als wenn es gestern gewesen wäre. Abrasha, Katarina und er selbst machten gerade einen wunderbaren Urlaub auf Zypern, als die grausamen Fernsehbilder über die Machenschaften der libanesischen Phalangisten – laut Aussage des Reporters sollten mehr als tausend Menschen massakriert worden sein – zu einem heftigen Streit zwischen ihm und Katarina führten. Es war spät am Abend, und sie beide hatten etwas zu viel getrunken. Ihr Tag hatte am Morgen schon schlecht begonnen. Nach einem missglückten Versuch, miteinander zu schlafen, hatte ihn Katarina plötzlich und ohne Vorwarnung weggestoßen und war weinend ins Bad gerannt, wo sie sich anderthalb Stunden lang eingeschlossen hatte. Aber es dauerte noch bis zu den Abendnachrichten, bis sie richtig aneinander gerieten. Während Bilder von zerfetzten Frauen und Kindern über den Bildschirm flimmerten, hatte er gesagt, dass Israel eine gefährliche Grenze überschritten und sich zum ersten Mal mit der Barbarei verbündet habe. Sie hatte ihm daraufhin ins Gesicht geschrien, dass diese Lager eine Brutstätte für den Terrorismus seien, und dass man Böses mit Bösem bekämpfen müsse. Sie beruhigten sich erst, als Abrasha in der Tür auftauchte und fragte, was denn los sei. Er verordnete ihnen beiden eine Schlaftablette und schickte sie ins Bett. Am nächsten Morgen wollten alle drei die Zeitungen studieren und die Vorfälle dann zivilisiert diskutieren. Sie taten, was er vorgeschlagen hatte. Doch mitten in der Nacht war Werner mit schrecklichen Schmerzen in der Brust aufgewacht. Sie dauerten mehr als zwanzig Minuten, und schließlich hatte er Katarina geweckt, um Trost zu bekommen. Am nächsten Morgen gingen sie zum Hotelarzt, doch der konnte nichts finden und meinte, dass es sich bloß um eine vorübergehende Stressreaktion handeln würde. Werner war natürlich glücklich über die Diagnose, doch Abrasha bestand darauf, dass er sich von einem Herzspezialisten untersuchen ließ. Da sie ohnehin geplant hatten, den Urlaub mit einem verlängerten Wochenende in Israel zu beschließen, besorgte Abrasha ihm einen Termin bei Dr. Adler. Nach einer gründlichen Untersuchung stellte dieser fest, dass Werner an einer seltenen, aber sehr ernsthaften Herzkrankheit litt, die genau beobachtet werden müsse. In Norwegen standen die Herzpatienten damals Schlange, und so fiel es Werner nicht schwer, Adlers generöses Angebot, ihn zu behandeln, anzunehmen. Gemeinsam mit Katarina kam er ja so oder so regelmäßig nach Israel, um die Familie und Abrasha zu besuchen. Und wenn es stimmte, was Adler sagte, dass die Krankheit im schlimmsten Fall eine Herztransplantation forderte, dann *musste* er ohnehin ins Ausland, um Hilfe zu bekommen. Die erste norwegische Herztransplantation lag zu der Zeit noch in weiter Ferne, und Werner hatte genug Erfahrung mit dem norwegischen Gesundheitssystem gesammelt, um einzusehen, dass ein Mann in seinem Alter kaum einen vorderen Platz in der Warteschlange einnehmen würde. Während Adler ein Rezept über die verschiedenen Medikamente schrieb, die er nehmen sollte, und Katarina dafür zu sorgen versprach, dass er sie auch nehmen würde – neben dem Versprechen, auch dafür zu sorgen, dass er sich in keiner Weise überanstrengte, und hier hatte Adler die Worte »in keiner Weise« wirklich betont –, machten sie einen Termin für die nächste Untersuchung. Des Weiteren vereinbarten sie, dass er sich die Medikamente in Verbindung mit seinen halbjährlichen Arztbesuchen hier in Israel besorgen sollte. Wie Adler sich ausdrückte: Er kannte das Sortiment der norwegischen Apotheken nicht. Außerdem, hatte er mit einem verschmitzten Grinsen hinzugefügt, war es so wesentlich einfacher für Abrasha, die Rechnung zu bezahlen!

Der Fahrer zündete sich eine Zigarette an und fuhr fort:

»Wie gesagt, der Terror war bislang unsere einzige, effektive Waffe. Doch in dem Moment, in dem wir einen palästinensischen Staat gründen, wird sich das ändern. Dann können wir nicht mehr auf den Terrorismus bauen. Zum einen, weil das moralisch noch verwerflicher wäre, als es jetzt schon ist – ein zivilisierter Staat tut so etwas nicht, und wir wollen einen zivilisierten Staat. Zum anderen, weil es dann keinen Unterschied mehr gibt zwischen Terrorismus und regulären Kriegshandlungen. Unser Volk kann keine israelischen Zivilisten töten, ohne dass Israel das mit vollem Recht als einen militärischen Angriff eines Nachbarlandes auffassen würde.«

»Was ist also die Alternative?«

Es kam keine Antwort.

Sie waren angekommen, und der Fahrer konzentrierte sich darauf, in dem Gewimmel der Menschenmenge einen Parkplatz zu finden. Nachdem sie einen militärischen Wachposten passiert hatten, fuhren sie weiter in Richtung Grab. Vor dem Eingang hatte sich eine Schlange gebildet. Als Werner all die jungen und nicht mehr ganz so jungen Frauen sah, die eingelassen werden wollten, fiel ihm wieder ein, wer Rachel war. Sie war Jakobs zweite Frau, die nach der Geburt seines jüngsten Sohnes, Benjamin, gestorben war. Gläubige Juden sahen in ihr die Mutter der Nation, und die Frauen strömten zu ihrem Grab und beteten um Fruchtbarkeit, eine unkomplizierte Schwangerschaft und eine leichte Geburt.

Der Fahrer fuhr an den Straßenrand. Er machte den Motor aus, ließ das Radio aber laufen. Die lärmende Popmusik sollte eine Abhörung wohl erschweren. Er drehte sich zu Werner um:

»Die Alternative ist, eine ganz neue Wirklichkeit im Land zu schaffen, die Israel von jedem weiteren Angriff abhält. Eine radikal andere Realität, die auf der palästinensischen Seite Sicherheit und Stolz schafft und auf Seiten Israels eine neue Form von Respekt. Sie kennen ja die Israelis. Sie haben viele gute Eigenschaften. Doch ihre Geschichte hat sie zynisch werden lassen. Rhetorische Übungen vom Stile der ›Roadmap für den Frieden‹ haben keinen Effekt. In ihrem Verhältnis zu anderen Staaten respektieren sie nur eins: Macht. Und es gibt keine Form von Macht, die sie besser akzeptieren als militärische Schlagkraft. Für den Frieden wäre es deshalb von großem Vorteil, wenn der palästinensische Staat von seinem ersten Tag an ein Staat ist, von dem alle wissen, dass er sich verteidigen kann – oder besser: seinen Widersachern so große Verluste zufügen könnte, dass jeder Gedanke an einen Krieg sinnlos wird. Nur so können wir unsere Feinde abschrecken und davon abhalten, uns anzugreifen. Nur so können wir – und jetzt meine ich wir, die jungen moderaten Kräfte der Palästinenser – unsere eigenen rabiaten Militaristen in Schach halten. Mit anderen Worten: Nur so kann der Nahe Osten zu Frieden kommen.«

Werner war schwindelig – nicht von Blutflecken auf der Netzhaut oder aus Skepsis über das Gesagte, sondern weil er all dies schon einmal gehört hatte. Die Worte des Fahrers klangen wie ein Echo aus der Vergangenheit. Es waren exakt die gleichen Argumente, die Abrasha vor mehr als vierzig Jahren vorgebracht hatte. Nur dass es damals das kleine, verwundbare Israel war, das Schutz brauchte. Laut Abrasha war Israel umringt von Feinden, die nur auf die richtige Gelegenheit warteten, die Bevölkerung ins Meer zu jagen. Mit sowjetischer Hilfe modernisierten die arabischen Nachbarstaaten ihre bewaffneten Kräfte. Deshalb brauchte Israel die absolute Waffe: die Atombombe. Werner war noch immer überzeugt davon, dass Abrashas Analyse richtig gewesen war. Das Problem war nur, dass niemand voraussehen konnte, wie der Staat Israel sich entwickeln würde, *nachdem* die militärische Bedrohung eliminiert war. Jetzt war es Israel, das sich sein Recht nahm, eine

Herrenvolkmentalität an den Tag legte und seine arabischen Untergebenen traktierte. Deshalb musste er innerlich auch dem Fahrer Recht geben. Sowohl für das machtverwöhnte Israel als auch für das ohnmächtige Palästina war die Schlussfolgerung die gleiche: Es musste ein besseres Gleichgewicht errichtet werden.

»Sie denken an nichtkonventionelle Waffen«, sagte Werner schließlich. »Ich kann durchaus verstehen, warum. Aber ich begreife nicht, wie.« Er unterstrich den Sachverhalt, indem er darauf hinwies, wie anders die Situation im Vergleich zum damals noch jungen Israel war. Im Westjordanland und im Gazastreifen gab es weder den Platz noch die Voraussetzungen für eine Anlage wie Dimona. Keine Großmacht wäre bereit, ihnen zu helfen. Und allem voran: Nach der Unterzeichnung des Atomwaffensperrvertrages war es nahezu unmöglich, einfach eine »neue Situation« zu schaffen – das zeige das Beispiel Irak. Jeder Versuch, die notwendigen Forschungseinrichtungen und Produktionsanlagen zu schaffen, würde augenblicklich entdeckt werden. Werner sah den Palästinenser auf dem Vordersitz ernst an. »Ich brauche Ihnen nicht zu erklären, wie die UN oder die Staatengemeinschaft reagieren würde. Ganz zu schweigen von Israel!«

Der Fahrer lächelte. Ein etwas überhebliches Lächeln, das Werner vermutlich zeigen sollte, dass all seine Einwände längst bedacht und aus dem Weg geräumt waren.

»Sie haben vollkommen Recht«, antwortete er, »und deshalb haben wir auch nicht vor, es so zu machen. Unsere Annäherung ist anders – moderner, wenn Sie so wollen. Wir gehen davon aus, dass wir in einer globalen Wirtschaft leben, in der man alles kaufen kann. Es gibt nichts, was man nicht erwerben kann, wenn man nur weiß, an wen man sich wenden muss und das entsprechende Geld hat.«

Werner seufzte tief. Es fiel ihm schwer, nicht zu zeigen, wie naiv er diese Einstellung fand.

»Und was habt ihr gekauft? Eine versteckte sowjetische Backfire-Maschine – größer als der Flugplatz von Gaza? Oder eine verschwundene SS 18 Interkontinentalrakete aus Kasachstan mit zehn Sprengköpfen und genug Sprengkraft, um den ganzen Nahen Osten in die Luft zu jagen – abgesehen davon, dass die konstruiert worden ist, um Ziele auf der anderen Seite der Erdkugel zu treffen!«

Der Fahrer hob die Hand. Noch immer dieses selbstsichere Lächeln.

»Ich verstehe Sie«, sagte er. »Die meisten Kernwaffen aus den Tagen des Kalten Krieges sind für unsere Region und unsere Ziele natürlich vollkommen ungeeignet. Aber wie gesagt: Wir denken anders. Das Stichwort lautet: Miniaturisierung.«

Werner war noch immer skeptisch.

»Sie meinen die berühmte Kofferbombe! Glauben Sie mir, da können Sie gleich den Eiffelturm kaufen. Man wird Sie betrügen, mein Freund. Das ist der Markt von Hochstaplern. Kofferbomben sind und bleiben Gerüchte.«

»Sie missverstehen mich. Die Transportmittel haben wir bereits beschafft. Fünf nordkoreanische Kurzstreckenraketen – ein Kauf, der, wie ich eingestehen muss, mit westlichen Entwicklungshilfegeldern bezahlt wurde. Ein ambitiöses Bewässerungsprojekt, bei dem große Summen verschwanden und die westliche Presse anschließend beleidigt über die blühende Korruption in Palästina schrieb; ich glaube, es war auch die Rede von einem nicht zustande gekommenen Schulprojekt. Egal, wir haben die Raketen über mehrere Jahre importiert, buchstäblich Stück für Stück. Sie sind quer durch die Welt gereist und in Paketen mit französischen Medikamenten, deutschen Werkstattmaschinen, japanischer Computerhardware und schwedischen Telekommunikationsknoten gekommen. Vor ein paar Monaten ist die erste Rakete zusammengebaut worden. Eine einfache, aber mobile Waffe. Der Plan ist, jede Rakete für sich zu lagern, jede auf einer mobilen Abschussrampe – versteckt in Schafställen, Töpferwerkstätten oder geheimen Gängen unter irgendwelchen Moscheen. Hoffentlich bleiben sie für alle Zeiten in ihren Verstecken. Ich bete zu Allah, dass wir sie niemals anwenden müssen. Doch wenn der Frieden bedroht ist und die Israelis uns angreifen, gibt es sie. Bereit, benutzt zu werden.«

Werner faltete eine Touristenkarte auseinander und tat so, als bäte er den Fahrer, ihm den Ort irgendeiner Sehenswürdigkeit zu zeigen.

»Das ist Wahnsinn«, sagte er betroffen. »Die ganze Welt wird euch verdammen. Jede ökonomische und humanitäre Hilfe würde sofort eingestellt. Alle finanziellen Transaktionen mit dem Ausland würden eingefroren, und die Mitgliedschaft in der UN könntet ihr vergessen. Das neue Palästina würde geboren und als Pariastaat sterben.«

Der Fahrer lachte und zwirbelte einige Haare seines Bartes zusammen.

»Aber mein lieber Freund, wir haben nicht die Absicht, uns als Atomwaffenstaat zu deklarieren.«

Werner biss sich auf die Unterlippe. Er glaubte zu verstehen, auf was der Palästinenser hinauswollte – ein frecher, aber bestechender Plan.

»Ihr wollt es wie Israel machen«, sagte er. »If you can't beat them, join them!«

»Das sind Ihre Worte, nicht meine.«

Es hatte Werner immer beeindruckt, wie es den Israelis gelungen war, der Welt mitzuteilen, dass sie im Besitz von Atomwaffen waren, ohne es offiziell zu bestätigen.

»Wenn Mustafa also die volle Kontrolle über die palästinensischen Gebiete hat und Palästina endlich als souveränen Staat ausruft, wird er gleichzeitig zum Ausdruck bringen, dass seine Regierung Frieden und Stabilität wünscht und keine Bedrohung für seine Nachbarn darstellt«, sagte Werner. »Und dann wird er sagen, dass Palästina bereit ist, den Atomwaffensperrvertrag zu unterzeichnen, wenn Israel das auch tut. Und schließlich wird er, als Sahnehäubchen des Ganzen, feierlich versichern, dass seine Regierung nicht die erste sein wird, die im Nahen Osten Kernwaffen einführt. Also die offizielle israelische Position, bloß gehüllt in arabische Worte. Habe ich Recht?«

Der Fahrer lächelte.

»Ich wusste, dass Sie ein kluger Mann sind«, sagte er bloß. Dann wurde er wieder ernst. »Es gibt nur ein Problem«, fuhr er mit gesenkter Stimme fort, »uns fehlen die Kernladungen. Das heißt: Sie sind unterwegs – aus Russland. Aber wir brauchen jemanden, der uns bestätigt, dass die Ware echt ist, bevor wir die letzte – und schwierigste – Transportstrecke angehen. Wenn so viel auf dem Spiel steht, braucht man eine Materialprobe, wenn Sie verstehen, was ich meine.«

Werner verstand.

»Über welches Material reden wir?«

»Plutonium-239. Die anderen Hauptkomponenten für die Sprengköpfe haben wir bereits: Deuterium, Tritium, Lithium, Uran-235 und Uran-238. Der komplizierte Zündmechanismus ist indischer Herkunft. Sie verstehen, alles lässt sich kaufen – wenn man einen steinreichen Saudi hinter sich hat.«

»Nun, mit dem richtigen Material ist es kein Problem, einen Klumpen Waffen-Plutonium zu erkennen. Aber das habe ich nicht hier.«

»Das wissen wir. Sie könnten uns trotzdem eine große Hilfe sein, da sich die Waren derzeit in Ihren heimischen Gefilden befinden. Langer Rede kurzer Sinn: Das Material ist nach einer langen Reise über die Halbinsel Kola, um das Nordkap herum und an der norwegischen Küste entlang nach Süden vor ein paar Tagen in Oslo angekommen. Wir dachten, dass Sie es zur Untersuchung auf Ihren eigenen Schreibtisch bekommen könnten.«

Werner schloss die Augen. Darauf war er nicht vorbereitet gewesen. Er hatte sich vorgestellt, sie würden ihn bitten, ein paar komplizierte, kernphysische Berechnungen zu kontrollieren. Doch sie waren schon etliche Schritte weiter. Das beeindruckte ihn. Und zu seiner Überraschung spürte er, wie ihn die gleiche zittrige Spannung überwältigte, die er auch 1959 gespürt hatte, als Abrasha ihn in seine dreisten Pläne eingeweiht hatte. Sein junges Herz hatte endlich etwas bekommen, wofür es schlagen konnte.

»Können Sie etwas konkreter werden?«, fragte er beherrscht. »Wo kommt das Institut ins Bild?«

Der Fahrer erklärte, dass sie ein paar Sondierungsgespräche geführt hätten, und dass es vermutlich kein Problem sein würde, anderthalb Kilo Plutonium hinter die Stacheldrahtabsperrungen des Instituts für Energietechnik zu bringen, wenn man fest angestellt und das Material entsprechend verpackt war. Normalerweise wurden am Personaleingang keine Kontrollen vorgenommen, wenn man hineinging.

»Ich glaube, da haben Sie Recht«, sagte Werner mit einer gewissen Überraschung in der Stimme. »Unsere Kontrollen zielen primär auf das, was man aus dem Institut mitnimmt. Wir fürchten ja wie alle anderen, dass radioaktives Material in die falschen Hände geraten könnte.«

Bereits jetzt wusste er, dass die Aufgabe lösbar war. Plutonium gab nur Alphastrahlung ab und ließ sich leicht verstecken. Wenn das Material entsprechend verpackt war – am besten in Stahl- oder Bleibehältern –, würde es nur durch eine Leibesvisitation oder die komplette Durchsuchung seiner Taschen zu entdecken sein. In den mehr als vierzig Jahren, die er im Institut arbeitete, konnte er sich nicht an eine einzige solche Kontrolle erinnern. Und das würde auch dieses Mal nicht geschehen. War das Material erst hinter der Absperrung, würde es ihm sicher auch gelingen, es unbemerkt zu untersuchen. Als ehemaliger Forschungsleiter der Abteilung, die für die Kontrollen der abgebrannten Brennstäbe des Halden-Reaktors zuständig war, gehörte es zu seinen Aufgaben, Plutoniumproben zu analysieren. Es würde niemandem auffallen, wenn er Überstunden machte, um irgendeine dringende Laborarbeit hinter sich zu bringen. Ihm würde sicher eine passende Geschichte einfallen. Wie er es sah, gab es nur ein Problem. Aber das war dafür höchst reell.

»Wie habt ihr euch vorgestellt, das Material wieder hinauszubekommen?«, fragte er. »Und damit meine ich nicht nur das Institut, sondern Norwegen? Ich hoffe, ihr habt da einen wirklich guten Plan.«

Wieder lächelte der Fahrer.

»Das haben wir«, sagte er selbstsicher. »Aber das ist auch alles, was ich sagen will. Sie werden das alles verstehen, sobald es geschehen ist. Bis dahin möchten wir Sie aus der Sache raushalten. Je weniger Sie wissen, desto leichter wird es Ihnen fallen, Ihre Aufgabe auszuführen. Aber behalten Sie die Ruhe: Wir haben alles unter Kontrolle. Kein Unberechtigter weiß davon. Und der Plan ist so dreist, dass nicht einmal die Israelis genug Fantasie haben, ihn zu durchschauen. Wenn alles vorbei ist, werden in Tel Aviv einige Köpfe rollen!«

Werner sah ein, dass einer dieser Köpfe Abrasha gehören würde. Diese Gewissheit erfüllte ihn mit einer stillen Freude. Er wusste auch, dass er irgendwann einmal, wenn alles vorbei war, der Versuchung nachgeben und Katarina und Abrasha zu verstehen geben würde, in was er involviert war. Er konnte es kaum erwarten, die Überraschung in ihren Gesichtern zu sehen. Das Entsetzen. Die Wut.

»Sie sind so still«, sagte der Fahrer unruhig. »Haben Sie kalte Füße bekommen?«

»Nein«, sagte Werner zufrieden. »Ich musste nur an etwas denken.«

»Es bleibt also dabei, Sie machen mit?«

»Mehr als jemals zuvor.«

»Gut. Dann möchte ich Sie bitten, den Wagen zu verlassen. Sehen Sie sich jetzt Rachels Grab an. Nehmen Sie sich so viel Zeit, wie Sie für angemessen finden. Um die Rückfahrt nach Jerusalem müssen Sie sich selbst kümmern. Von der Haltestelle dort vorne fahren Busse. Oder Sie warten auf einen *sherut*. Denken Sie heute Abend noch einmal über alles nach, was wir gesagt haben. Wenn Sie morgen früh noch genau so sicher sind, uns helfen zu wollen, frühstücken Sie zwischen neun und halb zehn im Speisesaal des Hotels. Sollten Sie sich anders entschieden haben, frühstücken Sie im Zimmer und stellen das Tablett draußen vor die Tür.«

»Aber brauche ich nicht noch weitere Instruktionen, was geschehen soll, sobald ich wieder in Norwegen bin?«

»Das wird gerade ausgearbeitet. Wenn Ihre morgige Nachricht so ausfällt, wie wir uns das erhoffen, werden Sie kurz nach Ihrer Heimkehr von uns hören.« Sein Gesicht öffnete sich plötzlich zu einem breiten Grinsen. »Sie schulden mir übrigens 100 Schekel.«

Werner holte seine Börse hervor und bezahlte.

»Einen angenehmen Abend noch«, sagte er laut und stieg aus. Er warf die Autotür zu und ging mit raschen Schritten auf den Eingang von Rachels Grab zu.

Als er ein paar Minuten später seine Taschen nach Kleingeld für Ansichtskarten durchsuchte, fand er den zusammengefalteten Zettel von der Klagemauer. Die Bitte war auf Jiddisch geschrieben. Einer plötzlichen Eingebung folgend, ging er zu einer schwangeren, jüdischen Frau, die etwas abseits am Rand der Grabhöhle stand. Eine der vielen, die gekommen waren, um für eine sichere Schwangerschaft und eine leichte Geburt zu beten. Er grüßte sie und erklärte ihr, dass ihm ein jüdischer Freund einen Bittzettel überreicht hätte, den er aber leider nicht lesen könne. Ob sie ihm helfen könne, ihn zu übersetzen?

Sie lächelte freundlich. Ihr Bauch spannte ihr schwarzes Kleid. Sie musste im achten oder neunten Monat sein.

Er reichte ihr den Zettel.

Das Lächeln verschwand schlagartig. Sie wandte das Gesicht ab.

»Nun?«, fragte er. »Was steht da?«

Ohne ihn anzusehen, sagte sie:

»Dort steht: Herr, hör mein Flehen! Lass alle palästinensischen Kinder in den Leibern ihrer Mütter sterben, damit wir unser Heiliges Land und unsere Heiligen Stätten zurückbekommen!«

Sie sah ihn mit Tränen in den Augen an. Reichte ihm den Zettel. Sie hielt ihn am äußersten Rand mit den Fingerspitzen, als wolle sie sich nicht besudeln.

»Nehmen Sie ihn!«, rief sie. »Wie können Sie eine Frau in meinen Umständen bitten, so etwas zu lesen?«

Er schämte sich und hätte ihr gerne erklärt, wie alles zusammenhing, erkannte aber, dass das nichts nützen würde.

»Entschuldigen Sie«, sagte er. »Mein Freund ist sehr alt, er muss den Verstand verloren haben.«

Er ging zum Ausgang. Die ganze Zeit über glaubte er, ihren entsetzten Blick im Nacken zu spüren. Trotzdem ging er mit leichteren Schritten als bei seinem Kommen. Der Bittzettel hatte ihn noch sicherer gemacht, das Richtige zu tun.

TEIL III

Dienstag, 17. März – Donnerstag, 19. März

OSLO, KJELLER

46

Jørgen Hartmann fand keinen Schlaf. Er schwitzte und wälzte sich unruhig im Bett herum. Am Ende gab er es auf, stand auf und hängte die Bettdecke zum Lüften über das Fußende. Er zog seinen Bademantel an und schlurfte in die Küche, um sich eine Tasse Tee zu machen. Als das Wasser endlich kochte, stellte er fest, dass keine Teebeutel mehr da waren. Pulverkaffee wollte er nicht trinken, weil er die Hoffnung auf ein wenig Schlaf noch nicht ganz aufgegeben hatte. Glücklicherweise entdeckte er eine vergessene Flasche Pils im Kühlschrank, die bald getrunken sein wollte, bevor das Verfallsdatum ablief. Er öffnete sie mit dem breiten Ehering, den Rita ihm zwei Wochen vor ihrem Tod auf den Finger geschoben hatte. Ihr Ring war nicht da gewesen, als er an jenem Nachmittag im gerichtsmedizinischen Institut die Leiche identifizieren musste. Später fand man ihn auf dem Boden des Wagens. Das war jetzt neun Jahre her, aber die Frage quälte ihn seitdem jeden Tag: Warum hatte sie den Ring abgenommen? War er auf den Boden gefallen, und sie hatte versucht, ihn aufzuheben? War das Auto deswegen auf die gegenüberliegende Fahrbahn geraten? Oder hatte sie ihn mit Absicht weggeworfen, im Affekt? Aber weswegen?

Das war die dritte Nacht in Folge, in der er Schlafprobleme hatte. Zugegebenermaßen nicht wegen des Ringes. Es war der bevorstehende Mustafa-Besuch, der ihn umtrieb und wach hielt. Die zwei Wochen, die seit der Anordnung, Jens Pahlstrøm zu observieren, vergangen waren, hatten keine sicheren Beweise geliefert, weder in Bezug auf Pahlstrøms eventuelle Machenschaften, noch zu anderen potenziellen Gefährdungen von Mustafas Leben. Der Redakteur der *Dagsavisen* hatte keine weiteren anonymen E-Mails erhalten. (Die erste konnte übrigens in ein bekanntes Internetcafé in Berlin zurückverfolgt werden, wo sich dann allerdings jedwede Spur des unbekannten Absenders verlor). CIA, Mossad und MI-6 hatten auch keine neuen Erkenntnisse vorzuweisen, die die Brisanz der früheren Warnungen vor möglichen Terroraktionen gegen Skandinavien untermauerten. Die Sicherheitsmaßnahmen traten, knapp formuliert, auf der Stelle. Das konnte natürlich ebenso gut ein positives Zeichen sein; vielleicht hieß das, dass keine wirkliche Gefährdung bestand. Aber mal angenommen, es gab eine Gefährdung, und seine Kollegen und er hatten nicht gründlich genug gearbeitet und etwas übersehen?

Am Vortag hatte er immerhin einen wichtigen Beschluss durchgeboxt. Zuerst in der Mustafa-Gruppe, und danach bei Dahlbo. Er hatte verlangt, dass Pahlstrøm in Untersuchungshaft genommen wurde. Währenddessen sollte eine Hausdurchsuchung der Wohnung durchgeführt werden, die ihm in Grünerløkka zur Verfügung stand. Die Wohnung gehörte einer jungen Frau, Kristin Boman, die bei einer norwegischen Hilfsorganisation im Westjordanland arbeitete. Als frühere Aktivistin der Volksfront für die Befreiung Palästinas war sie eine alte Bekannte des PST.

Hartmann begründete die Festnahme damit, dass die Sicherheitsvorkehrungen nur vorangetrieben werden könnten, wenn geklärt wurde, welche Rolle Pahlstrøm spielte und was er vorhatte. Oder wie Hartmann es Malm erklärte: »Entweder, wir können ihn abhaken, oder wir stellen fest, dass er was mit der Sache zu tun hat.«

»Wovon reden Sie?«, parierte Malm, der seine Skepsis gar nicht erst zu verbergen versuchte. »Haben wir was gegen ihn in der Hand?«

Am Ende hatte Hartmann seinen Willen bekommen.

Die Indizien, dass Pahlstrøm in die eine oder andere illegale oder konspirative Sache involviert war, waren nicht sehr schlagkräftig. Aber es waren zu viele, als dass der PST sie einfach ignorieren konnte. Da war als Erstes die Episode, die Hartmann an jenem ersten Abend persönlich beobachtet hatte: die auffällige Aufmachung, die Wanderung durch die Stadt, die damit endete, dass Pahlstrøm seinen Pass auf einem Cafétisch »liegen ließ«, wo er gleich darauf von einem unbekannten Araber eingesteckt wurde. Als Nächstes die Tatsache, dass Pahlstrøm vierzehn Tage später den Pass noch immer nicht als vermisst gemeldet hatte. An dieser Stelle war ein kurzer Rückgriff auf seine Vorgeschichte notwendig: Es war das zweite Mal, dass Pahlstrøms Pass auf Abwege geriet. Drittens hatte einer von Malms Ermittlern beobachtet, dass Pahlstrøm wenige Tage nach der Sache mit dem Pass einen Perückenmacher in Frogner aufsuchte und eine Frauenperücke bei ihm bestellte. Dem Ermittler zufolge soll er um eine helle Haarfarbe gebeten haben, »die nicht zu unnatürlich wirkt bei einer Frau mit dunklen Augenbrauen«. Danach war er zu einem Optiker gegangen und hatte ein Paar blaue Kontaktlinsen abgeholt, die auf Kristin Bomans Namen bestellt gewesen waren. Nachträgliche Untersuchungen hatten ergeben, dass sie weder eine Brille noch Kontaktlinsen trug. Den noch verbleibenden Rest des Tages hatte Pahlstrøm sich Wohnungen in den Vierteln um das Hydro-Haus in Skillebekk angesehen.

Und zu guter Letzt war beim Anzapfen seines Telefons etwas ungeheuer Interessantes herausgekommen, das später durch die Observierung bestätigt und durch die Information kooperierender Dienste näher erklärt wurde. Drei Tage zuvor, an einem Dienstagmorgen, war Pahlstrøm von einem Vetter angerufen worden, der ihn für den nächsten Abend zu einem Familientreffen einlud. Pahlstrøm sagte mit der Begründung ab, er habe zu viel zu tun. »Du hast dich doch wohl nicht darauf verlegt, abends zu arbeiten?«, hatte der Vetter gesagt. »Nein«, hatte Pahlstrøm geantwortet. »Aber ich habe eine Verabredung, die ich nicht mehr verschieben kann; ich mache einen Besuch im Gefängnis. Einer von uns kann es nämlich nicht lassen, gute Taten zu vollbringen.« Es wurden keine Namen genannt, aber der Ermittler, der ihn am folgenden Tag beschattete, bestätigte, dass er sich nachmittags auf den Weg zur Strafvollzugsanstalt in Ila gemacht hatte. Er war etwa eine Stunde geblieben und dann wieder zurück nach Grünerløkka gefahren. Den Rest des Abends hatte er sich ruhig verhalten und sich die Zeit mit Fernsehgucken und Musikhören vertrieben.

Hartmanns weiterführende Untersuchungen förderten ein paar erstaunliche Zusammenhänge zu Tage. Einer davon betraf Pahlstrøms Besuch im Gefängnis. Eine diskrete Anfrage im Vorzimmer des Gefängnisdirektors ergab, dass es sich um eine bosnische Frau handelte, die eine sechsmonatige Gefängnisstrafe verbüßte wegen Mittäterschaft an einem kleineren Waffenraub. Zusammen mit zwei bosnischen Männern – alle drei hatten eine Aufenthaltserlaubnis aus politischen Gründen – war sie bei einem Waffenhändler in Sarpsborg eingebrochen und hatte zwei Pumpguns samt Munition gestohlen. Durch einen Zufall wurden sie bei einer Geschwindigkeitskontrolle auf der E6 angehalten, wobei außer den Waffen noch eine kleinere Partie Drogen beschlagnahmt wurde. Die Männer wurden zu je vierzehn Monaten verurteilt, während die Frau, die, wie alle drei behaupteten, nur als Fahrerin fungiert hatte, mit der Hälfte davonkam. Die vier Wochen Untersuchungshaft abgezogen, ergab das sechs Monate hinter Schloss und Riegel. Das eigentlich Interessante aber war, dass Pahlstrøm kurz zuvor ein Gesuch an den Gefängnisdirektor geschrieben hatte, Iva Katitz, wie die Frau hieß, vier Wochen vor der festgelegten Freilassung aus dem Gefängnis zu entlassen. Er begründete das mit ihrer guten Führung und ihrer Bereitschaft, der Polizei bei ihren Ermittlungen zu helfen. Vor allen Dingen aber: mit ihrem Bedürfnis, ein neues Leben anzufangen, und das mit ausreichend Vorsprung, ehe die beiden Hauptschuldigen entlassen würden. An dieser Stelle machte Pahlstrøm darauf aufmerksam, dass er ihr über seine vielfältigen, guten Verbindungen eine Stelle bei einer norwegischen Hilfsorganisation besorgen könnte. Dort würden immer Menschen gesucht, die die Verhältnisse auf dem Balkan aus eigener Erfahrung kannten.

Es waren zwei Dinge, die an dem Entlassungsgesuch auffielen, meinte Hartmann. Erstens das Datum. Der Brief an den Gefängnisdirektor war einen Tag, nachdem das Außenministerium erstmals öffentlich bekannt gegeben hatte, dass Mustafa zu einem offiziellen Besuch erwartet wurde, abgeschickt worden. Und zweitens hieße die vorzeitige Entlassung, dass Iva

Katitz das Gefängnis eine gute Woche vor dem Besuch verlassen würde. Mit den daraufhin eingeholten Auskünften bei der CIA, die besagten, dass Fräulein Katitz nicht die war, für die sie sich ausgab – also nicht ein unschuldiger Flüchtling, sondern eine politische Aktivistin mit engen Kontakten zu militanten islamistischen Kreisen in ihrem Heimatland –, begannen die Puzzlestücke auf ihre Plätze zu fallen. Genau so jedenfalls hatte Hartmann es bei dem Treffen mit der Mustafa-Gruppe dargestellt.

»Meiner Auffassung nach kann nicht ausgeschlossen werden, dass Pahlstrøm gerade dabei ist, eine größere Terroraktion vorzubereiten«, fasste er zusammen. »Er hat mit Vorsatz seinen UN-Pass an einen Araber unbekannter Nationalität weitergegeben. Des Weiteren steht er in engem Kontakt zu einer kriminell vorbelasteten Islamistin, die momentan inhaftiert ist, aber noch vor Mustafas Ankunft in Norwegen freigelassen wird. Iva Katitz' Haftstrafe wegen Mittäterschaft bei einem Waffenraub ist nur Tarnung. Wenn unsere Ermittler Recht haben, wird sie nach ihrer Entlassung eine blonde Perücke, farbige Kontaktlinsen und – das ist noch nicht hundertprozentig sicher – eine Wohnung in der Thomles gate vorfinden, nur einen Steinwurf entfernt von dem anfälligsten Aufenthaltspunkt von Mustafas Besuchsroute: das Hauptquartier der Norsk Hydro. Kann man es genialer einfädeln? Während der PST blind einem unbekannten Terroristen hinterherjagt und alle Zubringerstraßen des Landes überwacht, sitzt sie sicher bewacht in einem norwegischen Gefängnis, um wenige Tage vor der Landung des auserkorenen Opfers in Oslo freigelassen zu werden.«

Malm war immer noch skeptisch.

»Und was hoffen Sie zu finden, wenn wir gegen Pahlstrøm vorgehen?«

»Einen Schrank voller Kleider, passend für eine junge Frau mit Iva Katitz' Körpermaßen. Eine blonde Perücke, Kontaktlinsen, und mindestens eine Waffe, die dazu geeignet ist, Mustafa aus zwei- bis dreihundert Metern Entfernung zu töten. Näher werden sie nicht an ihn rankommen.«

Da hatte Malm widerstrebend grünes Licht gegeben. Dahlbo und Martinsen unterzeichneten danach die notwendigen Papiere und leiteten sie an den Untersuchungsrichter und den Osloer Polizeipräsidenten weiter – den einen, damit er die Operation genehmigte, den anderen, dass er sie in Gang setzte.

Der Rest des Tages verging mit Überwachungen und praktischen Vorbereitungen, zu denen auch eine Übung der beiden Hundestaffeln gehörte, die bei der Verhaftung zum Einsatz kommen sollten. Hartmann hatte unter Hochdruck gearbeitet, um die notwendigen Operationsdirektiven auszuarbeiten, während er parallel versuchte, sich mit den Besuchsvorbereitungen auf dem Laufenden zu halten. Hier hatte es inzwischen ein paar Änderungen gegeben. Erstens war beschlossen worden, dass Mustafa zuerst Stockholm eine kurze Visite abstattete, bevor er nach Oslo weiterflog, sowie, dass er auf der Heimreise in Wien zwischenlandete, um sich mit dem österreichischen Außenminister zu treffen. Auf beharrliches Drängen von Mustafas Seite war darüber hinaus der geplante Besuch im Norwegischen Nobelinstitut gestrichen worden. Offiziell, um Zeit zu sparen. Aber aus vertraulicher Quelle wusste man, dass der wahre Grund Drohbriefe ans Nobelkomitee waren, in denen gefordert wurde, Mustafas Vorgänger den Friedenspreis von 1994 wieder abzuerkennen. Aus Angst vor Demonstrationen entschied Mustafa, gleich den ganzen Besuch abzusagen.

Die Polizeiaktion sollte nachts kurz nach halb drei gestartet werden. Die Überwachung hatte ergeben, dass Pahlstrøm selten nach Mitternacht ins Bett ging, wenn also alles nach Plan verlief, dürfte er in den tiefsten Träumen liegen, wenn die Spezialtruppe zuschlug. Dahlbo hatte, wie nicht anders zu erwarten war, darauf bestanden, es genau so zu machen.

»Je dünner die Grundlage für eine Verhaftung«, dozierte er in vertrauter Weise, ehe er den Durchsuchungsbefehl unterzeichnete, »desto undurchdringlicher sollte die Dunkelheit sein …«

Die Ironie seines Chefs hatte Hartmann nur noch angespannter gemacht. Das hier wuchs auf seinem Mist, daran hatte Malm ihn mit Nachdruck erinnert, als sie wenige Stunden zuvor Dahlbos Büro verließen.

»Ich hoffe für Sie, dass Pahlstrøm das verdient«, meinte er grinsend. »Es ist wirklich kein Vergnügen, wenn eine Hundestaffel mitten in der Nacht in deine Wohnung stürmt. Es gibt Menschen, die haben schon wegen weniger den Verstand verloren. Und der Mythos der wohlmeinenden Polizei hat ausgedient, wenn sich die Aktion als gediegenes Missverständnis erweisen sollte.«

Hartmann verkniff sich eine Antwort, aber die Bemerkung belebte seine Sorge aufs Neue, die er durch die Rackerei der letzten Wochen beinahe erfolgreich verdrängt hatte: dass nämlich die Aufgabe, Mustafa zu bewachen, eine Nummer zu groß für ihn war, und dass Malm und die anderen Chefs ihn ohne mit der Wimper zu zucken absägen würden, sobald etwas schief ging. Falls etwas schief ging, korrigierte er sich. Verdammt noch mal, er durfte sich nicht davon beeinflussen lassen, dass die halbe Menschheit Mustafa hasste.

Um seine Nerven vor der nächtlichen Aktion etwas zu beruhigen, ging er mit Major Cohen ins *Grønlandshagen Restaurant*, ein kleines, verschlafenes Lokal nicht weit vom Polizeipräsidium. Beide waren angespannt. Hartmann, weil er fürchtete, irgendetwas Wichtiges bei der Planung vergessen zu haben, das die ganze Aktion zum Scheitern bringen könnte. Cohen, weil sie es hasste, außen vor gehalten zu werden. Malm und Aslaksen hatten sie als Beobachterin in die Arbeit der Mustafa-Gruppe einbeziehen wollen, aber da hatte Hartmann sein Veto eingelegt. Unterstützung von außen war gut, betonte er, aber man musste streng trennen zwischen Beratung der Ermittler und Teilnahme an den Ermittlungen. Zu Hartmanns Erleichterung hatte Dahlbo es genauso gesehen.

»In meiner Abteilung wird nach wie vor zwischen *need to know* und *nice to know* unterschieden«, konstatierte er, und damit war die Diskussion beendet.

Das Ende vom Lied war jedenfalls, dass Cohen nicht über die Ermittlungsschritte informiert wurde, die von norwegischer

Seite unternommen wurden. Hartmann konnte verstehen, dass sie sich bevormundet fühlte, weshalb es ihn auch nicht weiter verwunderte, dass sie während der gesamten Mahlzeit kaum ein Wort mit ihm sprach. Am Ende saßen sie schweigend nebeneinander und schauten einer Bauchtänzerin mittleren Alters zu, die zu den aufgeregten Rhythmen eines algerischen Orchesters tanzte. Major Cohen konnte irgendwann nicht mehr verbergen, wie sehr sie sich langweilte, bedankte sich höflich für die Einladung und begab sich zurück ins Büro. Ehe sie ging, drückte sie Hartmann leicht die Hand und wünschte ihm viel Glück. »Ich weiß, wie du dich fühlst«, flüsterte sie solidarisch. »Ich hatte am 30. September 1986 Dienst, in den nicht enden wollenden Stunden vor Mordechai Vanunus Entführung.«

Die Abendbesprechung, die Punkt halb elf in dem kleinen Sitzungszimmer begann, wurde von Malm eröffnet, der zu Protokoll gab, welche neuen Informationen aus dem Ausland im Laufe des Tages bei ihm zusammengelaufen waren. Der Punkt war schnell abgehakt, da keiner der kooperierenden Dienste etwas Wesentliches zu berichten hatte. Malm ging zum nächsten Punkt der Tagesordnung über: die Aktion gegen Pahlstrøm.

»Nun, Hartmann«, sagte er knapp. »Wie ist der Status quo?«

Hartmann referierte ruhig die Ergebnisse der Überwachung und fasste als Arbeitstheorie zusammen, dass Pahlstrøm in die Vorbereitungen einer Terroraktion oder eines anderen Verbrechens verstrickt sei. Der UN-Ausweis könnte dafür genutzt worden sein, einen unbekannten Terroristen ins Land zu schleusen. Die blonde Perücke war vermutlich Teil einer Verkleidung – für den Terroristen, so es sich denn um eine Frau handelte, oder für eine weibliche Komplizin, beispielsweise die bosnische Frau, der Pahlstrøm gerade zur vorzeitigen Entlassung aus dem Gefängnis verholfen hatte. Hartmann schickte ihre Akte um den Tisch. Die Fotos zeigten eine hübsche junge Frau mit fülligen Lippen, langem braunem Haar, großen, unschuldsblauen Augen und einem Grübchen im Kinn. Hartmann erinnerte die anderen daran, dass sie eine geschickte Fahrerin war und an einem Waffenraub teilgenommen hatte, ihr war vermutlich alles zuzutrauen. »Pahlstrøm ist eine suspekte Figur«, schloss Hartmann. »Ich weiß nicht, in was er verwickelt ist, aber irgendwas läuft da. Und ich bin der Meinung, wir können nicht riskieren, davon auszugehen, dass es nichts mit Mustafa zu tun hat.«

Malm hatte nach wie vor Einwände.

»Ich kann kein Motiv erkennen«, begann er. »Okay, der Mann benimmt sich merkwürdig. Wer tut das nicht hin und wieder? Aber ich sehe beim besten Willen keinen triftigen Grund, ihn in Bezug auf die einzige Sache zu verdächtigen, die uns hier und jetzt interessiert: die Mittäterschaft an einem Komplott gegen einen uns besuchenden Staatsmann.« Er machte eine Kunstpause, in der er seine Uhr aufzog. Malm gehörte zu der fast ausgestorbenen Minderheit, die nach wie vor auf Armbanduhren mit mechanischem Uhrwerk schworen. »Und da wäre noch etwas.« Er musterte Hartmann am anderen Ende des Tisches mit zusammengekniffenen Augen. »Ich kann mich nicht davon freimachen, dass dieser Fall einen moralisch mehr als fragwürdigen Ausgangspunkt hat. Tatsache ist, dass wir ohne die zufällige Beobachtung eines Polizisten in einer Bar gegen elf Uhr abends – ein Polizist, der weder nüchtern noch im Dienst war! – nichts gegen Pahlstrøm in der Hand hätten! Versteht ihr, was ich meine? Letzten Endes sind wir auf das angewiesen, was unser Freund Hartmann im Suff gesehen zu haben glaubt!«

Hartmann merkte sofort: Jetzt war Malm zu weit gegangen. Die Kollegen am Tisch warfen ihm solidarische Blicke zu. Das schluckten sie nicht. Jeder, der Jørgen Hartmann kannte, wusste, dass er nach ein paar Bieren nicht die Kontrolle verlor oder zu fantasieren anfing. (Glücklicherweise wussten sie nichts von dem Hasch.) In einer schnellen Fragerunde konnte umgehend geklärt werden, dass der Rest der Gruppe es unverantwortlich fand, Pahlstrøm während Mustafas Besuch frei herumlaufen zu lassen, und dass man lieber früher als später zuschlagen sollte. »Um bei den Ermittlungen an Boden zu gewinnen«, wie Polizeihauptkommissar Dahlbo es formulierte.

Malm zuckte irritiert mit den Schultern. Eine schlechte Angewohnheit, die sich hauptsächlich dann meldete, wenn er gereizt, oder wie jetzt, dabei war, einen internen Machtkampf zu verlieren.

»Du drückst dich unpräzise aus, Dahlbo«, sagte er schroff. »Ermittlungen werden angesetzt, *nachdem* eine kriminelle Handlung stattgefunden hat. Hier geht es aber darum, etwas Unerwünschtes zu verhindern, bevor es passiert. Eine vorbeugende Maßnahme also.«

Dahlbo verdrehte die Augen.

»Ich denke, jeder hier hat verstanden, was ich damit sagen will«, sagte er geduldig. Dann wandte er sich an Hartmann. »Gehen wir den Aktionsplan noch einmal durch. Ich kann es nicht leiden, wenn eine Operation abgeblasen werden muss, weil das Überfallkommando vor einer verschlossenen Tür steht, von der niemand was gewusst hat oder für die versäumt wurde, einen Schlüssel zu besorgen.«

Hartmann nickte. Und damit gingen sie die lange Liste noch einmal Punkt für Punkt durch, auch wenn fast alle das Gefühl hatten, sie im Schlaf auswendig herunterrasseln zu können.

Es herrschte eine ganz eigene, aufgeladene Atmosphäre bei der Hundepatrouille, dachte Hartmann, als der Streifenwagen vor dem Mietshaus in der Schleppegrells gate hielt; der schwere Dunst bezähmter Brutalität. Die zwei Schäferhunde sprangen lautlos aus ihren Käfigen des umgebauten Volvo Kombi, stellten sich neben ihre Führer und schnupperten erwartungsvoll in die kalte Nachtluft, als witterten sie bereits die Verbrecherwaden, in die sie ihre Zähne schlagen konnten.

Es war Viertel vor drei am Morgen. Martinsen hatte die Polizeikammer Oslo dazu veranlasst, zwei Wagen der Hundepatrouille für den Auftrag abzustellen. Das eine Team sollte die neu angemietete Wohnung am Solli plass durchsuchen. Die Instruktionen, die Hartmann in enger Zusammenarbeit mit dem Osloer Polizeichef ausgearbeitet hatte, liefen darauf hinaus, speziell nach Waffen, Munition, falschen Ausweispapieren und

Funkausrüstungen zu suchen. Parallel dazu sollte die zweite Patrouille, unter Hartmanns Befehl, die Wohnung in Grünerløkka stürmen, in der Pahlstrøm sich zurzeit aufhielt, und den Hauptverdächtigen in Untersuchungshaft nehmen. Vor dem Untersuchungsrichter hatte der PST die Aktion damit begründet, dass Pahlstrøm verdächtigt wurde, in einen Fall von Menschenhandel verstrickt zu sein, der angeblich gerade im Schengen-Gebiet aufgedeckt worden sei. Er sollte zur Vernehmung wegen eines verschwundenen UN-Passes ins Polizeipräsidium gebracht werden. Der Plan war, Pahlstrøm glauben zu machen, der PST habe den Pass in die Finger bekommen, um ihm mit dieser unangenehmen Neuigkeit ein Geständnis zu entlocken.

Die Patrouille teilte sich auf. Der Fahrer blieb im Wagen sitzen, um die Verfolgung aufnehmen zu können, falls es Pahlstrøm gelingen sollte, aus der Wohnung zu entkommen. Zwei Polizisten und ein Hund liefen mit Kurs auf die Küchentreppe durch die Toreinfahrt. Hartmann und der zweite Hundeführer nahmen den Haupteingang. Auf halber Strecke zwischen der zweiten und dritten Etage begegneten sie einer verwirrten, älteren Dame, die im Nachthemd und mit einem halb vollen Nachttopf in der Hand die Treppe runterlief. »Das wird aber auch mal Zeit«, murmelte sie verärgert, als sie an ihr vorbeihasteten. »Es ist zwanzig Jahre her, dass er abgehauen ist, und ihr reagiert erst jetzt!«

In der vierten Etage klingelte Hartmann dreimal, zählte bis zehn, klingelte noch einmal, worauf er dem Hundeführer, Polizist Vaarvik, den Befehl gab, die Tür mit einem Dietrich zu öffnen. Dank gründlicher vorhergehender Überwachung wussten sie exakt, mit welcher Art von Tür sie es zu tun hatten. Vaarvik hatte den Dietrich bereits vorbereitet. Fünfzehn Sekunden später standen sie im Vorflur. Danach ging alles sehr schnell. Hartmann hatte gerade mal »Polizei!« gerufen, als Pahlstrøm auch schon mit einem nicht sehr kleidsamen Seidenmorgenmantel aus dem Schlafzimmer geschlurft kam.

»Was ist hier los«, fragte er schlaftrunken. Und als er die Uniformen sah: »Wer zum Teufel sind Sie?«

»Wir haben einen Durchsuchungsbefehl für diese Wohnung«, sagte Hartmann mit erzwungener Ruhe. »Sind Sie Jens Pahlstrøm, 1948 in Drammen geboren?«

»Sie scheinen die Antwort ja schon zu wissen.«

»Ja oder nein?«

»Natürlich bin ich das.« Er blinzelte verschlafen. »Was wollen Sie mitten in der Nacht von mir?«

»Eine kleine Nummer, vielleicht.« Hartmann war über seine eigene Dreistigkeit überrascht, aber gesagt war gesagt. »Nein, Spaß beiseite, dazu kann ich nichts sagen. Sie werden sich gedulden müssen, bis Sie auf dem Revier sind.«

»Auf dem Revier? Ich habe, verdammt noch mal, nicht vor, irgendwo hinzugehen. Sie haben kein Recht, in dieser Weise in meine Wohnung einzudringen.«

»Wir haben geklingelt, aber Sie haben nicht aufgemacht«, sagte Hartmann, womit er nicht einmal den Schäferhund überzeugen konnte. »Sind Sie allein?«

»Das geht Sie gar nichts an«, sagte Pahlstrøm zornig. »Aber ja, verflucht, ich bin allein. Ist das jetzt auch schon strafbar?«

»Legen Sie ihm Handschellen an«, kommandierte Hartmann. Polizist Vaarvik, ein kräftiger Kerl, ließ sich nicht zweimal bitten. Er riss Pahlstrøm um und drehte ihn so, dass er auf dem Bauch landete. Schäferhund Bob tat darauf, wozu er abgerichtet worden war: Er stellte sich direkt vor den Festgenommenen, eine Pfote auf seiner Schulter und leise knurrend. Hartmann schüttelte es, als er den Uringestank wahrnahm, der ihm beim Zuschnappen der Handschellen in die Nase stieg.

»Schicker Seidenmantel«, flüsterte er Pahlstrøm ins Ohr. »Aber denken Sie nächstes Mal daran, eine Windel anzuziehen.«

Pahlstrøm presste ein paar unfeine Bemerkungen zwischen den Zähnen hervor, aber Hartmann kannte dieses Spiel zu gut, um darauf einzugehen. Stattdessen forderte er Pahlstrøm auf, sich zu erheben, schob ihn vorsichtig in eine Ecke des Vorflurs und gab Bob Order, sich mit der Schnauze vor ihm aufzubauen. Pahlstrøm jammerte und machte eine erbärmliche Figur, aber feige war er nicht.

»Das werden Sie noch bereuen«, hickste er. »Sie haben kein Recht, mich so zu behandeln.«

»Das wird sich zeigen«, sagte Hartmann abwehrend – und gleich darauf zu Vaarvik: »Fangen Sie mit dem Wohnzimmer an, ich übernehme das Schlafzimmer.«

Die Hausdurchsuchung war in weniger als einer halben Stunde erledigt. Zusammen mit den beiden anderen Polizisten hatten Hartmann und Vaarvik alle Schränke und Schubladen geöffnet, alle Kissen und Matratzen umgedreht, unters Bett, ins Gefrierfach und in den Spülkasten der Toilette geguckt. Sogar auf dem Balkon waren sie gewesen und hatten zwei eingeschneite Plastikstühle untersucht. Abgesehen von einer ansehnlichen Sammlung von Sexspielzeugen und einem Umschlag mit zwanzig Hundertdollarscheinen, hatten sie keinen bemerkenswerten Fund gemacht. Hartmann war spürbar weniger obenauf, als er Pahlstrøm erklärte, dass er ihnen aufs Polizeipräsidium in Grønland folgen sollte.

»Wir müssen Ihnen einige Fragen stellen, um sicherzugehen, dass Sie nichts mit dem Fall zu tun haben«, sagte er nur.

»Was für ein Fall? Ich weiß überhaupt nicht, wovon Sie reden«, fauchte Pahlstrøm. »Du bist gewaltig auf dem Holzweg, Bullenschwein!« Er schien sein Selbstbewusstsein wiedergefunden zu haben, nachdem Hartmann und die anderen mit leeren Händen von ihrem Rundgang durch die Wohnung zurückkamen. »Vorher muss ich aber noch aufs Klo«, fügte er hinzu. »Das könnt ihr mir ja wohl kaum verbieten!«

Hartmann schob ihn zur Tür raus.

»Und ob wir das können.«

Um sicherzugehen, dass er nicht abgehört wurde, hatte Hartmann angeordnet, keinen Funkkontakt zwischen den beiden Patrouillen zu haben. Deshalb wusste er auch nicht, wie die Aktion in der Thomles gate gelaufen war, bis er ins Polizeipräsidium kam. Da war es zehn vor fünf. Nachdem er Pahlstrøm in die Untersuchungshaft gebracht hatte, begab er sich auf direktem Weg zum Sitzungszimmer im zehnten Stock. Der Leiter der zweiten Patrouille, Polizeibeamter Roger Madsen, wartete bereits. Und er war nicht sehr begeistert, ihn zu sehen.

»Es gibt nur ein Wort dafür«, legte er los. »Reinfall. Die Wohnung war leer. Nicht mal das Haar einer Frauenperücke haben wir gefunden!«

Hartmann ließ sich auf einen Stuhl fallen. Ihm graute bereits vor Malms Häme bei der Morgenbesprechung. Bis dahin waren es noch knapp vier Stunden, und er wusste, dass er keine Chance hatte, den Schlaf zu kriegen, den er bräuchte.

»Setzt einen Kaffee auf«, sagte er erschöpft. »Ich brauch einen Schluck, bevor ich zu Pahlstrøm runtergehe.«

»Du willst ihn doch nicht jetzt schon verhören?«, fragte Madsen nervös. »Wir haben noch keinen Anwalt für ihn besorgt.«

»Eben«, sagte Hartmann grinsend. »Und ich habe nicht vor, ihm das unter die Nase zu reiben.«

47

Die Sonne war noch nicht aufgegangen, aber Werner war bereits angezogen. Irgendwie spürte er, dass an diesem Tag etwas Wichtiges geschehen würde, und wollte bestmöglich vorbereitet sein.

Obwohl er nach der Transplantation rasch wieder auf die Beine gekommen war, kam es für den Betriebsarzt des Instituts für Energietechnik nicht in Frage, dass Werner wieder seine volle Stelle aufnahm. Mit 67 hatte er eine Regelung ausgehandelt, die es ihm ermöglichte, noch drei Jahre in einer freien Führungsrolle auf Basis eines Spezialvertrages zu arbeiten. Niemand hätte deshalb protestiert, wenn er von sich aus aufgehört hätte. Doch Werner hatte den Vorschlag des Arztes, in Ruhestand zu gehen, nur mit einem Schnauben entgegengenommen, und versichert, dass er vorhabe, bis zu seinem siebzigsten Lebensjahr aktiv zu sein. Der Betriebsarzt aber hatte darauf bestanden, dass er nur ein halbes Pensum arbeitete, worauf sie sich schließlich geeinigt hatten.

Werner war im Grunde höchst zufrieden mit dieser Regelung. Zum ersten Mal seit langem war es nicht die Arbeit, die ihn am meisten beschäftigte. Auch nicht Katarina. Vor ihrer Heimreise aus Israel war es zu einem Streit zwischen ihnen gekommen. Nicht, weil er selbst es darauf angelegt hatte, sondern weil er erkannt hatte, dass sie ihm zu Hause im Weg stehen würde. Er konnte das Risiko nicht eingehen, dass sie überall herumschlich, wenn er zu hundert Prozent für Naomis Freunde zur Verfügung stehen wollte. Außerdem könnte sie misstrauisch werden und bemerken, dass etwas nicht in Ordnung war.

Er hatte sie am Abend, bevor sie sich am Flughafen in Tel Aviv treffen wollten, angerufen. Ehe er selbst etwas hatte sagen können, war sie ihm mit einer ungemein traurigen Neuheit zuvorgekommen, die Abrasha gerade durch seine Kontakte in Moskau erfahren hatte: Jurij Jakovlev war tot. Vermutlich ein Gehirnschlag.

Werner war wie gelähmt. Was auch immer die Ursache war, Jakovlev war zu früh gestorben. Die Hoffnung, dass er Russland eines Tages verlassen und das wohlverdiente Lob seiner Freunde entgegennehmen konnte, war damit zerplatzt. Trotzdem gelang es Werner, sich auf das zu konzentrieren, was jetzt das Wichtigste für Katarina und ihn selbst war. Er sagte, dass es ihm am liebsten sei, wenn sie nicht mit ihm nach Norwegen zurückkehrte. Sie bräuchten eine Pause, hatte er gesagt.

Das schien sie vollkommen zu überrumpeln, und sie wollte wissen, warum? Ob etwas geschehen sei? Sie lachte nervös: Er hätte sich doch nicht etwa verliebt? Schweren Herzens sagte er, wie es war: Er wisse, dass sie einen anderen hatte. Dass sie zu Abrasha gehörte. Oder ob sie nicht deshalb in diesem Hotel in Ramla gewesen seien?

Sie brach zusammen und legte auf.

Nach seiner Rückkehr hatte er sie ein paar Mal in der Woche angerufen und ein paar oberflächliche Phrasen abgelassen, wie gut er allein zurechtkäme. Nein, im Moment wünsche er ihre Rückkehr nicht, sagte er. Sie interessierte ihn nicht mehr.

Er konnte die letzten Jahre seines Lebens wirklich nicht damit verschwenden, Treue von einer Frau zu erbetteln, die einen anderen liebte.

Die hübsche Naomi Hirsch hingegen interessierte ihn sehr. Sie hatten sich noch einmal vor seiner Abreise getroffen, und nach dem anregenden Gespräch war er sich noch sicherer gewesen, das Richtige zu tun. Von Interesse waren für ihn auch der kleine Taher, seine Mutter und sein toter großer Bruder. Und mit ihnen die vielen Palästinenser, die traktiert wurden, verhöhnt, bedroht oder geschlagen von israelischen Besatzern in Ost-Jerusalem, im Westjordanland oder im Gaza-Streifen.

Naomis geheimnisvoller Freund, den Werner nur als Taxifahrer kannte, hatte nicht genau sagen wollen, worin sein Beitrag bestehen würde. Nur dass er eine Nachricht erhalten würde, sobald die Zeit reif war. Die Tage waren seither vergangen, ohne dass etwas geschehen war, und allmählich begann er sich zu fragen, ob er sich das Ganze bloß eingebildet hatte. Oder ob Naomi und ihre Freunde bloß eine Gruppe revolutionärer Träumer waren, die sich wichtiger machten, als sie waren.

Doch dann, vor ein paar Tagen, hatte er eine E-Mail mit folgendem Bescheid erhalten: Verehrter Dr. Werner, ich hoffe, es geht Ihnen gut. Zurückkommend auf unsere interessanten Gespräche in San Diego im letzten Sommer, möchte ich Sie bitten, das besprochene Bestrahlungsexperiment in der zwölften Kalenderwoche durchzuführen, also von heute ab in vier Tagen. Bitte nehmen Sie alsbald die Reservierung der Gammabestrahlungsanlage vor und sorgen Sie dafür, dass wir die bestrahlte Materialprobe nach Bedarf inspizieren können. Ich beabsichtige, nach Norwegen zu kommen, um bei dem entscheidenden Experiment selbst zugegen zu sein. Entschuldigen Sie die Kurzfristigkeit dieser Ankündigung! Mit freundlichen Grüßen, Dr. Simon.«

Das war eine Aufforderung nach Werners Geschmack.

Die Gammabestrahlungsanlage gehörte organisatorisch zu seiner eigenen Abteilung der Nukleartechnologie und -physik, war aber in einem anderen, nahe liegenden Gebäude untergebracht, das seinerzeit den JEEP-1, Norwegens ersten kernphysischen Versuchsreaktor, beheimatet hatte, der 1951 fertig gestellt worden war. Nur fünf Länder waren schneller gewesen: USA, England, Sowjetunion, Frankreich und Kanada. Mitte der 60er Jahre war der JEEP-1 durch den etwas weiter entwickelteren Reaktor JEEP-2 ersetzt und der alte Betonbau für den Betrieb der Gammabestrahlungsanlage umgebaut worden. Hier wurde die Strahlung von radioaktivem Kobalt dazu genutzt, den Bakteriengehalt von Kräutern und anderen Nahrungsmitteln zu reduzieren – ein Prozess, der in der Fachsprache »Entkeimung« genannt wurde –, sowie für die Sterilisierung medizinischer Einmalartikel und von Rohstoffen für die pharmazeutische Industrie. Später war die Anlage auch zunehmend für die Siliziumproduktion genutzt worden, für die Veredelung von Kunststoffen und die Entwicklung strahlungsresistenter Elektronik, unter anderem für die Raumfahrtindustrie.

Werners eigene Beziehung zu dieser Tätigkeit beschränkte sich auf einige wenige materialwissenschaftliche Experimente, und nun musste er also in aller Eile einen solchen Versuch vorbereiten, um einen legitimen Zugang zu der Anlage zu bekommen. Letzteres war nämlich keine einfache Sache. Die Strahlung der Kobaltquelle war stark genug, um einen Menschen in nur wenigen Minuten zu töten, weshalb die Anlage strengen Sicherheitsbestimmungen unterlag. Vor gut zwanzig Jahren hatte sich ein Sicherheitstechniker in die Strahlenkammer verirrt und wurde einer zu hohen Strahlendosis ausgesetzt. Er war nach zwölf Tagen auf dem Krankenbett gestorben. Es hatte sich dabei um ein so genanntes »undenkbares Unglück« gehandelt. Die Anlage war nämlich so konstruiert worden, dass es physisch unmöglich sein sollte, während der Bestrahlung in die geschlossene Strahlenkammer zu gelangen. Während der Bestrahlung wurden die Objekte mit Hilfe eines ferngesteuerten Transportbandes an der Kobaltquelle vorbeitransportiert. Wenn die Anlage nicht in Benutzung war, sollte die Kobaltquelle in einem geschlossenen, in den Boden eingelassenen Stahlbehälter aufbewahrt werden. Weil Gammastrahlen weder Stahl noch Beton durchdringen, sinkt die Strahlengefahr auf null, sobald die Quelle in dem Brunnen versinkt. Erst dann schalten sich die elektrischen Schließmechanismen aus, so dass es für das Personal möglich wird, die Anlage zu betreten, um die bestrahlten Gegenstände zu holen oder einen neuen Versuch vorzubereiten. Bei dem fatalen Unglück hatte die Tür aufgrund eines technischen Fehlers offen gestanden, obwohl die Kobaltquelle geöffnet war. Der Servicetechniker war deshalb direkt in die Bestrahlungskammer gegangen, ohne an der Tür die Strahlung zu messen, wie es die Vorschriften forderten. In der Vergangenheit hatte man viel Geld investiert, um die Sicherheit der Anlage zu verbessern. Sowohl die technischen Lösungen als auch die organisatorische Routine waren geändert worden. Werner hatte an dieser Arbeit selbst Anteil gehabt und konnte mit Sicherheit sagen, dass es zu keinen weiteren Unfällen mehr gekommen war.

Jetzt war er also gebeten worden, für sich und eine für ihn noch unbekannte Person, jenen geheimnisvollen Dr. Simon, den Zugang zu ermöglichen. Das Ziel kannte er nicht, nur dass es etwas mit der Aktion zu tun haben musste, zu der er sein Einverständnis gegeben hatte.

Er hatte in dieser Nacht lange wach gelegen und nachgedacht. Es galt, ein Projekt zu finden, bei dem Bestrahlungsexperimente zwingend erforderlich waren. Gleichzeitig musste es aber einfach genug sein, um kurzfristig durchgeführt zu werden. Ganz besonders delikat war die Sache überdies, da zurzeit ein israelischer Gastwissenschaftler, der pedantische Dan Sternhell, die Oberaufsicht über die wissenschaftliche Nutzung der Bestrahlungseinheit hatte. In schneller Folge ging er verschiedene Möglichkeiten durch, um sie alle sofort wieder zu verwerfen.

Vor dem Schlafzimmerfenster heulte der Wind, und er hörte deutlich, wie die schneebedeckten Zweige einer Fichte im Garten gegen die Fenster des Zimmers nebenan schlugen. Er spürte, wie er missmutig wurde. Wenn jetzt alles daran scheiterte, dass er nicht Manns genug war, diese elementare Aufgabe zu lösen?

Er entschloss sich, aufzustehen.

Die Lösung kam ihm völlig überraschend, als er seine nackten Füße auf den kalten Schlafzimmerboden stellte: Die alten Zircaloy-Kapselröhren, die seinerzeit in Rjukan produziert und illegal nach Pakistan exportiert worden waren – die konnten ihm weiterhelfen!

48

Das Verhör von Pahlstrøm hatte von Anfang an unter keinem guten Stern gestanden und sich immer mehr in eine ungute Richtung entwickelt. Hartmann brauchte nur wenige Minuten, um zu erkennen, dass es das Vernünftigste wäre, den Mann sofort wieder gehen zu lassen. Gleichzeitig wusste er aber, dass er diese Entscheidung jetzt, da die Sache so weit fortgeschritten war, nicht mehr allein treffen konnte. Er musste wie ein Schuljunge vor Malm, Dahlbo und Martinsen antanzen und Bericht erstatten. Und dann würden *sie* es sein, die die notwendigen Schlussfolgerungen zogen: dass Pahlstrøm niemals festgenommen hätte werden dürfen und augenblicklich auf freien Fuß gesetzt werden musste. Welche Art von Rüge sie Hartmann anschließend erteilen würden, war noch nicht abzusehen, aber es war klar, dass sie einen solchen Fehler nicht ungestraft lassen würden.

»Ich möchte Ihnen gerne eine Frage stellen«, begann Hartmann. »Wie geht es Ihnen jetzt? Wie ich sehe, haben Sie geduscht. Haben Sie auch etwas geschlafen?«

»Kommen Sie zur Sache, Sie …«

»Aber gerne.« Es war Hartmann nicht gelungen, ein paar gute Fragen für das Verhör zu finden. So kam es, dass er beim Offensichtlichsten anfing, obwohl er bereits ahnte, dass die Dinge anders zusammenhingen, als er gedacht hatte. »Als Erstes möchte ich wissen, warum Sie nicht gemeldet haben, dass Ihr Pass verschwunden ist?«

»Ich habe keine Ahnung, wovon Sie reden.«

»Ihr UN-Pass. Der Pass, den Sie 1996 ausgestellt bekamen. Wir wissen mit Sicherheit, dass dieser Pass vor genau drei Wochen verschwunden ist. Wir wissen auch, wie es dazu kam, wenn Sie das interessieren sollte.«

»Im Grunde nicht.«

»Aber warum haben Sie den Verlust nicht gemeldet?«

»Sollte ich das?«

»Nun, ein UN-Pass ... den verliert man nicht einfach, ohne den entsprechenden Behörden Bescheid zu geben. Ganz besonders nicht, wenn das schon einmal geschehen ist.«

»Aber das war etwas ganz anderes. Damals wurde er mir aus der Wohnung gestohlen. Ein geplanter Auftragsdiebstahl.«

»Und dieses Mal? Wollen Sie etwa andeuten, Sie haben nicht bemerkt, dass Ihr Pass weg ist?«

»Das habe ich nicht gesagt.«

»Ja aber?«

»Also, zuerst mal müssen Sie mir erklären, wo eigentlich das Problem liegt. Sie reden von einem verschwundenen Pass, aber ich habe wirklich keine Ahnung, was das soll.«

Hartmann war im Begriff, die Geduld zu verlieren.

»Wir wissen, dass jemand diesen Pass mitgenommen hat, dass ihn jemand in die Tasche gesteckt hat und damit abgehauen ist. Tun Sie also nicht so, als wüssten Sie nicht, dass der auf Abwege geraten ist.«

»Ich tue nicht so. Der ist überhaupt nicht auf Abwege geraten. Deshalb gab es auch überhaupt keinen Grund für mich, irgendetwas zu melden.«

»Wie meinen Sie das?«

»Wie ich es sage.«

»Sie haben Ihren Pass noch?«

»Natürlich.«

»Aber ...« Hartmann fühlte sich immer schlechter. Er ärgerte sich bereits darüber, das Verhör auf Band aufgezeichnet zu haben. »Das müssen Sie mir bitte genauer erklären.«

»Sie meinen, ich schulde Ihnen einen Gefallen nach der netten Behandlung, die Sie mir heute Nacht haben zuteil werden lassen?«

»Werden Sie jetzt nicht frech. Sie behaupten, Sie hätten den Pass. Aber warum haben wir den dann nicht bei der Durchsuchung gefunden?«

»Weil ihr am falschen Ort gesucht habt. Der liegt im Handschuhfach von meinem Auto, das in der Gemeinschaftsgarage des Nachbarhauses steht. Ein gelber Renault. Gehört eigentlich meinem alten Vater. Wenn Sie wollen, nenne ich Ihnen das Kennzeichen.«

Hartmann seufzte tief. Warum hatte er nicht daran gedacht, dass Hartmann das Auto eines anderen verwenden könnte, wenn er selbst keins hatte? Weil er im Ausland wohnte und nur zu Besuch im Lande war? Trotzdem.

»Erklären Sie mir, wie der Pass dorthin gekommen ist. Als ich ihn zuletzt gesehen habe, lag er auf einem Bistrotisch in einem Café in der Altstadt. Und wir haben guten Grund für die Annahme, dass er Ihnen nicht zurück in die Wohnung gebracht worden ist.«

»Weil ihr mich überwacht habt? Wie pathetisch.«

»Sie beantworten meine Frage nicht.«

»Ich denke, Sie können sich das selbst ausrechnen. Hören Sie zu: Ich vergesse meinen Pass schon mal, das kommt vor – glauben Sie mir, das war nicht das erste Mal. Ich habe eine etwas zerstreute Natur. Aber zum Glück hat ihn mein guter Freund Amar gefunden und mit nach Hause genommen. Am nächsten Morgen hat er mir eine SMS geschickt und mich gefragt, wie er ihn mir zurückgeben soll. Er wollte nämlich noch am gleichen Nachmittag in die Winterferien fahren, so dass er ihn entweder schnell abliefern – oder eine Woche behalten musste. Wir haben vereinbart, dass ich ihn auf dem Rückweg von der Arbeit mitnehme, was ich dann auch getan habe, und als er mich gefragt hat, was er mit dem Pass machen soll, habe ich gesagt, dass er ihn erst einmal ins Handschuhfach legen kann. Und da ist er seither. Ich habe ihn nicht gebraucht und bin, wie gesagt, ein bisschen vergesslich.«

Hartmann wusste bereits, was Malm sagen würde, wenn er das Band hörte: dass das als abschreckendes Beispiel fungieren könnte, wie man eine Überwachung *nicht* durchführte. Aber es gab noch immer ein paar Kleinigkeiten, die Hartmann nicht verstand:

»Erlauben Sie mir, ganz ehrlich zu sein«, sagte er. »Wir haben Sie jetzt seit mehr als zwei Wochen überwacht. Tag und Nacht. Wie soll es uns da entgangen sein, dass Sie über ein Auto verfügen?«

»Ganz einfach, ich fahre nicht gerne, und solange ich mich nur in der Stadt bewege, gehe ich lieber zu Fuß oder fahre mit der Straßenbahn. An diesem Tag aber habe ich das Auto genommen, weil Amar in Alnabru arbeitet, und dorthin fährt keine Straßenbahn. Seither habe ich den Wagen stehen gelassen.«

»Okay, lassen wir das mal so stehen. Was ist mit der Perücke? Liegt die auch im Handschuhfach?«

Einen Moment lang sah es so aus, als risse Pahlstrøm die Augen auf. Nicht aus Misstrauen, sondern vor Überraschung.

»Oh, das ... das wisst ihr doch selbst«, sagte er mit einem Lächeln.

»Ich möchte gerne wissen, was Sie dazu zu sagen haben«, sagte Hartmann. »Ich darf Sie daran erinnern, dass dies ein Verhör ist.«

»Wie sollte ich das vergessen können?«

»Und die Perücke?«

»Die gehört mir nicht. Ich habe sie für eine Freundin gekauft und abgegeben.«

»Iva Katitz.«

»Das haben Sie gesagt.«

»Steht sie ihr?«

»Keine Ahnung.«

»Was wollen Sie von ihr?«

»Helfen.«

»Warum? Die Gefängnisse sind voller junger Frauen, die Hilfe brauchen. Warum gerade sie?«

»Warum nicht? Irgendwo muss man anfangen. Und ich habe

tatsächlich eine Position, in der ich ihr helfen kann. Ich habe ihr einen Job besorgt, wie Sie sicher wissen. Und eine Wohnung. Aber sie meint, die Miete sei zu hoch, also werde ich den Vertrag wohl wieder kündigen. Im Moment steht sie leer.«

»Wo wohnt sie jetzt?«

»Das kann ich nicht sagen. Ich habe geschworen, das geheim zu halten. Aus Rücksicht auf ihre Sicherheit.«

»Wie haben Sie Kontakt zu ihr bekommen?«

»Durch die Vereinigung der Gefängnisfreunde.«

»Was sagen Sie da?«

»Die Gefängnisfreunde. Wir sind eine kleine Gruppe Menschen, die im KROM aktiv waren, dem Norwegischen Verband für eine Kriminalreform in den Siebzigern, auch wenn wir uns in den späteren Jahren von den ideologischen Grundsätzen etwas entfernt haben. Aber die Rechte der Gefangenen liegen uns noch immer am Herzen. In der Vereinigung teilen wir die besonders betroffenen Gefangenen unter uns auf und versuchen, ihnen zu einem besseren Leben zu verhelfen, sowohl innerhalb als auch außerhalb der Gefängnismauern. Mir wurde brieflich Iva Katitz zugeteilt, ich kannte ihren Fall nicht einmal aus den Medien. Ausländische Zeitungen interessieren sich nicht sonderlich für missglückte Waffendiebstähle in Norwegen.«

Wieder wusste Hartmann, dass er sich lächerlich gemacht hatte. Er hätte sich Pahlstrøms Akte genauer ansehen sollen. Sie beinhaltete ganz sicher ein paar Worte über seine Vorgeschichte als KROM-Aktivist. Aber warum hatte ihn Malm nicht darauf aufmerksam gemacht, als sie darüber diskutiert hatten, welche Motive Pahlstøm haben könnte, Katitz zu besuchen? Schließlich war Malm erst kürzlich Pahlstrøms Akte durchgegangen, als er nach möglichen norwegischen Attentätern Ausschau gehalten hatte. Aber als er genauer nachdachte, fiel ihm ein, dass Malm betont hatte, Pahlstrøms Akte sei nur aufgrund eines einzigen Geschehnisses angelegt worden – der Entdeckung von Pahlstrøms Pass in einer konspirativen Wohnung eines Terrorverdächtigen in Stockholm –, und dass nie weitere Ermittlungen in diesem Fall aufgenommen worden seien. Womit nicht sicher war, dass dort auch etwas von seinem Engagement bei KROM stand. Vermutlich hatte Malm auch in dieser Hinsicht seine Schäfchen im Trockenen.

»Sagen Sie mir, Pahlstrøm. Was tun Sie in Norwegen?«

»Ich habe Ferien. Ich fliege nächste Woche zurück in den Nahen Osten.«

»Was für eine Beziehung haben Sie zu Kristin Boman?«

»Ich darf in ihrer Wohnung wohnen. Oder genauer: Ich bezahle ihr 10000 Kronen im Jahr, um über die Wohnung verfügen zu können, wenn ich in Oslo bin – es geht um drei bis vier Wochen pro Jahr.«

»Wie kam diese Abmachung zustande?«

»Ich habe sie vor ein paar Jahren auf einer UN-Konferenz im Westjordanland getroffen. Wir kamen ins Gespräch und stellten fest, dass wir komplementäre Interessen haben: Ich habe Geld, aber keinen Ort, wo ich wohnen kann; sie hat eine Wohnung, die sie nicht braucht, ist aber immer knapp bei Kasse.«

»Darüber hinaus kein Kontakt?«

»Nein, das ist es wohl. Abgesehen davon, dass wir uns gegenseitig Weihnachtskarten schicken.«

Hartmann sah auf die Uhr. Halb sechs. Pahlstrøm sah erschöpft und müde aus, und auch er selbst war alles andere als frisch. Es waren noch drei Stunden bis zur Vormittagsbesprechung, und er sollte wirklich versuchen, vorher noch eine Stunde zu schlafen. Es machte keinen Sinn, das Verhör fortzusetzen. Pahlstrøm war »clean«, das war offensichtlich. Etwas ins Blaue hinein stellte er eine letzte Frage:

»Warum haben Sie solche Angst vor Hunden?«

Zu Hartmanns Erstaunen wurde Pahlstrøm feuerrot.

Dann erhob er sich, trat einen Schritt vor und zog seine Jogginghose herunter.

»Ich wurde einmal von einem solchen Hund fast zerfleischt«, sagte er ruhig. Aber sein Zeigefinger zitterte, als er über eine lange, knotige Wunde auf der Innenseite seines linken Oberschenkels fuhr. »Es geschah während eines UN-Auftrags im Libanon. Ich dachte, der Hund hätte Tollwut und war sicher, sterben zu müssen.« Er zog sich die Hose wieder hoch. »Heute Nacht, als Sie sich so übel aufgeführt haben, haben Sie mich an diesen Hund erinnert. Haben Sie sich jemals untersuchen lassen, ob Sie an Hundewahn leiden?«

Hartmann schaltete den Recorder aus.

49

Die Vormittagsbesprechung der Mustafa-Gruppe war bereits nach einer halben Stunde beendet; jedenfalls für Hartmann. Schon als er – als Letzter – den Raum betrat und sah, dass Malm auch Hartmanns direkten Vorgesetzten in der Terrorabwehr, Polizeihauptkommissar Ragnar Dahlbo, sowie den Chef der Liaison, Hauptkommissar Trym Aslaksen, eingeladen hatte, wusste er, wie es laufen würde. Keiner von beiden hatte streng genommen etwas in der Operationsgruppe zu suchen, so dass ihre Anwesenheit bloß Ärger bedeuten konnte.

Malm kam direkt zur Sache:

»Wir haben Ihren Bericht über die Aktion in der letzten Nacht gelesen, Hartmann. Gemeinsam mit Major Cohen – ich erachtete es als angemessen, sie hinzuzuziehen – haben wir uns den Vernehmungsmitschnitt angehört. Unter den gegebenen Umständen hätte die Vernehmung natürlich niemals durchgeführt werden dürfen, und ganz sicher nicht ohne die Anwesenheit seines Anwalts.«

Hartmann sah aus den Augenwinkeln, wie Dahlbo an dem Deckel eines Tablettendöschens herumspielte. Als Nächstes würde man ihm wohl auch noch die Schuld für die Magengeschwüre seines Chefs geben.

Malm fuhr fort:

»Wie Sie alle sehen, haben wir heute Verstärkung bekommen.« Er nickte Dahlbo und Aslaksen zu. »Wir drei sind die Sache genau durchgegangen und haben uns unsere Gedanken gemacht. Sowohl über den Status des Bereitschaftsdienstes als auch über Maßnahmen, die Sache in eine bessere Spur zu bringen. Kurz gesagt sind wir der Meinung, dass die Arbeit, die bis jetzt geleistet worden ist, nicht gut genug ist. Insbesondere die Observation war indiskutabel. Aber auch die Auswertungen waren schlecht. Die nächtliche Operation hat sich als totales Fiasko entpuppt, das im schlimmsten Fall ernste Konsequenzen für die Abteilung haben kann. Pahlstrøm ist nicht irgendwer. Mit seiner Vergangenheit im KROM, etwas, das Hartmann natürlich hätte wissen müssen, kennt er seine Rechte nur allzu gut.« Malm wandte sich an Hartmann. »Aller Voraussicht nach wird er Sie wegen Gewaltanwendung und Beleidigung verklagen, sowie wegen unerlaubten Freiheitsentzugs und eines unkorrekten Verhörs, da Sie ihn nicht über seine Rechte aufgeklärt haben, einen Anwalt hinzuzuziehen.«

Hartmann öffnete den Mund, um seine unzensierte Meinung zum Besten zu geben, doch Malm stoppte ihn mit einer Handbewegung.

»Ja doch, ja doch. Ich weiß, was Sie sagen wollen. Pahlstrøm kannte seine Rechte ausnehmend gut. Vermutlich spekulierte er zynisch darauf, dass Sie ihn nicht darauf aufmerksam machen würden. Es geht darum, dass Sie Ihre Arbeit nicht richtig machen. Und noch schlimmer: dass Ihre Nachlässigkeit die ganze Abteilung in Verruf bringt.«

Dahlbo räusperte sich. Es gefiel ihm gar nicht, dass einer seiner Mitarbeiter vom Chef einer anderen Abteilung gemaßregelt wurde.

»Wenn ich einen Augenblick etwas sagen dürfte«, sagte er ernsthaft. »Nun, Malm drückt sich, wie gewöhnlich, sehr direkt aus. Aber dieses Mal hat er leider Recht. Die nächtliche Aktion war wirklich nichts. Wir erwarten mehr als das. In genau sechzehn Stunden landet Mustafa in Stockholm. Zehn Stunden später kommt er hierher. Ich bin in keiner Weise überzeugt davon, dass wir die Situation unter Kontrolle haben. In Übereinstimmung mit Martinsen habe ich entschieden, die direkte Verantwortung für die Sicherheitsarbeit selbst zu übernehmen.

Ich leite also von nun an die Mustafa-Gruppe mit Malm und Aslaksen als meiner rechten und linken Hand. Wenn Aslaksen und ich in die Gruppe gehen, bedeutet das, dass zwei bisherige Mitglieder andere Aufgaben bekommen werden. Ich habe mir früher einmal notiert, dass Hartmann damit gedroht hat, sich aus der Gruppe zurückzuziehen, wenn Pahlstrøm nicht überwacht wird. Nun, das erleichtert es mir, zu entscheiden, wer die Gruppe verlassen sollte. Also. Nachdem ich mich erkundigt habe, welche anderen Abteilungen Verstärkung gebrauchen könnten« – Hartmann konnte nicht umhin, zu bemerken, dass das Wort »Verstärkung« auf Malms Lippen zu einem säuerlichen Grinsen führte –, »sind wir zu dem Schluss gekommen, dass Vats und Hartmann dem Fall Ingøy zugeteilt werden, bei dem großer Bedarf an Personen besteht, die Russisch sprechen. Die Ermittlungen dort leitet, wie Sie wissen, Eva Tamber von der Abteilung Prolif. Seien Sie so gut und melden Sie sich umgehend bei ihr.«

Hartmann sammelte seine Sachen zusammen.

»Sollte trotzdem eine Situation auftauchen, bei der ich Ihnen von Nutzen sein kann, melden Sie sich einfach. Ich habe schließlich eine ganze Weile an dieser Sache gearbeitet.«

Malms säuerliches Grinsen ließ sich nicht mehr nur auf die Mundwinkel beschränken. Er lachte kurz und sarkastisch auf.

»Das wissen wir, Hartmann. Auch wenn es nicht den Anschein hat.«

Dahlbo warf ihm einen verärgerten Blick zu, sagte aber nichts. Anscheinend wollte er den Hausfrieden nicht wegen Hartmann aufs Spiel setzen.

»Ich habe Ihren Sinn für Humor immer bewundert, Malm«, sagte Hartmann und nickte in die Runde. »Lassen Sie mich zum Schluss nur noch sagen, dass ich mir wünschte, wir könnten Pahlstrøm festhalten, bis die Sache über die Bühne ist. Dieser Mann verschweigt uns etwas.«

Es entstand eine peinliche Pause.

»Pahlstrøm ist bereits wieder auf freiem Fuß«, sagte Malm schließlich. »Es tut mir Leid, Ihnen das sagen zu müssen, Hartmann, aber das Leben sähe für uns alle deutlich freundlicher aus, wenn er das immer gewesen wäre.«

Hartmann verließ den Raum mit raschen Schritten. Er war so wütend, dass er Joakim Vats, den jungen Fahnder, vollkommen vergaß, den er so unverdient mit sich von der Karriereleiter gerissen hatte.

Ehe er sich bei Tamber meldete, ging er in sein Büro, um den Stapel der Mustafa-Unterlagen auf seinem Schreibtisch abzulegen. Trotz all der Enttäuschung fühlte er sich irgendwie auch erleichtert, die Verantwortung los zu sein.

Der Anrufbeantworter blinkte rot: Jemand musste angerufen und ihm eine Nachricht hinterlassen haben. Er drückte die Wiedergabetaste und setzte sich hin, um die Nachricht abzuhören. Es war Redakteur Nordli von der *Dagsavisen*. Sein kräftiger Sunnmøre-Dialekt war unverkennbar.

»Verfluchter Mist!«, begann er. »Da ist schon wieder so was gekommen! Als ich heute Morgen ins Büro kam – weißt du, ich war heute Nacht auf Zechtour und war ziemlich früh in der Redaktion – also, als ich den Computer angemacht habe, bin ich auf eine neue Nachricht von diesem Robin gestoßen. Diesmal noch bedrohlicher als die letzte. Er schreibt: *Mustafa ist ein toter Mann. Bald wird es die ganze Welt sehen. Dein Robin.* Ganz schön übel, was? Ruf mich an, wenn du eine Frage hast. Ich leite dir inzwischen diese Mail weiter, falls ihr den Absender herausfinden wollt. Bis dann!«

Hartmann starrte auf den Anrufbeantworter. Einen Moment lang hätte er die Nachricht am liebsten gelöscht. Sie ging ihn ja eigentlich nichts mehr an. Doch dann ging ihm auf, dass er seine Fehlerquote für eine Weile ausgeschöpft hatte. Er kritzelte eine kurze Notiz, überspielte die Nachricht auf eine Diskette und gab beides in die interne Post, adressiert an Dahlbo.

Auf dem Weg zur Rezeption stieß er auf Major Cohen. Sie lächelte angestrengt.

»Wenn ich es richtig verstanden habe, ist unsere Zusammenarbeit beendet«, sagte sie zögernd. »Es war angenehm, solange es dauerte.«

»Danke, für mich auch.«

Sie lächelte unsicher.

»Es gibt eine Sache, die ich dich gerne fragen würde«, sagte sie ernst und trat einen Schritt näher. Hartmann sah weg, um nicht von dem kleinen Knopf an ihrer Uniformbluse hypnotisiert zu werden …

»Dieser verschwundene UN-Pass. Glaubst du, dass Pahlstrøm die Wahrheit gesagt hat, wie sich das zugetragen hat?«

»Pahlstrøm lügt.«

»Ganz sicher?«

»Ja. Und ich frage mich, warum.«

Sie runzelte die Stirn.

»Eine merkwürdige Geschichte. Und dieser Nordafrikaner mit dem Norwegerpulli.« Sie sah auf ihre Armbanduhr. »Oh, ich muss weiter. Malm und Aslaksen wollen unbedingt mit mir über al-Salem sprechen, obwohl ich ihnen gesagt habe, dass du da von uns der Experte bist.« Sie eilte weiter.

Hartmann sah ihr nach. Ihre schwingenden Hüften verstärkten das Gefühl, dass er einen spannenden Job aufgeben musste, ehe die Arbeit getan war. »Vielleicht treffen wir uns mal am Abend?«, rief er ihr nach. »Wann reist du ab?«

Sie schwang den Kopf herum, und ihre Haare wippten lebhaft auf und ab. Ihre Brüste wogten unter der strammen Bluse.

»Ein andermal«, rief sie. »Ich fliege heute Abend.« Sie winkte ihm zu und flatterte über den Flur davon.

Hartmann blieb stehen und starrte vor sich hin. Es war lächerlich, aber aus irgendeinem Grund fühlte er sich betrogen.

50

»Ich soll von Naomi grüßen.«

Werner verlangsamte den Schritt, blieb aber nicht stehen. Er war gerade aus dem Lebensmittelladen in der Storgata in Lillestrøm gekommen, als der Unbekannte sich zu ihm gesellte und ihn ansprach. Er mochte Anfang fünfzig sein, unauffällig gekleidet, und hatte ein Aussehen, das in den polizeilichen Suchmeldungen gern als »gewöhnlich« beschrieben wurde. Er fragte, ob er Werner beim Tragen seines Einkaufs helfen könnte.

»Ja, danke«, antwortete Werner abwartend. Die unerwartete Ansprache ließ sein Herz schneller schlagen. »Mein Wagen steht gleich da drüben. Kann ich Sie vielleicht irgendwo hinbringen?«

Der Fremde lächelte erleichtert. Sie verstanden einander.

»Ich wollte den Oslo-Bus beim Olavsgård nehmen. Passt Ihnen das?«

Keiner von beiden sagte noch etwas, bis sie im Auto saßen.

»Das ist ungefähr drei Kilometer in entgegengesetzter Richtung, aber das ist kein Problem«, sagte Werner und drehte den Zündschlüssel. »Ich habe heute meinen freien Tag und keine Eile.«

»Ich muss allerdings so schnell wie möglich zurück in die Stadt«, sagte der andere. »Ich hab heute Nacht so gut wie kein Auge zugemacht und brauche dringend Schlaf.«

Werner musterte den Mann neugierig. Ja, er sah tatsächlich mitgenommen und müde aus. Seine Augen waren gerötet vor Schlafmangel. Er selbst fühlte sich so gesund und frisch wie schon lange nicht mehr. Entgegen den Anweisungen Dr. Adlers hatte er in den letzten Tagen die Medikamente abgesetzt. Das Resultat war unerwartet erhebend. Sowohl die Blutschatten auf der Netzhaut als auch der leicht davongaloppierende Herzrhythmus waren verschwunden. Das neue Herz hatte sich endlich in seinem alternden Körper eingelebt.

»Kommen wir direkt zur Sache«, fuhr der Fremde fort. »Mein Name ist Pahlstrøm. Mehr werden Sie nicht über mich erfahren. Streng genommen sollte ich mich Ihnen überhaupt nicht vorstellen, aber andererseits ist es sicherer, wenn wir beide wissen, wer der andere ist. Außerdem möchte ich, dass Sie meinen Namen kennen, damit Sie besser auf der Hut sind. Wissen Sie, die Polizei hat mich heute Nacht aus dem Bett gerissen und mich in U-Haft genommen.« Er lächelte müde. »Wie Sie sehen, haben sie mich schnell wieder freilassen müssen. Sie hatten zu wenig in den Händen und sind nun überzeugt davon, einer falschen Fährte aufgesessen zu sein. Aber die Verhaftung hat gezeigt, dass sie mich überwachen. Das nur, damit Sie gewarnt sind.«

Werner nickte. Er hatte nicht vor, in den Suchscheinwerfer der Polizei zu geraten, aber wenn es sich nicht verhindern ließ, würde er schon in der Lage sein, jedes Zeichen von Nervosität zu unterdrücken, falls der Name Pahlstrøm zur Sprache kam.

»Gehen Sie kein unnötiges Risiko ein, hierher zu kommen?«

»Doch. Aber in meiner Branche ist es hin und wieder notwendig, Risiken einzugehen. Außerdem bezweifle ich, dass der PST meine Überwachung so unmittelbar nach meiner Freilassung schon wieder aufgenommen hat. Es gibt Spielregeln, an die sie sich halten, auch wenn es manchmal nicht den Anschein hat. Jetzt müssen erst einmal jede Menge Papiere ausgefüllt und abgestempelt werden.«

Sie fuhren an den Einfahrten des Militärischen Forschungsinstituts und des Instituts für Energietechnik vorbei. Noch war keine Spur von Polizisten oder Straßensperren zu sehen, nur viele beschäftigte Menschen, die durch das Schneetreiben zu ihren Arbeitsstellen hasteten. Morgen würde es hier von Wachleuten nur so wimmeln, wenn der palästinensische Präsident zu Besuch kam. Werner wurde schlagartig klar, wieso der Kontakt zwingend an diesem Tag stattfinden musste.

»Ich nehme an, Sie sind wegen des morgigen Tages hier.«

Pahlstrøm beugte sich zum Armaturenbrett vor und stellte die Musik lauter. Smetanas *Má vlast – Mein Vaterland*. Er schien sich allerdings nicht für klassische Musik zu interessieren.

»In gewisser Weise«, sagte er. »Morgen ist ein geschäftiger Tag.« Danach erklärte er, welche Hilfe sie von Werner erwarteten. Im Laufe des Abends würde er Besuch von einer Frau mit blauen Augen, dunklen Brauen und blonden Haaren bekommen. Sie würde ein Paket bei sich haben. Das Paket enthielt einen ausgestopften Uhu, nicht unähnlich dem Uhu, der

Mustafa am nächsten Vormittag an Werners Arbeitsstätte überreicht werden sollte. Seine Aufgabe war es, dafür zu sorgen, dass der palästinensische Präsident »ihren« Uhu mit nach Hause nahm. Nähere Auskünfte über das genaue Vorgehen würden ihm noch zugehen. Das Einzige, was Pahlstrøm noch verraten konnte, war, dass der Austausch keine große Anstrengung von Werner verlangte. Des Weiteren bräuchten sie einen Schlüssel von seinem Haus, für den Fall, dass etwas dazwischenkam oder die Übergabe zu einem anderen Zeitpunkt stattfinden musste, zum Beispiel, wenn Werner nicht zu Hause war oder schlief.

Dieses Problem ließ sich auf der Stelle lösen, da Werner immer einen Ersatzschlüssel in der Brieftasche bei sich trug. Den übergab er jetzt Pahlstrøm. Aber was war mit der Paketübergabe? Werner war ziemlich enttäuscht über die ihm zugedachte Rolle. Wieso hatten sie sich ausgerechnet ihn für einen derart trivialen Auftrag ausgesucht?

»Ist das alles?«, fragte er schließlich.

»Nein, nicht ganz. Schauen Sie ...« Er steckte die Hand in die Tasche seines Dufflecoats und zog einen flachen, runden Stahlbehälter daraus hervor. »Könnten Sie diese Warenprobe für uns untersuchen? Wir müssen wissen, ob der Inhalt echt ist. Dass wir nicht über den Tisch gezogen werden. Ohne diese Bestätigung bleibt uns nichts anderes übrig, als die Aktion morgen abzublasen, etwas, das uns Monate, wenn nicht Jahre, zurückwerfen würde. Je schneller es geklärt werden kann, desto besser.« Er sah Werner besorgt an. »So gesehen ist es wahrscheinlich gar nicht so günstig, dass Sie heute Ihren freien Tag haben?«

»Das lässt sich schon regeln«, sagte Werner eifrig. Er war begierig, endlich loszulegen. »Es gehört zu den Privilegien eines freien wissenschaftlichen Beraters, kommen und gehen zu können, wann man will. Außerdem wird sich keiner meiner jüngeren Kollegen über mein Auftauchen wundern, da ich mich grundsätzlich nicht an die Ermahnungen der Ärzte halte, weniger Zeit im Institut zu verbringen. Für sie bin ich ein unheilbarer Workaholic. Sollte mich dennoch jemand fragen, werde ich antworten, dass ich eine eilige Anfrage vom Strahlenschutz übernommen habe. Das ist schon so oft vorgekommen, dass niemand sich was dabei denken wird. Was ich damit sagen will: Sie werden mein Ergebnis noch heute Abend kriegen.« Er bog auf die Bushaltestelle vorm Olavsgård-Congress-Center ein. »Um welchen Stoff geht es eigentlich?«

»Plutonium«, äußerte Pahlstrøm wie beiläufig. »Waffenfähig. Also Pu-239.«

Werner schaltete den Scheibenwischer an. Es hatte angefangen zu schneien.

»Dachte ich mir«, sagte er nur.

51

Der Brief war ihr vom Postamt in Bakfjordeid ins Hotel Grüner nachgesendet worden. Glücklicherweise war Ulla geistesgegenwärtig genug gewesen, ihre vorübergehende Adressänderung anzugeben.

Der Brief war von Studienrat Jensen, der sie auf dem Gymnasium in Deutsch und Französisch unterrichtet hatte ... Wenn er mal gerade keinen Priem kaute oder in neun verschiedenen Sprachen fluchte, versuchte er, den Schülern ein wenig deutsche und französische Grammatik einzutrichtern. Er sprach auch Russisch, und da Ulla niemanden sonst kannte, der diese Sprache beherrschte, hatte sie an ihn geschrieben und nachgefragt, ob er ihr das Dokument übersetzen könnte, das Oberst Grisjin ihr in Moskau ausgehändigt hatte.

Sie überflog den handschriftlichen Begleitbrief. Er könne sich noch gut an ihre Deutschaufsätze erinnern, schrieb Jensen, aber dass sie mal als Ärztin enden würde, hätte er nicht gedacht. Das Schreiben hatte ihr doch immer so eine Freude gemacht. Er schloss seinen Brief mit der Bemerkung, dass er nicht wisse, um was für ein Dokument es sich handele, aber dass er trotzdem versucht habe, es so gründlich wie möglich zu übersetzen.

Sie musste die Übersetzung zwei- und dreimal lesen, bevor ihr nach und nach die Bedeutung aufging. Das Dokument, das Oberst Grisjin für sie kopiert hatte, war mit einem »Streng geheim«-Stempel versehen. Es trug weder einen Briefkopf noch einen Namen, die Auskunft über den Absender geben konnten. In dieser Hinsicht glich es zum Verwechseln der Notiz des norwegischen E-Stabs, die sie vor wenigen Wochen aus dem Archiv des FFI geschmuggelt hatte. Nach dem dritten Mal Lesen zweifelte sie nicht länger daran, dass es sich hier ebenfalls um eine Notiz des Geheimdienstes handelte, erstellt vom KGB oder vom Sicherheitsdienst vor dem ersten sowjetischen Atomwaffenprogramm.

Die Notiz gab Aufschluss über eine geheime Untersuchung vom Sommer 1964 in Verbindung mit dem Spionageverdacht gegen einen gewissen Dr. Jurij Jakovlev, 44 Jahre alter Kernphysiker und Waffenkonstrukteur am Atomwaffenlabor der geschlossenen militärischen Forschungsanlage IR-1011. Den Beobachtungen zufolge gab es eine Reihe Indizien, aber bislang noch keine handfesten Beweise, dass Dr. Jakovlev mit den »Imperialisten« kooperierte. Der Verdacht gegen ihn lautete, dass er streng geheime Informationen über sowjetische Atomwaffen weitergegeben hatte. Der Mangel an konkreten Beweisen und vor allen Dingen die Tatsache, dass es nicht möglich gewesen war, auch nur eine einzige konkrete Gelegenheit angeben zu können, bei der Dr. Jakovlev die geheime Information an eine westliche Kontaktperson übergeben haben könnte, führten dazu, dass die Ermittler davon abrieten, Klage gegen ihn zu erheben. *»Ein derartiger Schritt gegen Dr. Jakovlev würde von seinen Kollegen mit absoluter Sicherheit als massiv ungerechtfertigt aufgefasst werden – und damit zu Verstimmung und Frustration in einem Forschungsbereich mit hohem Prestige und großer Bedeutung für die Sicherheit des Landes beitragen«*, hieß es. In einem Fall wie diesem durfte man sich keine Fehler erlauben. Die Sicherheit des Landes hatte absolute Priorität. Das bedeutete, dass Dr. Jakovlev einem anderen Arbeitsgebiet zugeteilt werden musste, wo er keinen Zugang mehr zu geheimen Informationen und keinen Kontakt mehr zu Vertretern westlicher Staaten hatte. *»In den abgelegenen Landesteilen herrscht großer Mangel an guten Gymnasiallehrern«*, unterstrichen die Verfasser der Notiz. *»Besonders in Sibirien.«*

Darauf folgte eine Passage, die Grisjin im russischen Original mit einem Ausrufezeichen versehen hatte, und deren volle Bedeutung Ulla sich erst nach mehrmaligem Lesen erschloss. *»Aufgrund des unaufgeklärten Verdachts einer Zusammenarbeit mit Feinden der Sowjetunion wäre es unverantwortlich, die Arbeit an den Kernwaffen fortzuführen, die am IR-1011 unter Dr. Jakovlevs Leitung entwickelt wurden. Die weitere Entwicklung und Produktion dieser Waffen werden somit eingestellt. Das gilt auch für die ›reine‹ 4,8 Kilotonnen-Bombe, die mit erfolgreichem Resultat am 23. Oktober 1961 auf Nowaja Semlja getestet wurde. Wir befürchten, dass Dr. Jakovlev vorsätzlich versucht hat, unsere Behörden dazu zu bewegen, in weniger kostenintensive oder technisch unzuverlässige Waffen zu investieren.«*

Ulla ging zu der tragbaren Musikanlage auf ihrem Nachtschrank. Neben dem Gerät lag ein Etui mit CDs. Sie blätterte die Plastikhüllen durch und entschied sich für eine CD mit russischer Kirchenmusik, die sie in Moskau gekauft hatte. Die wunderschöne Musik war genau das, was sie jetzt brauchte, um ihre Nerven zu beruhigen und ihre Gedanken zu sortieren. Ein paar Minuten später wusste sie, was sie tun wollte. Zuallererst wollte sie sich mit Henrik Brantenborg, dem alten Freund ihres Vaters, beratschlagen. Die beiden hatten während ihrer Grundausbildung in derselben Baracke in Høgbuktmoen gewohnt und waren Freunde fürs Leben geworden – solange es währte. Brantenborg, das wusste sie, war beim Militär geblieben und hatte Karriere beim Nachrichtendienst gemacht. Wenn ihr jemand Auskunft geben konnte, was an den neuen Informationen aus Moskau dran war, dann er.

52

Die Nachricht von Hartmanns und Vats' »Versetzung« weckte gemischte Gefühle bei Eva Tamber. Einerseits war sie froh über jede Verstärkung. Der Mord an dem Robbenfänger und Hobbypräparator Enok Paulsen war drei Wochen nach der Tat noch immer nicht gelöst. Die Mordermittlungen wurden unter Leitung der örtlichen Polizeidienststelle auf Sørøya in Zusammenarbeit mit dem Reichskriminalamt geführt, wobei Tamber laufend informiert wurde. Parallel trieb sie in enger Verbindung mit dem PST ihre eigenen Untersuchungen voran, den Transport radioaktiven Materials auf norwegischem Terrain aufzudecken und zu verhindern. Da sie in weiten Teilen der Ermittlungen auf Kontakte zur russischen Polizei angewiesen war, war Tamber froh, auf Hartmanns und Vats Unterstützung zurückgreifen zu können, die beide einen Russischkurs beim Militär absolviert hatten und die Sprache fließend sprachen.

Andererseits heftete Mitarbeitern, die unter so speziellen Umständen versetzt worden waren wie diese beiden, immer etwas Suspektes an. Ohne die genaueren Hintergründe für die Versetzung zu kennen, hatte sie dem kurzen Gespräch mit Dahlbo klar entnehmen können, dass Hartmann momentan im System nicht sehr hoch im Kurs stand. Oder um es in Dahlbos eigenen Worten zu sagen: »Ich versetze keine Mitarbeiter, die ich befördern könnte.«

Dennoch war sie alles in allem positiv eingestellt. Über Joakim Vats wusste sie kaum etwas, aber er hatte immer einen seriösen und zuverlässigen Eindruck auf sie gemacht. Außerdem war er ein netter Anblick: ein hoch aufgeschossenes Landei aus dem nördlichen Hallingdal. Jørgen Hartmann kannte sie inzwischen ziemlich gut. Er haftete fast schon provozierend der Vergangenheit an, jagte noch immer nach alten Sowjet-Spionen und hatte eine abweisende Art, die mit irgendwelchen Vorfällen aus der Zeit des Kalten Krieges zusammenhängen musste. Aber die wenigen Male, die sie bisher zusammengearbeitet hatten, waren immer sehr konstruktiv gewesen. Im Großen und Ganzen konnte man sagen, dass sie sich respektierten und ergänzten. Außerdem hatten sie eine gemeinsame Leidenschaft: Beide ritten gern. Es war eine große Überraschung für sie gewesen, als sie bei einem spontanen Sommerausflug vor ein paar Jahren feststellte, dass der vierschrötige Kollege von der Terrorabwehr mit Abstand der beste Reiter des PST war. Die Erklärung dafür lag darin, wie sie später erfuhr, dass er seine Polizeikarriere mit einem zweijährigen Dienst bei der berittenen Polizei begonnen hatte. Sie konnte sich noch erinnern, wie er sich auf einem Sandweg in der Nordmark in vollem Galopp einmal im Sattel gedreht hatte.

So draufgängerisch war er nicht, als er kurz vor zehn an ihre Tür klopfte und sich zum Dienst meldete.

»Störe ich?«, fragte er unsicher. »Malm hat dir sicher schon gesagt, was passiert ist. Ich will deine kostbare Zeit nicht in Anspruch nehmen, um dir die Gründe für diese idiotische Entscheidung der Chefetage zu erklären. Versprich mir nur, dass du mich für einen vernünftigen Auftrag einsetzt.«

»Genau das habe ich vor«, antwortete sie. »Alle Unterlagen zu dem Fall findest du in der roten Mappe da drüben.«

Während Hartmann sich einlas, ging Tamber die Post durch. Da war nicht viel. Die einzige Überraschung war ein Gruß von Ulla Abildsø, der sympathischen Ärztin, die sie vor ein paar Wochen in Moskau kennen gelernt hatte. Sie schrieb über aktuelle Neuigkeiten in der Sache, an der sie dran war. Es ging um ihren Vater und die beiden Onkel und was möglicherweise bei einem sowjetischen Atombombentest auf Nowaja Semlja im Herbst 1961 passiert war. Tambers Interesse für diesen Teil der Vergangenheit hielt sich in Grenzen, daher schenkte sie den ersten beiden Seiten des Briefes nicht allzu viel Aufmerksamkeit. Sie befand sich mitten in einem komplizierten Mordfall und würde sicher erst dann auf die *MS Syvstjerna* zurückkommen, wenn Paulsens Mörder hinter Schloss und Riegel saß. Auf der letzten Seite stieß sie allerdings auf etwas von unmittelbarem Interesse. Ulla schloss ihren Brief nämlich mit dem Wunsch, sie so bald wie möglich zu treffen, »um in aller Ruhe über Enok Paulsens Bekanntenkreis zu reden«.

Tamber legte den Brief beiseite und widmete sich einem frisch eingetroffenen Bericht vom E-Stab, der über den Schiffsverkehr auf dem Meer vor Sørøya zwischen zwei Uhr nachmittags und acht Uhr abends am Freitag, den 13. Februar informierte. Der militärische Nachrichtendienst FO/E hatte unverständlich lange für diesen Bericht gebraucht, doch jetzt lag er endlich vor. Er umfasste fünf Karten, die anhand von ebenso vielen Satellitenbildern angefertigt worden waren, die ab 10 Uhr 07 morgens mit etwa zwei Stunden Abstand aufgenommen wurden. Auf den Karten waren alle identifizierten und nicht identifizierten Boote eingezeichnet und je mit einer eigenen Ziffer versehen. Darüber hinaus hatten sie eine Karte ausgearbeitet, die die angenommene zurückgelegte Strecke der jeweiligen Fahrzeuge in diesen acht Stunden aufzeigte. Bei insgesamt zweiundsechzig Booten ergab das ein reichlich chaotisches Bild voller Linien und Bögen, die kreuz und quer durcheinander liefen. Die Boote, die Fischfang betrieben, hatten sich kaum von der Stelle bewegt. Tamber schaltete den Computer ein und rief die Berechnungen ab, die die Forschungsgruppe anhand der Wind- und Strömungsdaten vom Meteorologischen Institut und dem Meeresforschungsinstitut angestellt hatten, und übertrug schließlich den wahrscheinlichen Tatort mit rotem Filzstift auf die fünf Karten vom FO/E. Nachdem sie ein paar Minuten missmutig auf das rote Kreuz gestarrt hatte, schob sie die Karten auf die andere Tischseite zu Hartmann rüber.

»Da stimmt was nicht«, sagte sie enttäuscht. »Irgendwas fehlt. Der Aufklärungssatellit muss ein Schiff übersehen haben. Sieh mal.« Sie beugte sich so weit vor, dass ihre Brüste gegen die Tischplatte drückten. »Das einzige Fahrzeug, das sich in der Nähe des Tatortes befindet, also von der Stelle, wo Paulsen vermutlich ins Meer geworfen wurde, war i-31, das heißt, Paulsens eigenes Boot. Glaubst du, das Militär verschweigt uns was? Dass eventuell mehr Boote observiert wurden, als die Satellitenbilder vorgeben?«

Hartmann studierte die Karten wenige Sekunden. Dann schloss er die Augen und dachte nach. Als er sie wieder aufmachte, sah es aus, als würde er sie von jenseits des Polarkreises ansehen.

»Denken wir doch mal in umgekehrten Bahnen«, sagte er. »Fakt ist, dass der E-Stab von exakten Beobachtungen lebt. Darum können wir davon ausgehen, dass es sich bei den Karten um eine peinlich genaue grafische Wiedergabe der Satellitenbilder handelt. Das führt mich zu dem Ergebnis: Es war kein anderes Schiff dort.«

Tamber sah ihn fragend an.

»Aber damit würden sich alle unsere Vermutungen zerschlagen! Ohne Schiff keine Übergabe von Plutonium. Aber wozu dann der Radiac-Geigerzähler, der bei Paulsen gefunden wurde? Und wo kam in dem Fall das Plutonium her? Das macht keinen Sinn!«

Hartmann schüttelte energisch den Kopf.

»Nicht so schnell. Jemand könnte Paulsen von einer Übergabe oder Beschlagnahmung radioaktiven Materials erzählt und ihn gebeten haben, die dafür notwendigen Messgeräte mitzubringen. Aber das Schiff taucht nicht auf. Das Ganze ist eine Falle, um ihn aufs Meer zu locken. Er wird erschossen. Jemand schiebt ihm den Behälter mit Plutonium in die Brusttasche und wirft ihn über Bord.«

»Wobei er die Stiefel verliert?«

»Nein, die haben sie der Leiche mit Sicherheit vorher ausgezogen. Um uns die Identifizierung zu erschweren. Oder einfach, um Verwirrung zu stiften.« Hartmann klopfte viel sagend auf die rote A4-Mappe. »Wie ich den Unterlagen entnehme, habt ihr bereits eine Menge Zeit und Ressourcen auf diese Stiefel verwandt.«

»Und es ist noch nicht das Ende. Ich habe vor, sie zu finden.«

»Viel Glück. Aber das wird nichts an dem Ergebnis ändern, das wir aus den Satellitenbildern ziehen müssen: dass sich keine anderen Schiffe in dem Bereich aufhielten, als Paulsen ermordet wurde.«

Sie verschränkte die Arme und bewegte den Oberkörper vor und zurück. Das schien ihre Art zu sein, zu signalisieren, dass sie fast überzeugt war.

»Und damit wissen wir auch, wer der Mörder ist«, fügte sie hinzu. »Der Mann im Steuerhaus.«

»Genau.«

»Wahrscheinlich hast du Recht. Finden wir ihn, finden wir wohl auch die Antwort auf die Frage, worum es bei dieser merkwürdigen Sache überhaupt ging. Aber ich fürchte, bis dahin ist es noch ein weiter Weg.«

Hartmann schob die Karten von sich und lehnte sich zurück.

»Da wäre noch etwas«, sagte er.

»Ja?«

»Ich denke, du solltest auf schnellstem Weg eine Schriftanalyse der Rechungsbücher machen lassen.«

»Du meinst Paulsens Buchführung über den Verkauf ausgestopfter Seevögel?«

»Yes, Ma'am.«

»Und was erwartest du dir davon?«

»Ich weiß es nicht. Aber es würde mich nicht überraschen, wenn sich zeigen würde, dass die Buchführung manipuliert wurde. Irgendetwas stimmt nicht mit der Handschrift. In dem kleinen Notizbuch mit den Anmerkungen zu Verkäufen in den Irak, Iran und nach Nordkorea ist die Schrift viel steiler. Und die Schleife vom h ist ein winziges bisschen zu offen.«

Tamber lächelte.

»Ich freue mich, dich hier zu haben«, sagte sie. »Wenn ich Dahlbo das nächste Mal sehe, darf ich nicht vergessen, ihn dafür zu loben, in welcher Weise er seine Mannschaft umdisponiert!«

53

In der Badewanne dampfte ein frisch eingelassenes Schaumbad, als es an der Tür klopfte. Ulla Abildsø zögerte kurz. Sie war immer skeptisch, die Tür zu öffnen, wenn sie im Hotel wohnte. Dabei kam es häufiger vor, dass sie auch dem Servicepersonal nicht aufmachte. Außerdem hatte sie gerade Eva Tambers Nummer auf ihrem Handy eingetippt, um ihr eine Nachricht auf dem Anrufbeantworter zu hinterlassen. Es war das zweite Mal im Laufe des Nachmittags, dass sie bei ihr anrief. Das erste Mal, um sie auf ein Glas Rotwein und ein Gespräch über das Geheimdokument einzuladen, das sie aus dem Russischen übersetzen lassen hatte. Diesmal wollte sie eigentlich nur wissen, ob aus dem Treffen etwas würde oder ob sie den Abend anderweitig verplanen konnte.

Erneutes Klopfen. Vier eindringliche Schläge. Wie die ersten Takte der Schicksalssinfonie.

»Hallo, Ulla!«, rief eine Stimme, die sie augenblicklich wiedererkannte. »Bist du da?«

Sie lächelte erwartungsvoll.

»Ja, bin ich«, antwortete sie. »Einen Moment noch.« Sie sprach eine kurze Mitteilung auf Eva Tambers Anrufbeantworter. »Hallo, hier Ulla noch mal. Es ist jetzt Viertel nach vier. Ich bin noch eine Weile im Hotel. Ruf mich doch bitte kurz zurück.«

Sie hatte Lust, noch mehr zu sagen, beendete aber das Gespräch.

»Hallo?«, wiederholte die Stimme. Erneutes Klopfen. »Willst du mich nicht endlich reinlassen, Ulla?«

Die tiefe, freundliche Männerstimme weckte Erinnerungen an die gute alte Zeit, als ihr Vater noch lebte. Das laute Geplänkel, wenn die Männer von einer Tour nach Hause kamen – ihr Vater, die Onkel, die Fremden aus der Hauptstadt, die ab und zu mitfuhren. Obwohl es nie ausgesprochen worden war, wusste sie, dass dies die wahren Glücksmomente im

Leben ihres Vaters gewesen waren. Die Kameradschaft, die Spannung, die stürmischen Erlebnisse auf dem Wasser. Vielleicht war das sein Ausgleich für die Schattenseiten, die ihre Mutter und ihre Glaubensgenossen mit ins Haus brachten. In ihrer Vorstellung gab es helle und dunkle Menschennaturen. Leichtsinn und Schwermut. Während Ulla sich über den Badewannenrand beugte und den Wasserhahn zudrehte, dachte sie voller Melancholie, dass sie ihren Vater für seine Leichtsinnigkeit geliebt hatte, während der immer wieder aufwallende Hass gegen ihre Mutter darin begründet war, dass sie es ihr unmöglich gemacht hatte, wie ihr Vater zu werden. Sie war ein zerrissener Mensch – halb Vater, halb Mutter. Keine gute Balance.

»Augenblick, ich komme!«, rief sie. »Ich hab mir grad ein Bad eingelassen.«

Sie lächelte, als sie ihn hereinließ. Es war nicht ohne Wehmut, aber zugleich fantastisch, ihn nach so vielen Jahren wieder zu sehen. Sie zuckte innerlich kurz zusammen, als sie sah, wie alt er geworden war. Er war vollkommen kahl, der Arme. Dabei hatte er damals so volles und glänzendes Haar gehabt. Ihre Mutter hatte ihn nur Henrik Schönhaar genannt.

Sie fragte, ob sie ihm ein Bier anbieten dürfe, aber er wollte lieber ein Glas Wasser.

»Ich muss auf mein Gewicht achten«, sagte er.

Sie lachte, weil er nach wie vor schlank und athletisch war.

»Und jetzt geh und nimm dein Bad«, sagte er, ganz der Gentleman, als den sie ihn in Erinnerung hatte. »Wir können uns auch hinterher noch unterhalten.«

»Ich kann es gar nicht abwarten«, sagte sie und reichte ihm das Glas Wasser. »Setz dich und fühl dich wie zu Hause. Es muss schließlich einen Grund geben, dass dieses Hotel *Home Hotel* heißt!« Sie machte eine Kopfbewegung in Richtung der Unterlagen, die über das Bett verteilt waren. »Entschuldige die Unordnung. Das ist ein Ausdruck meiner Doktorarbeit. Ich verlasse mich drauf, dass du nicht heimlich hineinguckst.«

Er lächelte schief. Ein ritterliches Lächeln. Was glaubte sie denn von ihm. War er etwa nicht der beste Freund ihres Vaters?

Sie ging ins Badezimmer. Einen Moment erwog sie, die Tür angelehnt zu lassen, um sich durch den Türspalt mit ihm unterhalten zu können, während sie in der Wanne saß. Aber dann überlegte sie es sich anders und schloss die Tür. Bevor sie sich auszog, stellte sie den CD-Spieler an, den sie eine Viertelstunde zuvor auf dem Klodeckel aufgebaut hatte, um beim Baden ihre Lieblingsmusik zu hören. Sie legte das Handy daneben. Dann zog sie sich aus und hängte die Kleider an die Haken neben der Tür. Als Letztes nahm sie mit der einen Hand die Prothese ab, während sie sich mit der anderen auf dem Wannenrand abstützte, legte sie vorsichtig auf den Boden, stieg in die Wanne, ließ sich langsam ins Wasser sinken und schloss die Augen. Das heiße, duftende Wasser legte sich um ihren verkrüppelten Körper. Unter dem Badeschaum war nicht zu erkennen, dass ihr ein Bein fehlte. Und schenkte man dem englischen Philosophen George Berkeley Glauben, existierte nur das, was man tatsächlich wahrnahm. »Ich sehe nicht, dass mir ein Bein fehlt, also fehlt mir kein Bein!« Etwas in der Art. Sie lächelte glücklich. Berkeley war ein Philosoph nach ihrem Geschmack. Natürlich erst nach Thomas von Aquin. *Alles Sein – ohne Rücksicht in welcher Weise – ist gut im Maße seines Seins.*

In der letzten Nacht hatte sie von Eva Tamber geträumt, der norwegischen Polizeibeamtin, die sie im Bolschoitheater getroffen hatte, und mit der sie später am Abend eine Flasche Wein zu trinken hoffte. Vielleicht war es das physische Wohlbefinden – die Wärme, das Schaumbad, die Nacktheit –, dass sie sich plötzlich an den Traum erinnerte. Sie wusste es nicht genau. Im Traum hatte Eva in einer Hollywoodschaukel mit großen blauen Kissen gesessen und sie angelächelt. Sie war noch hübscher gewesen als in Wirklichkeit. Vielleicht lag das an ihrem Sommerkleid. Vielleicht aber auch an den schwarzen, wehenden Haaren – die ihr im Traum bis zu den Schultern reichten. Oder waren es die Augen? Dunkelbraun, schräg, voller Schalk. Plötzlich rief sie: »Nimm schon die Prothese ab. Damit das Bein nachwachsen kann!« Es hatte sie sehr verlockt zu tun, was die hübsche Polizistin sagte, aber irgendetwas hielt sie zurück. »Ach, du bist immer so träge!«, neckte Eva sie. »So geht das!« Und damit hatte sie ihre eigenen Gliedmaßen abgelegt, eins nach dem andern. Erst die Beine, dann die Arme. Und zu Ullas großem Erstaunen zeigte sich, dass sie Recht hatte: Sie wuchsen nach. »Weißt du«, rief Eva hingerissen, »den Kopf kann ich auch abnehmen!« Aber davon wollte Ulla nichts wissen. Sie hatte Angst, der neue Kopf könnte ein anderes Gesicht haben. Ohne Vorwarnung rannte sie über den grünen Rasen auf die Hollywoodschaukel zu und warf sich der Freundin in die Arme. »Nein, tu das nicht!«, rief sie. »Das darfst du nicht!« Die Sonne brachte ihr Haar zum Funkeln. Und die Schaukel schwang im Wind. Und Eva Tamber hatte gelacht und gar nicht wieder aufgehört.

Das Handy klingelte. Sie richtete sich in der Badewanne auf, lehnte sich zur Toilette, drehte die Lautstärke runter und griff nach dem Mobiltelefon. Sie glaubte zu wissen, wer es war, und wurde nicht enttäuscht.

»Tamber hier. Du hast angerufen?«

Ulla erklärte ihr, worum es ging. Sie hatte das russische Dokument übersetzen lassen und brauchte Evas Hilfe, um es zu verstehen.

»Passt es dir heute Abend?«

Tamber antwortete nicht direkt.

»Etwas Neues von Paulsens Freunden? Du wolltest mir doch mit einer Liste seiner Bekannten weiterhelfen …«

Ulla sagte, wie es war. Mehr als zwei, drei Namen, abgesehen von ihrem Vater und den beiden Onkeln, waren ihr nicht eingefallen. Und die waren uninteressant in diesem Zusammenhang.

»Aber ich habe gerade Besuch bekommen von jemandem, der mir vielleicht weiterhelfen kann. Jemand …«

Sie schwieg. Fing an zu frieren. Als wäre die Wassertemperatur schlagartig um ein paar Grade gesunken. Brantenborg. Paulsen. Haar auf dem Kopf. Bart.

»Mein Gott, Eva. Mir ist gerade etwas eingefallen. Das ist ganz unglaublich! Warte mal kurz. Leg nicht auf!« Sie legte das Handy auf den Klodeckel, stemmte sich mit den Armen hoch und schwang sich aus der Badewanne. Der Boden war nass und glatt, aber sie schaffte es trotzdem ohne Probleme, sich die Prothese anzulegen. Danach zog sie den pfirsichfarbenen Bademantel über, ging zur Tür und machte sie auf. Sie lächelte Brantenborg kurz zu, der in einem Sessel am Fenster saß und Zeitung las, ging zielstrebig zur Kommode, zog die obere Schublade auf und blickte hinein, als hätte der König ihr gerade am Telefon aufgetragen zu zählen, wie viele saubere Unterhosen und Socken sie mit nach Oslo genommen hatte. Die Sekunden vergingen.

Aus ihrem Haar tropfte Wasser und bildete zwei kleine Seen vor dem Bett. Sie nahm es kaum wahr, genauso wenig, wie intensiv Brantenborg sie von seinem Platz am Fenster aus musterte. Sie wartete, bis sie ganz sicher war. Dann schob sie die Schublade wieder zu, machte auf dem Absatz kehrt und hinkte so rasch sie konnte zurück ins Bad. Schob die Tür zu. Schloss ab. Griff nach dem Handy. Tamber hatte nicht aufgelegt.

»Genau, wie ich vermutet habe!«, sagte Ulla atemlos. »Paulsen war an Bord der *Syvstjerna*, als es passiert ist. Er ist einer der jungen, bärtigen Männer auf dem Bild aus Richard Klügers Arbeitszimmer.«

»Was für ein Bild? Ich verstehe nicht, was meinst du?«

Das kümmerte Ulla in diesem Augenblick nicht sonderlich. Der Beweis befand sich in einem Glasrahmen in der Schublade ihrer Kommode. Das *war* Paulsen. Dass sie ihn nicht gleich erkannt hatte, lag daran, dass das Bild mehr als dreizehn Jahre vor ihrer Geburt aufgenommen worden war. Sie hatte Paulsen nie so jung und draufgängerisch gesehen. Außerdem war die Mannschaft zehn Tage auf See gewesen, ohne sich zu rasieren. Paulsen war mit einem dichten blauschwarzen Bart gesegnet gewesen. Was sie letztendlich auf die richtige Spur gebracht hatte, war das Wiedersehen mit Brantenborg nach mehr als zwanzig Jahren. Sie hatte ihn kaum wiedererkannt. Nicht zuletzt, weil er eine Glatze hatte. Das hatte sie darauf gebracht, dass sie die Männer auf Klügers Foto durch die gleiche Brille betrachten musste. Es nützte wenig, sich halb blind zu starren, wie sie damals ausgesehen hatten, so würde sie sie niemals identifizieren können. Stattdessen musste sie versuchen, sich vorzustellen, wie die Männer fünfzehn bis zwanzig Jahre später ausgesehen haben könnten, als sie noch ein kleines Mädchen war und von Schoß zu Schoß gewandert war bei den Freunden ihres Vaters. Also mit weniger Haaren und ohne Bärte. Danach war keine Gedankenakrobatik mehr notwendig gewesen. Einer aus der Mannschaft, der zugewachsene Kerl ganz rechts, der den Südwester weit in den Nacken geschoben hatte, war Enok Paulsen. Er und kein anderer!

»Und dafür hast du tatsächlich den fotografischen Beweis?«, wollte Eva Tamber wissen.

»Ja.« Ulla zögerte. Senkte die Stimme. »Allerdings nicht ganz auf legalem Weg beschafft! Ich hab es mir aus Richard Klügers Arbeitszimmer *geliehen*. Von dem hab ich dir doch in Moskau erzählt, oder?«

»Das mit dem Diebstahl hab ich nicht gehört«, sagte Tamber munter. Es hörte sich an, als müsste sie ein Lachen unterdrücken. »Ich würde es gern vermeiden, dich anzeigen zu müssen.«

»Aber wenn ich jetzt sage, dass mir ein Bild anvertraut wurde, das, wie ich annehme, gestohlen wurde, darf ich doch die Polizei bitten, bei mir vorbeizukommen und es sich anzusehen, oder?«

»Ja, das wäre völlig in Ordnung.« Tamber lachte. »Ich komme! Aber es wird noch eine Weile dauern, bis ich hier weg kann, fürchte ich. Ich habe noch ein paar wichtige Dinge zu erledigen.«

Einen Augenblick glaubte Ulla, ein Geräusch an der Badezimmertür zu hören, aber wahrscheinlich war das nur ein Knarren des Podiums oder im Orchestergraben auf der klassischen CD, die noch immer im Hintergrund lief.

»Wir sehen uns in etwa drei Stunden«, beendete die Polizistin das Gespräch. »Und – trink den Wein nicht alleine aus. Ich bin dann nicht mehr im Dienst.«

»Sag mal, dieses russische Dokument, wo hast du das her?«

Ulla war inzwischen angezogen und stand vorm Badezimmerspiegel und kämmte sich die Haare. Die Tür zu dem kombinierten Schlaf- und Wohnraum war angelehnt, und aus dem Augenwinkel konnte sie sehen, wie Henrik Brantenborg sich aus dem Sessel erhob und mit den zusammengehefteten Seiten wedelte, die sie aus Moskau mitgebracht hatte.

»Vom Freund eines Bekannten eines russischen Kollegen. Verstehst du, was da drinsteht?«

»Nicht sehr viel.« Seine Stimme kam näher. Und mit ihr: ihre Kindheit. »Aber es scheint ja wohl um Spionage zu gehen. Ein sowjetischer Atomphysiker, der verdächtigt wird, Geheimnisse an den Westen verraten zu haben, wofür es allerdings keine handfesten Beweise gibt. Es endete damit, dass er degradiert und nach Sibirien zwangsumgesiedelt wurde.«

Endlich hatte sie das Haarband gefunden, das sie suchte, und sie machte sich daran, ihre Haare hochzubinden.

»Ja, so weit habe ich es auch verstanden.« Sie holte tief Luft. Schon als Kind liebte sie den Duft von frisch gewaschenem Haar. Das Shampoo, das sie von einem Straßenverkäufer in Moskau gekauft hatte, roch intensiv nach Hibiskus und Honig. »Aber der Teil, bei dem ich deine Hilfe brauche, Onkel Henrik …« Da ihr Vater keine Brüder gehabt hatte, nur Schwäger, hatte sie alle seine männlichen Freunde, die aus allen Teilen des Landes zu Besuch kamen, *Onkel* genannt, »bezieht sich auf die Verhältnisse hier in Norwegen. Irgendetwas ist da vorgefallen im Herbst 1961 auf Nowaja Semlja, und Vater hatte was damit zu tun. Was genau, weiß ich nicht. Aber meine eigenen Untersuchungen und das wenige, was er vor seinem Tod erzählt hat, lassen mich vermuten, dass es eine Verbindung geben muss zwischen drei Punkten: dem verbannten Atomphysiker, den Atomversuchen im Herbst 1961 und Vaters Tod achtzehn Jahre später.«

»Eine gewagte Vermutung. Drei Punkte, verteilt über achtzehn Jahre, ergeben keine überzeugende Indizienkette. Du hast doch sicher noch mehr in petto als das?«

Sie studierte ihr Gesicht im Spiegel. Hatte sie das wirklich? Vermutungen, das schon. Verdachtsmomente und Hypothesen. Aber ihr fehlten nach wie vor die entscheidenden Beweise, harte, unwiderlegbare Fakten, mit denen sich die einzelnen Fäden verknüpfen ließen und die erklärten, was damals passiert war. Als sie antwortete, schwang ein unfreiwillig flehender Unterton in ihrer Stimme mit.

»Ich glaube schon. Aber zwischendurch bin ich unsicher, wie ich die Informationen, auf denen ich sitze, interpretieren soll. Die meisten Dinge haben sich immerhin vor mehr als vierzig Jahren abgespielt. Lange, bevor ich geboren war.«

»Wenn du meinst, dass ich dir irgendwie nützlich sein kann, stehe ich dir natürlich gerne zur Verfügung.«

»Danke. Ich habe gehofft, dass du das sagen würdest!«

Sie ging zu ihm ins Zimmer. Brantenborg stand neben dem Bett und betrachtete eine billige Reproduktion von Munchs »Vier Mädchen auf der Brücke«, die über der Kommode hing.

Er drehte sich langsam zu ihr um. In seinem Blick lag etwas, das sie nicht deuten konnte. Wie ein milchiger Schleier vor den Augen, durch den er sie ansah.

»Aber lass es uns woanders besprechen als hier«, sagte er mit der bestimmten Freundlichkeit, die sie noch aus ihrer Kindheit kannte. Die Stimme hatte Onkel Henrik, wenn er die Aufmerksamkeit ihres Vaters für sich allein haben wollte und sie aus dem Haus schickte, um Schmetterlinge zu fangen oder Blumen zu pflücken. Wie viele Zehnøremünzen hatte sie nicht von ihm bekommen, wenn sie ihm versprach, die beiden Männer nicht zu stören, solange sie sich im Rauchzimmer unterhielten. »Ich denke, wir kommen in der Sache nur weiter, wenn wir deine gesammelten Aufzeichnungen jemandem zeigen, der beim E-Stab mit diesen Dingen befasst war. Meine Aufgaben lagen auf einem ganz anderen Arbeitsfeld. Aber ich habe einen Kollegen, der alles weiß, was über sowjetische Atomversuche in der Barentssee wissenswert ist. Sein Name ist Borgar Fürst. Ich schlage vor, wir machen uns gleich auf den Weg und statten ihm einen Besuch ab. Zufälligerweise habe ich heute kurz mit ihm gesprochen, darum weiß ich, dass er zu Hause ist. Er wohnt in Kjelsås, oben am Waldrand. Länger als eine Viertelstunde brauchen wir nicht bis dorthin. Ich fahr dich dann hinterher wieder ins Hotel.«

Sie fühlte sich ein wenig überrumpelt, aber die kribbelige Spannung, einen Menschen zu treffen, der vielleicht eine Antwort auf die vielen unbeantworteten Fragen wusste, mit denen sie sich herumschlug, siegte. Da würde Eva Tamber aber staunen, wenn sie nachher käme!

»Ich muss allerdings spätestens um sieben Uhr zurück sein«, sagte sie. »Da erwarte ich Besuch von einer Freundin.«

»Aber sicher. Bis dahin sind wir längst wieder zurück. Fürst ist bekannt dafür, sich kurz zu fassen.«

Sie steckte die russische Notiz und ein paar andere Dokumente ein, die mit der Sache zu tun hatten, und holte das Handy und die Klassik-CD aus dem Bad. Die hatte sie vor einer knappen Woche in der Deichman'schen Bibliothek geliehen, und jetzt wollte sie die Gelegenheit nutzen, sie auf dem Rückweg dort abzugeben. Ordnungsliebend, wie sie war, achtete sie immer darauf, die Sachen, die sie ausgeliehen hatte, rechtzeitig zurückzugeben. Sie löschte das Licht und ging zur Tür, wo Brantenborg schon ungeduldig wartete. Während sie ihre Stiefeletten und die Jacke anzog, ließ sie den Blick noch einmal kurz durchs Zimmer schweifen, um sich zu vergewissern, dass sie nichts vergessen hatte. Nein, sie hatte alles, was sie brauchte.

Erst ein paar Minuten später, als Brantenborgs Wagen vom Parkplatz fuhr und in Richtung Schouss plass beschleunigte, beschlich sie das Gefühl, dass irgendetwas nicht so gewesen war, wie es hätte sein sollen. Da war etwas, das sie übersehen hatte, als sie sich mit einem letzten Blick im Zimmer umsah. Eine minimale Veränderung im Raum, die sie in der Eile nicht registriert hatte, die aber wie ein Staubkorn auf ihrer Netzhaut kratzte. Sie blinzelte ein paar Mal schnell, und da verschwand das Staubkorn. Das kleine Detail, das vor ihrem inneren Auge auftauchte, beunruhigte sie sehr: Die obere Kommodenschublade hatte ganz leicht offen gestanden. Dabei wusste sie genau, dass sie sie sorgfältig zugeschoben hatte.

54

Das Licht im vorderen Teil des 61er Busses war zu schwach. Damit platzte ihr brillanter Plan, den ersten Teil des Briefes von Ulla Abildsø noch einmal genau zu lesen, ehe sie am Olaf Ryes plass ausstieg und die zwei Straßenzüge bis zum Hotel ging. Stattdessen schob sie den Brief zurück in die Innentasche ihrer Daunenjacke. Es hatte zu schneien aufgehört, doch das Thermometer zeigte minus fünfzehn Grad. Morgen sollte Mustafa ankommen. Armer Mann, er würde sich den Arsch abfrieren.

Ulla hatte sie im Laufe einer halben Stunde zweimal angerufen, als sie unten im Archiv war, um sich einen Bericht über russische Gewehrmunition anzusehen. Der erste Bescheid auf dem Anrufbeantworter war humorvoll und neckend gewesen: »Hei, hier ist Ulla. Kannst du heute Nachmittag ins Hotel kommen? Du hast die Adresse. Es hat sich etwas ergeben in Verbindung mit der Sache, die ich in Moskau erwähnt habe. Ich würde das gern mit dir diskutieren. Das dauert sicher nicht länger, als wir für eine Flasche Wein brauchen.« Die andere Nachricht war knapper gewesen: »Hallo, hier Ulla noch mal. Es ist jetzt Viertel nach vier. Ich bin noch eine Weile im Hotel. Ruf mich doch bitte kurz zurück.«

Als sie einer knappen halben Stunde später dieser Aufforderung nachgekommen war, hatte ihr Ulla die verblüffende Neuigkeit eröffnet, dass Enok Paulsen bei dieser schicksalsträchtigen Fahrt durch die Barentssee 1961 an Bord des Bootes ihres Vaters gewesen war. Der fotografische Beweis befände sich in ihrem Hotelzimmer. Das war der auslösende Faktor gewesen.

Obwohl Tamber schrecklich viel zu tun hatte und kaum vor sieben fertig sein würde, wollte sie auf dem Rückweg nach St. Hanshaugen kurz im Hotel Grüner vorbeischauen.

Während sie sich dem Hotel näherte, registrierte sie, dass es in einer Nebenstraße einen Verkehrsunfall oder etwas Ähnliches gegeben haben musste, denn dort war eine Absperrung, hinter der das Blaulicht eines Krankenwagens blinkte.

Sie hastete vorbei, betrat die Rezeption, nickte der Frau am Empfang zu und ging direkt auf den Aufzug zu. Sie kannte die Zimmernummer und hatte kein Interesse daran, die Neugier der Empfangsdame zu wecken.

Oben in der vierten Etage ging sie zielstrebig über den Flur und klopfte an das Zimmer Nummer 407. Keine Antwort. Sie klopfte noch einmal. Rief Ullas Namen. Noch immer keine Antwort. Sie warf einen Blick auf ihre Uhr: zehn Minuten vor sieben.

Tamber entschloss sich, eine Viertelstunde zu warten, falls Ulla noch kurz etwas erledigte. Doch kaum hatte sie sich auf den Boden gesetzt, stand sie auch schon wieder auf. Die ganze Situation gefiel ihr mit jeder Minute weniger. Sie hatte Ulla gesagt, dass sie gegen sieben mit ihr rechnen konnte, und Ulla hatte versprochen, da zu sein. Obwohl sie sich nicht sonderlich gut kannten, war Tamber sicher, dass Ulla eine Person war, die Verabredungen ernst nahm. Noch dazu, wenn sie selbst darum gebeten hatte.

Tamber wählte Ullas Handynummer. Es klingelte, aber niemand antwortete. Wenn der Akku nicht leer war, musste das bedeuten, dass das Handy ausgeschaltet war oder sie sich in einem Funkloch befand. Sie presste das Ohr auf Ullas Zimmertür und konstatierte, dass im Zimmer kein Telefon klingelte. Das bestätigte ihre Vermutung, dass ihre Freundin das Hotel verlassen und ihr Handy mitgenommen hatte. Warum hatte sie dann nicht angerufen und ihr gesagt, dass sie sich verspätete?

Um zehn nach sieben ging Tamber nach unten zum Empfang, zeigte ihren Polizeiausweis und bat die Frau, in Zimmer 407 anzurufen. Als noch immer niemand antwortete und die

Empfangsdame auch keine Nachricht vorzuweisen hatte, die Ullas Abwesenheit erklärte, bat Tamber um den Zimmerschlüssel. Die Empfangsdame zögerte einen Moment, doch als Tamber damit drohte, das Dezernat für Wirtschaftskriminalität auf das Hotel anzusetzen, um eine Überprüfung der Arbeitsverträge sowie der Bücher durchzuführen, bekam sie den Schlüssel ohne weitere Proteste.

Dieses Mal klopfte sie nicht einmal mehr an. Sie steckte die Plastikkarte in das elektronische Schloss, wartete, bis das grüne Lämpchen leuchtete, und trat ein. Sie spürte es sofort: Das Zimmer war leer. Keine Spur von Blut. Es roch nach Hibiskus und – sie schnupperte in die Luft – Honig.

Das Erste, was ihr auffiel, war die Unordnung. Auf dem Bett waren Dokumente verstreut, Kleider hingen über dem Stuhl, auf dem Schreibtisch lagen CDs, und auf der Kommode neben dem Bett lag eine Haarbürste mit langen blonden Haaren. Doch im Grunde handelte es sich um eine harmonische Unordnung; um die Spuren natürlicher Tätigkeiten, verbunden mit einem nicht allzu stark ausgeprägten Reinlichkeitssinn. Das Chaos, das in einem Raum herrschte, der gerade von Einbrechern oder Geldeintreibern durchwühlt worden war, sah anders aus: roher, planmäßiger, bedrohlicher.

Danach hielt sie vergebens nach Anzeichen eines unfreiwilligen Aufbruchs Ausschau. Es gab keine Lampen oder Möbel, die umgestürzt waren, weil sich jemand krampfhaft daran festzuhalten versucht hatte. Keine ausgerissenen Haare, abgerissenen Knöpfe oder Blutflecken, die auf einen Kampf hindeuteten.

Trotzdem gab es genug, was ihr Angst machte.

Das Handy war weg. Warum hatte Ulla dann nicht angerufen?

Außerdem fehlte jede Spur von einer Fotografie, die die Mannschaft auf der *MS Syvstjerna* zeigte.

Auch von der russischen Notiz, die Ulla in Moskau erhalten hatte und über die sie mit ihr sprechen wollte, war nichts zu sehen.

Sie nahm ihr Handy und rief Kommissar Bøcker an.

»Tamber«, sagte sie kurz. »Ich bin im Hotel Grüner und brauche sofort die Spurensicherung. Fingerabdrücke, biologische und elektronische Spuren. Alles, was helfen kann, herauszufinden, ob es sich hier bloß um ein hastig verlassenes Hotelzimmer handelt oder um den Tatort des ersten Aktes eines schweren Verbrechens.«

Nachdem er den Zusammenhang verstanden hatte, erklärte sich Bøcker bereit, die PST-Kontakte des Kriminalamts zu aktivieren. Während sie darauf wartete, dass die Beamten kamen und das Hotelzimmer absperrten, versuchte sie, sich zu erinnern, was Ulla bei ihrem letzten, hektischen Telefonat gesagt hatte, als sie aus der Badewanne geklettert war, um sich noch einmal genauer das Bild anzusehen, auf dem sie Enok Paulsen zu erkennen geglaubt hatte. Hatte sie einen klaren Hinweis gegeben, wer ihr Besuch war?

Tamber erinnerte sich nur daran, dass sie von einem alten Bekannten gesprochen hatte, der ihre Erinnerung über Paulsens Umgang auffrischen sollte. Im Prinzip konnte das jeder sein, der seine Wurzeln in diesem nördlichen Fischer- und Jägermilieu hatte, dem Paulsen angehört hatte. Eine Idee war so gut oder schlecht wie die andere. Trotzdem gingen ihre Gedanken wieder in eine ganz bestimmte Richtung: zu Oberstleutnant Brantenborg, der dort oben auf Paulsens Anleger in Mafjord auf sie gewartet hatte. Was hatte Ulla am Abend nach der Aufführung im Bolschoi-Theater gesagt? Tamber spürte einen Stich in der Brust, als es ihr einfiel. *Ich nannte ihn Onkel Henrik. Ein netter Kerl!*

Sie rannte nach unten zur Rezeption und fragte, ob im Laufe des Nachmittags ein Besuch für Ulla Abildsø registriert worden sei. Zum Beispiel ein älterer Mann. Schlank. Groß gewachsen. Mit dichtem silbergrauem Haar?

Die Empfangsdame schüttelte den Kopf.

»Das muss dann vor meiner Schicht gewesen sein«, sagte sie. »Nach fünf war kein Mensch hier.«

55

Hartmann hatte sich im Büro verschanzt. Er hoffte, endlich ein wenig mehr Licht in die Sache zu bringen, die sich mehr und mehr als der entscheidende Punkt im Fall Ingøy herauskristallisierte: Wer war der Mann im Steuerhaus des Bootes. Der geheimnisvolle Mister X, der Enok Paulsen aller Wahrscheinlichkeit nach mit einem russischen Präzisions-Gewehr erschossen hatte?

Er hatte sich in Eva Tambers Arbeitshypothese festgebissen, dass der Mann, den sie suchten, Oberstleutnant Brantenborg war. In diesem Fall musste der alte Nachrichtendienstoffizier gelogen haben, was den Zeitpunkt seiner Ankunft in Ingøy anging – ein Indiz, das zu überprüfen nicht so schwierig sein sollte. Tambers Ermittlungen hatten aber zu keinem Ergebnis geführt. Sie hatte Brantenborgs Vorgesetzte befragt, die bestätigt hatten, dass er einen Tag vor dem Auffinden von Enok Paulsens Leiche nach Ingøy beordert worden war. Tamber war auch in Kontakt mit der Aufsichtsperson des Flugfeldes Andøya gewesen, der bestätigen konnte, dass Brantenborg an dem entsprechenden Tag an Bord eines militärischen Orion-Flugzeugs gewesen war, das nach einem Spezialauftrag im Balkan wieder zum Stützpunkt zurückgekommen sei. Von dort sei er mit einem Militärhubschrauber weiter nach Havøysund geflogen. Das alles stimmte mit dem überein, was Brantenborg selbst bei seinem ersten Verhör angegeben hatte. Des Weiteren hatte er angegeben, mit dem lokalen Fährschiff nach Ingøy gefahren zu sein.

Die letzte Angabe war nie überprüft worden, und Hartmann entschloss sich, mit seinen Ermittlungen dort anzusetzen. Nachdem er die lokale Fährgesellschaft angerufen und erfahren hatte, welche Kontrolleure am aktuellen Tag Dienst gehabt hatten, hatte er sie der Reihe nach angerufen – alles in allem vier Mann, alle mit festem Wohnsitz in der Gemeinde und sauberen Akten. Auch wenn sie zu Beginn größte Probleme hatten, sich überhaupt an etwas von diesem speziellen Tag zu erinnern, der ja schließlich drei Wochen zurücklag, gelang es ihnen schließlich mit Hartmanns Hilfe, ihn in die Köpfe zurückzurufen. Er erinnerte sie mit ausschweifenden Kommentaren an das Wetter, wiederholte die wichtigsten Tagesnachrichten der Lokalpresse und der nationalen Fernsehsender. Drei der Kontrolleure waren sich ihrer Sache schließlich ganz sicher: Sie hatten niemanden an Bord gelassen, der in Sachen Bekleidung oder Aussehen zu Hartmanns Beschreibung von Brantenborg passte. Diese Aussage wurde dadurch erhärtet, dass aus den laufenden Büchern hervorging, wie viele Passagiere sie an diesem Tag nach Ingøy gebracht hatten. Nachdem sie eine Weile nachgedacht hatten, gelang es ihnen sogar, jeden Einzelnen von diesen beim Namen zu nennen. Es waren Anlässe wie dieser, die Hartmann voller Wärme an die kleinen Verhältnisse am äußeren Nordrand von Norwegen denken ließ.

Ebenso sicher wie die drei ersten, dass Brantenborg nicht bei ihnen an Bord gewesen war, war sich der vierte Kontrolleur, dass eine Person, die auf die Beschreibung passte, auf der Fähre gewesen war.

»Wie können Sie sich so sicher sein?«, fragte Hartmann misstrauisch. Nach dreißig Jahren bei der Polizei stellten sich ihm sofort die Nackenhaare auf, wenn ihm jemand genau das erzählte, was er hören wollte. »Das ist drei Wochen her, und Sie hatten vierzehn Passagiere an Bord!«

»Aber keiner war so angezogen wie der«, antwortete der Kontrolleur. »Dieser gelackte Affe hatte Watstiefel an – Sie wissen, so 'ne Stiefel, die bis zu den Oberschenkeln reichen.«

»War das nicht schrecklich kalt für Gummistiefel?«, fragte Hartmann, um der Sache nachzugehen.

»Ja klar. Deshalb ist mir das ja aufgefallen. Die Fähre war fast vollkommen vereist.«

»Und Sie sind sich ganz sicher, dass Sie sich nicht im Tag irren?«

»Jau, ganz sicher. Ich erinnere mich auch so gut an den, weil der Oslo-Dialekt gesprochen hat. Die anderen waren Bekannte aus der Gegend. Außerdem …« Die Verbindung wurde plötzlich schlechter.

»Könnten Sie das Letzte noch mal wiederholen!«, rief Hartmann in den Hörer. Er meinte, etwas verstanden zu haben, das den Ermittlungen ganz neuen Schwung geben konnte.

»Ich hab nur gesagt, dass ich ihn außerdem auch wiedererkannt hab. Es war erst ein paar Tage her, dass der den gleichen Weg gefahren ist, nur dass er damals in Hammerfest an Bord gegangen ist und da auch nicht so bescheuert angezogen war.«

»Sie erinnern sich trotzdem an ihn?«

»Ja, an dem Tag hatten wir bloß zwei Passagiere, und den anderen kannte ich. Außerdem hab ich bemerkt, dass der Fremde für sich sein wollte. Er hat mit keinem von uns ein Wort gewechselt. Hat bloß dagesessen und aus dem Fenster gestarrt.«

»Hatte er etwas bei sich?«

»Einen Rucksack, glaube ich. Ja, und eine große Plastiktüte von G-Sport. Die ist mir aufgefallen, weil ich selber an dem Tag in dem Laden war, um mir eine neue Rolle für die Angel zu kaufen.«

»Haben Sie ihn auch wieder zurückgebracht?«

»Nee, ich hab den erst wieder ein paar Tage später auf dem Anleger in Havøysund gesehen, wie gesagt, in diesen Watstiefeln.«

»Haben Sie noch etwas anderes bemerkt?«

»Nee, ich weiß nicht.« Ein heftiger Hustenanfall unterbrach das Telefonat. »Entschuldigung, ich kann nix dafür, das ist das Nikotin. Aber Sie haben gefragt, ob ich noch etwas Spezielles bemerkt habe.« Er dachte nach. »Ja, vielleicht, dass er ständig die Namen der Inseln wissen wollte, an denen wir vorbeigefahren sind.«

»Und Sie sind sich sicher, dass das beim zweiten Mal war, und dass Sie da nichts durcheinander bringen?«

»Aber wirklich. Beim ersten Mal saß er bloß still da und hat überhaupt nicht auf sich aufmerksam gemacht. Der starrte bloß aufs Wasser.«

Hartmann konnte ihm nicht mehr entlocken, also bedankte er sich und legte auf.

Er wusste instinktiv, dass er auf etwas Wichtiges gestoßen war. Es gab noch einige Ungereimtheiten, und viele Steinchen des Puzzles fehlten noch. Aber in zwei Sachen war er sich sicher: Brantenborg war an dem Tag, an dem Enok Paulsen zum letzten Mal mit seinem Boot aufs Meer hinausgefahren war, auf Ingøy. Außerdem hatte er diese erste Fahrt nach Ingøy offensichtlich geheim halten wollen. Er hatte es nicht nur unterlassen, Tamber davon zu erzählen. Als er ein paar Tage später wieder im Hafen auftauchte, trug er auffälliges Schuhwerk und sorgte während der Überfahrt mehrfach dafür, die Aufmerksamkeit der Mannschaft auf sich zu ziehen, indem er ständig nach den Namen von Inseln und Schären gefragt hatte. Hartmann zweifelte nicht an dem Grund dafür: Die Stiefel sollten dafür sorgen, dass er gesehen wurde und in Erinnerung blieb, und seine ständigen Fragen sollten den Eindruck erwecken, dass er die Strecke noch nie zuvor gefahren war.

Es drängte ihn, Eva Tamber die Ermittlungserfolge mitzuteilen, doch zur Sicherheit rief er noch einmal in Brantenborgs Abteilung an. Als er den entsprechenden Offizier am Telefon hatte, fragte er ihn, wo sich Brantenborg in der Woche vor seinem Auftrag auf Ingøy aufgehalten habe.

»Keine Ahnung«, sagte der Personalchef. »Er hatte Ferien. Er ist über sechzig und hat Anspruch auf eine zusätzliche Woche. Die hat er in dieser Zeit genommen.«

»Warum hat uns das bis jetzt keiner gesagt?«

»Es hat niemand gefragt«, antwortete er trocken. »Wir wurden um eine Bestätigung gebeten, dass er in der folgenden Woche eine Dienstreise in die West-Finnmark hatte, und diese Information haben wir an den PST weitergegeben.«

Hartmann bedankte sich höflich für die Hilfe, obwohl er ihn am liebsten zum Teufel geschickt hätte. Mit ein wenig mehr Hilfsbereitschaft des Militärs hätten sie Brantenborg bereits vor vierzehn Tagen einbestellen können. Jetzt war es deutlich schwieriger, ihm etwas nachzuweisen.

Er wollte gerade das Büro verlassen, als er eine SMS erhielt. Sie war von Vevelstad, dem Chef vom Personenschutz der

Osloer Polizei. Er bat Hartmann, so bald wie möglich anzurufen.

Er rief sofort zurück.

»Vevelstad«, klang es müde am anderen Ende.

»Hartmann hier, ich sollte mich melden?«

»Ja natürlich, hier herrscht das blanke Chaos.«

»Das kommt mir bekannt vor.«

»Vorsicht, Hartmann, es kursieren Gerüchte, dass auch Sie eine gewisse Unordnung hinterlassen haben. Nun ja, es geht um den Mustafa-Besuch.«

Wollte ihn der Typ verarschen?

»Die Sache ist mir abgenommen worden«, sagte er grimmig.

»Natürlich ist sie das, das weiß ich. Die ganze Kammer spricht darüber, und ich für meinen Teil weiß nicht, ob ich lachen oder weinen soll. Aber Dahlbo soll machen, was er will.«

»Das ist Malms Werk«, erklärte Hartmann. »Er kann mich nicht leiden, und ich ihn nicht. Der Unterschied ist bloß, dass er auf einer Position sitzt, die ihm die Chance gibt, mir die Karriere zu verderben.«

Vevelstad brummte amüsiert; nichts machte ihm mehr Freude, als Kollegen zuzuhören, die sich gegenseitig runtermachten.

»Das ist mir im Grunde ziemlich egal«, sagte er munter. »Ich kümmere mich nur darum, mir für die nächsten Tage die beste Mannschaft zu sichern. Ich rechne mit dem Schlimmsten und vertraue nicht darauf, dass jemand anders meinen Job macht.«

»Da haben Sie Recht.«

»Darf ich das als ein Ja auffassen?«

»Nein. Ich habe keinen Schimmer, für was Sie mich brauchen.«

»Das Übliche.«

»Sie meinen …?«

»Ja, natürlich. Der Außenminister hat selbst darum gebeten.«

»Machen Sie keine Witze.«

»Ich mache keine Witze. Er hat mir gesagt, dass Sie ihn jetzt seit mehr als dreißig Jahren bewachen, und dass er sich nirgendwo so sicher fühlt wie in Ihrer Nähe.«

Hartmann verstand, dass Vevelstad das ernst meinte. Er fühlte sich geschmeichelt und spürte, dass es bei dem Gedanken, doch etwas mit dem Mustafa-Besuch zu tun zu haben, in seinem Bauch kribbelte. Aber es gab ein unüberwindliches Hindernis.

»Ich bin an eine andere Sache gesetzt worden«, sagte er, und es gelang ihm nicht, zu verbergen, wie bedauerlich er das fand. »Enok Paulsen, dieser alte Fischer aus der Finnmark. Wir halten das nicht für einen gewöhnlichen Mord.«

»Aber es geht doch nur um vier bis fünf Stunden – Sie werden reichlich Gelegenheit haben, Ihre Kernzeit abzuleisten.«

»Ich werde das mit Eva Tamber besprechen.«

»Ich wusste, dass Sie Ja sagen würden.«

»Sie wissen gar nichts«, flapste Hartmann amüsiert und legte auf.

Doch als er zu Tambers Büro kam, war ihre Tür verschlossen. In der Zentrale sagte man ihm, sie sei bereits gegangen.

»Und ich dachte, sie wäre interessiert, einen Mörder zu finden«, seufzte er resigniert und verdrehte die Augen. »Hat sie gesagt, wohin sie wollte?«

Der Wachhabende schüttelte den Kopf, ohne seinen Blick von der Zeitung zu heben.

Auf dem Weg nach unten entschloss er sich, das Angebot des Personenschutzes anzunehmen. Tamber würde das verstehen.

56

Mitten in den Nachrichten klingelte es. Werner stand langsam auf und ging zur Tür, um zu öffnen. Er wusste, um was es ging. Dort draußen im winterlichen Dunkel würde eine Frau stehen, Alter unbekannt, helle Haare, blaue Augen. Sie sollte ein Päckchen bei sich haben. Er würde sie hereinbitten. Dann würden sie sich setzen und ein wenig miteinander reden. Nicht lange. Sie würde ihm die letzten Instruktionen geben für den morgigen Tag. (Der bevorstehende Mustafa-Besuch war natürlich das Hauptthema der Nachrichten gewesen. Die Polizei fürchtete Demonstrationen; der Staatsminister mahnte zur Ruhe und forderte zu einem würdigen Meinungsaustausch auf, wie es sich für eine Demokratie wie die hiesige gehörte.) Er selbst würde sie darüber informieren, dass er am Nachmittag kurz im Institut gewesen war, wo er den Behälter, den er von Pahlstrøm bekommen hatte, in der Bleiglaskammer platziert und die Arme in die langen Spezialhandschuhe geschoben hatte, die es ihm ermöglichten, ohne Gefahr der Verstrahlung, den Deckel von dem Behälter zu schrauben. Der optische Eindruck ließ keinen Zweifel. Trotzdem hatte er darüber hinaus noch ein paar einfache physische und chemische Untersuchungen vorgenommen. Sie hatten bestätigt, was er bereits wusste: Die Probe enthielt Waffen-Plutonium reinsten Grades.

Er öffnete die Außentür.

Es war Pahlstrøm.

»Was wollen Sie?«, fragte er wachsam.

Pahlstrøm tat so, als kenne er ihn nicht, obwohl erst wenige Stunden seit ihrer letzten Begegnung vergangen waren. Er streckte ihm einen Eimer mit Losen zugunsten einer Sozialen Einrichtung entgegen.

»Wollen Sie nicht ein Los kaufen? Der Ertrag ist für die Behandlung von Drogensüchtigen. Wenn Sie Kinder haben, machen Sie sich bestimmt Sorgen, dass …«

»Was kosten die Lose?«, fragte Werner trocken.

»Zehn Kronen das Stück.«

»Dann geben Sie mir zwei.«

Pahlstrøm schüttelte kaum merkbar den Kopf.

»Ach was, geben Sie mir fünf.«

Pahlstrøm lächelte.

»Danke, dass Sie eine gute Sache unterstützen«, sagte er und gab ihm die Lose. »Viel zu viele verschließen die Augen.«

Werner holte seine Geldbörse hervor und suchte einen Fünfzig-Kronen-Schein heraus.

»Man sollte das wenige tun, was man kann.«

Pahlstrøm lächelte zustimmend und ging die Treppe hinunter.

»Noch einen guten Abend«, sagte er und stapfte weiter.

Zurück im Wohnzimmer, begann Werner, die Lose zu studieren. Auf die Rückseite des dritten Loses hatte jemand mit Bleistift geschrieben: *Das Päckchen kommt heute Abend mit UPS. Nehmen Sie es morgen ungeöffnet mit zur Arbeit. Abfahrt 07 Uhr 10. Nehmen Sie die Anhalterin mit. Vernichten Sie das Los!*

Er riss das Los in kleine Fetzen und ging zum Kamin.

Der Wetterbericht versprach noch mehr Schnee.

57

Nach einem Abstecher ins Polizeipräsidium, um sich zu vergewissern, dass sich das Kriminalamt wirklich um das Verschwinden von Ulla kümmerte, fuhr Tamber mit einem Taxi zu Hartmanns Wohnung in der Thorvald Meyers gate. Sie hatte das dringende Bedürfnis, mit ihm über die Geschehnisse zu sprechen. Zuerst hatte sie ihn gebeten, ins Büro zu kommen, doch er hatte seltsam unwillig geklungen. Nach ein paar Minuten einer netten, oberflächlichen Unterhaltung hatte sie eingesehen, dass er weder krank noch irgendwie sauer war, sondern bloß ein Glas getrunken hatte und nicht mit einer Fahne durch die Dienststelle laufen wollte, wie er sich ausgedrückt hatte.

So wurde sie stattdessen zu ihm nach Hause eingeladen.

»Es sieht hier schlimm aus«, warnte er sie. »Aber wir haben ja auch nichts Schönes zu besprechen. Sie ist entführt und möglicherweise getötet worden, verstehe ich das richtig?«

Sie legte auf, denn sie wusste aus Erfahrung, dass Hartmann nicht immer Antworten auf seine Fragen erwartete. Im Gegenteil überhörte er die Antworten, die er bekam, oft demonstrativ. Als hätte er schon längst ein Fazit gezogen und fragte bloß, um seinen Mitmenschen zu zeigen, wie wenig er von ihnen hielt.

Hartmann musste in den wenigen Minuten, die sie vom Präsidium bis zu seiner Wohnung oben in Birkelunden gebraucht hatte, wie ein Verrückter aufgeräumt haben. Tamber war noch nie bei ihm zu Hause gewesen, und anschließend wusste sie nicht recht, was sie erwartet hatte. Kiefernmöbel vielleicht. Auf jeden Fall etwas Wuchtiges aus den siebziger Jahren, das zu seinem Cordanzug und seiner geschwungenen kurzen Pfeife passte. Doch in dieser Hinsicht wurde sie überrascht: Die Wohnung war luftig und hell, mit Gipsrosetten und Stuck an der Decke und freier Aussicht in den Park. Er führte sie durch das sparsam möblierte Wohnzimmer in einen Raum, der einmal ein Esszimmer gewesen sein musste, jetzt aber als Arbeitszimmer und Bibliothek fungierte. »Also, das hier ist so etwas wie meine Höhle!«, sagte er und breitete unsicher die Arme aus.

Tamber lächelte. Ja, das hier entsprach eindeutig dem Jørgen Hartmann, den sie kannte. Die Wände waren mit Büchern voll gestopft – Laufmeter an Laufmeter älterer Literatur über Marxismus und Leninismus, die Bedrohung Sowjetunion, Spionage früher und heute, politische Biografien, Reiseberichte und geografische Nachschlagewerke, sowie Dokumentationen in den verschiedensten Sprachen über dramatische Geschehnisse während des Kalten Krieges. Neben den Regalen hingen Kupferstiche von holländischen Segelschiffen, alte europäische Stadtpläne und eine Reihe von Kohlezeichnungen, die amerikanische Jazzmusiker darstellten. In einer Ecke stand ein verbeultes Tenorsaxophon und erinnerte an ein heftigeres Leben auf der anderen Seite des Atlantiks. Über der Schatulle auf der linken Seite der Tür hing eine alte Schwarzweiß-Fotografie eines zugeknöpft wirkenden Mannes mit Brille und breitem Kragen. Auf den ersten Blick ähnelte er Hartmann so sehr, dass sie dachte, es müsse sich um seinen Vater handeln, doch dann entdeckte sie verblüfft, dass es sich um den 33. Präsidenten der USA, Harry S. Truman, handelte. Das Bild wurde ergänzt durch ein Zitat aus dem Jahr 1945: *I'm tired of babying the soviets.* Stimmte es also, was Malm und die anderen bösen Zungen behaupteten, dass Jørgen Hartmann in Gedanken noch immer im Kalten Krieg lebte und diesen vermisste? »Du hast ein Faible für Amerika, oder«, sagte sie neutral. »Aber wo sind die Familienfotos? Du ahnst gar nicht, wie gespannt ich darauf bin, dich im Konfirmationsanzug zu sehen!«

»Verstaut«, sagte er beiläufig und nickte in Richtung einer schwarzen, doppelflügeligen Tür am anderen Ende des Raumes. »Die Hochzeitsfotos auch. Die müssen bis zum nächsten Mal warten. Wenn ich aufgeräumt habe.«

Natürlich. Jetzt erinnerte sie sich. Hartmann war verheiratet gewesen. Ganz hinten in ihrem Schädel dämmerte ihr etwas von einem Unfall auf der E18, als Rita, seine Frau, auf dem Weg aus der Stadt war, um sich ein Haus anzusehen. Das musste fürchterlich lange her sein. Sie selbst hatte da noch nicht beim PST angefangen, aber natürlich hatte sie die Geschichte zu hören bekommen – das letzte Mal noch von Malm bei der Weihnachtsfeier, mit allen grausamen Details. Es war eine dieser vollkommen sinnlosen Tragödien gewesen. Zwei Wochen nach der Hochzeit war alles vorbei. Mit so etwas konnte man sich wohl kaum versöhnen, dachte sie. Gab es deshalb nirgendwo ein Foto des Paares oder der Verstorbenen?

Als Hartmann erneut das Wort ergriff, erschien es fast so, als hätte er ihre Gedanken gelesen.

»Wie du siehst, versuche ich, mich möglichst wenig zu Hause aufzuhalten. Ich habe nicht die Kraft, umzuräumen oder zu renovieren. Das einzig Kreative, das ich hier in den letzten neun Jahren gemacht habe, ist die Unordnung.«

Sie wollte ihm anbieten, ihm irgendwann einmal beim Räumen zu helfen, doch er kam ihr glücklicherweise zuvor:

»Jetzt will ich aber alles über Ulla Abildsøs Verschwinden wissen.« Er ließ sich in einen der tiefen Lehnsessel fallen. »Warum glaubst du, dass es sich um ein Verbrechen handelt und sie dich nicht bloß einfach versetzt hat? Mein Gott, sie fühlte sich vielleicht einsam und ist mit irgendeinem hübschen Kerl in die Stadt gegangen, um auf andere Gedanken zu kommen. Ein so genanntes romantisches Date. Du hast doch sicher schon mal davon gehört, Eva?«

»Es gab keine Anzeichen für irgendeinen Flirt«, sagte Tamber hartnäckig. »Außerdem hätte sie sich bestimmt kurz bei mir gemeldet und mir das erklärt. Aber ich meine, ich bin auch nicht Mutter Theresa. Wenn sie sich wirklich entschlossen haben sollte, nicht zu kommen?«

»Darüber wissen wir nichts!« Hartmann streckte sich nach einer halb vollen Flasche Whiskey, die mit zwei Gläsern und einer Schale mit Eis auf einem Beistelltischchen stand. »Ein Drink?«

»Einen ganz dünnen, gerne. Ich muss noch zurück ins Büro.«

Sie nippte prüfend an der gelblichen Flüssigkeit. Hartmann hatte wenigstens ein Händchen für guten Whisky.

»Ich habe das sichere Gefühl, dass wir es mit einem Verbrechen zu tun haben«, begann sie. »Ich fürchte, dass sie entführt oder in eine Falle gelockt worden ist – oder schlimmstenfalls sogar getötet.«

»Aber wer sollte Interesse daran haben, eine harmlose, anständige Distriktsärztin aus der Finnmark zu entführen oder zu töten?«

»Harmlos? Das kommt darauf an, wie man es sieht. Sie scheint auf der Spur eines militärischen oder politischen Geheimnisses gewesen zu sein. Bei unseren Gesprächen in Moskau und in den beiden Nachrichten, die ich von ihr erhalten habe, hat sie das mehr als angedeutet.«

»Jetzt machst du mich aber neugierig. Erzähl!«

»Nun, so wie ich es verstanden habe, sind mehrere nähere Familienmitglieder an einer seltenen Krebsart gestorben, die mit radioaktiver Strahlung in Verbindung gebracht wird. Sie hatte den Verdacht, dass norwegische Behörden oder Personen mit Kontakt zum Militär an einer verdeckten Operation beteiligt waren, um die wahren Geschehnisse zu verschleiern. Wenn ich sie richtig verstanden habe, hat sie in Moskau wichtige neue Informationen bekommen. Darüber wollte sie heute Abend mit mir sprechen. Und über eine alte Fotografie, auf der Paulsen mit Bekannten oder Freunden abgebildet ist. Aber jemand ist mir zuvorgekommen. Sowohl Ulla als auch die Fotografie waren weg.«

Hartmann führte sein Glas zum Mund. Seine graublauen Augen waren schmal und nachdenklich. Obwohl er getrunken hatte, wirkte er vollkommen klar, als er das Wort ergriff.

»Du hast vielleicht nicht so viele Fakten«, begann er, »aber ich vertraue auf deine Intuition. Ulla ist aller Wahrscheinlichkeit nach gegen ihren Willen verschwunden. Die Frage ist, wer dahinter steckt. Was das angeht, haben wir bis jetzt kaum Anhaltspunkte. Du hast gesagt, sie hätte in Moskau neue Informationen bekommen. Da meldet sich bei mir eine dringende Frage: Gibt es davon irgendetwas am Tatort? Und wer wusste, auf was für eine Spur sie da gestoßen war?«

Tamber informierte ihn, dass sie die Spurensicherung gebeten hatte, eine Liste aller Gegenstände zu machen, die sich im Hotelzimmer befanden, inklusive Briefe und Dokumente. Sie hatten ihr versprochen, diese Liste noch im Laufe des Abends fertig zu stellen. Sie selbst rechnete allerdings nicht damit, etwas Besonderes zu finden. Wenn ihre Analyse richtig war, waren es gerade diese neuen Informationen, die sich der Täter hatte sichern wollen. Sie zweifelte daran, dass er das Hotel unverrichteter Dinge verlassen hatte. Was die Frage anging, welche Personen von den Untersuchungen wussten, die Ulla Abildsø in Norwegen und in Russland vorgenommen hatte, musste sie passen. Darüber hatten sie nie gesprochen.

Sie streckte sich nach dem Glas, erstarrte aber in der Bewegung.

»Warte mal«, sagte sie aufgeregt, »da fällt mir was ein.« Sie öffnete ihre Schultertasche und zog einen handgeschriebenen Brief heraus. »Sieh dir das mal an«, fuhr sie fort und reichte ihm den auf hellblauem, liniertem Papier geschriebenen Brief. »Das ist die Nachricht, die ich vorgestern von Ulla Abildsø erhalten habe. Ich wusste, dass ich da etwas übersehen habe, ganz unten auf der letzten Seite.«

Er las laut: »Du solltest wissen, dass ich nicht auf der faulen Haut gelegen habe, seit wir uns in Moskau getroffen haben. Sofort als ich wieder in Oslo war, habe ich das russische Dokument übersetzen lassen. Die Antwort kam gestern. Der Text ist nicht leicht zu deuten, und ich habe Hilfe bei einem Experten gesucht. Ein alter Freund von Vater mit einer Vergangenheit beim Militär. Er hat mich gerade angerufen und meinte, wir sollten uns treffen; er sagte, er hätte wichtige weitere Informationen. Ich werde auch noch mit einem früheren Forschungschef vom FFI Kontakt aufnehmen, der, wie ich glaube, viel mehr weiß, als er bereit ist, zu sagen.«

Hartmann sah sie an. »Wir wissen, wen sie meint?«

Tamber schüttelte den Kopf.

»Nein«, sagte sie, »aber ich habe die Telefonnummer ihrer Mutter zu Hause in Bakfjordeid. Man sollte sie wohl ohnehin informieren, dass ihre Tochter verschwunden ist. Im besten Fall weiß sie, wo sie sich befindet.«

Hartmann zeigte auf das Telefon auf dem Glastisch.

»Mein Gott, wie ich das hasse.« Tamber seufzte, doch dann wählte sie die Nummer und drückte den Lautsprecherknopf, so dass Hartmann das Gespräch mithören konnte. Es dauerte nur wenige Sekunden, bis sie Verbindung bekam. Sie stellte sich vor und erklärte, dass sie die Befürchtung hätten, Ulla könne etwas zugestoßen sein. Sie sei aus dem Hotel verschwunden und habe nichts von sich hören lassen. Im Hinblick auf die Nachforschungen sei es für die Polizei von großer Bedeutung, einen nahen Freund oder Bekannten der Familie zu identifizieren, mit dem Ulla angeblich an diesem Nachmittag in Kontakt war.

»Wer soll das denn gewesen sein?«, wurde sie von Ullas Mutter unterbrochen. »In den letzten Jahren hat Ulla wenig Kontakt zur Familie gehabt. Sie teilt auch unseren Glauben nicht und lebt nicht so wie wir.« Ihre Stimme zitterte. »Das Resultat sieht man ja. Der Herr ist ohne Gnade für die, die ihre Herkunft leugnen und nur ihre eigene Eitelkeit nähren.«

Hartmann sah, wie seine Kollegin darauf brannte, der Alten die Meinung zu sagen, sich aber am Riemen riss.

»Ja, das ist wirklich nicht leicht«, sagte Tamber zweideutig. »Aber wir haben handfeste Beweise, dass sie wirklich einen alten Freund der Familie kontaktiert hat. Einen früheren Offizier. Möglicherweise mit Verbindungen zum Nachrichtendienst.«

»Was hat sie denn jetzt mit dem Nachrichtendienst zu tun?«

»Nicht sie. Der Offizier. Ein Freund der Familie. Er hat mit – nun, Sie wissen schon, was ich meine … mit so geheimen Sachen … Spionage und so zu tun gehabt und …«

»Ach, dann meinen Sie Henrik. Nein, den hab ich seit zehn Jahren nicht mehr gesehen. Er war Ståles Freund. Sie haben sich beim Militär kennen gelernt und nie den Kontakt verloren. Aber unsere Ulla hat doch keinen Kontakt zu ihm gehabt. Warum sollte sie das? Sie erinnert sich ja nicht einmal an ihre eigene Mutter!«

»Ulla ist verschwunden«, erinnerte sie Tamber. »Entschuldigen Sie, dass ich so darauf herumreite, aber wie heißt dieser Henrik weiter?«

»Tja, da bin ich mir nicht so sicher, ob ich das weiß. Wir kannten ihn nur als Henrik.«

»Vielleicht Brantenborg?«

Sie zögerte.

»Ja«, sagte sie langsam, ehe sie rasch hinzufügte: »Ich hoffe nun wirklich, dass Ulla nichts mit ihm zu tun hat. Glauben Sie mir, ich habe alles daran gesetzt, diesen Mann zu vergessen.«

»So viel habe ich verstanden«, sagte Tamber, aber die Ironie war umsonst. Ullas Mutter hatte längst aufgelegt.

»Jetzt brauchen wir eine Tasse Kaffee«, sagte sie, an Hartmann gewandt. »Ich bin doch nicht die Einzige, die Licht am Ende des Tunnels sieht?«

»Ich sehe auf jeden Fall eine lange, schlaflose Nacht auf uns zukommen«, antwortete Hartmann. »Wir haben eine endlose Liste, die wir bis morgen früh durchchecken müssen. Wenn du zu schreiben beginnst, besorge ich uns Kaffee und etwas zu essen.«

Während Hartmann in die Küche verschwand, huschte Tamber durch den Raum zu der schwarzen Tür. Sie war nicht verschlossen, knirschte aber leise, als sie sie öffnete. Zuerst begriff sie nicht, was sie da sah, denn der Raum lag im Dunkel, und sie wollte die Lampe nicht anmachen. Trotzdem glaubte sie, ein paar hellgraue, unförmige Felder in all dem Schwarz zu erkennen. Betttücher. Der ganze Raum war voller abgedeckter Möbel. Sie schlich sich hinein und hob das erste Laken an. Es verhüllte ein Børge-Mogensen-Sofa mit geprägtem Lederbezug. Ein rascher Blick unter die zwei anderen Laken brachte passende Stühle zum Vorschein. Auch die Stehlampe, der Fernseher und die etwas in die Jahre gekommene Stereoanlage unter den nächsten Laken waren bestes dänisches Design. Sie war gerade dabei, eine ganze Reihe ausgesuchter japanischer Tuschezeichnungen zu enthüllen – einige mit erotischen Motiven –, als Hartmann mit einer dampfenden Kaffeekanne in der Tür auftauchte.

»Störe ich?«

Sie wäre am liebsten im Boden versunken.

»Wie schön du es hier hast«, sagte sie aufrichtig. »Ich hatte ja keine Ahnung, dass du einen so guten Geschmack hast.«

»Habe ich auch nicht«, sagte er kühl. »Das ist Ritas Geschmack und das Geld ihres Vaters, das du da bewunderst.«

Während sie half, den Tisch zu decken, versuchte sie, ihm zu erklären, dass sie nicht hinter seinem Rücken spionieren oder sich aufdrängen wollte; sie sei nur so schrecklich neugierig, dass ihr jedes Mal, wenn sie eine verschlossene Tür sah, die Finger zu kribbeln begannen. Aber ihre Entschuldigungen hatten keinen Effekt. Hartmann war mürrisch und distanziert, und ihr war immer unwohler zumute. Vielleicht war es ein Fehler gewesen, so spät zu ihm nach Hause zu kommen.

»Es tut mir wirklich Leid«, sagte sie schließlich. »Soll ich lieber gehen?«

Der Kollege schüttelte energisch den Kopf.

»Nein, bloß nicht«, sagte er. »Das hat nichts mit deiner Neugier zu tun, so empfindlich bin ich nicht. Aber du hast Recht, es ist etwas nicht in Ordnung. Ich fürchte, ich muss dir sagen, dass ich hinter deinem Rücken eine Absprache getroffen habe, die dir nicht gefallen wird.«

Mit hängendem Kopf erzählte er ihr, dass er versprochen hatte, im Zusammenhang mit dem Mustafa-Besuch beim Personenschutz einzuspringen. Sie musste also gerade in dem Moment ohne ihn auskommen, in dem der Fall Ingøy eine neue, dramatische Wendung zu nehmen schien. Wenn er nur die geringste Ahnung gehabt hätte, was da lief, hätte er sie natürlich nicht so hintergangen.

Sie hob ihre Hand als Zeichen, dass er nichts mehr zu sagen brauchte.

»Da kann ich doch offensichtlich eh nichts mehr dran ändern. Wir kommen schon zurecht. Aber dafür kriege ich heute Abend noch ein paar Stunden?«

Er lächelte erleichtert.

»Aber klar.«

»Gut, dann will ich zuerst wissen, was du von Ulla Abildsøs Verschwinden hältst: Siehst du eine Verbindung zum Fall Ingøy?«

Hartmann hatte keinen Zweifel: Brantenborg hatte mit beidem etwas zu tun. Jetzt galt es nur, den Zusammenhang herauszufinden. Wenn sie den hatten, würden sie auch das Motiv dahinter sehen.

»Lass uns mit dem Elementarsten beginnen«, erklärte er, als sie einige Minuten später mit zwei Tassen Cappuccino am Küchentisch Platz genommen hatten. Tamber hatte Block und Bleistift parat. »Siehst du Gemeinsamkeiten zwischen den beiden Fällen, Eva? Abgesehen von Brantenborg, natürlich.«

»Nun, erst einmal liegt eine ziemlich große Distanz zwischen den beiden Sachen, sowohl geografisch als auch zeitlich, aber trotzdem ...«

»Ja? Sag mir genau, was du denkst!«

»Ich denke an drei Dinge: Beide Opfer – wenn wir nun davon ausgehen, dass Ulla etwas geschehen ist – hatten eine Verbindung nach Ingøy. Paulsen wohnte dort, Ulla Abildsøs Vater stammte von dort. Paulsen war anscheinend in den Plutoniumschmuggel verstrickt. Abildsø untersuchte ein Geschehnis, bei dem ihr Vater und ihre Onkel radioaktiver Strahlung ausgesetzt waren.«

»Und mit was haben wir es in dem Fall zu tun?«

»Atomwaffen.«

»Genau.« Er zauberte eine oft benutzte Billiard-Pfeife aus seiner Jackentasche und stopfte sie sorgsam. In seinem Haus gab es Platz für alle, sogar für Raucher. »Ich glaube, wir sollten dort anfangen und uns dann in alle möglichen Richtungen vortasten.«

Sie rümpfte die Nase.

»Klingt aber verlockend«, sagte sie skeptisch. »Für mich hört sich das Ganze schon noch recht gewagt an. Die eine Sache fand vor mehr als vierzig Jahren statt. Die andere heute. Erlaubst du mir eine Gegenfrage? Was können Vergangenheit und Gegenwart bei einer Sache wie dieser gemeinsam haben?«

»Keine Ahnung«, kam es aufrichtig von Hartmann. Sie saßen einen Moment lang schweigend da. Dann lächelte er verlegen. »Die Zukunft?«

58

»Sitz still. Rühr dich nicht!«

Ulla lächelte gequält. Ihre Finger, die sich eben zum Türöffner hatten vortasten wollen, zitterten. Genau das hatte sie befürchtet.

Bis zu den Mautschleusen bei Majorstuen war Brantenborg unglaublich freundlich gewesen und hatte sie nach allen Regeln der Kunst unterhalten. Doch, doch, sie wären auf dem Weg zu Borgar Fürst, er wollte nur noch einen kurzen Schwenker zu Hause vorbeimachen, um einige Unterlagen zu holen, die sie unbedingt sehen müsste. Ein Umweg, das schon, aber auf ein paar Minuten mehr oder weniger käme es doch auch nicht an. Sie hätten jede Menge Zeit, das würde weniger als eine halbe Stunde in Anspruch nehmen, den Nachmittagsverkehr mit eingerechnet. In der moosgrünen Lodenjacke, der grauen Wollhose und den teuren Camelschuhen wirkte er auf sie wie der Beschützer schlechthin: ein liebenswürdiger, alter »Onkel«, der der Tochter seines verstorbenen besten Freundes helfen würde, solange Zeit und Kräfte reichten.

Aber als er vor einer roten Ampel vor der Abfahrt zur Tuengen allé hielt und Ulla blitzschnell den Gurt losmachte und sich in dem Versuch, zu fliehen, gegen die Tür warf, lernte sie eine ganz neue Seite seines Charakters kennen. Trotz roter Ampel drückte er das Gaspedal durch. Das Auto schoss nach vorn, und es war reines Glück, dass er den Fahrradfahrer nicht erwischte, der gerade die Straße Richtung Vestre Gravlund überquerte. Als sie nach hinten in den Sitz gedrückt wurde, schob er die linke Hand in die Jackentasche und zog eine Pistole hervor.

Ulla hatte keine Ahnung von Waffen, zweifelte aber keine Sekunde daran, dass die schwarz glänzende Pistole echt war. Echt war auch der Schmerz, der durch ihren Körper schoss, als er ihr den Pistolenlauf gleich über der linken Niere in die Seite bohrte.

»Glaub, was du willst, aber ich werde nicht zögern, zu schießen«, sagte er mit ruhiger, eindringlicher Stimme. »Nur zu deiner Information: Ich habe schon öfter gemordet, ohne erwischt zu werden.«

Die Unruhe, die sie befallen hatte, als sie erkannt hatte, dass Brantenborg die obere Kommodenschublade aufgezogen und das Foto von der Mannschaft der *Syvstjerna* entdeckt haben musste, wurde nun zur grausamen Gewissheit. Er hatte nicht auf der Seite ihres Vaters gestanden und nie vorgehabt, ihr bei ihren Untersuchungen zu helfen. Im Gegenteil: Er hatte beschlossen, sie zu unterbinden.

»Lass mich raus, Henrik. Tu jetzt nichts, was du hinterher bereust!«, sagte sie.

Er antwortete nicht. Hatte mehr als genug damit zu tun, den Wagen mit einer Hand zu lenken und ihr gleichzeitig mit der anderen Hand die Pistole in die Seite zu drücken. Sie wusste nur zu gut, was ein Schuss in die Nieren oder das Rückgrat anrichten konnte, um sich eine Dummheit zu erlauben.

Etwa in der Mitte des Charlotte Andersens vei ging er mit der Geschwindigkeit runter und fuhr durch ein offenes, schmiedeeisernes Tor mit weiß gekalkten Pfosten. Sie rollten ruhig auf eine große Doppelgarage am hinteren Ende des Grundstücks zu. Mit einem kurzen Fingerdruck auf die fest montierte Fernbedienung öffnete er das Garagentor. Ulla war gar nicht wohl in ihrer Haut, obwohl das Innere der Garage einen völlig unschuldigen Eindruck machte. Da waren ein Paar Langlaufski, ein Mountainbike, ein riesiger orangefarbener Zementmischer, diverse Gartengeräte und ein altmodischer Tretschlitten. Und an der hinteren Wand: eine ungestrichene Tür.

»Da rein!«, blaffte er mit einem Nicken in Richtung der Tür. »Du hättest deine Nase nicht in fremde Angelegenheiten stecken sollen, Ulla. Das hätte deinem Vater gar nicht gefallen.«

»Was für Angelegenheiten?«, fragte sie trotzig, als er sie vor sich her durch die Garage schubste. Das ferngesteuerte Garagentor war auf dem Weg nach unten. Er hatte den Motor ausgeschaltet, aber die Autotür offen gelassen. Das Radio lief noch. Kinderstunde. Sie sah ein, wie minimal die Chance war, dass jemand sie hörte, wenn sie schrie. Außerdem war dies eine Wohngegend, in der die Nachbarn einander vertrauten, die Privatsphäre der anderen respektierten und es weitestgehend vermieden, persönliche Fragen zu stellen. Falls also doch jemand den Schrei hören sollte, würde er sich dezent abwenden und so tun, als wäre nichts gewesen. Familienzwiste und häusliche Gewalttätigkeiten hatten einen ungünstigen Einfluss auf den Wohnungsmarkt.

»Vater ist jetzt fast fünfundzwanzig Jahre tot. Ich fasse es nicht, wie du behaupten kannst, zu wissen, was er gedacht hätte.«

»Du kannst noch viel lernen«, sagte er und öffnete die Tür zu einem Raum, der wie ein dunkler, nicht genutzter Geräteschuppen aussah. Er gab ein kurzes, humorloses Lachen von sich und schubste sie grob in den dunklen Raum. Der Boden hinter der Türschwelle war ein paar Zentimeter höher. Sie stolperte nach vorn und stieß sich die Hüfte an einer scharfen Kante.

»Stehen bleiben!«, kommandierte er.

Sie tat, was er sagte.

»Arme auf den Rücken. Ja, so. Umdrehen. Und jetzt falte die Hände.«

Er wickelte ihr ein paar alte Skiriemen um die Handgelenke und zurrte sie fest. Die scharfen Kanten der Metallklemmen schnitten in ihre dünne Haut.

»Dreh dich um!«

Sie drehte sich um. Sah ihm herausfordernd in die Augen. Er erwiderte ihren Blick.

»Auf die Knie!«

Sie tat, was er verlangte, obwohl Knien die unangenehmste Position war, die sie kannte. Der Druck auf die Prothese würde sich in wenigen Minuten in Schmerz verwandeln.

»Kopf hoch!« Er schnaufte ungeduldig, weil sie nicht sofort tat, was er von ihr wollte. »Wir haben nicht den ganzen Tag Zeit, Ulla. Streck den Hals!«

Sie streckte den Hals.

Er beugte sich vor und begann, an einer Art Hebel oder Kurbel zu drehen. Sie hörte das Knarren von trockenem Holz.

Es dauerte ein paar Sekunden, ehe sie begriff, was er da tat.

»Zurücklehnen, sei so gut!«

Sie zögerte.

»Zurücklehnen, verdammt noch mal!«

Sie befolgte seinen Befehl, wie schon so viele Opfer vor ihr getan hatten, was ihre Henker ihnen befahlen. Es war absolut erniedrigend, aber sie hatte keine Kraft, sich zu wehren, und bog den Kopf ein Stück nach hinten.

Da ihm das aber noch immer nicht schnell genug ging, zog er ihren Kopf an den Haaren zwischen die Schraubzwinge der Werkbank.

»Sitz still, dann passiert dir nichts!«

Er drehte den Spanngriff.

Als sich die Backen der Zwinge gegen ihre Schläfen drückten, war sie kurz davor, in Panik auszubrechen. Was hatte er mit ihr vor? Wieso sagte er nicht, was er wissen wollte, damit sie eine Chance hatte zu antworten, bevor er sie folterte? Sie schloss die Augen. Bilder von Folterkammern, Streckbänken und verstümmelten Gefangenen flimmerten über ihre Netzhaut. *Handlungen, die ohne Liebe ausgeführt werden, sind tote Handlungen ...*

Plötzlich ließ Brantenborg sie los und trat einen Schritt zurück.

»Es tut mir Leid«, sagte er und klang fast aufrichtig. »Normalerweise regele ich solche Dinge anders, Ulla. Aber deine Untersuchungen kommen uns, gelinde gesagt, äußerst ungelegen. Ich werde dich die nächsten Stunden hier festhalten, wenn es sein muss auch einen ganzen Tag. Ich werde die Fußbodenheizung anstellen und dafür sorgen, dass du zu essen und zu trinken bekommst. Danach, wenn sich die Lage erst einmal wieder beruhigt hat, werden wir versuchen, uns über das weitere Vorgehen zu einigen.«

»Ich verstehe kein Wort«, protestierte sie leise. »Mich interessiert doch nur, was 1961 mit Vater und meinen beiden Onkeln passiert ist. Ich glaube, sie wurden einem ...«

Weiter kam sie nicht. Er hatte seinen Schal abgenommen und band ihr damit fest den Mund zu. Die feuchten Wollfäden kratzten auf der Zunge. Sie wollte instinktiv um Hilfe rufen, brachte aber nur ein schwaches, jämmerliches Winseln zustande.

»Dummkopf«, sagte er. Dann bückte er sich und durchsuchte ihre Jackentaschen. Er öffnete die Brieftasche und zog ein weißes Plastikkärtchen mit einem schwarzen Pfeil heraus. Der Schlüssel zu ihrem Hotelzimmer. Er steckte die Brieftasche zurück in die Seitentasche und setzte die Suche fort. Erst in der Jacke, danach in der Schultertasche, die in der Ecke neben der Tür lag. Aber das Einzige, das sein Interesse weckte, war das Handy. Sie hatte den Ton ausgestellt, damit sie es benutzen konnte, falls etwas Unerwartetes eintraf und sie Hilfe brauchte, aber dass sie gleichzeitig nicht riskierte, von einem Klingeln gestört zu werden, wenn es gerade nicht passte.

»Du hast drei unbeantwortete Anrufe«, sagte er neugierig. »Alle von ein und derselben Nummer. Wollen wir doch mal schauen.« Er drückte ein paar Tasten. »Du hast die Nummer bereits gespeichert, wie ich sehe. Eva Tamber – wer ist denn das?« Er lächelte sie an. »Nein, du brauchst nicht zu antworten. Das werde ich schon selbst herausfinden. Aber sie scheint dich zu vermissen, wenn sie dich dreimal innerhalb von zwanzig Minuten anruft.«

Er ging zur Tür.

»Du wirst mich entschuldigen, wenn ich das Licht nicht anmache. Ich muss Strom sparen.«

Dann war er weg.

Sie hörte, wie die Tür von außen verschlossen wurde. Danach entfernten sich seine Schritte. Das Garagentor öffnete und schloss sich. Danach: nichts mehr.

Es war vollkommen still und dunkel.

Ich bin nicht allein, dachte sie. Irgendjemand da draußen würde sie ja wohl vermissen und nach ihr suchen und sie nicht mit auf dem Rücken gefesselten Händen in einem geschlossenen, dunklen Geräteschuppen verrecken lassen?

In den folgenden Stunden war sie damit beschäftigt, sich aus der ausgeklügelten Falle zu befreien, die Brantenborg für sie konstruiert hatte. Aber was sie auch tat, alles schien nutzlos. Ihr Kopf saß in dem Schraubstock fest und ließ sich keinen Millimeter bewegen, weder vor noch zurück oder zur Seite. Mit den hinter dem Rücken gefesselten Armen bekam sie nichts anderes zu fassen als ihren Körper. Und der Knebel vereitelte jeden Versuch, um Hilfe zu rufen. Sie hockte in der für sie denkbar ungünstigsten Körperhaltung da, ihr Körpergewicht drückte ihre Knie auf den harten Zementboden. Nach einer Weile spürte sie ein schwaches Kribbeln in den Zehen des gesunden Fußes. Sie versuchte, den Kreislauf in Gang zu halten, indem sie die Rückseite der Oberschenkel mit den Fingern massierte. Und als sie dabei mit dem Mittelfinger am Rand der Prothese entlangstrich, kam ihr plötzlich die zündende Idee, wie sie sich befreien konnte. Wenn sie mit den Fingern bis an den Rand der Prothese kam, müsste sie sich auch noch zwei oder drei Zentimeter weiter strecken können bis zu dem geriffelten Rädchen, mit dem sich die Prothese lösen ließ. Wenn sie das schaffte, müsste es auch funktionieren, die kleinen Metallklemmen zu öffnen, die die Skiriemen an ihren Handgelenken unter Spannung hielten. Alles, was sie dazu tun musste, war, ihre Prothese abzuschnallen, die Metallklemmen hinter einen der Spanner zu haken, und zu ziehen. Die Prothesenbefestigung war für große Belastungen konstruiert, so dass sie sich keine Sorgen machte, dass das Aluminiumgestänge dem Druck nicht standhalten könnte. Wenn sie es schaffte, die Metallklemmen zu öffnen, würde es höchstens noch ein paar Sekunden dauern, bis sie frei war. Was sie danach machen wollte, wusste sie noch nicht. Der Schuppen hatte kein Fenster, und die solide Tür, die in die Garage führte, war von außen verschlossen. Sie hasste es, sich eingestehen zu müssen, dass sie komplett von anderen abhängig war.

Nachdem sie sich mühsam befreit hatte, wartete sie, dass er ihr endlich etwas zu essen und zu trinken brachte. Die Stunden vergingen. Sie hatte keine Ahnung, wie spät es war, aber irgendwann knurrte ihr so der Magen, dass sie vermutete, seit ihrer letzten Mahlzeit mussten mindestens fünf Stunden vergangen sein. Und die hatte sie um fünf Uhr nachmittags gehabt. Ergo müsste es neun oder zehn Uhr abends sein.

Es dauerte noch mindestens eine weitere halbe Stunde, bis sie das Garagentor hörte. Sie spitzte die Ohren. Hatte er jemanden dabei? Sie hörte deutlich, dass er sprach, aber nicht, was er sagte. Verzweifelt biss sie sich auf die Unterlippe. Einen Mann würde sie vielleicht noch überrumpeln können. Aber gegen zwei oder mehr hatte sie keine Chance.

Der Schlüssel wurde umgedreht. Die Tür glitt auf. Im Lichtstreifen, der durch den Türspalt fiel, erkannte sie die Silhouette eines Mannes. Brantenborg. Er war alleine. Und er hielt ein Handy in der Hand. Das erklärte die Stimme, die sie gehört hatte. In der anderen hatte er eine Plastiktüte von Meny.

Er trat in den Raum. Genau, wie sie es sich ausgerechnet hatte, vergingen ein paar Sekunden, ehe er sich an die Dunkelheit gewöhnte und nach dem Lichtschalter rechts neben dem Türrahmen tastete. Auch danach verhielt er sich genau so, wie sie es erhofft und erwartet hatte. Als das Klicken des Lichtschalters ertönte, ohne dass es hell wurde, wanderte sein Blick unwillkürlich zu dem Lampenschirm an der Decke. Ob er noch registrierte, dass die Birne herausgedreht war, konnte sie nicht sagen. Sie hatte aber auch nicht vor, ihn danach zu fragen. Sie nutzte den Moment und schob sich mit zum Schlag erhobenen Arm aus ihrem Versteck hinter der Tür.

Brantenborg drehte sich genau im richtigen Augenblick um, um zu begreifen, was geschah. Er hob die Arme in dem desperaten Versuch, sich vor dem Schlag zu schützen, aber dazu war es zu spät. Die stahlharte Kunststoffferse traf ihn wie ein Hammer direkt über dem rechten Ohr. Ulla humpelte wie von Sinnen durch den Raum und hatte alle Hände voll zu tun, sich nach der gewaltsamen Kraftentladung aufrecht zu halten. Glücklicherweise ging er direkt zu Boden. Wahrscheinlich der erste Mann in der Geschichte, der mit einer Beinprothese k.o. geschlagen wurde, schoss es ihr durch den Kopf. Durchaus möglich, dass sie nicht fair gespielt hatte, aber sie hatte nicht vor, den Schuldspruch abzuwarten. Sie hüpfte zur Tür und stützte sich am Rahmen ab, um die Prothese zu untersuchen. Außer einer kleinen Schramme an der Hacke war sie nicht beschädigt. Sie zog den Strumpf über, den sie in der Jackentasche aufbewahrt hatte, bevor sie die Prothese wieder anlegte. Dann nahm sie ihre Schultertasche und wollte gerade aufbrechen, als ihr einfiel, dass sie etwas vergessen hatte.

Brantenborg lag bewusstlos am Boden. Sie vergewisserte sich, dass sein Atem normal ging und er keine lebensgefährlichen Kopfverletzungen hatte. Er hatte einen ordentlichen

Schlag kassiert, aber mehr als eine leichte Gehirnerschütterung war das nicht. Er konnte jeden Augenblick wieder zu sich kommen, und da wollte sie weit weg sein.

Dennoch nahm sie sich die Zeit, seine Taschen zu durchsuchen, und sie lächelte erleichtert, als sie das Handy fand. In der Brusttasche fand sie außerdem ein zusammengefaltetes Stück liniertes Papier, das sie einzustecken beschloss. Auf der oberen Linie standen zwei Worte, die ihr noch mal bestätigten, wie dringend es war, von hier wegzukommen.

»Ulla?«, stand dort, und danach hinter einem langen Gedankenstrich, wie die Antwort eines anderen auf seine Frage: *»Übermorgen.«*

In der Garage stellte sie erleichtert fest, dass Brantenborg die Schlüssel im Auto stecken gelassen hatte. Obwohl sie wegen der Prothese nicht gern Autos mit Schaltung fuhr, stieg sie ein, stellte Sitz und Spiegel ein, drehte den Zündschlüssel und setzte langsam zurück. Am Ende vom Charlotte Andersens vei bog sie rechts Richtung Ringvei ab. Da sie die Hotelkarte nicht wieder gefunden hatte, wollte sie nicht ins Hotel Grüner zurück. Sie war sich sicher, dass Brantenborg bereits jemanden dorthin geschickt hatte, um ihr Zimmer zu durchsuchen. Aber das spielte keine Rolle. Unten auf dem handschriftlichen Zettel, den sie in Brantenborgs Brusttasche gefunden hatte, standen ein paar Worte, die all ihre Pläne über den Haufen warfen.

»Paulsen?« Doppelter Gedankenstrich. *»Alles verbrennen!«*

Sie wusste, wo sie jetzt hinmusste.

59

Die blonde Frau stand an der Kreuzung, wo er auf die Hauptstraße nach Kjeller abbiegen musste. Es war Viertel nach sieben. Im Schneegestöber hätte er sie fast übersehen, aber sie hatte glücklicherweise rechtzeitig den Arm ausgestreckt.

»Hi, Sir«, sagte sie in ungekünsteltem Englisch mit amerikanischem Akzent. »Ich will zum Institut für Energietechnik. Bin mit dem Bus von Lillestrøm gekommen, aber an der falschen Haltestelle ausgestiegen. Fahren Sie in die Richtung?«

Er erklärte ihr, dass er dort arbeitete.

»Ich heiße Fritz Emil Werner. Steigen Sie doch ein.«

Sie sah ihn überrascht an.

»Wow!«, platzte sie heraus, als sie sich auf den Beifahrersitz setzte. »Dann sind Sie es, mit dem ich verabredet bin.« Sie gab ihm die Hand. »Sandra Simon von Lawrence Livermore. Ich weiß nicht, ob Sie sich an mich erinnern, aber wir sind uns letzten Sommer auf der großen Kernphysik-Konferenz in San Diego begegnet. Sie haben ein Paper über die MOX-Experimente im Halden-Reaktor vorgelegt, das ich ungeheuer interessant fand. Ich bin gekommen, um über eine eventuelle Zusammenarbeit mit Ihnen zu reden. Ich hoffe, Sie haben meine E-Mail gekriegt, in der ich meinen Besuch für heute angekündigt habe?«

Jetzt war er an der Reihe, überrascht auszusehen, und die Überraschung war echt. Er wäre nicht im Traum darauf gekommen, dass Dr. Simon und die Frau, die Pahlstrøm ihm angekündigt hatte, ein und dieselbe Person waren. Aber es entbehrte nicht einer gewissen Logik. Je weniger Eingeweihte, desto besser. Er ließ sich nicht anmerken, dass er wusste, wer sie war. Er hatte die Spielregeln verstanden. Sie übten schon jetzt für die Vorstellung, die sie am Institut inszenieren würden. Er prägte sich alles ein, was sie während der Autofahrt sagte, damit er für den Rest des Tages eine Basis hatte, von der er agieren konnte. Und sollten sie wider Erwarten überwacht werden, würde das Gespräch im Auto jedenfalls keine Hinweise auf eine Verschwörung geben.

»Nein«, antwortete er deshalb. Er habe keine E-Mail bekommen. Aber in letzter Zeit sei er nur unregelmäßig im Büro gewesen, und er habe zu allem Überfluss die dumme Angewohnheit, manche Mails ungelesen zu löschen. Die erste Mail hingegen habe er vor ein paar Tagen bekommen. Er versicherte ihr, dass sie sehr willkommen war und sie bestimmt die Gelegenheit haben würden, ausführlich miteinander zu reden, trotz des Staatsbesuches.

Staatsbesuch? Davon wusste sie gar nichts.

Er erklärte ihr, dass der neue palästinensische Präsident Muhammad Mustafa zu einem offiziellen Besuch nach Oslo kam, und dass er unter anderem den Wunsch geäußert habe, einen Abstecher zum IFE zu machen. Darauf antwortete sie, dass sie sich schon immer gewünscht hätte, mal einen bekannten Staatsmann aus der Nähe zu sehen. Ob sich das wohl einrichten ließe?

»Aber sicher. Wir müssen Sie nur als meinen Gast registrieren lassen und Sie mit einer Zugangskarte für Besucher ausstatten. Sie haben doch Ihre Ausweispapiere dabei?«

Sie zählte auf: amerikanischer Pass, VISA, Business Card von Lawrence Livermore; ob das reichte? Er beruhigte sie. Obwohl er es besser gefunden hätte, wenn sie eine andere Nationalität gewählt hätte. Es gab so viele Amerikaner am IFE. Das Risiko, jemanden zu treffen, den sie kennen »müsste«, war relativ groß. Vielleicht waren Naomis Freunde ja doch nicht professionell genug, um so weit zu denken.

An der Rezeption trug Dr. Simon sich als sein Gast in das Besucherprotokoll ein. Neben ihrer hübschen Handschrift fiel ihm der pigmentlose Streifen am oberen Glied ihres rechten Ringfingers auf. Gehörte sie zu denen, die ihren Ehering zu Hause ließen, wenn sie eine Geschäftsreise ins Ausland machten? Als der Pförtner sie bat, anzugeben, wie lange der Besuch in etwa dauern würde, lächelte sie Werner erwartungsvoll an und sagte: »All day, I presume. Maybe more.«

Werners Büro befand sich in einem grauen Backsteingebäude neben dem JEEP-2-Reaktor, nicht weit vom Eingangstor entfernt. Auf dem Weg dorthin grüßte er freundlich alle Leute, die ihnen entgegenkamen, aber er blieb nicht stehen, um sich mit einem von ihnen zu unterhalten. In der Kantine, wo sie eine Tasse Kaffee tranken, liefen sie dann aber unvorhergesehen Dan Sternhell aus der Bestrahlungsabteilung in die Arme. Werner lächelte nervös und guckte woanders hin. Nach den umwälzenden Wochen in Israel fiel es ihm schwer, sich ungezwungen mit Sternhell zu unterhalten. Außerdem hatte er jetzt noch einen Grund mehr, ihn auf Distanz zu halten. Er war sich nicht sicher, ob das Englisch der palästinensischen Agentin so gut war, dass ein geübtes israelisches Ohr keinen verräterischen Akzent wahrnehmen würde. Daher übernahm er das Reden und stellte Dr. Simon vor.

»Wunderbar«, sagte Sternhell, nachdem sie sich die Hände geschüttelt hatten und er sich Werners engagierte Schilderung über die Pläne einer Zusammenarbeit mit Dr. Simons Forscherteam in Kalifornien angehört hatte. »Freut mich, Sie kennen gelernt zu haben. Sie haben sicher einen vollen Arbeitsplan. Aber vielleicht sehen wir uns ja in der Mittagspause. Oder bei dem Empfang von Mustafa?«

»Ich denke schon«, sagte Werner. »Obwohl ich bezweifle, dass dafür Zeit ist. Ich habe Dr. Simon versprochen, ihr mein neues Bestrahlungsexperiment zu zeigen, das ich zurzeit in der Gammaanlage laufen habe. Hab ich Ihnen nicht davon erzählt?«

Sternhell nickte, aber sein Blick verriet, dass er mit den Gedanken bereits ganz woanders war. Werners Bestrahlungsexperimente interessierten ihn offenkundig nicht sonderlich.

»Schönen Tag noch«, murmelte er und strebte mit einem Teller frisch gebackener Waffeln auf die Kasse zu.

Werner und Dr. Simon brachen auf.

60

»Guten Morgen, Hartmann«, sagte Außenminister Bremer, als er aus der Eichentür in der President Harbitz gate trat – wach, frisch geduscht, tadellos gekleidet in einen koksgrauen Anzug und mit einem edlen Seidenschlips mit Elefantenmuster. »Wie ich höre, mussten Sie degradiert werden, um für meine Sicherheit sorgen zu können!«

Hartmann war zu müde für eine schlagfertige Antwort und murmelte nur, dass Hauptkommissar Malm es wohl eher so ausdrücken würde, dass er Hartmann auf sein persönliches Inkompetenzniveau befördert habe.

»So ein Unsinn. Parkinsons Gesetz gilt nicht für unsereins«, sagte Bremer und focht eine Luftattacke gegen Hartmann. »Wo bleibt Ihre Deckung, Mann! Wäre das gerade der Ernstfall gewesen, wären Sie jetzt tot.« Er lachte. »Aber was noch schlimmer wäre: Danach hätte der Mörder freie Bahn, mir den Garaus zu machen!«

Sie setzten sich auf die Rückbank des Audi und fuhren auf dem schnellsten Weg zum Parkvei, wo sie rechts auf den Løkkevei in Richtung Oslotunnel abbogen.

»In der Stadt wartet eine gepanzerte Limousine auf uns, aber jetzt kommt es auf Schnelligkeit an. Mustafa hat Stockholm vor zehn Minuten verlassen. Wie Sie wissen, fliegt er in seinem eigenen Privatflugzeug, und das ist glücklicherweise nicht eins der schnellsten. Das gibt uns ein bisschen Zeit.«

Bremer summte vor sich hin, wie immer, wenn er nicht mehr genau zuhörte. Er war ganz auf seinen Attachékoffer konzentriert, den der Chauffeur aus dem Außenministerium mitgebracht hatte. Er öffnete den Koffer und nahm einen dicken Stapel Papiere heraus – die Tagespost und Notizen –, die wohl von jemandem vorbereitet worden waren, der noch abwegigere Morgenrituale hatte als er. Bremer war dafür bekannt, nie später als fünf Uhr morgens aufzustehen; eine Angewohnheit aus den Jahren als Selbstständiger. Gerüchten zufolge litt der Außenminister, seiner Schlagfertigkeit und politischen Wortgewandtheit zum Trotz, an einer leichteren Form von Dyslexie. Hartmann fiel es nur auf, wenn Bremer beim Lesen die Lippen bewegte. Zwischendurch gab er ein paar ungehaltene Kommentare von sich – »Bluthunde!«, »So ein Irrsinn!«, »Und das vom Botschafter persönlich!« –, die zeigten, dass er weder den Sachverhalten gegenüber neutral war, über die er informiert wurde, noch über die Weise, wie sie ihm übermittelt wurden. Schließlich legte er die Dokumente brüsk zurück in den Koffer und ließ den Füllfederhalter in der Innentasche seiner Anzugjacke verschwinden.

Der wendige Audi verließ den Vålerenga-Tunnel und raste über die neue Autobahn nach Norden zum Flughafen.

»Es wurde über Sie gesprochen, gestern Nachmittag, bei der Sitzung vom Sicherheitsausschuss der Regierung«, sagte Bremer unvermittelt, wobei er durchs Fenster auf den Verkehr starrte. »Ihr Chef hat vor Mustafas Besuch die letzten Anweisungen ausgegeben. Dahlbo, heißt er nicht so? Sehr direkt, der Mann. Der kehrt keine Probleme unter den Teppich. Hat glatt zugegeben, dass es gewisse Entgleisungen bei der Sicherheitsarbeit gegeben hat, aus denen sich am Ende die Notwendigkeit ergeben habe, einige dienstliche Verfügungen zu treffen. Auf die Frage der Kommission, was konkret er damit meinte, nannte er die Gefangennahme und das Verhör dieses …« Er suchte nach dem Namen.

»Pahlstrøm.«

»Ja, genau, Pahlstrøm. Das ist ja wirklich ein ganz spezieller Fall, muss ich sagen.«

Hartmann räusperte sich und betrachtete seine Hände.

»Wohl wahr. Man hätte es besser machen können. Aber ich bin nach wie vor der Meinung, dass es richtig war, den Mann festzunehmen. Wir wissen zwar noch immer nicht, was er im Schilde führt …«

Bremer unterbrach ihn mit einem Lächeln.

»Ich wollte eigentlich nur sagen, dass ich Sie gestern Nachmittag in Schutz genommen habe. Sie haben meine volle Rückendeckung. So wie die Welt sich entwickelt hat, können wir uns den Luxus nicht leisten, zu denken, dass schon alles gut gehen wird. Wir müssen schlicht und einfach alle denkbaren Vorsichtsmaßnahmen ergreifen, selbst wenn dadurch der eine oder andere Unschuldige unter Verdacht gerät. In diesem speziellen Fall glaube ich jedoch kaum, dass ein größerer Schaden angerichtet wurde.«

Hartmann wusste nicht recht, was er davon halten sollte.

»Und dann wäre da noch etwas«, sagte Bremer.

»Ja?«

»Ich bin auch vor Pahlstrøm gewarnt worden, von einem

guten israelischen Freund im Auswärtigen Amt, der beim politischen Nachrichtendienst arbeitet. Er hat erzählt, dass Pahlstrøm schon mehrmals, wie er es bezeichnete, in für einen professionellen UN-Beamten ›unpassender Gesellschaft‹ beobachtet wurde.«

»Dann ist also vielleicht doch was dran an dem Gerücht, dass Pahlstrøm Umgang mit islamischen Fundamentalisten pflegt?«

»Das sind Ihre Worte«, sagte Bremer diplomatisch. »Jedenfalls ist es mir gelungen, Dahlbo davon zu überzeugen, Pahlstrøms Überwachung wieder aufzunehmen. Wollen wir nur hoffen, dass er in den vierundzwanzig Stunden, die der PST ihn in Ruhe gelassen hat, nicht zu viel Unsinn angerichtet hat.«

Ein Handy klingelte. *Alexander's Rag Time Band*. Das des Außenministers.

»Yes, Sir, I'm with you«, sagte Bremer enthusiastisch. »Sure. You can count on me. Absolutely!«

Hartmann glaubte einen Augenblick, die sonore Stimme des UN-Generalsekretärs wiederzuerkennen. Aber da Bremer den Apparat fester gegen das Ohr presste, konnte er das Gespräch nicht weiter verfolgen.

Sie waren von der E6 abgefahren und hatten die letzten Kilometer zum Flughafen vor sich. Der Schnellzug zog an ihnen vorbei, aber der Chauffeur schien nur auf diese Gelegenheit gewartet zu haben, den Turbomotor zu testen, und trat aufs Gas. Bald hatten sie den Zug abgehängt.

Als sie vor den VIP-Eingang vorfuhren, gab Bremer dem Chauffeur den Auftrag, so schnell wie möglich mit einer wichtigen Mitteilung an den Staatssekretär ins Außenministerium zurückzufahren. Dann zupfte er den Anzug zurecht und drehte sich lächelnd zu Hartmann um.

»Aufgrund vertraulicher Mitteilungen von unseren amerikanischen Freunden habe ich übrigens auch beantragt, die diskrete Observation einer *anderen* Person vorzunehmen, einem ausländischen Staatsbürger. Was sich glücklicherweise als überflüssig erwies. Der Betreffende hat das Land bereits verlassen.«

Ehe Hartmann fragen konnte, um wen es sich handelte, klingelte sein Diensttelefon. Es war einer der vom Polizeipräsidenten persönlich handverlesenen Leute, die auf dem Rollfeld platziert waren.

»Der Adler ist gelandet«, sagte er knapp und legte auf.

Hartmann schaute auf die Uhr. Es war drei Minuten nach zehn. Er wusste nicht, ob er es als gutes oder schlechtes Omen nehmen sollte, dass Mustafa zwei Minuten zu früh angekommen war.

61

Eva Tamber war nur selten so guter Dinge wie an diesem Morgen. Nachdem sie am Abend zuvor den Fall Ingøy noch einmal bis ins Detail mit Hartmann durchgegangen war und Zusammenhänge zu dem Verschwinden von Ulla Abildsø gesucht hatte, schien sich der dicke Nebel endlich zu lüften. Noch nicht genug, um das Motiv für den Mord an Paulsen zu erkennen, aber dennoch war sie überzeugt, zu wissen, was zu tun war, damit sie auch diese Frage lösen konnte. Später am Abend, als sie wieder in ihrem Büro war, hatte sie eine Liste der Maßnahmen aufgestellt, die so schnell wie eben möglich umgesetzt werden mussten. Was in Tat und Wahrheit »am nächsten Morgen« bedeutete. Nachdem sie die Genehmigung von Bøcker und dem Leiter der Kontraproliferation, Polizeirat Holm, eingeholt hatte, der sich wiederum beim PST-Chef Martinsen und den Staatssekretären des Justiz- und Verteidigungsdepartements abgesichert hatte, hatte sie die notwendigen operativen Befehle für das Vorgehen am nächsten Tag gegeben.

Laut Plan wollten sie gleichzeitig an vier verschiedenen Stellen zuschlagen.

Als Erstes wurde die Polizeidienststelle in Bakfjordeid instruiert, Ulla Abildsøs Mutter offiziell vorzuladen, um alles aus ihr herauszuholen, was sie über Henrik Brantenborg und seine Verbindung zu ihrem verstorbenen Ehemann und dessen Brüdern wusste. Dann sollte eine andere Polizeidienststelle weiter im Osten den pensionierten Lehrer Odd-Ludvig Jensen in Berlevåg aufsuchen und ihn über ein Dokument verhören, das er auf Bitten von Ulla Abildsø vor weniger als einer Woche aus dem Russischen ins Norwegische übertragen hatte. Das Dokument war nicht unter den Sachen, die in Ullas Hotelzimmer beschlagnahmt worden waren, und hatte sich auch sonst nirgendwo aufspüren lassen.

Zeitgleich zu diesen Operationen in Nord-Norwegen sollte eine PST-Streife unter Leitung von Kommissar Vats nach Vindern fahren und Richard Klüger einen unangemeldeten Besuch abstatten. Sie würden einen Durchsuchungsbefehl haben und hatten die freie Entscheidung, diesen auch zu nutzen, wenn das Gespräch den Verdacht erhärtete, dass er etwas zu verbergen hatte. Bei der Durchsuchung sollten sie insbesondere nach Fotografien und Dokumenten Ausschau halten, die Klüger in Verbindung mit Oberstleutnant Brantenborg oder Enok Paulsen brachten. Oder mit Ulla Abildsøs Vater und ihren Onkeln. Parallel dazu wollte Eva Tamber Brantenborg an seinem Arbeitsplatz im Hauptquartier des E-Stabes in Lutvann festnehmen. Der Haftbefehl war eine halbe Stunde zuvor mit dem Chef der militärischen Einheit, Admiral Søren Kornsjø, abgesprochen worden. Als Erstes wurde Brantenborg vorgeworfen, ein Verbrechen in Zusammenhang mit dem Mord an Enok Paulsen zu vertuschen. Sie hatten natürlich aber auch die Hoffnung, dass sie die Festnahme und die folgende Hausdurchsuchung zu Ulla Abildsø führten. Kaum jemand wollte aber etwas darauf wetten, dass sie sie lebend fanden.

Es war noch nicht acht Uhr, als Tamber sich in Richtung Lutvann in Bewegung setzte. In ihrer Begleitung waren zwei erfahrene Beamte der Einsatzgruppe Delta. Irgendwie hatte sie das Gefühl, dass Brantenborg sich nicht ohne Gegenwehr festnehmen lassen würde. Auf dem Weg nach Lutvann fuhr sie zuerst noch einmal im Hotel Grüner vorbei, um ein paar weitere Überprüfungen vorzunehmen. Sie hoffte, ein paar Indizien zu haben, um Brantenborg auch wegen Freiheitsberaubung anklagen zu können. Der vorläufige Rapport der Spurensicherung hatte auf ihrem Schreibtisch gelegen, als sie vor einer knappen Stunde ins Büro gekommen war. Infolge des Berichts war das Hotelzimmer frei von Fingerabdrücken, Haaren und Kleiderfasern – wenn man von Ullas eigenen und den Abdrücken des Personals einmal absah. Auch waren keine Speichelflecken, Hautreste oder andere biologischen Spuren gefunden worden, die auf einen Kampf hindeuteten. Der Bericht schloss damit, dass es den Anschein habe, als habe der eventuelle Besuch mit Bedacht alle Spuren entfernt oder erst gar keine hinterlassen.

Dieser letzte Satz hatte sie plötzlich auf die Idee gebracht: Was, wenn es nicht-sichtbare Spuren gab? Gerüche, einen Geschmack, ein Geräusch, wodurch man, wenn man nur darauf achtete, die Identität des Betreffenden herausbekommen konnte. Was, wenn der Täter nur darauf geachtet hatte, solche Spuren zu entfernen, die mit den Augen – oder dem Mikroskop – sichtbar waren, und die anderen, die mit Hilfe anderer Sinne zu erkennen waren, vergessen hatte? Zum Beispiel dem Gehör. Sie hastete zum Anrufbeantworter und spulte das Band bis zu den beiden kurzen Nachrichten zurück, die sie tags zuvor von Ulla erhalten hatte. Sie konnte sie bereits auswendig, aber diesmal ging es ihr auch nicht um die Worte. Sie lauschte auf die Pausen zwischen den Worten.

In diesem Moment hörte sie es.

Zwischen zwei Worten der zweiten Nachricht hörte sie ein schwaches Klopfen. Wie wenn jemand an die Tür klopfte. Und ein paar Sekunden später, nachdem Ulla das Gespräch beendet, aber noch nicht aufgelegt hatte, war eine tiefe Männerstimme zu hören, die sagte: »Machst du …« Dann war die Verbindung unterbrochen.

Tamber hatte das Band an die Tontechnik weitergegeben, die ihr versprochen hatte, im Laufe des Tages eine akustische Stimmanalyse vorzunehmen. Mit etwas Glück war die Aufnahme gut genug, um den Mann festzunageln, wenn sie denn herausgefunden hatten, wer es war.

Während der zivile Dienstwagen durch die Vogts gate rollte,

kam ihr plötzlich in Bezug auf die Tonbandaufnahme noch etwas anderes in den Sinn: Es gab keine Hintergrundmusik. Eva Tamber kannte sich mit klassischer Musik nicht sonderlich gut aus. Trotzdem erinnerte sie sich deutlich daran, dass der Raum von lebhafter Orchestermusik erfüllt gewesen war, als sie Ulla gegen vier Uhr angerufen hatte, um ihr mitzuteilen, dass sie abends erst etwas später kommen würde. Weil Ulla den Hörer abgelegt hatte, um einen Blick auf die Paulsenfotografie im Nachbarzimmer zu werfen, hatte Tamber reichlich Gelegenheit gehabt, sich die Musik anzuhören.

»Weiß einer von euch, was das ist?«, fragte sie die zwei Beamten und pfiff ihnen das Stückchen Melodie vor, das sie in Erinnerung hatte. Zu ihrer Verblüffung meinten beide, eine bekannte Melodie aus Vivaldis »Vier Jahreszeiten« zu erkennen. Mit anderen Worten: Ulla musste diese Musik gehört haben, als sie sie aus dem Präsidium angerufen hatte.

Das war insofern eine interessante Feststellung, als keine CD im CD-Spieler gefunden worden war, während die Polizei das Hotelzimmer durchsucht hatte. Wenn sie Radio gehört hatte, wäre es natürlich hinfällig. Wenn die lebhaften Vivaldi-Klänge aber von einer CD kamen – und Tamber erinnerte sich daran, dass auf der Liste von dem Tatortinventar von einer Reihe nicht weiter spezifizierter CDs die Rede war –, gab es eine winzige Hoffnung, dass der Täter die CD aus dem Gerät genommen hatte. Und dann wären möglicherweise Fingerabdrücke auf der CD.

Als sie ein paar Minuten später durch die versiegelte Tür des Hotelzimmers trat, musste sie allerdings rasch konstatieren, dass die »Vier Jahreszeiten« nicht Bestandteil von Ullas CD-Sammlung war. Also musste die Musik doch aus dem Radio gekommen sein.

»Rufen Sie im Kriminalamt an und bitten Sie darum, alle Radioprogramme zu checken, die man mit Ullas Gerät empfangen kann: Ich will wissen, ob irgendein Sender gestern gegen vier Uhr nachmittags dieses Stück gespielt hat«, sagte sie zu den beiden Beamten des Delta-Teams. »Sagen Sie ihnen einen

Gruß und dass es wichtig ist, um ein paar Möglichkeiten auszuschließen.«

Unten in der Rezeption erkundigte sie sich, wer Dienst gehabt hatte, als Ulla verschwand. Wenigstens einmal hatte sie Glück:

»Das war ich«, sagte der junge Mann. Er war südasiatischer Abstammung, sprach aber fließend Norwegisch. »Ich hoffe, Sie geben diese Informationen nicht an die Arbeitsrechtsbehörden weiter«, sagte er ernst. »Sie müssen verstehen, ich habe die ganze Woche über Doppelschichten gemacht, und das ist ja nicht erlaubt.«

Sie lächelte verständnisvoll.

»In meiner Abteilung kümmert sich da niemand drum«, sagte sie. »Aber ich möchte, dass Sie einen Blick auf diese Bilder werfen.« Sie breitete sechs Passbilder vor ihm auf dem Tresen aus. Sie zeigten sechs verschiedene Gesichter norwegischer Männer zwischen 60 und 70. Fünf der Bilder hatte sie ganz zufällig aus dem Fotoarchiv der Personalabteilung genommen. Das sechste und letzte Bild hatte sie sich vom militärischen Sicherheitsdienst besorgt. Es war vor ein paar Jahren vom Fotografischen Dienst der Akershus-Festung aufgenommen worden, als der pensionierte Oberstleutnant Brantenborg einen neuen Dienstausweis für seine Teilzeittätigkeit als Berater des E-Stabes angetreten hatte. Eine ausgezeichnete Fotografie: Brantenborg schaute selbstbewusst und mit erhobenem Kinn direkt in die Kamera. Sein dichtes graues Haar lag in perfektem Schwung über seinem breiten Schädel. »Sehen Sie sich diese Bilder genau an«, sagte sie. »Und sagen Sie uns, ob Sie einen dieser Männer erkennen.«

Er brauchte nur wenige Sekunden, um sich zu entscheiden.

»Ich könnte wetten, dass es der da war«, sagte er und zeigte auf die Fotografie von Brantenborg. »Gestern Nachmittag kam ein älterer Mann mit einem Geschenk für Ulla Abildsø. Aufrechter Gang. Wirkte ziemlich fit für sein Alter. Die gleichen Augen, und auch der Mund passt. Das Grübchen im Kinn. Aber er kann es trotzdem nicht gewesen sein.«

»Wie meinen Sie das?«

»Die Haare. Der Mann auf dem Bild hat Haare. Fast so dicke wie ich. Der, der gestern Nachmittag hier war, aber …«

»Ja?«

»Der hat eine Glatze.«

»Eine Glatze? Sind Sie sicher?«

»Ganz sicher. Die war so blank, da konnte man sich drin spiegeln.«

»Mist.«

Tamber war gleichermaßen verärgert und verwirrt. Wie sie die Sache sah, musste es Brantenborg gewesen sein. Aber gleichzeitig konnte er es laut dem einzigen Augenzeugen nicht sein.

Es war einer der Beamten, der sie auf die simple Lösung brachte.

»Entschuldigen Sie, aber wenn er sich ganz einfach die Haare abrasiert hat?«

Natürlich. Das machte Sinn. Das erschwerte es nicht nur, ihn wiederzuerkennen, sondern erklärte auch das Fehlen von fremden Haaren im Hotelzimmer. Brantenborg war ein gewiefter Offizier des Nachrichtendienstes. Er wusste, wie er es vermeiden konnte, zu viele biologische Spuren zu hinterlassen.

»Was, wenn wir es so aussehen lassen?«, fragte sie und deckte den oberen Teil von Brantenborgs Gesicht mit dem Daumen ab. »Ist er jetzt leichter zu erkennen?«

Der Mann am Empfang nickte.

»Ja, jetzt sehe ich deutlich, dass der das ist.«

Sie dankte ihm für die Hilfe und hastete den zwei Beamten nach, die bereits auf dem Weg zum Einsatzfahrzeug waren, einem speziell ausgerüsteten Volvo V-70 mit 250 PS unter der Kühlerhaube. Nach Aussagen ihrer Kollegen hatte das Auto nur einen Fehler, doch der war dafür umso fataler für einen Polizeiwagen: Schlechte Straßenhaftung bei hohen Geschwindigkeiten. Für die Kriminellen des Landes immer wieder ein Anlass zur Freude!

Tamber nahm auf dem Beifahrersitz Platz. Sie saßen einen Moment lang schweigend da. Der Beamte, der am Steuer saß, fuhr schnell, so dass sie schon bald das Zentrum hinter sich gelassen hatten.

»Gibt es schon was Neues zu Vivaldi?«, fragte sie schließlich.

»Bislang nicht«, antwortete der Fahrer und rief in der Zentrale an. »Ich kann ja noch mal nachfragen, wenn Sie wollen.«

Sie sagte, dass man nie eine Antwort bekam, wenn man nicht immer wieder nachfragte.

Als sie in der Höhe der Steigung zum Stützpunkt Lutvann waren, meldete sich das Präsidium. Sie hatten alle Radiosender überprüft, die in und um Oslo regulär ausstrahlten, inklusive der kommerziellen Lokalsender und der freikirchlichen Sender. Niemand hatte tags zuvor »Die vier Jahreszeiten« im Programm. Die Zentrale hatte überdies kontrolliert, dass das Stück auch in keinem dieser dümmlichen Wunschkonzerte gespielt worden war.

»Dann haben wir es hier mit einem kleinen Mysterium zu tun«, sagte Tamber. »Ein Mysterium von vielen, wenn Sie so wollen. Bei meinem Telefonat gestern mit Ulla Abildsø hat sie ›Die vier Jahreszeiten‹ gehört. Doch dieses Stück lief in keinem Radiosender. Es war auch nicht bei den CDs dabei, die wir im Hotelzimmer gefunden haben.Wo also kam diese Musik her?«

»Vielleicht hat der Mörder die CD mitgenommen«, mutmaßte der jüngere Beamte von seinem Platz auf dem Rücksitz aus. »Es soll doch vorkommen, dass Mörder kleptoman sind.«

Der Fahrer schüttelte zweifelnd den Kopf.

»Aber warum sollte einer, der sonst so vorsichtig vorgegangen ist, das Risiko eingehen, etwas vom Tatort mitzunehmen?«

»Brantenborg ist ein abgebrühter Profi«, stimmte ihm Tamber zu. »Ich glaube nicht, dass er die CD entfernt hätte, wenn er damit nichts vorhätte.«

»Und was soll das sein?«

Tamber verriet nicht, was sie glaubte. Doch ihr war etwas in den Sinn gekommen, das, wenn es stimmte, neue interessante Möglichkeiten eröffnete.

»Wie ist das, Jungs, kann man sich in der Bibliothek noch immer CDs ausleihen?«

Die Beamten waren sich nicht sicher. Sie seien selten in der Bibliothek, räumten beide ein. Aber sie glaubten, dass es möglich sei. Warum?

Sie erklärte, dass Ullas Geldbörse laut der Liste, die sie von der Spurensicherung bekommen hatte, auch einen Bibliotheksausweis beinhaltete. Der Ausweis sei vor weniger als einer Woche in der Deichman'schen Bibliothek ausgestellt worden.

»Ich bin ein bisschen stutzig geworden, dass sie sich einen Bibliotheks-Ausweis besorgt, obwohl sie nur ein paar Wochen in Oslo sein wollte«, fügte sie hinzu. »Irgendwie bin ich davon ausgegangen, dass sie ihre Leselust in Zusammenhang mit ihrer Arbeit stillen würde. Aber bestimmt gibt es eine ganz einfache Erklärung. Wahrscheinlich hat sie ihre CD-Sammlung vermisst und hatte keine Lust, neue zu kaufen, wenn sie sich doch welche ausleihen konnte.«

Sie bogen in die vergitterte Einfahrt ein, die zu dem Hauptquartier des militärischen Nachrichtendienstes führte. Das Tor war unbemannt. Die Überwachung erfolgte anscheinend über Videokameras und elektro akustische Sensoren.

»Ich muss schon sagen, dass ich von dem Ganzen nicht das Geringste kapiere«, sagte der Fahrer. »Warum sollte Brantenborg, wenn er sie denn entführt hat, mit einer CD abhauen, die im Namen der Entführten ausgeliehen worden ist? Stellen Sie sich doch vor, er würde angehalten und durchsucht? Einen sichereren Beweis, dass er etwas mit ihrem Verschwinden zu tun hat, gibt es doch nicht!«

»Das ist ein guter Aspekt«, quittierte Tamber seinen Einwand. »Aber wenn er ein paar Stunden später in besagte Bibliothek schlendern würde, um die CD abzugeben? Dann würde der Rückgabezeitpunkt registriert – Sie wissen schon, da sind diese Strichcodes auf den Büchern und Platten, die jedes Mal abgelesen werden, wenn etwas ausgeliehen oder zurückgegeben worden ist. Damit gäbe es einen elektronischen Beweis, dass Ulla Abildsø noch am Leben war, lange nachdem Brantenborg das Hotel verlassen hat.«

»Hm«, brummte der Fahrer, während er das Auto auf einen freien Gästeparkplatz manövrierte. »Wir sollten die Zentrale bitten, das sofort zu untersuchen.«

Er rief im Präsidium an und bat den Wachhabenden, sich in der Deichman'schen Bibliothek zu erkundigen, ob kürzlich eine CD in Ulla Abildsøs Namen abgegeben worden war. Wahrscheinlich Vivaldis »Vier Jahreszeiten«. Sollte dies der Fall sein, sollten sie sofort einen Mann dorthin schicken, um die CD auf mögliche Fingerabdrücke zu untersuchen.

»Sie sollen auch die Filiale der Deichman'schen in Grünerløkka überprüfen«, sagte der Beamte vom Rücksitz. »Die ist nur fünf Minuten vom Hotel entfernt.«

»Gut«, sagte Tamber anerkennend. »Und sie sollen es uns sofort melden, wenn sie ein Ergebnis haben.«

Sie stiegen aus dem Wagen. Vor ihnen, gut geschützt durch das kupierte Terrain und die Vegetation, lag der Prachtbau des E-Stabes im Østmarka-Randgebiet. Tamber freute sich, ein so gelungenes, schmuckes öffentliches Gebäude zu sehen, doch sie konnte nicht umhin, zu bemerken, dass gewisse Abteilungen des Militärs anscheinend mehr Geld hatten als andere.

»Oder besser angesehen sind«, warf der Fahrer trocken ein, als sie an einem kunstvollen Monument vorbeigingen, das zu Ehren des Einsatzes des E-Stabes für das Vaterland in Kriegs- und in Friedenszeiten aufgestellt worden war.

Der Haupteingang bestand aus einer doppelten Glastür, getrennt in Ein- und Ausgang. Die Tür war verschlossen, doch nachdem sie durch die Gegensprechanlage erklärt hatten, wer sie waren, wurden sie eingelassen und standen auf einem langen Flur, der zur Rezeption führte. Ein älterer Wachmann lächelte sie aus dem Inneren eines schusssicheren Glaskäfigs freundlich an.

»Kommissarin Eva Tamber vom PST«, sagte Tamber und zeigte ihren Ausweis. »Wir müssen mit Oberstleutnant Brantenborg sprechen.«

Der Wachmann nahm das Telefon ab und wählte eine Nummer.

»Er antwortet nicht. Ich werde kurz überprüfen, wo er sein könnte.«

Er wählte eine andere Nummer.

Nach ein paar Minuten tauchte eine Frau mittleren Alters mit Faltenrock und hochgesteckten Haaren auf, die sich als Kristin Hole präsentierte, Chefsekretärin der Personalabteilung.

»Sie wollen mit Brantenborg sprechen?«

Tamber erklärte, sie hofften, dass er ihnen bei einem schwierigen Fall helfen könnte.

»Nun, ich fürchte, er ist heute nicht zur Arbeit gekommen«, sagte sie. »Aber lassen Sie uns ein paar Schritte gehen, damit wir ungestört reden können.«

Sie winkte sie durch die Glastür und führte sie dann durch eine enge Sicherheitsschleuse, wo sie vermutlich mit elektromagnetischen Strahlen beschossen wurden, um sicherzugehen, dass keine Waffen oder unerwünschtes Abhörmaterial ins Gebäude geschmuggelt wurde. Die Beamten waren glücklicherweise vorausschauend genug gewesen, ihre Waffen im Waffenfach im Auto zu lassen; sie wussten, dass Brantenborg im Gebäude keine Waffe tragen konnte, so dass sie selber auch keine Waffe brauchten. Der Sicherheitscheck ergab deshalb keine Probleme. Eine neue Glastür öffnete sich und entließ sie in ein großes Vestibül. Direkt vor ihnen lag eine helle, einladende Kantine, in der gerade Frühstück und Kaffee serviert wurden.

»Ich habe mich in seiner Abteilung erkundigt«, sagte Frau Hole und führte sie zu einer Sitzgruppe im Vestibül. »Dort hieß es, er habe das Büro gestern kurz nach dem Lunch verlassen und sei noch nicht wieder zurückgekehrt. Heute Morgen rief er an und sagte, dass er krank sei und vermutlich ein paar Tage zu Hause bleiben müsse.« Sie zuckte bedauernd mit den Schultern. »Das ist wirklich Pech. Ich arbeite schon seit mehr als zwanzig Jahren hier und kann mich nicht daran erinnern, wann sich Brantenborg zuletzt krankgemeldet hat. Der Mann hat eine eiserne Gesundheit.«

»Wann haben Sie ihn zuletzt gesehen?«, fragte Tamber.

»Gestern Morgen. Wir sind uns auf dem Parkplatz in die Arme gelaufen.«

»Machte er da einen kranken Eindruck?«

Sie stutzte.

»Nein, im Grunde nicht. Er wirkte frisch und munter wie immer. Die Krankheit muss ihn später befallen haben.«

Tamber überprüfte seine Privatadresse. Auch er wohnte in Vindern, nur einen Steinwurf von Richard Klüger entfernt.

Sie bedankte sich für die Hilfe, und Hole begleitete sie wieder durch die Sicherheitsschleuse hinaus. Sie händigten dem Wachmann die Besucherkarten aus und verabschiedeten sich. Tamber ging ein paar Schritte in Richtung Ausgang, drehte sich dann aber noch einmal um.

»Eine letzte Frage ...«

»Ja?« Frau Hole war bereits wieder in der Sicherheitsschleuse und wirkte ungeduldig.

»Als Sie Brantenborg gestern Morgen gesehen haben, wie waren da seine Haare?«

»Seine Haare?« Die Chefsekretärin sah verwirrt aus. Als sie schließlich antwortete, schien fast so etwas wie Gekränktheit für ihren Kollegen mitzuschwingen.

»Er hatte seine übliche Tolle, Frau Kommissarin. Brantenborg hat ja naturkrause Haare und braucht sie nur hin und wieder mal schneiden zu lassen. Er ist kein Dandy.«

»Und gestern war nichts anders als sonst?«

»Nein.«

»Danke«, sagte Tamber. »Das war alles, was ich wissen wollte.«

62

In der Abteilung angekommen, suchte Werner ein paar Forschungsberichte heraus, die sich Dr. Simon zum Schein durchsehen durfte. Es konnte von Nutzen sein, ein paar Fachtermini parat zu haben, falls ein Kollege überraschend ins Büro kommen und ein Gespräch beginnen sollte.

»Hier sehen Sie unser Experiment«, sagte er, nachdem er den Computer gestartet, sich eingeloggt und eine Tabelle vom Server geladen hatte. Die komplizierten Formeln beschrieben, wie ein bestimmter metallurgischer Prozess nach Werners theoretischen Berechnungen durch die Exponierung in Gammastrahlung verändert würde. Diese Berechnungen wollte er nun empirisch durch das laufende Experiment in der Strahlungskammer überprüfen.

Dr. Simon betrachtete die Tabelle mit gespieltem Interesse. Sie sah aus wie eine Schauspielerin in einer Seifenoper, die ihre Rolle noch nicht richtig im Griff hatte.

»Wirklich interessant«, sagte sie mit lauter Stimme. »Aber es wäre leichter, den theoretischen Berechnungen zu folgen, wenn ich den Versuchsaufbau sehen könnte. Ich fürchte, ich gehöre zu den Forschern, die etwas sehen müssen, bevor sie es richtig verstehen.«

Er sah auf die Uhr, bestrebt, das Rollenspiel so realistisch wie möglich zu spielen.

»Ich werde in fünf Minuten in die Gamma-Anlage gehen, um die Position der Proben zu kontrollieren. Wollen Sie mitkommen?«

»Sehr gerne.«

Werner reichte ihr einen weißen Laborkittel, den er im Schrank hängen hatte.

»Vergessen Sie den Karton nicht«, sagte Dr. Simon aufmerksam, als sie den Kittel überstreifte. Er war an den Armen etwas zu lang, doch nachdem sie die Ärmel umgekrempelt hatte, passte er nicht schlecht. Werner war kein großer Mann.

Mit raschen Schritten gingen sie in das alte Reaktorgebäude, in dem sich die Bestrahlungsanlage befand. Werner wies sie auf dem Weg in alles ein, woran sie vorbeikamen, und Dr. Simon hörte neugierig zu und stellte Fragen. Sie waren von ihrem eigenen Schauspiel derart gefangen, dass sie die Leute, die ihnen entgegenkamen, gar nicht bemerkten.

»Hier ist es.« Werner blieb vor einem spinatgrünen Betonbunker in der Mitte des alten Reaktorgebäudes stehen. »Da drin waren früher die Brennstäbe – eine einfache, aber durchaus effektive Konstruktion. Jetzt muss ich nur noch den Operator bitten, die Anlage abzuschalten, dann können wir hineingehen.« Er reichte ihr den Pappkarton. »Halten Sie den bitte so lange?«

Nach ein paar Minuten war er zurück. Er führte sie über die Treppe nach unten in den Kontrollraum, checkte das Display am Kontrollpult, warf einen Blick auf die Lampe über der Tür, nahm den Gammazähler und kontrollierte, dass die Türöffnung strahlungsfrei war. Dann gingen sie hinein.

Auf einem schmalen Transportband, das zwischen zwei Wänden der Bestrahlungskammer verlief, standen an die fünfzig Schachteln unterschiedlicher Größe. Alle trugen das rotweiße Logo des IFE. Das heißt, eine der Schachteln war anders. Sie war in silberfarbenes Geschenkpapier gehüllt. Werner war sofort klar, dass diese Schachtel das Geschenk für Präsident Mustafa beinhalten musste. Angeblich ein ausgestopfter Greifvogel, den das Veranstaltungskomitee durch die Anlage geschickt hatte, um zu demonstrieren, wie sich die Gammastrahlung auch für Sterilisierungs- und Entkeimungszwecke anwenden ließ. Sie wollten wohl ein bisschen Reklame machen für eine Wissenschaft, die immer weniger gefragt war.

Dr. Simon atmete tief durch, ging zum Transportband und nahm das Geschenk herunter. Danach nahm sie ein Taschenmesser aus der Tasche und entfernte die Umverpackung des von ihnen mitgebrachten Kartons. Werner sah verblüfft, was zum Vorschein kam: eine Schachtel in genau den gleichen Maßen und mit exakt der gleichen Verpackung wie das Geschenk für Mustafa. Ohne ein Wort der Erklärung platzierte Simon das mitgebrachte Päckchen auf dem freien Platz auf dem Transportband. Es passte exakt zwischen die benachbarten Schachteln.

»Wo ist die Schachtel mit den Materialproben?«, flüsterte sie.

Werner deutete auf eine große Pappkiste, die etwas weiter entfernt auf dem Band stand. »Werner, Abt. Physik. Bitte stehen lassen!«, stand in blauen Buchstaben darauf.

Sie nahm den Deckel ab und verstaute vorsichtig das ursprüngliche Geschenk in der Kiste. Werner dachte, welch glückliche Fügung es doch war, dass Sternhell ihm eine so große Kiste für das Bestrahlungsexperiment gegeben hatte. Das Geschenk passte exakt hinein.

»Und was tun wir jetzt?«, fragte er, erleichtert, dass der Auftrag ausgeführt war.

Sie zuckte mit den Schultern.

»Zurück ins Büro gehen und warten.« Sie nahm ein Handy und wählte eine gespeicherte Nummer. Als sie eine Verbindung bekam, sagte sie kurz und bündig: »I'm done« und legte auf.

Werner strengte sich an, nicht die Konzentration zu verlieren.

»Warten … auf was denn? Dass Mustafa kommt?«

Sie sah ihn überrascht an, und einen Moment lang schien es ihm so, als sähe er einen Anflug von Verachtung in ihren Augen.

»Nein«, sagte sie leise. »Darauf, dass er geht.«

63

Der Polizeiwagen fuhr durch die scharfe Kurve, die auf den Ringvei Richtung Vindern führte. Es herrschte dichter Verkehr, obwohl es schon Viertel nach neun war und die meisten Leute eigentlich längst bei der Arbeit sein sollten. Der normale Arbeitnehmer gehört offenbar zu einer aussterbenden Rasse, dachte Tamber. Die Zukunft gehörte den Langschläfern. Kollege Hartmann konnte sich freuen!

Als der Wagen das Ullevål-Stadion passierte, erreichte sie ein Anruf von dem Polizeimeister in Bakfjordeid, der soeben die Vernehmung der alten Frau Abildsø beendet hatte. Sie hatte anfangs nicht mit ihm sprechen wollen. Aber als er erwähnte, dass die Osloer Polizei Henrik Brantenborg in Verdacht habe, etwas mit dem Verschwinden ihrer Tochter zu tun zu haben, kippte sie um und plapperte los wie ein Wasserfall. Es stellte sich heraus, dass ihr der Kontakt ihres Mannes und ihrer beiden Brüder zu dem »Landratten-Offizier«, wie sie ihn nannte, nie geheuer gewesen war. Wenn er wenigstens bei der Marine gewesen wäre. Sie hatte nie verstanden, was die vier miteinander zu schaffen hatten. Sie fuhren zu den merkwürdigsten Zeiten aufs Meer und blieben wochenlang weg. Wenn sie schließlich nach Hause kamen, hatten sie nur einen symbolischen Fang dabei. Trotzdem verdienten sie gut. Nach dem Tod ihres Gatten hatte sie von dem Geld allerdings nichts zu sehen bekommen.

Tamber bat ihn, ihr eine Kopie des Gesprächsprotokolls zu faxen, und legte auf.

Fünfzig Meter vor der Einfahrt zu Brantenborgs Haus parkten sie den Wagen. Er bewohnte ein recht unauffälliges, in der Mitte geteiltes Zweifamilienhaus im Fünfzigerjahrestil mit einer pompösen Doppelgarage im hinteren Bereich des Grundstücks, das trotz des Schnees und der kahlen Bäume irgendwie zugewuchert wirkte. Sie hatte das Gefühl, einen botanischen Garten zu betreten, zehn Jahre, nachdem der Gärtner entlassen worden war.

Sie gingen den Kiesweg hinauf. Keiner von ihnen sagte etwas. In beiden Etagen brannte Licht hinter den Fenstern. Tamber drückte die Klingel, aber es kam niemand, um ihnen zu öffnen.

»Er hat sicher nichts dagegen, wenn wir uns ein wenig umsehen«, sagte Tamber trocken.

Die Beamten brauchten nicht lange, um die Tür zu öffnen. In der Eingangshalle war alles still.

»Der Vogel scheint ausgeflogen zu sein«, sagte der ältere der beiden Polizisten. »Und was machen wir jetzt?«

»Die Wohnung durchsuchen«, sagte Tamber. »Sie gehen zu zweit Raum für Raum durch. Ich bleibe hier unten und behalte die Tür im Auge.«

Exakt acht Minuten später riefen die beiden Eva Tamber zu sich. Sie fand die beiden Männer im Arbeitszimmer. Hinter der Tür stand eine weiß lackierte Büromaschine, die oben so etwas wie einen Briefschlitz hatte.

»Was ist das?«, fragte Tamber. »Ein Kopierer?«

Die Polizisten lachten.

»Das Gegenteil, würde ich meinen«, sagte der Ältere, ein untersetzter Mann mit schwellenden Muskeln unter der Uniformjacke. »Das ist ein Aktenvernichter.«

»Er ist noch warm. Ich wette, der ist die ganze Nacht gelaufen.«

Tamber betrachtete die Maschine mit wachsender Neugier.

»Und die Papierschnipsel?«

»Die sollten eigentlich hier drin sein.« Der jüngere Beamte beugte sich vor und zog an der Front eine tiefe Schublade auf. »Leer, leider. Unser Freund scheint den Inhalt mitgenommen zu haben, als er sich aus dem Staub gemacht hat.«

In dem Augenblick hörten sie auf der Rückseite des Hauses einen Motor anspringen. Sie gingen dem Geräusch nach und kamen zu einer klapprigen Verandatür, die nicht abgeschlossen war. Draußen im Schnee waren deutlich Fußspuren zu erkennen, die zur Garage führten. Der Motorenlärm schwoll an.

»Wärmt er sein Auto auf?«, flüsterte Tamber nervös. »Er darf auf keinen Fall entkommen.«

»Das ist kein Automotor«, sagte der jüngere Polizist. »Wenn Sie mich fragen, klingt das wie ein Zementmischer.«

Tamber ahnte das Schlimmste. Sie durften keine Zeit mehr verlieren und rannten deshalb schnurstracks über die schneebedeckte Fläche. Vor dem offenen Garagentor blieben sie stehen.

Im hinteren Teil der Garage stand ein hoch gewachsener, glatzköpfiger Mann und leerte weiße Papierstreifen aus einem schwarzen Müllsack in einen gigantischen orangefarbenen Zementmischer, der zur Hälfte mit Zement gefüllt war. Er war gerade dabei, die letzten Papierfetzen herauszuschütteln, als er sie entdeckte. In seinem Blick lag Verachtung.

»Jetzt haben wir Sie, Brantenborg«, sagte Tamber übermütig. »Sie haben gestern ein paar Fehler zu viel begangen. Wir haben mehrere Zeugenaussagen und technische Beweise, die Sie mit dem Ort in Verbindung bringen, an dem Ulla Abildsø gestern verschwunden ist. Ich muss Sie bitten, die Maschine abzustellen und mit erhobenen Händen zu uns zu kommen. Sie werden des Mordes oder zumindest der Beihilfe zum Mord an Enok Paulsen verdächtigt, sowie der Entführung von Ulla Abildsø. Wie Sie sicher wissen, sind Sie ohne einen Anwalt nicht verpflichtet, unsere Fragen zu beantworten. Sie können die Aussage verweigern …«

Weiter kam sie nicht. Während ihrer acht Jahre bei der Polizei hatte Tamber so etwas noch nie erlebt. Selbst das Wort »unwirklich« war zu realistisch für das, was sich in diesem Moment vor ihren Augen abspielte. Brantenborg stand da und sah sie an – im Nachhinein war ihr klar, dass sie nicht eine Sekunde hätte zögern dürfen, ihn zu ergreifen, bevor er zum Gegenschlag ausholen konnte. Aber, wie gesagt, er stand da und hörte aufmerksam zu, als sie ihn über seine juristischen Rechte aufzuklären begann, und dann stieß er sich plötzlich vom Boden ab, machte einen Satz nach vorn, und sprang kopfüber in die Mischmaschine. Der Motor stotterte und dröhnte, blieb aber nicht stehen. Mit fließenden, kräftigen Bewegungen rotierte der orangefarbene Behälter mit dem großen Mann in sich immer weiter im Kreis. Am Anfang ragten seine Beine noch in die Luft, aber nach wenigen Umdrehungen brach er sozusagen in der Mitte durch, und wurde von der Hüfte abwärts in einer Abfolge ruckartiger Zuckungen willenlos hin und her geschüttelt.

»Mein Gott, schaltet die Maschine aus!«, schrie Tamber hysterisch. »Er darf sich nichts tun!«

Letzteres war natürlich völlig sinnlos. Brantenborg konnte sich nichts mehr tun, er war längst tot. Nachdem es dem jungen Polizisten endlich gelungen war, den Zementmischer anzuhalten, und sie mit gemeinsamer Kraftanstrengung den leblosen Körper aus der Trommel gezogen hatten (keiner von ihnen kam darauf, den Positionshebel zu lösen und die Trommel einfach zu kippen), war ihnen schnell klar, dass es nichts mehr zu retten gab. Brantenborgs Schädel war nach der brutalen Behandlung der Stahlhaken auf dem Boden der Trommel zertrümmert. Noch makabrer war, dass die Nackenmuskeln durchtrennt waren, und der Kopf schlaff hin- und herbaumelte wie bei einer billigen Schlenkerpuppe, als sie ihn herauszogen.

»Rufen Sie einen Krankenwagen«, sagte Tamber. »Und sagen Sie ihnen, dass sie außer einer Bahre nichts mitzubringen brauchen. Er geht dann direkt zur Obduktion.«

Während die Polizisten noch mit der Ambulanz verhandelten, wählte sie Joakim Vats' Nummer. Er antwortete sofort und teilte ihr mit, dass er sich etwa zweihundert Meter entfernt in der gleichen Straße in Richard Klügers Wohnung befand.

»Ich stehe vor Klügers Bett«, fügte er hinzu. »Viel mehr gibt es eigentlich nicht zu vermelden.«

»Weigert er sich, mit dir zu sprechen?«

»Wie man's nimmt. Der Mann ist tot. Sieht ganz nach Selbstmord aus. Vermutlich eine Überdosis Morphin. Dem Arzt zufolge, der ihn untersucht hat, ausreichend, um ein Pferd umzubringen.«

Vats hatte in Erfahrung gebracht, dass Klüger am Vorabend – völlig unerwartet – seiner Haushälterin für den Rest der Woche frei gegeben hatte. Nach ihren Angaben hatte er es damit begründet, dass sie zu viel arbeite und sich ein paar Tage Ruhe gönnen sollte. Bevor sie ging, hatte er sie nur gebeten, ihm für die nächsten vier Tage die Morphindosen gegen seine Rückenschmerzen vorzubereiten. Er spritzte sich immer selber, wenn sie verhindert war, darum hatte sie sich nichts dabei gedacht. Man könne ihr keinen Vorwurf machen, meinte Vats. Das Ganze war ein ausgeklügelter Plan, um sie aus dem Haus zu kriegen.

»Er war bereits kalt, als wir in die Wohnung kamen. Der Arzt schätzt, dass er mehr als zehn Stunden tot ist.«

Tamber informierte ihn in knappen Sätzen über die Lage bei

ihnen und vereinbarte mit Vats, sich nach der Mittagspause mit der ganzen Ermittlungsgruppe zu treffen.

Eine Sirene kündigte den Rettungswagen an, der mit einem Einsatzfahrzeug der Kripo im Kielwasser um die Ecke bog. Damit konnten sie den Tatort der Spurensicherung überlassen.

»Glaubt ihr, die Spurensicherung würde ohne Augenzeugen für den Selbstmord darauf kommen, was hier abgegangen ist?«, fragte Tamber.

Anstelle einer Antwort winkte der ältere Beamte sie zu sich in die hintere Ecke der Garage. Er hatte etwas auf dem Boden entdeckt. Einen dünnen Papierstreifen.

»Sehen Sie sich das mal an«, sagte er triumphierend. »Ein Name!«

Der Streifen enthielt ein unverständliches Satzfragment: »... beit mit Alex Bonnevie«. Der Name sagte ihr nichts. Vielleicht war er auch unwichtig, obwohl Brantenborgs vehementer Versuch, die Dokumente zu vernichten, eher dafür sprach, dass der Name in weiteren Beweiszusammenhängen eine Rolle spielen könnte.

Tamber versuchte, praktisch zu denken. Sie rief in der Zentrale an und bat, alles über einen gewissen Alex Bonnevie herauszufinden, was es gab. Der Vorname sei vermutlich Alexander.

Sie konnten nichts über ihn finden. Beim Einwohnermeldeamt war kein Alexander Bonnevie gemeldet. Auch nicht in der Gruppe norwegischer Staatsbürger, die in den vergangenen zwanzig Jahren das Land verlassen hatten.

»Erkundigen Sie sich bei unseren nordischen Nachbarn«, gab sie in Auftrag. »Und bitten Sie den militärischen Sicherheitsstab, sich das mal anzusehen.«

In der Zwischenzeit hatten die beiden Polizeibeamten den Müllsack untersucht, den Brantenborg kurz vor seinem Selbstmord geleert hatte.

»Er hat es nicht mehr geschafft, alles zu vernichten«, sagte der Ältere, indem er eine Hand voll Papierstreifen vom Grund des Sackes nahm. »Da sind noch mehr Namen.« Er legte die Stirn in Falten. »Und dann ist da so ein merkwürdiges Wort, das auf ein paar Streifen auftaucht: *Operation Sundog*. Weiß jemand, was das bedeutet?«

Keiner von ihnen wusste eine Antwort.

Tamber gab den Beamten der Spurensicherung, die mit dem Durchkämmen der Garage und des kleinen Geräteschuppens begonnen hatten, noch ein paar kurze Anweisungen, bevor sie über die verschneite Auffahrt auf das Tor zusteuerte.

»Nehmen Sie den Plastiksack mit«, rief sie den beiden Polizisten zu. »Bei dem Puzzle darf uns Polizeirat Holm helfen.«

64

Ein kurzer Gedankenblitz, und alles war auf den Kopf gestellt. Sie hatten in seinem Büro gesessen und geplaudert, als Werner ungeschickt einen Becher Kaffee umwarf und Dr. Simon bekleckerte. Sie zog eilig den Kittel aus, aber der Kaffee war durch den Stoff gedrungen und hatte einen großen, dunklen Fleck auf der hellen Seidenbluse hinterlassen. Werner entschuldigte sich tausendmal bei ihr und sagte ihr, wie sie zu den Toilettenräumen fand: bis ans Ende des Korridors, dann links herum, eine Treppe runter, sie könne es gar nicht verfehlen. Sie nickte und verließ den Raum.

Wenn sie in normalem Tempo ging, hatte er fünf Minuten zur Verfügung, bis sie wiederkam. Das müsste reichen.

Seine Hand zitterte, als er das kleine Nokia aus der Kitteltasche nahm, um den letzten von ihr getätigten Anruf zu überprüfen. Er musste unbedingt wissen, wen sie vor einer knappen halben Stunde aus der Bestrahlungskammer angerufen hatte.

Im ersten Augenblick glaubte er, sich zu irren.

Aber das Display ließ keinen Zweifel zu. Das war eine IFE-Nummer.

Dr. Simon hatte jemanden aus dem Institut angerufen! Jemand, der Zugang zu einem institutseigenen Telefon hatte. Und die Person hatte geantwortet. Sie hatte gesagt: »I'm done«, und aufgelegt. Der Anruf konnte ohne weiteres ein vereinbartes Signal gewesen sein, das keiner weiteren Erklärung bedurfte.

Aber Dr. Simon war noch nie im Institut gewesen. Sie kannte hier niemanden außer ihm.

Werner steckte das Handy zurück in die Kitteltasche und nahm sich den Hauskatalog vor. Die Angestellten waren alphabetisch nach ihren Nachnamen geordnet. Er hatte keine Zeit, die ungefähr 500 Eintragungen der Reihe nach durchzugehen, um zu sehen, wer diese Nummer hatte.

Also rief er in der Zentrale an.

»Werner hier«, sagte er bestimmt und kam direkt zur Sache. »Können Sie mir sagen, wer im Haus diese Telefonnummer hat?« Er nannte ihr die vier Ziffern. »Ich hatte die Nummer auf meinem Display und würde gerne wissen, wen ich zurückrufen soll.«

»Einen guten Bekannten, Herr Werner«, zwitscherte die Frau aus der Zentrale. »Dan Sternhell. Soll ich Sie direkt mit ihm verbinden?«

»Nein, nicht nötig. Ich ruf ihn später an.«

Er brauchte Zeit, sich zu sammeln. Dr. Simon hatte Sternhell doch nicht gekannt. Er selbst hatte sie doch noch vor weniger als zwei Stunden in der Kantine vorgestellt. Warum also rief sie ausgerechnet ihn an, den einzigen Israeli im Institut? Er dürfte doch wohl der Letzte sein, zu dem sie Kontakt aufnehmen wollte! Es sei denn … Nein, an *die* Möglichkeit wollte er nicht einmal denken.

Aber er musste daran denken.

Ihm kam eine Idee. Er öffnete die Tür einen Spaltbreit und spähte den Korridor entlang. Niemand zu sehen. Er lief zurück an den Schreibtisch und holte zum zweiten Mal Dr. Simons Handy aus der Tasche. Dieses Mal wählte er eine Auslandsnummer, die er am letzten Abend in Jerusalem von Naomi Hirsch bekommen hatte. Die Nummer war für den Notfall, wenn er gezwungen war, Kontakt zu ihr aufzunehmen. Sie hatte nicht versprechen können, selber da zu sein, wenn er anrief, nur, dass jemand antworten würde, auf den er sich verlassen konnte.

Mit ein paar Sekunden Verzögerung begann es am anderen Ende zu piepsen. Der Klang war hohl, wie häufig, wenn die Verbindung über einen Satelliten lief.

»Hallo?«, antwortete eine Männerstimme in gebrochenem Englisch. »Who's calling?«

Werner war sicher, dass er die Stimme noch nie gehört hatte, was ihm sehr gelegen kam.

»Sternhell«, sagte er schnell und versuchte, wie der israelische Kollege zu klingen. »Ich rufe in Dr. Simons Namen an.«

Die folgende Pause dauerte höchstens ein paar Sekunden, aber Werner kam sie endlos vor.

»Ah ja«, kam schließlich die Antwort. »Und was will sie heute von uns, Dan? Wieso reden wir überhaupt Englisch?«

»Spezielle Umstände«, antwortete Werner viel sagend. »Dr. Simon bat mich, Grüße auszurichten und zu sagen, dass es Probleme mit Werner gibt. Sie befürchtet, dass er aus der Sache rauswill. Verstanden? Leite das bitte an die entsprechende Stelle weiter. Du weißt, wen ich meine.«

»In Ordnung, Dan. Verlass dich auf mich. Grüß Mira und sag ihr, wir lassen von uns hören.«

Werner legte auf, wischte sich den Schweiß von der Stirn, steckte das Handy zurück und ließ sich in seinen Bürostuhl fallen, während er auf Schritte auf dem Korridor lauschte.

Irgendetwas lief hier ganz gewaltig aus dem Gleis.

65

Man mochte viel über Bremer sagen, dachte Hartmann, aber er war ein hervorragender Diplomat, das konnte ihm niemand nehmen. Schlagfertig. Weltgewandt. Höflich. Der Außenminister verstand es meisterhaft, seinen ausländischen Gästen das Gefühl zu geben, willkommen zu sein, während er ihnen nahezu unmerklich seinen, will sagen, Norwegens Blickwinkel, näher brachte.

So auch an diesem Tag. Nachdem er Mustafa auf beide Wangen geküsst und ihn an der aufmarschierten Ehrenkompanie der Garde Seiner Majestät vorbeigeleitet hatte, führte Bremer den drahtigen kleinen Mann direkt in den VIP-Raum des Flughafens, wo die erste Runde politischer Gespräche stattfand. Außer den beiden Staatsmännern waren nur noch sechs weitere Personen anwesend: zwei Dolmetscher, je ein norwegischer und ein palästinensischer Staatssekretär, Mustafas Leibwächter und Hartmann. Auf dem Gang wartete ein weiteres Dutzend Sicherheitsbeamter mit scharf geladenen Waffen und dem Neuesten vom Neuen in Sachen chiffrierter Telekommunikation.

Hartmann wusste sehr genau, dass er nicht auf den Inhalt der Gespräche zu achten hatte. Dennoch konnte er nicht umhin mitzubekommen, dass die Gesprächsteilnehmer immer wieder auf die Bedingungen für die Errichtung eines palästinensischen Staates zurückkamen. Es sei dringender denn je, drängte Mustafa. Aus diesem Grund habe er einen Sieben-Punkte-Plan mitgebracht, wie die Staatsgründung am besten umzusetzen sei, sowie einen Entwurf für ein internationales Abkommen, das die Sicherheit des neuen Staates garantierte. Hartmann stellte mit Genugtuung fest, dass Major Cohen mit ihren Vermutungen über die Absichten von Mustafas Besuch absolut richtig gelegen hatte. Der Mossad schien tatsächlich einen zuverlässigen Kontakt zu haben im engen Kreis um Mustafa.

»Es ist meine aufrichtige Hoffnung, dass die USA, Russland und die EU-Länder sich diesem Abkommen anschließen werden«, sagte Mustafa in gebrochenem, aber erstaunlich präzisem Englisch. »Und ich möchte hiermit auch unsere skandinavischen Freunde um die Anerkennung der neuen Staatsgründung bitten. Es geht hier nicht um persönliche Eitelkeit. Es geht darum, den Palästinensern etwas von ihrer verloren gegangenen Würde zurückzugeben, damit sie wieder an die Zukunft glauben können.«

Bremers Blick war voller Verständnis. Aber das bedeutete noch lange nicht, dass er die Fähigkeit zum klaren Denken verloren hatte.

»Israel wird dem niemals zustimmen«, wandte er ein. »Und damit stünden Sie wieder am Anfang, mein Freund. Zuerst müssen wir die israelische Regierung überzeugen und als Nächstes ...«

Mustafa hob die Hände in einer abwehrenden Geste. Er trug eine olivgrüne Paradeuniform und ein schwarzweißes Tuch als Kopfbedeckung – »Terroristen-Gala«, wie Dahlbo diese Aufmachung bei einer früheren Gelegenheit getauft hatte.

»Secretary Bremer«, unterbrach er ihn. »Die israelischen Behörden werden sich niemals von unserem Recht auf einen eigenen Staat überzeugen lassen. Nicht mit vernünftigen Argumenten. Dazu braucht es schärfere Geschütze. Die Israelis müssen *gezwungen* werden, uns anzuerkennen. Washington muss klarstellen, dass die USA nicht länger bereit sind, das Land militärisch und finanziell zu unterstützen. Die EU muss mit Handelsrestriktionen drohen. Und Norwegen ...« Er bedachte Bremer mit einem schiefen Lächeln. »Norwegen muss Tel Aviv drohen, die Erdölversorgungsgarantie aufzuheben, die Israel Nordsee-Erdöl zum Marktpreis zusichert, falls die OPEC einen effektiven Erdölboykott gegen das Land verhängt.«

Bremer starrte ihn ungläubig an.

»Dieses Abkommen«, antwortete er langsam, wobei er offenbar sein Gedächtnis nach abhanden gekommenen Fakten durchsuchte, »wurde seinerzeit auf massives Drängen des amerikanischen Präsidenten mit den israelischen Behörden geschlossen. Das kann meine Regierung also nicht ohne weiteres nach eigenem Gutdünken annullieren.«

»Das weiß ich«, antwortete Mustafa ruhig. »Aber wie Sie sicher wissen, gab Yassir Arafat damals grünes Licht für das Abkommen. Nun bitte ich, sein Nachfolger, um Aufkündigung dieses Abkommens.«

»Sie verlangen viel«, sagte Bremer und erhob sich. »Wir werden darüber nachdenken und uns mit unseren amerikanischen und europäischen Freunden beraten. Bis dahin kann ich Ihnen nur versprechen, dass wir das Ansuchen überdenken werden.« Er lächelte. Die glatten, vollen Lippen öffneten sich über einer

Reihe weißer Zähne. »Aber nun müssen wir aufbrechen, Herr Präsident. Wir haben ein volles Programm vor uns.«

Sie brachen auf.

Auf dem Weg zum Wagen, wo sie von einer Horde Presseleute erwartet wurden, hielt Bremer einen kurzen Vortrag über den lange geheim gehaltenen Export von Schwerem Wasser an Israel.

»Wir haben zehn Tonnen schweres Wasser an unsere israelischen Freunde verkauft«, trug Bremer mit einem breiten Lächeln vor. »Selbstverständlich ausschließlich für friedliche Zwecke.«

»Selbstverständlich«, stimmte Mustafa mit einem steifen Lächeln zu. »In gleichem Maße, wie wir heimliche Lieferungen an Plastiksprengstoff aus der früheren Sowjetunion bekommen haben. Natürlich nur zu defensiven Zwecken.«

»Mit einem kleinen Unterschied«, fügte Bremer hinzu und stoppte für einen kurzen Moment den Vormarsch der Gruppe auf die Eingangstür. »Wir haben das Schwere Wasser am Ende zurückverlangt, als Israel uns verweigerte, zu überprüfen, ob es gegen die Abmachungen verwendet wurde. Für Sie würde es vermutlich schwierig werden, den Sprengstoff zurückzugeben, falls den Russen einfallen sollte, danach zu fragen, nicht wahr?«

Mustafa zog eine Augenbraue hoch. Hartmann begriff sofort, dass Bremer gerade zu weit gegangen war. Dass es Grenzen für Mustafas Humor gab. Aber der Palästinenser beherrschte die Kunst der Überraschung.

»Sie haben Recht«, sagte er düster. »Wir haben nichts, was wir zurückgeben könnten. Die Israelis haben uns keine Wahl gelassen.«

»Ich weigere mich zu akzeptieren, dass es keine Alternative zum Terrorismus gibt«, widersprach Bremer.

»Auf dem Papier sind wir uns einig«, sagte Mustafa und ging auf die Tür zu. »Aber in der realen Welt verhält es sich leider so, dass das Papier und die schönen Grundsätze, die darauf geschrieben stehen, nicht viel wert sind. Dort herrscht die Macht.

In meiner Region lag die militärische Schlagkraft allzu lange in einer Hand. Das ist ein guter Nährboden für Korruption und Verhärtung. Wenn es im Nahen Osten jemals dauerhaften Frieden geben soll, muss eine zuverlässige Gegenmacht zu Israel errichtet werden.« Er wandte sich an Bremer. »Glauben Sie mir, früher oder später wird das durchgesetzt werden. Fragt sich nur, ob im Guten oder Bösen.«

Mustafa trat in die Winterkälte hinaus. Der geschlossene Einfahrtsbereich vor dem VIP-Ausgang war gedrängt voll gestellt mit Limousinen, Begleitfahrzeugen und Sicherheitsbeamten. Aber Mustafa schenkte dem allen keine Beachtung. Seine Aufmerksamkeit galt dem bunten Auflauf von Journalisten und Demonstranten auf der anderen Seite des Gittertors.

»Long live Israel!«, stand auf einem der Plakate der Demonstranten mit einer Karte vom Nahen Osten, auf der Israel sich alle umstrittenen Gebiete plus noch ein paar mehr gesichert hatte. »Never trust a terrorist!«, stand auf einem anderen Banner, das ein zehn Jahre altes Bild von Mustafa zeigte, auf dem er Arafat auf die Wange küsste. Und ein drittes Plakat verkündete: »Go home to hell, Mustafa!« Hartmann glaubte, eine Träne im Augenwinkel des palästinensischen Präsidenten zu sehen, als er registrierte, in welcher Absicht die Demonstranten dort zusammengekommen waren. Aber er riss sich zusammen, winkte den Fotografen freundlich zu und stieg in die wartende Limousine.

Bremer zögerte kurz, ehe er ihm folgte.

Hartmann und der palästinensische Leibwächter wechselten einen kurzen Blick und nahmen jeder in einem Begleitwagen Platz. Der eine unmittelbar vor, der andere unmittelbar hinter der gepanzerten Limousine. Hartmann konnte sich nicht erinnern, wann er das letzte Mal so viele bewaffnete Polizisten an einem Ort gesehen hatte. Zuzüglich all der Sicherheitsbeamten in Zivil, wie ihn selbst.

Als die Kolonne das Flughafengelände verließ, befiel ihn wieder das beunruhigende Gefühl, bei Pahlstrøms Vernehmung etwas übersehen oder missverstanden zu haben. Aber wieder musste er passen. Ihm fiel nichts ein. Wahrscheinlich, weil da nichts war. Alles, woran er sich halten konnte, war das vage Gefühl, dass etwas nicht stimmte. Eine flüchtige Irritation der Nervenbahnen.

Da drehte sich der Fahrer zu ihm um.

»Eines schönen Tages wird er umgebracht, glauben Sie nicht?«

Hartmann antwortete nicht. Die Wagenkolonne fuhr von der E6 ab. Ein Stück vor ihnen, neben der linken Fahrbahn, tauchte das große, halbkreisförmige Forschungsgebäude für Petrochemie auf, was bedeutete, dass das Institut für Energietechnik nicht mehr weit entfernt war. Hartmann überprüfte automatisch, ob seine Dienstpistole im Futteral unter seinem Arm steckte.

66

Mustafa ist da! Niemand wusste genau, wie sich diese Neuigkeit verbreitet hatte, doch nur wenige Sekunden nachdem der Fahrzeugkonvoi auf den Institutsweg eingebogen war, wussten alle Angestellten Bescheid. Einige schickten E-Mails, andere griffen zum Telefon. Die etwas weniger Schüchternen traten auf den Flur und riefen die Nachricht durchs Haus. Werner gehörte zu den Auserwählten, die eine kurze telefonische Nachricht aus dem Vorzimmer des Direktors bekamen. »In fünf Minuten beginnt die Willkommenszeremonie.«

Es war beschlossen worden, dass die Forschungschefs, die Abteilungsleiter und einige wenige Repräsentanten der Angestellten an dieser Feier teilnehmen sollten. Die Zeremonie sollte in dem großen, offenen Raum vor der Bestrahlungsanlage stattfinden. An diesem Ort hatte man früher auch, als Norwegen noch ein Pionier auf diesem Feld war, renommierte ausländische Gäste empfangen – Könige, Königinnen, Präsidenten, Nobelpreisträger und Professoren.

Werner stand von seinem Schreibtisch auf.

»Wir müssen gehen.«

Die blonde Frau saß hoch konzentriert vor dem PC. In der letzten halben Stunde hatte sie versucht, sich in einige der Publikationen des Instituts einzuarbeiten.

»Ich bin bereit«, sagte sie und warf ihm einen dankbaren Blick zu. »Ich hoffe, nie mehr einen halben Vormittag damit verbringen zu müssen, Jahresberichte zu lesen!«

Werner lächelte angestrengt. Nicht, weil er beleidigt darüber war, dass sie sich langweilte – von einem Amateur war nichts anderes zu erwarten. Doch jetzt, da er ihre Verbindung zu Dan Sternhell entdeckt hatte, gelang es ihm nicht mehr, sich zu entspannen.

Das Telefongespräch mit Jerusalem hatte bestätigt, dass es eine Verbindung zwischen Dr. Simon – wenn das denn ihr richtiger Name war – und Naomis Freunden gab. Das war an sich nichts Merkwürdiges; es lag ja in der Natur der Dinge, dass es eine solche Verbindung geben musste. Doch das Gespräch hatte auch ergeben, dass es eine Verbindung zwischen Naomi und Dan Sternhell gab, und das war mehr als überraschend. In der gleichen Weise, wie es ihn verwunderte – um nicht zu sagen beunruhigte –, dass Dr. Simon Sternhell offensichtlich schon kannte. Keiner von beiden sollte eigentlich von dem anderen etwas wissen, meinte er. Er erinnerte sich deutlich daran, wie er in Jerusalem seinem Kontaktmann erzählt hatte, dass zurzeit ein israelischer Gastforscher im Institut sei. Mit keinem Wort hatte der Palästinenser angedeutet, dass er Sternhell kannte. Doch obwohl es ihn ärgerte, in diese Geheimnisse nicht eingeweiht zu werden, wusste er auch, dass es gut so war. Wenn Sternhell auf ihrer Seite stand, war er ein ungeheuer mutiger Mann, der seine Zukunft, ja vielleicht sein Leben aufs Spiel setzte. In solch einem Fall wäre es sinnlos, ihn dadurch in Gefahr zu bringen, einem außenstehenden, norwegischen Helfer seine politische Zugehörigkeit zu offenbaren.

Trotzdem beunruhigte Werner das Ganze. Sternhells Bewerbungsunterlagen für die Stelle als Gastwissenschaftler waren auch über seinen Schreibtisch gegangen. Sternhell hatte die richtigen Schulen besucht und mit zum Teil glänzenden Resultaten die richtigen Examen gemacht. Er hatte ein Empfehlungsschreiben von allen renommierten Professoren Israels, inklusive Abrasha Schwartz! Dass Abrasha sich für ihn einsetzte, musste bedeuten, dass Sternhell die Sicherheitsüberprüfung des Mossad bestanden hatte. Nicht zuletzt aufgrund dieser Empfehlung hatte Werner dem Institutsdirektor empfohlen, Sternhell einzustellen. Auch wenn Werner im Nachhinein seine Meinung über Abrasha geändert hatte, hieß das nicht, dass Sternhells Sicherheitsabklärung damit wertlos war. Nur dass sich daraus eine höchst unangenehme Frage ableitete: Warum sollte ein verantwortungsvoller jüdischer Forscher mit guten Kontakten innerhalb des israelischen Machtapparates den Wunsch haben, Menschen zu helfen, die in aller Heimlichkeit daran arbeiteten, der noch nicht deklarierten Republik Palästina Zugang zu Atomwaffen zu verschaffen?

Er versuchte, sich damit zu beruhigen, dass man die gleichen Zweifel ihm gegenüber hätte äußern können. Man musste seine Vorgeschichte schon sehr gut kennen, um seine Beweggründe zu verstehen – seinen langsamen Wandel zum Vorteil der palästinensischen Sache. Sollte er sich nicht schämen, Sternhell zu misstrauen? Reichte es nicht, zu wissen, dass Naomi ihm vertraute?

All diese Gedanken wirbelten durch seinen Kopf, als er und Dr. Simon sich kurze Zeit später vor dem provisorischen Podium in der alten Reaktorhalle aufstellten. Oben auf dem geschmückten Podest standen der Direktor, Außenminister Bremer und der Ehrengast des Tages, der inoffizielle Präsident der Palästinenser, ihr Staatsoberhaupt Muhammad Mustafa.

Der Direktor hatte die Versammlung gerade daran erinnert, wie das norwegische Reaktorabenteuer an diesem Ort mit der Inbetriebnahme des kleinen Schwerwasserreaktors JEEP begonnen hatte. Und er fuhr mit seinem historischen Abriss fort, indem er erzählte, wie dieser Reaktor schließlich zu einer modernen Gammabestrahlungsanlage umgebaut worden war, in der unter anderem medizinische Geräte, Kräuter und verschiedene vakuumverpackte Lebensmittel sterilisiert werden konnten. Mustafa und Bremer hörten interessiert zu und lächelten breit, wenn auch etwas einstudiert, als der Direktor verriet, dass Mustafa bald ein ganz spezielles Geschenk als Erinnerung an seinen Besuch überreicht bekommen sollte – er müsse nur noch etwas Geduld haben, denn das Geschenk befände sich in diesem Augenblick noch zur Entkeimung in der Bestrahlungsanlage und sei erst in einer halben Stunde bereit. »Damit«, schloss er, »haben wir noch genügend Zeit, uns die Tätigkeitsfelder anzuschauen, auf die wir am meisten stolz sind: die Petroleum- und Wasserstoffforschungslaboratorien. In exakt dreißig Minuten werden wir wieder hier sein, um Ihnen das Geschenk zu überreichen.«

Mustafa verbeugte sich lächelnd.

Die Versammlung applaudierte begeistert. Doch am Rand der handverlesenen Menge stand ein Mann, der nicht klatschte. Es war Dan Sternhell. Werner erblickte ihn gerade in dem Moment, in dem der Direktor das Geschenk für Mustafa erwähnte. Obwohl mehr als zwanzig Meter zwischen ihnen lagen, durchfuhr ihn ein Stich, als Werner Sternhells verächtliches Lächeln bemerkte. Seine Augen waren berechnend und kalt. Da war kein Zeichen versteckter Bewunderung, wie man es aus Sternhells Allianz mit Naomi hätte schließen müssen. War er wirklich ein derart guter Schauspieler?

Während der Direktor und seine Gäste weiterhasteten, blieb Werner wie gelähmt vor dem Podest stehen. Die Zweifel, die in der letzten Stunde an ihm genagt hatten, loderten wieder auf. Irgendetwas stimmte hier nicht. Er hatte das vage Gefühl, dass ihn jemand ausnutzte, so, wie sie auch Naomi und eine Reihe anderer idealistischer Seelen ausgenutzt hatten. Ihm blieb nichts anderes übrig als einzuräumen, dass er in eine Situation geraten war, in der er nicht mehr wusste, wer Feind und wer Freund war.

Er wusste nur, dass er bei diesem Spiel so lange nicht mitmachen durfte, wie er sich nicht sicher war, dass Dr. Simon wirklich auf Naomis Seite stand. Während Sternhell und die anderen Zuschauer langsam wieder in ihre Büros und Laborräume zurückgingen, hakte er sich bei ihr ein und ging in die entgegengesetzte Richtung, die der Direktor und sein hoher Besuch eingeschlagen hatten: Zuerst zum Betonkoloss über der Bestrahlungsanlage, dann die Treppe hinunter in den Kontrollraum.

»Hier waren wir bereits«, seufzte Dr. Simon und strich sich eine Locke aus den Augen. »Ich wäre lieber mit Mustafa mitgegangen!«

»Sie waren nicht eingeladen«, sagte Werner trocken. »Außerdem muss ich Ihnen etwas sagen.« Er hatte keine Idee, was er sagen sollte. Aber er musste etwas vorbringen. Er sah auf seine Armbanduhr. Im besten Fall hatten sie zwanzig Minuten, bis Mustafa zurückkam, um das Geschenk entgegenzunehmen.

Wie vermutet, war niemand im Kontrollraum. Die Bestrahlungsanlage funktionierte vollautomatisch und wurde im Normalbetrieb über eine ferngesteuerte Videokamera aus einem Kontrollraum am anderen Ende des Gebäudes überwacht. Nur wenn die Anlage angehalten wurde, musste ein Operator persönlich anwesend sein. Hier unten konnten sie, mit anderen Worten, ungestört reden.

»Wir haben ein Problem«, begann Werner, noch immer unsicher, wie er die Sache angehen sollte. »Etwas, an das anscheinend niemand gedacht hat.«

Dr. Simon warf ihm einen beunruhigten Blick zu. Ihre lackierten Fingernägel kratzten nervös über das grüne Kontrollpult.

»Doch nichts Ernstes? Wir haben keine Zeit für Überraschungen.«

Am liebsten hätte er gefragt: »Wer sind wir?«, doch er sah ein, dass sie das nur misstrauisch machen würde. Das Beste, was er tun konnte, war, in seiner Einstellung unerschütterlich zu wirken, sowohl was sie als auch ihren Auftrag anging.

»Ihr hättet mir vorher sagen müssen, dass der Tausch so durchgeführt wird, dass die Waren Gammastrahlung ausgesetzt werden.«

Sie sah ihn verständnislos an.

»Warum? Das müssen sie doch aushalten? Ich dachte, der eigentliche Witz dieser Anlage wäre, Bakterien zu töten, die Waren aber nicht zu beeinträchtigen?«

»Ich rede nicht von den Vögeln«, sagte Werner ernst – langsam bekam er eine Vorstellung, wohin er wollte; ein dreister, aber nicht hoffnungsloser Plan. »Das Plutonium macht mir Sorgen. Haben Sie daran gedacht, was passiert, wenn es einer starken Kobalt-60-Quelle ausgesetzt wird?«

Das wirkte. Ihr flackernder Blick verriet, dass sie unsicher geworden war. Er richtete einen stillen Dank an den Himmel, dass sie keine wirkliche Physikerin geschickt hatten.

»Sagen Sie es mir. Sie sind der Experte.«

»Nicht hier«, sagte er bestimmt und machte eine Kopfbewegung in Richtung der Tür, die in die Bestrahlungskammer führte. »Wir müssen da rein, es eilt.«

Sie sagte, das müsse er entscheiden. Er versicherte erneut, dass sich das alles regeln ließ, wenn sie sich nur beeilten. Er drückte den Knopf am Kontrollpult, der ihn mit dem Operator verband. »Hallo, Ludvigsen, Werner hier. Lässt du mich und Dr. Simon noch einmal einen Moment nach unten? Mir ist bei der Zirkaloyprobe, die gerade bestrahlt wird, ein Fehler unterlaufen. Es wird nur ein paar Minuten dauern. Ich melde mich, sobald wir fertig sind, damit du die Anlage wieder starten kannst.«

Der Operator schien gute Laune zu haben.

»Maximal fünf Minuten«, kam es durch den Lautsprecher an der Wand. »Wir haben es heute ein bisschen eilig, wegen Mustafa.«

Das Summen des Transportbandes verstummte. Ein paar Sekunden später war ein metallisches Klacken zu hören. Das war die Metallplatte, die sich vor die Kobaltquelle schob. Dann endlich klickte das Schloss der Tür, und die Farbe der Lampe darüber wechselte von Rot zu Grün.

Sie gingen hinein.

In der Kammer wurde Werner erneut unsicher. Was sollte er sagen? Schließlich begann er mit den Worten:

»Sie wissen, Gammastrahlung dringt nicht in feste Stoffe wie

Beton, Stahl oder Plutonium ein; deshalb sind wir hier sicher, obwohl sich nur eine Stahlplatte zwischen uns und der Strahlungsquelle befindet. Doch mit der Zeit kann der Beschuss mit Gammastrahlen die physischen und chemischen Prozesse an der Oberfläche solcher Stoffe beeinflussen. In gewissen Fällen kann Gammabestrahlung auch die Isotopenverhältnisse ändern. Meine eigenen Experimente – von denen Sie anscheinend nicht so viel verstanden haben – zeigen, dass eine Behandlung mit Gammastrahlen eine geeignete Methode sein kann, die Isotopenverhältnisse in Plutonium zu verschieben. Sehen Sie den entscheidenden Punkt?«

Es freute ihn zu sehen, wie sehr sie schlucken musste, und wie sich die hellen Haare an ihre Stirn klebten. Und er bemerkte, dass sie nach Schweiß roch, wusste aber nicht, ob das ein gutes oder ein schlechtes Zeichen war.

»Sagen Sie schon«, flüsterte sie. »Ich will ein Fazit, nicht das Problem.«

»Der Punkt ist«, dichtete er weiter, »dass selbst eine minimale Isotopenverschiebung das Plutonium für unsere Zwecke unbrauchbar werden lässt. Sie kennen die Bezeichnung Waffenplutonium? Darin kommt zum Ausdruck, dass sich nur eine bestimmte Isotopenzusammensetzung des Grundstoffes Plutonium für Waffenzwecke eignet.« Er breitete verzweifelt die Arme aus. »Das setzen wir hier aufs Spiel!«

Dr. Simon hatte einen gequälten Gesichtsausdruck. Die Falten auf ihrer Stirn vibrierten wie eine überlastete Hochspannungsleitung.

»Was sollen wir tun?«

»Am besten wäre es, die Schachtel aus der Kammer zu entfernen, aber da das nicht möglich ist, sollten wir sie zumindest weiter nach vorn auf das Transportband stellen.«

Und schon zog er die mit silbernem Geschenkpapier eingeschlagene Schachtel vor. »So reduzieren wir die Strahlenbelastung und damit auch das Risiko einer Isotopenveränderung.«

Er wusste gar nicht, wo er all das hernahm. Die Illusion währte jedoch nicht lange.

»Wir dürfen jetzt nicht hysterisch werden«, sagte Dr. Simon. »Um ganz ehrlich zu sein, weiß ich nicht, ob uns irgendetwas von dem, was Sie gesagt haben, wirklich etwas angeht. Ich muss ganz einfach darauf vertrauen, dass derjenige, der diese Operation geplant hat, alles durchdacht hat.« Sie nahm ihr Handy und überprüfte die Uhrzeit. »Wir haben auch keine Zeit mehr für irgendeine größere Aktion. Wir machen weiter wie geplant, und das heißt, dass wir hier so schnell wie möglich verschwinden sollten ... Was machen Sie denn da, Mann! Sie machen ja das Papier kaputt!« Sie starrte Werner wütend an, der gerade etwas unbeholfen versuchte, das Päckchen wieder zwischen die anderen Proben auf dem Transportband zu schieben. Es war tatsächlich ein Riss in dem schmucken Geschenkpapier. »Halten Sie das einen Augenblick«, sagte sie und reichte Werner ihr Handy, »ich bringe das wieder in Ordnung.«

»Ich hole ein bisschen Klebeband«, sagte Werner kleinlaut. »Der Operator hat gewöhnlich Schere und Klebeband in einer der Schubladen im Kontrollraum.«

Sie stellte den Karton vorsichtig auf den Boden und bat ihn, sich zu beeilen.

Auf dem Weg in den Kontrollraum wurde Werner erneut unsicher. Dr. Simon schien nicht sonderlich besorgt, dass das Plutonium beschädigt werden könnte. Dahingegen hatte sie aber echte Nervosität, ja Verzweiflung gezeigt, als er das Papier an dem scharfen Bolzen auf dem Transportband zerrissen hatte. Sie machte ihm keine Vorwürfe. Sie fluchte nicht, was in ihm die Frage aufwarf, ob er sich vielleicht doch in ihr getäuscht hatte. Nichts wäre ihm lieber.

Gerade als er durch die Tür in den Kontrollraum getreten war, klingelte ihr Handy; ein leises, anonymes Piepsen. Werner zögerte. Er wusste, dass es ihn eigentlich nichts anging. Doch als er die Nummer des Anrufers auf dem Display sah, war es ihm unmöglich, den Anruf nicht anzunehmen.

»Mira«, sagte jemand am anderen Ende, gefolgt von einer langen Reihe heiserer Konsonanten. Das Display hatte eine israelische Nummer gezeigt, doch er brauchte nicht die Nummer, um das zu verstehen: Er erkannte die Sprache. Und noch mehr: Er erkannte die Stimme. Diese Stimme war unverkennbar, obwohl sie zur Abwechslung einmal nicht Englisch mit ihm sprach. Eine Stimme die alles für ihn bedeutete: Freude, Liebe, Verrat und Hass. Abrasha!

»Mira?«, wiederholte Abrasha.

»Sie ist nicht hier, Abby.«

Es wurde still.

»Fritz?«, platzte Abrasha Schwartz dann ungläubig am anderen Ende der Welt hervor. »Das ist aber eine … Überraschung.«

67

Werner schaltete das Telefon aus. Sein Herz hämmerte. Trotzdem fühlte er sich verblüffend kalt und ruhig. Das Gespräch mit Abrasha hatte ihn aufgewühlt, ihm aber auch das gegeben, was er jetzt am dringendsten brauchte: Gewissheit. Der endgültige Beweis. Dr. Simon stand offensichtlich nicht nur in Verbindung mit Dan Sternhell. Es gab auch eine Verbindung zu Abrasha. Das entschied die Sache. Abrasha war ein Fanatiker, der sich keinen gerechten Frieden im Nahen Osten wünschte. Wenn er in diese Operation involviert war, gab es für Werner nur eine Wahl: Er musste die Operation zum Scheitern bringen.

Er ahnte, dass es sinnlos wäre, das Sicherheitspersonal darüber zu informieren, dass sich in dem Geschenk für Mustafa ein Behälter mit Plutonium befand. Diejenigen, die hinter dieser Sache standen, mussten diese Möglichkeit einkalkuliert haben und Vorbereitungen getroffen haben, auch einen solchen Verlauf zu ihrem Vorteil zu nutzen. Auch wenn Werner noch immer nicht recht verstand, was Abrasha und seine Mitwisser erreichen wollten, zweifelte er nicht daran, dass das übergeordnete Ziel war, den Palästinensern eine aus politischer Sicht tödliche Wunde zu versetzen. Irgendwie musste es ihnen gelungen sein, Naomi und ihre Freunde glauben zu lassen, sie stünden im Kampf für ein freies und selbstständiges Palästina auf ihrer Seite, während sie in Wirklichkeit für das Gegenteil kämpften. Wenn es ihm gelingen sollte, Abrasha zu stoppen, musste er etwas tun, das dieser ihm niemals zugetraut hätte. Etwas, das Abrashas wildeste Fantasien übertraf.

»Haben Sie das Klebeband gefunden?«, fragte Dr. Simon, als er zurückkam. Er nickte und reichte es ihr zusammen mit ihrem Handy.

»Wenn Sie so gut wären, das Verpacken zu übernehmen, während ich dem Operator mitteile, dass wir noch eine Minute brauchen?«, fragte Werner.

Statt einer Antwort beugte sie sich geschäftig über das Päckchen.

Werner ging mit raschen Schritten zurück in den Kontrollraum. In der Türöffnung blieb er stehen, stellte seinen Fuß auf die Schwelle und streckte sich zum Mikrofon auf dem Kontrollpult aus.

»Hallo, Ludvigsen, wir wären dann so weit«, sagte er und versuchte, so entspannt wie möglich zu klingen. »Du kannst die Anlage in zwanzig Sekunden wieder starten – ich muss nur noch Dr. Simon holen.« Er trat mit dem Fuß gegen die Tür. »Okay, sie ist da. Du kannst loslegen!«

Dann stieß er sich mit den Armen ab und kam wieder hoch, ohne den Fuß von der Türschwelle zu nehmen. Dann hastete er durch den schmalen Flur zurück in die Bestrahlungskammer. Auf halben Weg hörte er das Klicken des Schlosses und das einsetzende Zittern des Transportbandes.

Er kam gerade rechtzeitig, um das Entsetzen in Dr. Simons Gesicht zu sehen, als sie sich aufrichtete und bemerkte, dass die Stahlplatte zur Seite gefahren wurde und sich die Kobaltquelle aus dem Brunnen hob.

»Was ist hier los?«, flüsterte sie. »Sorgen Sie dafür, dass die Anlage ausgeschaltet wird!«

Mehr konnte sie nicht sagen, da war er über ihr. Es steckten ungeahnte Kräfte in ihm. Sie konnte nicht mal mehr den Arm heben, ehe er sie umriss und zu sich an die Wand zerrte, um nicht ins Blickfeld der Videokamera zu gelangen, die die Strahlenquelle überwachte.

»Sie sind verrückt«, fauchte sie und durchsuchte verzweifelt ihre Hosentasche. Er wusste, was dort war. Eine Pistole. Ein Messer. Eine Giftspritze. Irgendein Teufelszeug, das ihn außer Gefecht setzen sollte. Aber es kam nicht so weit. Er fand ihren Kehlkopf und drückte zu. Hart und lange. Er drückte weiter. Ihre Augen verdrehten sich, und ihr Kehlkopf fühlte sich mit einem Mal ganz anders an. Abrupt ließ er los und rannte zum Transportband. Dr. Simon hatte das Geschenkpapier geflickt und das Päckchen wieder zurückgestellt. Jetzt war es langsam auf dem Weg zur Schleusenöffnung in der Wand. Mit einem Aufschrei gelang es ihm, das Päckchen mit den Fingerkuppen zu erreichen und zurückzuziehen. Einige der Nachbarschachteln rutschten dabei vom Transportband, aber das war nun wirklich egal. Er wusste, dass es um Sekunden ging. Die Kobaltquelle war jetzt beinahe eine Minute offen.

Er nahm das Päckchen mit dorthin, wo er den Karton mit dem ursprünglichen Geschenk platziert hatte. Zum zweiten Mal in zehn Minuten tauschte er die silberfarbenen Geschenke aus. Dieses Mal spürte er den Gewichtsunterschied deutlich. Die Differenz, das wusste er, belief sich auf exakt 1,2 Kilo plus das Gewicht des Bleibehälters.

So weit war alles, den Umständen entsprechend, glatt gegangen. Er wusste aber, dass es nur eine Frage von Sekunden war, bis sich die ersten Symptome akuter Strahlenkrankheit melden würden: Übelkeit, Benommenheit, Blutstürze. Und ganz richtig, als er sich aufrichtete, um den schwereren der beiden Kartons auf das Transportband zu stellen, wurde ihm so schwindelig, dass er beinahe zu Boden gegangen wäre. Trotzdem gelang es ihm noch, den Karton so zu drehen, dass die Aufschrift mit seinem Namen und seiner Abteilung für den Operator sichtbar war.

Doch noch immer hatte er bloß die Hälfte geschafft. Jetzt eilte es, das andere Päckchen wieder an seinen Platz zu stellen. Er taumelte nach vorn zum Band. Der Boden schwankte unter seinen Füßen. Plötzlich spürte er einen stechenden Schmerz im Unterleib wie von Nierensteinen und im nächsten Augenblick eine grausame Übelkeit – als wollten sich seine Eingeweide durch die Speiseröhre nach außen stülpen. Er lehnte sich an die Wand und erbrach sich. Schleim und Blut, konstatierte er zynisch. Das war es dann. Er befand sich jetzt bald seit zwei Minuten in der Strahlenkammer. Den letzten Meter musste er auf den Knien kriechend zurücklegen, so elend war ihm. Blut tropfte von seinen Mundwinkeln, doch er wusste, dass es noch viel schlimmer werden würde. Mit letzter Kraftanstrengung schob er das Päckchen zum Band, machte einen Platz frei und schickte es auf die Reise.

Dann brach er zusammen, sackte nach unten und blieb mit dem Rücken zur Wand liegen. Dr. Simon lag weniger als einen Meter entfernt, aber er fürchtete sie nicht. Sie war nicht in der Lage, diese endlose Distanz ohne fremde Hilfe zurückzulegen.

Lebte sie?

Zuerst glaubte er, sie sei tot. Noch immer spürte er den Abdruck ihres Kehlkopfes in seinen Fingern.

Doch da hob sie ein Augenlid. Sie sah ihn durch den schmalen Schlitz an, doch in ihrem Blick lagen weder Hass noch Vorwurf, er schien eher fragend.

»Werner«, krächzte sie, wobei ihr der Haaransatz halb in die Augen gerutscht war, »begreifen Sie nicht, dass es Krieg geben wird?«

Er hatte nicht die Kraft zu antworten.

»Ich hätte Sie bereits im Büro töten sollen«, kam es flüsternd. »Ich habe Ihren dummen, ängstlichen Blick bemerkt, als Sie misstrauisch wurden. Sie hatten wohl die Nummer von Sternhell erkannt. Was für ein Trottel Sie sind, Werner. Sie haben alles kaputtgemacht. Jetzt kommt der Krieg. Arme Menschen, Sie sollten doch wissen, was die erwartet!«

Er wollte ihr nicht mehr zuhören.

Aber dann flüsterte eine Stimme, die er erst nach und nach als seine eigene erkannte:

»Tut doch, was ihr wollt. Sprengt meinetwegen den ganzen Nahen Osten in die Luft. Aber lasst Naomi in Frieden. Wagt es nicht, sie anzufassen!«

Da lachte sie. Mitten im Todeskampf hob sie ihren Kopf einen Millimeter und grinste in stummer Verachtung. Das Lachen einer Mumie, dachte er. Jenseits von Zeit und Raum. Jenseits von Gut und Böse.

»Naomi ist eine von uns. Sie war es immer. Sie werden es vielleicht nicht glauben, aber ich sage es Ihnen trotzdem: Sie ist … Oberst Okins Tochter! Mein Gott, wie wir alle genarrt haben!«

Das musste eine Lüge sein! Das war einfach zu böse, um wahr zu sein!

»Erzählen Sie mir nichts«, sagte er und wischte sich zähen Schleim aus dem Mundwinkel. Anschließend war seine Hand rot von Blut. »Was für ein erbärmliches Miststück Sie sind«, murmelte er. »Ich weiß, dass ich Naomi vertrauen kann. Wir gehören dem gleichen Volk an. Sie hat es mir selbst erzählt. Ich habe das Herz eines Palästinensers. Eines mutigen jungen Mannes, der in der Intifada gestorben ist.«

»Denken Sie doch, was Sie wollen«, spottete sie mit rasselnder Stimme. »Aber die Wahrheit lautet anders: Ihr Herz stammt von einem in die Jahre gekommenen, pathetischen Europäer, zu dem Sie wirklich nicht aufblicken müssen. Glauben Sie mir, dieser Mann ist ein einziger Witz.«

»Aber laut Naomi …«

Sie lachte kalt. Es vergingen einige Sekunden, ehe sie weiterredete. Ihre Stimme hatte einen schrillen, fast hysterischen Klang, obwohl sie so leise sprach, dass er sie kaum verstehen konnte.

»Ich weiß, was Sie denken: Woher haben die diese Idee? Nun, das meiste haben wir selbst ausgebrütet: die Schmuggeloperation, die Verschwörung gegen Mustafa, die unserer handlungsunfähigen Regierung den ersehnten Vorwand geben wird, ihm die Macht zu entreißen und die palästinensische Staatsgründung schon im Keim zu ersticken. Wir haben gleich gespürt, dass die Roadmap für den Frieden in Wahrheit eine Roadmap für den Untergang Israels war. Israel verkraftet es nicht, kleiner zu werden; es ist so schon zu klein. Gott selbst hat vor vielen Tausend Jahren gesagt, welches Territorium er für sein auserwähltes Volk reserviert hat. Sollen wir da so moderne Kreationen wie die USA, Russland oder die Länder der EU bestimmen lassen, wo Israels Grenzen verlaufen sollten? Sollen wir ruhig dasitzen und zusehen, wie sie auf unserem heiligen Boden einen palästinensischen Staat errichten? Sollen wir diese Schändung des Planes Gottes wirklich ungestraft als Roadmap für den Frieden durchgehen lassen?«

Sie hielt inne, um Luft zu holen. Diese lange Tirade hatte sie sichtlich Kraft gekostet. Die Fortsetzung war noch leiser und stammelnd. Manchmal schien es so, als bekäme sie nicht mehr genug Luft, um die Stimmbänder zum Schwingen zu bringen. Die Botschaft erstarb fast in leerer Luft und gutturalen Konsonanten.

»Wir haben schnell erkannt, dass … Sie es sind, auf den wir … setzen müssen. Katarina hatte Sie ja bereits seit … vielen Jahren unter Aufsicht, und es … gelang ihr, Sie mehr und mehr dorthin zu manövrieren, wo wir Sie haben wollten: am Rande der Verzweiflung. Schließlich … brauchten Sie nur noch einen sanften Stoß … und schon waren Sie bereit, uns und alles, wofür Sie … früher gekämpft haben, zu verraten. Die Frage war bloß, wie … dieser Stoß aussehen sollte.«

Neue Pause.

»Da kam Abrasha auf die Idee, Sie nach Jerusalem zu holen und dort die … Herzoperation machen zu lassen. Wenn die Zeit reif war und Sie von all dem Unrecht … das wir Sie haben sehen lassen … mürbe genug wären, würden wir Ihnen einreden, dass Sie … das Herz eines jungen Palästinensers implantiert bekommen hätten, der im Kampf gegen die … Okkupationsmacht gestorben war.«

Pause. Ihr Blick flackerte zwischen Werner und der Strahlenquelle hin und her. Dr. Simon presste beide Hände in ihren Schritt, als hätte sie Angst, die kräftige Strahlung könnte sie im nächsten Leben unfruchtbar machen. Während sie ihren Monolog fortführte, rann blutiger Schleim aus ihren Nasenlöchern.

»Ich weiß, dass Sie … enttäuscht sein werden, Werner, aber Abrasha hat die Idee für diesen Plot … aus dem Buch *The Good Soldier* von Ford Maddox Ford. Erinnern Sie sich an die … ergreifende Geschichte einer Frau, die ein Herzleiden vorgibt, um … ihren Ehemann auf Distanz zu halten und stattdessen mehr Zeit für … ihren Geliebten zu haben, der zur Sicherheit auch noch der … beste Freund des Mannes ist? Ein … großartiger Roman.«

Sie sah ihn an, wie um zu überprüfen, ob er bereits verstanden hätte, auf was sie hinauswollte. Doch er hatte das Stadium, in dem man glaubt, die Gedanken eines anderen Menschen lesen zu können, längst hinter sich gelassen.

»Abrashas Plan basierte ganz einfach darauf, einen naiven, gutgläubigen Wissenschaftler … glauben zu lassen, an einem schweren Herzfehler zu leiden, um ihn … dann eine fiktive Herzoperation überleben zu lassen, ehe man ihn … einer Schocktherapie aussetzte, die ihn schließlich … dazu bringen sollte, für eine neue Herzensangelegenheit … all das zu verraten, an das er zuvor geglaubt hatte.«

Sie schnitt eine verächtliche Grimasse.

»Die Rücksicht auf Ihr krankes Herz gab Katarina überdies den ersehnten Grund, sich ihren ehelichen … Pflichten zu entziehen. Sie waren ja … so schwach, Sie Armer, dass Sie selbst das … zahmste Schäferstündchen das Leben kosten konnte!«

Werners ohnmächtige Wut ließ Dr. Simon unberührt. Zum ersten Mal in seinem bald siebzigjährigen Leben schlug er so hart zu, wie er nur konnte, um einen Menschen zu verletzen, doch der Abstand war zu groß, und seine Kräfte reichten nicht. Seine Faust bewegte ein paar Millionen Sauerstoffmoleküle, das war alles. Dr. Simon fuhr unbarmherzig fort: »Die ganze Intrige basierte darauf, dass es Menschen gibt, die so … idealistisch und leichtgläubig sind, dass sie sich … manipulieren lassen, ihre Freunde und … ihre zweite Heimat zu verraten. Das … funktioniert immer wieder! Nachdem Sie die ›Wahrheit‹ über die … Herztransplantation herausgefunden … hatten, schienen Sie ja wie … ein Palästinenser zu denken und zu … fühlen. Nicht wahr, Werner?«

Doch Werner hörte nicht mehr zu. Er schleppte sich langsam über den Boden zur Tür des Kontrollraums.

Hinter ihm ließ Dr. Simon den Kopf auf die Brust fallen. Die Haare fielen ihr in die Stirn. Ihre runden Brüste zitterten wie verängstigte Schneehühner während der Herbstjagd.

Das Transportband summte und lief weiter und weiter und weiter.

68

Hartmann hielt sich während des gesamten Aufenthalts im IFE drei Schritte hinter Bremer und Mustafa. Er prägte sich jedes Gesicht ein, das ihnen bei der Wanderung durch die Abteilungen begegnete. Er hörte zu, sah sich um, beobachtete. Selbst den palästinensischen Leibwächter versuchte er, im Auge zu behalten. Es gab unendlich viele Steine umzudrehen. Und unter jedem lauerte ein neuer Anlass für Kopfschmerzen.

Nun, im Begleitfahrzeug auf dem Weg nach Oslo, zum Treffen mit dem Ministerpräsidenten, merkte er mit Erleichterung, dass der Druck auf den Schläfen nachließ. Bisher war der Besuch absolut reibungslos verlaufen, ohne jeden Zwischenfall. Mustafa hatte gelächelt und freundlich genickt, hunderte fremder Hände geschüttelt und interessiert an der Führung durch die verschiedenen Abteilungen teilgenommen. Er hatte Engagement gezeigt und gute Laune versprüht. Die Gastgeber hatten allen Grund, zufrieden zu sein. Zum nicht wirklich überraschenden Höhepunkt des Besuches versammelte man sich erneut in der alten Reaktorhalle; dieses Mal, um der Unterzeichnung eines Kooperationsvertrags zwischen dem Institut und der palästinensischen Autonomiebehörde für ein gemeinsames Energieentwicklungsprojekt im Westjordanland beizuwohnen. Sobald die Unterschriften auf dem Papier standen, ergriff der Außenminister das Wort und verlieh seinem Wunsch Ausdruck, dass sich schon bald die Gelegenheit bieten möge, den Vertrag zu erneuern – dann als einen Vertrag zwischen zwei unabhängigen und demokratischen Staaten. Danach hatte der Direktor stolz das Institutsgeschenk überreicht – ein radioaktives Wikingerschiff aus Zinn und einen präparierten Uhu, den Mustafa unbesorgt mit nach Hause nehmen könne, da er in der institutseigenen Gammabestrahlungsanlage gewesen und damit garantiert keimfrei sei.

»Die Idee für dieses außergewöhnliche Präsent hatte übrigens einer unserer Angestellten, ein Gastforscher aus Ihrer Region«, erklärte er. »Letzten Herbst ist er bei einem Waldspaziergang über das Tier gestolpert und hat es von einem Bekannten präparieren lassen. Der Uhu ist, wie wir alle wissen, nicht nur ein geschickter Jäger, er ist auch ein Symbol für die Weisheit. Wegen einer gewissen äußeren Ähnlichkeit …«, die Zuhörer raunten verunsichert und warteten nervös Mustafas Reaktion ab, aber der lachte herzlich, fasste sich an die krumme Nase und zeigte der Welt, dass er einen guten Scherz zu würdigen wusste, »… fanden wir deshalb, dass der Uhu ein passendes Geschenk für unseren werten Gast sei. Als eine Erinnerung an Ihren Besuch bei uns, und als Erinnerung daran, dass sich ein guter Jäger durch Weisheit auszeichnet. Und da wäre noch etwas, das Sie wissen sollten«, fügte er hinzu und sah den Ehrengast ernst an. »Bei uns steht der Uhu unter Naturschutz. Allein, um die Genehmigung für das Ausstopfen zu bekommen, ist eine Menge Papierkram nötig. Und so ist es unser inniger Wunsch, Herr Präsident, dass auch Sie wie unser Uhu in Sicherheit leben können in einem freien und friedlichen Palästina!«

Mustafa nahm das Präsent lächelnd entgegen, riss das glänzende Papier ab und hielt den ausgestopften Raubvogel in das Blitzlichtgewitter. Die Zuschauer applaudierten. Danach reichte er den Vogel weiter an seinen Adjutanten, der ihn an einen Sicherheitsbeamten weitergab, der ihn wiederum in die Schachtel zurückpackte und am ausgestreckten Arm zu der wartenden Wagenkolonne hinaustrug. Währenddessen bedankte Mustafa sich für die Führung und die Gastfreundschaft und bedauerte, nicht länger bleiben zu können.

In diesem Augenblick bemerkte Hartmann die kleine Unregelmäßigkeit, die während der gesamten Fahrt nach Oslo wie ein stummer Migränevorbote unter der Hirnrinde gelauert und gepocht hatte: Sie war nicht dort gewesen. Die junge Frau mit den flachsblonden Haaren war nicht mehr da gewesen.

Als Mustafa eine halbe Stunde zuvor willkommen geheißen wurde, war Hartmann eine blonde Frau in einem weißen Laborkittel aufgefallen, die hinter allen übrigen Zuschauern auf Zehenspitzen gestanden hatte. Sie hatte seine Aufmerksamkeit erregt, weil sie etwas später als die anderen kam, in Begleitung eines älteren Herrn mit weißem Spitzbart, der in die Runde nickte, als würde er sie alle kennen. Aber sie hatte nur Augen für Mustafa. Etwas an ihrem Blick hatte ihn irritiert. Die großen Augen waren von intensiver dunkelblauer Glut – wie die innere Flamme eines Bunsenbrenners. Für den Bruchteil einer Sekunde hatten ihre Blicke sich gekreuzt, worauf sie sich hastig abwandte und hinter dem Rücken eines großen Mannes verschwand. Das nächste Mal hatte Hartmann sie gesehen, als der Direktor Mustafa unterhakte, um mit der Führung fortzufahren. Während die Zuschauer sich zerstreuten und die Angestellten wieder an ihre Arbeit zurückgingen, sah er sie am anderen Ende der Halle zusammen mit dem Spitzbart auf eine Treppe zusteuern. Etwas an ihrem Gang, oder eher an der Art, wie sie die Hüften unter dem weiten Kittel schwang, ließ ihn innehalten. Sie hatte etwas Bekanntes und Unbekanntes zugleich. Hatte er die Frau nicht schon mal irgendwo gesehen? Vielleicht eine alte Bekannte aus einer der Akten im Überwachungsarchiv? Er nahm sich vor, sie zu beobachten, wenn sie zur Geschenkübergabe zurückkam. So beeindruckt, wie sie von Mustafa gewesen war, würde sie sich das garantiert nicht entgehen lassen.

Aber da hatte er sich geirrt. Sie war nirgends zu sehen gewesen. Dann war sie wohl doch nicht so fasziniert von Mustafa, wie er dachte. Oder sie hatte etwas Wichtigeres zu erledigen. Für die Angestellten war das ein Arbeitstag wie jeder andere.

Sie erreichten das Regierungsviertel acht Minuten vor der geplanten Zeit und bekamen den Bescheid, dass der Ministerpräsident den Gast leider noch nicht empfangen könne. Um die Wartezeit zu verkürzen, nahm Bremer die Gäste mit aufs Dach und zeigte ihnen den Ausblick über die Stadt. Das Schneegestöber hatte sich gelegt, so dass man klare Sicht bis weit auf den Oslofjord hinaus hatte. Mustafa trug einen dicken Kamelhaarmantel und schien trotz der Minusgrade und des empfindlich kalten Windes nicht zu frieren.

Während der Staatssekretär den Gästen das Schloss, den Holmenkollen und das Kon-Tiki-Museum zeigte, nutzte Bremer die Gelegenheit, ein paar Worte mit Hartmann zu wechseln.

»Läuft doch ausgezeichnet«, sagte er zufrieden. »Das zeigt mal wieder, wie wichtig es ist, sich nicht vom Terror beherrschen zu lassen. Hätten wir alle Warnungen ernst genommen, hätten wir den Besuch gleich absagen können. Zwischendurch konnte man wirklich das Gefühl bekommen, an diesem Tag würde ganz Norwegen in die Luft gesprengt werden. Aber der PST hat alles unter Kontrolle, nehme ich an?«

Hartmann zuckte ausweichend mit den Schultern. Er liebte es gar nicht, wenn ihm solche Garantien abverlangt wurden, darum lenkte er das Gespräch auf ein anderes Thema.

»Sie sind vorhin nicht mehr dazu gekommen, mir zu sagen, wen Sie Dahlbo noch zur Überwachung ans Herz gelegt haben?«

Sie standen ein wenig abseits, weit genug weg von den Palästinensern und dem Staatssekretär. Bremer konnte sicher sein, dass niemand sie hörte. Trotzdem flüsterte er.

»Streng genommen ist das belanglos, sie hat nämlich vorgestern das Land verlassen.«

»Sie?« Hartmann ahnte nichts Gutes.

Bremer sah ihn überrascht an.

»Ich war sicher, Malm oder Dahlbo hätten Sie darüber informiert, Hartmann. Haben sie wirklich nichts gesagt? Mein

Gott, das ist doch absurd. Sie hätten als Erster davon erfahren müssen!« Er breitete entschuldigend die Arme aus. »Ich spreche von Major Cohen. Jemand hat uns gesteckt, dass sie einer kleinen, aber sehr aktiven Gruppe im Mossad angehört, die für so genannte *wet operations* verantwortlich ist. Die Bezeichnung ist Ihnen natürlich geläufig, ich brauche also nicht ins Detail zu gehen. Ich weiß nicht, ob die Informationen tatsächlich wahr sind, aber solche Personen dulden wir nicht in unserer Nähe. Am allerwenigsten in Zeiten wie diesen. Glücklicherweise hat sich das Problem von allein gelöst, indem sie zurück nach Tel Aviv geflogen ist.«

Hartmann riss die Augen auf.

»Was sagen Sie?«, sagte er bestürzt.

»Das Problem hat sich von allein gelöst, weil sie nach Israel zurückgeflogen ist.«

Hartmann biss sich auf die Unterlippe und sah in dem Augenblick aus wie einer, der gerade einsah, dass er nicht halb so clever war, wie er immer geglaubt hatte.

»Ich bin ein verdammter Idiot, Bremer«, sagte er. »Es tut mir Leid, aber ich muss Sie bitten, mich mit sofortiger Wirkung von meinen Aufgaben als Leibwächter zu befreien. Ich werde dafür sorgen, dass rechtzeitig jemand zu meiner Ablösung da ist, bevor der Empfang beim Ministerpräsidenten zu Ende ist. Ich befürchte, uns erwartet eine böse Überraschung.«

Der erstaunte Blick in Bremers Gesicht wich einem Ausdruck von Irritation und Verärgerung.

»Was ist das für eine Schnapsidee? Ich hoffe nur, Sie wissen, was Sie tun …!«

»Ja, genauso, wie ich wusste, was ich tat, als ich es vor ein paar Jahren unterließ, weiterzutragen …«

»Unterstehen Sie sich«, sagte Bremer kalt.

»Ich versuche doch nur, Ihnen zu sagen, dass ich zurück ins IFE muss«, sagte Hartmann unbeirrbar. »Mir ist gerade klar geworden, wer die blonde Frau ist.«

Bremer verdrehte die Augen.

»Das müssen Sie mir näher erklären. Welche Frau?«

»Ein andermal«, sagte Hartmann und lief über die Dachterrasse. Aus dem Fahrstuhl rief er in der Zentrale an und forderte seine Ablösung an. Als Nächstes hinterließ er eine Nachricht für Dahlbo, dass er sich so schnell wie möglich bei ihm melden möge. Auf der Straße rannte er, so schnell er konnte, die zwei-, dreihundert Meter zum nächsten Leihwagen des PST. Ein nagelneuer Golf mit extra Pferdestärken unter der Haube, der jeden Morgen in der Nähe der Margaretakirche geparkt wurde.

Er warf sich auf den Sitz, ließ den Sicherheitsgurt einschnappen und gab Gas. Während er durch die Stadt raste und darauf wartete, dass Dahlbo sich endlich meldete, versuchte er, eine Erklärung zu finden, wieso er sie nicht erkannt hatte. Gut, Frisur und Haarfarbe waren anders gewesen. Die Farbe der Augen ebenfalls. Aber die schwingenden Hüften unter dem weiten Kittel hätte er doch wiedererkennen müssen.

Schließlich kannte er sie nur zu gut aus seinen nächtlichen, feuchten Träumen.

69

Eva Tambers erster – und wenn es nach ihr ging: absolut letzter – Besuch im Institut für Energietechnik in Kjeller nahm eine völlig andere Wendung, als sie es sich vorgestellt hatte, als sie wenige Minuten nach elf das Polizeipräsidium verließ. Davor hatte sie eine knappe halbe Stunde mit Bøcker und Haukenes in Holms Büro verbracht und die mehr als vierhundert Papierstreifen aus dem Müllsack aus Brantenborgs Garage unter die Lupe genommen. Neben dem häufig vorkommenden Wort *Sonnenhund* bzw. später *Sundog* erregten vor allen Dingen die vielen Personennamen ihr Interesse. Außer Brantenborg, Klüger und dem geheimnisvollen Alex Bonnevie hatten sie noch weitere vier Namen identifizieren können: Schwartz, E. Westerlund, F. E. Werner und R. McDonald. Da es sich bei der ersten und letzten Person aller Wahrscheinlichkeit nach um Ausländer handelte und für das E von Westerlund einige Dutzend

Männer- oder Frauennamen in Frage kamen, entschlossen sie sich, mit F. E. Werner anzufangen.

Tamber rief beim Personenstandsregister an und landete beim ersten Versuch einen Volltreffer.

»Doch, ja. Im Institut für Energietechnik in Kjeller arbeitet ein Fritz Emil Werner«, informierte die Sekretärin sie. »Aber Sie werden ihn heute kaum antreffen, die haben heute Vormittag dort draußen Besuch von Mustafa bekommen. Kann ich Ihnen sonst noch mit was helfen?«

Tamber antwortete nicht, legte einfach auf. Die ganze Situation bereitete ihr intensives Unbehagen. Sie stand auf, ohne wirklich zu wissen, was sie jetzt tun sollte.

»Sucht ihr weiter nach Namen«, sagte sie zu Haukenes und Bøcker. »Ich fahre raus nach Kjeller und unterhalte mich mal mit unserem Freund Werner.«

Ein Blick auf die Armbanduhr sagte ihr, dass es dreizehn Minuten nach elf war. Wenn der Fahrer Gas gab, könnten sie in einer halben Stunde dort sein. Sie hatte keine Ahnung, ob es noch rechtzeitig sein würde.

Exakt Viertel vor zwölf fuhren sie vor dem Haupteingang vor. Zu Eva Tambers Erstaunen stand dort bereits einer der zivilen Leihwagen vom PST. Ein quer geparkter Golf mit dem für Eingeweihte leicht erkennbaren, etwas schief stehenden N in der linken unteren Ecke der Heckscheibe. Es war bereits ein uniformierter Wachmann zur Stelle und notierte sich das Autokennzeichen. Tamber seufzte resigniert über die Schlamperei – verkehrswidriges Parken sollte für einen Dienst, der im Verborgenen agierte, absolut tabu sein – und lief raschen Schrittes durch die Glastür in die Eingangshalle. Sie zeigte ihre Dienstmarke und erklärte, dass sie den früheren Forschungsleiter Fritz Emil Werner suche.

»Unglaublich, wie gefragt der heute ist«, seufzte der Mann an der Rezeption, ein junger Südnorweger mit gutmütigem Sommersprossengesicht. Er schien Werner die Aufmerksamkeit zu missgönnen. »Sie sind schon der zweite Polizist heute Vormittag, der nach ihm fragt.«

»Und wo finde ich ihn?«

Der Mann zuckte mit den Schultern.

»Es ist mir ja fast unangenehm, es zu sagen, aber ich habe keine Ahnung. Er hat keine Mitteilung hinterlassen. Und das Telefon nimmt er auch nicht ab.« Er kratzte sich eifrig am Kopf. »Aber Ihr Kollege wusste offensichtlich, wo er suchen musste, er ist einfach an mir vorbeigedüst. Den hab ich übrigens heute schon das zweite Mal gesehen. Bei Mustafas Besuch war der auch schon da.«

»Na, so was«, murmelte Tamber ungeduldig. Sie hatte die Nase voll von Mustafa und konnte es kaum erwarten, dass er endlich das Land verließ, damit Dahlbo und der Rest des PST endlich wieder Zeit für andere Dinge hatten.

Das Telefon klingelte. Der Mann entschuldigte sich und nahm den Hörer ab. Tamber konnte förmlich sehen, wie sein Gesicht die Farbe wechselte, während er zuhörte.

»Du meine Güte«, sagte er ungläubig. »Ja, selbstverständlich werde ich das weitergeben! Ich rufe sofort im Krankenhaus an! Und natürlich bei der Polizei. Die ist übrigens schon hier!«

Wieder kratzte er sich heftig am Kopf. Erst jetzt bemerkte Tamber den rotfleckigen Ausschlag unter den ausgedünnten Ponyfransen. Schuppenflechte.

»In der Bestrahlungsanlage hat es einen Unfall gegeben«, sagte er verwirrt. »Es gibt zwei Verletzte. Es geht um Leben und Tod.« Er wählte die 112. Während er wartete, dass der Notruf beantwortet wurde, sagte er, an Tamber gewandt: »Es war übrigens Ihr Kollege, der Alarm geschlagen hat. Er ist am Unfallort. Wenn ich ihn richtig verstanden habe, ist Werner einer der beiden Verletzten.«

Tamber lief los, nachdem er ihr den Weg erklärt hatte.

In der ehemaligen Reaktorhalle stand ein Pulk aufgeregter Leute vor der Treppe, die zur Bestrahlungskammer hinunterführte. Einige Frauen weinten. Die Gesichter der Männer waren versteinert.

»Polizei. Lassen Sie mich bitte vorbei!«, sagte sie mechanisch und bahnte sich einen Weg durch die Menge.

»Sie liegen da unten«, hörte sie jemanden sagen.

»Wir brauchen Ärzte und keine Polizei«, sagte ein anderer mit einem vorwurfsvollen Blick auf Tamber.

Mit kurzen, federnden Schritten lief sie die Treppe hinunter. Es waren Tage wie dieser, an denen sich auszahlte, dass sie gut trainiert war. Mindestens zwanzig Paar Augen folgten ihr auf dem Weg die Stufen runter. Aber sie wusste, dass sie die Prüfung bestand. Sie wusste auch, dass sie physisch und mental auf das vorbereitet war, was sie unten in der Bestrahlungskammer erwartete.

Trotzdem war es ein erschütternder Anblick.

Die erste Überraschung erlebte sie bereits am Eingang zur Anlage. In der Türöffnung stand ein Polizist mit dem Rücken zu ihr und sprach mit einem IFE-Angestellten, der, soweit sie es mitbekam, dafür gesorgt hatte, dass die Kobaltquelle wieder sicher in ihrem Brunnen versenkt war.

»Die Luft ist rein«, sagte er gerade zu dem Polizisten. »Aber richten Sie sich auf einen schrecklichen Anblick ein. Die sehen echt mitgenommen aus.« Er warf einen ungeduldigen Blick auf die Uhr. »Herrgott noch mal, wo bleibt denn der Krankenwagen?«

In dem Augenblick entdeckte er Tamber. Auch der Polizist in der Türöffnung schien gemerkt zu haben, dass sie Gesellschaft bekommen hatten. Er drehte sich langsam um.

Jørgen Hartmann.

Er sah sie erstaunt an. Aber nachdem er die Fassung wiedergewonnen hatte, sagte er nicht das, was sie erwartet hätte. »Du hier, Eva?« oder »Verdammt, haben sie dich auch versetzt?« Nein, er machte nur eine Bemerkung, froh über die Verstärkung zu sein, und dass sie keinen Augenblick zu früh kam.

»Konnte Dahlbo niemand anderen schicken?«, fragte er. »Musste er jemanden aus Vindern herzitieren?«

»Dahlbo hat damit nichts zu tun«, sagte sie, immer noch so verwirrt, Hartmann hier zu treffen, dass sie völlig vergaß, ihm zu sagen, dass sein Auto in die Fänge des Wachdienstes geraten war. »Ich bin in eigener Sache hier, weil ich nach Fritz Emil

Werner suche. Ich glaube, er hat das eine oder andere zu erzählen, was mich im Ingøy-Fall weiterbringen könnte.«

Hartmann zog resigniert die breiten Schultern hoch.

»Du findest ihn dadrinnen«, sagte er. »Aber was den Ingøy-Fall betrifft, kommst du zu spät, befürchte ich.«

»Wie meinst du das?«

Statt einer Antwort winkte Hartmann sie hinter sich her in den schmalen Korridor, der zu der Bestrahlungskammer führte. Auf dem Boden lag ein älterer Mann in verdrehter Körperhaltung. Seine Augen waren weit aufgerissen, der Mund ebenso. Von den Mundwinkeln tropfte gelbbrauner Schleim, der dunkle Streifen in den weißen Bart zeichnete. Sein Brustkorb hob sich in hektischen, unregelmäßigen Atemzügen.

»Dort ist er«, sagte Hartmann trocken. »Dem Betriebsarzt zufolge zeigt er bereits alle Anzeichen akuter Strahlenkrankheit. Wir können davon ausgehen, dass er fast vier Minuten Gammastrahlen ausgesetzt war, ehe er sich in Sicherheit bringen konnte. Das käme einer dreifach tödlichen Dosis gleich. Er hat höchstens noch zwei, drei Tage zu leben, selbst bei optimaler Behandlung.«

»Und die andere?«, fragte Tamber, als sie vorsichtig über Werner stieg und sich der übel zugerichteten Frau näherte. Aus den Nasenlöchern lief blutiger Schleim. Darüber hinaus blutete sie aus einem Ohr. Tamber konnte kaum mit ansehen, wie sie mit zuckenden Beinen auf dem Betonboden lag, das blonde Haar wild zerzaust.

»Eine gemeinsame Bekannte«, sagte Hartmann und ging in die Hocke. »Sieh selbst!«

Mit einer zackigen Bewegung zog er der todkranken Frau mit beiden Händen an den Haaren. Zu Tambers Entsetzen saß das Haar so lose, dass es sich ganz einfach so vom Kopf löste. Sie wollte gerade fragen, ob das eine Folge der radioaktiven Verstrahlung war, als sie die Frau erkannte.

»Major Cohen«, sagte sie erschüttert. »Ich dachte, sie wäre abgereist. Dann hat Pahlstrøm die Perücke also für sie besorgt!«

Hartmann nickte.

»Und nicht nur die Perücke. Die Kontaktlinsen auch. Ich wusste die ganze Zeit, dass ich bei den Ermittlungen um Pahlstrøm irgendetwas übersehen hatte. Einer der Beschatter hatte zu Protokoll gegeben, dass Pahlstrøm blaue Kontaktlinsen und eine blonde Damenperücke bestellt hatte. Und wir glaubten sogar zu wissen, für wen die Waren bestimmt waren: Iva Katitz. Aber das war ein Irrtum.« Er schüttelte den Kopf. »Ich hätte in dem Moment darauf kommen müssen, als ich ihre Akte einsah. Warum sollte jemand blaue Kontaktlinsen für eine Frau mit blauen Augen bestellen?«

Mehr konnte er nicht mehr sagen, weil sich der Raum mit Ärzten und Ambulanzpersonal füllte.

»Wieso, zum Teufel, seid ihr vor uns informiert worden?«, brummte einer der Ärzte, der Werner gemeinsam mit einem anderen auf eine Bahre hob. »Wann lernen die Leute endlich, dass man bei einem ernsten Unfall nicht zuerst die Polizei, sondern den ärztlichen Bereitschaftsdienst rufen soll?«

Tamber und Hartmann sahen sich an und lächelten einvernehmlich. Beide konnten sich denken, welche Antwort der andere auf der Zunge hatte. Aber bevor einer von ihnen etwas sagen konnte, klingelte Hartmanns Telefon.

»Ja?« Hartmann dämpfte die Stimme. »Ach, Sie sind's, Dahlbo. Wo zum Teufel ich bin? Das will ich Ihnen sagen. Ich bin, so schnell ich konnte, nach Kjeller zurückgefahren. In Absprache mit dem Außenminister … Selbstverständlich … Ich befinde mich gerade in der Gammabestrahlungsanlage. Tamber ist auch hier. Und bei uns sind zwei akut verstrahlte Menschen. Es wird Ihnen sicher gar nicht gefallen, aber eine der beiden ist Major Cohen.«

Nichts von alledem schien Eindruck auf Dahlbo zu machen, da er ihn mit einem missmutigen Schnaufen unterbrach.

»Reden Sie keinen Unsinn, Hartmann. Cohen ist in Israel. Ich habe sie gestern Nachmittag persönlich nach Gardermoen gefahren und sie in Richtung Kastrup abfliegen sehen.«

»Und von dort hat sie offenbar den nächsten Flug zurück genommen. Ich nehme an, inkognito.«

»Wie auch immer, das müssen wir später klären, wenn sich die Wogen etwas geglättet haben.« Dahlbo war extrem kurz angebunden. »Jetzt haben andere Aufgaben Priorität.«

»Und die wären?«

»Der Außenminister. Er ist mit Mustafa im Schloss. Danach geht es weiter zu Norsk Hydro, bevor sie etwa eine Stunde später in den Osten der Stadt fahren, zu den stillgelegten Werkshallen in Grønland, wo dieser verfluchte Länderkampf im Fechten stattfinden soll.«

»Ich weiß, Chef. Immerhin habe ich die Sicherheitsmaßnahmen für den Besuch geplant. Schon vergessen?«

»Ich wünschte, Sie hätten nie etwas mit dieser Aufgabe zu tun gehabt«, fauchte Dahlbo. »Aber meine Meinung tut hier nichts zur Sache, Hartmann. Es geht um Bremer.«

»Ich höre?« Hartmann spitzte die Ohren.

»Er sagt, der Leibwächter, den Sie für ihn rekrutiert haben, bevor Sie desertierten, taugt nichts. Bremer ist nicht sicher, ob er die Situation im Griff hat, und er besteht darauf, dass Sie sich wieder zum Dienst melden, bevor Mustafas Hofstaat im Freitheater in Grønland eintrifft. Das ist ein Befehl, Hartmann. Sie haben exakt fünfundfünfzig Minuten Zeit.«

Er legte auf.

Hartmann seufzte und gab Tamber eine knappe Zusammenfassung der Situation. Sie traten einen Schritt beiseite, um die Bahren mit Cohen und Werner vorbeizulassen. Als der Krankentransport verschwunden war, beschloss Hartmann, Dahlbos Order Folge zu leisten und so schnell wie möglich zurück in die Stadt zu fahren. Tamber ihrerseits wollte der Ambulanz ins Reichshospital folgen, um mit den Patienten zu reden. So angeschlagen, wie sie aussahen, hielt sie das zwar für unwahrscheinlich, aber vielleicht bekam sie wenigstens ein paar Auskünfte von den Ärzten, was genau geschehen war.

»Zuallererst solltest du dir vielleicht den Inhalt dieser Schachteln vornehmen«, sagte Hartmann mit einem Nicken zu dem Fließband. »Irgendetwas muss es ja gewesen sein, was sie in die tödliche Falle gelockt hat.«

70

Während Hartmann mit blinkendem Blaulicht in Richtung Hauptstadt raste – wie Tamber angedeutet hatte, war der zivile Leihwagen tatsächlich abgeschleppt worden –, war er in ständigem Kontakt mit der Leitstelle des Personenschutzes. Jedes Mal, wenn eine weitere Etappe des umfangreichen Mustafa-Programms abgeschlossen war, atmete er erleichtert auf. Nachdem er den Besuch beim Staatsminister abgeschlossen hatte, war Mustafa zu einem Höflichkeitsbesuch im Schloss gewesen, ehe er in rasendem Tempo zum Hauptsitz der Norsk Hydro am Lapsetorget in Skillebekk gefahren war. Hartmann erinnerte sich mit Schaudern an Pahlstrøms neue Wohnung und forderte die Zentrale inständig auf, diese vor Mustafas Ankunft zu checken. Vier Minuten später meldeten sie zurück, dass die Wohnung gestürmt worden war. Sie war leer. Von Pahlström fehlte im Übrigen jede Spur. In der Zentrale ging man davon aus, dass er nach der unangenehmen Nacht in Untersuchungshaft erst einmal untergetaucht war. Hartmann fluchte. Es war ein Fehler gewesen, die Überwachung von Pahlstrøm zu beenden. Irgendwann im Laufe der nächsten Tage musste er das Malm in Anwesenheit von Dahlbo und Martinsen stecken. Er wollte ihn mit seinem eigenen Sarkasmus an die Wand nageln: *»Pahlstrøm ist bereits wieder auf freiem Fuß. Es tut mir Leid, Ihnen das sagen zu müssen, Hartmann, aber das Leben sähe für uns alle deutlich freundlicher aus, wenn er das immer gewesen wäre.«*

Doch jetzt war nicht der passende Zeitpunkt, den Wachhabenden in der Leitstelle mit wütender Selbstgerechtigkeit zu quälen. Stattdessen bat er ihn um die letzten Neuigkeiten vom Norsk-Hydro-Bau. Die Rückmeldung hätte besser nicht sein können: Mustafa und Bremer waren soeben sicher ins Haus geleitet worden. Wunderbar. Dann gab es in der nächsten halben Stunde nichts zu befürchten. Die Gespräche mit dem Direktor über Kunstdünger, Öl, emissionsfreie Gaskraftwerke? – Hartmann hatte nicht die blasseste Ahnung – waren mit zwanzig Minuten angesetzt. Danach waren zehn Minuten für Häppchen und alkoholfreien Wein veranschlagt, ehe die Gruppe durch die Tiefgarage im Keller mit vier gepanzerten Vans mit getönten Scheiben wieder nach draußen geschmuggelt werden sollte. Gleichzeitig würde der offizielle Fahrzeugkonvoi mit Bremers Zwillingsbruder und Mustafas mitgebrachtem Double an Bord durch das Hauptportal in Richtung des Gästehauses der Regierung im Parkvei fahren. Dank einer undichten Stelle im Büro des Außenministers nahm die Presse an, Mustafa würde sich dort bis zum Galadiner in der Festung Akershus ausruhen.

Da Mustafas Anwesenheit bei dem inoffiziellen Fechtwettkampf nicht vorher bekannt gegeben worden war, gab es Grund zur Hoffnung, dass der Rest des Besuches undramatisch verlaufen würde. Weder das schwer bewachte Gästehaus, noch die Festung Akershus oder der Flughafen Gardermoen – die einzigen noch ausstehenden Aufenthaltsorte in Mustafas Programm, die der Öffentlichkeit bekannt waren – waren verlockende Ziele für potenzielle Terroristen. Die Zentrale berichtete überdies, dass die abgestellten Sicherheitskräfte das Gefühl hätten, alles unter Kontrolle zu haben, obwohl sich zahlreiche lautstarke Demonstranten eingefunden hatten. Pro-Israel und Pro-Palästina in etwa gleicher Verteilung.

Hartmann nahm den Fuß erst vom Gas, als er aus dem Ekeberg-Tunnel kam und gezwungen war, sich der Geschwindigkeit des Verkehrs im Zentrum anzupassen. Trotzdem gelang es ihm, das Freitheater zu erreichen, ehe Mustafa den Hydro-Bau überhaupt verlassen hatte. Das gab ihm genügend Zeit, den Wagen zu parken, sich einen Weg durch die Absperrungen zu bahnen und seinen zugewiesenen Platz am Notausgang im Hinterhof einzunehmen, den man als Eingangstür für die prominenten Gäste auserkoren hatte. Das Publikum begann bereits, durch den Haupteingang ins Gebäude zu strömen. Die Fechter machten im Saal Aufwärmübungen. Alles war still und ruhig.

Der ungewöhnliche Konvoi der vier Chevrolet-Vans hielt eine halbe Minute vor der vereinbarten Zeit vor der Tür. Der Außenminister versuchte, Hartmann so gut es ging zu ignorieren, doch in den dunklen Fluren des Theaters, in dem der Wettkampf stattfinden sollte, konnte er sich nicht länger beherrschen.

»Hartmann, mit Ihnen habe ich noch ein Hühnchen zu rupfen. Aber das machen wir ein andermal. Im Augenblick bin ich erst einmal froh, Sie zu sehen.«

»Major Cohen ist mit lebensbedrohlichen Strahlenverletzungen ins Reichshospital eingeliefert worden«, flüsterte Hartmann zurück. »Sie war heute Vormittag in Kjeller. Verkleidet.«

Bremer sah ihn bestürzt an.

»Mein Gott, was sagen Sie da? Glauben Sie …«

»Dass sie vorhatte, ihn zu töten? Ja, vermutlich, aber wir wissen nicht sicher, was genau geplant war. Auf jeden Fall ist irgendetwas Unvorhergesehenes passiert, das den Plan durchkreuzt hat.«

Der Außenminister lächelte Mustafa entwaffnend an, dem das aufgeregte Flüstern hinter sich aufgefallen war.

»Sollen wir den nächsten Programmpunkt abblasen?«, fragte Hartmann. »Noch ist es nicht zu spät.«

Doch davon wollte Bremer nichts wissen. Schließlich wüssten sie noch nicht, was wirklich in Kjeller geschehen sei, betonte er. Außerdem sei es höchst unwahrscheinlich, dass diejenigen, die für die Geschehnisse dort draußen verantwortlich waren, einen Plan B für den Fechtwettkampf hatten. Und Malm habe ihm überdies versichert, dass das ganze Gelände strengstens kontrolliert worden sei. Sprengstoffhunde hätten die ganze Nacht hindurch alle Räume und die umliegenden Gebäude durchsucht. Nach Malms Einschätzung konnte sich kein Unbefugter Zutritt verschaffen – nicht einmal mit Panzern.

»Das Gesindel hat verloren«, schloss Bremer. »Nichts demütigt sie mehr, als wenn wir den Rest des Besuchs nach Plan weiterführen.«

Damit erhöhte er sein Tempo, um Mustafa wieder einzuholen. Ehe sie in den Theatersaal traten, rückten die beiden Politiker ihre Schlipsknoten zurecht und klopften sich kameradschaftlich auf die Schulter. Die Wachen öffneten die Türen.

Eine Trompetenfanfare hallte ihnen vom Podium entgegen, woraufhin sich das Publikum erhob und sie mit spontanen Jubelrufen und rhythmischem Applaus begrüßte. Bremer führte seinen Gast zu den Ehrenplätzen in der ersten Reihe. Sie verbeugten sich in Richtung Saal und begrüßten den Leiter des norwegischen Fechterbundes per Handschlag. Dann nahmen sie Platz. Hartmann schlüpfte auf seinen angewiesenen Platz hinter Bremer. Zum zweiten Mal an diesem Tag prüfte er nach, ob seine Dienstwaffe richtig im Halfter unter dem Arm saß.

Die drei ersten Kämpfe endeten mit überlegenen norwegischen Siegen, und Hartmann entging nicht, dass Bremer ein paar Mal nervös zu seinem Nebenmann blickte, als wolle er sich vergewissern, dass ihn die Erfolglosigkeit seiner eigenen Fechter nicht kränkte. Doch Mustafa nahm das Ganze wie ein guter Sportsmann. Er klatschte für die norwegischen Sieger und noch mehr für die palästinensischen Verlierer. Bald bekam aber auch er Anlass zur Freude. Ein palästinensischer Juniorfechter ging siegreich aus einem ausgeglichenen Kampf gegen den norwegischen Meister der entsprechenden Altersklasse hervor. Anschließend gewann auch die gleichaltrige palästinensische Juniorin. Sie besiegelte den Sieg gegen die norwegische Juniorin mit einem perfekten Angriff auf den Torso ihrer Gegnerin. Während das Publikum begeistert applaudierte, beugte sich Mustafa zu Bremer hin und sagte:

»Mein Freund, hier sehen Sie die Zukunft Palästinas! Ihr gewinnt die Seniorenwettkämpfe, wir die Juniorenklasse. Gehe ich recht in der Annahme, dass Sie gerne tauschen würden?«

Bremer antwortete diplomatisch, dass Mustafa wirklich Grund zur Freude über das Resultat habe, auch wenn die Norweger die meisten Siege davongetragen hätten.

Etwas an der jovialen Stimmung zwischen den beiden Politikern missfiel Hartmann. Der Schuss in Sarajevo. Kennedy in dem offenen Auto. Das Ehepaar Palme auf dem Weg über den Sveavägen. Aber, redete er sich selber ein, das hier war etwas anderes. International akkreditierte Fechter. Stahl gegen Stahl in einem harmlosen, reglementierten Wettstreit.

Aber dann geschah, während eines hervorragenden Gefechtes zweier Degenfechterinnen, etwas Unerwartetes: Einer von Mustafas persönlichen Bodyguards verließ plötzlich seinen ihm zugewiesenen Platz an der Tür und bewegte sich mit schnellen Schritten auf seinen Chef zu. Hartmann beobachtete ihn neugierig und sah ihn mit einem Handy winken, während seine Lippen deutlich das Wort »Ahmed« formten. Mustafa nickte zum Zeichen, das Gespräch entgegennehmen zu wollen. Der Bodyguard streckte seinen Arm aus und beugte sich vor, um ihm das Handy zu reichen. Im gleichen Moment machte die palästinensische Fechterin ein überraschendes Ausweichmanöver, trat hart auf ihren Degen, so dass die Spitze abbrach, stürmte über die Matte und stürzte sich mit gezückter Waffe auf den Bodyguard. Hartmann war schon aus seinem Stuhl aufgesprungen, doch zu spät: Entsetzt musste er zusehen, wie die abgebrochene Klinge durch den Rücken des Mannes in sein Herz drang. Der Mann starb noch im Stehen, mit einem überraschten Gesichtsausdruck, ehe er in die Knie ging und mit der Fechterin über sich zu Boden sackte.

»Hat jemand Hartmann gesehen?« Es war Bremers Stimme, die durch die Rufe und Schreie drang; Menschen rannten hin und her und führten sich wie Verrückte auf. Doch Hartmann hatte gerade jetzt kein Ohr für den Außenminister, obwohl er das natürlich hätte haben sollen; schließlich brauchte ihn Bremer gerade in Situationen wie dieser als Leibwache.

Stattdessen warf er sich gemeinsam mit den zwei noch lebenden palästinensischen Leibwächtern über die junge Frau und legte ihr Handschellen an, während Mustafa und Bremer von fünf bis sechs weiteren Wachen abgeschirmt und aus dem Raum gelotst wurden. Es dauerte nicht lange, bis Hartmann auf ein Messer aufmerksam wurde, das unmittelbar neben dem Toten auf dem Boden lag. Jetzt kamen auch die palästinensischen Fechter hinzu, und zwei von ihnen behaupteten hartnäckig, dass ihre Kollegin Mustafa das Leben gerettet habe. So, wie sie die Geschehnisse sahen, hatte die junge Frau mit Allahs Hilfe bemerkt, dass der Leibwächter ein Messer im Ärmel versteckt hatte, das er herausgeschüttelt hatte, als er sich in Bewegung gesetzt habe. Als sie sah, dass der Mann zu Mustafa ging, habe sie instinktiv begriffen, was geschehen würde. Ihr mutiger und blitzschneller Einsatz hatte den Attentäter in letzter Sekunde gestoppt.

Hartmann überließ das Messer den Kollegen vom Personenschutz, gab einen vorläufigen Bericht und entfernte sich, um Bremer und Mustafa einzuholen. In seinem Inneren wusste er, dass er falsch gehandelt hatte, als er sich über die Fechterin geworfen hatte, statt Bremer zu schützen. Wären es mehrere Attentäter gewesen, hätte dieser Fehlgriff den Außenminister das Leben kosten können. Er brannte darauf, Bremer den Grund für sein Handeln zu erklären. Doch es war zu spät. Außenminister und Präsident waren längst in ein gepanzertes Fahrzeug gelotst und in das Gästehaus im Parkvei gebracht worden. Als er dies erfuhr, spürte Hartmann, dass er im Grunde erleichtert darüber war, Bremer jetzt nicht treffen zu müssen, denn er konnte wirklich nichts zu seiner Verteidigung vorbringen. Jahrelang war ihm dieses eine grundlegende Prinzip des Wachdienstes eingebläut worden: Verlasse unter keinen Umständen denjenigen, den du schützen sollst. Was auch geschieht, bleibe bei ihm. Decke ihn. Verteidige ihn. Töte für ihn. Aber renn dem Angreifer nicht nach. Verwickle dich nicht in Kämpfe, die dich davon abhalten könnten, ihn zu schützen. Er wusste nicht, wie oft sie genau das trainiert hatten. Und jetzt, da er zum ersten Mal wirklich auf die Probe gestellt worden war, hatte er alles vergessen. Die Wahrheit stand klar vor ihm. Zuerst verwirrte sie ihn. Dann schämte er sich. Von dem Moment an, in dem die gebrochene Degenklinge in den Rücken des palästinensischen Leibwächters gedrungen war, hatte er nur noch einen Gedanken im Kopf gehabt: *Rette Mustafa!*

Unter seiner eigenen Untreue leidend, entschied sich Hartmann, zum Präsidium zurückzufahren. Bremer würde ihn kaum vermissen. Die zwei Staatsmänner wurden überdies so intensiv bewacht, dass Hartmann so oder so kaum etwas tun konnte. Da war es wichtiger, den Ermittlungen zu dem Attentat beiseite zu stehen. Er sah noch immer den überraschten Blick des palästinensischen Leibwächters vor sich, als ihn der Degen durchbohrte. Das war nicht das Gesicht eines Attentäters, dachte er. Das war das Gesicht eines etwas zu selbstbewussten jungen Mannes, der erkannte, dass er getäuscht worden war.

Zurück im Präsidium ging er direkt in den Einsatzraum in der zehnten Etage. Dort stieß er beinahe mit Tamber zusammen, die gerade aus dem Reichshospital gekommen war. Cohen lag im Koma, berichtete sie. Werner war so schwach, dass es vorläufig nicht möglich war, ihn zu verhören. Sie hatte mit dem Stationsarzt abgesprochen, es am nächsten Morgen noch einmal zu probieren. Sie sah auf die Uhr.

»Ich bin vor zehn Minuten gekommen. Dahlbo hat gerade berichtet, dass jemand vor ihren Augen versucht hat, Mustafa zu töten. Dass nur ein paar Zentimeter gefehlt hätten. Die Welt ist wirklich aus den Fugen geraten, Jørgen.«

Hartmann schluckte schwer. Er konnte das Gesicht des jungen palästinensischen Leibwächters nicht vergessen.

»Die Fechterin macht mir Sorgen. Wir müssen aufpassen, dass sie nicht der Rache der anderen Bodyguards zum Opfer fällt. Oder Selbstmord begeht.«

»Sie wird verhört«, erklärte Tamber, »mehr weiß ich aber nicht. Doch nach Dahlbo spricht alles dafür, dass sie die Wahrheit sagt und dass dort in diesem Theater wirklich eine Heldentat verübt wurde.«

»Hm, da wäre ich mir nicht so sicher«, sagte Hartmann nachdenklich. »Das war ein ziemlich schweres Messer, und ich könnte schwören, dass ich nichts auf den Boden habe fallen hören.«

»Er hat sicher den Schaft umklammert, bis er zu Boden ging.«

»Kaum. Und wenn du ihn anschließend gesehen hättest, wüsstest du, warum. Beide Handflächen waren blutig und zerschnitten, und das stimmt mit dem überein, was ich selbst beobachtet habe: dass er sich richtiggehend an die Klinge des

Degens klammerte, als er zu Boden stürzte.« Er wechselte das Thema. »Etwas Neues von Mustafa?«

»Abgereist. Er hat den Rest des Programms abgesagt, inklusive des Galadiners in Akershus, und ist vom Parkvei direkt nach Gardermoen gefahren. Dort ist er an Bord des wartenden Privatflugzeugs gestiegen und hat sich auf den Weg nach Wien gemacht.« Jetzt war sie an der Reihe, Fragen zu stellen.

»Was wissen wir über den Toten?«

»Kaum etwas. Aber nach den Ermittlungen, die ich vor dem Staatsbesuch eingezogen habe, muss es sich um einen von Mustafas vertrautesten Sicherheitswachen gehandelt haben. Er wurde schon mit siebzehn wegen seiner physischen Kräfte rekrutiert.«

»Und die Fechterin? Was haben wir über die?«

»Auch wenig. Sie wurde für ihre Akkreditierung natürlich genauestens von den Palästinensern überprüft. Nach unseren eigenen Kontrollen ist sie sauber.«

»Welche Möglichkeiten hat der PST, so etwas zu überprüfen?«

»Nun, wir haben Unterstützung dabei gehabt.«

»Und das bedeutet?«

Sie sahen sich an. Beide kannten die Antwort.

»Verflucht!«, flüsterte Hartmann. »Es war Major Cohen, die die Fechter für uns überprüft hat. Glaubst du, sie hat gewusst, was geschehen würde?«

»Das kann man jedenfalls nicht ausschließen. In dem Fall befürchte ich, dass wir nie eine Antwort erhalten, wie alles wirklich zusammenhängt. Jedenfalls, wenn sie nicht wieder zum Bewusstsein kommt. Wenn sie also nicht wieder zu sich kommen sollte ...«

Hartmann packte sie resolut am Arm und eilte in Richtung Ausgang.

»Zurück ins Reichshospital«, sagte er. »Stell dir doch mal vor, dass sie plötzlich die Augen aufschlägt und niemand mit Bleistift und Papier parat steht, um alles zu notieren, was sie zu sagen hat!«

TEIL IV

Montag, 23. März

OSLO

71

»Bitteschön, nehmen Sie Platz!«

Dahlbo wies mit dem Stumpf seines linken Zeigefingers auf den Gästestuhl vor dem Schreibtisch. Der Mustafa-Besuch lag inzwischen zwei Tage zurück. Die Medien spekulierten nach wie vor hartnäckig über das versuchte Attentat im Freitheater und den unerklärlichen Strahlenunfall in Kjeller, aber noch hatte niemand eine Verbindung hergestellt. Was allerdings nur eine Frage der Zeit sein würde.

Major Cohen war einige Stunden zuvor im Reichshospital gestorben, ohne noch einmal das Bewusstsein erlangt zu haben. Der Leichnam war bereits auf dem Weg nach Israel, um zuerst obduziert und später nach jüdischem Brauch bestattet zu werden. Nach Dahlbos Darstellung hatte der israelische Botschafter darauf bestanden, die Obduktion von seinen Landsleuten vornehmen zu lassen. Sollte Norwegen sich dieser Forderung widersetzen, sähen die Behörden in Tel Aviv sich leider gezwungen, ihre Haltung zum norwegischen Vorsitz der Geberländer für die palästinensischen Autonomiegebiete zu überdenken. Das wirkte. Außenminister Bremer hatte umgehend Anweisungen an das Krankenhaus geschickt, die Überführung zu veranlassen.

»In der Diplomatie«, fasste Dahlbo zusammen, »geht es vor allem darum, andere Staaten dazu zu bringen, Dinge zu wollen, die sie eigentlich nicht wünschen, und sich dem zu widersetzen, was sie am dringendsten wollen.«

Eva Tamber lächelte schief. Sie liebte Dahlbos Zynismus, aber es graute ihr vor dem Tag, an dem er seine beißende Ironie gegen sie wenden würde. Und einen Moment war sie fast sicher, dass der Tag gekommen war, als er sich ihr zuwandte und sie mit Grabesmiene ansah.

»Nach der hervorragenden Arbeit, die Sie im Fall Ingøy geleistet haben, hätte ich Sie sicher auffordern sollen, sich auf die frei werdende Stelle des Kriminalhauptkommissars bei Prolif zu bewerben.«

»Aber …?«

Er grinste breit.

»Ich kann Sie ja wohl schlecht befördern, solange Sie noch keine Festnahme in dem Fall vorzuweisen haben! Aber Spaß beiseite. Der Mord ist aufgeklärt, nicht wahr?«

Sie zögerte die Antwort hinaus.

»Doch. Aber es gibt immer noch eine Menge Dinge, die wir bislang nicht klären können.«

»Beginnen wir mit dem Positiven«, sagte Dahlbo und schenkte sich einen Kaffee ein. »Was wissen wir sicher?«

Tamber kniff die Augen zusammen, wie immer, wenn sie sich konzentrierte, und fuhr sich mit den Fingern durch das kurze, volle Haar. Im Augenwinkel nahm sie wahr, dass Hartmann sie aufmerksam von der Seite betrachtete. Obwohl es ganz andere Körperregionen als ihr Haar oder ihre Augen waren, versuchte sie, sich nicht von ihm irritieren zu lassen. Die letzten Tage hatten sie einander näher gebracht.

»Vom kriminalistischen Standpunkt her ist der Fall gelöst«, begann sie. »Wir wissen, dass der Mord an Enok Paulsen und die Entführung von Ulla Abildsø von ein und derselben Person durchgeführt wurden: Oberstleutnant Henrik Brantenborg. Wir wissen auch, jedenfalls in groben Zügen, wie er vorgegangen ist. Paulsen wurde weit draußen auf dem offenen Meer erschossen und über Bord geworfen. Abildsø wurde in ihrem Hotel aufgesucht und unter falschen Versprechungen in Brantenborgs Haus gelockt, wo er sie in einem Schuppen in der Garage einsperrte. Wohin sie danach verschwunden ist, ist nach wie vor unklar.«

»Keine frischen Zementspuren im Keller?«

»Nein. Es ist nicht auszuschließen, dass er sie umgebracht hat, aber …« Tamber wählte die Worte mit Sorgfalt. »Gewisse Indizien weisen darauf hin, dass es ihr gelungen sein könnte, zu fliehen. Wahrscheinlich versteckt sie sich, aus Angst, dass er ihr auf den Fersen ist.«

»Was sind das für Spuren?«

»Brantenborgs Auto ist verschwunden. Das an sich ist schon merkwürdig. Wir haben eine landesweite Suche durchführen lassen. Außerdem meinte der Arzt, der ihn obduziert hat, er habe eine Fleischwunde in dem zertrümmerten Gesicht gefunden, die ein paar Stunden älter sei als die Verletzungen, die er sich im Zementmischer zugezogen hat. Und wie Sie sich bestimmt erinnern werden, hat einer der Kripo-Techniker einen kleinen Splitter gefunden, der, wie er meinte, von einer Beinprothese stammen könnte. Dann wäre da noch die Sache mit der CD und dem Handy. Laut Telenor ist das Telefon an dem Morgen benutzt worden, als Brantenborg sich das Leben nahm, ungefähr zum gleichen Zeitpunkt, aber am anderen Ende der Stadt.«

»Und wer wurde angerufen?«

»Die Deichman'sche.«

»Die Deichman'sche? Wer zum Teufel ist das?«

»Eine Bibliothek, Chef. Die Filiale in Grünerløkka, einen Katzensprung vom Hotel Grüner entfernt.«

»Ah ja.«

»Wir sind der Sache nachgegangen, und wie sich zeigt, hat eine der Bibliothekarinnen tatsächlich einen Anruf von einer jungen Frau angenommen, die sich als Ulla Abildsø vorstellte. Sie hat mitgeteilt, dass sie die CD – Vivaldis Vier Jahreszeiten – nicht pünktlich vor Ablauf der Leihfrist am nächsten Tag zurückbringen könne, dass sie ihnen aber im Laufe der nächsten Tage per Post zugehen würde. Der Bibliothekarin zufolge gab sie keine weiteren Gründe für die Verspätung an.«

»Merkwürdig. Und ist die CD inzwischen angekommen?«

»Noch nicht. Aber sie melden sich, sobald das der Fall ist.«

Dahlbo wollte mehr wissen über den Mord an Paulsen. Wie sicher war es, dass Brantenborg tatsächlich der Mörder war? Tambers Antwort kam ohne Zögern.

»Laut Stellungnahme vom Kriminalamt wären die Indizien für eine Verurteilung völlig ausreichend gewesen, aber Brantenborg ist uns ja leider zuvorgekommen und hat das Urteil selbst vollstreckt. Mit einem ungewöhnlich brutalen Selbstmord, muss ich sagen. Der Mann wollte jede Chance zu überleben ausschließen.«

»Und Richard Klüger?«

»Hat sich ebenfalls das Leben genommen. Mit großer Wahrscheinlichkeit auf Anraten von Brantenborg. Die Ermittlungen haben ergeben, dass sie ungefähr eine Stunde vor dem errechneten Todeszeitpunkt miteinander telefoniert haben.«

Dahlbo legte die Stirn in Falten.

»Ich begreife nicht, was Klüger mit den Morden zu tun haben soll. War er nicht invalide und bettlägerig? Er kann jedenfalls nicht unmittelbar an der Tat beteiligt gewesen sein.«

Tamber stimmte ihm zu. Klüger wäre nicht in der Lage gewesen, jemand anderem als sich selbst etwas anzutun.

»Aber wir sind uns sicher, dass er an der Planung beteiligt war. Er war ein Mann, der gern die Fäden in der Hand hielt.«

Dahlbo erwartete mehr.

»Ich sehe kein Motiv«, beanstandete er. »Lustmörder waren sie ja wohl kaum.«

»Nicht, soweit wir wissen«, sagte Tamber nüchtern. »Was die Entführung Abildsøs betrifft, gehen wir davon aus, dass Brantenborg sie in ihrem Hotel aufsuchte, um rauszufinden, wie viel sie eigentlich wusste. Dabei muss er zu der Überzeugung gelangt sein, dass sie eine Bedrohung für das Netzwerk hinter der Mustafa-Operation darstellte. Was genau der Auslöser war, wissen wir nicht. Vielleicht hat er die Nachricht belauscht, die Ulla auf meinem Anrufbeantworter hinterlassen hat. Oder er hat das alte Foto von der Mannschaft der *Syvstjerna* entdeckt. Die Folge war jedenfalls, dass er es offensichtlich nicht gewagt hat, sie laufen zu lassen. Immerhin war es der Tag vor dem Tag, an dem der große Plan in die Tat umgesetzt werden sollte.« Sie rutschte auf dem Stuhl nach hinten und schlug die Beine übereinander. »Ich fasse zusammen: Während es sich bei der Entführung Ulla Abildsøs um eine spontane, improvisierte Tat handelte, um die Spuren einer zwielichtigen Affäre aus der Vergangenheit zu verwischen, war der Mord an

Paulsen Teil eines größeren Plans, mit dem Ziel, einen falschen Hintergrund zu konstruieren für ein anderes, viel weiter reichendes Verbrechen in der Zukunft.«

»Ich fühle mich nicht viel klüger als vorher«, seufzte Dahlbo. »Würden Sie mir das bitte übersetzen, Hartmann?«

Tamber passte es nicht, auf diese Weise das Wort entzogen zu bekommen, andererseits konnte sie kaum etwas dagegen einwenden, dass der Ball an Hartmann weitergegeben wurde. Immerhin war er derjenige gewesen, der den Ermittlungen mit dem Hinweis den entscheidenden Anstoß gegeben hatte, dass Vergangenheit und Gegenwart einen gemeinsamen Nenner hatten: die Zukunft.

Hartmann übernahm, ohne zu zögern. Die heisere Stimme verriet ein für ihn ungewöhnliches Engagement.

»Beginnen wir mit dem Hass auf Mustafa und der Furcht in gewissen Kreisen, sowohl in Israel als auch in anderen Ländern, vor den Folgen einer palästinensischen Staatsgründung. Die Wurzeln dafür reichen zurück in die fünfziger und sechziger Jahre, als Israel enge Bande mit westlichen militärischen Forschungseinrichtungen und Nachrichtendiensten knüpfte, allen voran mit den USA, Großbritannien, Frankreich, den Niederlanden, Schweden und Norwegen. Ein harter Kern war bald davon überzeugt, dass die Errichtung eines palästinensischen Staates für Israel den Anfang vom Ende bedeuten würde. Sie beschlossen, diesen Prozess zu stoppen, koste es, was es wolle. Der Plan lief darauf hinaus, einen Vorfall zu provozieren, der Israel in den Augen der israelischen und westlichen Öffentlichkeit das Recht zugestand, die palästinensische Führung zu zerschlagen und das Westjordanland zurückzuerobern.«

»Waren israelische Behörden beteiligt?«, schob Dahlbo ein.

»Nein, dafür gibt es keine Hinweise. Auf eine derart dreiste Operation hätten sie sich wahrscheinlich niemals eingelassen. Außerdem war es für die Planer besser, wenn die Behörden nichts wussten. So konnte man sicher sein, dass die Reaktion der israelischen Bevölkerung von wahrem Zorn diktiert wurde.«

Hartmann nahm einen Schluck Kaffee. Lauwarme Pulverbrühe. Er rümpfte die Nase.

»Der Plan lief darauf hinaus, die Welt glauben zu machen, dass Mustafa ein Komplott unterstützte, das zum Ziel hatte, der angehenden palästinensischen Republik Atomwaffen zu verschaffen. Wenn es gelang, dass eine westliche Geheimdienstorganisation konkrete Beweise für die Vorbereitung einer solchen Operation vorlegte, wäre die israelische Regierung gezwungen, drastische Gegenmaßnahmen zu ergreifen. Damit wäre der Friedensprozess tot und begraben.«

Auf Dahlbos Stirn hatte sich eine tiefe Falte gebildet. Er fischte die Packung Link aus seiner Jackentasche und drückte ein paar Tabletten aus der Aluminiumfolie.

»Das klingt sehr vage«, sagte er. »Mir ist nach wie vor nicht klar, wie die Gammabestrahlungsanlage in Kjeller und der tragische Strahlenunfall ins Bild passen. Atomwaffen werden doch nicht aus radioaktivem Kobalt hergestellt?«

»Nein, da haben Sie natürlich Recht«, räumte Hartmann ein. »Die Gammaanlage hatte eine andere Funktion. Dort sollte der letzte Stein im Komplott gegen Mustafa an seinen Platz kommen. Aber lassen Sie mich vorne anfangen. Vor einiger Zeit, als die Verhandlungen zwischen Israel und Palästina wieder aufgenommen wurden, wurde das alte Netzwerk aktiviert. Dieses Mal wurde ein Plan mit drei Hauptkomponenten ausgeklügelt. Als Erstes musste eine glaubwürdige Hintergrundgeschichte konstruiert werden. Präziser ausgedrückt: Man arrangierte eine Reihe von Ereignissen, die die norwegische Polizei überzeugen sollte, dass ein organisierter Schmuggel waffenfähigen Plutoniums aus Russland für einen Pariastaat oder eine Terrorbewegung in der Dritten Welt über norwegisches Hoheitsgebiet stattfand. Das Problem war nur, dass der PST den Schmuggel womöglich gar nicht bemerkte – diese Dinge sind nun mal, wie wir es oft genug schmerzlich erfahren haben, nicht so leicht aufzuspüren. Darum entschied man, den Ermittlungen auf die Sprünge zu helfen, indem man die fiktive Schmuggelaktion mit einem wirklichen Verbrechen verknüpfte, das garantiert die Aufmerksamkeit des Sicherheitsdienstes wecken würde. An dieser Stelle kommt der Mord an Enok Paulsen ins Bild. Er hatte den perfekten Hintergrund: pensionierter Geheimdienstoffizier mit einem winzigen, dunklen Fleck in seiner Personalakte – er hatte vor langer Zeit eine Gefängnisstrafe wegen Alkoholschmuggel abgesessen. Als Fischer kannte er das Meer dort oben im Norden wie seine Westentasche. Aber das Beste von allem: sein ausgefallenes Hobby – das Ausstopfen von Tieren und Vögeln aus arktischen Regionen. Die Köpfe hinter der Operation scheinen sehr bald den unmittelbaren Nutzen dieser Beschäftigung für ihre Zwecke erkannt zu haben, besonders, nachdem sie feststellten, dass Paulsen Bestellungen von Museen und privaten Sammlern im Ausland bekam. Durch Manipulation der Rechnungsbücher haben sie uns weisgemacht, der Export umfasse Länder, die, wie Präsident Bush es einige Jahre zuvor ausdrückte, der ›Achse des Bösen‹ angehörten.«

»Paulsen wurde demnach als Lockvogel missbraucht, um die begriffsstutzige norwegische Polizei auf die richtige, beziehungsweise falsche Spur zu bringen?« Dahlbo klang nicht sehr überzeugt.

»Ja, unter anderem. Aber es deutet einiges darauf hin, dass es noch einen anderen, wichtigeren Grund gab, Paulsen aus dem Weg zu räumen. Dummerweise war er nämlich gut befreundet mit den Personen, die hinter der Verschwörung standen, auf alle Fälle mit denen, die zum skandinavischen Zweig des Netzwerks gehörten. Um eine lange Geschichte kurz zu fassen: Paulsen wurde ermordet, um eine mögliche Gefährdung des geplanten Komplotts gegen Mustafa zu eliminieren. In gleicher Weise wurde Werner für die unfreiwillige Rolle als Überläufer ausgewählt.«

»Wieso ausgerechnet er?«, wollte Dahlbo wissen. Er wandte sich an Tamber. »Das ist ja wohl eher Ihr Bereich?«

Sie streckte den Rücken, erkennbar froh, wieder das Wort ergreifen zu können. Hartmann lehnte sich in seinem Stuhl zurück und hoffte, sie würde nie wieder aufhören zu reden.

»Die Leute, mit denen wir gesprochen haben, beschreiben ihn als intelligenten, aber gleichzeitig extrem gutgläubigen, fast schon naiven Menschen mit einer romantischen Lebensauffassung«, begann sie. »Wir haben auch Zeugenaussagen, dass sich seine Haltung zum Nahostkonflikt in den letzten zehn, zwanzig Jahren gewandelt hat. Der vorbehaltlose Israelfreund entwickelte sich gradweise zu einem gemäßigten Sympathisanten der Palästinenser. Ohne sichere Beweise zu haben, wie es dazu kam, gehen wir davon aus, dass er irgendwann beschlossen hat, die Seite zu wechseln und aktiv etwas für die Sache der Palästinenser zu tun. Es sei denn ...« Tamber lächelte verlegen, wie um zu zeigen, dass sie sehr genau wusste, auf welch dünnem Eis sie sich bewegte. »Es sei denn, er wurde von jemandem dazu verführt, der weder ihm noch den Palästinensern wohlgesonnen war. Es muss davon ausgegangen werden, dass seine Ehefrau Katarina an dem Komplott beteiligt war, zusammen mit ihrem langjährigen Geliebten, Abrasha Schwartz. Wir haben ja in den letzten Jahren von diversen Seiten eine Menge Tratsch über ihre Beziehung gehört ...«

»Und an dieser Stelle tritt unser Freund Pahlstrøm auf?«, unterbrach Dahlbo sie in dem Versuch, den Fortgang der Geschichte zu beschleunigen.

»Ja. Er hat Major Cohen bei der praktischen Durchführung der Operation unterstützt, nicht zuletzt bei den Vorbereitungen für den Mustafa-Besuch. Unsere Recherchen haben ergeben, dass er irgendwann in den Siebzigern vom Mossad angeworben wurde. Es gibt Hinweise, dass er sich in eine ungesunde Verbindung zum Schwarzen September verstrickt hatte. Laut Information eines unserer Kontakte wurde er während eines Überfalls auf ein Terroristenlager in Süd-Libanon von israelischen Soldaten gefangen genommen. Die Israelis töteten alle Bewohner außer Pahlstrøm und wendeten ausgeklügelte Methoden an, ihn zum Sprechen zu bringen. Sie sollen ihn unter anderem mit ausgehungerten Schäferhunden in einen Käfig gesperrt haben. Wir nehmen an, dass der Mossad ihn als Informant bei der UNO nutzte, bis sie ihn dem Kreis um Professor

Schwartz überließen. Major Cohen gehörte ebenfalls diesem Kreis an, obwohl sie weiter regelmäßig als Agentin für den Mossad tätig war.«

»Pahlstrøm ist ein Mysterium für sich«, ergänzte Hartmann. »Es gibt verschiedene Hinweise, dass er den Kontakt zu den radikalen palästinensischen Gruppen niemals abgebrochen hat. Unsere Hypothese ist, dass er ein riskantes Doppelspiel trieb und Major Cohen wohl dahintergekommen war, wie vielen Herren er diente. Sie wirkte jedenfalls aufrichtig betroffen, als sie von uns erfuhr, dass Pahlstrøm einem unbekannten Araber seinen UN-Pass gegeben hat. Es würde mich nicht wundern, wenn für Pahlstrøm bald die Stunde der Wahrheit läutet. Wenn es nicht schon passiert ist. Er ist spurlos verschwunden.«

Tamber nahm das zum Anlass, daran zu erinnern, dass dies nur einer von mehreren Fällen war, in denen sich jemand in Luft auflöste.

»Wir sind ziemlich sicher, dass Dan Sternhell, der bis vor kurzem als Gastforscher am IFE tätig war, ebenfalls involviert war«, nahm sie den Faden wieder auf. »Er war derjenige, der vorschlug, Mustafa einen ausgestopften Uhu zu überreichen, nachdem er – das mag glauben, wer will – bei einer Wanderung im Setesdal über ein totes Exemplar gestolpert war. Seinen Kontoauszügen ist zu entnehmen, dass er vor drei Wochen fünftausend Kronen an Enok Paulsen überwiesen hat; die gleiche Summe, die die Personalabteilung des IFE für Mustafas Geschenk bezahlt hat. Die Kripo hat übrigens bestätigt, dass die Präparationsbälge beider Eulen aus dem Polyetherschaum bestanden, den wir in Paulsens Werkstatt gefunden haben. Sternhell ist unmittelbar nach Mustafas Besuch nach Israel abgereist. Die Rückkehr kam für seine Kollegen am Institut völlig überraschend.«

»Und wieso ist er verschwunden? Wurde er auch umgebracht?«

Hartmann bestand die Probe.

»Im Gegenteil. Ich glaube eher, dass er, im Alleingang oder gemeinsam mit Major Cohen, den Auftrag hatte, Werner zu liquidieren, sobald die Übergabe des Plutoniums stattgefunden hatte. Aller Wahrscheinlichkeit nach sollte der Mord bei Werner zu Hause stattfinden und so ausgeführt werden, dass es wie ein Selbstmord aussah. Katarinas Untreue wäre ein mögliches Motiv gewesen. Die Nachforschungen haben jedenfalls ergeben, dass es keinen Ersatzschlüssel zu der Wohnung gibt. Der Mordplan wurde dann in letzter Sekunde aufgegeben. Entweder, weil Cohen nicht wie verabredet erschienen ist, oder weil Sternhell begriff, dass Werner anderweitig außer Gefecht gesetzt worden war.«

Dahlbo gestand ein, dass er noch immer nicht verstand, was Werner und Cohen in der Gammaanlage wollten.

»Geschenke austauschen«, sagte Hartmann trocken. Danach erläuterte er, dass die Durchsicht von Werners E-Mails ergeben habe, dass er instruiert worden war, sich in der Woche Zugang zur Bestrahlungskammer zu verschaffen, in der der Mustafa-Besuch angesetzt war. Dienstbeflissen wie er war, arrangierte er ein wissenschaftliches Experiment mit ein paar alten Rohrkapseln, die er seinerzeit für die pakistanische Atomenergiekommission mit entwickelt und exportiert hatte. Dahlbo erinnere sich vielleicht an die peinliche Affäre?

Der Polizeihauptkommissar lächelte angestrengt und bat Hartmann, fortzufahren. Der Atomwaffensperrvertrag hatte beim PST nicht immer Priorität gehabt.

»Wir haben uns im Nachhinein bei Werners Kollegen umgehört«, fuhr Hartmann fort, »und sie schütteln nur den Kopf über dieses Experiment. Es handelt sich offensichtlich um einen Versuch ohne wissenschaftliche Relevanz. Aber der Zweck wurde erfüllt: Werner verschaffte sich und seinen Auftraggebern freien Zugang zu der Bestrahlungsanlage. Und damit kommen wir zu dem zweiten Hauptelement der Operation: Dafür zu sorgen, dass das Plutonium in Mustafas Gewahrsam kommt – wohlgemerkt ohne sein Wissen und seine Zustimmung. Zu diesem Zweck benötigte man einen ungestörten Ort. Ein Versteck, an dem man die zwei ausgestopften Vögel austauschen konnte, ohne dass der PST eine Chance hatte, es zu entdecken.«

Dahlbo nickte zum Zeichen, dass er verstanden hatte und wusste, was jetzt folgen würde.

»Der Plan war also mit anderen Worten, Major Cohen in Gestalt von Dr. Simon den Austausch vornehmen zu lassen, solange sich das Geschenk zum Entkeimen in der Gammaanlage befand?«

Hartmann, der schon wieder der Versuchung auf den Leim gegangen war, an seinem Kaffee zu nippen, wischte sich hastig über den Mund.

»Der entscheidende Punkt war, dass der Uhu sorgfältig von unseren Leuten untersucht worden ist, bevor er in die Strahlenkammer kam. Da die Anlage während der laufenden Behandlung mechanisch verriegelt ist, war eine weitere Kontrolle hinterher nicht mehr nötig. Und wenn Mustafa das Präsent erst einmal überreicht bekommen hatte, war das Risiko, von der norwegischen Polizei entlarvt zu werden, minimal. Wir untersuchen nur ungern das Gepäck eines Präsidenten. Wie Sie sehen, ein dreister, um nicht zu sagen genialer Plan, der allerdings von einer ganz entscheidenden Voraussetzung abhing: dass diejenigen, die für den Umtausch verantwortlich waren, die Befehle auch ausführten.«

»Und damit kämen wir zu dem Strahlenunfall, nehme ich an«, sagte Dahlbo zufrieden, offenkundig froh, dass der Bericht endlich seinem Ende entgegenging.

Tamber schüttelte den Kopf. Sie war aufgestanden und hatte sich vor das Fenster mit Aussicht auf den Mittelalterpark gestellt. Es hatte aufgehört zu schneien, aber die Stadt glitzerte noch immer weiß im Sonnenlicht.

»Sie meinen den *Mord* in der Bestrahlungsanlage«, korrigierte sie ihn. »Major Cohen ist nicht freiwillig frühzeitig gestorben. Werner schien Verdacht geschöpft zu haben. Wir sind davon überzeugt, an diesem letzten Tag ist etwas vorgefallen, das ihn darauf gebracht hat, dass er nur als Werkzeug in dem Komplott gegen Mustafa ausgenutzt wurde. Die Tatortuntersuchungen zeigen, dass er zuerst behilflich war, die beiden Geschenke auszutauschen. Aber gleich darauf hat er sie offenbar noch einmal umgetauscht. Der zweite Umtausch fand unter äußerst dramatischen Bedingungen statt. Major Cohen versuchte verzweifelt, ihn aufzuhalten, wozu sie aber in ihrem akut verstrahlten Zustand nicht mehr in der Lage war.«

Dahlbo warf einen ungeduldigen Blick auf die Uhr.

»Gibt es sonst noch was? Ich habe noch exakt zehn Minuten bis zur nächsten Sitzung.«

»Im Grunde sind wir damit am Ende«, sagte Hartmann. »Da der Austausch nicht stattfand, war der Rest der Operation völlig sinnlos. Es lief zwar so weit alles nach Plan, aber die Folgen waren nicht ganz die, die die Drahtzieher sich vorgestellt hatten. Geplant war, Mustafa und das radioaktive Material so schnell wie möglich an Bord des Flugzeuges zu bringen – und das auf eine Weise, die es ermöglichte, die geltenden Eincheckregeln zu umgehen. Deshalb der Attentatsversuch bei dem Fechtkampf, der natürlich zu keinem Zeitpunkt gegen Mustafa gerichtet war. Der Leibwächter, armer Kerl, war ein absolut unschuldiges Opfer. Er bekam einen falschen Telefonanruf, angeblich von Mustafas rechter Hand in Ramallah, der darauf bestand, in einer dringenden Angelegenheit mit dem Präsidenten zu sprechen. Als der Leibwächter aufstand, um Mustafa das Handy zu bringen, war sein Schicksal besiegelt: Die weibliche Fechterin, vermutlich von Dr. Schwartz oder Major Cohen rekrutiert, stürmte vor und erstach ihn. Sie, oder ein zweiter anwesender Mittäter, hat dann dafür gesorgt, das Schnappmesser in der Nähe des Opfers zu platzieren. Der Attentatsversuch hatte die erwartete Konsequenz, dass Mustafa seinen Besuch vorzeitig abbrach und überstürzt zum Flugplatz gefahren wurde, um zurück nach Ramallah zu fliegen.«

Hartmann war schon klar, dass er Dahlbos Geduld gerade auf eine harte Probe stellte. Als Tamber ihr Handy aufklappte, um eine eingegangene Meldung zu lesen, versuchte er, seinen Bericht abzuschließen.

»Wie genau der letzte Teil der Operation durchgeführt werden sollte, wissen wir nicht mit Bestimmtheit. Aber heute Nachmittag erhielten wir eine interessante Meldung unserer österreichischen Kollegen. Dort hatte man, aufgrund eines konkreten Tipps, beschlossen, Mustafas Flugzeug zu untersuchen, das wie vereinbart in Wien zwischenlanden sollte, um Treibstoff aufzufüllen. Mustafa wollte die Gelegenheit zu einem kurzen Treffen mit dem österreichischen Außenminister nutzen. Dem Tipp zufolge sollten sich im Flugzeug unwiderlegbare Beweise finden, dass Salem al-Salem hinter dem fehlgeschlagenen Attentat auf Mustafa stand. Darüber hinaus sollte es ein Päckchen mit spaltbarem Material geben, das in einem der Geschenke versteckt war, die Mustafa in Oslo bekommen hatte.«

Tamber unterbrach ihn mit einer wichtigen Mitteilung für den Leiter der Ermittlungsabteilung: Brantenborgs Wagen war soeben auf einem Parkplatz in Gardermoen gefunden worden, wo er bereits seit zwei Tagen stand. Und nicht weniger interessant: Die Deichman'sche Bibliothek hatte gemeldet, dass der Brief mit der CD angekommen war. Der Umschlag war am Vortag abgestempelt worden. In Alta.

Hartmann warf ihr einen viel sagenden Blick zu. Dahlbo, dem die Bedeutung der letzten Mitteilung nicht klar zu sein schien, fragte Hartmann nach dem Ausgang der Durchsuchung in Wien und bekam zur Antwort, sie seien mit Hunden und aufwändiger technischer Ausrüstung, inklusive Radiac-Geigerzähler, angerückt.

»Mustafa hat natürlich protestiert«, fügte Hartmann hinzu, »hat sich dann aber entschieden, sich der Durchsuchung nicht zu widersetzen. Das Ergebnis war negativ. Der Geigerzähler hat nur einmal ausgeschlagen: bei einem geschmacklosen Wikingerschiff aus Zinn.«

»Der Tipp aus – lassen Sie mich dreimal raten: Tel Aviv, Tel Aviv und Tel Aviv! – war mit andern Worten eine Finte?«

»Ja, so jedenfalls die Einschätzung in Wien. In dem Telegramm heißt es weiter, der Tipp dürfte mit der Absicht in die Welt gesetzt worden sein, Mustafa zu demütigen und seine Verbindung zur österreichischen Regierung zu beschädigen. *Wir haben beschlossen, jeden Kontakt zu dieser Quelle abzu-*

brechen, und empfehlen unseren ausländischen Kooperationspartnern, es ebenso zu halten, hieß es.« Hartmann sah Dahlbo eindringlich an. »Das Telegramm gibt, meiner Meinung nach, ein recht deutliches Bild davon, wie Brantenborg und seine israelischen Freunde die Operation abzuschließen gehofft hatten: Mustafas Flugzeug in Wien festgehalten mit 1,2 Kilogramm waffenfähigem Plutonium im Gepäckraum und einem PLO-Präsidenten, der das Gesicht verloren hatte. Danach wäre der Nahe Osten nicht mehr das gewesen, was er einmal war. Der palästinensische Traum von einem eigenen Staat wäre klinisch tot – zerschlagen für Jahrzehnte, wenn nicht für immer.«

Dahlbo erhob sich hinter seinem Schreibtisch, massierte die Schläfen mit den Daumen, und sagte, mit für ihn ungewöhnlicher Anerkennung im Blick:

»Da habt ihr ja ausnahmsweise mal richtig gute Arbeit geleistet!«

Schon möglich, räumte Tamber ein. Aber wäre es nicht furchtbar, wenn Werner starb, bevor sie aus ihm rausbekommen hatten, was wirklich geschehen war? Vielleicht könnten sie ihm ja eine letzte Freude bereiten, indem sie ihm mitteilten, dass das Komplott gescheitert war?

»Dafür hat er immerhin sein Leben geopfert.«

»Gut, dann sehen Sie zu, dass Sie ins Krankenhaus kommen, um es ihm zu sagen!«, sagte Dahlbo. »Und wenn Sie schon mal dort sind, fragen Sie ihn doch bitte von mir, was um alles in der Welt es mit dieser *Operation Sundog* auf sich hat!«

Er komplimentierte sie aus seinem Büro, während er einige Unterlagen zusammenraffte, die er für sein nächstes Treffen brauchte. Als er den Aktenkoffer zuschnappen ließ, fiel ihm noch etwas ein. Nach einem kurzen Blick auf die Uhr winkte er die beiden Kollegen mit dem verbliebenen Glied seines abgehackten Zeigefingers auf ihre Stühle zurück.

»Eine letzte Frage«, sagte er, mit dem Blick auf Eva Tamber gerichtet, die gerade eine Nachricht an den Polizeibeamten Karlsen auf Sørøya abgeschickt hatte. »Diese verflixten Stiefel, die die ganze Zeit bei dem Ingøy-Fall rumgespukt haben, was ist eigentlich mit denen? Hat sich rausgestellt, welche Rolle sie bei dem Ganzen gespielt haben?«

Tamber grinste breit. Das mit den Stiefeln war ihr persönliches Steckenpferd während der Ermittlungen gewesen, und nun bot sich ihr die Chance, Dahlbo zu zeigen, dass ihre Intuition sie nicht getäuscht hatte.

»In dieser Geschichte spielen sogar drei Paar Stiefel eine Rolle«, erklärte sie. »Zuerst das Paar, das wir nie gefunden haben, aber von dem wir die ganze Zeit annahmen, dass Paulsen sie an dem Tag trug, als er umgebracht wurde. Sie befinden sich mit größter Wahrscheinlichkeit auf dem Meeresgrund nordwestlich vom Leuchtturm auf Fruholmen. Dann waren da noch ein paar abgetragene Stiefel, die ich in Paulsens Keller gefunden habe. Und zu guter Letzt die Watstiefel, die der Beamte Karlsen vor kurzem in der alten Walfangstation in Mafjord gefunden hat; also die, die Brantenborg anhatte, als er das letzte Mal nach Ingøy rausfuhr.«

»Und inwiefern hängen die drei Paare mit dem Mord zusammen?«, wollte Dahlbo wissen. »Ich sehe die Stiefel vor mir, aber nicht, was sie bedeuten.«

»Die ausgetretenen Stiefel im Keller waren die Ursache, dass Paulsen in Strümpfen gefunden wurde«, sagte Tamber philosophisch. »Ich glaube, es lief so ab, dass Brantenborg anrief und seinen Besuch ankündigte. Möglicherweise hat er gefragt, ob er Paulsen irgendetwas aus der Stadt mitbringen könnte. Darauf hat Paulsen gesagt, dass er neue Stiefel bräuchte. Und dass Brantenborg ihm gern welche besorgen sollte. Das erklärt dann auch die große Plastiktüte von G-Sport, mit der er bei der Überfahrt aus Hammerfest beobachtet wurde.«

Dahlbo setzte sich auf die Ecke des Schreibtischs.

»Und was folgern Sie daraus, Eva?«, fragte er.

Sie lächelte schief. Ließ sich nicht verunsichern.

»Als die beiden Freunde am nächsten Tag zum Fischen rausfuhren, trug Paulsen das neue Paar Stiefel. Brantenborg sah wohl ein, dass es Schwierigkeiten geben würde, wenn Paulsen mit den Stiefeln gefunden wurde. Aber nicht, wie wir lange glaubten, weil die Stiefel die Identifizierung des Opfers erleichtert hätten, im Gegenteil. Der ganze Plot baute schließlich auf der Voraussetzung auf, dass wir herausbekamen, wer der Ermordete war. Nein, das Problem war, dass die nagelneuen Stiefel es leichter gemacht hätten, den Täter zu identifizieren. Wir hätten kaum mehr als ein paar Stunden gebraucht, um herauszukriegen, dass ein solches Paar vor kurzem bei G-Sport in Hammerfest verkauft worden war. Der Verkäufer hätte sich womöglich erinnert, wie der Käufer aussah. Aber noch schlimmer: Da Brantenborg die Stiefel in der Hand gehabt hatte, würde die Polizei womöglich Fingerabdrücke finden, je nachdem, wie lange Paulsen im Wasser lag.«

»Interessant«, sagte Dahlbo und schob sich weiter auf den Schreibtisch. Es kleidete ihn nicht, so breitbeinig über einer weißen lackierten Schreibtischplatte zu sitzen, dachte Eva Tamber. Manche Menschen waren einfach nicht geschaffen für lässige Posituren. Dahlbo beschäftigten unterdessen ganz andere Dinge.

»Um nicht entdeckt zu werden, sorgte Brantenborg also dafür, die Stiefel zu entfernen, entweder, indem er Paulsen zwang, sie selber auszuziehen, bevor er erschossen wurde, oder indem er zuerst schoss und der Leiche anschließend die Stiefel auszog?«

Tamber nickte.

»Ja, so in der Art. Hinterher warf er den Toten und die Stiefel über Bord. Die Stiefel sind wahrscheinlich direkt auf den Meeresboden gesunken. Paulsen hingegen war mit einer Schwimmweste ausgerüstet worden, weil er gefunden werden sollte. Danach begab sich Brantenborg zurück nach Mafjord, wobei er vermutlich nachts durch den Sund gefahren ist, wenn normale Menschen schlafen. Nachdem er den Kutter gründlich geschrubbt hatte, nahm er die Morgenfähre nach Hammerfest oder Havøysund. Wenige Tage später wurde er von seinem Arbeitgeber wieder in den Norden geschickt, weil Enok Paulsen versäumt hatte, den letzten Quartalsbericht zu schicken. Brantenborg muss klar gewesen sein, dass es nicht ganz ohne Risiko war, so kurz nach dem Mord wieder dort aufzukreuzen. Wenn die Besatzung der Fähre die gleiche war, bestand die Gefahr, dass sie ihn wiedererkannten. Gleichzeitig konnte er den Auftrag aber auch schlecht ablehnen. Er fand eine originelle Lösung: Diesmal würde er sich auffällig benehmen – darum die aparten Watstiefel. Um den Eindruck zu hinterlassen, dass er zum ersten Mal in der Gegend war, nervte er die Besatzung mit Fragen zu den Namen der Inseln und Schären. So, hoffte er, würde die Besatzung sich später in Verbindung mit ihm an diese Fahrt erinnern und nicht an die erste, bei der er sich so unauffällig wie möglich benommen hatte.«

Dahlbo legte die Stirn in Falten und durchsuchte seine Tasche nach der Schachtel mit den Magentabletten.

»Ich bin beeindruckt, wie viel Sie aus den dürftigen Beweisen herausholen. Aber eins verstehe ich immer noch nicht: Warum hat er die Watstiefel versteckt? War nicht Sinn der Sache, an eben dem Tag mit ihnen gesehen zu werden?«

»Gut beobachtet. Aber bedenken Sie, dass das mit den Stiefeln Teil eines Reserveplans war, der nur dann in Kraft trat, wenn die Polizei wider Erwarten Interesse an seinen Unternehmungen in der Woche vor dem Mord zeigen sollte. Da er ursprünglich keine Aufmerksamkeit auf sich ziehen wollte, fand er es wahrscheinlich klüger, uns nicht mit derart auffälligem Schuhwerk auf dem Anlegesteg in Empfang zu nehmen. Sollte es später dennoch Fragen zu den Stiefeln geben, konnte er sagen, dass er sie im Rucksack gehabt hätte. Oder schlicht und einfach leugnen, je solche Stiefel besessen zu haben, und damit die Polizei dazu bringen, sich in ihren Ermittlungen auf den ominösen Watstiefelmann zu konzentrieren.«

»Und wieso hatte er sie nicht tatsächlich in seinem Rucksack?«

»Weil das zu unangenehmen Fragen hätte führen können, wenn sie ihn durchsucht hätten. Die Stiefel hätten nahe gelegt, dass er eine Angeltour plante. Aber mit wem? Und wo war der Rest der Ausrüstung? Damit hätte er sich schnell in Widersprüche verstricken können.«

»Gut. Eins zu null für Sie, Eva«, sagte Dahlbo lächelnd. Er rutschte von der Schreibtischplatte und ging mit federnden Schritten auf die Tür zu. Seine Hand lag schon auf der Türklinke, als Hartmann ihn noch einmal aufhielt.

»Ich hätte auch noch eine letzte Frage«, sagte er. »Was gedenken Sie zu unternehmen, um die Schuldigen zur Verantwortung zu ziehen?«

Dahlbo hielt widerwillig inne. Vergewisserte sich, dass die Tür geschlossen war. Senkte die Stimme. Legte den unsichtbaren Zeigefinger vor die Lippen, als Zeichen, dass das, was jetzt folgte, unter ihnen bleiben musste.

»Und wen sollten wir Ihrer Meinung nach zur Verantwortung ziehen?«, fragte er rhetorisch. »Paulsens Mörder hat sich selbst das Leben genommen. Ebenso sein einziger sicherer Komplize, Richard Klüger. Ich weiß beim besten Willen nicht, wen wir an ihrer Stelle anklagen sollten. Dan Sternhell, möglicherweise, aber der ist verschwunden. Pahlstrøm ist auch nicht auffindbar, und ich wage zu bezweifeln, dass wir ihn lebend finden werden. Wenn unsere israelischen Freunde etwas können, dann, lästige Mitmenschen verschwinden zu lassen …«

»Oh, da sind sie weder die Einzigen noch die Geschicktesten«, sagte Hartmann.

Dahlbo überhörte seinen Einwurf.

»Dann haben wir das Komplott gegen Mustafa. Dort ist die einzige Person, von der wir mit Sicherheit wissen, dass sie beteiligt war, Major Cohen. Aber Cohen ist tot. Ihr Leichnam befindet sich nicht mehr in unserer Obhut. Und als würde das nicht reichen: unser einziger Kronzeuge in dem Fall, Fritz Emil Werner, wird über kurz oder lang an radioaktiver Verstrahlung sterben. Uns bliebe natürlich noch, den Fall international auszuweiten und Israel aufzufordern, uns Katarina Werner und Abrasha Schwartz auszuliefern. Aber als ich Außenminister Bremer gegenüber heute Morgen diese Möglichkeit erwähnte, sagte er nur: ›Vergessen Sie es. Wir sind im gleichen Maß auf Israel angewiesen, wie sie auf uns. Und wieso sich vor aller Welt lächerlich machen, indem man das Unmögliche versucht?‹« Dahlbo breitete die Arme aus. »Well, folks, so sieht es aus.«

»Was ist mit Bonnevie, Fürst und Westerlund?«, wollte Tamber wissen. »Lassen wir die einfach laufen?«

»Wieso einfach laufen lassen? Wir haben ihnen nichts anderes vorzuwerfen, als dass sie in Israel waren und Werner nach seiner Herzoperation besucht haben. Nicht unbedingt ein Verbrechen. Darüber hinaus wissen wir anhand einiger Papierschnipsel, die wir zusammengebastelt haben, dass sie Anfang der sechziger Jahre an einer geheimen Operation auf sowjetischem Hoheitsgebiet beteiligt waren. Aber wir wissen weder, worauf die Operation abzielte, noch, ob das, was sie taten, gegen norwegisches oder schwedisches Gesetz verstieß. Ganz davon abgesehen ist die Sache verjährt. Deswegen wird keine Klage mehr erhoben werden können.«

»Das heißt, wir werden gar nichts unternehmen?«, fragte Hartmann ungläubig.

»So ist es.« Dahlbo lächelte wehmütig. Er hatte was von einem Kindergartenonkel, der vergeblich versucht, den Kindern klar zu machen, dass es keinen Weihnachtsmann gibt. »Das heißt: abgesehen davon, dass wir eine Pressemeldung rausschicken, die besagt, dass der tragische Unfall in der Bestrahlungsanlage des IFE nach Auffassung der Polizei auf menschliches Versagen zurückzuführen ist. Im weiteren Verlauf des Tages plant Bremer außerdem, eine Erklärung abzugeben, in der er kategorisch festhält, dass es keinerlei Hinweise gibt, der Attentatsversuch gegen Mustafa könnte etwas mit einer Verschwörung zu tun haben. Der Leibwächter ist alleine aufgetreten, und die Tat geschah allem Anschein nach in einem Anfall akuter geistiger Verwirrung.«

Tamber fragte, ob man Bremer wirklich das Wort »kategorisch« benutzen lassen wollte? Klang das nicht zu sehr nach ostdeutschem Politbüro?

»Es wird genau so sein, wie ich es gesagt habe«, sagte Dahlbo. »Und vergessen Sie nicht: Wir haben Mustafas Segen.«

»Aber wir können doch nicht einfach so tun, als hätten der

Mord an Paulsen und die Entführung Ulla Abildsøs nie stattgefunden? Die Öffentlichkeit und nicht zuletzt die Angehörigen haben ein Anrecht auf eine Antwort«, protestierte Tamber.

Dahlbo biss sich auf die Unterlippe. Aber er blieb beharrlich bei seiner Meinung.

»Sie haben natürlich Recht, wir werden nicht unter den Teppich kehren können, dass wir den Mord an Paulsen als aufgeklärt ansehen. Und den mutmaßlichen Täter werden wir wohl auch nennen müssen. Aber da der Mörder sich das Leben genommen hat, bevor wir ihn verhören konnten, ergibt es sich in gewisser Weise von selbst, dass wir nicht viel zu den Motiven sagen können. In Absprache mit der Staatsanwaltschaft und dem Kriminalamt wird das Verfahren deshalb aus Mangel an Beweisen eingestellt. Was das Motiv betrifft, begnügt die Staatsanwaltschaft sich damit, dass der Ingøy-Fall wahrscheinlich auf eine persönliche Unstimmigkeit zwischen Brantenborg und dem Verstorbenen zurückzuführen ist. Was den nach wie vor unaufgeklärten Fall der Entführung von Ulla Abildsø angeht, tun wir wohl alle gut daran, abzuwarten. Im günstigsten Fall taucht sie wieder auf und erzählt uns, was passiert ist.«

Tamber war ziemlich erschüttert über Dahlbos Haltung.

»Okay«, sagte sie aufgebracht. »Was die beiden Morde anbelangt, kann ich das ja noch nachvollziehen; wahrscheinlich hat es tatsächlich wenig Sinn, Mörder zu verfolgen, die bereits tot sind oder sich dem juristischen Zugriff entzogen haben. Aber es gibt in diesem Fall einen handfesten Beweis, der sich nicht vertuschen lässt, und für den die Presse eine konkretere Erklärung verlangen wird. Sie wissen, worauf ich abziele ...« Sie sah Dahlbo herausfordernd an. »Mein Gott, Sie können doch unmöglich vorhaben, 1,2 Kilo sichergestelltes Plutonium zu unterschlagen?«

»Doch«, antwortete Dahlbo kurz und bündig. »Und meine Argumente dafür sind entwaffnend einfach: Dieses Plutonium gleicht zum Verwechseln dem, das vor ungefähr vierzig Jahren in der norwegisch-schwedischen Veredelungsanlage im IFE produziert wurde. Offiziell wurden dort damals gemeinsam zwischen fünfzig und hundert Gramm hergestellt. Der größte Teil davon wurde 1966 nach geheimer Absprache nach Schweden exportiert. Merkwürdigerweise findet sich dieses Quantum in keiner offiziellen schwedischen Plutoniumsbilanz. Wir befürchten, dass jemand mit Verbindung zur Militärischen Forschungsanstalt (FOA) sich des Plutoniums angenommen hat und später, unter strenger Geheimhaltung, die Produktion in einer ähnlichen Anlage in Schweden weiterbetrieben hat. Nachdem 1973 endgültig das schwedische Kernwaffenprogramm verabschiedet wurde, sind die Bestände in Erwartung besserer Zeiten heimlich beiseite geschafft worden. Ich wette, dass es genau dieses Plutonium ist, das jetzt wieder aufgetaucht ist. Im Magen eines ausgestopften Uhus!« Dahlbo hielt ihnen ein Blatt Papier mit dem Briefkopf der FOA hin. »Ich bin gerade auf dem Weg zu einem Treffen mit dem FOA-Direktor, um genau diese Fragen mit ihm zu klären. In Absprache mit meinen Vorgesetzten werde ich vorschlagen, das Plutonium nach Schweden zurückzusenden. Außer uns dreien und ein paar wenigen Behördenfuzzis, weiß in Norwegen niemand – die Beteiligten ausgenommen –, dass dieses Plutonium überhaupt existiert. Und ich sehe keinen Grund, diese Nachricht an die große Glocke zu hängen. Es ist schon schlimm genug, dass es jemand geschafft hat, eine so große Partie radioaktiven Materials über die Berge von Schweden nach hier zu schmuggeln. Wozu es noch schlimmer machen, indem man den Skandal öffentlich macht?«

Er erwartete keine Antwort, schaute demonstrativ auf die Armbanduhr und scheuchte seine Gäste aus dem Büro, bevor er abschloss und davoneilte.

Tamber und Hartmann schlenderten gemütlich hinter ihm her. Auf dem Weg zum Fahrstuhl begegnete ihnen Malm. Er nickte verkniffen. Es ging das Gerücht, er habe Martinsen signalisiert, dass er gern hier wegwollte. Wenn irgendwo die Stelle eines Dienststellenleiters frei würde, brauche er nur anzurufen.

»Machen wir also, was Dahlbo vorgeschlagen hat«, sagte

Hartmann schließlich. »Auch wenn wahrscheinlich nichts dabei rauskommt. Werner hat sich ausgesprochen, fürchte ich.«

»Und danach? Was machst du danach?«

Etwas in dem Tonfall ließ ihn ahnen, dass das Leben vielleicht doch noch ein paar nette Überraschungen in petto hatte.

»Ich hatte vor, am Wochenende nach Nesodden zu fahren. Zum Reiten. Ich miete da öfter ein kleines Häuschen, weitab von der Zivilisation, direkt am Wasser. Auf einem Hof in der Nähe gibt es ein paar Pferde und drumherum kilometerlange, verschneite Waldwege. Es ist ein echtes Abenteuer, im Mondschein vor sich hin zu reiten.« Er holte tief Luft. »Du kannst gerne mitkommen, wenn du magst. Das Haus hat zwei Schlafzimmer.«

Sie sah ihn an. Wollte ganz sicher sein, bevor sie antwortete, und nichts sagen, was sie später bereuen könnte. Außerdem wusste sie nicht, ob sie Zeit hatte. In ihrer Schreibtischschublade lag ein unbeantworteter Brief. Von einer einsamen Frau in einem Dorf bei Pusan, die roten Pfeffer in ihrem Garten anbaute und ihre Tochter vermisste.

»Ich werde darüber nachdenken«, sagte sie.

Dann kam der Fahrstuhl.

72

Ulla schob als Dank für die Mitfahrgelegenheit einen zusammengerollten Hunderter in die Hand des alten Fischers. Er hatte gerade seinen Fang abgeladen, als das Schnellboot anlegte, und Ulla war sofort zu ihm gegangen, als sie an Land war, und hatte ihn gefragt, ob er nicht zufällig in Richtung Mafjord fuhr. Bei dem Schneetreiben habe sie keine Lust, zu Fuß bis zum anderen Ende der Insel zu laufen, erklärte sie. Er antwortete ihr, dass er eigentlich nach Rolvsøy müsste, aber gern diesen kleinen Umweg für sie machen würde. Sie sei doch die Tochter vom seligen Ståle, nicht wahr? Ulla nickte, und damit war die Sache entschieden.

Jetzt stand sie auf dem kleinen Anleger und blickte zu Enok Paulsens Haus hoch. Sie konnte sich nicht genau erinnern, wann sie zuletzt hier gewesen war; sie wusste nur, dass es irgendwann gewesen sein musste, als Vater noch lebte, aber abgesehen davon war ihr nur im Gedächtnis geblieben, dass sie zu einer Schäre vor der Küste gerudert waren. Dem Fischer hatte sie erzählt, dass sie gekommen war, um ein paar Dinge zu holen, die sie zu ihrer großen Überraschung von Paulsen geerbt hatte. Er murmelte, es sei gut, dass nicht alles an diesen entfernten Verwandten in Oslo ging, der kurz nach Paulsens Tod ein paar Mal hier gewesen war. Danach hatte er sich dann nie mehr gezeigt.

»Mit dem Haus da wird es wohl so gehen wie mit all den anderen hier in Mafjord«, sagte er verbittert und zeigte auf ein paar andere verwaiste und verfallene kleine Höfe am Ufer des Fjords. »Sie werden genauso zu Erde wie die Menschen, die da mal gewohnt haben.«

Als der Kutter wieder im Fjord verschwunden war, ging Ulla zu dem kleinen roten Haus mit dem Schieferdach und den grünen Fensterläden hoch. Die Tür war verschlossen, und sie suchte rings um das Haus und im Holzschuppen vergebens nach einem Schlüssel. Zum Schluss löste sie das Problem auf andere Weise: Sie holte den Spaten aus dem Holzschuppen, ging um das Haus herum und schlug das Badezimmerfenster ein. Dann holte sie einen Sägebock aus dem Holzschuppen, platzierte ihn unter dem Fenster und kletterte hinein.

Weil sie nicht sicher wusste, was sie suchte, fiel ihr die Entscheidung nicht leicht, wo sie anfangen sollte. Schließlich entschied sie sich für das Wohnzimmer, wo sie in der nächsten halben Stunde alle Schubladen und Schränke öffnete, auf der Jagd nach irgendetwas, das Enok Paulsen in Verbindung mit dem Tod ihres Vaters und ihrer Onkel bringen konnte. Aber es war nichts zu finden. Nach einer weiteren halben Stunde war sie auch mit der Küche und dem Schlafzimmer fertig. Jetzt blieben ihr nur noch der Keller und der Dachboden.

Sie war vorausschauend genug gewesen, eine kräftige Stirnlampe mitzunehmen, die ihr nun, da sie auf dem niedrigen Dachboden zwischen Pappkartons, alten Möbeln und Plastiksäcken mit zusätzlichem Bettzeug herumkroch, eine große Hilfe war. Vor einer kleinen, mit samischen Mustern und Farben verzierten Holzkiste blieb sie knien. Der Deckel hatte sich verkeilt und war schwer zu öffnen, doch als er sich schließlich löste, stellte sich heraus, dass die Kiste leer war. Oder besser gesagt: fast leer. Bei genauerem Hinsehen entdeckte sie den doppelten Boden. Der obere Boden ließ sich herausnehmen, und darunter verbargen sich eine Reihe kleiner Fächer, wie bei einer Knopfschachtel. Bis auf ein Fach, in dem ein kleiner Messingschlüssel lag, waren alle Fächer leer.

Ulla steckte den Schlüssel in die Tasche und kletterte vorsichtig über die Leiter wieder nach unten. Sie ging ins Erdgeschoss hinunter und von dort weiter in den Keller. Es war nicht leicht für sie, die steile Treppe hinabzusteigen, aber schließlich war sie unten. Sie hielt nach einem abschließbaren Schränkchen oder Kästchen Ausschau, das zu dem kleinen Messingschlüssel passen könnte, aber es war nichts zu sehen. Ihr fielen die ordentlichen Regale mit der hausgemachten Marmelade und dem Fruchtwein auf, und sie erwog einen Augenblick lang, etwas zu probieren. Doch der Bescheid auf dem kleinen handgeschriebenen Zettel von Brantenborg trieb sie weiter: *Paulsen? – Alles verbrennen!*

Mehr als einmal fragte sie sich, wo Brantenborg jetzt wohl sein mochte. War er ihr auf den Fersen? Oder hatte er andere Leute auf sie angesetzt? Sie zweifelte jedenfalls nicht daran, dass es jemanden gab, der sie umbringen wollte.

Die Hobbywerkstatt mit den ausgestopften Meeressäugern und Seevögeln kam völlig überraschend für sie. Sie konnte sich wirklich nicht daran erinnern, dass sich so etwas in Paulsens Haus befunden hatte, als sie und Vater vor etwa sechsundzwanzig Jahren zu Besuch gewesen waren. Doch es war ja nie zu spät, ein Hobby zu entwickeln.

Neugierig sah sie sich um. Ging von Wand zu Wand, von Regal zu Regal und studierte die ungleichen Präparate, um zu sehen, ob irgendwo zu erkennen war, wann Paulsen mit dem Präparieren begonnen hatte. Es zeigte sich, dass die meisten Tierpräparate im Laufe der letzten zehn Jahre gemacht worden waren, doch es gab auch ein paar größere Seevögel und kleinere Meeressäuger, die Mitte der 80er Jahre ausgestopft worden waren. Nur eins der Tiere unterschied sich von den anderen: ein weißer Seehund mit einem ungewöhnlich dichten, weichen Pelz. Das Tier war 1978 präpariert worden.

Das Datum machte sie neugierig. Das war in etwa die Zeit, in der sie und Vater Paulsen zum letzten Mal besucht hatten. Einer ihrer Onkel war gerade gestorben, und Vater musste kurz zuvor erfahren haben, dass er an einer ernsthaften Krankheit litt und wohl nicht mehr lange zu leben hatte. Was in aller Welt hatte ihn in einer solchen Situation veranlasst, den weiten Weg bis nach Ingøy zurückzulegen?

Plötzlich kam ihr etwas in den Sinn: Ihr Vater hatte damals ein Geschenk für Paulsen mitgebracht. Ein rundes Päckchen in der Größe einer alten Kaffeedose, in graues Papier gewickelt und mit einem Paketband verschnürt. Was konnte das gewesen sein?

Sie hatte keine Ahnung. Doch irgendwie konnte sie sich nicht von dem Gedanken befreien, dass es einen Zusammenhang zwischen Vaters Besuch und Paulsens beginnendem Interesse für das Präparieren von Tieren geben musste. Noch einmal betrachtete sie den jungen Seehund. Hob ihn hoch. Wog ihn in den Händen. Dann ging sie zu einem Seeotter, der etwa die gleiche Größe hatte, und hob auch ihn hoch. Der Otter war wesentlich leichter.

Noch einmal nahm sie den Seehund in die Hände, dieses Mal fester. Sie presste ihren Daumen in den Bauch des Tieres. War der nicht überraschend hart? Rigoros legte sie das Tier auf den Rücken und strich gegen den Strich des Fells.

Da sah sie es.

Zwischen dem linken Vorder- und Hinterbein verlief eine tiefe geradlinige Falte. Und bei näherem Hinsehen: eine ähnliche Falte zwischen den Beinen auf der anderen Seite. Und zwei dazu im rechten Winkel verlaufende Falten. Der Bauch des Tieres verbarg irgendein Schloss. Jetzt fühlte sie auch deutlich, dass im Bauch des Tieres eine Metallplatte zu spüren war, in die das Schloss eingelassen sein musste.

Nachdem sie eine weitere Minute gesucht hatte, fand sie schließlich, wonach sie suchte: ein ovales, kleines Loch im Seehundpelz etwa anderthalb Zentimeter hinter der lang gezogenen Falte auf der rechten Seite des Bauches.

Dann holte sie den Messingschlüssel hervor, und es war wirklich so, wie sie vermutet hatte: Der Schlüssel passte. Mit zitternden Händen drückte sie die pelzigen Füße zur Seite, schob den Schlüssel ins Loch und drehte ihn um. Das Schloss gab ein freundliches, leises Klicken von sich. Dann nahm sie den Deckel ab und leerte den Inhalt auf den Tisch aus.

Sie war nicht im Geringsten überrascht, die runde Metalldose wiederzuerkennen, die ihr Vater bei seinem letzten Besuch mit nach Ingøy gebracht hatte. Es war tatsächlich eine Kaffeedose. Sie war rot lackiert und mit weißen, verschnörkelten Buchstaben beschriftet: *Gemahlene Kaffeebohnen aus Kolumbien.*

Kurzerhand nahm sie den Deckel ab und blickte in die Dose. Es lag etwas darin. In einer durchsichtigen Plastiktüte.

Neugierig zog sie die Tüte heraus und hielt sie ins Licht, um besser sehen zu können.

Ulla wusste nicht, was sie erwartet hatte, aber das nicht. Die Plastiktüte beinhaltete ein Band eines alten Tonbandgerätes sowie ein Taschenalbum, wie es Großmütter mit sich rumschleppen, um ständig die Bilder ihrer Enkel zeigen zu können. Sie nahm beides mit nach oben ins Wohnzimmer.

In der alten Funkanlage mit der Teakholz-Jalousie und den hohen Messingfüßen verbarg sich ein antiquarisches Tandberg-Tonbandgerät mit elfenbeinfarbenem Plastikdeckel und großen Potentiometern, die sicher grün leuchteten, wenn die Röhren warm und das Gerät bereit zum Abspielen war. Sie fädelte das hellbraune Band in die vordere Leerspule ein, stellte den Einschalthebel in die richtige Position, setzte sich aufs Sofa und wartete.

Dann nahm sie das grüne Fotoalbum zur Hand. Als sie es aufschlug, bekam sie fast einen Schock. Vater hatte einen handgeschriebenen Gruß in die erste Bildhülle geschoben. Dort stand: »Lieber Enok! Ich gebe dir diese alten Bilder und eine aktuelle Bandaufzeichnung zur Verwahrung. Du weißt, wofür. Bitte gib das alles Ulla, bevor du stirbst oder wenn sie kommt und Fragen stellt. Ich will, dass sie die Wahrheit erfährt über das, was geschehen ist. Dein guter Freund Ståle.«

Ulla musste die Nachricht zwei oder dreimal lesen, ehe sie begriff, was dort stand. Die Bilder und das Tonband waren für sie. Hätte Enok ihr das alles wirklich gegeben, wenn er länger gelebt hätte? Auf diese Frage gab es keine Antwort mehr, doch die Gewissenhaftigkeit, mit der er diesen Schatz bewacht hatte, ließ es vermuten.

Das Album beinhaltete zwölf Bilder, alle in schwarzweiß. Das erste kannte sie bereits: Es war identisch mit der Fotografie, die sie vor ein paar Wochen aus Richard Klügers Arbeitszimmer gestohlen hatte. Nur mit dem Unterschied, dass sie jetzt wusste, was sie vielleicht schon die ganze Zeit geahnt hatte: dass ihr Vater das Bild gemacht hatte. Auf der Rückseite war in seiner Handschrift notiert: *Zurück in norwegischen Fahrwassern. 14.10.61. Photograph: S. Abildsø.*

Die grüne Lampe über dem Startknopf leuchtete. Ulla beugte sich vor und schaltete den Motor ein. Der eingebaute Lautsprecher knackte hässlich, doch dann begriff sie, dass das kein elektronischer Hintergrundlärm war, sondern dass die Aufnahme bei einem heftigen Unwetter auf See gemacht worden sein musste. Dann drang die Stimme ihres Vaters klar und deutlich durch den Lärm. Es war so, als säße er ihr direkt gegenüber:

Versuch mal, dir mich vorzustellen, Ulla: jung und stark. Etwas über zwanzig. Verliebt. Furchtlos. Bis zum Platzen voller Abenteuerlust.

Ich stehe an Deck und überprüfe die Position. 70 Grad Nord, 54 Grad Ost. Keiner hat uns entdeckt. Die Russen nicht. Und unsere Leute auch nicht. Es ist früher Vormittag. Herbst. Die

Dämmerung klammert sich noch an den Rand des Himmels. Das Meer ist unruhig, die See rau. Es bläst aus Nordost. Polarwinde. Von meinem Platz aus kann ich es sehen: Wir sind da.

Ich signalisiere Enok im Steuerhaus, dass er versuchen soll, das Boot ruhig zu halten. Er hebt die Hand. Verstanden. Wir, Enok und ich, sind auf der gleichen Wellenlänge.

Ich sehe auf die Uhr, Viertel nach zehn.

Für halb zwölf ist uns eine Explosion angekündigt worden.

Es ist saukalt. Nicht allein wegen der Temperatur, sondern wegen dem Wind. Stark bis stürmisch, hatte es im Wetterbericht geheißen, ehe wir ins Sperrgebiet fuhren – in die Funkstille. Danach haben wir in der Nacht mit gelöschten Lampen nach den Sternen navigiert und tagsüber die Nebelbänke gesucht. Niemand darf von uns wissen, Ulla. Niemand darf wissen, warum wir hier sind. Unsichtbar sein – oder tot!

Ich gehe nach unten in die Kajüte.

Um den Tisch herum sitzen ein paar laute, junge Kerle aus dem Süden und von noch weiter weg: Fritz Emil Werner, Borgar Fürst, Richard Klüger, Einar Westerlund, Alexander Bonnevie. Henrik Brantenborg, Abrasha Schwartz. Eine Freundesclique, Sozialdemokraten, die Ritter der Neuzeit.

»Wir sind da«, sage ich und stelle mich hinter den freien Stuhl. Niemand bittet mich, Platz zu nehmen. »Ihr solltet die Uhren stellen. Jetzt heißt es warten.«

Nach ein paar unmotivierten Runden Whist sagt Fritz Emil Werner:

»Du hast da eine Super-Mannschaft zusammengekriegt, Henrik. Was kriegen sie als Belohnung?«

Alle sehen mich an. Ich werde rot. Es gefällt mir nicht, die Aufmerksamkeit dieser vornehmen Schnösel auf mich zu ziehen.

»Das Übliche – plus eine Schiffsladung Whisky und Zigaretten«, kommt es knapp von Brantenborg. »Aber dafür muss einer von beiden, Ståle oder Enok, nach Cardiff segeln und die Waren holen.«

Sie grinsen, denn im gleichen Moment taucht Enoks Kopf in der Deckluke auf und sagt, dass der »dummy run« begonnen hat. Das Lachen verstummt, als Abrasha Richtung Himmel über Paulsens Kopf zeigt:

»Fliegt der nicht viel zu tief?«

Sie bleiben mucksmäuschenstill sitzen und lauschen. Die große Turboprop-Maschine ist nicht zu überhören.

Fürst meint, es müsse sich um einen Aufklärungsflug handeln – dass die Russen auf der Suche nach Eindringlingen seien. Doch Klüger ist anderer Meinung: Dann hätten sie ein anderes Flugzeug genommen. Bei »dummy runs« komme es ja darauf an, dass alles genau so ist wie bei dem Bombenabwurf, erklärt er und fügt dann hinzu: »Vielleicht ist das ja doch nicht unser Bombentest.«

Es wird still in der Runde.

»Und was für ein Test soll das dann sein?«, fragt Werner.

»So tief wie der jetzt fliegt, muss das eine Sprengung auf oder unter der Meeresoberfläche sein«, denkt Klüger laut.

»Verflucht!« Einar Westerlund springt vom Tisch auf. »Lasst uns abhauen.«

Alle sehen mich an.

»Sag der Mannschaft, dass wir umkehren und aus der Sperrzone müssen«, sagt Werner.

Ich klettere an Deck und renne nach hinten zum Steuerhaus.

»Wir fahren!«, rufe ich Enok zu, der wieder hinter dem Steuer steht. »Jungs, volle Fahrt voraus!«

Es stürmt. Die Wellen hämmern gegen den Rumpf. Die Passagiere, die noch nie zuvor auf See waren, sehen mich nervös an, als ich mit Salz auf den Augenbrauen wieder zurück in die Kajüte komme. Ich mache eine dumme Bemerkung über das Unwetter, um ihnen Mut zu machen. Erzähle ihnen, wie ich es hasse, bei Flaute zu segeln. Aber jetzt frische es endlich ein bisschen auf!

Sie spekulieren noch immer darüber, warum die Russen ihren ursprünglichen Plan geändert haben. Ob sie Verdacht geschöpft haben? Sind wir getäuscht worden?

Klüger warnt davor, vorschnelle Schlüsse zu ziehen. Natür-

lich hätte dieser Jakovlev vorgehabt, die Bombe in großer Höhe zu testen. Aber wir haben ja keine Ahnung, welchen Einfluss er wirklich hat. Das sind sicher mehrere, die …

Er stockt mitten im Satz und legt den Kopf zur Seite.

Wir alle merken, was geschehen ist: Der Kutter treibt.

Ich bin bereits auf dem Weg durch die Luke nach oben, um zu sehen, was los ist.

»Motorstopp«, meldet mir Enok, als ich zum Steuerhaus komme. »Wir haben einen Riss im Treibstofftank.«

Nach einer raschen Inspektion sage ich zu deinen Onkeln, Sverre und Trond, dass sie den Tank leeren, das Loch abdichten und dann wieder neuen Diesel einfüllen müssen.

»Zehn Minuten, mehr kann ich euch nicht geben.«

Als ich mich dann wieder der Luke nähere, steht dieser Fürst in der Öffnung und zeigt aufgeregt zum Himmel. Die anderen Kerle scharen sich hinter ihn.

»Das Flugzeug!«, flüstert er. »Jetzt geht's los.«

Ich drehe mich um und sehe nach oben. Nichts zu sehen. Doch der Fluglärm wird lauter.

Plötzlich sind sie da: zwei silbrig glänzende Vögel, die ein paar Kilometer westlich in etwa 1000 Meter Höhe mit einem ohrenbetäubenden Dröhnen durch die Wolken brechen.

»Eine TU-95«, konstatiert Fürst. »Dann ist es jetzt so weit.«

Die Flugzeuge dröhnen unter der niedrigen Wolkendecke weiter.

Etwas Großes, Schweres löst sich aus dem Rumpf eines Flugzeugs und fällt ein, zwei Sekunden im freien Fall, ehe es ruhig hängen bleibt. Ein Fallschirm hat sich geöffnet: ein großer roter und fünf kleine orangefarbene Fallschirme, die auch noch aus einigen Kilometern Abstand zu erkennen sind. Ich sehe ihnen angespannt nach. Vergesse zu atmen. Starre bloß in atemloser Spannung auf die bunten Schirme am Himmel im Osten. Hinter mir bricht langsam die Wintersonne durch einen Spalt der tief hängenden Wolkendecke.

Die Sekunden vergehen.

Jetzt ist der Fallschirm weniger als hundert Meter über der

Meeresoberfläche. Der Wind versucht, ihn mit sich nach Süden zu reißen, doch die schwere Last zieht ihn unerbittlich nach unten.

Noch sechzig Meter.

Fünfzig.

»Alle Mann eine Stufe nach unten! Setzt eure Schutzbrillen auf!«, kommandiert Fürst. »Sonst müsst ihr auf die Blindenschule, wenn wir zurückkommen.«

Widerstrebend tun sie, was ihnen gesagt wird.

Ich trete einen Schritt zurück. Drehe mich nach Nordwesten.

Der Fallschirm verschwindet unter dem Horizont.

Niemand weiß, wie lange es dauern wird. Ob die Russen den Zündmechanismus so eingestellt haben, dass die Bombe explodiert, wenn sie im Wasser aufschlägt, oder ob sie sie noch etwas sinken lassen.

Nach fünfzehn Sekunden erhalten wir die Antwort.

Zuerst ein blendender Lichtblitz am Himmel. Ein funkelnder Silberstern, der mit der Sonne um die Wette scheint und ein Loch in die Wolkendecke brennt. In jedem Regentropfen blinken tausend Regenbögen. Die Wellen knistern. Das Meer teilt sich.

Dann fegt ein warmer Föhnwind über das Polarmeer.

Gefolgt von einem Dröhnen. Die Mutter aller Donner. Die Wellen verharren rings um das Boot, um dann – mit gewaltiger Kraft – mit doppelter Geschwindigkeit in die andere Richtung zu rollen.

Und schließlich das Unvergessliche: die gewaltige Säule aus Feuer und brodelnden Wassermassen, die steigt und steigt, höher und immer höher, bis sie sich an der Spitze entfaltet und in schweren Falten auseinander bricht, Schicht auf Schicht von perlweißem Schaum, wie ein märchenhaftes Ballkleid, das widerwillig nach der längsten Pirouette der Nacht zur Ruhe kommt.

Ich winke meinen Schwägern zu. Es ist an der Zeit, in Deckung zu gehen. Sie stürmen über das Deck.

Doch zu spät.

»Schließt die Luke«, ruft Abrasha Schwartz und zieht die Luke hinter sich zu, während er die Treppe nach unten steigt, »jetzt kommt der Regen«.

Es gelingt mir, meinen Fuß in den Spalt zu schieben.

»Warte!«, rufe ich. »Hier sind noch drei!«

Abrasha blinzelt zu mir hoch. Nickt mit dem Kopf, doch kaum ziehe ich meinen Fuß aus dem Spalt, knallt er die Luke zu.

»Kümmert ihr euch um den Motor!«, ruft er durch die Holzluke.

Ich drehe mich zu deinen Onkeln um, Ulla. Weiß, dass ich nichts zu meiner Verteidigung vorbringen kann. Sie sind bereits auf dem Weg zum Steuerhaus.

Es hat begonnen zu regnen.

Ulla wartete gespannt auf die Fortsetzung, doch sie kam nicht. Alles, was sie hörte, war der Wind, die Wellen, die gegen den Schiffsrumpf schlugen, das dumpfe Klopfen des Motors. Sie streckte sich nach dem Fotoalbum, das auf der ersten Seite aufgeschlagen am anderen Ende des Sofas lag, doch als sie es zu fassen bekam, begann die Deckenlampe zu flackern. Dann wurde alles dunkel.

Ein paar Minuten blieb sie regungslos auf dem Sofa sitzen und wartete darauf, dass der Strom wiederkam. Doch nichts geschah. Vielleicht war eine Sicherung durchgebrannt? Vorsichtig erhob sie sich aus dem Sofa. Es war stockdunkel, und sie wollte kein Risiko eingehen, als sie sich mit ausgestreckten Händen durch das Wohnzimmer in Richtung Eingangstür tastete.

Sie hatte den Sicherungskasten beinahe erreicht, als sie Stimmen hörte und das unverwechselbare Geräusch von Schritten auf der anderen Seite des Hauses. Sie erstarrte. Maß den Abstand zur Kellertreppe, entschloss sich, dorthin zu schleichen und im Keller nach einem Versteck zu suchen, doch ihr Körper gehorchte ihr nicht. Es fühlte sich auf einmal so an, als sei die Prothese der aktivste Körperteil, den sie hatte.

Jetzt hörte sie es wieder: Stimmen. Draußen sprach jemand, leise.

Hatte Brantenborg gemerkt, dass sie die Zettel gefunden hatte, auf dem der erschreckende Befehl gestanden hatte, Paulsens Haus niederzubrennen? Hatte er begriffen, wohin sie wollte, und die Jagd aufgenommen? Oder hatte er hier Komplizen, die er kurzfristig nach Ingøy beordern konnte?

»Hallo? Ist da jemand?«

Sie antwortete nicht.

Starrte bloß entsetzt auf den Türgriff, der ein paar Mal hektisch auf und ab ging, während die unbekannten Männer draußen an der Tür zerrten. Eine Taschenlampe warf grelles Licht durch das ovale Fenster der Tür. Es gab keinen Zweifel: Das waren Leute, die nach ihr suchten und ins Haus wollten!

Einen Augenblick überlegte sie, die Prothese auszuziehen und die gleiche Taktik wie bei der Flucht aus Brantenborgs Garage anzuwenden. Doch wenn es Brantenborg oder seine Leute waren, würden sie sich kaum ein zweites Mal überrumpeln lassen. Außerdem waren es mindestens zwei Männer. Dann war ein solches Vorgehen nutzlos.

Sie hob den Blick. Die Männer draußen waren jetzt am Wohnzimmerfenster. Der Lichtkegel der Taschenlampe fuhr über den Boden und die Wände, ehe er weiter in Richtung der halb geöffneten Küchentür tanzte. Die Wandfläche über dem Sofa war nur kurze Zeit im Licht gewesen, doch das war lang genug, um sie auf einen Gegenstand aufmerksam zu machen, den sie zuvor bei vollem Licht nicht bemerkt hatte, weil sie sich einzig auf das Tonbandgerät und das Fotoalbum konzentriert hatte. *Manchmal fürchtet man den Tod weniger, als man sollte*. Sie hastete durch das Zimmer und nahm es von der Wand.

Paulsens altes Gewehr erfüllte sie mit einer Ruhe und Entschlossenheit, die sie selbst überraschte. Als verliehe ihr der raue Gewehrlauf etwas von der stillen Kraft, die sich in der Waffe eines Meisterschützen nach mehreren hundert Volltreffern sammeln konnte. Alles stimmte. Mit größter Selbstverständlichkeit öffnete sie die erstbeste Schublade in der Kommode neben dem Sofa und nahm ein Päckchen großkalibriger Munition heraus. Sie spannte den Hahn, setzte sich hinter das Sofa, stützte den Lauf auf der Sofalehne auf und richtete die Mündung der Waffe auf die Außentür.

73

Im Auto auf dem Weg zum Reichshospital informierte Eva Tamber Hartmann darüber, was sie und Joakim Vats am letzten Tag über Werners Vergangenheit ermittelt hatten. Mit Hilfe der professionellen Dechiffriergruppe war es ihnen gelungen, fünf der vermutlich vierzig Dokumente zu rekonstruieren, die Brantenborg am Morgen vor seinem Tod makuliert hatte. Jedes dieser Dokumente bestand in etwa aus fünfzig bis zweihundert Papierstreifen, so dass es eine ungeheuer zeitaufwändige Arbeit war, die richtigen Streifen zu einem sinngebenden Ganzen zusammenzusetzen. Doch schließlich war es ihnen gelungen, und jetzt saß Tamber mit den sauberen Abschriften der Dokumente da – ordentlich geordnet in chronologischer Reihenfolge – um Hartmann ein kurzes Resümee der Inhalte zu geben. Er war ein erfahrener Fahrer, so dass er keine Probleme hatte, die glatte Fahrbahn auf dem Ringvei zu meistern und dabei gleichzeitig aufmerksam zuzuhören, was seine Kollegin ihm zu sagen hatte.

»Dokument eins«, begann sie, »trägt das Datum vom Oktober 1954. Es ist eine Arbeitsnotiz von Werner persönlich. Die Notiz hält in nüchternen Worten fest, dass er selbst, Richard Klüger und drei weitere FFI-Mitarbeiter übereingekommen sind, gemeinsam ein so genanntes Zehn-Prozent-Projekt anzugehen. Ich habe mich ein bisschen umgehört und herausbekommen, dass der damalige Institutsdirektor die Philosophie hatte, dass jeder Forscher zehn Prozent seiner Arbeitszeit frei für Studien und Experimente verwenden durfte, die nicht der Kontrolle der Institutsleitung unterstanden. In dieser Notiz läuft das Projekt unter dem Namen *Sonnenhund*. Weißt du, was ein Sonnenhund ist?«

Hartmann antwortete, dass er im Lexikon nie weiter als bis zum Wort Polizeihund gekommen sei.

Sie verzog den Mund zu einem Grinsen und erklärte ihm, dass ein Sonnenhund ein optisches Phänomen sei: ein Lichtfleck, der am Himmel in einem bestimmten Winkelabstand von der Sonne entstehen konnte, wenn sich das Licht in Eiskristallen in der Luft brach. Dann fügte sie voller Ernst hinzu:

»Werner & Co. haben diese Bezeichnung als Codenamen für eine menschengeschaffene Beinahe-Sonne genutzt: die Atombombe. Das offizielle Ziel des Projektes war es, die waffentechnische Entwicklung im Ausland zu verfolgen, um den effektivsten Schutz gegen die neuen Arten von Atomwaffen zu finden. In der Notiz wird aber deutlich, dass das eigentliche Ziel wesentlich umfassender war, nämlich das Modell einer Atombombe zu entwickeln, die für norwegische Verhältnisse maßgeschneidert ist.«

Hartmann bremste widerwillig an einer roten Ampel, nutzte dann aber die Gelegenheit, Tambers ebenmäßiges Profil zu studieren. Von vorn war sie noch hübscher, dachte er. Damit sie ihn ansah, stellte er die erstbeste Frage, die ihm in den Sinn kam, obwohl ihm die Antwort eigentlich klar war.

»Haben damals nicht die USA und die Sowjetunion ihre ersten Wasserstoffbomben getestet?«

Tamber bestätigte das, hielt aber die zweite Notiz hoch.

»Dokument zwei«, sagte sie dramatisch, »datiert im August 1955. Hieraus geht hervor, dass die Projektgruppe glaubt, die grundlegenden Probleme gelöst zu haben und bereit zu sein, der Institutsleitung einen weiteren Projektplan vorzulegen. Im Laufe von zehn Jahren, meinen sie, sollte es möglich sein, für Norwegen eine kleine, aber effektive Abschreckungswaffe zu entwickeln. Sie hatten auch die Kosten berechnet und herausgefunden, dass eine Wasserstoffbombe billiger zu produzieren sein würde – auf jeden Fall weniger kostenintensiv – als eine normale Atombombe.« Sie blätterte zur nächsten Seite um.

»Diese Notiz endet mit einer Spitzfindigkeit: *Wir werden es in der Zukunft mit zwei verschiedenen Arten von Nationen zu tun haben: solche mit Atomwaffen und solche ohne. Es dürfte große Vorteile bringen, zu der ersten Gruppe zu gehören, doch das verlangt einen gewissen Einsatz.*«

Hartmann gab Gas. Aus heutiger Sicht wirkte das Ganze natürlich vollkommen idiotisch und naiv. Aber damals war definitiv eine andere Zeit. Die Menschen dachten anders. Die Welt *war* anders.

»Und was sagte die Institutsleitung? Halleluja? Wie viel braucht ihr?«

Tamber schüttelte den Kopf.

»Dokument drei«, sagte sie viel sagend. »Eine klare Absage. Die Leitung gibt kurz und knapp bekannt, dass der Vorschlag ohne weitere Prüfung abgelehnt worden ist. Sie geben nicht einmal eine Begründung.« Sie zuckte mit dem Kopf. »Stell dir mal die Enttäuschung vor! Da führen sie aufs Genaueste aus, was sie selber für eine brillante Idee halten, und dann sagt die Leitung: Nein. Was zum Teufel sollten sie tun? Alles vergessen? Ihr eigenes Patent abgeben? Das kam natürlich nicht in Frage.«

Sie überquerten den Sognsvei. Hartmann warf einen sehnsüchtigen Blick in Richtung Nordmarka. Tamber hatte sich noch nicht zu der Einladung geäußert, abends mit ihm reiten zu gehen. Dann zwang er seine Gedanken zurück zu den Ermittlungen.

»Du hast von dieser brillanten Idee gesprochen. Ist es möglich, die ein bisschen genauer zu skizzieren?«

»Das ist möglich«, sagte sie lächelnd und zog das vierte Dokument hervor. Sie las die Überschrift laut vor: »Appendix zum vorgeschlagenen Zehnjahresprogramm. Dies hier«, sagte sie triumphierend, »ist Richard Klügers geistiges Vermächtnis. Wenn ich das richtig verstanden habe, lanciert er hier zum ersten Mal die Idee, eine extrem strahlungsintensive Wasserstoffbombe zu konstruieren. Eine solche Waffe«, erklärte sie nüchtern, »wäre sogar dazu in der Lage, die Soldaten zu töten, die im Schutz von Stahlwänden in Panzern, Helikoptern, gepanzerten Wagen und Amphibienfahrzeugen sitzen. Nur so hätte man eine realistische Hoffnung, den sowjetischen Vormarsch zu stoppen. Hör nur, wie er das selbst formuliert hat: *Das Prinzip ist ungeheuer einfach. Wir setzen ganz einfach den Großteil der Energie in radioaktive Strahlung um, statt in Hitze und Druck. Das führt zu einer geringeren materiellen Zerstörung, bringt aber mehr Tote. Ich habe bereits Berechnungen angestellt, wie dies umgesetzt werden kann!* Du nickst zustimmend, sehe ich. Ja, und du hast Recht. Klüger beschreibt da tatsächlich die erste Neutronenbombe der Welt!« Sie lachte unbeschwert. »Und die einzige Reaktion des FFI war, nichts mehr davon hören zu wollen. Da wird die Loyalität der Mitarbeiter auf eine harte Probe gestellt!«

»Es schwant mir, dass sie diese Prüfung nicht bestanden haben ...«

»Nun, die Institutsleitung wusste natürlich nicht, was vor sich ging. Aber abgesehen davon hast du Recht: Werner und die anderen Männer, die hinter dem Projekt Sonnenhund standen, hatten noch immer ihre zehn Stellenprozente für freie Grundlagenforschung. Diese Zeit haben sie gut genutzt!« Sie blätterte in den Papieren. »Hier habe ich ein letztes Dokument. Undatiert. Doch aus dem Zusammenhang geht hervor, dass es ein Jahr später, also im Herbst 1956, ausgearbeitet worden sein muss. Es ist von Werner unterzeichnet und richtet sich an einen schwedischen Atomphysiker, Alexander Bonnevie. Nach unseren Ermittlungen war er damals im Forschungsinstitut der Landesverteidigung FOA angestellt. Später war er eine Schlüsselfigur in der Entwicklung der schwedischen Atomkraftindustrie. Die Notiz trägt die Überschrift: *Einladung zur Zusammenarbeit*. Hinter dieser kryptischen Einladung lag der Wunsch, das Projekt Sonnenhund mit schwedischer Hilfe zu realisieren.«

»Ich dachte, der Traum von einer schwedisch-norwegischen Atombombe sei bereits 1949 beerdigt worden, als Norwegen Mitglied der NATO wurde.«

»Nur teilweise, wie es scheint. In diesen Jahren gab es einige schwedische Offiziere und Militärforscher, die der Meinung waren, dass Schweden die falsche Entscheidung getroffen hatte. Für sie war die norwegische NATO-Mitgliedschaft deshalb kein Hindernis für eine solche Zusammenarbeit, eher im Gegenteil. Sie erachteten die schwedische Neutralität lediglich als eine Bequemlichkeitslösung für Friedenszeiten. Wenn es Krieg gab, musste sich Schweden entscheiden und würde mit der NATO gegen die Russen kämpfen. War es da nicht eine nationale Pflicht, dafür zu sorgen, dass sowohl die norwegische als auch die schwedische Verteidigung bestmöglich für diese Aufgabe gerüstet war?«

Hartmann nickte zum Zeichen, dass er den Gedankengang verstanden hatte.

»Gut. Dann verstehst du auch, dass es für Werner, Klüger und die anderen keine andere Wahl gab, als weiterzumachen. Sie mussten sich und allen anderen beweisen, dass sie Recht hatten. Ich glaube, hinter ihrem ruhelosen Engagement lag eine Lebensanschauung: Sie wollten Großes verrichten.« Sie lächelte säuerlich. »Weißt du, an der Wand über Klügers Schreibtisch hängt ein Schild mit der Aufschrift: ›*Wir verändern die Welt, also sind wir.*‹ Das sagt doch alles!«

Sie näherten sich dem Krankenhaus. Hartmann schaltete runter und kurvte vorsichtig um einen Krankenwagen herum, der vor dem Ambulanzeingang gehalten hatte. Er bat sie, rasch zusammenzufassen, was sie sonst noch wussten, damit er sich an dem Gespräch mit Werner beteiligen konnte. Während sie den Wagen parkten und durch das Schneetreiben zum Haupteingang gingen, präzisierte sie, dass es weit schwieriger war, die Geschehnisse, die dann gefolgt waren, zu verstehen. Die Dokumentation sei fragmentarisch – es war ihnen nur noch gelungen, anderthalb Seiten eines längeren Briefes aus dem Jahre 1959 und sieben bis acht Zeilen eines Briefes aus dem Juni 1961 zusammenzusetzen. Die Essenz war aber wohl, dass diese norwegisch-schwedische Gruppe an verschiedenen Fronten intensiv weitergearbeitet hatte, in aller Stille natürlich. In Kjeller nutzte Klüger die neu angeschaffte elektronische Ferranti-Rechenmaschine des FFI – damals die Maschine mit der größten Kapazität in ganz Nord-Europa –, um seine komplizierten Berechnungen und Kalkulationen durchzuführen. Mit Hilfe vertraulicher amerikanischer und britischer Kontakte gelang ihm der Nachweis, dass eine entscheidende metallurgische Voraussetzung richtig war. Auf dieser Grundlage erarbeitete er komplette Konstruktionszeichnungen für eine kleine Neutronenbombe mit einer Sprengkraft von etwa fünf Kilotonnen TNT. Gleichzeitig leisteten Alexander Bonnevie und Werners enger Freund, der Industrielle Einar Westerlund, eine kolossale Arbeit, um sich die technisch-industriellen Spitzenkompetenzen zu sichern, die notwendig waren, um die verschiedensten Waffenkomponenten zu konstruieren. Eine gewaltige Herausforderung, da keiner der Lieferanten Verdacht schöpfen durfte, wofür diese Produkte gedacht waren. Bonnevie gelang es unter anderem, mehrere schwedische Werkstätten glauben zu lassen, es handele sich um Teile eines neu entwickelten schwedischen Kampfjets. Doch weiter als bis dahin konnten sie nicht kommen, ohne Geld auf den Tisch zu legen. Viel Geld. Und sie hatten nicht eine Öre, nur ihren Enthusiasmus und ihr intellektuelles Kapital.«

Sie zeigten ihre Polizeiausweise am Empfang und bekamen den Weg zur Abteilung Innere Medizin erklärt. Werner war seit Tambers letztem Besuch in eine andere Abteilung verlegt worden, doch die Beschilderung war gut, so dass sie keine Probleme hatten, den richtigen Aufzug zu finden.

»Sagen die Dokumente etwas darüber, wie sie sich das hoch angereicherte Uran oder Plutonium beschaffen wollten?«, fragte Hartmann neugierig. »Das ist ja auch nicht gerade gratis!«

»Das kannst du wohl sagen. Und sie brauchten an die fünf Kilo Waffenplutonium. Die einzige Möglichkeit, sich ein solches Quantum zu sichern, war die eigene Produktion. Dazu bedurfte es wiederum großer, teurer Anlagen, die ohne den Segen norwegischer oder schwedischer Behörden nicht zu errichten waren. Und niemand wollte überdies dazu beitragen, Plutonium in dieser Menge herzustellen.«

Sie waren allein im Fahrstuhl, so dass Tamber keine Bedenken hatte, weiterzureden, obwohl sie jetzt zum sensibelsten Teil der Operation kamen – soweit Brantenborgs makulierten Dokumenten etwas darüber zu entnehmen war.

»Um ihr Ziel zu erreichen, wechselte Werner seinen Job, er verließ das FFI und ging ans IFE, das damalige Institut für Atomenergie. Dort bekam er die Möglichkeit zu einer Doktorarbeit im Bereich Plutoniumschemie. In Zusammenarbeit mit Alexander Bonnevie und Kollegen in der schwedischen Kernkraftindustrie baute er in den nächsten Jahren eine experimentelle Extraktionskolonne für die Gewinnung von reinem Plutonium. Sie gaben eine geringere Produktionskapazität an, als sie wirklich hatten – mit Klüger als Konstrukteur war es nicht schwer, den Schwindel hinter unverständlichen technischen Daten zu verschleiern –, und schafften den Überschuss beiseite. Infolge der Brieffragmente, die ich erwähnt habe, war es Werner selbst, der das überschüssige Quantum über die Grenze nach Norwegen schmuggelte. Es war erschreckend einfach. Er hat es in einem Margarinekarton im Kofferraum seines eigenen Autos über die Grenze gefahren. Das war im Sommer 1961. Doch in dem Brief, den er vermutlich unserem Freund Brantenborg geschrieben hat, erwähnte er auch, dass sie nicht mehr auf diese jämmerlichen Mengen Plutonium angewiesen seien. Sie hätten nämlich eine andere und viel bessere Lösung gefunden!«

»Jetzt machst du es aber spannend, Eva. Ist das vielleicht vom Himmel gefallen?«

Sie waren da. Als sie aus dem Aufzug traten, begann Hartmann, einen alten Sinatra-Song zu summen: *Pennies from heaven*. Die Art, wie er sich dazu bewegte, ließ Tamber vermuten, dass er noch mehr konnte als reiten.

»Ich habe keine Ahnung«, sagte sie kurz. »Genau das soll er uns erzählen. Ich glaube, die Antwort wird uns helfen, manches von dem, was in der letzten Zeit geschehen ist, zu verstehen.«

»In diesem Fall wird er sich wohl weigern, uns etwas zu sagen«, sagte Hartmann lakonisch. »Aber ich glaube, ich weiß, wie wir ihn zum Sprechen bringen können.«

Auf der Station wurden sie von Oberarzt Fredriksen empfangen; ein groß gewachsener, dünner Mann mit geplatzten Blutgefäßen unter der straffen Haut über seinen Wangenknochen. Mit einem quälenden Hang zu Anglizismen und amerikanischen Slangausdrücken, eine Unart, die er sich infolge von Hartmanns Informanten während eines längeren Studienaufenthalts in Kalifornien Anfang der 70er Jahre zugelegt hatte, erklärte er, dass sie *»60 Minuten, but not a second more«* bekommen sollten.

Hartmann und Tamber gaben ihm zu verstehen, dass sie ihn verstanden hatten. Der Professor hatte sie bereits bis ins Detail über den Gesundheitszustand des Patienten informiert, und sie sahen durchaus ein, dass ein scharfes Verhör nicht in Frage kam. Vor gut einem Tag hatte er eine größere Knochenmarktransplantation über sich ergehen lassen müssen. Sein Zustand hatte sich daraufhin gebessert, doch nur für begrenzte Zeit. Trotz wiederholter Bluttransfusionen und großer Mengen Antibiotika war es Werner schon bald wieder schlechter gegangen. Das hohe Fieber und der kräftige Durchfall, die umfassenden Chromosomenveränderungen und die rasch sinkenden Werte für Hämoglobin und weiße Blutkörperchen sprachen eine deutliche Sprache: Er litt unter akuter Strahlenkrankheit und war auf dem Weg in das letzte Stadium der Krankheit. Die inneren Organe würden bald versagen, eines nach dem anderen. Im Grunde sei es ein medizinisches Wunder, dass er noch immer am Leben war, erklärte Fredriksen.

»Liegt das vielleicht an der Herztransplantation?«, versuchte sich Hartmann. »Das stammt vermutlich von einer deutlich jüngeren Person?«

»Zu diesem Punkt wollte ich Ihnen eine Frage stellen«, sagte Fredriksen. »Das Ganze ist höchst merkwürdig. Sein Brustbein ist aufgesägt worden, und der Brustkorb wie bei jeder Transplantation geöffnet und wieder geschlossen worden. Doch infolge der Röntgenbilder, die wir gemacht haben – und ich kann Ihnen versichern, dass ich sie mir genau angesehen habe! –, ist am Herz kein chirurgischer Eingriff vorgenommen worden. Dem Herzen fehlt im Übrigen auch gar nichts. Dass dieser Mann seit langen Jahren wegen eines chronischen Herzleidens in Behandlung gewesen sein soll, ist komplett unbegreiflich. Ich hab den Betriebsarzt im IFE heute Vormittag angerufen ...«

»Ja?«

»Er hat mir erzählt, dass Werners Frau ihn vor mehr als zwanzig Jahren mit dem Brief eines israelischen Arztes aufgesucht hat, ein gewisser Dr. Adler. In diesem Brief erklärte der Arzt, dass Werner im Sommer über einige Wochen eine Therapie wegen Hypochondrie bei ihm gemacht habe: Er sei überzeugt, ernsthaft herzkrank zu sein und Behandlung zu brauchen. Frau Werner habe darum gebeten, nichts zu unternehmen, das bei ihm den Eindruck erwecken könne, man würde sein Herzleiden nicht ernst nehmen; das könne ungeahnte und dramatische Konsequenzen für seinen mentalen Zustand haben. Vor diesem Hintergrund sei er vollkommen überrascht gewesen, als er vor ein paar Monaten erfahren habe, dass Werner tatsächlich herzkrank war und in Israel eine größere Operation über sich ergehen lassen sollte ...«

»Aber kann man wirklich ein derart falsches Spiel in einem renommierten öffentlichen Krankenhaus durchführen?«, fragte Tamber skeptisch. »Gibt es da nicht zu viele kompetente Fachleute, die sofort merken würden, dass etwas nicht mit rechten Dingen zugeht?«

Fredriksen nickte ernst.

»Das Gleiche habe ich auch gedacht. Deshalb habe ich in diesem Krankenhaus angerufen und darum gebeten, etwas mehr über die Umstände der Operation zu erfahren. Das habe ich. Alles, was sie sagen wollten, war, dass der Chirurg, der ihn operiert hat – auch das ein gewisser Adler! –, den Eingriff im Auftrag des Militärs vorgenommen hat, mit seinem eigenen Team, und dass die Krankenakte geheim sei.«

»Wenn es so abgelaufen ist, wie Sie es beschrieben haben«, sagte Hartmann, »was in aller Welt soll es bringen, einen gesunden Menschen zu operieren? Man öffnet doch nicht den Brustkorb eines Menschen einfach so aus Spaß?«

»Frankly speaking: No idea.« Fredriksen senkte seine Stimme. »Wenn es denn nicht darum ging, sich eine Möglichkeit zu schaffen, ihm anschließend eine ganz spezielle medizinische Behandlung zuteil werden zu lassen ...«

»Das müssen Sie mir näher erklären.«

»Gestern und heute haben wir eine Reihe von Urin- und Blut-Analysen gemacht, von Leberproben und ... nun, langer Rede kurzer Sinn: Alles deutet darauf hin, dass er in den letzten Wochen täglich eine mikroskopische Dosis eines synthetischen Halluzinogens erhalten hat. Über die chemische Zusammensetzung können wir noch nichts Genaues sagen, aber das Präparat weist gewisse Ähnlichkeiten mit Lysergsäurediäthylamid auf.«

»Sie meinen LSD?«, fragte Tamber entsetzt.

Fredriksen ruckte abrupt mit dem Kopf.

»Wie Sie sicher wissen, hat es in den Tagen des Kalten Krieges in den USA und in der Sowjetunion umfangreiche Forschungsarbeiten über Meskalin, LSD und andere Halluzinogene gegeben. Es ging darum, Stoffe zu finden, die sie für ihre Zwecke nutzen konnten, unter anderem für die Gehirnwäsche und um Kriegsgefangenen Geständnisse zu entlocken. Es ist durchaus vorstellbar, dass diese Art von Forschung auch in anderen Ländern praktiziert wurde.« Er räusperte sich nervös, als graute ihm davor, sein Räsonnement zu Ende zu führen.

»Ich habe natürlich nicht die geringste Ahnung, was in diesem Fall der Grund gewesen sein kann. Aber es ist doch möglich, dass jemand Werners Psyche beeinflussen wollte, und dass ihnen diese Herzoperation eine einzigartige Möglichkeit bot, das zu tun, ohne dass er oder jemand in seiner Umgebung Misstrauen geschöpft hätte. Sie können ihm zum Beispiel eingeredet haben, das seien blutungshemmende oder infektionsvorbeugende Mittel, die zur nachoperativen Behandlung gehörten.«

Hartmann und Tamber wechselten Blicke, doch keiner von beiden schien etwas Vernünftiges sagen zu können.

»Nun ja. Sie haben sicher viele Fragen, die Sie ihm gerne stellen wollen«, schloss Fredriksen, als er sie auf die Intensivstation begleitete. »Denken Sie aber daran, dass es hier nicht in erster Linie darum geht, was Sie als Polizisten glauben, erfahren zu müssen, sondern um den würdigen Tod eines alten Mannes.«

Hartmann versprach, Werners Integrität zu wahren.

»Aber Sie haben ganz Recht«, fügte er mit einer gewissen Zurückhaltung hinzu, »es gibt eine Reihe von Fragen, auf die wir Antworten brauchen, um die Ermittlungen abzuschließen. Werner ist vermutlich der Einzige, der uns helfen kann.«

Sie gingen hinein.

Obwohl sie den Patienten schon einmal besucht hatten, war Hartmann nicht auf den Anblick vorbereitet, der sich ihm bot: Werner lag splitternackt im Bett, umringt von einer ganzen Batterie elektronischer Apparate. An einem glänzend blanken Ständer hingen Glasflaschen mit intravenösen Lösungen und Plastikbeutel mit Blut und Plasma. Hartmann bemerkte auch den Plastikschlauch, der in Werners Penis führte und den Urin in einen Plastikbeutel leitete, der am Bettgitter hing. Der Urin war braun und blutig.

Doch was trotzdem den größten Eindruck auf Hartmann machte, war das Gesicht. Im Laufe der sechzehn Stunden, die seit dem letzten Besuch vergangen waren, hatte Werners Gesicht eine erschreckende Veränderung erfahren. Die Lippen waren blutleer. Die Haut war an mehreren Stellen derart blass geworden, dass sie einen durchsichtigen, fast glasartigen Schimmer hatte. Die Augen hingegen waren matt und grau. So sah ein Mann aus, der weder richtig lebendig noch tot war, dachte er. Ganz offenbar gab es ein Zwischenstadium auf dem Weg vom Leben zum Tod.

Er überließ Tamber den Anfang. In der letzten Zeit hatte er mehrfach die Erfahrung gemacht, dass sich Menschen bei einem Verhör eher einer Frau anvertrauten. Außerdem hörte er sie gerne reden.

»Herr Werner«, begann sie vorsichtig, »können Sie mich hören? Wir kommen von der Polizei. Dürfen wir Ihnen ein paar Fragen stellen?«

Werner sah langsam in ihre Richtung. Ein gelber Blick, der Hartmann an die Nebellampen eines Autos denken ließ. Gleichzeitig entstand in ihm das ernüchternde Gefühl, dass es Werner vollkommen egal war, wer sie waren oder was sie wollten. Er musste nicht lange auf die Bestätigung warten.

»Es ist erlaubt, zu fragen«, sagte Werner abweisend, »aber auch, nicht zu antworten.«

Tamber verzog die Lippen unter dem Mundschutz zu einem gequälten Grinsen.

»Dann passt es ja umso besser, das Gespräch nicht mit einer Frage zu beginnen«, sagte sie überlegt. Sie berichtete kurz, dass das Komplott gegen Mustafa fehlgeschlagen war.

Werner war sichtlich erleichtert und sank zurück in seine Kissen.

»Das ist doch schon etwas«, sagte er. »Und Dr. Simon? Tot?«

Tamber bestätigte, dass Cohen tot war. Des Weiteren erklärte sie, dass sie dank neu aufgetauchten Beweismaterials, inklusive der Dokumente, die sie in Brantenborgs Garage gefunden hatten, in der Lage seien, sich ein klareres Bild von einer Reihe von Vorgängen zu machen. Unter anderem hätten sie im Großen und Ganzen Kenntnis von dem geheimen norwegisch-schwedischen Gemeinschaftsprojekt mit dem Codenamen *Sonnenhund*. Leider endeten aber alle Spuren etwa im Sommer 1960. Die Polizei habe aber Grund zur Annahme, dass das Projekt damals nicht abgeschlossen wurde, sondern in eine neue, deutlich produktivere Phase übergegangen sei. Werner könne vielleicht etwas mehr darüber sagen.

»Ein anderes Mal«, sagte er abweisend. »Im Augenblick bin ich zu sehr damit beschäftigt, zu sterben.«

74

Der Polizist überprüft das Display des Diktiergerätes. Ich weiß nicht genau, was er von mir will, aber ich schüttele trotzdem den Kopf.

»Vergessen Sie es«, sage ich entschieden. »Ich habe schon viel zu viel gesagt.«

Da lächelt er, als wüsste er etwas, was ich nicht weiß. Vielleicht, dass mein ganzes Leben auf Band aufgezeichnet ist? Danach nickt er unauffällig seiner Kollegin zu.

»Tamber«, sagt er, »willst du es ihm nicht zeigen?«

Sie kommt auf mich zu und setzt sich auf die Bettkante. Sie tragen beide Plastikkittel, um mich zu schützen, den Sterbenden vor dem Leben, und nicht umgekehrt. Etwas an ihrer Art des Umgangs miteinander macht mich unruhig. Und mir geht auch schnell auf, wieso: Sie erinnern mich an Katarina und Abrasha am ersten Tag im Krankenhaus in Jerusalem. Sie tragen ein Geheimnis in sich: dass sie ein Paar werden. Aber zwischen diesen beiden herrscht größere Unschuld. Vielleicht wissen sie es noch gar nicht. Wenn das Leben von der Gnade eines Tropfs abhängt, bekommt man eine fabelhafte Intuition in Dingen frisch erblühter Liebe.

Die Polizistin beugt sich vor. Das Uniformhemd sitzt stramm über ihrer Brust. Die Knöpfe zerren an dem Stoff. Es duftet süß aus ihrem Mund, wenn sie redet. Nach Johannisbeerdrops.

»Sehen Sie sich das an«, sagt sie freundlich und reicht mir einen Umschlag. »Das haben wir heute bekommen. Per Express. Der Poststempel ist aus Jerusalem und stammt von gestern Nachmittag.«

Mir fällt die eigentümliche Adresse auf der Vorderseite ins Auge: An Dr. Fritz Werner, Polizeilicher Sicherheitsdienst, Oslo, Norway.

Ich brauche den Brief nicht zu öffnen, er ist bereits geöffnet. Der Umschlag enthält eine Postkarte mit dem Bild der Geburtskirche in Bethlehem. Sie ist eingerahmt von acht kleineren Foto-

grafien mit Detailmotiven aus der Kirche. Eins davon zeigt den glitzernden Silberstern in dem Marmorboden vor dem Altar, wo Jesus' Krippe gestanden haben soll.

Noch bevor ich die Karte umdrehe, weiß ich, von wem sie ist.

»Liebster Fritz«, lese ich durch einen Tränenschleier. Die Handschrift passt gut zu ihr. »Ich bin verzweifelt über das, was geschehen ist, werde aber weiterkämpfen und an dich glauben. Am Ende werden wir siegen. Deine Naomi.«

Ich bin wie betäubt.

Wieso tut die Polizei mir das an? Hätten sie mich nicht mit dieser letzten Demütigung und dem Schmerz verschonen können? Oder ist es genau das, was sie mir zufügen wollen: Demütigung und Schmerz?

Was Katarina und Abrasha betrifft: Die beiden dürften ziemlich in Auflösung sein. Verzweifelt. Aber das hier ist genau die Lüge zu viel. Naomi hätte niemals einen solchen Brief geschickt, wenn sie die war, für die sie sich ausgegeben hat. Dann hätte sie gewusst, im Innern ihres Herzens, dass ich sie bis zum bitteren Ende schützen und sie niemals verraten würde. Aber diese Menschen trauen niemandem, einfach weil sie so von Verrat durchsäuert sind. Naomis letzter Gruß verrät, dass sie ähnlich denkt. Dass sie eine von denen ist, genau wie Dr. Simon es gesagt hat. Und dann ist wahrscheinlich alles andere auch wahr, was Dr. Simon gesagt hat.

Ich sehe den Polizisten flehend an. Sagen Sie, dass ich mich täusche! Aber er begreift meine Verzweiflung nicht. Sein Blick ist konzentriert. Vielleicht denkt er an seine Beförderung. Weiß, dass er gewonnen hat.

»Ich bin bereit«, sage ich heiser und fühle mich nicht einmal provoziert von dem erleichterten Gesichtsausdruck, der sich in dem Gesicht des Polizisten breit macht. »Aber das Aufnahmegerät können Sie vergessen!«

Werner übernahm jetzt das Ruder. Hätte er einen Taktstock in der Hand gehabt, hätte er an den krebskranken Karajan bei seinem letzten Konzert erinnert.

»Das Ganze nahm seinen Anfang damit, dass ich Abrasha in Boston kennen lernte, bei einem Postgraduierten-Kurs in Physik am MIT«, begann er, den Blick an die Decke gerichtet. »Viele Jahre später hat Abrasha mir erzählt, ihm sei augenblicklich klar gewesen, dass ich der Mann war, den er suchte: unängstlich, tüchtig, mit Karriereaussichten in einem westeuropäischen Kleinstaat mit einem fortgeschrittenen Atomforschungsprogramm und großer Sympathie für Israel. Nur in Schweden gab es etwas Vergleichbares, aber Schweden war neutral und daher Gegenstand für eine gründlichere Überwachung von amerikanischer Seite. Also entschied er sich, mir den Hof zu machen. Wir feierten zusammen. Studierten zusammen. Verbrachten unsere Ferien zusammen. Er wurde mein bester Freund. Er machte mich mit Einstein und anderen Größen bekannt. Und bevor das Jahr um war, stellte ich fest, dass ich mich in seine Lieblingsstudentin verliebt hatte – Katarina Kratzer –, die aus Israel zu Besuch gekommen war. Eines Abends kamen wir ins Gespräch über den Einsatz unserer Länder im Bereich der Atomwaffen – oder was Norwegen betraf: den *mangelnden* Einsatz. Gänzlich unaufgefordert vertraute ich Abrasha an, dass ich einer Gruppe Wissenschaftler und Offiziere angehörte, die sich weigerten, sich mit der schändlichen Lage abzufinden. Ich prahlte hemmungslos mit den Resultaten, die wir zustande gebracht hatten, ohne allerdings die Probleme zu verschweigen, mit denen wir uns herumzuschlagen hatten, was Plutonium und die Finanzierung betraf. Abrasha und ich brauchten nicht lange, um ein komplett neues Kooperationskonzept zusammenzuschustern. Die zugrunde liegende Idee war ungeheuer simpel: Uns, das heißt der norwegisch-schwedischen Gruppe, fehlte ein Auftraggeber, der bereit war, unsere Kosten zu decken. Ihnen, das heißt den Israelis, fehlte das ressourcenstarke, technisch-industrielle Umfeld, dem man den Auftrag geben konnte. Die Lösung war, dass Abrasha, im Namen seiner Vorgesetzten in Tel Aviv, uns aufforderte, den Prototyp der Waffe herzustellen, die sie eventuell später in Massenproduktion übernehmen konnten. Am Geld sollte es nicht scheitern, versicherte er. Aber die Auftraggeber stellten eine unumstößliche Bedingung: Sie wollten mit hundertprozentiger Sicherheit sicher sein, dass die Bombe funktionierte. Wir brauchten also, kurz gesagt, eine Probesprengung.«

Hartmann und Tamber wechselten Blicke. Ihnen war beiden klar, dass sie sich dem entscheidenden Wendepunkt in Werners Geschichte näherten, der Stelle, die die extreme Geheimhaltung um das Bombenprojekt erklären würde, selbst eine Generation später, und die den Hintergrund bildete für den Mord an Enok Paulsen und für die Mordpläne an Ulla Abildsø.

»Eine Probesprengung?«, fragte Tamber misstrauisch. Sie hatte Feuer gefangen. »Aber das ist doch unmöglich! Wie wollten Sie das bewerkstelligen, ohne aufzufliegen?«

Da geschah etwas Unerwartetes. Der todgeweihte Mann stemmte sich auf einen Ellenbogen und lachte tonlos.

»Bravo! Genauso dachten die Leute damals auch. Aber sie haben sich getäuscht!« Seine Stimme zitterte triumphierend. »Das war ja das Geniale. Es sollte auffliegen. Nur so konnten wir den Test durchführen, ohne uns selber zu verraten.«

Er sank zurück aufs Bett. Sein Gesicht war übersät von roten Flecken. Auf seiner Stirn standen Schweißperlen. Seine Hände zitterten. Sein Körper strömte einen undefinierbaren, fauligen Gestank aus.

Tamber sah ihn forschend an.

»Das war der Zeitpunkt, als aus dem Projekt Sonnenhund die *Operation Sundog* wurde, nicht wahr?«

Werner wandte den Blick ab.

»O nein, bis dahin war es noch ein ganzes Stück.«

Er hob die Arme und ließ sie schwer auf das Laken fallen, um das Ausmaß der Aufgabe zu unterstreichen.

»Wollen Sie damit andeuten, dass Sie aufgegeben haben?«, fragte Tamber nach einer Weile.

»Niemand hätte es uns vorwerfen können, wenn wir das getan hätten«, antwortete er ausweichend. »Die Israelis haben sich nicht getraut, die Probesprengung selbst auszuführen. Die geografischen Voraussetzungen waren auch ausgesprochen ungünstig. Vergessen Sie nicht, wir sprechen von der Zeit vor dem eroberten Sinai. Gleichzeitig drängte es, den Test durchzuführen, bevor sich die Großmächte auf ein Teststoppabkommen einigten. Die Einschätzung in Tel Aviv war, dass es für Israel und andere Kleinstaaten unmöglich werden würde, einen Test in eigener Regie durchzuführen, nachdem ein solches Abkommen in Kraft getreten war. Der politische Preis wäre zu hoch. Und wenn die Israelis nicht bereit waren, den Test durchzuführen, mussten sie jemand anderen davon überzeugen, es für sie zu tun. Norwegen und Schweden waren selbstredend nicht mehr aktuell. Das Gleiche galt für die USA und Großbritannien. Und in Tel Aviv wollte man sich auf eine Zusage der Franzosen nicht verlassen – das hätte außerdem nur den Zorn der USA wachgerufen und sie allzu abhängig von de Gaulle gemacht. Damit blieb nur noch eine reelle Möglichkeit: die Sowjetunion. Aber es war den Israelis unmöglich, mit dem kommunistischen Regime in Moskau zusammenzuarbeiten, dem einzigen treuen Freund ihrer arabischen Feinde. Das Ganze war, gelinde gesagt, ziemlich hoffnungslos.«

»Und was war die Lösung? Denn ich gehe doch davon aus, dass Sie eine Lösung gefunden haben?«

Werner starrte mit einem zurückhaltenden Lächeln im einen Mundwinkel an ihm vorbei.

»Abrasha kannte einen russischen Kernphysiker«, sagte er. »Jurij Jakovlev. Jude. Ein Cousin dritten Grades mütterlicherseits. Sie hatten sich vorm Krieg auf einer Konferenz kennen gelernt und haben danach den Kontakt gehalten – über Kanäle, auf die ich lieber nicht näher eingehen möchte. Auf Abrashas Aufforderung hin suchte und bekam Jakovlev eine Stelle als Konstrukteur im Rahmen des sowjetischen Atomwaffenprogramms. Er machte schnell Karriere, aber ohne sich dabei so sehr hervorzutun, dass es Verdacht oder Neid geweckt hätte. Auf wundersame Weise trafen die beiden sich während der Weltausstellung 1958 in Moskau wieder. Dort bekamen sie die Gelegenheit, eine ganze Nacht ungestört miteinander zu reden! Vor Tagesanbruch hatten sie einen kühnen Plan entworfen, den sie scherzhaft ›Kuckucksjunges‹ tauften. Der Plan basierte auf drei wichtigen Grundsätzen. Erstens, dass es lebensgefährlich war, militärische Geheimnisse aus der Sowjetunion hinausschmuggeln zu wollen, wobei die Kontrollen in die andere Richtung nicht so streng waren.«

»Ein großer Teil der sowjetischen Aufrüstung in der Zeit des Kalten Krieges gründete sich auf Raubkopien westlicher Waffensysteme«, schob Hartmann ein.

»Genau. Es gab zweitens einen harten Konkurrenzkampf zwischen den beiden größten sowjetischen Atomwaffenlabors, also zwischen Arzamas-16 in Sarev und RI-1011 in Snezjinsk. Das versprach in beiden Labors eine gewisse Empfänglichkeit für neue und gewagte Lösungen, besonders, wenn diese im Kampf um die Produktionsaufträge und die Gunst der Behörden zu einem Vorsprung dem Konkurrenten gegenüber führen konnten.«

Hartmann und Tamber sahen sich an. Hartmann trat näher ans Bett heran.

»Und drittens?«

»Drittens rechneten sie sich aus, dass die Rivalität zwischen den beiden Labors – in Kombination mit dem wachsenden Druck durch das angestrebte internationale Verbot für Atomtests – die sowjetischen Behörden zur Eile antreiben würde, noch alle neuen und viel versprechenden Atomwaffenkonstruktionen zu testen. Diese drei Prämissen mündeten in einer Schlussfolgerung, die so tollkühn war, dass man sie kaum zu denken wagte: *Wir mussten die Sowjetunion dazu bringen, den Test für uns auszuführen, ohne dass die Behörden in Moskau oder anderswo Verdacht schöpften, was eigentlich vorging!* Anders ausgedrückt, wir mussten es machen wie der Kuckuck: Unser Ei in ein fremdes Nest legen und das Brüten und Füttern einem andern Vogelpaar überlassen. Wir selbst würden derweil gemütlich im Nachbarbaum sitzen und warten, bis unser Nachkomme kräftig genug war, aus eigener Kraft zu fliegen.«

»Heißt das, Sie haben Ihre Konstruktionsgeheimnisse an die Russen weitergegeben?«, fragte Hartmann in einer Mischung aus Staunen und echter Verärgerung. Er hatte dreißig Jahre seines Lebens Spione gejagt und konnte es einfach nicht glauben.

»Immer der Reihe nach«, sagte Werner nachsichtig. »An einem Januarmorgen 1960 kam Jurij Jakovlev in eine Arztpraxis in Sarev, um einen Knoten im Hodensack untersuchen zu lassen. Aus diesem Grund nahm die Ärztin einen kleinen Schnitt mit einem Skalpell vor; gerade so tief, dass eine lokale Blutung entstand, die einen kleineren chirurgischen Eingriff vortäuschen konnte. Danach behandelte sie die Wunde und legte eine sterile Kompresse auf. Als Jakovlev nach Hause kam, entfernte er die Kompresse, schnitt sie der Länge nach auf und entnahm ihr ein Stück Mikrofilm – nicht größer als ein Daumennagel. Das winzige Kunststoffplättchen enthielt die komplette Beschreibung von Klügers ›Sonnenhund‹, sowie mehr als vierzig maschinengeschriebene Seiten mit Formeln, Skizzen und anderen Informationen. Nachdem er die verkleinerten Seiten wieder vergrößert hatte, begann Jakovlev den mühsamen Prozess, den Inhalt auswendig zu lernen und mental zu seiner eigenen Erfindung umzuarbeiten. Wenige Monate später präsentierte er dann die Idee bei einem internen Arbeitstreffen im IR-1011. Der Vorschlag wurde begeistert aufgenommen. Nach einigen Monaten Feinschliff wurde beschlossen, damit bei den verantwortlichen Behörden vorstellig zu werden. Der Minister für den Bau mittelgroßer Maschinen stimmte zu, und die notwendigen Produktionsvorbereitungen wurden in Gang gesetzt. Anfang September kontaktierte Jakovlev erneut seine Hausärztin, weil er glaubte, einen neuen Knoten entdeckt zu haben, diesmal in der Leistengegend. Sie machten einen Untersuchungstermin aus, und so konnte er wenige Tage später, ganz nebenbei während der unangenehmen Untersuchung, der Ärztin berichten, dass er ihren Rat befolgte und täglich spazieren ging, um den Kreislauf anzukurbeln. Er hatte es sich zur Gewohnheit gemacht, den Spaziergang immer vormittags um halb zwölf zu beginnen. Aber am 23. Oktober könnte es schwierig werden, der täglichen Bewegung nachzukommen. Ach, fragte sie aufmerksam, wieso das? Er lächelte und erklärte, dass er sich an diesem Tag in einer Forschungsstation in der Nähe des Nordpols befinden würde. Und das Wetter dort lade ja nun nicht eben zu Spaziergängen ein!« Werner atmete schwer und fügte hinzu: »In der Nähe des Nordpols war das Codewort für Nowaja Semlja. Damit wussten wir nicht nur, *wann* die Probesprengung stattfinden würde – am 23. Oktober um 11 Uhr 30, sondern auch, *wo* –, also auf welches Versuchsfeld wir unsere Überwachung konzentrieren mussten. Später bekamen wir auch noch die exakte geografische Position der geplanten Explosion, nur nicht, in welcher Höhe sie stattfinden sollte.«

»Einen Moment mal«, sagte Tamber und wedelte mit ihrem Notizblock. »Jakovlev konnte Ihnen ja wohl kaum eine Rückmeldung über den Ausgang des Tests geben, das wäre viel zu riskant gewesen. Wie konnten Sie also sicher sein, dass es tatsächlich der *Sonnenhund* war, der getestet wurde? Am Geruch war es ja wohl kaum zu erkennen!«

Werner wechselte auf den rechten Ellbogen.

»Ich habe doch den Kuckuck erwähnt, nicht wahr?«, sagte er aufgeräumt. »Der im Nachbarbaum sitzt und beobachtet, was mit seinem Jungen passiert. Bitte, ein ganz einfaches Rezept! Gemeinsam mit den Amerikanern hatte der norwegische E-Stab ein umfassendes Überwachungssystem um Nowaja Semlja errichtet. Wir hörten, sahen und maßen alles. Sprengten die Russen eine Atombombe, konnten wir mit 99-prozentiger Sicherheit bestimmen, wann und wo die Explosion stattfand, und mit beinahe ebenso großer Sicherheit, wie kräftig sie war. Abhängig davon, wie frisch und umfassend die Messungen waren, die wir ausführten, konnten wir sogar die Beschaffenheit der Waffe bestimmen – wie sie ungefähr zusammengesetzt war und welche Materialien verwendet wurden. Und das ist der entscheidende Punkt: Dank Borgar Fürsts Arbeit beim E-Stab wussten wir, dass wir Zugriff auf sämtliche Informationen hatten, die der norwegische und amerikanische Nachrichtendienst über diese spezielle Versuchsreihe erbrachten. Vier oder fünf Tage nach der Explosion würde in seiner Abteilung ein geheimes Dokument in Umlauf gebracht werden, das detaillierte Auskünfte über ›unsere‹ Probesprengung enthielt, sowohl über den operativen Verlauf, als auch über die physische Charakteristik. Wir hätten schwerlich ausführlichere Informationen zusammenbringen können, wenn die Sprengung unter norwegischer Regie stattgefunden hätte.« Auf Werners Gesicht breitete sich ein angestrengtes Lächeln aus. »Zusätzlich besorgte Richard Klüger uns die Trockenproben der Falloutmessungen, die das FFI in der ersten Woche nach der Explosion vorgenommen hatte, damit wir unsere eigenen Daten noch besser überprüfen konnten.«

»Aber haben die Russen nicht genau die gleichen Vorteile genutzt?«, drängte Hartmann. Er konnte sich nicht mit diesem unerwarteten Handschlag mit dem Hauptfeind des Westens im Kalten Krieg abfinden.

Werner schüttelte ungeduldig den Kopf.

»Das lässt sich nicht vergleichen. Wir hatten nur diese eine Waffe. Alles, was wir wollten, war sicherzustellen, dass sie funktionierte und wie man sie gegebenenfalls noch effektiver machen konnte für unsere Zwecke. Für die Russen hingegen war dies nur eine von vielen neuen Waffen, die getestet werden sollten. Wenn ich ehrlich sein soll, hofften wir im Grunde genommen, dass entschieden würde, die Waffe nicht in Produktion zu nehmen. Abrasha hatte sich bereits Gedanken darüber gemacht, wie wir zu diesem Ergebnis beitragen konnten.«

Eva Tamber blätterte langsam in ihren Notizen, ehe sie sich vorbeugte.

»Und der Test, war er ein Erfolg? Lief alles nach Plan?«

Werner antwortete nicht. Er fummelte hilflos an dem Plastikschlauch, der in seiner Harnröhre steckte. Der Penis war zu einem dünnen Hautwulst geschrumpft, der sich um den durchsichtigen Schlauch wölbte. Wahrscheinlich schieden die Nieren keinen Urin mehr aus. Oder der Körper trocknete langsam, aber sicher aus. Werner war kreidebleich und starrte mit leerem Blick an ihnen vorbei. Dann setzte plötzlich ein Husten ein. Zuerst als trockenes, angestrengtes Räuspern, das sich durch den ganzen dürren, geschwächten Körper fortpflanzte.

Hartmann beugte sich vor und wollte ihn sanft an der Schulter schütteln, um zu sehen, ob er noch bei Bewusstsein war, als Doktor Fredriksen durch die Tür trat.

»Die Audienz ist hiermit beendet«, teilte er mit. »Das ist typisch für den Verlauf der Krankheit, dass die Patienten, wenn es aufs Ende zugeht, unnahbar werden, verschlossen. So eine Art mentale Blockade als Folge des rasanten Verfallsprozesses der inneren Organe. Wir können nur noch eins für ihn tun: die Schmerzen lindern.«

Hartmann protestierte. Versuchte, dem Professor klar zu machen, wie wichtig es für ihre Ermittlungen war, das Verhör zu Ende zu bringen.

»Es geht um die Sicherheit des Landes!«

»Keine Widerrede«, sagte Fredriksen entschieden. »Sonst …!«

»Rufen Sie die Polizei?« Hartmann grinste und verlegte sich auf die Rolle des Kotzbrockens.

»Nein, die Presse.«

»Das würde ich mir noch mal überlegen. Denn dann kenne ich jemanden, der einem Abendblatt-Journalisten zuflüstern wird, was Sie während Ihrer Studienzeit in San Francisco getrieben haben. Das FBI hat uns gestern Abend Ihre Akte zugesandt. Die hat doch manchen von uns in Erstaunen versetzt. Da gab es wirklich Interessantes zu sehen.«

Fredriksens Blick flackerte. Seine Selbstherrlichkeit war schlagartig verflogen.

»Werner braucht Ruhe«, sagte er ausweichend. »Aber wenn er sich nach der Spritze kräftig genug fühlt, gebe ich Ihnen noch eine halbe Stunde«, murmelte er und nahm eine Spritze aus einem verschlossenen Stahlschrank. »Morphin.«

75

Weiß, weiß, alles ist weiß: die Decke, die Wände, das Bettzeug, die schneebedeckten Zweige vor dem Fenster – weiß, alles weiß, wie Leinen, wie Schnee, wie die unberührte Brust einer

Pfarrerstochter unter der Bluse. (Wusstest du, Katarina, dass ich einmal von einer Pfarrerstochter verführt wurde und ihre kleinen, winterbleichen Brüste küssen durfte, so dass sie errötete bis hinab in ihre Wanderstiefel? Das war vor deiner Zeit. Vor Abrasha. Ich war vierzehn, sie fünfzehn. Fast nichts war erlaubt; fast alles war möglich. Ein mildes, fernes Weiß, das alles umfängt und in allem ist: Im Raum (Überwachung nennt man das), in der Wäsche (warum weiße Laken, wo es so viele Farben gibt, die die Gedanken vom Tod ablenken?), auf dem auffälligen Zwei-Meter-Gemälde an der Wand vor mir (welche stupiden Steuerfreibeträge veranlassen jemanden dazu, derart sublime Schönheit zu stiften?). Selbst das Porzellan vom Waschbecken neben der Tür (wo führt die eigentlich hin? In die Zukunft? Nirgendwohin? Synonyme in der Sprache des Sterbenden!); selbst das Porzellan trägt dieses milde, versöhnende Weiß in sich. Wüsste ich nur, für wen …

Die Polizisten sind wieder da. Sitzen neben meinem Bett und sehen mich an in ihren frisch gebügelten blauen Hemden. Sie tragen keine Plastikkittel mehr. Weil sie wissen, dass es dem Ende entgegengeht.

»Ich möchte Ihnen eine junge Frau vorstellen«, sagt Tamber unvermittelt.

Ich habe noch ein paar jämmerliche Stunden zu leben, und da will sie, dass ich neue Bekanntschaften schließe! Eine schwarze Sekunde lang glaube ich, dass sie einen letzten, hinterhältigen Hieb gegen mich ausführen wollen; dass es Naomi ist, die hinter dem Wandschirm wartet.

»Kommst du, Ulla?«

Das hübsche, zarte Geschöpf tritt zielstrebig an mein Bett. Lächelt vorsichtig. Geht nicht selbstverständlich davon aus, willkommen zu sein. Etwas in ihrem Blick sagt mir, dass sie etwas über mich weiß. Dass uns etwas verbindet. Dass das Wenige, was von meinem Leben noch übrig ist, entscheidende Auswirkungen auf das haben kann, was sie noch vor sich hat.

»Das ist Ulla Abildsø«, sagt Tamber und greift nach der

Hand der jungen Frau. »Sie ist extra aus der Finnmark hierher gekommen, um Sie zu treffen. Wir mussten ziemlich weit fahren, bis zu Enok Paulsens Haus in Mafjord, um sie zu finden. Zwei unserer Leute dort oben haben sie in das nächste Flugzeug nach Oslo gesetzt. Sie hat uns eben erzählt, was sie in den letzten Tagen über die Operation Sundog *herausbekommen hat. Das hat uns ein gutes Stück weiter vorangebracht. Aber da wäre noch etwas, etwas Persönliches, das sie Sie gerne fragen würde, und auf das Sie ihr vermutlich als Einziger eine Antwort geben können.« Tamber lässt die Hand der etwa gleichaltrigen Frau los und stößt sie aufmunternd in die Seite. »Ulla?«*

»Hallo«, sagt sie und reicht mir die Hand. Ich nehme sie nicht. »Ich bin Ulla Abildsø. Meinem Vater, Ståle, gehörte die MS Syvstjerna. *Er war damals, 1961, mit an Bord. Sie erinnern sich vielleicht an ihn? Er und seine Schwäger haben dafür gesorgt, dass Sie sicher zurück nach Norwegen kamen.«*

»Natürlich erinnere ich mich an ihn. Ein flotter Bursche. Hundert Prozent verlässlich. Wir hatten viel Freude an ihm.«

»Die Freude war sicher gegenseitig – solange sie währte. Er ist gestorben, wie Sie sicher wissen. Er und meine beiden Onkel starben an derselben Krankheit: Schilddrüsenkrebs.«

Mir gefällt die Wendung nicht, die unser Gespräch nimmt.

»Junge Dame«, sage ich mit belegter Stimme. »Ich bin nicht sicher, ob ich weiß, worauf Sie hinauswollen. Soweit ich es verstanden habe, wollten Sie mir eine Frage stellen?«

Sie nickt.

»Ich will wissen, was Sie hinterher zu meinem Vater gesagt haben.«

»Hinterher?«

»Ja. Sie haben doch die Luke geschlossen, nicht wahr? So dass er und seine Schwäger ungeschützt dem Fallout ausgesetzt waren. Ich möchte wissen, was Sie hinterher zu ihnen gesagt haben. Nachdem der Motor repariert und die Luft wieder rein war, als Sie sich schließlich wieder an Deck getraut haben. Haben Sie sich bei ihnen entschuldigt?«

Es dauert einen Moment, bis ich die Frage verstehe.

»Wir hatten unterschiedliche Arbeitsaufgaben«, murmele ich. »Es gab keinen Grund, sich zu entschuldigen. Wäre der Dieseltank besser in Schuss gewesen, hätte er nicht Leck geschlagen. Nachdem das Unglück aber nun einmal geschehen war, war es Ståles Job, sich darum zu kümmern. Nicht mehr und nicht weniger.«

»Aber irgendetwas müssen Sie doch gesagt haben?«

»Sicher. Ich kann mich nur nicht daran erinnern. Das liegt mehr als vierzig Jahre zurück!«

Da geschieht etwas Unerwartetes.

»Vielleicht frischt das hier Ihr Gedächtnis ein wenig auf«, sagt sie und schüttelt einen Schuh vom Fuß. Sie stützt sich auf die Schulter der Polizistin, zieht den Rock hoch und schwingt ihr Bein auf die Bettkante. Die Kerbe in der nackten Ferse ist nicht zu übersehen. Das ist eine Prothese. Etwa bis zur Mitte des Oberschenkels.

»Ich habe meinen Vater in dem Sommer verloren, als ich sechs wurde«, sagt sie mit leiser Stimme, aber ganz ohne Selbstmitleid. »Aber die Natur hat dafür gesorgt, dass ich ihn niemals vergessen werde!«

Ich sehe sie an. Endlich kann ich weinen. Es ist, als würde der letzte Rest von Schwäche und Blauäugigkeit von mir abfallen und sich wie ein räudiger Schoßhund aus meinem verfehlten Leben schleichen. Ich hebe den Kopf. Unsere Blicke begegnen sich. Ich fühle plötzlich, dass ich endlich keine Schande mehr auf mich lade.

Die beiden Polizisten werfen sich verstohlene Blicke zu, offenbar verunsichert, wie sie mit der Situation umgehen sollen. Hartmann versucht, meine Aufmerksamkeit mit einem leisen Räuspern auf sich zu lenken.

»Und? Wie ist es weitergegangen? Was haben Sie zu der Mannschaft gesagt?«

»Nicht viel. Als wir uns einige Stunden später wieder an Deck trauten, zogen sie uns auf und meinten, wir Landratten hätten

ein großes Naturereignis verpasst: Sie selbst hätten gerade eine warme Dusche im Eiswasser genommen.«

»Keine Anzeichen von Krankheit?«

»Nein, da noch nicht. Das kam erst viele Jahre später. Aber das wissen Sie ja.« Ich sehe Ulla Abildsø mitfühlend an. »Wirklich eine bedauerliche Geschichte. Aber sie wurden nicht krank. Stellten keine Fragen. Machten uns keine Vorwürfe. Sie arbeiteten einfach weiter an dem Motor, und hinterher, als er repariert war und das Boot mit voller Kraft aus der Sperrzone fuhr, blieben sie an Deck. Wir anderen warteten noch ein paar Stunden, ehe wir uns zu ihnen gesellten und ihnen halfen, das Boot abzuspülen. Da hatte es natürlich aufgehört zu regnen.«

»Keine sauren Gesichter ...?«

»Im Gegenteil. Alle an Bord waren ekstatisch.« Ich wende mich wieder an Ulla. Will, dass sie versteht, wie es gewesen ist.

»Kaum waren wir aus der Sperrzone raus, zauberte Abrasha einige Flaschen Veuve Clicquot hervor und rief die Mannschaft zusammen, um einen Toast auf sie auszubringen, als Dank für ihre anständige Arbeit. Alle lachten und machten Späße, ließen sich triumphierend Arm in Arm unter der Schiffsglocke fotografieren. Wir taten unser Bestes, das Geschehene zu bagatellisieren. Solange sich niemand unwohl fühlte, sei alles gut, versicherten wir der Mannschaft. Es gab keinen Grund, einen Arzt aufzusuchen.« Ich blicke an meinem eigenen Körper hinab und lächle ironisch. »Ich erinnere mich noch, dass ich einen von ihnen beiseite nahm und erklärte, dass man sehr schnell merken würde, wenn man eine zu große Strahlendosis abbekommen hätte, weil einem dann unerträglich schlecht würde. Damit gaben sie sich zufrieden. Und uns ist niemals zu Ohren gekommen, dass sie sich gleich oder später beschwerten.«

»Was ist mit dem Test?«, mischt Tamber sich ein. »Haben Sie je erfahren, ob es die richtige Bombe war?«

Ich erzähle stolz, wie Fürst fünf Tage später einen streng geheimen Bericht des Nachrichtendienstes in Empfang nahm, in dem detailliert alle Messungen und Analysen aufgeführt wa-

ren, die am 23. Oktober 1961 in Verbindung mit den beiden sowjetischen Probesprengungen bei Nowaja Semlja gemacht wurden. Alle Aufzeichnungen und technischen Befunde stimmten mit unseren eigenen Vorberechnungen über die Leistungskraft und Eigenschaften der Bombe überein. Die Sprengkraft betrug 4,8 Kilotonnen TNT und der Wirkungsradius 2 Kilometer, exakt wie berechnet. Die Luft- und Wasserproben deuteten auf eine ganz neue Konstruktion hin. Fürst fertigte selbstverständlich eine Fotokopie des Berichtes an, den wir an Abrasha weiterleiteten. Viele Jahre später erzählte er uns, dass seine Vorgesetzten in Tel Aviv sich nach wie vor auf das Dokument bezogen als »königlich norwegischen Garantiebeweis«. Ohne dieses Dokument, behauptete er, hätten sie es niemals gewagt, grünes Licht zu geben für die Fortführung der Arbeit auf israelischer Seite. Der Kuckuckstest erreichte, dass sie bezüglich der einwandfreien Funktionstüchtigkeit der Waffe sicher sein konnten, auch wenn sie nie die Gelegenheit bekamen, sie selber zu testen. Diese Gewissheit war der eigentliche Kern in der offiziellen israelischen Zusage, dass ihr Land nicht das erste in der Region wäre, das Kernwaffen einführen würde. Damit war nichts anderes gemeint, als dass man nicht der Erste wäre, der eine kernphysische Probesprengung vornahm.

»Ein nicht gerade läppisches Geheimnis«, sagt Hartmann. »Wie haben Sie es geschafft, dichtzuhalten?«

»Aus Liebe zu Israel«, antworte ich langsam. »Das hört sich vielleicht merkwürdig an, aber die Wahrheit ist, dass wir Israel liebten – oder eher den Traum von Israel? –, genauso stark, wie wir Norwegen oder Schweden liebten. Für einige von uns stand Israel wahrscheinlich sogar an erster Stelle, wenn es darum ging, den Traum von der freien sozialistischen Gesellschaft zu bewahren, die den Wüstensand zum Blühen brachte. Es war der Kibbuz, den wir liebten; nicht die Synagoge!«

»Aber später haben Sie Ihre Meinung geändert?«

Ich nicke.

»Ja. Ich und Enok Paulsen. Die anderen haben weitergemacht. Einige verhärteten immer mehr, je mehr der Konflikt

mit den Palästinensern eskalierte. Der Sozialismus blieb unterwegs auf der Strecke. Stattdessen richteten sie ihre Liebe auf den Staat Israel. Aber das habe ich ja bereits gesagt.«

Hartmann beugt sich über das Bett.

»Allerdings«, sagt er ernst. »Aber wir hätten es gern, dass Sie es noch ein letztes Mal wiederholen. Am liebsten mit einer kurzen Zusammenfassung von dem, was Sie eben über die Operation Sundog *erzählt haben. Sie verstehen doch sicherlich, wie wichtig das für die weiteren Ermittlungen wäre – und eventuelle, sich daraus ergebende Anklagebeschlüsse…«*

»Machen Sie, was Sie wollen«, sage ich gleichgültig. »Ich habe gesagt, was ich zu sagen habe.«

»Aber Werner«, drängt Hartmann. »Hören Sie …!«

Ich antworte nicht. Werde nie mehr antworten. Jetzt gedenke ich, noch ein wenig auszuruhen, ehe ich für immer einschlafe. Mein Körper ist voller Tod. Ich dachte immer, der Tod ist schwarz, aber das stimmt nicht. Der Tod ist weiß. Wie meine Lügen. Mein Gewissen. Der Hass und die Rachegelüste. Die Erinnerungen, Träume, Schmerzen. Alles weiß, wie Leinen wie Schnee wie die unberührte …

Hast du mich gerufen, Liebste?, frage ich, ohne meine eigene Stimme zu hören. Die Zeit friert ein; die Sekunden sind bereits von Reif bedeckt. Die Frau am Fußende des Bettes hat keinen Mund. Sieht mich an. Unsagbar traurig. Das Gesicht zerfällt.

Ich habe dich vergessen, Katarina. Ich denke an nichts anderes als an dich …

NACHWORT

Dies ist ein Roman. Das bedeutet, dass wenig oder nichts von dem Erzählten wirklich geschehen sein muss, jedenfalls nicht exakt auf diese Weise, auch wenn das Buch von einem Historiker geschrieben wurde.

Ebenso sind die Personen in dem Buch ein Produkt meiner Fantasie, obwohl die beschriebenen Umgebungen, in denen sie auftreten, realen Umgebungen zum Verwechseln ähnlich sind. Außerdem habe ich mir bei der Beschreibung der physikalischen Gegebenheiten große Freiheiten herausgenommen, sowohl in Norwegen als auch im Ausland. Wer, nur zum Beispiel, einmal mit dem Auto den Charlotte Andersens vei entlangfährt, wird vergeblich nach Richard Klügers Backsteinhaus Ausschau halten. Und am Militärischen Forschungsinstitut haben die beflissenen und stets hilfsbereiten Archivare längst dafür gesorgt, die Dokumente aus den Kellerräumen des ehemaligen Physikgebäudes in geeignetere Aufbewahrungsräume zu schaffen.

Was die Gammabestrahlungsanlage am Institut für Energietechnik betrifft, so ist diese glücklicherweise so sicher konstruiert, dass ein dramatischer Vorfall, wie er sich im Buch ereignet, nicht zu befürchten ist.

Was nicht heißen soll, dass sich etwas Vergleichbares nicht tatsächlich ereignet haben könnte.

Das Leben, und damit auch die Geschichte, ist randvoll von ungenutzten Möglichkeiten. In meiner Arbeit als Historiker konzentriere ich mich im Großen und Ganzen auf die Möglichkeiten, die sich aus mehr oder weniger zufälligen Ursachen ergeben haben. Als Autor habe ich die Freiheit, genau die Möglichkeiten auszuloten, die nie untersucht wurden – Historiker bezeichnen das gern als kontrafaktischen Raum. Und in gleichem Maße steht es mir frei, darüber zu spekulieren, was die

Zukunft wohl an neuen Möglichkeiten und Konflikten bringen mag, nicht zuletzt im nicht vorhersehbaren Nahen Osten.

Ansonsten ist es meine große Hoffnung, dass die Aussichten auf einen Frieden zwischen Israel und seinen Nachbarn positiver sind, als die Handlung dieses Buches es möglicherweise vorgibt.

Nesodden, 18. Juli 2003
Olav Njølstad